옥루몽 2

옥루몽 2: 혼탁의 장場

초판 1쇄 발행 2006년 5월 20일

개정판 1쇄 발행 2020년 12월 10일

지은이 남영로 | 옮긴이 김풍기 | 발행인 유재건 | 펴낸곳 엑스북스

주간 임유진 | 편집 신효섭, 홍민기 | 마케팅 유하나

디자인 권희원 | 경영관리 유수진 | 물류유통 유재영, 한동훈

등록번호 105-87-33826호 | 주소 서울시 마포구 와우산로 180, 4층

대표전화 02-334-1412 | 팩스 02-334-1413 | 이메일 editor@greenbee.co.kr

엑스북스(xbooks)는 (주)그린비출판사의 책읽기·글쓰기 전문 임프린트입니다.

ISBN 979-11-90216-39-5 04810

ISBN 979-11-90216-37-1 (세트)

옥루몽 2

혼탁의 장場

남영로 지음 · 김풍기 옮김

xbooks

차례

제21회

도적놈을 만나자 마달이 사람을 구해 주고,

도관에 의탁하여 벽성선은 몸을 안돈하다

逢賊漢馬達救人 託道觀仙娘安身

양창곡은 홍혼탈을 한번 놀려 주고, 다음 날 밝은 새벽 모든 장수를 소집해 상의했다. 그는 소유경을 돌아보며 말했다.

"조정의 일이 근래 이와 같이 앞뒤가 바뀌었으니, 어찌 한심하지 않은가. 내가 황상께 표문을 올리고자 하니, 소장군은 나를 위하여 대신 쓰도록 하라."

그러고는 표문을 불렀으니, 그 내용은 다음과 같다.

정남도원수 신 양창곡은 머리를 조아려 백 번 절하고 황제 폐하께 글월을 올리나이다. 옛날 성군은 변방에 장수를 파견함에 수레를 밀어 보내셨으며, 활과 화살, 부월, 창과 북으로 그 위엄 있는 모습을 기리셨습니다. 이는 군대의 모습을 도와서 성공하도록 격려하는 것일 뿐만 아니라 종묘사직의 안위와 국가흥망의 중대함을 위한 것이었습니다. 지금 남쪽 지방이 너무 멀리 떨어져 있어

제왕의 교화가 미치지 못하고 풍속이 순조롭지 못하여 도적이 자주 일어납니다. 만약 은총과 의리로 무마하지 않고 위세와 무력으로 진정코자 하시면서 춘생추살春生秋殺* 일장일이一張一弛**의 도리로써 하지 않으신다면, 이곳을 평정할 날이 없을까 두렵습니다. 폐하께서 홍혼탈로 하여금 수천 기를 이끌고 홍도국으로 가서 정벌하도록 하시니, 신은 폐하의 뜻이 어디에 있는지 알지 못하겠나이다. 홍도국의 강약은 폐하께서도 헤아리지 못하시고 홍혼탈의 사람됨도 폐하께서 시험해 보신 적이 없거늘, 갑자기 중대한 임무를 맡기시어 종묘사직의 안위와 국가흥망을 의심과 믿음 사이에서 시험해 보신다 합니다. 신이 슬퍼하는 바는 근래 조정의 일은 인자함 위주라 하되 용감하게 결단하는 것은 없어, 큰일을 당하면 구차하게 미봉책이나 내어 어려움을 피하려고만 합니다. 신은 그렇게 해서는 안 된다는 점을 분명히 압니다. 폐하의 가르침이 정중하나, 잠시 군대를 출발하지 않고 다시 이 글로 아룁니다. 엎드려 바라건대 폐하께서는 빨리 명령을 정하시어 널리 문의해 보시고, 국가의 큰일에 후회가 없도록 해주소서. 신이 비록 충성스럽지는 못하나 외람되이 나라와 조정의 망극한 은혜를 입고도 보답

---

* 봄은 만물을 살리고 가을은 만물을 죽인다는 뜻으로, 즉 자연의 이치에 따라 다스린다는 의미다.
** 한 번 팽팽하게 당기면 한 번 느슨하게 풀어 준다는 뜻이다. 즉 활을 쏠 때는 팽팽하게 활줄을 당기지만, 활쏘기가 끝나면 활줄을 느슨하게 풀어 주어야 한다는 것이다. 정치를 할 때도 강력하게 정책을 시행할 때가 있는가 하면 백성들의 처지를 감안하여 풀어 줄 때도 있어야 한다는 말이다.

할 길 없으니, 다시 대군을 이끌고 홍도국을 토벌하여 평정한 연후에 회군하고자 합니다. 그러나 감히 제 마음대로 결정하지 못하는지라, 폐하의 조칙을 기다려 군대를 출발하고자 합니다.

양창곡은 표문을 봉하여 마달에게 주면서 말했다.

"군사 업무가 지극히 급하니, 장군은 밤낮으로 달려가라!"

마달이 명을 듣고 갑옷을 입은 군사 10여 명과 함께 황성으로 출발했다. 이때 마달이 밤낮으로 길을 가다가 중도에서 천자가 보낸 사신을 만났다. 그는 천자의 조칙이 다시 내렸다는 것을 알았지만 양창곡의 명을 어기기도 어려워, 사신은 남쪽을 향해 가고 마달은 황성을 향해 달려 마침내 표문을 올렸다. 천자는 크게 기뻐하면서 황의병과 윤형문 두 원로대신을 돌아보며 말했다.

"양창곡이 나라를 위하여 충성을 다하는 것이 이와 같으니, 작은 도적을 어찌 근심하겠소?"

천자는 양창곡의 표문을 두세 번 다시 읽은 뒤 마달을 우익장군에 제수하고 즉시 돌아가라 명했다. 마달이 천자의 은혜에 사례하고 물러나와 남쪽을 향해 떠났다.

한편 벽성선은 산화암에 의탁하여 문밖으로 나오지 않았다. 낮이면 여승과 함께 불경을 강론하고 밤이면 향을 피우고 홀로 앉아 세상 근심을 없애며 지냈다. 몸은 비록 맑았지만 남편이 만리 하늘 끝에 계시니, 자나 깨나 오롯한 일편단심은 잊고 싶어도 잊을 수 없었다. 하루는 한가롭게 창문에 기대어 있는데, 꿈인 듯 생시인 듯 양창곡이 옥룡玉龍을 타고 가면서 말하는 것이었다.

"내가 황제의 명을 받들어 요괴를 잡으러 남쪽 지방으로 가고자 하노라."

벽성선이 함께 가고 싶다고 청하자 양창곡이 채찍을 아래로 내려뜨렸다. 그녀가 채찍을 잡고 하늘로 올라가려다가 땅에 떨어지는 바람에 놀라 깨어났다. 한바탕 꿈이었던 것이다. 벽병선은 뭔가 불길한 생각이 들어, 여승과 상의했다.

"요즘 꿈자리가 어지러우니, 부처님전殿에 향을 피우고 기도하고 싶습니다."

여승이 말했다.

"세 분 부처님과 제석님은 자비롭습니다. 인간의 재앙과 복을 관장하면서 마귀를 항복시켜 모두 없애는 것은 시왕十王님 소관이지요. 그러니 시왕전에 기도하시지요."

벽성선과 소청은 목욕재계하고 향불을 받들어 시왕전으로 가서, 향불을 피우고 마음속으로 축원했다.

"천첩 벽성선이 전생에 공덕을 닦지 않아서 이승에서 삼재三災 팔난八難을 감수하나, 남편 양창곡 공은 학문과 예절을 갖춘 집안에서 대대로 전해오는 충효를 익혔으니 천지신명께서 복록을 내려 마땅합니다. 이제 황제의 명을 받들어 만리 타국에 있습니다. 엎드려 바라건대 시왕님께서는 보이지 않는 도움을 굽어 내리시어 창과 방패와 북소리 어지러운 전쟁터에서 잠자리와 음식이 평상시와 같게 하고, 활과 돌이 날아다니는 전쟁터에서 아무 탈 없이 지내도록 하여 액운을 없애고 장수와 복록이 창성하게 해주소서."

기도를 마치고 두 번 절을 한 다음 처연히 탄식하며 슬픈 빛을 띠었다. 다시 절 문을 나오니 여승이 말했다.

"오늘 달빛이 밝으니 암자 뒤 석대에 올라 심회를 풀어 보시지요."

벽성선은 별로 내키지 않았지만 여승이 워낙 간청하는지라 소청과 함께 석대로 올라갔다. 여승이 말했다.

"이 산이 그리 높지는 않지만 하늘이 맑고 해가 밝을 때 멀리 바라보면 남악南岳 형산衡山이 눈앞에 완연합니다."

벽성선이 고운 눈매를 들어 남쪽 하늘을 바라보면서 눈물을 뚝뚝 떨구었다. 여승이 물었다.

"무엇 때문에 남쪽 하늘을 바라보면서 이렇게 슬퍼하시는 건가요?"

"저는 남방 사람입니다. 그러니 마음이 자연 슬퍼지는 것이지요."

말을 마치자 골짜기 입구에서 불빛이 하늘에 닿으며 10여 명의 사내들이 무리를 지어 암자로 달려들었다. 여승이 놀라서 말했다.

"이는 필시 강도일 것입니다."

여승은 황망히 엎어지고 자빠지며 내려갔다. 암자가 소란스러운 가운데 어떤 사내가 흉폭한 소리로 급히 낭자의 객실을 찾았다. 벽성선이 소청을 돌아보며 말했다.

"우리 두 사람의 액운이 아직 끝나지 않아서, 또 간사한 자들의 풍파를 만나는구나."

소청이 낭자를 부축하여 눈물을 흘리며 울었다.

"도적의 세력이 이와 같으니 어찌 앉아서 죽기만을 기다리겠습니까?"

벽성선이 탄식하며 말했다.

"나약한 여자의 몸으로 도망치고 싶지만 더러운 욕을 입을 뿐이니, 어찌 재앙을 면할 수 있겠느냐?"

"사정이 급합니다. 머뭇거리지 마세요."

소청은 즉시 벽성선의 손을 잡고 산을 넘어 도망쳤다. 달빛은 밝았지만 산길은 희미했다. 열 번 넘어지고 아홉 번 자빠지면서 돌부리를 걷어차고 가시덤불을 헤치며 달아났다. 수놓은 신발도 잃어버리고 옷은 온통 찢어졌으며 다리 힘은 다 빠졌다. 벽성선은 그 자리에 주저앉았다.

"이런 곤액은 차라리 죽느니만 못하구나. 소청아, 너는 살길을 찾아 몸을 숨겨라. 내 시체를 거두어 양원수님이 돌아오시는 길가에 묻은 뒤 한 조각 망부석을 대신하게 해다오."

그녀는 품속에서 작은 칼을 꺼내더니 목을 찌르려고 했다. 소청이 황망히 칼을 빼앗으며 말했다.

"낭자는 다시 상황을 보세요. 일이 불행하게 된다면 제가 어떻게 혼자 살아가겠어요?"

두 사람이 좌우를 살피면서 앞으로 나아갔더니 앞에 큰길이 나왔다. 잠시 다리를 쉬는데, 불빛이 온산에 가득히 다가왔다. 사람 그림자가 어지러운 가운데 나무와 바위틈을 찾는 것이었다. 벽성선과 소청은 힘을 다하여 몸을 일으켰다. 큰길을 따라 겨우 수십 걸음을 갔는데, 도적놈들이 고함을 지르며 비바람을 몰아치듯 쫓아왔다. 소청이 벽성선을 안고 땅에 넘어지면서 하늘을 향해 통곡했다.

"아득한 하늘이시여, 어찌 이다지도 무심하단 말인가!"

소청이 말을 마치기도 전에, 말을 달려 쫓아오는 사람이 소리를 질렀다.

"도적놈들은 달아나지 말라!"

벽성선과 소청이 눈을 들어 살펴보니, 전포를 입은 한 장군이 긴 창을 들고 말을 달리며 도적놈들을 추격하고 있었다. 그 뒤로는 10여 명의 갑옷 입은 군사들이 각각 칼을 들고 일제히 함성을 지르며 쫓아갔다. 그중 어떤 도적놈이 장군을 대적하려 했다. 그러나 장군이 크게 소리를 지르며 창을 들어 한 번찌르자, 도적놈은 온 얼굴에 피를 낭자하게 흘렸다. 나머지 놈들은 그 모습을 보고 사방으로 뿔뿔이 흩어져 어디론가 달아났다. 장군이 말을 돌려 왔지만, 벽성선과 소청은 더욱 무섭고 겁에 질려 떨고만 있었다. 장군은 그들 앞에 이르러 말을 멈추더니, 말 위에서 큰 소리로 물었다.

"어떤 낭자이기에 무슨 연고로 저렇게 문을 나셨으며, 도적놈들은 어떻게 만나게 된 겁니까? 사정을 들어 봅시다."

소청이 놀라고 겁에 질려 제대로 말하지 못했다. 장군이 말했다.

"저는 명령을 받들어 황성에 왔다가 이제 남쪽으로 돌아가는 길입니다. 낭자를 해치려는 사람이 아닙니다. 낭자는 사연을 자세히 말씀해 보시오."

벽성선이 기뻐하면서 정신을 수습하고 소청에게 말을 전하도록 했다.

"저희는 이곳을 지나던 과객인데, 이 같은 액운을 만났습니다. 감히 여쭙건대, 장군께서 남쪽을 향하여 돌아가신다고 하니, 어느 곳으로 가시는 겁니까?"

장군이 대답했다.

"저는 정남도원수 양승상의 휘하에 있는 장수입니다. 그건 왜 물어보시는 거요?"

벽성선과 소청은 양승상이라는 세 글자를 듣자 가슴이 턱 막히고 정신이 황홀해져서, 서로 붙들고 통곡하며 어쩔 줄 몰라했다. 장군은 다른 사람이 아니라 마달이었다. 그는 천자에게 양창곡의 표문을 올리고 시급한 군사 업무 때문에 밤낮으로 되돌아가던 길이었다. 그런데 갑자기 도중에 여자들의 곡소리가 들리면서 불빛이 환히 빛나는데 무수한 도적놈들이 함성을 지르면서 쫓아가니, 이는 묻지 않아도 강도라는 것을 알 수 있었다. 돌아가는 길이 바쁘다 해도 어찌 사람 목숨을 구하지 않으랴 하는 마음으로 도적놈들을 추격하여 친 것이었다. 그는 사정이나 알아보려고 물었는데 여인이 자신의 모습을 보고 가슴이 막혀 통곡하는 것을 보고 마음속에 크게 의심이 일어나 다시 물었다.

"낭자께서 제 말에 크게 통곡하시니 이유가 무엇입니까?"

벽성선이 미처 대답하지 못하자, 소청이 얼른 대답했다.

"우리 낭자는 양원수의 소실입니다."

마달이 말했다.

"양원수라니, 누구를 말씀하시는 겁니까?"

소청이 말했다.

"자금성 제일방의 양승상이신데, 지금은 남쪽 지방에 원정을 가신 지 반 년이 되었습니다."

마달이 크게 놀라 황망히 말에서 내려 뒤로 물러나며 섰다.

"그 말이 맞다면, 시비는 이리 와서 자세히 말하라."

벽성선이 소청을 돌아보며 말을 전했다.

"제가 죽임을 당할 처지였으니 비록 길을 가던 사람이라도 목숨을 살려 주신 은혜에 감사를 올려서 예절에 구애되지 않아야 마땅합니다. 하물며 장군은 양원수의 심복이라 한 집안 식구나 다름없습니다. 어찌 자세히 아뢰지 않겠습니까? 제가 원수께서 출전하신 뒤 집안의 풍파를 만났습니다. 아녀자의 나약한 마음으로 자결할 수도 없어서, 여러 차례 이 같은 상황을 당하게 되니 부끄러움이 막심하여 입을 열 수도 없습니다. 길을 가는 중이라 종이와 붓이 없어 구구한 심회를 원수께 아뢸 수 없으니, 장군께서 돌아가시는 길에 저를 위하여 자세히 말씀을 전해 주십시오. 제가 비록 죽는다 해도 달빛 같은 한 조각 마음을 원수의 군영에 비추고자 합니다."

마달이 손을 모아 몸을 굽혀 인사하고 소청을 향해 말했다.

"시비는 낭자께 아뢰시오. 소장은 양원수 휘하의 우익장군 마달입니다. 군대에서의 의리는 군신이나 부자 관계와 다를 바 없습니다. 낭자께서 당하신 곤경과 액운을 보고 어찌 무심히 길을 떠나겠습니까? 낭자께서 시댁으로 돌아가지 않으신다면 소장이 마땅히 몸을 편안히 쉬실 곳을 구하여 정돈해드리고 돌아가는 즉시 원수께 이 상황을 자세히 아뢰겠습니다."

그는 병사들에게 명하여 부근 객점에서 작은 가마를 빌려오도록 했다. 벽성선이 사양하면서 말했다.

"저는 궁박한 신세라, 이 넓은 천지에 몸 하나 둘 데 없군요. 장군께서는 너무 염려하지 마세요."

"소장이 만약 낭자께서 편안히 쉬실 곳을 마련하지 못하고 군영으로 돌아간다면, 이는 상사와 부하 사이의 체통에 불경한 일일 뿐만 아니라 인정도 아닙니다. 소장이 돌아가는 길이 바쁘고 급합니다, 낭자께서는 지체하지 마십시오."

벽성선은 어쩔 수 없이 몸을 일으켜 소청을 붙들고 가면서 말했다.

"장군이 저를 편안히 가도록 해주시는군요."

마달이 창을 짚고 앞에서 인도하여 몇 리를 갔다. 그때 병사들이 가마를 가지고 왔다. 마달이 소청을 돌아보며 말했다.

"시비는 낭자를 가마에 모시지요."

그는 창을 짚고 말에 올라 말했다.

"도적놈들이 필시 멀리 가지는 않았을 것입니다. 낭자께서 이 부근에 머무르신다면 어찌 후환이 없겠습니까. 소장을 따라 하루 이틀 가 보시지요. 깊고 외진 절이나 도관을 찾으면 편안히 짐을 풀고 쉬시는 것을 보고 돌아가겠습니다."

벽성선은 마달의 지극한 정성에 감격하여 얼른 가마에 올랐다. 마달이 길을 재촉하여 1백여 리쯤 간 뒤, 객점에 들어가 물었다.

"이곳에 도관이나 절이 있습니까?"

객점 주인이 말했다.

"여기서 큰길을 버리고 동쪽으로 산골짜기를 들어가면, 몇 리 밖에 유마산維摩山이는 명산이 나옵니다. 그 산 아래에 도관이 있습지요."

마달이 크게 기뻐하면서 길을 재촉하여 산 아래에 이르렀다. 기이한 봉우리와 맑은 경치는 너무도 그윽하고 후미졌는데, 도관 하나가 그 아래에 있었다. 도관의 이름은 점화관點花觀이었다. 점화관 안에는 수백 명의 여도사들이 있었는데 모두 청정하면서도 단아했다. 마달이 이에 도사에게 도관 뒤쪽에 있는 객실 몇 칸을 빌려 벽성선과 소청을 안돈시켰다. 그리고 병사 두 명에게 쓸데없는 사람을 엄금하도록 명하고는, 벽병선에게 이별을 아뢰었다.

"원수께서 또 황제의 명을 받들어 교지로 출전하시게 되었습니다. 소장의 가는 길이 너무 황망합니다. 이곳은 깊숙하고 외진 곳이라 몸을 편안히 쉬실 수 있을 것입니다. 낭자께서는 귀한 몸을 보중하십시오."

벽성선이 즉시 원수에게 부치는 편지를 건네고는, 눈물을 흘리며 마달과 이별을 했다.

"제가 체면 때문에 깊은 은혜에 감사를 제대로 못 드리네요. 장군께서 부디 원수를 따라 일찍 큰 공을 세우시고 속히 개선하시길 바랍니다."

마달은 소청과도 작별 인사를 했다.

"그대는 낭자를 조심스럽게 보호해 주시오. 이후 회군하는 날 만나면 구면이 되는 셈이니, 그때는 기쁘게 맞아 주시오. 결코 오늘처럼 떨지 마시오."

소청은 부끄러움을 이기지 못하여 붉은 홍조를 두 뺨에 띠었다. 마달은 병사들에게 성심껏 보호하라 분부하고, 웃으면서 말에 올라 남쪽으로 떠나갔다.

벽성선과 소청은 다행히 구사일생으로 마달을 만나 몸을 편안히 지낼 방도를 얻으니, 소청은 그 기쁨을 이기지 못하는 것이었다. 두 사람은 마장군의 은덕을 칭송했고, 여러 도사들 역시 벽성선 일행의 자색이 출중한 것에 경탄하면서 친하게 지내려 애썼다.

한편 우격은 춘성의 꾐에 빠져 무뢰배들을 모아 산화암으로 돌입하여 가낭자를 찾았다. 그러나 여승들이 어찌 제대로 알려 주었겠는가. 우격이 크게 노하여 여승들을 무수히 구타하고 난 뒤 생각했다.

'저들이 우리가 골짜기로 들어오는 걸 보고 필시 산을 넘어 달아났을 것이다.'

그들은 산을 넘어 추격하여 골골마다 수색하다가, 숲 아래 수놓은 신발 한 짝이 벗겨진 것을 보았다. 우격이 크게 기뻐하면서 말했다.

"그 미인이 반드시 이 길로 갔을 것이다."

그는 신발을 주워 들고 무뢰배들과 일제히 쫓아갔다. 그러나 고개를 넘어 평지에 도착했을 때, 뜻밖에 한 장군을 만나 그의 창 끝에 찔려 얼굴을 다치고 겨우 목숨만 부지하여 돌아왔다. 그는 춘성을 만나서 낭패한 이유를 말했다. 춘성 역시 흉계가 이루어지지 않은 것을 한스러워하면서, 춘월에게 일일이 고했다. 춘월이 고개를 숙이고 묵묵히 생각하더니, 웃으면서 말했다.

"맑고 밝은 세상에 갑옷을 입은 병사를 이끌고 밤에 다니는 장군이 어찌 도적놈이 아니겠는가. 이는 필시 녹림綠林, 화적이나 도둑의 소굴의 여러 장군들이 밤을 타고 가다가 벽성선을 잡아간 것이리라. 가소롭구나! 벽성선의 빙설 같은 지조로도 하루아침에 산적 두목의 부인이 되어 버렸으니, 그 생사야 모르겠지만 황소저의 화근은 확실히 끊어졌구나."

춘성이 말했다.

"그거야 그렇지만, 우리는 아무런 공도 세운 게 없으니, 어찌 절통하지 않겠느냐?"

춘월이 웃으며 말했다.

"내가 오빠와 우격의 공을 띄울 테니, 오빠는 절대 누설하면 안 돼요."

그녀는 즉시 우격이 주워 온 신발을 품에 품고 위부인과 황소저를 만났다. 춘월은 깔깔거리며 한바탕 웃고는 수놓은 신발 한짝을 꺼내 황소저에게 보여 주었다.

"소저께서는 이 신발을 아시겠습니까?"

황소저가 자세히 보더니 집어던지면서 춘월을 질책했다.

"천한 기생들이 신는 것을 무엇에 쓰려고 가져왔느냐?"

춘월이 다시 신발을 주워 놓고 웃으면서 말했다.

"벽성선이 이 신발을 신고 천리 밖 강주에서 다정한 낭군을 따라 황성까지 와 걸음마다 연꽃을 만들어 냈지요. 그런데 조물주가 시기하여 그 낭군의 은총을 다 누릴 수 없게 되었습니다. 오늘 저승길에 맨발의 귀신이 될 줄 누가 알았겠습니까?"

황소저가 황당해하면서 말했다.

"무슨 말이냐?"

춘월이 황소저와 위부인 앞으로 나아가면서 말했다.

"제가 춘성을 충동질하여 산화암으로 우격을 보내 벽성선을 겁탈하게 했습니다. 벽성선은 절개가 있는 여자라 끝내 순종하지 않았답니다. 우격이 화를 참지 못하고 칼로 찔러 죽여 시신은 숨기고 그 신발을 가져와서 제게 보여 주며 증거로 삼더군요. 벽성선이 이승을 떠났으니, 영원히 소저의 화근을 끊어 버리게 된 겁니다. 이는 저와 춘성과 우격의 공이오니, 부인과 소저께서는 무엇으로 상을 내리시겠습니까?"

위부인이 이 말을 듣고 크게 기뻐하면서 10여 필의 채단彩緞과 은자 백냥으로 춘성과 우격의 공에 성의를 표하라고 했다. 그러자 춘월이 차갑게 웃으며 말했다.

"부인께서는 어찌 사소한 재물을 아껴서 이미 이루어진 일을 그르치시려는 겁니까? 춘성이 처음에 천금의 재산으로 우격에게 말을 거넸고, 그 무리도 수십 명입니다. 그놈들 중 무뢰하고 방탕하지 않은 자들이 없습니다. 만약 재물을 후하게 내놓아 그 입을 막지 않으신다면 큰일이 누설될 것이고, 무슨 후환이 있을지 두렵군요."

위부인은 춘월의 말만 믿고 즉시 천금의 돈을 꺼내 주고, 오직 벽성선이 죽었다고 생각하게 되었다.

한편, 양창곡은 마달을 보내 천자에게 표문을 올리고 황제의 명을 기다리고 있었다. 그런데 갑자기 천자의 사신이 먼저 도착하더니 황제의 칙령을 전했다. 양창곡은 북쪽을 향해 두 번 절하고 장단將壇에 올라 부원수의 군례를 받았다. 홍혼탈은 붉은 전포와 금빛 갑옷에 대우전을 차고 절월을 잡고 군례로 양창곡을 뵈었다. 양창곡이 얼굴빛을 바로 하고 답례하면서 말했다.

"성은이 망극하여 아무 벼슬이 없던 자를 원수에 등용하셨는데, 무엇으로 성은에 보답하려는가?"

홍혼탈이 대답했다.

"도독께서 위에 계시니, 소장이 무슨 방략으로 보답하겠습니까? 다만 북을 울리고 깃발을 휘둘러 견마지력을 다하고자 합니다."

그 말에 양창곡은 미소를 지었다. 홍혼탈은 막사로 돌아와 비로소 부원수의 깃발과 절월을 세우고 차례대로 여러 장군들의 군례를 받았다. 그리고 나서 대도독 양창곡의 장막으로 가서 행군 계책을 상의했다. 그런데 마달이 말을 달려 도착해 황제의 명령을 알리는 한편, 편지 한 통을 또 전했다. 뜯어 보니 그 편지는 다음과 같았다.

천첩 벽성선은 풍류스럽고 방탕한 신분으로 예절과 법도를 배우지 못하여 군자의 문중에 집안 법도를 어지럽혔습니다. 산속의 절과 들판의 객점으로 떠돌다가 도적놈의 칼 끝에 원혼이 될 신세를 면치 못할 터였는데, 마장군께서 목숨을 살려 주시어 도관에 몸을 의탁했습니다. 이는 상공께서 내려 주신 바나 다름없습니다. 첩이 어두워 진퇴와 생사에 가장 적당한 방법을 찾지 못하겠습니다. 엎드려 바라건대 군자께서는 밝히 하교하여 주십시오. 대군이 교지로 옮긴다고 하니, 소식은 더욱 아득해집니다. 남쪽 하늘로 머리를 빼고 바라보매 눈이 빠지는 듯합니다. 산처럼 쌓인 정회를 붓으로 다 쓰기 어렵습니다.

양창곡이 편지를 다 읽고 나더니 측은한 마음을 이기지 못하여 홍혼탈을 돌아보며 말했다.

"이는 필시 황씨가 일으킨 풍파일 것이오. 벽성선의 처지가 너무도 가련하지만 내가 군중에 있으니, 어찌 집안일을 논의할 수 있겠소? 다만 만리 떨어진 외딴곳에서 소식이 아득하니 정말 잊기 어렵구려."

이튿날 새벽, 양창곡은 모든 장수들과 삼군을 모아 놓고 나탁을 불러 장막 아래에 꿇어앉혔다. 황제의 명령을 알려 주자 나탁은 절을 하여 천자의 은혜에 감사를 올렸다. 양창곡은 즉시 그를 장막 안으로 불러서 위로했다.

"대왕은 특별히 우리 조정에서 베푼 은덕으로 살아나셨습니다. 두 번 다시 배반하지 않으신다면 자자손손 부귀영화를 누리며 중국의 예우를 받을 것입니다."

나탁이 눈물을 흘리면서 말했다.

"과인이 천명을 모르고 죽을죄를 범했는데, 천자께서 아껴

주신 은덕과 원수의 넓은 은혜를 입어 임금 자리를 보전하고 다시 부귀를 누리게 되었습니다. 어떻게 보답해야 할지 모르겠습니다."

그러고는 다시 홍혼탈을 보면서 말했다.

"원수께서 하산하신 것은 진실로 저 때문입니다. 오늘 이루신 공명과 업적이 이처럼 높을 줄 어찌 알았겠습니까?"

홍혼탈이 웃으며 말했다.

"대왕이 다섯 골짜기를 잃으셨으면서도 만왕의 부귀를 예전처럼 누리시니 이는 모두 성은이 망극한 덕입니다. 저 역시 대왕을 저버리지 않았습니다."

나탁이 흔쾌히 웃으면서 넓은 덕을 칭송했다.

다음 날 양창곡이 군사를 이끌고 교지로 향하는데, 나탁이 고기와 술을 준비하여 수십 리 밖까지 전송하면서 삼군을 배불리 먹였다. 축융과 일지련도 함께 자리했다. 양창곡이 만왕을 돌아보며 말했다.

"대군이 다시 남쪽을 정벌하게 되었으니, 대왕은 만병蠻兵 부대 하나를 지휘하여 길을 가르쳐 주십시오."

만왕이 응낙하고 즉시 휘하의 병졸 3천 명을 징발하여 철목탑을 선봉장으로 삼았다. 홍혼탈이 웃으며 말했다.

"제가 들으니, 대왕은 축융왕과 원한이 맺혀 이웃나라로서 정을 돌아보지 않는다고 하더군요. 이는 대장부의 일이 아닙니다. 이제 모두 조정의 신하가 되었으니 서로 화해하도록 하시지요."

만왕과 축융왕이 동시에 절을 하면서 서로 형제의 의를 맺고 화살을 꺾어 맹세했다. 나탁과 축융왕이 양창곡에게 이별을 아뢰었다.

"양도독의 은혜와 위엄이 남쪽 지방에 두루 시행되어 한나라의 복파장군伏波將軍*이나 제갈공명에게도 그 앞자리를 양보하지 않으실 겁니다. 남방 백성들이 장차 도독의 사당을 건립하여 천추토록 혜택을 전하려 할 것입니다."

양창곡이 웃으며 말했다.

"이는 모두 황상의 교화입니다. 제가 무슨 혜택을 베풀었겠습니까?"

나탁이 다시 홍혼탈과 이별하면서 말했다.

"과인이 오랑캐 땅에서 생장해 안목이 고루했습니다. 이제 원수를 뵈니 사모하는 정성으로 황홀합니다. 이는 제 목숨을 살려 주신 은혜뿐만이 아닙니다. 이제 이별하게 되면 관산關山이 아득하긴 하지만, 훗날 월상씨越裳氏**가 흰 꿩을 받들고 주나라 조정으로 들어간 것처럼 제가 명나라 조정으로 조회하러 가게 될 때 기쁜 얼굴로 서로 마주하기를 바랍니다."

---

* 후한의 장수 마원(馬援)을 말한다. 복파장군에 임명되어 남방의 교지에서 일어난 반란을 평정했다.
** 지금의 베트남 지역 나라로, 『후한서』(後漢書) 「남만전」(南蠻傳)에 기록되어 있다. 그들은 주(周)나라 성왕(成王) 때 흰 꿩을 공물로 바쳤다고 한다.

홍혼탈이 웃으며 말했다.

"전쟁을 하면 적이요 사귀면 벗입니다. 남북으로 부평초처럼 떠돌면서 만남과 이별이 정처 없는 것입니다. 제가 바라는 바는, 이제부터라도 대왕께서 천만千萬 자애自愛하셔서 제가 다시 오지 않도록 해주십시오."

그 말에 나탁과 축융왕이 한바탕 크게 웃었다. 그때 일지련이 홍혼탈에게 아뢰었다.

"첩이 여기서 채찍을 잡은 뒤로 원수를 따라다녔습니다만 종적이 일정하지 않아서 뜻을 이루지 못했습니다. 훗날 존안을 받들 수 있기를 기다리겠습니다."

홍혼탈이 마음속으로 생각했다.

'내가 일지련의 용모와 자질을 아껴서 내 옆에 두고 싶었다. 그런데 일지련은 나를 따를 마음이 없구나. 이는 오랑캐라, 성질이 거칠어 필시 인정이 없어서 그럴 것이다.'

홍혼탈은 일지련의 손을 잡고 슬픈 빛으로 한참 동안 말을 하지 못했다.

양창곡은 군사들의 행군을 지휘하면서 오랑캐 장수 철목탑에게 3천 기를 주어 선봉으로 삼고, 뇌천풍은 5천 기를 주어 전장군으로 삼았다. 소유경은 3천 기를 주어 후장군으로 삼았으며, 동초와 마달은 좌장군과 우장군으로 삼았다. 양창곡과 홍혼탈은 중군이 되어 대군을 이끌고 교지로 향했다.

때는 3월 늦봄이었다. 남쪽 지방은 예부터 계절이 이르기 때문에 날씨는 매우 더워서, 중국의 오뉴월 같았다. 산은 벌거 벗어 초목이 드물었다. 한쪽은 큰 바다가 하늘에 맞닿아 있었다. 괴이한 바람과 장독瘴毒으로 축축하여 사계절이 별다른 차이가 없었다. 들판은 드넓어 5, 6백 리를 가도 인가가 없는 곳도 있었다. 교지왕이 지역의 병사들을 이끌고 변경에서 맞이했다. 양창곡이 적의 정세를 물으니, 그는 이렇게 대답했다.

"홍도왕紅桃王 탈해脫解는 오랑캐라, 천성이 흉악하여 그 아비의 왕위를 찬탈했습니다. 그의 처 소보살小菩薩은 요술이 측량하기 어려우니 가볍게 대적할 수 없습니다. 지금은 오계동五溪洞에 있습니다. 원래 남쪽 지방의 여러 나라 중에서도 홍도국의 풍속이 법도가 없어, 인륜은 없고 힘만 숭상하여, 그 강경함이 금수와 다를 바 없습니다."

"오계동이 여기서 몇 리나 됩니까?"

"4백여 리쯤 됩니다. 그 사이에 다섯 개의 시내가 있습니다. 황계黃溪, 철계鐵溪, 도화계桃花溪, 아계啞溪, 탕계湯溪가 그것입니다. 황계를 건너면 사람의 몸이 누렇게 되면서 종기가 마구 일어납니다. 철계에 빠지면 쇠가 절로 녹아 물이 되어 버립니다. 도화계는 봄철에 꽃이 피면 물결이 절로 붉어지는데 그 안의 독기가 십 리를 흘러갑니다. 아계는 그 물을 잘못 마시는 자들이 벙어리가 되어서 말도 통하지 않습니다. 탕계는 물이 항상 뜨거워서 사람들이 들어갈 수 없습니다. 아무리 강한 병사나 용맹한 장수라도 여기에 이르면 속수무책입니다."

양창곡이 그 말을 듣고 의심과 근심이 생겼지만 내색하지 않고 교지의 병사 5천 기를 인솔하여 오계동으로 행군해 갔다. 한곳에 이르자 산천이 광활하고 지형이 평탄하여 대군을 머무르게 할 만했다. 날이 이미 저물어 잠시 뒤 달빛이 환히 밝았다. 양창곡은 홍혼탈과 전포를 입고 진영 문밖으로 나갔다. 산책하면서 달빛을 감상하는데, 갑자기 풍경 소리가 바람결에 들려왔다. 이 지역의 병사에게 물어보니, 뒷산 아래에 복파장군의 묘당이 있다고 했다. 홍혼탈이 아뢰었다.

"복파장군은 한나라 명장입니다. 그 정령이 필시 사라지지 않았을 터, 잠시 가서 향이라도 피우는 것이 좋을 듯합니다."

양창곡이 그러자고 응낙했다. 그들은 묘당에 이르러 향을 피우고 마음속으로 축원을 한 뒤 단상에 놓여 있던 점을 치는 기구를 잡아서 점괘 하나를 얻었다. 그 괘의 효사爻辭* 에 이르기를, 군사는 바르고 사람은 크게 길하다고 했다.

묘당의 문을 나서자 밤빛이 이미 깊어 검은 안개에 달빛이 잠겼다. 양창곡이 홍혼탈을 돌아보며 말했다.

"이것은 남방의 장기瘴氣, 축축하고 더운 땅에서 생기는 독한 기운요. 사람에게 쏘이면 병이 들기 때문에 복파장군이 율무로 제거했다오. 이제 장군은 병을 앓던 약한 몸으로 이런 독기를 무릅쓰고 있

---

* 주역에서 괘(卦)를 구성하는 각 효(爻)를 풀이한 말이다. 64괘에 대한 386개의 효사가 있다.

으니, 어찌 염려가 안 되겠소?"

홍혼탈이 웃으며 대답했다.

"소장은 오랑캐 출신이라, 그리 관계치 않습니다."

이들은 돌아가 잠자리에 들었다. 이날 밤, 홍혼탈이 갑자기 피를 토하면서 기절했다. 양창곡이 크게 놀라서 홍혼탈의 막사로 가서 반 시간이나 구완을 하고서야 비로소 소생했다. 양창곡은 주변 사람을 물리친 뒤 조용히 물었다.

"당신이 바람과 먼지 속에서 힘을 쓴 데다, 아까 독안개를 쏘여서 이런 증세가 나타난 것이오."

홍혼탈이 한동안 있다가 말했다.

"이는 제가 평생 안고 살아가는 병입니다. 십 리 전당호에서 수중고혼이 될 뻔하면서 물을 마셨고, 하늘 끝 외딴곳에서 떠돌던 몸이 풍토병에 손상을 입어서 이런 괴이한 증세가 생긴 겁니다."

그녀의 신음 소리가 끊이지 않자 양창곡은 걱정되어 증세에 맞는 약을 문의해 구완하고는 손을 쓰다듬으며 말했다.

"교지는 예부터 장독이 매우 많은 곳이오. 내 비록 재주는 없지만 당신을 대신하여 오계동을 함락시키겠소. 당신은 후군이 되어 천천히 오면서 편안히 병구완을 하시오."

홍혼탈은 수레에 누운 채 후군이 되고, 양창곡은 대군을 감독하여 먼저 출발했다. 한곳에 이르니 병사 하나가 아뢰었다.

"이곳이 황계입니다."

양창곡이 멀리서 바라보니, 누런 물결이 넘실넘실 하늘에 맞닿아서 마치 황하가 하늘에서 흘러내려 오는 듯했다. 황계 앞에 당도하여 살펴보니, 깊이는 1장이 채 못 되는데 물 흐름이 급하고 넓이가 1백여 칸쯤 되었다. 양창곡이 삼군을 호령하여 나무와 돌로 다리를 만들도록 했다. 그러나 중간쯤에 이르면 파도에 휩쓸려 쌓는 대로 곧바로 무너졌다. 수십 명의 군졸들이 몸을 빼내지 못하고 물에 빠져 죽기도 했다. 얼른 빠진 사람을 구해 준다 해도 온몸이 이미 누렇게 되면서 종기가 몸을 뒤덮었다. 양창곡이 크게 놀라서 다시 부교를 쌓았지만, 세 번 쌓아서 세 번 모두 무너졌다.

아무런 방책도 없이 날은 점점 저물어 갔다. 군사들은 당황하여 모두 황계 앞에서 어쩔 줄 몰랐다. 말에게 물을 마시도록 하려는데, 그중 말 하나가 고삐를 끊고 시내로 가서 물을 마셨다. 병사가 급히 끌어냈지만 말 역시 종기가 나며 그 자리에 눕더니 일어나지 못했다. 양창곡이 이를 보고 한참 생각했지만 끝내 좋은 방책이 떠오르지 않았다. 그는 강둑 위로 진영을 물리고 밤을 지내려 했다. 그는 소유경과 시냇가로 가서 흐르는 물결을 바라보았다. 밤이 깊자 누런 기운이 안개로 변하더니 사람을 덮쳤다. 양창곡이 소유경을 돌아보며 말했다.

"고금의 병서를 대략 섭렵하고 천문과 지리를 대개 알지만, 이는 사물의 이치로 미루어 생각해도 가늠하기 어렵고 지혜의 힘으로도 계책을 시행하기 어렵소. 하늘이 나라를 돕지 않고 조물주는 내가 공을 세우는 것을 시기하는 모양이오."

소유경이 대답했다.

"홍원수를 청하여 상의해 보시는 것이 좋겠습니다."

그러자 양창곡이 웃으며 말했다.

"원수는 지금 병에 걸렸을 뿐만 아니라, 이 문제는 사람의 힘으로 어찌할 수 없는 것이외다. 홍원수라 해도 뾰족한 수가 있겠소?"

양창곡은 다시 막사로 돌아왔지만 생각은 삭막하고 마음은 고민스러웠다. 길게 탄식하면서 일어나 군중을 순찰하다가 홍혼탈의 막사에 이르렀다. 때마침 홍혼탈은 침상에 누워 신음 소리가 목구멍에서 끊이질 않았다. 양창곡이 옆에서 몸을 문질러 주었지만 아득히 인사불성이 되면서 옥 같은 얼굴이 스산해졌다. 잔약한 몸을 침상에 누이니 너무도 가련하고 염려스러웠다. 양창곡은 손야차에게 곁을 떠나지 말고 모든 동정을 일일이 보고하도록 했다. 그는 진영으로 돌아가긴 했지만 마음이 평안치 못하여 묵묵히 생각했다.

'내가 대군을 이끌고 불모의 땅을 함부로 들어와서 큰 공을 세우려 했다. 그런데 작은 시내를 사이에 두고 딱히 다른 계책을 내지도 못하고, 홍랑의 병 역시 심상치 않다. 이는 필시 조물주가 나를 시기하는 것이리라.'

양창곡은 책상에 기댔지만 가슴속이 답답하여 즐겁지 않았다. 잠시 잠에 들었다가 놀라 깨어나니, 새벽 바람이 휘장을 말아 올리면서 찬 기운이 장막 안으로 들어와 부르르 한 번 몸을 떨었다. 잠시 후 목이 마르다고 외치는 소리가 사방에서 일어났다. 양창곡이 책상을 치면서 크게 소리를 질렀다.

"큰일이 벌어졌구나!"

그러고는 즉시 혼절하고 말았다. 주변 사람들이 당황하여 홍혼탈에게 알렸다. 이때 홍혼탈 역시 혼절하여 거꾸러져 누워 있다가 그 소식을 듣고 크게 놀라 군복을 입을 틈도 없이 엎어지며 자빠지며 막사에 이르렀다.

양창곡은 침상에 누워 잠들어 있었다. 진맥을 해보니 맥박이 너무 컸고 중초中焦*에 화기가 마구 타올랐다. 홍혼탈이 양창곡의 손을 잡고 소리쳤다.

"홍혼탈이 여기 왔습니다. 도독께서는 정신을 수습하시고 병의 증세를 분명히 알려 주십시오."

그러자 양창곡이 가느다란 소리로 대답했다.

"나는 정신을 잃은 것이 아니오. 두통과 현기증이 너무 심해서 참기 힘들구려."

홍혼탈은 소유경을 불러서 약 몇 첩을 지었다. 먼저 위장을 조화롭게 하고 동정을 살피면서 화기를 가라앉히는 약제를 쓰고자 했다. 그런데 뜻밖에 증세가 점점 위급해져서 손을 댈

---

* 삼초(三焦)의 하나로 횡격막 아래부터 배꼽 이상의 윗배를 말한다. 음식의 흡수와 배설을 담당하는 비장과 위장이 포함된다.

수 없을 지경이 되었다.

원래 양창곡은 소년의 나이로 날카로운 기운이 한창 장성
하여, 힘은 산악을 뽑을 정도고 기상은 두우*4 별을 꿰뚫으
려 했다. 그의 일편단심은 성실하고 공경한데, 지금 황계에 막
혀서 다른 방법을 찾지 못하자 마음이 너무 고민되었다. 그러
자 화기가 위로 치밀어올라 이런 빌미를 만드는 데 이르니, 진
실로 조급증이었다. 비유하자면 뜨겁게 타오르는 불길과 같
아서, 한 시각도 편안할 수 없었던 것이다. 홍혼탈은 여러 장
수들을 불러서 군대를 단속하고, 멀리까지 살피면서 소동이
일어나지 않도록 했다. 그리고 홍혼탈의 막사를 도독 양창곡
의 장막 앞으로 옮기고 다시 장막 안으로 들어갔다. 양창곡은
이마를 찌푸리고 가슴을 치면서 아직 말하지 못한 것을 말하
고 싶어 하는 기색을 보였다. 홍혼탈이 앞으로 가서 물었다.

"두통과 현기증은 조금 전에 비해 어떻습니까?"

양창곡이 손을 들어 입을 가리키며 북과 벼루를 요청하는
듯싶었다. 홍혼탈이 즉시 붓과 벼루를 올리니, 그가 베개에 기
대 글 몇 줄을 홍혼탈에게 써 주었다. 내용은 다음과 같다.

내가 불충불효하여 멀리 떨어진 외딴곳에서 병에 걸리니, 믿고 등
용하여 주신 황상의 은혜와 문에 기대어 아들이 돌아올 때만을 기
다리시는 부모님의 마음을 장차 어찌하리오. 이 병은 평범한 작은
병이 아니라 조물주가 나의 큰 공을 가로막고 희롱하는 것이외다.

지금 혀는 마르고 정신은 혼몽하여 끝없은 생각을 붓으로 이루 다 쓰기 어렵구려. 아득한 온갖 일을 홍원수에게 부탁하오. 원수는 세상에 다시 없는 영재요 사람을 뛰어넘는 지략을 가졌으니, 몸은 비록 규중에서 자랐지만 벼슬은 이미 조정에서 현저히 이름을 날리고 있소. 나를 대신하여 삼군을 통괄하고 개선가를 부르며 고국으로 돌아가 황상과 부모님을 위로해 주시오. 이렇게 해서 창곡의 불충불효한 죄를 한푼이나마 줄여 준다면 이는 평생토록 지기로 지낸 의를 저버리지 않는 것이오. 하루살이 같은 인생살이가 원래 이와 같으니, 당신은 너무 슬퍼하지 말고 넉넉한 마음으로 잘 억제하여 스스로 보중하시오. 다음 세상에서 이승의 미진한 인연을 다시 잇도록 합시다.

양창곡이 다 쓰고 붓을 던지고는 다시 홍혼탈의 손을 잡고 한숨을 내쉬며 탄식하다, 이내 혼절했다. 아! 군대를 끌고 나와 승리하기도 전에 몸이 먼저 죽어 오래도록 영웅들로 하여금 눈물이 옷깃에 가득하게 한 것은 한나라의 존망에 관계된 운명이었거니와,* 이 어찌 사람이 할 수 있는 것이겠는가.

* 이 부분은 제갈공명의 「출사표」(出師表)를 염두에 둔 표현이다. 유비가 죽은 뒤 촉한(蜀漢)이 급격히 기울자, 나라의 존망이 걸린 순간에 유선에게 「출사표」를 올려서 출정을 허락해 달라고 요청했다. 하지만 제갈공명은 진충에서 병에 걸려 죽으니, 나라의 흥망은 사람의 뜻대로 되는 것이 아니라 하늘의 뜻이라는 것이다. 양창곡이 이렇게 병에 걸려 홍도국을 정벌하지 못하고 죽는 것도 바로 하늘의 뜻이지 사람의 힘으로 되는 일이 아니라는 의미로 쓴 구절이다.

이때 홍혼탈은 정신이 날아가고 천지가 아득하여 묵묵히 앉아 생각했다.

'나는 일개 여자로 부모친척도 없는 신세다. 살고 죽는 일, 영광과 욕됨이 전적으로 이분에게 달려 있다. 구구하게 살기를 바라면서 지금까지 온 것도 죽는 게 두려워서가 아니라 이분을 위해서였다. 화살과 돌과 바람과 먼지 가득한 전쟁터에서 온갖 고초를 겪은 것 또한 내가 공훈에 뜻을 두었던 것이 아니라 이분을 위해서였다. 그런데 이분께서 불행한 일을 맞게 된다면 나라의 안위를 내가 어찌 알겠으며, 삼군의 진격과 후퇴를 내가 어찌 살필 것인가. 내가 마땅히 먼저 죽어서 온갖 일에 간섭하지 않아야겠다.'

이렇게 생각을 굳히고 나서 홍혼탈은 양창곡 앞으로 가서 낮은 소리로 말했다.

"상공, 정신을 차리세요. 제 말이 들리지 않으십니까?"

그러나 양창곡은 대답이 없었다. 홍혼탈은 가슴이 턱 막히면서 이런 생각이 들었다.

'내 일찍이 의서와 점복술을 배웠는데, 이럴 때 쓰지 않으면 끝없이 후회하리라.

그녀는 즉시 점괘를 하나 뽑아서 살펴보았다. 그러나 점괘가 너무 어지러워서 그 길흉을 판단하기 어려웠다. 맥을 짚어 보고 처방약을 생각해 보니 정신이 어리어리하여 증세를 잡을 길이 없었다.

"내 일찍이 어려운 일을 당했어도 심신이 당황스러운 적이 없었다. 이는 필시 하늘이 내 혼을 빼앗아 간 것일 게야. 불길한 징조 같구나."

홍혼탈은 길게 탄식했다. 그리고 주변 사람들을 물러가게 한 뒤 양창곡의 손을 잡고 울며 말했다.

"첩이 상공을 만난 지 4년입니다. 그러나 2년 동안 서로 헤어져 생사를 모르다가, 겨우 천리 타향에서 끊어진 인연을 다시 이어 여생을 맡기려 했습니다. 그런데 지금 이렇게 홀연히 저를 버리시며 아무 말씀도 남기시질 않으십니까?"

양창곡이 눈을 들어 잠시 보더니, 이마를 찌푸리면서 눈물을 머금고 슬픈 빛을 띠었다. 홍혼탈은 그가 지각이 있다는 것을 다행으로 여기면서 약을 권하며 증세를 물었다. 그러나 양창곡은 크게 소리를 지르더니 갑자기 정신을 잃었다. 아, 아깝도다! 세상을 뒤덮을 만한 군자요 풍류호걸이 젊은 나이에 이 지경이 되었으니, 하늘이 어찌 알 것인가. 홍혼탈은 급히 약탕기를 던지고 그 몸을 주물렀다. 그러나 조그마한 가능성도 보이지 않았다. 홍혼탈은 길게 탄식하면서 몸을 일으켰다.

"내 차마 보지 못하겠구나."

홍혼탈은 슬퍼하며 창밖으로 나갔다. 손야차가 마침 창밖에 서서 방 안 동정을 살피려다가 홍혼탈이 갑자기 군영 문밖으로 나오자 창을 들고 뒤따르려 했다. 홍혼탈이 돌아보며 말했다.

"노장은 따라오지 마시오."

손야차가 당황하면서 물러났다. 이때 달은 서산으로 떨어지고 별빛은 하늘에 가득한데, 군중의 물시계 소리는 이미 5경을 알리고 있었다. 홍혼탈이 곧바로 황계 근처로 가서 하늘을 우러러보며 탄식했다.

"아득한 저 푸른 하늘이여, 이 몸을 죽여 남쪽 황량한 땅의 외로운 혼으로 만드시려는 겁니까? 그렇지 않다면 양도독의 병이 어찌 이 지경에 이르렀습니까? 제가 어려서부터 청루에서 노닐었는데, 재주는 뛰어나나 덕이 없었습니다. 자라서 좋은 집안에 몸을 의탁했으나 복이 지나치면 재앙이 생기는 법, 다시 만리 떨어진 외딴곳에서 제 목숨을 끊게 만드셨습니다. 이는 첩의 박복한 운명 때문입니다. 하지만 양도독은 부모님을 섬기는 데 효성스럽고 임금을 섬기는 데 충성스럽습니다. 모든 행실에 흠이 없어 천지신명께 죄를 지을 일이 없습니다. 하물며 이제 나이 열여섯, 앞길이 구만리입니다. 엎드려 바라건대 양도독을 대신하여 제 몸을 황계에 몸을 던지겠습니다. 제발 물의 독한 성질을 바꾸어 주시고 양도독의 생명을 지켜 주십시오."

홍혼탈이 말을 마치고 막 물에 몸을 던지려는 순간이었다. 갑자기 등 뒤에서 지팡이 소리가 나더니 누군가 급히 불렀다.

"홍랑은 요즘 별일이 없느냐?"

홍혼탈이 깜짝 놀라 뒤돌아보니, 바로 예전에 공부를 가르쳐 주던 백운도사였다. 홍혼탈은 기쁘기도 하고 놀랍기도 하여 황망히 그의 앞으로 달려가 절을 하면서 눈물을 머금고 아뢰었다.

"사부께서는 어디서 오시는 길이십니까?"

도사가 미소를 지으며 말했다.

"노부가 때마침 관세음보살과 함께 남천문에 올라갔다가, 오늘 너에게 액운이 있다는 걸 알고 구하러 왔느니라."

홍혼탈이 기쁨을 이기지 못하고 사례하며 말했다.

"사부님께서 서천으로 가신 뒤 배알하지 못했는데, 이처럼 배알하게 되다니 하늘이 도왔습니다."

"내가 돌아갈 길이 바쁘니 잠깐 양도독의 병세가 어떤지 봐야겠구나."

홍혼탈이 크게 기뻐하면서, 도사와 함께 막사로 들어갔다. 양창곡은 혼절한 지 이미 오래된 상태였다. 도사가 한동안 살펴보더니, 금단金丹 세 개를 홍혼탈에게 주면서 말했다.

"이 약을 쓰면 쾌차할 것이다."

말을 마친 도사가 몸을 일으켜 나갔다. 홍혼탈이 진영 문밖까지 따라가서 아뢰었다.

"도독의 병은 오장육부에서 생긴 게 아니라 그 근원이 오계에 있습니다. 사부님께서는 극복할 방법을 가르쳐 주소서."

백운도사가 웃으면서 세 구절로 된 시를 읊었다.

한 줌 흙은 물을 이기고	一抔土克水
만 자루의 불은 쇠를 녹인다	萬柄火消鐵
반드시 복숭아꽃잎을 입에 물고	必含桃花葉
복숭아꽃 흐르는 물결에 두둥실 떠간다	泛彼桃花浪
아계의 물을 통쾌하게 마시고	痛飮啞溪水
한밤중에 탕계를 건너가노라	夜半渡湯溪

백운도사는 시를 읊고 홍혼탈을 돌아보며 말했다.

"네 미간에 서린 액운이 오늘 다 끝났으니, 앞으로는 부귀를 지극히 누릴 것이다."

그러고는 홀연 손에 들고 있던 108보리주를 주면서 말했다.

"석가모니께서 오묘한 불법을 강론하실 때 돌리시던 염불주다. 하나 하나 모두 마음을 바로하는 공부가 들은 것이라 사악한 기운이 침범하지 못하니 쓸 데가 있을 것이다. 나중에 자개봉紫盖峰 대승사大乘寺의 보조국사輔祖國師께 전하도록 해라."

말을 마치자 그는 한바탕 맑은 바람으로 변하여 간곳없이 사라졌다. 홍혼탈은 공중을 향하여 무수히 절하며 감사를 올렸다.

그녀는 즉시 장막 안으로 돌아와 양창곡에게 급히 금단을 사용했다. 첫 번째 알에 가슴이 상쾌해지고 두 번째 알에 정신이 청명해지며 세 번째 알에 신기神氣가 평상시와 다름없이 되었다. 원래 금단은 선가仙家의 최상품 영약이었다. 양창곡이 약을 먹은 후 병세가 바로 쾌차했고 총명과 정력이 전보다 배나 높아졌다. 홍혼탈은 양창곡의 병세가 쾌차한 것을 보고 기쁨을 이기지 못했다. 홍혼탈은 양창곡에게 먼저 백운도사가 진영에 내려오셨다고 알려 주었으며, 다음으로는 세 구절의 비결을 암송해 주었다. 양창곡이 다 듣더니 경탄해 마지않았다. 홍혼탈은 세 구절의 시를 외면서 행군하다가, 군중에 명령을 내렸다.

"모든 병사들은 한꺼번에 황토 한 줌씩 들고 황계를 건너라. 만약 목이 마른 사람이 있다면 황토를 입에 문 다음 물을 마시도록 하라."

백만대군이 황토를 쥐고 시내를 건너는데, 모두 장군의 명령에 따르며 행군하니 과연 아무도 병에 걸린 사람이 없었다. 삼군의 병사들이 기뻐 날뛰면서 환호성을 우레처럼 질렀다.

다음 날 철계에 도착했다. 물빛은 검푸르고 차가운 기운이 서로 어려서 병기에 스미니, 과연 쇠로 만든 병기가 녹아서 물이 되어 버렸다. 홍혼탈이 삼군의 병사들에게 명령했다.

"모든 병사들은 각각 횃불 한 자루씩 들고 시내를 건너라."

삼군의 병사들이 한꺼번에 풀을 묶어서 횃불을 만들어 불을 붙이고 시내를 건넜다. 불빛이 철계를 뒤덮었다. 불빛이 적은 곳은 말이 건너는 쪽이었는데, 그들은 찬 기운을 이기지 못하여 횃불을 더 붙인 뒤에야 비로소 건널 수 있었다.

도화계에 이르렀다. 때는 3월 초순이라 복숭아꽃은 만발하고 물결은 넘실거렸다. 떨어진 꽃은 어지러이 흩어져 물 한가운데에 둥둥 떠 있고 물빛은 꽃을 비추어 붉었다. 독기가 코를 스치면서 역한 냄새를 풍겼다. 어린 병사 한 명이 손가락으로 물을 찍어 맛을 보니, 순식간에 손가락이 부풀어 오르면서 피를 토했다. 홍혼탈이 명령을 내렸다.

"모든 병사들은 언덕 위로 올라가 각각 복숭아꽃 한 가지를 꺾어서, 사람이든 말이든 모두 다리에 바르고 입에 문 다음 시내를 건너라."

병사들이 다투어 꽃가지를 꺾으니, 삽시간에 복숭아꽃이 없어졌다. 이에 북을 울리며 시내를 건너는데, 꽃그림자가 점점이 물속에 비쳤다. 홍혼탈이 양창곡과 함께 말을 나란히 하고 건너면서 낭랑하게 웃었다.

"강남 전당호의 십 리에 걸친 연꽃을 아름다운 광경이라 말들 하지만, 지금 이 광경보다는 못하겠네요."

그 말에 양창곡 역시 빙그레 미소를 지었다.

도화계를 건너 아계에 이르렀다. 홍혼탈이 명령을 내렸다.

"모든 장수와 삼군의 병사들 가운데 목마른 사람이 있다면 각자 통쾌하게 마시고 건너라."

그러나 군사들이 오히려 머뭇거렸다. 이때 손야차가 크게 소리를 질렀다.

"홍원수는 신인이시다. 어찌 의심하는가."

손야차는 표주박을 들어 먼저 마시고는 뇌천풍을 돌아보며 얼마나 통쾌한지 말하려 했다. 그러나 갑자기 혀가 말리면서 말을 할 수 없었다. 손야차는 표주박을 던지고 눈물을 흘리며 가슴을 치면서 방성대곡을 했다. 홍혼탈이 크게 웃으며 다시 몇 바가지를 더 마시라고 권했으나 손야차는 겁이 나서 주저했다. 억지로 권하여 몇 바가지 마시니 비로소 가슴속이 맑아지면서 소리가 분명해졌다. 손야차가 크게 기뻐하며 말했다.

"제가 옛날 홍원수 님을 업고 물속을 헤엄쳐 갈 때 절강浙江의 물을 배불리 먹었습니다만, 이 물처럼 맑고 시원하지는 않았습니다."

홍혼탈이 눈썹을 찡그리며 눈짓을 했다.

"내가 몇 바가지 더 먹게 했더니 횡설수설하시는구려."

손야차가 아무 말도 못하고 물러났다. 삼군의 병사들이 한꺼번에 아계의 물을 양껏 마시니 용기가 이전보다 두 배나 높아졌다.

다음 날 탕계에 도착했다. 물결이 세차게 솟구치는 데다 햇빛을 따라 불처럼 뜨겁게 달구어져 사람들이 감히 접근하지 못했다. 홍혼탈은 강가에 진을 치고 밤이 되기를 기다려 직접 물가로 갔다. 해시亥時, 밤 9시부터 11시까지에서 자시子時, 밤 11시부터 새벽 1시까지로 넘어갈 무렵이 되었다. 물결은 일지 않아 잔잔하고 차가운 기운은 물의 표면 위에 떠 있었다. 홍혼탈은 삼군에게 명령을 내려 한꺼번에 시내를 건너게 했다. 이제 백만대군이 오계五溪의 험한 곳을 모두 건넜다. 모든 장수들과 병졸들은 서로 축하하면서 홍혼탈의 신이하고 기이함에 탄복했다.

원래 황계는 토정土精이라서 토로써 토를 이긴 것이고, 철계는 금정金精이라서 화로써 금을 이긴 것이다. 도화계는 복숭아꽃의 독으로 독을 이긴 것이고, 아계는 풍토가 달라서 그런 것이므로 처음 마실 때는 벙어리처럼 되었다가 마음껏 마시면 위장에 습관이 되어 괜찮아졌던 것이다. 탕계는 남방의 화기라, 한밤중에는 북쪽에서 물이 나오면서 저절로 상극을 이룬다. 무릇 천하의 사물이 화기를 많이 받으면 독기가 저절로 생기는데, 남방은 산천초목이 화기를 받지 않은 것이 없었다. 그러므로 독기가 이곳에 모인 것이다.

한편 홍도왕 탈해와 그의 아내 소보살은 명나라 병사들이 쳐들어왔다는 보고를 받고 여러 장수들과 상의했다.

"명나라 병사들이 어찌 오계를 건너겠습니까?"

그러나 그들이 무사히 오계를 건넜다는 보고를 듣고 탈해가 놀라서 즉시 소대왕小大王 발해拔解를 불렀다. 발해는 탈해의 동생인데, 만 명의 남자들도 당할 수 없을 만큼 용맹하면서 성질이 불같은 사람이었다. 탈해가 발해에게 말했다.

"명나라 병사들이 이미 오계를 건넜다고 하니, 더 이상 계책이 없구나. 어떻게 하면 막을 수 있겠느냐?"

발해가 팔뚝을 흔들며 말했다.

"별 것 없는 명나라 졸개들은 한 방이면 묻어 버릴 텐데, 어찌 방비를 걱정하세요?"

탈해가 말했다.

"동생은 적군을 가볍게 여겨 쉽게 말하지 말라. 내가 정예 병사 3천 기를 줄 테니 자고성鷓鴣城을 지키면서 적군이 들어오는 길을 끊어라."

발해가 응낙하고 갔다. 원래 자고성은 오계동의 북쪽에 있는데, 그곳에 자고새가 많아서 이름 붙여졌다.

이때 양창곡은 오계동을 향해 행군하고 있었다. 멀리 한곳을 바라보니, 산 위에 나무들이 하늘을 찌를 듯한데 그 가운데 외딴 성 하나가 은은히 높다랗게 솟아 있었다. 홍혼탈이 크게 놀라 교지 출신의 병사를 불러 물었더니, 이렇게 대답했다.

"오계 남쪽으로는 사람 발길이 닿지 않는 곳이라 자세히 알지 못합니다. 전하는 말로는, 오계동으로 들어가는 길에 자고성을 지난다고 합니다."

홍혼탈이 고개를 끄덕이며 양창곡에게 아뢰었다.

"탈해가 만약 자고성에 복병을 숨겨 놓고 우리 군사의 후미를 친다면 낭패를 당할 것입니다. 먼저 자고성을 함락시키는 것이 좋겠습니다."

"어떻게 하면 빼앗을 수 있겠소?"

"오늘 밤 이곳에 대군을 머무르게 하고, 동초와 마달 두 장군에게 5천 기의 병사를 데리고 자고성 북쪽에 매복하도록 하십시오. 날이 밝기 직전에 대군을 이끌고 오계동으로 향하면 자고성에 매복하던 홍도국 병사들이 반드시 나와서 우리가 가는 길을 막을 것입니다. 이때를 틈타서 동초와 마달 두 장수들이 자고성을 빼앗도록 하는 것이 묘책인 듯합니다."

양창곡이 허락하고는, 대군을 그곳에 머무르게 하면서 하룻밤을 지내기로 했다. 이날 밤 3경, 동초와 마달 두 장수에게 5천 기의 병사를 인솔하게 하여 보냈다. 날이 밝기를 기다렸다가 북과 뿔피리를 울리면서 대군을 몰아 오계동을 향하여 행군하니, 그 기세는 마치 비바람이 몰아치는 듯했다. 발해가 정예군을 이끌고 산에서 내려와 크게 꾸짖었다.

"어떤 쥐새끼들이 겁도 없이 호랑이 아가리를 지나가느냐! 어찌 이리도 대담하단 말인가!"

발해가 말을 돌려 나와 싸움을 청했다. 홍혼탈은 급히 진을 쳤다. 선봉을 후군으로 삼고 후군을 선봉으로 삼으면서, 단번에 말을 돌리고 깃발을 휘두르며 출전했다. 홍혼탈은 양창곡과 함께 진영 앞에서 바라보았다. 발해의 키는 10척이나 되고 얼굴은 노구솥 밑바닥 같은데, 호랑이 눈과 곰과 같은 허리를 한 흉악한 모습으로 인간의 형상이 아니었다. 두 손에는 각각 철퇴를 하나씩 들고 큰소리를 지르며 출전했다. 양창곡이 홍혼탈을 돌아보며 말했다.

"저게 인간이오? 귀신이 아니면 필시 짐승인가 보오."

양창곡이 뇌천풍에게 출전하라 명하자, 그는 벽력부를 들고 발해를 치려 했다. 그러나 발해는 오른손에 철퇴를 들고 왼손으로 벽력부를 치려 했다. 뇌천풍은 크게 노하여 도끼를 잡고 놓지 않았다. 발해가 갑자기 크게 소리를 지르며 도끼 잡은 손을 휘두르자 뇌천풍이 말에서 떨어지고 말았다. 발해가 크게 웃으며 말했다.

"네가 어찌 나를 대적할 수 있겠느냐? 나의 용력을 알고 싶으면 이 철퇴를 한번 들어 보시지."

발해는 곧바로 철퇴 하나를 말 앞에 던졌다. 뇌천풍이 화가 나서 힘을 다해 그 철퇴를 들어 보려 했지만 무게가 천 근이나 되어 스스로 들 수 없다는 것을 알았다. 뇌천풍은 몸을 빼서 말에 올라 본진으로 돌아와 탄식하며 말했다.

"이는 보통 사람의 힘이 아닙니다. 옛날 촉산蜀山을 뽑던 다섯 명의 장정이 아니라면 필시 구정九鼎*을 들어올리던 초패왕楚霸王의 후신이 분명합니다."

말이 끝나기도 전에 발해가 소리를 질렀다.

"너희 백만대군은 말할 것도 없고, 너희 명나라 천자가 직접 온 나라 백성들을 모두 데려온다 해도 나는 조금도 겁내지 않는다."

이 말에 양창곡이 노하여 말했다.

"오랑캐 새끼의 무례함이 감히 이와 같으니, 그 머리를 베지 않는다면 맹세코 군사를 돌리지 않으리라."

---

* 하(夏)나라 우왕(禹王) 때 전국 아홉 주(州)에서 쇠붙이를 거두어 만들었다는 아홉 개의 솥을 말한다. 주(周)나라 때까지 대대로 천자에게 전해진 보물이었다.

홍혼탈이 웃으면서 대답했다.

"소장이 비록 용력은 없으나 한번 싸워 보겠습니다."

양창곡은 한동안 생각에 잠겨 대답하지 않았다. 그러자 홍혼탈이 다시 웃으며 말했다.

"소장의 쌍검은 평생토록 제가 아끼는 것입니다. 보잘것없는 오랑캐의 피로 어찌 더럽힐 수 있겠습니까? 제게 화살이 다섯 개 있습니다. 세 개로 저 오랑캐 장수를 잡지 못한다면 군율로 벌을 받겠습니다."

그녀는 쌍검을 풀어 손야차에게 건네주었다. 그리고 대도를 차고 활과 화살을 허리에 매더니 말에 올랐다. 홍혼탈의 아름다운 모습과 꽃 같은 얼굴은 발해와 비교할 수도 없었다. 모든 장수와 삼군의 병사들이 진 앞에 나와서 승부를 구경했다. 양창곡 역시 진영 위에 앉아서 홍혼탈이 위급한 상황에 닥치면 대군을 몰아 구출하러 갈 준비를 했다.

승부는 어떻게 될 것인가. 다음 회를 보시라.

제22회

양창곡은 술을 들고 자고새 소리를 듣고,

홍혼탈은 기운을 보고 여우갖옷을 보내다

楊都督携酒聽鷓鴣 紅元帥望氣送狐裘

소대왕 발해는 진을 펼치고 급히 싸움을 걸면서 명나라 진영을 향해 무수히 욕설을 퍼부었다. 그런데 홀연 명나라 진영에서 성관을 쓰고 금빛 전포를 입은 소년 장군 한 명이 대완설화마에 올라, 대우전과 보추궁寶雛弓을 허리에 차고 나왔다. 옥같은 얼굴에 별처럼 빛나는 눈동자에 정신은 우뚝하고 풍채는 뛰어나, 화살과 돌이 난무하는 전쟁터에서는 보기 드문 인물이었다. 손에는 병장기를 들지 않은 채 섬섬옥수로 말고삐를 잡고 천천히 진영에서 나왔다. 발해가 멀리서 바라보다가 껄껄 웃으며 말했다.

"늙어 추하게 된 놈들은 목을 움츠리는데 묘령의 어린아이가 이렇게 나타나다니, 내 잠깐 시간을 보내는 것도 좋겠지."

발해는 허공에 철퇴를 던져 재주를 자랑하면서 홍혼탈을 비웃었다.

"네 얼굴을 보아 하니, 귀신이 아니라면 나라를 기울일 경국지색이겠구나. 이 할애비가 잡아가야겠다."

발해는 철퇴를 옆에 끼고 말을 달려서 곧바로 잡으러 들어왔다. 홍혼탈은 미소를 지으며 말을 돌리고는, 보추궁을 당겨서 첫 번째 화살을 쏘았다. 옥 같은 손이 한 번 번뜩이자 발해의 왼쪽 눈에 화살이 정확히 꽂히면서 눈알이 튀어나왔다. 발해가 한 손으로 화살을 뽑고 한 손으로는 철퇴를 들고 크게 소리를 지르는데, 노기가 하늘을 찌를 듯했다. 그는 갑옷을 벗어서 땅에 던지더니 검은 몸을 드러내며 말했다.

"네가 요술을 믿고 이렇게 당돌하게 굴다니, 다시 한번 쏘아 봐라. 이 어르신이 붉은 가슴으로 받아 주겠다."

그가 이빨을 갈면서 곧바로 부딪쳐 왔다. 홍혼탈은 빙그레 웃으면서 짐짓 활을 당기는 모양을 지어 거짓으로 활시위 소리를 냈다. 발해가 말 위에 서서 소리쳤다.

"이 어르신께서 내 배로 네 화살을 받겠다. 요괴는 내 철퇴를 받을 수 있겠느냐?"

발해는 오른손에 든 철퇴를 홍혼탈에게 던졌다. 홍혼탈은 몸을 돌려 피하면서 옥 같은 손을 한 번 번뜩였다. 활시위 소리와 함께 유성 같은 화살이 발해의 입에 정확히 꽂혔다. 발해는 손으로 화살을 뽑아 버렸다. 입에 선혈이 가득했고, 하나 남은 눈은 불처럼 빛을 냈다. 그는 분을 이기지 못하여 펄쩍 뛰어 말에서 내리더니 맹호처럼 달려왔다. 홍혼탈은 말을 채찍질하여 급히 피하면서 크게 꾸짖었다.

"네가 비록 눈이 있으되 하늘 높은 것을 몰라 먼저 네 눈을 쏘았고, 말을 조심하지 않아 네 입을 쏘았다. 그런데도 이렇게 무례하니, 이는 심장의 구멍이 막혀서 흉악한 위장와 뒤집어진 창자를 감싸고 있는 모양이구나. 내게 화살 하나가 더 있으니, 이것으로 다시 심장을 쏘아서 그 막힌 곳을 뚫어 주겠다."

말이 끝나자 옥 같은 손이 한 번 번뜩하며 활시위 소리가 쌩 하고 났다. 아무리 흉악한 발해라 해도 가슴을 가리고 피하지 않을 수 없었다. 그러나 속은 것을 알고 더욱 화를 내며 길길이 날뛰어 오니, 그 형세가 정말 다급했다. 홍혼탈이 크게 꾸짖으면서 별 같은 눈동자를 돌리는가 싶더니 어느새 날아간 화살이 그의 가슴을 정통으로 맞추어 등까지 뚫고 나왔다. 발해는 반 길이나 뛰어오르며 크게 소리를 내고는 땅에 엎어졌다. 홍혼탈은 칼을 빼서 발해의 붉은 투구를 벗겨 본진으로 돌아왔다. 그러자 양창곡이 크게 기뻐했고, 여러 장수와 삼군의 병사들도 서로 돌아보면서 홍혼탈의 활 솜씨에 경탄했다.

이때 동초와 마달 두 장군은 자고성 북쪽에 매복해 있었다. 그들은 발해가 피를 흘리는 것을 보고, 즉시 말과 군사들에게 나뭇가지를 물려서 소리를 내지 못하게 만든 뒤 한꺼번에 자고성을 함락시켰다. 양창곡은 홍혼탈과 함께 대군을 몰아서 패잔병들을 죽이고 자고성으로 들어갔다. 천험天險의 성을 힘들이지 않고 빼앗은 것이다. 성지城池를 둘러보니 견고하기가 철옹성과 같았다. 창고를 열어 보니 군량이 적지 않았으며, 수전水戰에 쓰는 병기와 배를 만들 목재가 산더미처럼 쌓여 있었다. 양창곡이 크게 놀라며 물었다.

"우리 군사들은 수전을 익히지 않았소. 탈해가 만약 계책이 궁하여 수전으로 대항하면 어떻게 대응하는 게 좋겠소?"

"소장이 사실 육지 싸움은 좀 거칠지만, 수전에서는 설령 주공근周公瑾*이나 제갈공명이 다시 살아온다 해도 양보하지 않을 정도입니다."

홍혼탈이 웃으며 대답하자 양창곡은 크게 기뻐했다. 이날 양창곡은 삼군의 군사들을 배불리 먹여 위로하고 묵을 곳을 정해 주었다.

자고성 동쪽에 높은 돈대敦臺가 있었는데 그 경치가 장쾌하면서도 뛰어났다. 양창곡이 홍혼탈에게 말했다.

"우리가 오래도록 바람과 먼지 속에서 지내느라 조용히 술 한 잔 할 틈이 없었소. 만리 타향에서 이 같은 경치를 만났으니 이 또한 얻기 어려운 기회요. 좋은 술과 맛있는 안주로 잠시나마 마음을 풀어 보는 게 어떻겠소?"

홍혼탈이 미소를 지으며 여러 장수들을 물러가게 하고, 손야차만을 대동하여 평복 차림으로 석대까지 걸어서 올라갔

---

* 삼국시대 오(吳)나라의 주유(周瑜)를 말한다. 손책을 도와 강동(江東) 지역을 평정했으며, 훗날 적벽에서 조조의 대군을 격파했다.

다. 석양에 비친 산빛은 울울창창하여 눈 아래 벌여 있고, 하늘 끝 돌아가는 구름은 아득하여 끝없이 펼쳐졌다. 자고새 소리는 곳곳에 울려 퍼져 나그네 시름을 불러일으켰다. 양창곡이 손야차에게 술을 따르라 하여 저마다 크게 취했다. 그때 갑자기 홍혼탈이 슬픈 빛을 띠었다. 양창곡이 그녀의 손을 잡고 웃으며 말했다.

"그대는 어찌하여 즐겁지 않은 빛을 보이는 거요?"

"제가 들으니, 나그네는 고향을 슬퍼하고 물고기도 옛날 노닐던 물을 그리워한다고 합니다. 자고새 역시 강남 지방에 많이 보이는 새입니다. 비가 오나 날이 어둡거나, 꽃이 피거나 낙엽이 지거나 그 소리는 다름없습니다. 그런데 예전에는 그렇게 화창하게 들리던 소리가, 오늘은 어찌 저리도 슬프게 들리는 걸까요? 첩은 본래 청루의 천한 신분으로 뜻밖에 상공을 만나 오늘처럼 영화가 극에 달하여 여한이 없습니다. 그러나 아녀자 마음은 스스로 만족할 줄 모르고, 매번 이렇게 아름다운 경치를 만나면 제경공齊景公의 눈물**과 양숙자羊叔子의 탄식***이 아무 이유 없이 나옵니다. 이는 다름이 아니라 풍류장에서

** 제(齊)나라 경공(景公)이 교외에 있는 우산(牛山)에 올라가 풍경을 보다가 "어찌 이곳을 떠나 죽는단 말인가" 하며 눈물을 흘렸다고 한다.
*** 진(晉)나라 양숙자(羊叔子)가 오나라를 정벌하려 했으나, 대신들의 반대로 무제(武帝)가 마음을 돌리자 "천하의 일은 뜻대로 되지 않는 것이 열에 여덟, 아홉이구나" 하며 탄식했다고 한다.

오래 노니는 바람에 규방의 범절로 잘 단속할 줄 모르고, 풍월과 가무로 맺어진 강개한 마음이 있어서 물처럼 흘러가는 세월을 한탄하고 우리 삶이 잠깐인 것을 슬퍼하여 그리운 마음을 차마 잊지 못하기 때문입니다.

상공, 저 자고새 소리를 들어 보세요. 북악에 꽃이 만발하고 남산에 잎이 푸르러 석 달 봄의 아름다운 빛이 흐드러져 호탕한 때에 쌍쌍이 날아다니는 자고새는 꽃가지로 날아들며 암수가 서로 화답하니 그 소리가 화창합니다. 봄바람에 강 언덕 버드나무는 노란 빛을 뒤집고 가랑비에 강풀은 윤택하고 푸르니, 한 번 울면 장안 풍류 소년들의 준마를 머물게 하고, 두 번 울면 기생집 어린 여인을 단장하도록 재촉합니다. 번화한 소리와 미묘한 웃음은 자고새를 시기하며 봄빛을 다툽니다.

그러다가 석 달 봄이 물 흐르듯 지나면 떨어지는 꽃이 어지럽고, 가을 바람 쓸쓸하면 그 소리가 슬퍼서 한탄하는 듯합니다. 한 번 울면 열사의 옥병이 조각조각 부서지는 소리처럼 들리고, 두 번 울면 미인의 푸른 옷소매에 점점이 눈물 흔적이 생깁니다. 이는 다름이 아니라 무심한 자고새를 유심하게 듣기 때문입니다.

제가 강남에서 떠돌아다닐 때 우연히 상공을 모시게 되어 한 번 정을 맺었다가, 하늘 끝 외딴곳에서 용검龍劍과 신물神物이 서로 만나듯 만났습니다. 나탁과 축융왕의 서릿발 같은 칼과 창, 바람과 비와 화살과 돌이 몰아치는 전쟁터에서도 한 조각 애정이 조금도 흔들리지 않았으며, 죽음과 삶이 교차하는 환란 속에서도 서로 떨어진 적 없었습니다.

이제 다시 이 석대에 오르니, 다만 한스러운 바는 백발은 무정하고 홍안은 때가 있어, 석양 무렵 자고새 소리에 마음이 닿습니다. 첩은 모르겠습니다, 오늘 이 같은 마음이 백년 후에는 어떤 모습일까요?"

양창곡이 웃으며 말했다.

"그대의 식견으로 어찌 그런 마음을 가진단 말이오? 내가 그대와 함께 이 석대에 오른 것도 우연한 일이고, 자고새가 우는 것 또한 우연이오. 살아서 정을 맺는 것도 이미 망령된 짓이거늘, 하물며 죽어서 정을 남기는 것임에랴! 한 몸이 아무 탈 없이 백년을 편안하게 지낸다면 이는 백년의 영광이요, 하루가 한가하여 조용히 편안하게 지낸다면 이는 하루의 복이지요. 서산에 떨어지는 해를 보내고 동쪽 고갯마루에 떠오르는 달을 맞이하는 것도 좋은 경치라, 군중에 남은 술이 있거든 다시 내오도록 하시오. 내 한번 그대와 함께 취하여 그대의 울적한 심회를 없애 주겠소."

홍혼탈이 미소 지으며 다시 몇 잔을 마셨다. 밤은 이미 캄캄해져 찬 이슬이 옷깃에 스몄다. 홍혼탈이 조용히 말했다.

"상공께서 도독의 위치에 있는데 취한 채 여러 장수를 대하는 것은 좋지 않은 일입니다. 밤이 깊고 술은 충분히 드셨으니 청컨대 천금 같은 몸을 돌아보시어 한때의 즐거움을 탐하지 마시고, 빨리 군영으로 돌아가십시오."

"내가 오랫동안 술을 마시지 않아서 울적했는데, 오늘 군이 무사하고 이곳 경치가 장쾌하니 한번 취하는 것이 어찌 안 될 일이겠소? 그대는 한 잔 더 하시오. 만리 떨어진 외딴곳에서 이와 같은 경치를 만나기도 어렵다오."

"군중은 사지입니다. 모든 장수들은 칼을 안고 창을 베고 누워 위태로운 생각과 두려운 마음으로 밤새도록 편안히 잠들지 못하고 있습니다. 상공이 그것을 돌아보지 않으시고 음주만 일삼으신다면, 이는 저의 죄입니다. 감히 가까이서 모시지 못하겠습니다."

그러자 양창곡이 갑자기 화를 내면서 말했다.

"그대의 기색에 부드럽고 순종하는 빛이 하나도 없고 내 뜻을 거스르기만 하니, 이게 무슨 도리요?"

홍혼탈은 그 말에 한참 묵묵히 있다가 다시 술 한 잔을 따라서 양창곡에게 올렸다. 그러고는 기세를 낮추고 말소리를 부드럽게 하여 말했다.

"제가 비록 배운 것은 없지만 일찍이 들으니 남편의 뜻을 어기지 말고 반드시 공경하며 경계하라 했습니다. 상공의 말씀을 거역하고 누구 말에 순종하겠습니까? 상공께서 춘추가 한창이라 예기만 믿고 존체를 보존하지 않으면서 긴 밤 내내 마시기만 하려 하시니, 만리 밖 늙으신 부모님이 이제나저제나 자식 기다리는 마음을 어찌 생각지 않으시는 겁니까?"

양창곡이 말을 다 듣고 나니 더욱 미안한 빛을 보이면서 술
잔을 받지 않았다. 그러고는 몸을 일으켜 장막 안으로 들어갔
다. 홍혼탈도 따라 들어갔지만 감히 자리에 앉지 못하고 옆에
서 반 시각 정도 서 있었다. 양창곡이 말했다.

"원수의 신분으로 이렇게 오래 서 있다니, 도리어 내가 불
안하오. 처소로 돌아가 쉬는 게 좋겠소."

그러나 홍혼탈은 더욱 공경한 빛으로 물러가지 않았다. 양
창곡은 손야차를 불러 분부했다.

"홍원수를 모시고 속히 숙소로 돌아가라. 내 명령이 아니면
내 장막에 출입시키지 말라."

말을 마치자 그 기색이 너무도 삼엄했다. 홍혼탈은 두려워
하며 물러나 막사로 돌아갔다. 손야차가 조용히 말했다.

"양도독님과 무슨 안 좋은 일이 있으세요?"

"노장은 몰라도 돼요. 너무 염려하지 마세요."

그날 밤 홍혼탈은 군복을 벗지 않고 침상에 누웠으나 뒤척
이며 잠을 이루지 못하고 생각에 잠겼다.

'도독의 성품이 본래 너그러워서, 일찍이 좁은 마음으로 화
를 낸 적이 없으시다. 오늘 일은 분명 무슨 곡절이 있는 것 같
구나. 내일이면 자연히 알게 되겠지.'

그녀는 침상에 누워 다시 생각했다.

'내 본래 청루의 천한 몸이라 얼굴빛을 보고 사람을 모셨
다. 그런데 근래 들어서는 씩씩한 풍모만 많고 유순한 모습이

없었지. 군자께서 그 점을 못마땅하게 여기신 게야. 이 어찌
내 잘못이 아니겠느냐.'

홍혼탈은 침상에서 일어나 거울에 자신의 얼굴을 비추어
보며 환하고 온순하면서도 유순한 표정을 지어 보았다. 생각
이 이에 미치자 마음이 어지러워져 잠을 이룰 수가 없었다.

날이 밝자 홍혼탈은 양창곡의 침소 앞으로 갔다. 그러나 감
히 들어가지 못하고 서성거렸다. 그때 양창곡이 손야차를 불
러서 정색하며 꾸짖었다.

"어제 내가 명령한 바가 있는데, 원수가 장막 앞에 있는 건
무엇 때문이냐. 빨리 물러가게 하여라."

홍혼탈은 즉시 물러났다. 그녀는 마음이 울적하여 즐겁지
않았다. 우습구나, 양창곡이 홍혼탈을 사랑함이여. 우습구나,
홍혼탈이 양창곡을 믿음이여. 어찌 화를 내며, 어찌 의심하겠
는가. 그러나 애정이 극에 달하면 무언가 가려지게 되고, 친분
이 깊으면 쉽게 화를 내게 된다. 사람을 잘 알아보고 지혜롭게
잘 대처하는 홍혼탈은 양창곡의 근심을 함께 근심하고, 즐거
움을 함께 즐거워했다. 그런데 지금 뜻밖의 일에 당하니 끝내
마음이 약해지고 생각이 삭막하여, 처음에는 무슨 곡절이 있
는가 의심하다가 나중에는 제 잘못을 생각하여 울적하고 즐
겁지 못한 생각이 들었다. 이것은 부부 사이에 간절하면서도
극진한 애정이다. 이런 마음이 없다면 여자의 본모습이 아닐
것이요, 이런 마음을 넘어서 지나치게 되면 부부의 덕에 손상

을 입을 것이다. 그러니 어찌 삼가지 않을 것인가.

이때 양창곡은 홍혼탈의 충고를 듣고 속으로 탄복했지만, 사랑하는 마음이 더욱 간절하여 도리어 걱정이 앞섰다.

'하늘이 사람을 내면서, 얼굴이 예쁜 사람은 덕이 없고 재주가 많은 사람은 지혜가 부족하다. 내가 홍랑을 만난 지 몇 년이 되었지만 의심스러운 데를 보지 못했다. 내가 만약 홍랑에게 푹 빠져서 이렇게 하지 않으면 홍랑에게 적지 않은 염려가 생길 것이다. 흠 없는 옥은 쉽게 망가지고 향기로운 풀은 무성해지기 어렵다. 어찌 애석하지 않으리오. 내일 다시 오계동으로 출전하면 필시 우리가 함께 가게 될 것이다. 연약한 몸으로 연일 고생하고 있지만 사실 불안하다. 내가 이 틈을 타서 놀려 주고, 미안한 빛을 보이면서 골짜기 안에 머물게 하여 몸을 조섭하도록 해야지.'

양창곡은 이렇게 생각하고 있었다. 그러나 홍혼탈은 술자리에서 사소한 일로 매정한 질책을 받자, 심란하게 막사로 돌아와 책상에 기대 말도 하지 않고 웃지도 않으면서 슬퍼했다. 그때 손야차가 와서 아뢰었다.

"도독께서 내일 오계동을 공격하라고 모든 군중에 명령을 내리셨습니다."

홍혼탈은 대답하지 않고 묵묵히 앉아 있다가 훌쩍 몸을 일으켜 양창곡의 지휘부로 갔다. 때마침 양창곡은 병서를 읽고 있었다. 홍혼탈이 갑자기 들어오더니 아뢰었다.

"제가 어제 한 일은 만 번 죽어도 가볍습니다. 그러나 오늘 출전을 허락지 않으시니 이는 바라는 바가 아닙니다. 제가 발해를 보니 몹시 흉악했습니다. 오계동은 험한 땅이고 오늘의 싸움은 첫 전투입니다. 그 허실을 모르고 가볍게 대적할 수는 없습니다. 저는 이미 상공을 따라 여기까지 왔습니다. 상공께서 위험한 땅에 홀로 들어가시는 것을 보면서 어찌 편안히 앉아 있을 수 있겠습니까? 제게 비록 기묘한 계책은 없지만, 채찍을 잡고 종군하여 이 환란을 상공과 함께하고 싶습니다."

"홍원수가 아니면 낭패를 보겠지요. 그러나 병가에서 승패는 일상적인 일입니다. 오늘 싸움은 용렬한 양창곡 도독이 스스로 주관하는 것입니다. 원수께서는 너무 근심하지 마시오."

홍혼탈은 치밀어 오르는 마음을 이기지 못하고 본영으로 돌아왔다. 조금 뒤 손야차가 군령을 받들고 왔다. 살펴보니, 군사 3천 명과 손야차는 홍혼탈 원수를 모시고 자고성에 머무르고, 나머지 장졸들은 오늘 오계동으로 행군하라는 것이었다. 조금 있으려니 소유경이 또 홍혼탈을 보며 말했다.

"오늘 오계동 전투는 쉽지 않을 듯합니다. 도독께서 원수의 병을 염려하시어 혼자 가려 하십니다만, 상당히 염려됩니다."

홍혼탈이 웃으며 말했다.

"그것은 장군이 잘 모르시는 것입니다. 칼과 창을 휘두르며 적의 머리를 베고 적진에 쳐들어가는 능력은 제게 약간 있습니다. 그러나 양도독님은 질서정연한 진법과 당당한 병법으로 문무를 모두 갖춘 분이십니다. 무엇과 마주치든 대적할 자가 없다는 점에서는 열 명의 홍혼탈이 어찌 한 분의 양도독을 당하겠습니까? 다만 휘하에 변변한 장수가 없어서 제가 병으로 종군하지 못하니, 장군께서는 도독을 따라 출전하셨다가 만약 위급한 일이 생기면 즉시 제게 통보하시어 환란을 함께 구하도록 해주십시오."

소유경이 알겠다며 대답하고 나갔다.

새벽 무렵 군사들이 출발했다. 자고성에서 오계동까지 불과 2십리였다. 양창곡은 대군을 다섯 부대로 나누었다. 제1대는 선봉장군 뇌천풍, 제2대는 좌익장군 마달, 제3대는 우익장군 동초, 제4대는 우사마 소유경이 맡았고, 나머지는 양창곡이 맡아서 중군을 이루었다. 오계동 앞에 근거지를 마련하고, 기병은 동쪽과 서쪽 모서리에 배치하여 일자진—字陣을 쳤다. 수레와 대포와 보병은 가운데에 배치하여 동서쪽 모서리를 연결하는 역할을 했다. 그러나 변화에 응하는 진세가 대단히 어긋나 보였다. 소유경은 속으로 생각했다.

'오랑캐 병사들은 말을 달려 돌격하는 전술이 가장 뛰어나다. 적병이 만약 우리 진영의 중간으로 돌격해 오면 머리와 꼬리 부분이 끊어지게 된다. 그러면 어떻게 한다지?'

그는 몰래 포진도를 그려서 홍혼탈에게 보내 장단점을 물으려 했다. 이때 양창곡은 진을 친 뒤 오계동 안으로 격서를 쏘아 보냈다. 격서의 내용은 다음과 같다.

나는 황제의 명을 받들어 와서 남방을 덕으로 복종시키고자 한다. 정정당당한 방법으로 싸울 뿐, 교묘한 술법으로 대항하지 않으리라. 홍도왕은 빨리 승부를 가리자.

이때 탈해는 진영 안에서 동문東門에 올라 명나라 진영을 바라보고 말했다.

"대명국의 원수가 십만대군으로 일자진을 치다니, 이는 허장성세를 부리는 것이다. 들자 하니, 내실을 기하는 자는 밖을 자랑하지 않는다고 한다. 내가 기병을 내보내서 그 가운데를 치면 두 부분으로 잘릴 것이니, 필시 저들은 패배하리라."

그의 처 소보살이 말했다.

"제가 명나라 진영을 보니 깃발이 질서정연하고 수레와 말이 어지럽지 않습니다. 가볍게 대적하면 안 됩니다."

말이 끝나기도 전에 격서가 오계동 안으로 떨어졌다. 탈해가 그 글을 보고 껄껄 웃으면서 말했다.

"과인의 생각에서 벗어나질 않는구나. 명나라 원수는 현실에 어두운 선비 장수라서 정당한 방법을 말할 수 있는 것이다. 내가 북 한 번 울릴 동안 사로잡으리라."

탈해는 즉시 동문을 열고 정예군 6, 7천 명을 데리고 곧바로 명나라 진영으로 비바람 몰아치듯 쳐들어갔다.

양창곡은 급히 깃발을 휘둘러 북을 울리면서 동쪽과 서쪽이 서로 합치게 했다. 그러자 머리와 꼬리가 서로 상응하면서 원진圓陣으로 변화했다. 탈해는 진영 안에 포위되자 급히 한곳으로 병사들을 모으고 방진을 쳤다. 그러고는 손수 창을 들고 명나라 진영으로 부딪쳐 갔다. 양창곡이 탈해를 바라보니 키는 10여 척이나 되고 얼굴빛은 검푸르고 퉁방울눈에 호랑이 수염이 났다. 양창곡이 주위를 돌아보며 말했다.

"누가 탈해를 잡아 오겠느냐."

뇌천풍이 도끼를 들고 앞으로 나갔다. 탈해가 크게 노하여 눈을 부라리고 수염을 거꾸로 세우면서 우레처럼 소리를 치니, 산이 무너질 듯했다. 뇌천풍의 말이 놀라서 뒤로 수십 보 물러났다. 동초와 마달 두 장군과 휘하의 병졸들이 한꺼번에 힘을 합쳐서 돌격했지만 탈해는 조금도 겁을 내지 않고 좌충우돌하면서 기세가 더욱 흉맹해졌다.

소유경이 양창곡에게 아뢰었다.

"탈해가 저렇게 표독하니, 사로잡으려 한다면 부상을 당하는 사람이 너무 많을 것입니다. 급히 궁수를 불러서 한꺼번에 활을 쏘게 하십시오."

양창곡이 웃으며 말했다.

"병서에 이르기를, 궁지에 몰린 도적을 쫓지 말라고 했소. 그 형세를 보고 나서 시도해도 괜찮을 듯하오."

"탈해는 맹호 같은 맹장입니다. 함정에 빠진 호랑이를 청산에 풀어 주면 후환이 적지 않을 것입니다."

양창곡이 허락하자 소유경은 즉시 수만 명의 궁수에게 호령하여 좌우에서 화살을 마구 쏘도록 했다. 탈해는 위급해지자 즉시 말에서 내려 창으로 화살을 막았다. 그러나 미처 응전할 틈이 없어 이미 수십여 대의 화살을 맞은 뒤였다. 흘러내리는 선혈이 쇠갑옷을 가득 적시자, 그는 우레처럼 소리를 지르며 여러 겹의 포위망을 훌쩍 날아서 진영 밖으로 나갔다. 그 기상이 더욱 흉폭해지니, 누가 감히 앞을 막을 수 있겠는가. 이에 양창곡이 대군을 몰아서 오랑캐 병사들을 마구 죽였다.

이때 소보살이 오계동 안에서 병사들을 이끌고 탈해를 구하러 나오다가 양창곡의 대군을 만나 한바탕 전투를 치르게 되었다. 함성은 천지를 울리고 시체는 산더미처럼 쌓였다. 탈해가 중상을 입고 돌아오는 것을 보고, 급히 오랑캐 병사들을 모아서 다시 오계동 안으로 들어가 골짜기 문을 닫아 버렸다. 양창곡도 날이 저물어 군사들을 돌려 본진으로 돌아갔다. 그때 홀연 손야차가 말을 달려 왔다. 양창곡이 크게 놀라 무슨 일인지 물었다. 손야차가 대답했다.

"홍원수께서 소유경 우사마께 편지를 보냈습니다."

양창곡이 다시 물었다.

"홍원수는 오늘 무엇을 했소?"

"종일 신음하다가 우리 진영의 동정을 몰라서 자고대 위에 올라 종일 남쪽을 바라봤습니다. 마음이 울적하여 즐겁지 못한 표정이었습니다."

양창곡이 미소를 지으며 몰래 생각했다.

'장난을 좀 쳤는데 조급한 여인의 병이 도질까 걱정이다.'

그는 한편으로 후회하면서 소유경에게 홍혼탈의 편지에 대해 물었다. 소유경이 웃으며 대답했다.

"소장이 도독님의 진세를 의아하게 여겨 홍원수님께 질의를 했습니다. 아마도 그 일에 대답하는 편지일 것입니다."

양창곡이 웃으면서 편지를 보니, 이렇게 적혀 있었다.

포진도를 자세히 보니 이는 장사진입니다. 상산常山에 큰 뱀이 있는데, 그것을 장사長蛇라고 합니다. 머리를 치면 꼬리로 대응하고, 꼬리를 치면 머리로 대응하며, 허리를 치면 머리와 꼬리가 서로 대응하며 합쳐집니다. 이 진법은 바로 이 점을 본뜬 것입니다. 그 형세가 어긋나는 듯이 보이기 때문에 이 진법을 모르는 자들은 허리를 공격하다가 낭패를 당합니다. 제 생각에, 탈해의 사람됨이 발해와 비슷하다면 필시 진영 가운데로 들어올 것입니다. 궁지에 몰린 도적을 쫓지 않는 것이 옳습니다.

양창곡이 편지를 보며 미소를 지었다. 대군이 자고성에 이르니 홍혼탈이 문에 나와서 맞이했다. 양창곡은 삼군을 쉬도록 했다. 날이 저물자 장막 안에는 촛불이 밝게 비쳤다. 양창곡이 일부러 정색하면서 말없이 앉아 있었다. 홍혼탈은 옆에 서 있었다. 그녀는 고개를 살며시 숙이고 복숭아꽃 같은 두 뺨에 홍조를 가득 띠었다. 그 모습이 바보인 양 잠자는 것인 양하여 유순한 태도가 흡사 그림 속 사람 같았다. 양창곡이 눈을 들어 흘깃 보다가 차마 어찌할 수 없어 길게 탄식하며 말했다.

"안에는 좋은 장수가 없고 밖에는 강한 적만 있으니, 장차 어찌하리오."

그러고는 침상에 누웠다. 홍혼탈이 은근한 눈길로 양창곡의 안색을 살피며 조용히 물었다.

"오늘 전과가 어떻습니까?"

그러자 양창곡이 또 탄식하면서 말했다.

"내가 아무것도 모르는 백면서생이라 아직 병서를 읽지 못했는데, 다행히 우사마 소유경이 진법 하나를 얻었더군요. 장사진이라고 합디다."

말이 끝나기도 전에 홍혼탈이 고개를 숙이고 미소를 지었다. 양창곡이 그제야 크게 웃으며 일어나 그녀의 손을 잡고 침상에 앉으며 말했다.

"백만대군 중에 장수가 되는 것은 쉽지만, 미혼진迷魂陳 안에서 가장家長이 되는 것은 어렵구려. 내가 탈해를 쳐부수기 전까지는 불만스러운 표정을 지어 그대가 종군하지 못하게 하고 몸조리하도록 하려 했지만, 지략이 부족하여 예전 청루에서 노닐던 풍류를 억제하지 못하여 본색을 탄로시켰소. 세상에 영웅열사가 없다는 걸 이제야 알겠구려."

홍혼탈이 부끄러움을 이기지 못하고 묵묵히 대답하지 못했다. 양창곡이 다시 탄식하며 말했다.

"내가 그대와 같은 어린 나이라, 만리 떨어진 외딴곳에서 1년 동안 전쟁을 겪다 보니 심사가 울적해도 해소할 방법이 없었소. 어제의 일은 한때의 장난으로 시간을 보내려 한 것이오. 그런데 오늘 진영 위에서 소보살을 잠깐 보니 모책도 많고 지혜도 넉넉하여 가늠하기 어렵더군요. 근심이 적지 않아요."

홍혼탈이 웃으며 말했다.

"제가 재주는 없지만 소보살을 사로잡겠습니다. 상공께서는 탈해를 사로잡는 데 힘을 다해 보는 것이 어떻겠습니까?"

양창곡이 웃으면서 좋다고 했다. 이날 밤 양창곡은 장막 안에 홍혼탈을 머무르게 하면서 말했다.

"내가 그대와 일찍이 세 가지 약속을 한 바 있소. 그러나 이는 나탁을 잡기 전의 일이니, 오늘은 금침을 함께하여 적막한 회포를 위로해 봅시다."

그는 손야차를 불러서 분부했다.

"오늘 밤 군중의 일을 상의해야 하므로 원수는 밤이 깊어야 막사로 돌아갈 것이다. 막사를 비워 두지 말라."

손야차는 대답하면서도 속으로 웃으며 생각했다.

'세상 남자들은 총애하는 여자를 두고도 애정이 지극해서 서로 다투고, 다툰 뒤에는 같이 잠을 자는군. 도독의 중대한 체모와 원수의 단아함으로도, 어제의 태풍이 오늘의 운우지락으로 변할 줄 어찌 알았겠는가.'

이때 양창곡과 홍혼탈이 이불을 함께 덮고 잠을 자니, 금슬이 화락하고 애틋한 정이 전쟁터의 지루한 근심을 잊게 했다. 홍혼탈은 자연히 노곤해져서 봄꿈으로 몽롱했다.

양창곡이 먼저 일어나 군중을 돌아보니, 군영 안의 물시계는 이미 끊어졌고 서산의 새벽 달빛이 장막 안으로 들어왔다. 홍혼탈은 원앙금침 위에 비취이불을 반쯤 헤치고 눈 같은 피부와 꽃 같은 모습을 달빛 아래 드러내고 있었다. 구름 같은 머리와 검푸른 머리카락은 침상에 휘감겨 있었다. 숨소리는 쌔근쌔근 들리고 기색이 미미하여 너무 어리면서도 연약해 보였다. 양창곡이 그 몸을 어루만지며 생각했다.

'이렇게 연약한 몸을 장군으로 삼아 창칼과 화살과 돌 사이에서 오가도록 하다니, 내가 참 박정한 놈이로구나.'

그 순간 홍혼탈이 놀라 깨어 황망히 전포를 입었다. 그러자 양창곡이 말했다.

"그대의 기색을 보니 상당히 염려가 되오. 오늘은 출전하지 말고 몸조리를 잘 하도록 하시오."

홍혼탈도 몸과 기운이 불편하여 출전할 수 없을 것 같아 웃기만 하고 대답하지 않았다. 양창곡이 말했다.

"내가 오계동을 살펴보니 지형이 낮은 데다 앞쪽으로 큰 강이 있더군요. 지금 격파하지 않는다면 물을 끌어들여 오계동 안으로 흘러보내고 싶소. 내 계책이 어떻소?"

"그것은 지세를 자세히 살핀 뒤 시행하십시오."

홍혼탈의 말에 양창곡은 머리를 끄덕였다.

새벽이 되자 양창곡은 손야차를 불러서 홍혼탈과 성을 지키도록 명령하고, 자신은 대군을 이끌고 오계동 앞에 이르러 진을 펼쳤다.

"오늘 오계동에 괴이한 기운이 가득하니, 이는 소보살이 요술을 부리는 것이오. 무곡진武曲陣을 펼쳐 그것을 막으면서 동정을 살피기만 합시다."

소유경이 양창곡의 명을 받아 나갔다.

한편, 홍혼탈은 양창곡과 대군을 보내고 나서 자고대 위에 올라가 오계동 쪽을 바라봤다. 그러다 갑자기 깜짝 놀라 급히 진영으로 돌아왔다. 그녀는 손야차를 불러서 말했다.

"오늘 서풍이 음산하고 차가워서 양도독님께 흰여우갖옷을 보내야겠소. 그대는 빨리 가시오."

그녀는 붉은 보퉁이 하나를 주면서 말했다.

"이 속에 갖옷과 편지가 들었으니, 직접 도독께 올리시오."

손야차가 명을 받아 즉시 오계동으로 향했다.

이때 양창곡은 무곡진을 펼치고 싸움을 걸었다. 탈해는 오계동 문을 굳게 닫고 고요히 아무런 동정을 보이지 않았다. 양창곡이 의아해하는데, 갑자기 손야차가 와서 흰여우갖옷을 바쳤다. 그는 괴이하게 여기며 물었다.

"오늘 날씨가 따뜻한데, 어째서 이 갖옷을 보냈소?"

손야차가 말했다.

"그 안에 편지가 있습니다."

양창곡이 즉시 열어서 살펴보니 과연 작은 편지 봉투가 들어 있었다. 편지의 내용은 다음과 같다.

도독께서 출전하신 뒤 제가 자고대 위에 올라 동남쪽을 바라보니 괴이한 기운이 충만했습니다. 병서에 이르기를, '검은 기운 아래에는 반드시 요술이 있다' 했습니다. 소보살의 요술이 뛰어나다고 이미 들었습니다. 만약 마왕을 부린다면 정말 제압하기 어렵습니다. 제가 일찍이 진법을 하나 배웠는데, 바로 항마진降魔陣입니다. 제석이 마왕을 사로잡는 진법입니다. 소보살은 그 이름이 불교와 가깝고 마왕은 불가의 신장입니다. 그러므로 제가 깊이 우려하는 바입니다. 혹시 누설이 두려워 흰여우갖옷을 함께 보냅니다.

양창곡이 다 읽고 나니 편지가 또 한 통 있었다. 바로 진법도였다. 양창곡이 손야차에게 말했다.

"홍원수에게 알리되, 오늘 날씨가 비록 따뜻하지만 오계동의 바람은 형세가 음랭하여 흰여우갖옷을 때맞춰 쓸 수 있겠다고 전하라."

손야차가 즉시 돌아가서 전하니 홍혼탈이 미소를 지으며 고개를 끄덕였다.

양창곡은 책상에 기대어 진법도를 살펴봤다. 바로 그때 돌연 함성이 일면서 소보살이 진영에서 나와 싸움을 걸어왔다.

승부가 어떻게 될지 모르겠구나. 다음 회를 보시라.

제23회

보살이 불법을 펼쳐 마왕에게 항복을 받고,

홍혼탈은 혼자 말을 달려 양창곡을 구출하다

菩薩作法降魔王 紅娘單騎救都督

탈해는 패하여 오계동 안으로 돌아와 소보살과 적을 격파할 계책을 의논했다. 소보살이 냉소하면서 말했다.

"대왕이 평소 스스로 용맹하다고 자랑하시다 지금은 백면 서생 한 놈을 대적하지 못하고 이렇게 낭패를 당하시다니, 제가 작은 재주를 시험하여 대왕의 원수를 갚아드리겠습니다."

그녀는 오랑캐 병사들을 이끌고 나와서 싸움을 걸었다. 양창곡이 멀리 진영 위에서 바라보니 소보살이 붉은 두건을 머리에 두르고 몸에는 오색 빛깔의 옷을 입었다. 오른손에는 창과 칼을 들고 왼손에는 요령搖鈴, 종 모양의 큰 방울을 들었다. 오색 구름 같은 모습과 요사스러운 태도는 진실로 오랑캐 중 가장 빼어난 자태였다. 소보살이 오른손으로 칼을 들어 공중을 가리키고 왼손으로 요령을 흔들자 오색 구름이 진영 위를 둘러싸더니 무수한 신장들이 마왕을 몰아서 왔다. 어떤 것은 코끼

리를 타거나 호랑이를 멍에 지우고, 어떤 것은 36개 천강성天
罡星과 72개 지살성地殺星이 야차와 귀졸들을 거느리고 괴이한
형상과 흉악한 거동으로 명나라 진영을 향해 쳐들어왔다. 그
중 어떤 마왕은 사자를 타고 황금갑옷을 입었는데, 양미간에
일월을 띠고 머리 위에는 칠성七星을 쓰고 가슴에는 이십팔수
二十八宿를 벌여서 광채가 시방十方에 빛나고 기운과 불꽃이 사
람을 쏘는 듯하여, 감히 앞으로 나가 대적하려는 자가 없었다.

양창곡은 급히 진세를 변화시켜 항마진을 펼쳤다. 오백 기
는 북방의 육감수六坎水에 응하여 머리를 풀어헤치고 맨발을
한 채 입으로는 진언을 외도록 했으며, 1천 기는 창을 들고 동
남방을 향해 서 있게 했고, 1천 기는 칼을 들고 남방을 향해
서 있도록 했다. 1천 기는 북을 울리고 꾕가리를 울리면서 사
방을 돌아다니도록 했다. 여러 장수들과 삼군의 병사들은 그
렇게 하는 이유를 깨닫지 못하고 오직 지휘를 따르기만 했다.

무릇 불법이 황당하기는 하지만 팔만대장경이 하나의 마
음 법[心法]에 불과한 것이다. 부처는 마음이요 마왕은 욕망이
다. 마음이 안정되면 욕망도 소멸하기 때문에, 마왕을 제압하
는 것은 부처 이외에는 다른 방법이 없었다. 불가에서 말하는
청정이니 적멸이니 하는 것도 마음과 욕망에 불과한 것이다.
마음이란 물처럼 청정하고, 욕망이란 불처럼 모든 것을 없애
는 적멸과 같다. 이것이 불가의 가장 중요한 진리다. 북방의
육감수에 응하여 수가 화를 이기니, 욕망의 불을 이겨서 마음

의 물[心水]을 만들어 낸다. 진언을 염송하는 것은 마음을 하나로 모으는 것이다. 마음의 물이 안정되면 청정하게 되고, 욕망의 불이 소멸하면 적멸이라 이른다. 홍혼탈의 항마진이 어긋난 것처럼 보이지만 북방 육감수의 청정함에 응하니, 마왕의 욕망이라는 불이 어찌 소멸되지 않겠는가.

이때 마왕이 야차와 귀졸들을 몰고 멀리 명나라 진영을 바라보니, 오백나한五百羅漢과 2천의 금갑신金甲神이 창과 칼을 짚고 서 있었다. 그들의 앞과 뒤, 좌우로는 천라지망이 첩첩이 둘러쳐서 마왕이 들어갈 수 있는 길이 없었다. 순간 마왕의 광채가 봄눈 녹듯 사라지더니 어디로 갔는지 보이지 않았다.

양창곡은 대군을 호령하여 오랑캐 진영으로 짓쳐들어가 적군을 죽였다. 소보살이 크게 놀라 즉시 병사들을 거두어 오계동 안으로 들어갔다. 그녀는 탈해를 보고 말했다.

"명나라 원수는 지략이 출중할 뿐만 아니라 도술 또한 신이합니다. 잠시 골짜기 문을 닫고 상황을 봐 가면서 계책을 모색해 봅시다."

양창곡은 소유경을 불러서 말했다.

"소보살이 패배하고 돌아가서 골짜기 문을 닫고 나오지 않으니, 내일 물을 끌어들여 골짜기 안으로 흘려보내고 싶소. 그대는 동초와 마달 두 장군을 데리고 오계동 동북쪽의 지세를 자세히 탐지해 오시오."

소유경이 명령대로 두 장군을 데리고 나갔다.

한편, 탈해는 소보살에게 명나라 군대를 결과할 계책을 상의하고 있었다. 그때 척후병이 보고했다.

"지금 세 명나라 장수가 우리 오계동 동북쪽에서 서성거리다가 돌아갔습니다."

탈해가 크게 노하여 말했다.

"빨리 칼과 갑옷을 가져와라! 내 마땅히 칼로 재빨리 적장을 잡으리라."

그러자 소보살이 웃으며 말했다.

"대왕께서는 노하지 마십시오. 지형을 자세히 살피는 자는 몇몇 장수에 불과합니다. 그 머리를 벤다고 해서 장쾌할 일이 무엇이겠습니까? 제가 들으니, 지략이 있는 사람은 먼저 기미를 살핀다고 합니다. 명나라 장수들이 지형을 살피고 갔다면, 필시 오늘 밤 성지를 습격하려는 것입니다. 그 순간을 틈타서 계책을 씁시다. 대왕께서는 오늘 밤 5천 기를 거느리고 오계동 동쪽에 매복하십시오. 저는 5천 기를 거느리고 북쪽에 매복하겠습니다. 만약 명나라 병사가 성을 습격하면 한꺼번에 돌격하여 동쪽과 서쪽 양편에서 함께 공격하는 것입니다. 오계동 안에 있는 군사들과 미리 약속했다가 그 안에서 함성이 일어나면 일제히 포위하여 안팎이 상응한다면 명나라 군대를 깨뜨릴 수 있을 것입니다."

탈해가 매우 칭찬하면서 그 계책에 따라 행동하기로 했다.

이때 소유경은 지형을 관찰하고 돌아와 양창곡에게 보고했다. 그러나 세 장군의 견해가 각각 달라서 분명치 않았다. 양창곡이 말했다.

"가볍게 처리할 수 없는 일이오. 오늘 밤 내가 직접 가서 살펴봐야겠소."

그는 소유경을 장막 안에 남겨 둔 채, 그날 밤 뇌천풍, 동초, 마달 세 사람과 휘하의 장졸 백여 명을 거느리고 오계동 북쪽으로 갔다. 언덕은 높고 골짜기는 깊었다. 골짜기 안의 지형이 낮아서, 물이 흘러들어 가면 나올 곳이 없었다. 양창곡이 크게 기뻐하면서 한참 동안 돌아보다가 달빛을 받으며 돌아올 때였다. 갑자기 오계동 북쪽에서 함성이 크게 일어나더니 소보살이 길을 막았다. 탈해도 동쪽에서 길을 막고, 좌우에서 협공을 했다. 이와 때를 같이하여 오계동 안에 있던 오랑캐 병사들이 일제히 뛰어나오면서 양창곡 일행을 철통같이 포위했다.

양창곡은 병사 백여 명으로 방진을 쳤다. 동초와 마달 두 장수와 뇌천풍이 분연히 출전하여 힘을 다해 싸웠지만, 오랑캐 병사들이 이미 산과 들에 가득하여 몇 명이나 되는지 그 수를 알 수 없을 정도였다. 동쪽을 치면 서쪽을 포위하고 서쪽을 치면 동쪽을 포위하여, 얼마나 겹겹이 감쌌는지 포위망을 뚫을 길 없었다. 함성은 천지를 뒤흔들고 화살과 돌은 비오듯 쏟아지면서 곤경에 처했다. 뇌천풍이 도끼를 휘두르며 양창곡에게 소리를 질렀다.

"일이 급합니다. 소장이 힘을 다하여 오랑캐 진영을 헤치고 길을 열겠습니다. 도독께서는 말을 타고 홀로 제 뒤를 따르십시오."

양창곡이 웃으며 말했다.

"내가 남쪽으로 온 이래 일찍이 한 번도 패한 적이 없는데, 오늘 잠시 계책을 소홀히 한 채 출진하는 바람에 이런 곤경을 당하는구나. 어찌 화살과 돌을 무릅쓰고 혼자 몸으로 도망하여 구차하게 모욕을 당하겠는가. 다만 다급한 상황을 막으면서 구원군을 기다리도록 하라."

양창곡이 말고삐를 잡고 서자 동초와 마달 두 장수가 창을 들고 적을 막으면서 양창곡을 보호했다. 그런데 갑자기 함성이 크게 일어나더니 오랑캐 병사들이 더욱 견고하게 포위를 했다. 소유경은 양창곡이 곤란해졌음을 알고 대군을 몰아 쳐들어오고 있었는데, 소보살이 군사를 지휘하여 급히 양창곡을 공격하니 형세가 너무도 다급했다.

한편, 홍혼탈은 자고성에 있다가 심신이 피곤하여 책상에 기대어 잠깐 졸고 있었다. 그런데 갑자기 자고새 한 쌍이 창밖에서 길게 울었다. 홍혼탈이 깜짝 놀라 깬 뒤 손야차를 불러 물었다.

"지금 몇 시나 되었소?"

"거의 2경밤9시~11시 가까이 되었습니다."

"밤이 깊었는데, 어찌하여 도독께서는 돌아오시질 않는 것일까?"

홍혼탈은 몸을 일으켜 장막 밖으로 나가 달빛 아래 서성거렸다. 그러다가 천상을 보니 하늘의 기운은 맑고 뭇별들이 선명하게 반짝이는데 별 하나가 빛이 희미해지면서 검은 구름에 싸이는 것이었다. 자세히 보니 문창성이었다. 홍혼탈이 깜짝 놀라 말했다.

"도독께서 아직 군대를 돌리지 않으셨는데, 도독을 상징하는 별인 문창성이 위험한 기운에 빠진 걸 보니 반드시 무슨 이유가 있으리라."

그녀는 즉시 점괘를 뽑았다. 중건천重乾天 괘가 뽑혔다. 홍혼탈이 아연실색하면서 말했다.

"건괘의 상구효上九爻가 움직이다니! 괘사卦辭에 이르기를, 상구上九는 항룡유회亢龍有悔*라고 했다. 군중에 무슨 소홀함이 있을까? 필시 후회할 일이 벌어지겠구나."

또 이렇게 말했다.

"용이 들판에서 싸우는 것은 그 길이 막힌 것이라고 했다. 적잖게 곤궁한 모양이구나. 어찌 가 보지 않을 것인가. 당연히 직접 가 봐야겠다."

그녀는 손야차에게 명하여 전포와 쌍검을 가져오게 하고, 말에 올라 성을 나왔다. 손야차에게는 자고성을 지키도록 하

---

* 하늘 끝까지 올라가 내려올 줄 모르는 용은 반드시 후회할 때가 있다는 뜻이다. 존귀한 지위에 올라간 자가 조심하고 검손하게 물러날 줄 모른다면 반드시 패 가망신하게 됨을 비유하는 말이다.

고, 자신은 군사 백여 명을 거느리고 급히 오계동을 향하여 가는데 갑자기 앞쪽에서 함성이 천지를 진동했다. 홍혼탈은 더욱 다급해져서 삽시간에 오계동에 이르렀더니, 기병 한 명이 급히 말을 달려 오다가 홍혼탈을 보자 말에서 뛰어내렸다. 그는 헐떡이는 숨이 진정되기도 전에 아뢰었다.

"도독께서 오랑캐 진영에 포위되어 상황이 어떻게 되었는지 모르겠습니다."

홍혼탈은 정신이 달아나서 다시 묻지도 못하고 말을 달려 진 앞에 이르렀다. 마침 소유경이 대군을 이끌고 오랑캐 진영을 쳐들어가 크게 싸우다가 멀리서 홍혼탈을 바라보고 소리를 질렀다.

"홍원수께서는 잠시 말을 멈추십시오."

홍혼탈이 말을 멈추고 물었다.

"도독께서는 어디 계시오?"

"진영 안에 포위되어 계시긴 합니다만 정확히 어디 계신지는 모르겠습니다."

홍혼탈은 대답하지 않고 즉시 진 안으로 돌입했다. 수만 명의 오랑캐들이 들판에 퍼져서 바다를 이루고 있었다. 양창곡의 소재가 묘연하니, 어찌 그가 있는 곳을 알 수 있겠는가. 다만 쌍검을 들고 오랑캐 병사들이 모여 있는 곳을 바라보며, 장수건 병졸이건 만나는 놈마다 베면서 앞길을 열어 나갔다.

홍혼탈의 쌍검이 이르는 곳에 10장이나 되는 푸른 노을이 가득 일어나며 진중이 요란해졌다. 소보살이 그것을 보고 크게 노하여 즉시 자기 부하 장수의 목을 베어 진영을 진정시키고자 했지만, 어찌해 볼 도리가 없었다. 어디서 온 검광인지, 동에 번쩍하면 오랑캐 장수의 목이 땅에 떨어지고 서에 번쩍하면 오랑캐 병졸의 목이 땅에 떨어졌다. 동쪽을 진정시켜 놓으면 서쪽이 소란스러워지고, 앞쪽을 방비해 두면 뒤쪽이 곧바로 급박해졌다. 빠르기는 바람과 같고 신속하기로는 우레와 같아서, 오가는 종적이 멍하여 가늠하기 어려웠다. 한 필 말 그림자가 번쩍이며 지나가면 오랑캐 병사들의 머리가 어지러이 한꺼번에 사라졌다.

소보살은 도저히 계책을 낼 수 없어서 독화살을 어지러이 쏘라고 명했다. 오랑캐 장수들이 한꺼번에 활을 당겨서 동쪽을 향해 쏘니 그는 이미 북쪽에 있고, 남쪽으로 쏘면 이미 서쪽에 있었다. 동서남북을 훌쩍 갔다가 훌쩍 오면서 화살 하나 맞지 않았다. 오히려 오랑캐 병졸들이 화살에 맞아 시체가 산더미처럼 쌓였다. 소보살이 크게 놀라 말했다.

"장수를 잡지 않으면 억만대군이라도 어찌할 도리가 없겠구나. 양도독은 오히려 근심거리가 되지 않으니, 저 장수를 포위하라."

오랑캐 병사들이 양창곡을 백 겹으로 포위하고 있다가 한꺼번에 포위를 풀고 다시 홍혼탈을 에워쌌다. 이때 양창곡은 세 장수와 휘하 병사들과 함께 곤경에 처했다가 적군이 한 소리 크게 고함을 지르면서 갑자기 포위를 풀고 서남쪽으로 옮겨 가자 영문을 모른 채 병사들을 이끌고 나왔다. 진중에 오랑캐 병사들의 시체가 가득하자 양창곡이 의아해했다. 그러던 차에 길에서 대군을 이끌고 온 소유경을 만났다. 소유경은, 양창곡이 방금 위험한 상황에서 벗어났다면서 다친 장졸은 없냐고 물었다. 양창곡이 말했다.

"다행히 한 명도 부상당하지 않았소."

소유경이 물었다.

"홍원수는 어디 계십니까?"

양창곡이 깜짝 놀라며 물었다.

"홍원수가 어째서 포위망 속에 있는 거요?"

"홍원수께서 조금 전에 혼자 말을 타고 도독을 구하려 포위망 속으로 들어가셨습니다."

양창곡이 그 말을 듣고 놀라며 눈물을 머금고 말했다.

"홍혼탈이 죽었겠구나. 탈해의 군대는 천하에서 가장 강한데, 병사들의 수를 감당하지 못했을 것이다. 무척이나 용맹한 홍혼탈이 나를 찾다가 만나지 못했다면 필시 부질없이 전사했을 것이니, 약하고 어린 몸을 어이할꼬."

그는 또 이렇게 탄식했다.

"홍혼탈은 나를 지기라고 여겨 일 년 동안 전쟁터에서 함께 환란을 겪었는데, 오늘 나를 위하여 위험에 빠져서 살았는지 죽었는지 분간할 수 없구나. 내 어찌 그를 버리고 혼자 가겠는

가. 옛말에 이르기를, 나라의 선비[國士]로 대우해 주면 나도 나라의 선비 신분으로 보답을 한다고 했다. 내가 평생 창을 잡은 적은 없지만 대략 들은 바는 있다. 오늘 내가 홍혼탈을 살피지 않는다면 나도 돌아가지 않겠다."

그는 비장한 모습으로 창을 잡고 오랑캐 진영으로 쳐들어가려 했다. 그러자 모든 장수들이 일제히 간언했다.

"소장들이 비록 용맹은 없지만 각각 군령에 따라 배치되어 오랑캐 진영을 깨뜨리고 홍원수를 구하겠습니다. 도독께서는 잠시 쉬십시오."

양창곡은 한창 혈기 넘치는 젊은 나이라 자신의 신분을 돌아보면 경솔하게 행동할 수 없었지만, 평생토록 총애하던 홍랑이 자기 때문에 사지로 들어갔으니 생사를 건 환란에 어찌 의리를 저버릴 수 있었겠는가. 그는 평생 동안의 용기와 힘을 한꺼번에 떨쳐 내며 오랑캐 십만 병력을 초개같이 보았다. 그가 칼로 고삐를 끊어 버리고 곧바로 오랑캐 진영으로 들어가자, 뇌천풍, 동초, 마달 등이 각각 칼과 창을 들고 목숨을 걸고 그를 따랐다. 양창곡이 창을 휘두르며 오랑캐 진영으로 아무도 없는 곳인 양 쳐들어가니, 세 장수는 속으로 크게 놀라 그제야 양창곡의 용기와 힘이 대단하다는 것을 깨달았다.

이때 홍혼탈은 혈혈단신으로 오랑캐 진영을 마구 짓밟고 다녔지만 어디서도 양창곡을 발견하지 못하자 마음이 다급해졌다. 눈물이 앞을 가리면서 동분서주하는데, 마침 소보살이 진영 위에서 그 모습을 보고 주변 장수들에게 말했다.

"내 일찍이 상산常山 조자룡趙子龍이 당양當陽의 장판교長板橋를 횡행했다는 말을 들은 적 있지만, 저 장수에게는 미치지 못한다. 저 장수를 사로잡을 수는 없겠구나."

소보살은 한참 고민하다가 말했다.

"내가 저 장수를 보니 동서남북으로 황급히 다니는 모습이 무언가를 찾는 듯하다. 이는 필시 명나라 도독의 휘하 장수로서, 도독을 찾으려는 것이리라. 우리 죽은 병사의 머리를 베어서 진영 위에 보이고 '너의 도독이 죽었다'고 말한다면, 그는 필시 기세가 꺾여서 쉽게 손을 쓸 수 있을 것이다."

소보살은 즉시 죽은 병사의 머리를 가져다가 깃발에 걸어 높이 걸고 소리를 질렀다.

"그대는 공연히 군진을 어지러이 돌아다니지 말라. 도독의 머리가 이미 여기 있으니 자세히 보라."

홍혼탈의 눈이 밝다 해도 달빛 아래 어떻게 분간하겠는가. 다만 양창곡의 뛰어난 풍모와 홍혼탈의 총명한 능력을 보자면 평생 믿던 것을 거울처럼 밝게 보아 간계에 속지 않을 것이다. 그러나 사람이 당황스러운 상황에 닥치면 마음이 흔들리고, 마음이 흔들리면 팔공산八公山 초목을 의심*하는 일도 있

---

* 5호 16국 시대 때 전진(前秦)의 부견(符堅)이 화북을 평정한 후 동진을 침략했다가 열세에 몰렸는데, 회남 서쪽에 있는 팔공산의 초목을 모두 동진의 병사로 착각했다고 한다.

는 법이다. 하물며 양창곡을 향한 홍혼탈의 지극한 정성이 어 떠했겠는가. 소보살이 진영 위에서 소리치는 것을 듣고 벼락 이 머리를 때린 듯 놀라서 정신이 있는 듯 없는 듯하다가, 홀 연 가슴속 불길이 마구 일어나, 생사를 기러기 터럭처럼 가볍 게 여기며 쌍검을 들고 소리를 질렀다.

"쌍검아! 네가 나를 따른다면 나의 한 조각 마음을 비추리 라. 오늘 이 홍랑의 생사를 결정하련다. 너 또한 귀중한 보물 이니 반드시 신령함이 있으리라. 나를 도우려거든 소리를 쟁 쟁 울어라."

말이 끝나기도 전에 두 자루 부용검이 한꺼번에 쩽그렁거 리며 울었다. 홍혼탈은 설화마에게도 당부했다.

"네가 비록 아둔한 짐승이지만, 너 또한 천지간의 신령스러 운 존재다. 주인을 돕고자 한다면 우리의 생사가 모두 오늘에 달려 있다."

설화마 역시 그 말을 듣더니 길게 한 번 울었다. 홍혼탈은 칼을 들고 말에 채찍질을 하면서 곧바로 적진을 향해 나아갔 다. 그리고 두 손에 든 쌍검을 번개처럼 휘둘렀다. 이때 소보 살은 탈해와 진영에서 군사들을 지휘하고 있었다. 용맹한 장 수들과 건장한 병졸들이 좌우에서 둘러쌌고, 눈 같고 서릿발 같은 칼날들이 앞뒤로 나열해 있었다. 그런데 갑자기 칼소리 와 말발굽 소리가 바람처럼 달리고 번개처럼 치더니 한 조각 흰 눈과 한 줄기 푸른 노을이 달빛 아래 번뜩였다. 주변에서 놀랍고 당황하여 일제히 창을 들고 어지러이 찌르는데, 눅눅한 친바람이 화살처럼 지나가는 곳에 오랑캐 장수 몇 사람의 머리가 어느새 땅에 떨어졌다. 탈해가 크게 놀라 한 소리 크게 지르면서 소보살을 옆에 끼고 몸을 빼어 달아났다. 홍혼탈이 그들을 뒤쫓아가니 형세가 너무도 급박했다. 소보살이 달아나면서 애걸했다.

"장군은 어찌 이리도 저희를 핍박하시는 것입니까? 저는 도둑을 해친 적 없으며 잠깐 장군을 속인 것뿐입니다. 그러니 복수하려 하지 마십시오."

홍혼탈은 더욱 한스럽게 여기면서 대답 한마디 하지 않고 칼을 날려 공격하려 했다. 그러자 탈해가 소보살을 말 아래로 집어던지고 말을 돌려 몇 합 싸웠다. 그러나 어찌 홍혼탈의 검술을 대적하겠는가. 홍혼탈이 몸을 빼서 도망치려는데, 수십 명의 오랑캐 장수와 한 무리의 병사들이 다시 홍혼탈을 포위했다. 그들은 서로 나가거니 물러가거니 하면서 왼쪽을 치기도 하고 오른쪽을 치기도 하여, 여러 겹 포위를 한 다음 번갈아 홍혼탈을 대적했다. 홍혼탈 한 명이 비록 만 명을 대적할 검술이 있다 한들 백만 군중 속을 혼자 몸으로 횡행하면서 밤새도록 힘을 다 쓴 데다가, 오랑캐의 장졸들이 목숨을 걸고 힘을 다해 싸우니 어찌 위급하지 않겠는가.

그런데 갑자기 진영 안이 소란스러워지더니 한 장군이 말을 마구 달리고 창을 휘두르며 오랑캐 진영으로 돌격해 왔다.

그 기세는 당당했으며 위풍은 늠름했다. 빼어난 풍모와 비범한 모습은 마치 푸른 바다의 신룡이 파도를 발로 차는 듯했고, 깊은 산속 용맹한 호랑이가 바람을 업고 포효하는 듯했다. 한바탕 큰바람이 먼지를 불러일으키는 가운데 그가 탄 말이 한소리 크게 울부짖으며 지나갔다. 홍혼탈이 크게 놀라 말했다.

"이건 상공의 말 울음소리와 너무도 흡사하구나."

홍혼탈은 말을 달려서 그 앞으로 갔다. 깊은 밤이었지만 어찌 양창곡을 알아보지 못하겠는가. 그녀는 말 앞에서 울부짖으며 말했다.

"도독은 어디로 가십니까. 홍혼탈이 여기 있습니다."

양창곡이 놀라서 말했다.

"나는 장군이 죽었다고 생각했는데, 어찌하여 아직도 이런 위험한 곳에 있는 거요?"

"상공을 찾으러 왔습니다. 탈해와 소보살이 오계동 안으로 들어갔지만 적군이 포위를 풀지 않고 있으니, 빨리 본영으로 돌아가십시오."

이에 그녀는 양창곡과 말머리를 나란히 하고 나왔다. 시체는 땅에 가득하고 수없이 많은 오랑캐 병졸들이 겁에 질려 있었다. 어쩌다 칼을 들고 말을 탄 장수를 만나면 정신을 잃고 낙담하여 머리를 감싸 안고 쥐새끼처럼 달아났다. 뇌천풍과 동초, 마달은 승기勝氣를 타고 무수히 적군을 죽이면서 뛰쳐나왔다.

양창곡은 홍혼탈과 함께 본영으로 돌아왔다. 돌아오자마자 홍혼탈은 땅에 쓰러지면서 혼절했다. 양창곡이 깜짝 놀라 촛불을 들어 자세히 살펴보니, 홍혼탈의 전포에 피가 마구 흐르고 있었다. 그는 놀라서 직접 전포를 벗기고 더욱 자세히 살펴보니, 땀이 흘러 등을 적셨을 뿐 특별한 상처는 없었다. 말을 돌보는 병사가 보고했다.

"홍원수의 말 안장에 핏자국이 점점이 묻어 있습니다."

양창곡이 약을 조제하여 홍혼탈에게 권하면서, 측은한 마음을 이기지 못하고, 애처로운 마음을 금하기 어려웠다. 반시간쯤 지나자 홍혼탈이 정신을 수습하고 말했다.

"상공께서 천금 같은 귀한 몸을 가벼이 여겨 매번 이렇게 위험한 곳으로 뛰어드시니, 이는 모두 저의 죄입니다. 상공께서 처음 오랑캐들에게 포위되었을 때는 나라를 위한 것이므로 제가 말씀드릴 바가 아닙니다. 그러나 다시 적진 속으로 들어가신 것은 해서는 안 될 일이라고 생각합니다. 아녀자는 반드시 남편을 따르는 법입니다. 저의 생사는 당연히 상공과 같이해야 하지만, 상공께서는 어찌 안위를 돌보지 않고 저를 따르신 것입니까? 어리석은 아녀자 입장에서야 감격하여 잊을 수 없는 일입니다만, 식견 있는 사람의 입장에서 보자면 제가 올바른 도리로 남편을 모시지 못하여 한때의 정에 미혹토록 했다는 조롱을 받을 것입니다. 이는 상공께서 저를 사랑하시는 것도 아니고 제가 바라는 것도 아닙니다."

양창곡이 얼굴빛을 바꾸며 말했다.

"이는 금석 같은 말씀이라 당연히 가슴에 새기겠소만, 나는 당신을 속마음을 알아주는 지기로 대한 것이지 부부의 정리로 대하는 것이 아니오. 어찌 상황이 급박하지 않았겠소? 나는 오히려 나 자신을 아끼지만, 그대는 매번 열렬한 협객의 기상이 있어서 생사를 돌아보지 않으니, 이 역시 경계해야 할 것외다. 조심, 또 조심하시오."

홍혼탈이 사례를 올렸다. 그녀는 쌍검을 어루만지면서 양창곡에게 아뢰었다.

"조그만 오랑캐 계집애가 흉악한 말을 지껄여 사람을 놀라게 하는 바람에 아직도 마음이 서늘하고 살이 떨립니다. 이 통한스런 마음을 풀어야겠습니다. 제가 오늘 밤 오계동 안에 물을 흘려보내서 반드시 소보살과 탈해를 잡고 싶습니다."

"수차水車를 아직 준비하지 못했는데, 어떻게 해야 한단 말이오?"

"제가 며칠 동안 한가롭게 자고성에서 지내면서 준비해 둔것이 있습니다. 염려하지 마세요."

그녀는 마달에게 말했다.

"장군은 자고성으로 가서 물을 끌어대는 기계를 가지고 오시오."

얼마 후 마달이 10여 대의 수차를 가지고 왔다. 그 제도가 정묘하여 세상에서 쓰는 수차와 조금도 다름이 없었다. 그 제원諸元을 대충 살펴보면, 목의 길이는 6척이라 육감수六坎水에 대응시킨 것이고, 꼬리 길이는 12척 9촌 6푼이니 해와 달이 기울었다 차는 도수度數를 취한 것이었다. 둘레는 가로와 세로의 비율이 1대 3이니 12시時에 대응시킨 것이다. 제1층은 반을 잘라서 물을 끌어들이니 이는 자시子時 한밤중에 북방에서 물을 낳은 것을 취한 것이고, 돌아가는 것은 360바퀴이니 이는 하늘의 360도를 취한 것이었다. 두 번 돌아서 5층을 만들었으니 이는 5년 동안 두 번의 윤달이 있는 것에 대응시킨 것이었다. 여러 번 이어서 펼치면 그 길이가 49척이니 이는 대연大衍의 수에 대응시킨 것이며, 합쳐서 줄이면 45촌이니 이는 용의 머리와 물고기 꼬리, 거북이 등과 고래 배를 대응시킨 것이다.

양창곡이 살펴보더니 속으로 탄복했다.

'홍랑의 수차는 제갈공명의 목우유마木牛流馬*에 비교해도 못지 않겠구나.'

그는 4백 명의 군사를 선발하여 12대의 수차를 가지고 오계동 물가로 갔다. 지형을 살펴서 수차를 배치하니 12개 방위였으며, 각각의 수차마다 33명의 군사를 배치하니 33천天이었다. 일제히 물을 끌어서 붓자 마치 큰 고래가 모든 시냇물을 마셔 버리는 듯, 은하수가 하늘 끝에서 떨어져 내리는 듯했다.

---

* 제갈량이 식량을 운반하기 위해 소나 말의 모양을 본떠 만든 기계 장치로, 움직이는 수레이다.

우레 같은 물소리와 안개 같은 물방울이 허공에 요란하면서 비가 오듯 쏟아졌다.

양창곡은 수차로 공격하기 전에 이미 몇 가지 조처를 해두었다. 뇌천풍에게 5천 기의 병사를 거느리고 오계동 북문 밖에 매복하고, 동초와 마달에게 2천 기를 이끌고 오계동 서문 밖에 매복하도록 했으며, 소유경에게 1천 기를 이끌고 수군을 보호하도록 했다. 양창곡과 홍혼탈은 대군을 이글고 오계동 남문 밖에 진을 친 채 골짜기 안의 동정을 살피며 대기하고 있었다.

한편 탈해와 소보살은 오계동 안으로 들어가 모든 장군과 병졸을 점검했다. 만여 명 장졸 중에 이미 죽은 사람이 반이 넘었다. 탈해가 칼을 짚고 여러 장수들에게 말했다.

"명나라 도독과 원수는 젖비린내 나는 어린애들에 불과하다. 이것은 진실로 항우가 등나무 덩굴에 걸려서 넘어진 격이다. 과인이 내일 혼자 출전하여 자웅을 겨루겠다."

그러자 소보살이 말렸다.

"명나라 원수는 천고에 다시 없는 영웅입니다. 땅에서 전투해서는 대적할 수 없으니, 내일은 수군을 징발하여 승부를 겨루는 것이 어떻겠습니까?"

"부인의 말이 정말 절묘하구려. 그러나 수전에 필요한 모든 장비가 자고성에 있으니 어찌하면 좋겠소?"

"대룡동大龍洞의 수군이 만여 명이나 되고, 대룡강의 전함이 백여 척입니다. 어찌 명나라 병사를 걱정하십니까?"

말을 마치기도 전에 갑자기 오계동 안이 요란해지고 모든
장졸들이 바삐 아뢰었다.

"대왕께서는 빨리 피신하소서."

어찌된 영문인지 모르겠구나. 다음 회를 보시라.

제24회

남방의 도적을 평정하고 양창곡은 군대를 돌리고,
도관에 들어간 홍혼탈은 아름다운 이를 놀래 주다

平南賊都督回天兵 八道觀元帥驚玉人

탈해가 급한 전갈을 받고 크게 놀라 소보살과 함께 지휘대에
올라가 바라보니, 어디서 흘러오는지 모르는 물이 공중에서
쏟아져 내리고 있었다. 하늘이 터지고 바다가 기울어진 듯 순
식간에 오계동이 물바다가 되었다. 탈해가 깜짝 놀라 말했다.

"명나라 병사들이 수차로 물을 쏟아붓는 게 틀림없다. 골짜
기 안에 물길이 없는데 물의 형세가 이러하니, 시간이 지난다
면 몸을 벗어날 길도 없겠구나. 이때를 틈타서 급히 북문으로
탈출하는 것이 좋겠다."

소보살이 말했다.

"안 됩니다. 명나라 병사들이 물을 부으면서 반드시 곳곳에
매복을 해서 앞길을 막았을 것입니다. 여기서 큰길을 버리고
성을 넘어서 각각 살아날 궁리를 하는 게 좋겠습니다."

탈해도 그렇게 여기고 즉시 소보살과 지휘대를 내려갔다.

그들은 말과 군졸들은 돌아보지도 않고 칼만 한 자루씩 들고 저녁 어스름한 빛을 타고 성을 넘어 걸어서 달아났다. 오랑캐 장수 몇 명만이 칼을 들고 뒤를 따랐다. 그렇게 이들은 대룡동으로 들어갔다.

한편 양창곡은 홍혼탈과 함께 남문을 지키면서 동정을 살피고 있었다. 물이 남문으로 넘치면서 골짜기 안이 바다처럼 되었다. 홍혼탈이 양창곡에게 아뢰었다.

"골짜기 안이 이와 같은데 탈해가 끝내 아무런 동정을 보이지 않으니, 필시 일찌감치 다른 길로 도망쳤을 것입니다."

그들은 수차를 깨 버리고 성 위로 올라갔다. 골짜기 안을 굽어보니 망망한 큰바다에 닭이며 개며 말들이 오리 머리처럼 떴다 가라앉았다 했다. 홍혼탈이 탄식하며 말했다.

"옛날 제갈공명은 등갑군을 불에 태우고 목숨이 줄었다고 탄식했다더니, 오늘 홍혼탈은 오계동을 물바다로 만들어 생명을 저렇게 죽이다니, 이 어찌 복이 없어지지 않았겠는가."

잠시 후 동초와 마달, 퇴천풍이 군사를 거두어 돌아왔다. 하늘이 이미 밝아 오고 있었다. 양창곡이 말했다.

"오계동은 물바다가 되었으니 따로 정리할 필요가 없겠소. 다시 자고성으로 가서 생각해 봅시다."

양창곡과 홍혼탈은 여러 장수들과 삼군의 병사들을 거느리고 자고성으로 돌아갔다. 그리고 장군들 중에서 영리한 사람을 뽑아 적들의 동정을 탐지하러 보냈다. 얼마 후 밀정이 돌아와 보고했다.

"탈해와 소보살이 대룡동에 있습니다. 여기서 30리 정도 떨어져 있는데, 동쪽으로는 대룡강이라는 큰 강이 흐르고, 강머리에는 백여 척의 전함이 있었습니다. 탈해와 보살은 수군을 징발 중이었습니다."

양창곡이 홍혼탈에게 말했다.

"과연 우리 생각에서 벗어나지 않는구려. 오늘은 장군이 나를 대신하여 수군을 지휘하고 마음대로 처리하시오."

홍혼탈이 명을 받들고 즉시 동초와 마달을 불러 말했다.

"장군은 1천 기를 거느리고 강머리로 거슬러 올라가서, 왕래하는 배가 있으면 크든 작든, 많든 적든 따지지 말고 즉시 빼앗아 오시오."

그리고 뇌천풍을 불러 이렇게 말했다.

"뇌장군은 3천 명을 이끌고 산에 올라가 나무를 베어 오시오. 좋고 나쁜고를 가리지 말고 되도록 많이 모아서 강가에 쌓아 두시오."

세 장수가 명을 듣고 나갔다. 또 소유경을 불러서 말했다.

"군중에 배가 없습니다. 제가 수십 척의 배를 만들고 싶지만 구조가 일반적인 배와는 다릅니다. 장군은 조선 기술자들을 감독하여 빨리 배를 완성토록 해주세요."

홍혼탈은 소유경에게 배의 구조를 그림으로 그려서 주었다. 넓이는 5백 척이고 머리와 꼬리는 뾰족했다. 몸체는 둥글고 양쪽으로 문을 열어서 푸른색으로 무늬를 넣었다. 그 모습이 악어와 비슷했기 때문에 타선䰞船이라고 불렀다. 사방으로 발이 달렸고, 안에서 기계를 조작하면 가고 오는 것이나 빠르게 하고 늦추는 것을 마음대로 할 수 있었다. 머리를 숙이면 물 위로 떠올라 비바람 치듯 빨리 갈 수 있었다. 안에는 작은 배가 있었다. 밖에 보이는 배는 오르락내리락 했지만 안에 있는 배는 조금도 요동을 치지 않았다. 사방에는 각각 군졸 백 명을 수용할 수 있었다.

소유경은 구조에 따라 일을 시작했는데, 홍혼탈이 그것을 운용하는 원리를 가르쳐 주자 모든 장수 중 탄복하지 않는 이가 없었다.

다음 날 동초와 마달 두 장군이 10여 척의 배를 빼앗아 왔다. 홍혼탈은 손야차와 철목탑을 몰래 불러서 빼앗아 온 배를 주면서 무엇인가 몰래 약속하고 어디론가 보냈다. 이때 뇌천풍은 명을 받들고 나가서 부근의 산에서 나무를 베어 강가에 쌓아 놓고 와서 보고했다. 홍혼탈은 군졸들과 조선 기술자들에게 한편으로는 나무를 다듬으면서 다른 한편으로는 뗏목을 만들도록 하여 무언가를 대비했다.

한편 탈해와 소보살은 대룡강 위에서 수군을 훈련시키고 있었는데, 수군장이 아뢰었다.

"병기는 모두 자고성에 있고 전함도 부족하여 진세를 이루기 어렵습니다."

소보살이 매우 걱정하고 있었는데, 갑자기 강 위에서 어부 몇 사람이 어선 몇 척을 타고 노를 저어 내려오고 있었다. 소보살은 병사들을 뱃머리에 세우고 크게 소리쳐서 어선을 불렀다. 그러나 어부들은 대답하지 않고 배를 돌려 달아났다. 소보살이 크게 노하여 쾌속선 한 척을 보내서 쫓아가 잡아 오도록 하여 크게 꾸짖으며 말했다.

"너희들은 웬 어부이기에 감히 내 명령을 거역하는가."

어부들이 대답했다.

"저희들은 바다의 어부들입니다. 일전에 자고성 앞바다에서 장군 두 사람을 만났다가 수십 척의 배를 빼앗겼습니다. 아직도 겁이 나서 이렇게 도망친 것입니다."

소보살이 크게 기뻐하며 말했다.

"그렇다면 남은 배는 모두 몇 척이나 되느냐?"

"10여 척 됩니다."

"어디에 있느냐?"

"상류에서 바람을 기다리며 있습니다. 저희들은 고기 떼를 따라 이리로 오게 되었습니다."

소보살이 즉시 장졸들에게 어선을 운반해 오도록 했다. 잠시 후 오랑캐 장수가 배를 운반해 왔다. 배 위 어부들은 푸른 도롱이를 입고 손에는 낚싯대를 들고 있었다. 검은 얼굴에 누런 머리카락으로 보아 묻지 않아도 바닷가 사람이었다. 소보살이 기뻐하면서 말했다.

"너희들은 필시 이 지역 사람일 것이다. 아군이 아닌 사람이 없으리니, 우리 군중에 있으면서 배를 만들도록 하여라."

검은 얼굴의 어부가 흔쾌히 말했다.

"저희들이 바닷가에서 컸기 때문에 물속을 평지와 다름없이 출입합니다. 대왕이 만약 휘하에 넣어 주신다면 힘을 다해 모시겠습니다."

소보살이 크게 기뻐하며 말했다.

"너희들이 수중 출입을 할 수 있다니, 지금 한번 보고 싶구나. 잠시 너희 재주를 시험해 보자."

어부가 즉시 강 속으로 들어가더니, 고래처럼 뛰어올라 물결에 부딪치듯 하는데 마치 육지를 밟는 것과 같았다. 보는 사람은 모두들 칭찬했다. 소보살이 크게 기뻐하면서 그들에게 전함 만드는 일을 관장하도록 했다.

홍혼탈은 소유경에게 천 명의 군졸을 인솔하여 타선을 거느리고 이러이러하게 하도록 시켰다. 홍혼탈은 여러 장수와 대군과 함께 뗏목을 타고 물을 거슬러 대룡강으로 향하여 올라갔다.

때는 4월 보름 무렵이었다. 연일 남풍이 크게 불자 탈해와 소보살은 바람을 따라 북을 울리면서 행군해 왔다. 물 한가운데에 이르러 갑자기 명나라 진영에서 대포 소리가 한 번 울렸다. 순간 오랑캐 전함에서 어디서 오는지 알 수 없는 불길이 일어났다. 그러자 두 어부가 크게 소리를 지르더니 급히 작은 어선을 흔들면서 명나라 진영으로 달아났다. 원래 검은 얼굴의 어부는 손야차였고, 다른 한 명은 철목탑이었다. 이들은 홍혼탈의 명을 받고 유황과 염초, 불을 당기는 물건을 배에 감추었다가 명나라 진영에서 울리는 대포 소리에 맞추어 불을 지르고 달아난 것이었다.

마침 불어오는 바람이 불길을 도왔다. 불은 바람의 위력으로 삽시간에 대룡강 북쪽 오랑캐의 백여 척 전함으로 옮겨붙었다. 탈해가 분연히 창을 들고 불길을 무릅쓰고 배 한 척의 닻줄을 풀었다. 그는 강 언덕을 바라보며 곧바로 달려갔다. 그런데 갑자기 명나라 진영에서 북소리가 진동하더니 10여 척 전함이 강가로 떠오는 것이었다. 바람처럼 빠른 데다 모양도 기괴했다. 입을 한 번 열자 우레 같은 대포 소리와 우박 같은 포탄이 공중에서 비오듯 날아오며 탈해가 탄 배를 어지러이 쳤다. 오랑캐 전함이 10여 걸음 정도 물러나니 타선은 물속으로 들어가고, 다시 한 척의 타선이 솟아나서 입을 한 번 열자 대포 소리와 포탄이 천지를 진동했다. 수십여 척의 타선이 차례로 번갈아가면서 한참 동안 소란을 일으키니, 탈해의 흉폭함과 소보살의 지모로도 도무지 방책을 생각할 수 없었다.

뱃머리는 많이 손상되었고 돛과 상앗대는 부러져서 형세가 매우 급박했다. 수십 걸음 밖에서 어떤 작은 배 한 척이 머리를 숙이고 물속으로 들어가더니 순식간에 오랑캐 전함 앞에 이르면서 머리를 들어올리고 솟구쳐 올라 탈해의 배를 뒤집어 버렸다. 그로 인해 탈해와 소보살이 한꺼번에 물에 빠졌다. 탈해는 원래 물에 익숙했던 터라 소보살을 업고 물 위로 몸을 솟구쳤다. 오랑캐 장수 하나가 급히 작은 배 한 척을 저어 와서 탈해를 구해 뭍으로 올라가자 다른 타선이 물속으로 들어갔다. 소보살이 그 위급한 상황을 보고 요술을 부리려 손으로 사방을 가리키면서 진언을 염송했다. 그러나 미처 술법을 행하기도 전에 타선이 다시 탈해의 배를 뒤집어엎었다. 탈해와 소보살은 다시 물속에 빠졌다.

오랑캐 진영의 장졸들 중에 물에 빠져 죽은 자가 반이 넘었고, 전함은 불에 타거나 침몰했다. 병든 장수와 약한 병졸들이 정신을 수습하고 부서진 전함 한 척으로 겨우 탈해와 소보살을 구출하여 남쪽으로 달아났다. 홍혼탈이 대군을 독려하여 추격하면서 마구 죽였다.

갑자기 물 위에서 수많은 해랑선海浪船들이 순풍에 돛을 걸고 북을 울리며 왔다. 홍혼탈이 깜짝 놀라 말했다.

"이것은 탈해의 구원병이 아닌가."

이때 뱃머리에서 한 소년 장군이 창을 들고 소리를 질렀다.

"패한 적군들은 도망치지 말라. 대명국 홍원수의 일지군一枝軍이 여기 있다. 빨리 와서 투항하라."

탈해가 소보살에게 말했다.

"과인이 이로부터 바닷가 여러 나라에 구원병을 청했는데 뜻밖에 적병이 앞뒤를 막아서는구려. 맞설 계책이 전혀 없소.

장차 어찌하리오."

그는 즉시 뭍으로 내려 소보살을 데리고 대룡동으로 달아났다. 물의 위아래에서 오던 배들이 곧바로 명나라 진영 앞에 이르더니, 그 소년 장군이 쌍창을 들고 길게 읍하며 말했다.

"원수께서는 그간 별고 없으셨습니까?"

홍혼탈이 자세히 보니 바로 일지련이었다. 홍혼탈이 크게 기뻐하며 배를 끌어 가까이 대고 흔연히 손을 잡고 말했다.

"철목동 앞에서 길을 달리하여, 장군은 고국으로 돌아가고 저는 남쪽으로 왔소이다. 부평초 같은 신세에 어찌 이와 같이 상봉하리라고 생각이나 했겠소?"

일지련이 웃으며 말했다.

"원수께서 첩을 살려 주신 은혜를 입었는데 어찌 구구한 몇 마디 말로 이별을 고할 수 있겠습니까? 마음속으로 오늘을 기약했기에, 잠시 휘하를 떠났던 것입니다."

홍혼탈이 일지련의 손을 잡고 양창곡을 배알하니, 그 역시 크게 기뻐하면서 말했다.

"장군이 나라를 위하여 막강한 적군을 깨뜨렸으니, 그 공적이 감격스럽소이다."

일지련이 어여쁜 눈을 들어 양창곡을 보면서 자못 부끄러워하는 빛을 보이더니, 홍혼탈에게 말했다.

"저는 일개 여자입니다. 작은 공을 어찌 논하겠습니까. 제가 이번에 온 것은 부왕父王의 힘을 도와 도독의 은혜를 갚기 위해서입니다."

말이 끝나기도 전에 축융왕이 또 이르더니 양창곡과 홍혼탈을 보고 아뢰었다.

"과인이 지난번에 철목동 앞에서 즉시 종군하고자 했지만, 속으로 생각해 보니 홍도국은 지역이 넓은 데다 남쪽으로는 큰 바다에 임해 있더군요. 바다를 따라 백여 개의 마을이 있으니, 만약 이 지역을 평정하지 않는다면 후환이 있을까 두려웠습니다. 그래서 과인이 제 딸아이를 데리고 해상을 돌아본 후 여러 마을을 토벌해 도독께서 남쪽을 돌아봐야 하는 근심을 없애 버렸습니다."

양창곡이 크게 기뻐하면서 감사해 마지않았다. 홍혼탈이 축융왕에게 말했다.

"대왕께서 우리 명나라 조정을 위하여 이처럼 충성을 다 하시니 나라의 복이 아닐 수 없습니다. 탈해와 소보살은 아직도 잡지 못했으니 너무도 큰 근심거리입니다. 대왕께서 이번에 데려오신 장졸들은 몇 명이나 됩니까?"

"과인 수하의 정예군 7천 명과 첩목홀, 주동통, 가달 등 세 장군이 함께 왔소이다."

홍혼탈이 기뻐하면서 양창곡에게 아뢰었다.

"소장이 동초와 마달 두 장군을 보내 이미 탈해의 도주로를 막았습니다. 급히 대군을 이끌고 그 배후를 쳐들어가야 할 것 같습니다."

양창곡은 대군을 이끌고 상륙하여 대룡동으로 향했다.

한편, 탈해와 소보살은 물가 언덕 위로 올라갔다. 패잔병과 살아난 장수들은 조금씩 모여서 탈해와 소보살을 모시고 대룡동으로 돌아가려 했다. 그런데 홀연 골짜기 문에 깃발이 펄럭이면서 장군 한 명이 큰소리로 꾸짖었다.

"대명국 좌익장군 동초가 이미 대룡동을 빼앗았다. 탈해는 어디로 가려 하느냐. 빨리 와서 투항하라."

탈해가 소보살에게 말했다.

"장수들은 곤고困苦하고 병졸들은 피로한 데다 대룡동까지 빼앗겼으니 아무 계책도 없소. 차라리 남쪽 성수해星宿海를 건너서 이웃나라에 몸을 맡겼다가 다시 원수 갚을 계책을 계획하는 게 좋겠소."

그는 소보살과 함께 오랑캐 장수 한 명을 데리고 남쪽으로 떠났다. 그런데 갑자기 함성이 크게 일어나더니 한 대장이 가는 길을 막으며 말했다.

"대명국 우익장군 마달이 이기서 기다린 지 오래다. 빨리 이 칼을 받으라."

탈해가 크게 노하여 힘껏 10여 합을 싸우는데, 갑자기 뒤에서 대포 소리가 한 번 들리더니 북소리와 뿔피리 소리가 시끄러웠다. 깃발이 하늘을 덮으면서 양창곡의 대군이 이미 이르렀다. 탈해가 바쁘게 말을 빼서 달아나려 했지만, 백만대군이 철통같이 포위하여 탈출할 방도를 찾을 수 없었다. 탈해는 백여 명의 오랑캐 병사들과 진을 펼치고 소보살을 지키면서 분연히 창을 빼들고 나오며 말했다.

"하늘이 나를 돕지 않아 이와 같은 곤란을 당하는구나. 내 마땅히 명나라 장수와 짧은 병기로 싸워 자웅을 겨루겠다."

그러자 축융왕이 칼을 휘두르며 나와서 크게 꾸짖었다.

"도독께서 황제의 명을 받들어 삼군을 통괄하고 이끄셨다. 어찌 무도한 오랑캐와 직접 힘을 다투시겠느냐? 과인은 남방의 축융대왕이다. 네 머리를 베려고 왔으니, 빨리 나오라."

탈해가 크게 웃으며 말했다.

"축융동은 남방에 빌붙어 사는 나라다. 네가 작은 나라의 왕으로 이웃나라의 정의를 몰라보고 어찌 감히 이토록 무례하단 말이냐?"

"인심을 얻으면 적과도 화목하게 지내고, 천리를 거스르면 이웃나라도 배반하는 법이다. 과인이 이웃나라에 거처하면서 어찌 네 죄를 듣지 못했겠느냐. 너는 부귀를 탐하여 네 부친의 왕위를 찬탈했다. 이는 강상윤리에 죄를 지은 것이다. 나라를 다스리면서 오로지 무력만 숭상하고 인의를 본받지 않았다. 그리하여 교지 이남을 금수의 소굴을 만들었으니, 이는 풍속을 어지럽히는 것이다. 이제 네 머리를 베어 홍도국 백성들에게 사례하고 또한 남방의 수치를 씻으리라."

탈해가 크게 노하여 그를 맞아 백여 합이나 싸웠다. 용감한 탈해는 호랑이처럼 날뛰었으며, 용맹한 축융왕은 곰처럼 달렸다. 산악이 무너지는 듯 천지가 흔들리는 듯, 한참을 싸웠다. 양창곡이 홍혼탈과 멀리 두 사람의 싸움을 보다가 말했다.

"탈해의 기세가 이처럼 흉폭하니 쉽게 잡기는 어렵겠구려. 여러 장수와 삼군의 병사들이 힘을 합쳐 공격합시다."

이리하여 왼쪽은 뇌천풍, 손야차, 동초, 마달이 맡고 오른쪽은 주돌통, 철목탑, 가달이 맡았다. 군사를 이끌고 북을 울리면서 일제히 출진하니, 서릿발 같은 창칼이 사방에서 폭주했다. 탈해는 그 기세에 십여 군데나 상처를 입고 말에서 떨어졌다. 여러 장수들이 한꺼번에 쳐들어가서 탈해를 결박하여 본진으로 보냈다.

소보살은 탈해가 잡혀가는 것을 보고 대경실색하여 급히 진언을 외우면서 공중제비를 한 번 돌아 광풍으로 변신했다. 순간 모래를 날리고 돌을 굴리면서 무수한 귀졸들이 기괴한 형상으로 군중에 가득 나타나 명나라 진영을 포위하려 했다. 축융왕이 크게 노하여 말했다.

"요물이 도술을 자랑하려 하는구나."

축융왕도 역시 대여섯 개의 나찰로 변신하더니 한바탕 뒤쫓았다. 그러자 무수한 귀졸들이 삽시간에 사라졌다. 이때 괴이한 바람이 마른 나뭇잎을 날려 사방으로 흩뿌리더니, 그 나뭇잎들이 깔깔 웃으며 말했다.

"축융은 고민하지 말라. 녹수청산에 묘연한 종적을 누가 잡을 수 있겠느냐?"

홍혼탈이 깜짝 놀라며 말했다.

"오늘 저 요물을 잡지 않으면 후환이 적지 않겠구나."

그녀는 부용검을 들어 공중을 가리키면서 몰래 진언을 외었다. 그러자 그 잎사귀들이 어지러이 땅에 떨어지면서 다시는 다른 모습으로 변신하지 못하고, 본모습으로 돌아온 소보살이 황망히 도망쳤다. 홍혼탈이 대군을 재촉하여 소보살을 급히 포위하고 사로잡으려 했다. 소보살이 다시 백여 개의 보살로 변했다. 모든 장수와 병사들은 눈이 어질어질하여 잡을 방도를 몰랐다. 홍혼탈은 즉시 주머니 안에 넣어 두었던 백운도사의 보리주를 꺼내서 공중에 던졌다. 구슬들이 108개의 금테로 변하더니 백여 개의 소보살에게 씌워졌다. 그러자 107개의 소보살은 어디론가 사라지고 남은 소보살 한 명만이 머리를 들고 땅에 구르면서 슬프게 목숨을 구하는 것이었다. 홍혼탈이 무사들에게 호령하여 소보살을 잡아 목을 베라고 했다. 소보살은 황겁하여 애걸했다.

"원수께서는 어찌하여 백운동 창밖에 서 있던 여자애를 몰라보시는 것입니까? 옛날의 안면으로 은택을 내려 주시어 이 목숨을 살려 주신다면 멀리 종적을 감추고, 맹세컨대 다시는 사람들 앞에 모습을 드러내지 않겠습니다."

홍혼탈이 그 말을 듣고 기억이 가물가물하여 한참 생각하다가 그제야 알아차리면서 말했다.

"네가 바로 조그만 여우의 정령이구나. 어찌하여 포악한 탈해를 도와 남쪽 지방을 어지럽혔느냐."

소보살이 대답했다.

"이 또한 천지의 운세입니다. 어찌 제가 마음대로 한 일이 겠습니까? 제가 백운동에 있을 때 백운도사의 설법을 몰래 듣 고 일찍이 깨달은 바가 있었습니다. 이제부터는 중생 신분을 벗어 버리고 부처님 앞에 귀의해 악업을 짓지 않겠습니다."

홍혼탈이 한참 고민하다가 보리주를 거두고 부용검을 들어 소보살의 머리를 치면서 크게 소리쳤다.

"요물은 빨리 떠나라. 만약 훗날 요사스러운 짓을 한다면 또 내 부용검이 가만히 있지 않을 것이다."

소보살이 머리를 조아려 무수히 절하면서 사례를 올렸다. 그러고는 여우로 변신하여 어디론가 사라졌다. 여러 장수들 이 모두 경탄하면서 홍혼탈에게 아뢰었다.

"저와 같은 요물을 놓아 주시니 어찌 훗날에 근심이 없겠습 니까?"

홍혼탈이 미소를 지으며 예전 백운동에서의 일을 자세히 이야기해 주었다.

"예부터 여우의 정령이 괴상한 요술을 부리는 것은 사람 때 문입니다. 나라가 태평하고 사람들이 모두 덕을 닦으면 저놈 들이 어찌 일을 꾸미겠습니까? 만약 시대가 불행하고 사람들 의 마음이 어질지 못하면 산속에 수없이 많은 여우 정령이 있 을 터이니 어찌 그들을 모두 죽일 수 있겠습니까?"

양창곡이 군대를 돌려서 대룡동에 이르렀을 때 날이 저물었다. 홍혼탈은 양창곡의 군막으로 가서 조용히 아뢰었다.

"상공께서는 축융왕이 이렇게 멀리까지 와서 애쓰는 의도를 아십니까?"

양창곡이 말했다.

"나도 의심 가는 바 있소만, 그대 말을 먼저 듣고 싶구려."

홍혼탈이 웃으며 말했다.

"축융왕은 욕심이 많은 사람입니다. 홍도국은 땅이 넓은 남쪽 지방의 큰 나라입니다. 축융왕이 바라는 것은 아마 여기에 있는 듯합니다."

"나 또한 그 점을 의심했소. 탈해의 무도함은 목숨을 살려 줄 수 없을 지경인데 진압할 자가 없으니, 마땅히 폐하께 아뢰어 축융왕의 소원을 이루어 줘야겠소."

홍혼탈 역시 훌륭하다고 칭송했다. 다음 날 새벽, 양창곡이 대군을 이끌어 오계동 앞에 진을 치고 탈해를 잡아들여 장막 아래에 꿇어앉혔다. 탈해는 굽히지 않고 하늘을 우러러 크게 욕설을 퍼부었다.

"과인 또한 남방 만승지국萬乘之國* 천자다. 명나라 천자와 같은 신분으로 예를 차릴 터인데, 어찌 너에게 무릎 꿇겠느냐."

양창곡이 웃으며 말했다.

---

* 병사를 태운 수레를 만 대나 동원할 만큼 강대한 나라, 즉 천자의 나라를 말한다.

"벌레같이 어리석은 오랑캐 녀석이 하늘 높은 줄 모르는구나. 꾸짖을 것도 없다만, 너 역시 천지와 오행의 기운을 받아 오장과 칠정을 가지고 있으니 어찌 자신의 죄를 모르겠는가. 사람이 세상에 태어남에 충효보다 큰 것이 없다. 너는 네 아버지를 죽이고 왕위를 찬탈했으니, 이는 부자의 친애에 죄를 지은 것이다. 병사를 일으켜 상국을 범했으니, 이는 군신의 의리에 죄를 지은 것이다. 나는 황상의 뜻을 받들어 생명을 사랑하는 덕을 베풀고자 했지만, 너의 무도함은 용서할 수 없구나!"

그러자 탈해가 눈을 부라리고 수염을 곤추세우면서 소리를 질렀다.

"부귀를 바라는 마음은 누구나 있다. 충효를 이야기해서 무엇에 쓰겠는가. 과인은 만 명의 사내들도 감당하지 못하는 용맹이 있고 천지를 뒤흔들 힘이 있다. 그러나 시절 운수가 불행하여 이 지경에 이르렀다. 네가 어찌 사악한 말로 충효를 말하는 것이냐. 저기 달리는 짐승을 보아라. 약한 놈은 고기가 되어 먹히고 강한 놈은 먹어 치운다. 예절과 충효는 교묘히 수식하는 말일 뿐이다. 과인이 여기 있으니, 다시는 말하지 말라!"

양창곡이 여러 장수들을 돌아보며 탄식했다.

"이런 놈이 이른바 화외지맹化外之氓**이오. 죽이지 않는다면 어찌 이역의 우매한 풍속을 교화할 수 있겠소?"

** 천자의 교화 밖에 있는 백성, 즉 도저히 교화될 수 없는 백성을 말한다.

그는 무사에게 호령하여 진영 문밖에서 효수하도록 했다.

양창곡은 홍도국을 평정하고 축융왕을 청하여 말했다.

"대왕께서 우리 명나라를 위하여 멀리까지 오셔서 충성을 다하시니 공이 적지 않습니다. 제가 마땅히 폐하께 아뢰어서 표창토록 해야겠습니다. 이제 홍도국을 진압할 사람이 없으니, 대왕께서는 홍도국의 정치를 섭정하시면서 백성들을 가르쳐 다시는 배반하는 일이 없도록 해주십시오."

축융왕이 몸을 일으켜 절을 하고 말했다.

"과인이 외람되게도 황상의 덕을 입어 큰 죄를 용서받은 데다 목숨을 살려 주신 은혜를 더해 주셨습니다. 또한 홍도국의 섭정으로 임금의 일을 대신하라 하시니, 망극한 은혜를 갚을 길이 없습니다. 대대손손 뼈에 새겨 그 은혜를 잊지 않고 도독의 밝은 가르침을 받들어 행하도록 하겠습니다."

양창곡이 크게 기뻐하면서 대군을 배불리 먹이고 상을 내려 위로했다. 홍도국의 노인과 백성들을 불러서 위로하고, 충성과 신의와 효도와 우애로 문화적 가르침을 널리 펴서 극진히 깨우치니, 노인들과 백성들이 머리를 조아리며 감복하면서 칭송해 마지 않았다.

며칠 뒤 양창곡이 군대를 돌려 떠나자, 축융왕이 모든 장졸들을 끌고 전송을 했다. 그는 양창곡에게 슬픈 빛을 감추지 못하고 말했다.   ·

"과인이 비록 오랑캐 땅 출신이지만 자식을 사랑하는 마음은 한가지입니다. 제 딸 일지련은 천성이 괴이하여 중국을 보고 싶어 하는 한 마음이 간절합니다. 원수의 풍모를 흠모하여 어버이와 친척을 떠나서 하늘 끝 만리 밖으로 홍원수를 따르고자 하니 그 뜻을 꺾기가 어렵습니다. 바라건대 원수께서는 딸자식을 거두어 가르쳐 주소서."

축융왕이 이번에는 일지련의 손을 잡고 눈물을 글썽이며 말했다.

"여자가 길을 떠나면 부모형제를 멀리 이별하게 된다더니, 딸아이는 원수를 모시고 영원히 부귀를 누리도록 해라. 네 아비는 황제의 은총을 입어 특별히 조정에 들어가는 것이 허락되면 부녀간의 정을 펼칠 날이 있을 것이다."

일지련이 아버지의 손을 잡고 눈물을 비오듯 뿌리면서 말을 잇지 못했다. 그러다가 흐느끼며 말했다.

"소녀가 불초하여 슬하를 떠나 혈혈단신으로 만리 먼 길을 가게 되었으니, 이 또한 인연입니다. 엎드려 바라건대 아버지께서는 불초여식을 염려하지 마시고 영원히 홍도국에서 부귀를 누리시고 만수무강하십시오."

잠시 후 양창곡이 행군을 시작했다. 선봉장 뇌천풍을 제1대로 삼고 좌익장군 동초를 제2대, 우익장군 마달을 제3대, 양창곡과 홍혼탈을 중군, 손야차를 제5대, 소유경을 후군으로 삼아 제6대로 했다. 일지련은 홍혼탈을 모시고 군중에 배치되었다. 오랑캐 장수 철목탑이 병사들을 이끌고 이별 인사를 하니 양창곡이 군중에 남아 있던 은자와 비단을 상으로 내렸다. 그리고 만왕에게 글을 보내서 철목탑을 상장군上將軍에 제수하여 공로를 위로했다.

양창곡이 북쪽으로 행군하자 모든 장졸들이 기쁨을 이기지 못하여 북을 울리고 칼춤을 추며, 고국의 강산을 바라보고 개선가를 부르며 행군했다. 하루는 마달이 양창곡에게 말했다.

"저 푸른 봉우리가 유마산維摩山입니다. 그 아래 점화관點火觀이 있습니다."

이미 날이 저물고 숲 사이로 달빛이 비치고 있었다. 양창곡은 유마산에 군대를 머물게 하고 밤을 지새기로 했다. 홍혼탈이 양창곡에게 아뢰었다.

"제가 벽성선을 아직 만나 본 적 없지만, 서로 마음을 알아주는 형제나 다름없습니다. 지금 이때를 틈타 한번 놀려 주어 마음을 풀어 주고 싶습니다."

양창곡이 웃으면서 허락했다. 홍혼탈은 전포에 쌍검을 차고 설화마에 올라 점화관으로 향했다.

이때 벽성선은 도관에 몸을 맡겼는데, 낮에는 도사를 따라 시간을 보내고 밤이면 무료한 심회를 억눌렀다. 객창에 달이 밝은 밤이면 아득히 생각했다.

'일개 아녀자가 일가친척 하나 없는 곳에 몸을 의탁하여 무엇을 바라는 것일까? 하늘의 둥근 달은 내 마음을 만리 밖에 있는 우리 상공께 비춰 주겠지. 상공 또한 저 달을 마주하여

이 몸을 생각해 주시는 것이, 내가 상공을 생각하는 것과 같으리라.'

그녀가 슬픈 마음을 이기지 못하고 있을 때였다. 뜰 앞의 나무 그림자가 은은한 가운데 인적이 언뜻하더니, 어떤 소년 장군이 삼척검을 끌고 돌연히 들어와서 촛불 아래에 섰다. 벽성선은 깜짝 놀라 소청을 급히 불렀다. 그러자 장군이 웃으며 말했다.

"낭자는 놀라지 마시오. 나는 녹림의 나그네요. 낭자의 재물을 탐하는 것도 아니고 낭자를 해치려는 것도 아니오. 다만 낭자의 아름다운 이름을 듣고 밤낮으로 생각하다가, 꽃을 탐하는 미친 나비가 향기에 이끌리듯 여기까지 온 것이외다. 낭자는 젊은 가인이요, 저 또한 녹림의 호걸이오. 산속 도관에 거처하면서 달 같고 꽃 같은 모습을 적막하게 만들지 마시고, 저를 따라 산채의 부인이 되어 부귀를 누리시지요."

벽성선은 환란 끝에 살아 남았고 풍파 뒤에 겁을 먹고 있던 터라, 마음이 서늘해지고 몸이 떨려서 어쩔 줄 몰라 했다. 장군은 칼을 짚고 가까이 다가와서 웃으며 말했다.

"낭자는 지금 천라지망을 벗어날 수 없소. 주저하지 마시오. 내 일찍이 낭자의 절개에 대해 들은 적 있소. 십 년 청루생활에 한 조각 붉은 점을 간직하는 것은 고금에 드문 경우요. 그러나 이제 어쩌시겠소? 낭자는 죽으려 해도 죽지 못하고, 도망치려 해도 도망칠 수 없소. 얼른 일어나 나를 따라갑시다.

순종하면 부귀요, 거역하면 재앙이외다."

벽성선이 당황해하면서 어쩔 줄 몰라 했으나 이런 지경에
닥치면 도리어 악에 받치게 되니 어찌 생사를 돌보겠는가. 그
녀는 즉시 몸을 일으켜 책상머리에 있는 작은 칼을 잡으려 했
다. 그러자 장군이 웃으며 앞을 가로막고 그녀의 손을 잡았다.

"낭자는 고집을 부리지 마시오. 인생 백년은 풀잎 끝의 이
슬과 같은 거요. 북망산 한 줌 흙에 미인의 홍안이 적막해지면
낭자의 보잘것없는 지조를 누가 알아주겠소?"

벽성선이 손을 떨치면서 물러나 앉아 크게 욕을 했다.

"태평성대에 개 같은 도적놈이 어찌 이다지도 무례하단 말
이냐? 내가 너 때문에 혀를 더럽히지 않으련다. 빨리 내 머리
를 베고 가라."

말을 마친 벽성선의 기색이 추상같았다. 장군이 웃으며 말
했다.

"낭자가 지금 이처럼 매섭지만 이 뒤에 낭자를 겁탈하려는
사람들이 또 있을 것이오. 그때도 순종하지 않으시려오?"

장군이 말을 마치기도 전에 동구 밖이 소란스러워졌다. 그
러고는 한 장군이 두 부하 장수와 10여 명의 병사를 데리고
위엄있게 천천히 걸어 들어왔다. 벽성선이 탄식하며 말했다.

"괴이하구나, 내 신세여! 수많은 고초를 그렇게 많이 겪었
는데도 아직 재앙이 다 끝나지 않아서 결국은 도적놈의 칼끝
에 원혼이 되리라고 누가 알았겠는가. 피하고자 하나 피할 수

없고, 죽고자 하나 죽을 수 없구나. 세상에 어찌 이토록 좁은 곳이 있는가."

나중에 들어온 장군이 대청에 오르더니 부장副將과 병사들을 물러가도록 하고, 곧바로 방 안으로 들어와 촛불 아래 섰다. 벽성선이 눈을 들어 잠시 쳐다보았다. 옥 같은 얼굴이 후끈 변하면서 망연자실하더니, 정신을 수습하여 자세히 바라보았다. 그 사람은 바로 양창곡이었다. 양창곡은 먼저 홍혼탈을 보내 한바탕 장난을 치게 하고, 자신은 대군을 안정시킨 뒤 따라온 것이었다. 양창곡이 자리에 앉아 말했다.

"낭자는 평지풍파를 무수히 겪고도 뜻밖에 방탕한 광인을 만났으니 과연 큰 욕을 면할 수 있을지 개탄스럽구려."

벽성선이 놀란 혼을 진정하지 못하여 말을 하지 못했다. 그녀는 양창곡의 얼굴을 보고 말소리를 듣더니 취한 듯 미친 듯, 기쁜 듯 슬픈 듯 대답했다.

"첩이 도관에 거처한 뒤로 세상 소식이 완전히 끊어졌습니다. 오늘 상공의 이 같은 행차는 정말 생각지도 못한 일입니다. 그런데 이 소년 장군은 뉘십니까?"

양창곡이 미소를 지으며 홍혼탈을 가리키면서 말했다.

"이 장군은 낭자도 이미 알고 있는 강남홍이며, 나의 원수元帥 홍혼탈이오."

홍혼탈이 벽성선의 손을 잡고 탄식했다.

"낭자는 강주에 살고 저는 강남에 사는 바람에 거리가 너무 멀어 뵙기 어려웠습니다. 그러나 영서靈犀나 빙호氷壺*처럼 가슴은 서로 비추어 부평초 같은 종적일지라도 한번 뵙기를 원했지요. 우리 모두 운명이 기구하여 평지풍파를 겪고 물속 원혼이 될 뻔하는 등 삼재팔난三災八難을 많이 겪었습니다. 그런데 여기서 이렇게 만나리라고 어찌 생각이나 했겠습니까?"

벽성선이 대답했다.

"저는 활에 놀란 새요 그물에 든 물고기입니다. 어찌 놀라 겁을 먹지 않겠습니까. 낭자께서 물속의 원혼이 되셨다는 소식이 꿈인가 의심스러웠는데 이렇게 장군이 되셔서 제 남은 목숨을 겁주시니, 이는 꿈속에서 꾸는 꿈입니다."

양창곡이 말했다.

"그간의 이야기는 묻지 않아도 알만 하구려. 그러나 낭자는 이미 엄명을 받아 고향으로 쫓겨난 몸, 나를 따라 황성으로 들어갈 수는 없는 노릇이오. 이곳은 정말 조용하고 도사 역시 잘 아는 사이가 되었으니, 잠시 여기 머무르면서 뒷날을 기다리도록 하오."

벽성선이 응낙하니 홍혼탈이 웃으며 말했다.

"선랑이 갑자기 녹림의 나그네를 만나 적잖게 놀라고 겁을

---

* 영서는 훌륭한 물소뿔을 말한다. 그 뿔은 가운데에 작은 구멍이 나 있어 빛이 한 줄기 통한다. 빙호는 얼음처럼 맑은 호로병을 말한다. 영서와 빙호는 모두 사람의 마음에 한 점 티끌도 없어서 맑게 비추는 것을 뜻한다.

먹었을 것입니다. 제가 마땅히 압경주壓驚酒**를 권해야겠소."

홍혼탈은 손야차에게 군중에 있는 술을 가져오도록 했다. 양창곡이 웃으며 말했다.

"세상에 이렇게 아름다운 녹림의 나그네가 있으며, 이처럼 나약한 산채 두목 부인이 있겠는가."

그들은 각자 취흥을 띠고 손뼉을 치며 크게 웃었다.

양창곡은 홍혼탈과 군중으로 돌아가기 전, 비단과 은자를 주면서 감사를 표했다. 도사들은 황공함을 이기지 못하여 더 더욱 벽성선을 흠앙했다.

이때 천자는 양창곡의 대군이 가까이 왔다는 보고를 받고 예부시랑 황여옥을 보내 영접하도록 했다.

원래 황여옥은 그날 전당호에서 관아로 돌아와 참회하는 마음이 싹트면서 탄식했다.

"내 마음이 방탕하여 옥같이 깨끗한 여자를 물속의 원혼으로 만들었구나. 이 어찌 천지신명에게 죄를 지은 것이 아니겠는가. 옛말에, '잘못을 저지르는 사람이 어찌 없겠는가마는, 고치는 것이 귀한 것'이라는 말이 있다. 잘못을 알고도 고치지 않는다면 대장부가 아니다."

이후로 그는 술과 여색을 완전히 끊고 정무를 부지런히 보니, 몇 달 사이에 소주 지역이 잘 다스려졌다. 이웃 고을 백성

** 놀란 마음을 진정시키기 위해 마시는 술을 말한다.

들이 나날이 이주해 와서 경작지도 크게 넓어지고 마을의 집들도 즐비해졌다. 산을 뚫어 길을 만들고 뽕나무를 심어 마을을 이루었다. 그의 치적이 크자, 천자는 황여옥의 치척을 보고받고 예부시랑을 제수하여 불러들였다. 모든 친구와 친척들이 기뻐하면서 그가 개과천선한 것에 탄복했다.

이때 천자는 황여옥을 탑전으로 불러서 하교했다.

"정남도독 양창곡과 부원수 홍혼탈이 군대를 돌려서 경내로 들어왔다 하니, 경이 짐을 대신하여 나가 환영하라. 양창곡은 바로 경의 매제이기도 하니, 그간 쌓였던 회포를 풀라."

양창곡의 군대는 이미 백여 리 부근까지 이르렀다. 황여옥이 관복을 입고 진영에 명함을 통보하자 양창곡이 문을 열어 맞아들였다. 서로 예를 마친 뒤 양창곡이 눈을 들어 보니 황여옥의 행동이 조화로우면서도 온화하고 기상이 준수하여 옛날 압강정에서 보았던 황자사가 아니었다. 그는 속으로 깜짝 놀라며 몸을 굽혀 웃으면서 말했다.

"높은 문전에 인사 올린 것이 벌써 여러 해 지났습니다. 형장兄丈을 이제서야 마주하니 격조했던 듯싶습니다. 혹시 예전 압강정 잔치자리에 있던 양수재를 기억하십니까?"

황여옥이 얼굴빛을 고치고 사죄했다.

"하관下官*이 불민해 풍류자리에서 잘못을 저질러 상공께 죄

---

* 관리가 자신을 낮추어 부르는 말이다.

를 많이 지었습니다. 이제는 물이 흘러가고 구름은 사라졌으며 시간은 흐르고 일은 지나갔으니 깊이 책망하지 마소서."

양창곡이 크게 웃으며 그가 잘못을 뉘우친 점에 탄복했다. 황여옥이 홍혼탈 원수 뵙기를 청하자 양창곡은 그녀의 본색이 탄로날까 걱정되었지만, 이 또한 공적인 일이라 만류할 수 없었다. 황여옥은 홍혼탈의 군막 앞에 이르러 예를 차리고 앉았다. 황여옥이 눈을 들어 홍원수를 보니 붉은 입술에 흰 치아, 팔자 눈썹, 검푸른 수염과 붉은 얼굴을 한 아름다운 용모였다. 성관을 쓰고 전포를 입은 모습에 무릎을 오므려 단정히 앉아 있으니, 정숙하고 고요한 태도와 당돌한 기상이 너무 눈에 익었다. 황여옥은 창졸간에 가물가물한 느낌으로 말했다.

"하늘이 나라에 훌륭한 분을 내려 주시어 원수의 성대한 명성이 우레처럼 귀에 익었기에, 한번 뵙기를 원했습니다. 이제 황제의 명을 받아 존안을 접하니, 어찌 크나큰 영광이 아니겠습니까"

홍혼탈이 아름다운 눈매를 들어 황여옥의 행동을 살피면서 그의 말을 들어 보니, 옛날의 소주자사 황여옥이 아니었다. 그녀는 속으로 괴이하게 여기면서 대답했다.

"오랑캐 땅을 떠돌던 홍혼탈이 천은이 망극해 중국의 의관과 문물을 보게 되었으나 예전에는 바라지도 못한 일입니다."

황여옥이 원수의 말소리를 들으니 옥이 부서지는 듯 낭랑하고 대나무가 쪼개지는 듯 역력하여 상당히 귀에 익었다. 그는 마음속으로 당황해하면서 반신반의하다가, 퍼뜩 생각나는 바가 있었다.

'이 어찌 강남홍의 후신이 아니겠는가. 모습이 똑같은 사람이야 많다지만, 강남홍은 나라에 비교할 사람이 없는 국색이다. 다시는 그런 사람을 볼 수 없을 것이다. 그런데 홍원수의 모습이나 말소리가 강남홍과 너무도 똑같구나.'

황여옥은 이런 생각을 하면서 홍혼탈에게 물었다.

"원수의 연세가 어찌되십니까?"

"스물다섯입니다."

"원수께서는 저를 속이시는군요. 연세가 약관弱冠, 20세을 지나셨다면서 용모가 어찌 이렇게 어리십니까?"

그러면서 몰래 손가락을 꼽아 생각하더니, 다시 미소를 지으며 말했다.

"원수 모습을 뵈니 열일곱 살을 넘지 못하시겠습니다."

홍혼탈이 그 말을 듣고 속으로 생각했다.

'황여옥이 비록 옛날 버릇을 고치기는 했지만 내 나이를 잊지 않고 물으니 어찌 괴롭지 않겠는가.'

홍혼탈은 즉시 무릎을 거두고 낯빛을 바로잡으며 말했다.

"대장부는 평생 당당한 기상으로 광명정대해야 하거늘, 어찌 나이를 속이겠소? 이는 황시랑께서 이 홍혼탈을 멸시하는 것이외다."

황여옥은 얼굴빛을 고치면서 사죄하고 말실수를 후회했다.

그는 몸을 일으켜 양창곡의 군막으로 가 웃으며 말했다.

"도독께서 남쪽을 정벌하러 가셨다가 나라를 지킬 간성지재干城之材*를 얻으셨군요. 이제 그 얼굴을 보니 과연 명성이 헛되이 난 게 아니었습니다. 그러나 소년의 기상이 적으니 속으로 이상했습니다."

양창곡이 웃으며 말했다.

"한나라 장자방은 세 명의 호걸에 꼽히지만 얼굴은 아녀자 같았다고 합니다. 홍혼탈의 기상이 어찌 괴이하겠습니까?"

양창곡이 군중에 황여옥을 머무르게 하고 홍혼탈을 불러 웃으며 말했다.

"그대가 황시랑을 보고 어찌 기쁜 마음이 없겠는가."

홍혼탈이 말했다.

"몇 년 사이에 겪은 일이 꿈만 같습니다. 은혜와 원한을 모두 잊었으니 무엇을 아끼고 무엇을 미워하겠습니까?"

양창곡이 웃으며 말했다.

"황시랑은 낭자의 은인이오. 전당호에서 벌어진 풍파가 없었더라면 어찌 원수로서 공명을 세울 수 있었겠소?"

"황시랑은 본래 혼탁한 사람이라, 강남홍과 홍혼탈을 자세히 구분하지 못하는군요. 우습지만 사람됨이 군자로 변했으

---

* 방패와 성 구실을 하는 인재라는 뜻으로, 국방의 책임을 다하는 장수를 말하거나 무사의 뛰어난 재주를 일컫는다.

니, 이제부터는 압강정 양수재의 지나간 행동을 떠올릴 길이 없겠습니다."

양창곡이 크게 웃으면서 즉시 행군했다. 전군前軍이 교외 10리 밖에 이르자, 천자는 수레를 성 밖에 3층의 단을 쌓고 수 곡례受馘禮*를 행하도록 했다. 천자는 문무백관을 이끌고 직접 단상에 올라서 양창곡의 대군을 기다렸다.

잠시 후 붉은 먼지가 어지러운 가운데 큰 부대가 앞으로 행 군해 왔다. 바로 선봉장 뇌천풍이었다. 그는 단 아래 100여 걸 음 밖에 진을 쳤다. 뒤를 이어 양창곡과 홍혼탈이 모든 장수와 삼군을 데리고 차례로 이르러 단 아래에 진을 쳤다. 깃발은 하 늘을 뒤덮고 북과 뿔피리는 하늘을 뒤흔들어, 그가 출전하던 날과 다름없었다. 이 광경을 구경하기 위해 백성들이 구름처 럼 모여들어 10리 교외의 들판이 온통 인산인해를 이루었다.

양창곡과 홍혼탈은 붉은 전포에 금빛 갑옷을 입고 허리에 는 활과 화살을 차고, 손에는 지휘 깃발을 들었다. 그들은 여 러 장수들을 지휘하여 헌곡례獻馘禮를 행했다. 북을 세 번 울려 서 방진을 펼치고, 군악으로 승전곡을 연주했다. 삼군의 병사 들이 개선가를 부르고 춤추어 천지를 뒤흔들었다. 부장副將 한 명이 정남대도독의 깃발을 잡고 첫 번째 자리에 섰다. 또 한 명은 백모白旄를 들고 두 번째 자리 왼쪽에 섰다. 한 명은 황월

---

* 전쟁에서 이기고 돌아온 장수에게 천자가 적장의 머리를 받는 의식이다.

黃鉞을 잡고 오른쪽에 섰고, 한 명은 탈해의 머리를 받들고 세 번째 자리에 섰다. 양창곡은 네 번째 자리에 섰다. 또 다른 부장 한 명은 정남대원수 깃발을 들고 다섯 번째 자리에 섰으며, 한 사람은 백모를 들고 여섯 번째 자리 왼쪽에 섰고, 한 명은 황월을 들고 일곱 번째 자리 오른쪽에 섰다. 홍혼탈 역시 갑옷을 입고 활과 화살을 찬 모습으로 일곱 번째 자리에 섰다. 소유경, 뇌천풍, 동초, 마달, 손야차 등 다른 장수들도 차례대로 줄지어 섰다. 북을 울려 단에 오르는데, 두 번째 층에 이르러 깃발과 절월을 좌우로 나누어 세웠다. 양창곡이 직접 탈해의 수급을 받들고 홍혼탈과 함께 첫 번째 층으로 올라가 천자 앞에 올렸다. 그들은 세 걸음 뒤로 물러서서 군례로 배알하고, 천자는 이에 답례했다.

헌괵례를 마친 뒤 양창곡과 홍혼탈은 본진으로 돌아와 대군을 배불리 먹여 위로하고, 부대를 해산하는 음악을 연주했다. 모든 병사들이 이미 술에 취하거나 배가 불러 손과 발로 춤을 추느라 즐거워하는 소리가 천지를 뒤흔들었다. 양창곡이 징을 쳐서 군대를 모아 놓고 명령했다.

"육군六軍이 각각 충의를 품고 매서운 적의 날카로운 칼날 아래 자신의 몸을 넣었다가, 어지신 천자의 성은으로 열 명을 감당하고 백 명을 감당하는 공을 세웠다. 오랑캐들은 목을 길게 빼고 자신의 죄를 기다린다. 오랫동안 행군하여 이제 개선가를 부르며 돌아왔다. 다시 저 하늘의 해를 보는 것은 누구의 힘인가. 황상께서 많은 선비를 생각하시니 애써 모여들었다. 공을 이룬 몸을 만류하여 잡을 수 없는 것은 전에도 예가 있었으니 이제 본인들이 원하는 바대로 돌아가게 하노라. 각자 귀향하여 부모님께 인사를 올리도록 하라."

모든 장졸들이 차마 헤어지지 못하고 눈물을 글썽이며 말을 세웠다. 이때 종군했던 병졸들의 부모처자가 다투어 진영 문밖으로 와 각각 그 손을 잡고 환영했다. 어떤 이는 눈물을 뿌리고 어떤 이는 춤추며 어떤 이는 구르기도 하면서 오랫동안 떨어져 지냈던 회포를 풀었다. 백만대군 중 한 명도 죽거나 부상당한 사람이 없으니, 사람들이 일제히 칭송하여 말했다.

"천자의 성스러운 덕과 도독의 복은 천고에 없도다."

천자는 양창곡이 군대를 물리는 것을 보고 얼굴에 희색이 가득하여 황의병과 윤형문 두 원로대신에게 말했다.

"짐의 양창곡은 한나라의 주아부周亞夫*라도 감당하지 못할 것이오."

천자가 환궁하자 양창곡 역시 홍혼탈과 함께 집으로 돌아가게 되었다. 홍혼탈이 몰래 양창곡에게 말했다.

"첩이 남장을 하고 시댁으로 들어가는 것이 어찌 가능하겠습니까?"

---

* 한나라 때의 명장으로, 문제(文帝) 때 세류(細柳)에 주둔하면서 흉노족을 막았다. 경제(景帝) 때는 오초(吳楚) 일곱 개 나라가 반란을 일으키자 평정했다.

그러자 양창곡이 웃으며 말했다.

"천자 앞에서도 군례로 배알했는데, 시댁 문 앞에서 어찌 남장을 꺼리시오?"

그들은 각각 휘하의 장졸 백여 기를 거느리고 일지련, 손야차 등과 함께 황성으로 들어갔다.

양창곡의 집 양부에서는 양창곡이 성으로 들어왔다는 소식을 듣고 온 집안 식구들이 기뻐서 날뛰었다. 양현은 외장을 깨끗이 청소해 맞이할 준비를 했고 허부인은 문에 기대어 기다렸으며, 윤소저는 술과 음식을 준비했으며 모든 하인들이 어지러이 돌아다녔다.

양창곡이 홍혼탈과 함께 집에 이르러 말에서 내렸다. 그는 하인에게 홍혼탈을 자신의 침실로 모시도록 하고 즉시 외당으로 갔다. 양현은 본래 성품이 침착하고 정대하여 희노애락의 감정을 얼굴에 드러내지 않았다. 그러나 오늘 아들 양창곡을 보더니 희색이 만면하여 그의 손을 잡고 탄식했다.

"네가 나라를 위하여 출전한 뒤로 하루빨리 공을 이루고 개선하기를 날마다 축원했다. 이역만리 험한 땅에 너를 보낸 뒤로 먹고 자는 것이 불안하여 오직 한마음으로 생각했다. 지난번에 네가 승리했다는 소식을 들었다. 이제 네가 군대를 정리하고 돌아왔으니, 나라의 부흥과 나의 행복을 어찌 말로 다할 수 있겠느냐."

그는 즉시 아들을 데리고 내당으로 들어가면서 걸음마다

넘어질 듯했고 두건과 신발이 벗겨지는 줄도 몰랐다. 허부인이 나와서 양창곡의 손을 잡고 너무 기뻐 울면서 아들의 등을 쓰다듬었다.

"우리 아들이 일 년 동안 바람과 먼지 속에서 고생이 막심했구나. 그런데도 몸은 풍성하고 기상은 장대하니, 어찌 기특하지 않겠느냐."

양현이 말했다.

"우리 윤현부에게 강남홍의 이야기를 대략 들었다. 듣자니 홍원수가 우리 집 안에 있다는데, 혹시 홍랑이 아니냐?"

양창곡이 아뢰었다.

"강남홍이 제 종적을 숨기고 나라를 위하여 원수가 되었던 것은 천자의 일을 위해서입니다. 아직 여자 옷이 없어서 알현하지 못하고 있습니다."

양현이 크게 웃으며 말했다.

"황상께서 이미 원수의 예로 대우하셨다. 임금과 아비는 하나다. 내가 어찌 옷차림에 구애되겠느냐. 즉시 불러오너라."

이때 홍혼탈이 개인 침실에 있었지만 아직도 관작에 얽매인 몸이라, 여러 장졸들이 문 앞에 머물러 있기 때문에 잡인의 출입을 금하고 있었다. 오직 연옥만이 홍혼탈을 알아보고 급히 뵙고자 했다. 그녀는 문밖에서 서성이며 감히 들어가지 못했는데, 홍혼탈이 손야차를 불러서 분부했다.

"내가 개인 침소에 있으니 장졸들의 출입이 이전과는 다르다. 모두들 물러나서 명령을 기다리도록 하라."

모든 장수와 병졸들이 명을 듣고 일제히 물러났다. 다만 일지련과 손야차만이 옆에서 호위했다. 이때 내당의 몸종이 양창곡의 명령이라면서 홍혼탈을 청하려고 왔다가, 문 앞에서 연옥을 만나 모든 장졸들의 물러나는 것을 보고 함께 침소에 이르렀다. 침소 앞에는 어떤 늙은 장수가 군복과 활, 화살을 찬 차림으로 문밖에 서 있는데, 시커먼 얼굴에 푸른 눈이 너무도 흉악해 보였다. 내당의 몸종이 흠칫 놀라 몇 걸음 물러났다. 그러나 연옥은 그이가 손삼랑이라는 것을 어찌 모르겠는가. 연옥이 기뻐하면서 손을 잡고 목놓아 통곡하니, 늙은 장수 역시 눈물을 글썽이면서 말했다.

"원수께서 방안에 계시니 시끄럽게 굴지 말거라."

늙은 장수는 방으로 들어갔다가 되돌아 나오면서 연옥을 불렀다. 연옥이 대청 밖에서 몸종을 머무르게 하고, 늙은 장수를 따라 침실로 들어갔다. 그곳에는 저승으로 보내 한 번 헤어진 뒤 목소리와 모습이 적막하여 눈에 삼삼하고 마음에 잊히지 않았던 옛 주인 강남홍이 돌연히 앉아 있었다. 연옥이 놀라고 기뻐하면서 홍혼탈 앞에 엎드려 방성대곡을 했다. 대장부 같은 홍혼탈도 눈물이 뚝뚝 떨어져 말을 이을 수 없었다. 그녀는 연옥의 손을 잡고 일어나며 탄식했다.

"우리 두 사람이 죽지 않고 다시 만나니 끝없는 정회야 풀 날이 아직 많거니와, 양도독께서는 어디 계시기에 나를 부르시느냐?"

연옥이 말했다.

"내당의 몸종이 상공의 명을 받아 문밖에 와 있습니다."

홍혼탈이 즉시 부르자, 몸종이 방안으로 들어왔는데 잠시 홍혼탈의 용모를 보고 마음속으로 혼자 중얼거렸다.

'나라에 꼽는 미인으로는 우리 윤소저와 벽성선 아가씨 만한 분이 없는 줄 알았는데, 어찌 이런 자색이 또 있단 말인가.'

몸종은 눈이 어질어질하고 마음은 술취한 듯하여 아무 말도 못하고 서 있기만 했다. 홍혼탈이 물었다.

"너는 어디 종이냐?"

"천비는 큰방마님 아래에 있는 몸종입니다."

"양도독께서 지금 어디 계시기에 나를 부르시는 것이냐?"

"도독께서 윤소저 침실로 행차하시면서, 원수를 큰방으로 모셔오도록 하셨습니다."

홍혼탈이 일지련과 손야차를 돌아보고 웃으면서 말했다.

"내가 남자 옷을 입고 백만대군 속을 횡행하면서도 조금도 부끄러움지 않았는데, 이제 이런 행색으로 노마님을 뵙는다면 어찌 부끄럽지 않겠는가."

그녀는 활과 화살, 상검을 풀어서 손야차에게 주고, 성관과 전포 차림으로 연옥을 따라 내당으로 들어갔다. 홍혼탈이 연옥에게 말했다.

"내가 처소를 정한 뒤에 너와 손야차가 함께 지낼 수 있도록 부탁하겠다."

홍혼탈이 대청을 내려가니 본부의 하인 10여 명이 섬돌 아래 나열해 있었다. 그들은 홍혼탈이 문을 나오자 앞다투어 뒤따르면서 몰래 찬탄했다.

"진실로 상공의 소실이로구나. 관직이 상공과 같으니, 천자께서도 공경하고 중히 여기시는 분이다. 어찌 우리 양부의 경사가 아니겠는가."

침소의 중문을 걸어 들어가니 윤부와 황부의 하인들과 황성의 여러 귀족 가문의 하인들이 구름처럼 모여들어 극구 칭찬했다.

"우리가 고관대작 가문에서 나고 자라며 규중의 숙녀를 수없이 보았지만, 이 같은 절색은 처음이구나. 붓으로 그리려 하나 채색할 것이 없고 옥으로 새기려 하나 흠이 생길 듯하다. 하늘이 무슨 조화로 이같이 기이하고 절묘한 분을 내셨을까."

그들이 의논을 분분히 하던 때였다. 몇몇 하인이 기뻐하며 나왔다. 홍혼탈이 자세히 보니 바로 항주에 있던 윤부의 하인들이었다. 그녀가 하인들을 위로하고 잠시 걸음을 멈추어 윤형문과 소부인의 안부를 일일이 물었다. 동자 한 명과 하인 한 명이 앞으로 나와 홍혼탈의 안부를 물었다. 동자는 예전 양수재가 데리고 항주로 왔던 아이였고, 하인은 예전 청루에서 일하던 사람이었다. 홍혼탈이 개연히 얼굴빛을 고치면서 하나하나 위로했다.

홍혼탈은 내당 섬돌 아래에 이르러 걸음을 멈추었다. 그녀는 하인에게 들어가 아뢰도록 했다. 양현과 허부인은 즉시 대청에 오르도록 했다. 홍혼탈이 대청에 올라 손을 마주잡고 시립하니, 양현이 가까이 앉으라고 했다. 그리고 한참 동안 자세히 살펴보더니 희색이 만면하여 말했다.

"부모 입장에서 보자면 자식이 첩실을 두는 것이 꼭 기쁜 일만은 아니다. 그러나 너는 우리 집안에 하늘이 정해 주신 인연이로구나. 우리 아이의 평범한 첩실로 대우할 수는 없는 일이다. 그러나 불행히 너는 전당호 물속에서 재앙을 겪었다. 내가 그 사정을 듣고 참담함을 이기지 못했었다. 뜻밖에 목숨을 보전해 미국땅을 떠돌다가 세상에 다시 없는 영화를 누리면서 고국으로 금의환향하여 명성과 신망이 온 세상에 진동하고 있다. 천자께서도 예로써 대우하시니, 내가 무슨 복으로 이런 영광과 귀함을 받는단 말이냐. 너 역시 조심하여 시부모의 뜻을 저버리지 말고 여러 처첩들과 화목하게 지내야 한다."

허부인이 말했다.

"내가 너의 놀라운 소식을 들은 뒤 안타까운 마음에 참혹한 슬픔을 만난 듯했다. 그런데 신명이 도우사 며느리 반열에 들게 되었으니 어찌 기쁘지 않겠느냐."

허부인은 홍혼탈의 전포 소매를 걷어 손을 쓰다듬고 웃으면서 물었다.

"네 나이는 몇이냐?"

"열일곱입니다."

"이렇게 약한 몸으로 화살과 돌이 쏟아지는 풍진 속에서 장군이 되어 공을 세웠으니 정말 생각조차 어려운 일이로구나."

홍혼탈은 부끄러워하며 고개를 숙이고 대답하지 못했다. 그러자 부인이 다시 웃으며 말했다.

"내 나이 많고 일은 없어 항상 적적한 때가 많았다. 너는 나를 고부간의 예로 대하지 말고, 친구로 알아서 전쟁 이야기로 시간을 보내자꾸나. 어색해하지 말아라."

홍혼탈이 엎드려 명을 듣고 재삼 감사를 올렸다. 그러나 군복 차림으로 오래 모실 수 없어서 문밖으로 물러났다. 양현이 부인에게 말했다.

"예부터 미인박명이라지만, 우리 홍랑은 반드시 절세미인으로 장수를 누릴 것이오. 여자가 장군이 되었다기에 살기가 등등하지 않을까 의심했었소. 그런데 지금 보니 유순하고 화목한 태도가 이렇게 분명하니, 어찌 우리 집안의 행복이 아니겠소?"

이때 윤소저는 홍혼탈이 허부인의 침소에 와 있다는 말을 듣고 몸종과 연옥을 연이어 보내 그녀를 모셔 오라고 청했다. 윤소저의 기쁜 마음이 과연 어떠했겠는가. 다음 회를 보시라.

제25회

전공을 논하여 양창곡은 연왕에 봉해지고,

생황을 연주하여 동홍은 자취를 드러내다

論軍功都督封王 秦笙簧董弘發跡

홍혼탈이 윤소저의 침소에 이르니, 윤소저 역시 문밖에 나와서 그녀의 손을 잡고 말했다.

"그대가 살아서 옛 친구를 찾아왔구려."

홍혼탈 역시 윤소저의 손을 잡고 눈물을 글썽이며 대답하지 못했다. 잠시 후 눈물을 거두고 말했다.

"저를 낳아 주신 분은 부모님이지만 저를 살려 주신 분은 소저이십니다. 물속의 외로운 혼을 구제하여 살려 주시니, 공명을 세우고 고향으로 돌아온 것이 누구 덕이겠습니까? 이제부터 이루어지는 제 행동은 모두 소저께서 내려 주신 것입니다. 감격과 행복을 이기지 못하겠습니다."

침소 안으로 들어간 뒤 두 사람은 그동안 격조했던 회포를 서로 위로했다. 기쁘기도 하고 슬프기도 하며, 웃기도 하고 이야기하기도 하다가, 윤소저가 물었다.

"수중야차 손삼랑은 어찌 되었소?"

홍혼탈이 웃으며 말했다.

"저를 따라 문밖에 와 있습니다."

윤소저가 신기하게 여기면서 연옥에게 손야차를 불러오라고 했다. 손야차가 즉시 들어와 문안 인사를 드렸다. 윤소저는 놀랍고 기뻐하면서 말했다.

"그대의 옛날 모습을 이제는 알아볼 수 없구려. 그 당시 전하던 이야기만 듣고는 나 때문에 물속 귀신이 되었으리라 생각해서 마음이 슬프고 놀라워 늘 잊히지 않았소. 그런데 이렇게 위풍당당한 노장이 되어서 나라에 이름을 떨치리라고 누가 생각이나 했겠소?"

손야차가 대답했다.

"이는 모두 윤소저와 홍원수님 덕분입니다."

양창곡은 후원의 동별당東別堂을 수리하여 홍혼탈의 처소를 마련해 주었다. 그녀는 즉시 손야차와 일지련, 연옥을 데리고 새 처소에 갔다. 그날 밤 양창곡은 부모를 모시고 담소를 나누는데, 양현과 허부인이 슬픈 빛을 띠면서 벽성선 사건을 대략 이야기해 주었다.

"네 아버지는 눈이 어둡고 귀가 먹어서 집안일을 모르신다. 그러니 네가 알아서 처리하도록 해라."

양창곡이 자리를 옆으로 비켜 앉으면서 대답했다.

"이는 모두 소자의 죄입니다. 함부로 여러 처첩을 두는 바람에 불효가 이 지경에 이르렀습니다. 후회가 막급입니다. 그러나 사태가 커져서 황상의 귀에까지 들렸다 하시니, 소자가 마음대로 결단할 일이 아닙니다."

다음 날 천자는 문무백관을 모아 군공軍功을 논의했다. 양창곡이 군복을 입고 막 입궐하려는데, 홍혼탈이 말했다.

"제가 임시방편으로 장군이 되었지만, 헌괵례를 올리기 전까지 감히 사직할 수 없었습니다. 그러나 공훈록을 작성하는 자리에는 참여할 수 없는 노릇입니다. 이제 상소를 올려서 실상을 알리고 싶습니다."

양창곡이 말했다.

"내가 막 그것을 권하려 했소. 당신 말이 맞아요."

양창곡은 즉시 소유경, 뇌천풍, 동초, 마달 등을 데리고 조회에 참석했다. 천자가 물었다.

"홍혼탈 원수는 어찌하여 참석하지 않았는가?"

그러자 한림학사 양창곡이 표문 한 장을 받들어 천자 앞에 아뢰었다.

"부원수 홍혼탈이 조회에 참여하지 못하고 자신의 사정을 아뢰는 표문을 올렸습니다."

천자가 앞으로 나와서 계속 읽어 보라고 했다. 그 표문의 내용은 다음과 같았다.

부원수 홍혼탈은 항주의 천한 기생입니다.

천자가 듣다가 아연실색하면서 옆을 돌아보고 말했다.

"이게 무슨 말이냐? 계속해서 읽어 보라."

한림학사 양창곡이 계속 읽었다.

명운이 기박하여 바람과 파도 속을 떠돌았습니다. 푸른 바다 속 한 톨 좁쌀 같은 신세로 죽을 뻔하다가 겨우 살아나서, 남쪽 하늘 만리 밖으로 가기는 했으되 돌아오지는 못했습니다. 깊은 산 도관에 자취를 감추고 도동이 되었습니다. 외딴곳 바람 먼지 속에서 장수라는 지위에 몸을 맡긴 것은 나라로 돌아오려는 것이었을 뿐, 공명을 바란 것은 아니었습니다. 뜻밖에 이름이 조정에 오르고 외람되이 원수라는 작위를 받아 남쪽 교외에서 헌괵례를 할 때 땀이 등을 축축하게 적셨으니 임금 속인 죄를 피하기 어렵습니다. 하물며 오늘 공을 논하는 자리까지 당돌하게 나와 참여한다면 이는 군부君父를 오래도록 속이고 조정을 조롱하는 짓입니다. 엎드려 바라건대 폐하께서는 천지의 부모시니 신첩의 정황을 불쌍히 살펴주시어 빨리 분수에 넘치는 직위를 깎아 주시고, 여자가 남자로 변장한 죄와 임금을 속이고 윗사람을 속인 죄를 다스려 종적의 해괴함이 없도록 해주소서.

천자가 모두 보고 나서 크게 놀라 얼굴빛을 잃고는, 양창곡을 돌아보며 말했다.

"이건 무엇 때문인가?"

양창곡이 황공하여 머리를 조아리며 말했다.

"신이 불충하여 지금껏 임금을 속였으니, 죽을 죄를 지었습니다."

천자가 웃으며 말했다.

"짐을 위하여 그러한 것이니, 자세한 내막을 듣고 싶노라."

양창곡이 황공해하면서 아뢰었다.

"신이 수재의 신분으로 과거에 응시하러 올 때 강남홍을 만나 백년가약으로 교유를 맺었습니다. 황성으로 올라온 후 전당호에 빠져 죽은 줄 알고 있었습니다. 그런데 뜻밖에도 진영 앞에서 상봉하여 권한에 따라 병사들을 인솔했습니다."

양창곡이 그간의 사정을 일일이 아뢰어 올리니, 천자는 무릎을 치면서 말했다.

"기이하고 아름답구나! 이는 천고에 없는 일이다. 짐은 홍혼탈이 명장 중 한 명인 줄로만 알았지, 여인에게 협객의 열혈한 풍모가 이다지 강하게 있을 줄 어찌 생각이나 했겠는가."

천자는 즉시 홍혼탈의 표문에 답변을 내렸다.

기이하구나, 경의 일이여! 주나라를 어지럽힌 난신亂臣 열 명 중에 여인이 끼어 있다고는 하나, 나라가 사람을 등용하는 것은 다만 그 재주를 취하는 것일 뿐이다. 어찌 남녀를 거론하여 가려 뽑는가. 경은 사양치 말고 나라를 도와서, 만약 큰일이 생기면 남복을 하여 조정에 오르고, 작은 일이면 집안에서 결정하도록 하여라.

양창곡이 머리를 조아리며 아뢰었다.

"홍혼탈이 비록 화살과 돌이 난무하는 전쟁터에서 온갖 고생을 하고 힘을 바쳤습니다만, 그 본뜻은 남편을 따르기 위한 것에 불과한 것입니다. 신의 관직이 바로 홍혼탈의 관직입니다. 미천한 여자에게 오랫동안 관직을 내려 주는 것은 매우 불가한 일입니다."

천자가 웃으며 말했다.

"경이 총애하는 여인을 위하여 짐의 간성지재를 빼앗으려 하다니, 이는 평소 서로 믿는 사이에서 나올 말이 아니로다. 짐이 홍혼탈을 부르는 것은 대신의 소실로 대하는 것이 아니니, 그 직책을 사양하지 말라."

그러고는 공적을 논의하도록 재촉했다. 정남도독 양창곡은 연왕燕王에 봉하고* 우승상右丞相을 함께 겸직토록 했다. 부원수 홍혼탈은 난성후에 봉하여 병부상서를 겸직토록 했다. 군사마 소유경은 형부상서 겸 어사대부를 겸임토록 했고, 뇌천풍은 상장군에 봉하고 동초와 마달은 좌장군과 우장군에 봉했다. 손야차는 파로장군에 봉하고, 나머지 장수들은 각각 자신

---

* 중국은 예부터 천자와 제후가 영토를 나누어 다스렸다. 천자는 천명을 받은 사람으로서 중국 전체를 통치하지만 멀리 떨어진 지방까지 통솔할 수 없어 제후에게 권한을 위임했다. 통상 제후인 연왕은 춘추시대 연나라 지역을 관리하고, 초왕은 초나라 지역을 관리하지만, 소설의 배경인 명나라 때에 이르면 하나의 직위로 축소된다.

의 공적에 따라 관작을 덧붙여 주었다. 양창곡이 또 아뢰었다.

"여러 장군 중 손야차 역시 강남 지역의 여인입니다. 멀리 홍혼탈을 따르며 공적이 비록 크지만 관직은 안 됩니다."

천자가 말했다.

"공적대로 관직을 내리는 것은 나라가 사람을 등용하는 방법이오."

천자는 직첩을 내리면서 천 냥의 황금을 함께 하사했다. 양창곡이 아뢰었다.

"남쪽 오랑캐 땅의 축융왕은 홍도국과의 전투에서 공을 세웠습니다. 그가 없었다면 홍도국을 진정시킬 사람이 없었기에 이미 그 왕국의 일을 섭정하도록 했으니, 왕의 작호를 봉하시어 그의 소망을 도와주시는 것이 좋을 듯싶습니다."

천자가 그 말대로 윤허하니, 양창곡은 은혜에 감사를 올리고 조정을 물러나와 집으로 돌아갔다. 천자가 또 하교했다.

"호부로 하여금 자금성 제일방에 연왕부燕王府를 세우도록 하라. 그리고 난성후 홍혼탈에게 집이 없으니, 난성부鸞城府를 세우도록 하고, 집안에 하인 1백 명, 여자 하인 1백 명, 비단 3천 필, 황금 3천 냥 등을 하사하노라."

연왕이 강남홍**과 함께 거듭 사양했지만 천자가 윤허하지

** 강남홍은 홍혼탈로 이름이 바뀌었다가 다시 난성후로 바뀐다. 원작에서는 난성 후로 부르지만 이 책에서는 강남홍으로 표기한다.

않았다.

몇 달 뒤 난성부가 준공되자 장대함과 화려함, 대단한 규모 등이 연왕부와 별로 차이가 없었다. 그러나 난성후 홍혼탈은 난성부에 들어가서 거처하려 하지 않았다. 몸종과 하인, 수하의 사람들만 머무르게 하고, 자신은 항상 연왕부에서 지냈다.

연왕 양창곡이 왕의 작위를 받고 예부에서 양현 부부와 윤소저, 황소저의 직첩職牒을 하사했다. 양현은 연국태공燕國太公, 허부인은 연국태비燕國太妃, 윤소저는 연국상원부인燕國上元夫人, 황소저는 연국하원부인燕國下元夫人으로 봉해졌으며, 소실들은 각각 숙부인淑夫人으로 봉해졌다.

하루는 양창곡이 조회를 마치고 물러나려 할 때, 천자가 조용히 불러서 하교했다.

"경이 출전한 뒤, 경의 집에 어지러운 일이 있었소. 그래서 경의 소실을 고향으로 돌려보내고, 경이 돌아오기를 기다려 경의 조처를 들으려 했소. 이제 조정으로 돌아왔으니 거리낌 없이 그대 마음대로 처리하시오."

양창곡이 머리를 조아려 사례를 올리고, 벽성선의 일을 아뢰었다. 그러자 천자가 웃으며 말했다.

"예부터 사람 사는 집에는 이 같은 일들이 간혹 있었소. 경은 조화롭게 처리하여 화목에 힘쓰도록 하시오."

양창곡이 황공하여 머리를 조아리고는 물러나와 집으로 돌아갔다. 윤부에 이르니 소부인이 기쁨을 이기지 못하여 축하의 잔을 들어 전쟁에 이기고 돌아온 것을 칭송했다. 그리고 기쁜 빛으로 장황하게 말했다.

"승상의 나이가 청춘이지만 작위는 왕공王公에 처해졌으니, 사위로서의 정은 없고 큰 손님을 대하는 존경의 예만 남았네. 끝없는 정회를 이루 말로 다 못 하겠소. 그러니 자주 찾아와 담소를 나누면서 어여쁜 사위로서의 정을 보여 주시구려."

양창곡이 웃으며 응낙했다. 소부인이 또 말했다.

"근래 우리 딸아이를 못 본 지 오래되었는데, 엄연히 왕공의 부인이 되었으니 그 기특함을 말로 표현하기 어렵네. 이 늙은이가 너무 강보 속의 어린애처럼 사랑하기만 했지 가르친 것이 없네. 혹여 잘못하여 실수나 하지 않는가?"

양창곡이 약간 취기가 돌아 미간에 봄바람 같은 기운이 일어나고 봉황 같은 얼굴에 웃음을 띠며 말했다.

"이 사위가 본래 허물이 많은 몸입니다. 아내로서의 잘못이 있는지는 모르겠습니다만, 위로는 부모님께서 어질다고 칭찬하시고 아래로는 하인들이 원망하지 않으니, 모두 평소 장인 장모님의 가르침 덕택이라고 알고 있습니다. 그러나 부족한 점이 하나 있기는 합니다."

소부인이 얼굴을 붉히면서 말했다.

"딸아이의 부족한 점이야 열 가지도 넘겠지. 어찌 하나뿐이 겠는가?"

양창곡이 웃으며 말했다.

"사위가 방탕하여 두 기생 출신의 첩실을 두었습니다. 그런데 집사람들의 질투가 너무 지나쳐서 해괴한 일이 매번 많았습니다. 이는 실로 이 사위의 근심거리입니다."

소부인이 속으로 너무 놀라서 벽성선의 일을 생각해 보고 간섭한 일이 있었는지 염려되어 묵묵히 대답하지 않았다. 그러자 양창곡이 다시 웃으며 말했다.

"빙모님께서는 혹시 강남홍의 일을 아십니까?"

"내가 항주에서 홍랑을 보았는데, 사람됨이 단아하여 아직도 잊히지 않네."

"제가 지난번 남쪽 정벌을 갔다가 홍랑을 만나 데려왔습니다. 그랬더니 집사람이 즐거워하지 않고 해괴한 일을 하기에 이르렀으니, 모두 이 사위의 죄입니다."

소부인이 웃으며 말했다.

"이는 승상이 나를 속이는 것일세. 딸아이가 홍랑과 본래 속마음을 알아주는 지기지우인데 어찌 그렇게 하겠는가?"

양창곡이 웃으며 말했다.

"빙모님께서는 자애로운 마음에 가려서 자세히 살피지 못하신 것입니다. 집사람이 예전에는 공정한 마음으로 사귀면서 지기지우로 사랑하더니, 요즘은 적을 보는 듯이 눈 속의 가시로 여깁니다. 이는 나이 어린 여자의 일반적인 마음일 것입니다. 빙모님께서 온화하게 타일러 가르쳐 주십시오."

소부인이 그 말을 듣고 갑자기 얼굴에 붉은 기색이 돌고 몸

둘 바를 몰라 하면서 묵묵히 말을 하지 못했다. 승상이 미소를 지으며 인사를 드리고 집으로 돌아가다가 황부에 들렀다. 위부인이 인사를 마친 뒤에 말했다.

"공을 세우고 전쟁에 이겨 돌아왔다는 말을 들으니 참 다행일세. 그런데 불초 여식이 우연히 병이 들어 골수에 깊이 박혔으니, 이는 이른바 남쪽 집이 어지러우면 북쪽 집이 근심한다는 꼴이네. 조물주가 시기를 한 모양일세."

그러자 양창곡이 차갑게 웃으면서 말했다.

"길흉화복은 내게 있는 것이지 남에게 있는 것이 아닙니다. 어찌 조물주를 원망하겠습니까?"

위부인이 다시 대답하려는데, 양창곡이 바쁘다면서 즉시 집으로 돌아갔다.

한편, 윤부인*은 시집온 지 몇 년이 되도록 모습이나 행동이 3일밖에 안 된 신부와 다름없이 시부모에게 효도하고 남편에게 순종하여, 사이좋은 원앙새나 나무에 잘 얽혀 자라는 덩굴처럼 조화로운 풍모가 있었다. 하루는 유모 설파가 친정어머니의 편지를 받들고 왔다. 윤부인이 즉시 뜯어 보니 다음과 같은 내용이었다.

---

* 이 부분부터 윤소저의 호칭이 윤부인으로 바뀌어 있다. 여러 첩실이 등장하면서 정실부인으로서의 윤소저를 명확히 하기 위한 것으로 보인다.

내가 너를 남자처럼 가르쳐 시댁에 보냈다. 비록 영예로운 이름은 들리지 않는다 해도 비방하는 말이 없기를 바랐다. 듣자니 현숙한 덕행은 없고 해괴한 행동이 낭자하여 이 늙은이가 몸 둘 바를 모르게 하니 어찌 한심하지 않겠느냐. 무릇 부녀자들의 질투는 칠거지악 중에서도 더러운 이름이 더욱 심하다. 진실로 몸을 수양한다면 남편이 여러 첩실을 둔다 해도 도리어 도움이 될 것이고, 덕이 없다면 남편이 여러 첩실을 거느리지 않는다 해도 어찌 은혜와 의리를 보존하겠느냐. 나는 세상에 덕이 있는 사람이 질투하는 것을 보지 못했다. 아! 내 딸아. 어찌 이 지경에 이르렀느냐.

윤부인이 편지를 모두 읽고 나서 미소를 지으며 아무런 말을 하지 않았다. 그녀는 설파에게 말했다.

"친정어머님께서 무슨 말씀이 있으셨나요?"

설파가 한참 생각하더니 말했다.

"특별히 다른 말씀이 없으셨습니다. 그러나 이 늙은 몸은 투기^{妬忌}가 무엇인지 모르겠습니다만, 노부인 마님께서 소저의 투기 때문에 근심하시더군요."

윤부인이 다시 미소를 짓자 설파가 은근히 물었다.

"투기가 무얼 말하는 거예요? 소저는 그런 거 하지 마세요. 노부인 마님께서 크게 근심하십니다."

윤부인이 웃으며 대답하지 않으니, 설파가 또 물었다.

"투기란 게 뭐죠?"

윤부인이 매우 고민스러워하다가 말했다.

"그걸 알아서 무슨 이득이 되겠어요? 좋은 잠자리와 좋은 음식이 투기지요."

설파가 깜짝 놀라 말했다.

"노부인 마님께서 노망이 드셨네요. 이 늙은이는 나이가 일흔이 넘었지만 생각하는 건 투기에 지나지 않는걸요."

그 말에 윤부인은 포복절도했다. 강남홍이 때마침 그곳을 지나갔다. 윤부인은 강남홍에게 보고 있던 편지를 꺼내 보여주며 말했다.

"낭자는 이 편지의 출처를 아시겠소?"

강남홍이 편지를 다 읽더니 낭랑하게 웃으면서 말했다.

"소첩이 부인을 위해서, 오늘 밤 이 말의 근원을 탐지하여 내일 의혹을 풀어드리겠습니다. 부인께서는 이러이러하게 하십시오."

윤부인은 미소를 지었으며, 강남홍 또한 자기 침소로 돌아갔다.

양창곡이 강남홍을 찾아 별당에 이르렀다. 그녀는 슬픈 빛으로 촛불 아래 혼자 앉아 있었는데, 근심스러운 빛이 얼굴에 가득했다. 양창곡이 가까이 가서 물었다.

"낭자에게 고르지 못한 기색이 있으니, 무슨 까닭이오?"

강남홍이 대답했다.

"기색이 아니라 마음속이 고르지 못합니다."

"어째서 고르지 못한 거요?"

그러자 강남홍이 웃으며 말했다.

"만약 사람이 의심을 받는 곳에 처하게 된다면 자기 마음을 밝히기 어려울 것이고, 마음을 밝히기 어렵다면 평소에 마음을 알아주는 지기라 해도 절로 틈이 생기게 마련입니다. 어찌 슬프지 않겠습니까?"

양창곡이 놀라서 그 이유를 묻자, 강남홍이 깊은 생각에 잠겨 있다가 대답했다.

"제가 지난번 윤부인의 침소에 갔더니, 부인의 유모 설파가 친정어머님의 편지를 가지고 왔더군요. 그 말뜻이 이러이러하니, 설파는 저를 의심하는 마음이 있는 듯했습니다. 첩이 일찍이 화살과 돌이 날리는 전쟁터에서도 겁먹지 않았는데, 이 일은 마음 밝힐 길이 전혀 없습니다. 자연히 등에 땀이 흐릅니다. 비로소 인간 세상 첩실 되기가 어렵다는 걸 알겠습니다."

양창곡이 웃으며 말했다.

"그건 낭자가 너무 마음을 좁게 먹어서 그런 거요. 윤부인의 밝은 눈으로 어찌 홍랑을 의심하겠소?"

"제가 입장을 바꿔 놓고 생각해 보더라도 저 말고는 다른 의심할 만한 사람이 없습니다. 임사妊姒*와 같은 윤부인의 덕

---

* 주나라 문왕의 어머니 태임(太妊)과 문왕의 비이자 무왕의 어머니인 태사를 통칭하는 말이다. 두 여인은 중국에서 현숙한 부인의 상징으로 여긴다.

은 세상이 모두 아는 것이니, 이 말이 어디서 나왔겠습니까?"

강남홍은 말을 마치고 기색이 참담해지면서 즐거워하지 않았다. 양창곡이 웃으면서 강남홍의 손을 잡고 말했다.

"이것은 내가 잠깐 농담한 것 때문에 일어난 일이오. 묶은 사람이 푸는 법, 내 마땅히 부인을 만나 의혹을 풀겠소."

그는 즉시 일어나서 윤부인의 침소로 갔다. 강남홍이 웃으면서 몰래 그 뒤를 쫓아갔다. 창밖에서 몰래 엿보니, 양창곡은 곧장 윤부인의 침실로 들어가 부인에게 물었다.

"설파가 무슨 편지를 가져왔던가요? 내가 빙모님께 문안 인사를 올리러 가지 않아 혹시 책망하시던가요?"

"그렇지 않습니다."

양창곡이 웃으면서 말했다.

"편지는 어디 있소? 잠깐 보고 싶소."

그는 상자를 뒤져서 편지를 찾아낸 뒤 윤부인에게 말했다.

"무슨 은근한 말씀이라도 있으셨습니까?"

그러나 윤부인은 눈썹을 내리고 대답하지 않았다. 양창곡이 촛불 아래에서 소리 높여 큰 소리로 편지를 읽었다.

"내가 어두워 부인에게 투기하는 마음이 있는지도 모르는데, 빙모님께서 어찌 천금 같은 어여쁜 따님을 이토록 무정하게 책망하시는 것입니까?"

윤부인이 그래도 대답하지 않자 양창곡이 웃으며 말했다.

"부인은 화내지 마시오. 이제부터 질투하는 마음을 끊어 버리시오. '아니 땐 굴뚝에 연기 나랴' 하는 속담이 있소. 빙모님의 밝으신 살핌으로 어찌 밝지 못한 말씀을 하시겠소?"

"친정어머님께서는 밖에 사시는 분인데, 어떻게 소문이 저절로 거기까지 갔겠습니까."

그러자 양창곡이 웃으며 말했다.

"그러면 누가 이 말을 밖으로 냈단 말이오?"

윤부인이 대답했다.

"군자의 교유는 물처럼 담박하고 소인의 교유는 꿀처럼 달다고 합니다. 그 사람이 달면 반드시 변할 것입니다. 소첩은 헛되이 단맛 나는 교유로 마음을 허락했으니, 그 마음이 점점 당돌해져서 이 지경에 이른 듯싶습니다."

양창곡은 그제야 강남홍을 말하는 것임을 깨닫고 속으로 후회를 했다.

'윤부인의 통달함으로도 여자의 좁은 소견이 있다. 내가 공연히 헛된 말을 하여 두 사람을 이간질했구나.'

그는 웃으면서 말했다.

"이것은 내 농담이오. 어제 빙모님을 뵈었는데 사위로서의 정리가 없다고 한탄하시면서, 당신을 가르치지 못하셨다고 겸손하게 말씀을 하시기에 이러이러하게 말씀을 드렸소. 그런데 사위의 말에 속아서 이렇게 된 것이오."

윤부인이 차마 크게 웃지도 못하고 있는데, 갑자기 창밖에서 인기척이 나더니 강남홍이 웃으면서 들어와 같이 앉으며 말했다.

"상공께서는 백만대군 속에서 강적을 대했지만 한 번도 굴복하지 않으시더니, 오늘 규중의 부인을 대적하지 못하고 이렇게 항복 깃발을 드시는 것입니까?"

양창곡은 이 일이 강남홍의 꾀라는 것을 알고 크게 웃으며 말했다.

"내가 부인에게 굴복한 것이 아니라 오랑캐 장수 홍혼탈의 간교한 계책에 빠진 거요."

그러고는 강남홍과 윤부인에게 웃으며 말했다.

"오늘 농담은 한번 웃으려고 한 것이오. 부인과 난성이 아니었더라면 어찌 이렇게 경솔하게 할 수 있었겠소? 예부터 부녀자들의 질투는 칠거지악 중에서 그 추악한 명성이 가장 심한 것이오. 불행히도 우리 집안에 이를 범한 사람이 있었소. 내가 조정에 올라가 엄하게 조사하면 옥과 돌을 구분할 수는 있을 것이로되, 자객을 잡기만 한다면 모든 상황이 만천하에 드러나게 될 것이오. 요즘 조정에 일이 많아서 내 개인적인 일을 처리할 틈이 없으니, 산속 객관에 홀로 거처하면서 고초를 겪는 사람이 어찌 측은하지 않겠소?"

이때 조정 업무가 많아 양창곡은 매일 밤이 깊어야 퇴궐할 수 있었다. 하루는 달빛이 아주 맑은데 마침 일찍 퇴궐하여 관복을 벗지 않고 부모님을 뵈온 뒤 곧바로 동별당으로 들어갔다. 강남홍은 달구경을 하고 있었다. 양창곡이 웃으며 말했다.

"혼탈아. 오늘 동별당 달빛이 옛날 연화봉 달빛과 비교할 때 어떠냐?"

강남홍이 일어나 웃으며 그를 맞아 앉았다.

"옛일을 생각해 보면 봄꿈이 아닌 것이 없습니다. 맑고 한가로운 명월이 어찌 지금의 이 몸을 보고 웃지 않겠습니까?"

양창곡이 크게 웃으면서 그녀의 손을 잡고 대청에서 내려왔다. 달빛 아래 서성거리면서 하늘을 우러러 별자리를 살피니, 푸른 하늘에 구름 한 점 없고 별빛은 초롱초롱하여 마치 유리 쟁반에 구슬을 흩어 놓은 듯했다. 그런데 북쪽 황제를 상징하는 자미제원紫微帝垣에 검은빛이 가득하고, 삼태성三台星 여덟 자리에 괴이한 기운이 맺혀 있었다. 양창곡이 한동안 생각에 잠겼다가 놀라면서 강남홍에게 말했다.

"낭자는 저 기운을 아시겠소?"

강남홍이 눈길을 들어 자세히 보더니 대답했다.

"소첩이 어찌 천상의 별자리를 알겠습니까만, 일찍이 백운도사에게 들은 적 있습니다. 삼태성 여덟 자리에 괴이한 기운이 있고 자미제원에 검은 구름이 끼면 간신이 조정을 어지럽히고 천자의 총명함을 가리는 것이라고 했습니다. 이 어찌 나라의 큰 환란이 아니겠습니까?"

양창곡이 탄식하며 말했다.

"나도 그 점을 근심하는 것이오. 예부터 임금이 백성들의 괴로움을 밝게 살피신다면 천하는 크게 다스려지는 법, 지금 황상의 춘추가 장성하시고 총명과 지혜로 사방에 문제가 없소. 측근 신하들 중 식견 있는 사람이 없어, 충언과 좋은 모책을 황상께 아뢰어 요순 같은 덕을 찬양하지 않거나 아부와 절대적인 순종으로 조금도 귀에 거슬리거나 뜻을 거역하는 일이 없소이다. 황상의 은총이나 구하고 부귀를 탐하면서 앞날을 멀리 내다보는 깊은 생각이 없으니, 이것이 내가 근심하는 점이오. 그런데 오늘 별자리가 이 같으니, 대신의 반열에 처한 내가 어찌하면 좋겠소?"

강남홍이 조용히 대답했다.

"나라의 큰일을 소첩이 어찌 감히 망령되이 논의하겠습니까. 그러나 상공의 나이가 서른이 채 못 되어, 밖에서는 장수요 안에서는 재상이 되어 높은 지위를 차지하시고 병권을 잡으셨습니다. 군자는 지나치게 넘치는 것을 의심하고 소인은 그 권세를 시기합니다. 엎드려 바라건대 상공께서는 조정의 큰일을 마음대로 결단하지 마시고 말씀과 행동을 완전히 감추셔서 권위와 명망을 다른 사람에게 대부분 양보하십시오."

양창곡이 손을 저으며 말했다.

"낭자의 지견이 남보다 뛰어나서 보잘것없는 사내로는 감당하기 어렵다고 생각해 왔는데, 오늘 밤의 이 말은 아녀자의 말솜씨구려. 내 본디 남방의 선비로 황상의 망극한 은혜를 입어 왕후장상의 지위에 올랐소. 만약 이 몸이 없어져서 나라에 이익이 된다면 만 번 죽더라도 사양치 않을 것이오. 어찌 도끼를 두려워하여 내 몸을 보살필 계책이나 돌아보겠소?"

강남홍이 사과하며 말했다.

"상공의 말씀은 밝은 달이 비추는 것 같으시니, 소첩이 어찌 감히 답변을 올리리까. 그러나 소첩이 들으니 하늘의 도는 가득 채우는 것을 싫어하며, 가득 차면 기울어지게 마련이라고 합니다. 상공께서는 깊이 헤아리시어 겸손하게 뒤로 물러나십시오."

양창곡이 묵묵히 답하지 않았다.

천하의 치란治亂과 국가의 흥망은 편안하게 지내면서도 위태로운 때를 생각해야만 한다. 사람의 몸에 비유하자면, 우리의 사지가 게으르고 정신이 쇠약하여 기력이 쇠미하면 온갖 병이 번갈아 침범한다. 그러므로 요순 임금과 같은 성인이 천하를 교화하여 풍속과 기상이 환히 밝아졌지만 고요, 기, 직, 설은 위태롭고 어지러움이 조석에 달려 있다면서 그 안일한 상황을 경계하지 않았던가.

이때 남쪽 오랑캐를 평정한 후 나라 밖에서의 우환이 잠시 없었으므로 조정은 해이해져서 마치 사방에 일이 없는 듯했다. 대각에서는 오래도록 도를 논하지 않고 나라를 경영할 풍모도 논의하지 않았으며, 궁중의 후원에는 다만 꽃을 감상하고 낚시질하는 즐거움만 있을 뿐이었다. 독약 같은 편안함과 재앙의 씨앗이 되는 쓸쓸한 담장은 군자가 경계하는 점이다. 양창곡이 깊이 걱정하여, 매번 조정에 오를 때면 충직한 말과 바르고 큰 풍모로 그 몸을 잊고 도끼에 목숨을 맡기는 기세를 피하지 않았다. 군자는 덕망을 우러러 태산북두처럼 믿지만 소인들은 위엄을 두려워하여 그를 모해할 기회만 엿보고 있었다. 그러나 양창곡과 천자는 바람과 구름이 따르듯, 물고기와 물이 서로 떨어지지 않듯 서로 뜻을 얻으니 가랑비에 젖는 듯한 참언을 어찌 행할 수 있겠는가.

세월이 훌쩍 흘러 봄이 지나 여름이 와서 날이 너무 뜨거웠다. 천자는 정사를 돌보는 틈을 타서 후원에서 피서를 즐겼다. 달빛이 명랑한 어느 날이었다. 천자가 주변 신하들을 거느리고 후원에서 달빛을 감상할 때였다. 홀연 바람결에 생황 소리가 처량하게 끊어질 듯 이어지면서 구름 속에서 들려왔다. 천자는 본래 음악을 좋아했다. 한참 듣고 있다가 신하들을 돌아보며 말했다.

"이 소리가 어디서 오는 것이냐? 들리는 곳을 찾아보라."

궁중의 하인들이 그 소리를 따라 한곳에 이르렀다. 장안의 소년이 어떤 소년 한 명과 함께 탕춘대蕩春臺에 올라 달빛을 완상하면서 생황을 불고 있었다. 하인들이 생황을 불던 사람을 데려와 천자의 침소 밖에 대령하고 들어가 아뢰었다. 천자가 웃으며 말했다.

"짐이 생황 부는 자를 알고자 했을 뿐인데, 어찌 이렇게 잡아 왔느냐."

천자가 불러들이라 하여 보니, 미목이 청수하고 행동이 민첩하여 그 모습이 꼭 여자 같았다. 천자가 물었다.

"네 이름이 무엇이냐?"

"소인의 성은 동이고, 이름은 홍이며, 황성에서 살고 있습니다."

천자가 미소를 지으며 말했다.

"네 생황을 가지고 왔느냐?"

동홍이 허리에서 꺼내 올렸다. 소매를 떨쳐 두 손으로 환관에게 받들어 전하는데, 그 행동거지가 너무도 민첩하여 조금도 이상한 데가 없었다. 천자가 그의 영리함을 크게 칭찬하면서 생황을 살핀 뒤 다시 돌려주며 말했다.

"짐이 한참 무료하던 참이었는데, 한 곡조 불어 보라."

동홍이 꿇어앉아 받아들고 달을 향해 또렷하게 한 번 불었다. 천자가 끊이지 않고 칭찬하면서 물었다.

"너는 다른 음악도 아느냐?"

"배운 바가 대략 있기는 합니다만, 조박하여 정교하지 못합니다. 감히 명에 응하지 못하겠습니다."

천자가 크게 기뻐하면서 궁중의 악기를 가져오도록 하여 연이어 시험해 보았다. 동홍이 평생 배운 바를 다 발휘하여 자기 재주를 펼쳐 드러내니, 천자가 크게 찬탄하고 후한 상을 내리면서 하교했다.

"짐이 한가한 틈을 타서 다시 부르겠노라."

동홍이 머리를 조아리며 명을 받았다. 아! 소인이 조정을 어지럽히는 것 역시 나라의 운명이다. 하늘은 반드시 그 기회를 빌리게 되어 있나니, 임금이 어찌 행동 하나하나를 삼가지 않을 수 있겠는가.

이때 참지정사 노균이 대대로 이어온 가풍을 이어서 소인의 마음으로 임금을 농락하여 천자의 권력을 농단하고자 했다. 그러나 양창곡이 해를 꿰뚫는 충성심과 하늘에 통하는 재주로 천자의 신임을 받아 융성하고 있는 데다 여러 차례 큰 공을 세워 명망과 공훈이 짝할 바 없이 혁혁했기 때문에 흉악하고 뒤집어진 마음을 펼칠 곳이 없어 기운이 꺾여 있었다. 처음 양창곡이 과거에 급제한 초기 천자 앞에서 논박했던 일과 과거 합격자 축하 잔치자리에서 그에게 구혼했다가 낭패를 보았던 경험이 첩첩이 쌓여서 자연히 마음이 어지러워져 병이 된 것이다. 그는 날마다 음악과 여자로 즐기면서 스스로 마음을 위로했다. 그러다 보니 잡스러운 소년배들이 문에 가득하게 되었다.

하루는 어떤 소년이 동홍의 일을 알려 주었다. 노균은 본디 기회를 잘 포착할 줄 아는 날쌘 사람이었다. 이야기를 듣는 즉시 계책을 하나 세우고는 그 일을 자세히 알아보고 싶어서 비밀리에 물었다.

"내가 재상으로서 조정의 크고 작은 일을 모르는 것이 없다. 그런데 이 일은 들은 적 없다. 헛소문이 아니더냐?"

그 소년이 대답했다.

"이건 제가 전해 들은 말이 아닙니다. 장안의 소년이 동홍과 함께 노닐다가 그때 목격한 것입니다. 그 뒤 수시로 동홍과 만나면서 여러 차례 들었습니다. 어찌 낭설이겠습니까?"

노균이 정색하며 말했다.

"이는 필시 황상께서 궁궐 안에서 하신 일일 터이니, 너희는 경솔하게 이야기를 퍼뜨리지 말라."

소년이 사죄하며 말했다.

"대감께서 음악을 좋아하시기 때문에 우연히 말씀드린 것입니다. 비밀스러운 일을 어찌 누설할 수 있겠습니까?"

노균이 다시 웃으며 말했다.

"나는 아무런 거리낌도 없다. 게다가 이따금씩 이런 것들을 좋아하니, 한번 조용히 그 소년을 불러오도록 해라."

소년이 응낙하고 물러갔다.

노균은 소년을 보내고 나서 별당에 깊숙이 누워 3일 밤낮을 말도 하지 않고 웃지도 않고 곰곰이 생각만 했다. 며칠 뒤 소년이 과연 예쁘게 생긴 남자 한 명을 데려왔다. 노균이 주변 사람을 물리치고 일어나 맞아들여 앉게 했다.

"그대는 동생董生이 아닌가."

동홍이 머뭇거리면서 말했다.

"저는 미천한 사람이라, 대감 마님의 정성스러운 대접을 받지 못하겠습니다."

노균이 개연히 탄식하며 말했다.

"그대 조상의 고향은 미산眉山이 아니더냐?"

"그렇습니다."

"미산동씨眉山童氏는 본래 큰 씨족이다. 화려한 집안 내력은 익히 알고 있다. 중간에 집안이 침체되어 잠시 벼슬길에 나아간 사람이 없다 하여 내 어찌 공경히 대우하지 않을 수 있겠는가. 옛날 이름난 명사로, 내 친구 중에 거문고를 연주하던 사람이 있었다. 나 또한 그대의 높은 재주를 듣고 싶구나."

동홍이 절하여 사례하고 즉시 소매 안에서 단소 하나를 꺼내 몇 곡을 불었다. 노균이 크게 칭찬했다. 그는 본래 음악을 좋아했기 때문에, 그는 동홍을 서재에 머무르게 하고 밤낮을 가리지 않고 질탕하게 놀았다.

하루는 궁중의 하인이 황제의 명을 받들고 동홍을 찾아 노균의 집으로 왔다. 동홍이 노균을 보고 대궐에 들어가는 일을 아뢰었다. 그러자 노균이 크게 기뻐하면서 몰래 몇 마디 말을 해서 보냈다.

동홍이 하인을 따라 대궐 안으로 들어가니, 밤이 이미 깊었다. 천자가 바야흐로 편전으로 가려고 내시를 거느리고 한가롭게 노닐고 있었다. 천자는 동홍에게 편전 위로 오르게 하고, 다시 자세히 살폈다. 동홍의 모습이 선명하고 용모가 아름다워서 남자 중의 미남자였다. 천자가 미소를 지으며 몇 곡을 들은 뒤 물었다.

"대궐 안에 너를 두고 싶은데, 바라는 바가 무엇이냐?"

동홍이 머리를 조아리며 말했다.

"소인이 미천한 몸으로 외람되이 황상의 은총을 받아 감히 가까이에서 모시게 되었으니, 두렵고 떨려서 어떻게 보답해야 할지 모르겠는데 바라는 바가 무엇이 있겠습니까?"

천자가 미소를 지으며 다시 수차례 묻자 동홍이 대답했다.

"성교가 이와 같으시니 신이 어찌 우러러 아뢰지 않겠습니까? 신은 본래 벼슬을 하던 집안이었으나 동한東漢 때에 역적 동탁董卓에 연좌되어 평민이 되었습니다. 이후 점점 타락하여 이제는 천한 신분이 되었으니, 제 소원은 충효의 행실을 닦아 다시 옛 가문의 명성을 회복하는 것입니다."

천자가 그 말을 듣고 사정을 불쌍히 여겨 주변을 돌아보며 말했다.

"군자의 은택도 다섯 세대만에 끊어지고, 소인의 은택도 다섯 세대만에 끊어진다. 동탁의 죄명이 비록 천추토록 씻기 어렵지만, 어찌 그 방계 후손에게까지 적용하겠는가. 이제 폐지하도록 하라."

그러고는 다시 동홍에게 말했다.

"너는 글을 배운 적 있느냐?"

"대략 아는 것이 있습니다."

천자가 책 한 권을 하사하여 읽어 보도록 했다. 동홍이 받아 들고 꿇어앉아 읽으니 그 소리가 마치 옥구슬이 깨지는 듯하면서도 율조에 딱 맞았다. 천자가 책상을 치면서 크게 칭찬하고는, 옆의 신하에게 말했다.

"선비가 경서 한 권을 통달하면 급제를 내리는 것이 옛법이 아니냐?"

천자가 이렇게 말을 하니 주변 신하들이 어찌 그 의도를 모르겠는가. 그들은 한꺼번에 몸을 굽히면서 말했다.

"그러합니다."

천자가 즉시 급제를 내리고 어사화와 악공들을 함께 하사한 뒤, 즉시 노균의 집으로 보냈다. 천자가 이렇게 하교했다.

"동홍의 집을 궁궐 부근에 내려 주라."

조정 대신들이 그 이유를 알지 못하여 여러 가지로 의아해했다. 다음 날 어사대부 소유경이 상소를 올렸으니, 그 내용은 다음과 같다.

과거를 열어서 선비를 뽑는 것은 나라가 사람을 등용하는 방법입니다. 그것은 반드시 광명정대했기에 저절로 법이 되었습니다. 신이 비록 동홍의 사람됨을 보지 못했으나 폐하께서 인재를 취하고자 하셨다면 마땅히 여러 선비들을 모아 놓고 그 재주를 비교하시어, 위로는 조정부터 아래로는 천하에 이르기까지 듣고 보는 자들로 하여금 다른 논의가 없게 해야 합니다. 어찌하여 한밤중에 대궐 안에서 비밀스럽게 부르시어 정중하신 은총과 막대한 과거 장원급제를 아이들 장난처럼 내려 주십니까? 저 숲속 곤궁한 곳에 부모가 추위에 얼고 굶주리며 처자식은 처량하게 살아가는 와중에도 책상에서 책을 읽는 곤궁한 선비들이 있습니다. 입이 마르고 기운이 다하며 마음을 쓰고 정신을 소모하면서 흰머리가 귓가를 덮지만 일편단심으로 북쪽 천자의 궁궐을 우러러보면서 부모와 처자를 이렇게 위로합니다. '성스러운 천자께서 위에 계시니 만약 나의 재주를 닦는다면 반드시 좋은 구슬을 빠뜨렸다는 한탄이 없으실 것이다.' 그런데 어젯밤 같은 말을 듣는다면 읽던 책을 덮고 눈물을 훔치면서, '옛 사람들이 나를 속였도다. 만 권 서책이 내 가슴속에 들어 있지만 굶주림과 추위를 면치 못하며, 고금의 성공과 실패를 마음속에 새겼으나 내 몸을 먹일 계책을 도모하지도 못하는구나. 십 년 공부가 도리어 가난과 곤궁함을 돕는 꼴이 되었다. 이러한 시기를 만나서는 생황 한 곡조가 부귀를 얻을 수 있는 것이로구나' 하고 한탄하면서, 필시 과거 시험장을 텅 비게 하고 지름길을 엿보는 자들이 있을 것입니다. 이 어찌 선비들의 기상을 양성하여 인재를 장려하고 선발하는 본래의 뜻이겠습니까? 엎드려 바라건대 폐하께서는 빨리 동홍에게 내리신 과거 급제의 이름을 빼 버리시어 나라가 인재를 등용하는 법을 삼가도록 해주소서.

이때 모든 관리가 좌우에 벌여 있었는데, 천자가 어사대부 소유경의 상소를 보시고 얼굴이 불쾌해지면서 말했다.

"근래 조정에서 인재를 등용함에 과연 추호도 사사로움이 끼지 않았단 말이냐? 어째서 짐만이 한 사람을 등용할 수 없단 말이냐?"

참지정사 노균이 아뢰었다.

"동홍이 비록 미천하긴 하지만 본래 문벌이 대단한 큰 가문입니다. 폐하께서 이제 그를 장려하여 선발하시자 모든 사람이 한결같이 성스러운 덕을 칭송하고 있는데, 소유경이 이처럼 상소를 올리니 그 뜻을 모르겠습니다."

이때 원로대신 윤형문이 아뢰었다.

"과거 시험을 치르는 나라의 법도를 모르는 사람이 없습니다. 만약 이 같은 길이 한번 열리면 나중에 그 폐해가 끝이 없을 것입니다. 소유경의 상소는 그것을 말하는 것입니다."

노균이 분노에 찬 소리로 다시 아뢰었다.

"비록 경사卿士의 가문이라 하더라도 각각 여러 사람의 문객이 있습니다. 폐하께서는 만승의 존귀함으로 어찌 동홍 하나를 등용하지 못하겠습니까? 신이 듣자니 동홍을 어전에서 시험하시어 경서 글귀를 강의하도록 하셨다 하니, 이 어찌 공정한 도리가 아니겠습니까?"

천자가 진노하여 말했다.

"어사대부 소유경의 직위를 삭탈하라."

그러자 연왕 양창곡이 앞으로 나서서 아뢰었다.

"간관諫官은 조정의 귀와 눈입니다. 폐하께서 지금 간관을 엄하게 견책하시어 귀와 눈을 막으시니, 폐하께서는 장차 어떻게 폐하의 문제점을 들으시겠습니까? 설사 소유경의 상소가 과격하다 하더라도 폐하께서는 너그러이 받아들이시어 자신의 직분을 다한 것에 대하여 포상을 하셔야 합니다. 하물며 충직한 간언임에야! 폐하께서 지금 조정에서 사람을 등용함에 사사로움이 없는지 물으셨습니다. 신 등이 불초하기 그지없어 공도公道로 사람을 등용하지 못하니, 마땅히 그 죄를 밝히시고 그 태만함을 경계하소서. 어찌 감히 격렬한 말로 신하들을 억압하시어 입을 열 수 없게 하십니까? 신 등이 사사로움을 따르고 공적인 것을 해치어 폐하를 속이면서 저희 자신을 이롭게 하고자 한 것은 만 번 죽어도 아까울 게 없습니다만, 폐하께서 이로 인하여 사사로운 정으로 벼슬에 등용하시는 것은 장차 누구를 이롭게 하시려는 것입니까? 조정은 폐하의 조정이요 천하는 폐하의 천하입니다. 불초한 신 등을 처벌하시는 것으로 폐하께서는 충분히 공심公心을 가지신 것입니다. 그런데 신 등이 폐하를 도와 치적을 이룸이 이렇게 없는데, 이제 재상가에서 사람 쓰는 것을 본받으시어 사사로이 인재를 등용하시고자 하신즉, 이는 윗사람과 아랫사람이 서로 다투어 사사로운 정을 두는 것입니다. 그렇게 되면 폐하의 조정과 천하는 누가 다스리겠습니까? 간관을 엄하게 견책하시는 것은 폐하께서 덕을 잃는 것입니다. 조정이 소유경의 죄를 논하여 폐하로 하여금 잘못된 점을 듣지 못하게 하니, 이 점이 바로 신이 한심함을 이기지 못하는 것입니다."

양창곡의 말이 매우 격절한 중에 충직하면서도 명쾌하니 노균의 간사함으로도 말이 막히고 기운이 꺾이면서 등으로 땀이 배어나왔다. 천자가 기쁜 표정으로 웃으며 말했다.

"임금에게 간언하는 것은 마땅히 이러해야 한다. 경의 말이 금석 같은 논의라 하겠구나. 그러나 동홍은 짐이 총애하는 자다. 이미 급제를 내렸는데 어찌 다시 되돌릴 수 있겠는가. 소유경은 특별히 용서하여 다시 직위를 돌려주라."

관리들이 물러간 뒤, 천자는 양창곡을 머무르게 하여 앞에 앉도록 했다. 천자의 얼굴에 조화로운 기운이 넘치면서 미소가 보였다.

"짐이 얼굴 생김새를 보고 사람을 취하는 버릇이 있소. 동홍은 정말 기이하기 그지없는 사람이오. 그는 본래 대대로 벼슬하던 집안 출신으로, 몰락하여 천한 사람이 되었소. 하도 불쌍해서 그를 장려하는 차원에서 선발한 것이오. 경은 용서하시오. 짐이 동홍으로 하여금 경을 찾아보도록 하겠소이다. 짐을 위하여 잘 가르쳐 주시오."

양창곡이 황공하게 머리를 조아리며 말했다.

"신이 비록 불충하나 폐하께서 아끼시는 사람을 어찌 아끼지 않겠습니까? 다만 염려스러운 바는 그 사람의 인품을 모르고 겉모습만으로 거두어 편애하시니 훗날 후회가 있을까 두려운 것뿐입니다."

천자가 웃으며 말했다.

"동홍은 영리한 인물일 뿐이오. 무슨 폐를 끼치겠소?"

양창곡이 조정에서 물러나와 천자와 주고받은 말을 부친

양현에게 고했다.

"소자가 비록 동홍을 보지는 못했지만, 노균의 당돌하고 간악함은 정말 근심스럽습니다."

물러가 쉴 틈도 없이 문지기가 오더니 명함을 하나 올렸다. 바로 동홍이었다. 양창곡이 처소로 물러나와 들어오도록 했다. 동홍은 오사모를 쓰고 푸른 도포를 입고 대청에 올라와 배알했다. 양창곡이 눈을 들어 잠깐 살펴보니 얼굴은 관옥 같고 얼굴빛은 복숭아꽃 같아서 여자 같은 느낌이 매우 강했다. 그는 온화한 말투와 얼굴빛으로 조용히 물었다.

"그대는 나이가 몇이나 되는가?"

동홍이 대답했다.

"열아홉입니다."

"천자의 은총이 망극하여 이처럼 장려하여 선발해 주시니 무엇으로 보답하려는가?"

동홍이 이 말을 듣고 눈을 들어 양창곡의 기색을 살피더니 대답했다.

"저는 본래 미천한 사람입니다. 오직 연왕 각하의 가르침대로 따르겠습니다."

이 말에 양창곡이 웃으며 말했다.

"내가 무슨 지식이 있겠는가마는, 그대는 그대의 몸을 잊지 말라."

동홍이 당황해하면서 말을 못했다. 그러자 양창곡이 다시 웃으며 말했다.

"그대는 내 말을 알아들었는가? 아들이 불효하고 신하가 불충하다면 그 죄가 장차 어느 지경에 이르겠는가? 마땅히 머리를 보존하지 못할 것이다. 어찌 몸을 잊을 수 있겠는가?"

동홍의 얼굴이 흙빛이 되면서 다시 대답하지 못하고 돌아갔다. 그는 노균을 뵙고 말했다.

"연왕은 보통 사람이 아닙니다. 말 한마디가 청천벽력으로 제 머리를 때리는 듯했습니다. 제 등에 식은땀이 흘러 아직도 축축합니다."

그러고는 양창곡이 자신에게 경계해 주던 말을 해주자, 노균이 싸늘하게 웃으며 말했다.

"세상에 충신이 몇 명이나 되겠느냐? 초나라의 굴원과 오나라의 오자서伍子胥*는 만고의 충신이었지만 맑은 강의 물고기 뱃속에서 차가운 뼈를 장례 치러서 백마강白馬江 차가운 조수潮水에 원통한 귀신이 되었다. 이것은 모두 썩은 선비들의 평범한 말이다."

동홍은 묵묵히 서재로 돌아갔다.

---

* 원래 초나라 사람이었지만, 충직한 간언을 하다가 부모형제가 죽은 뒤 송나라와 정나라를 거쳐서 오(吳)나라의 합려(闔廬)를 섬겨 초나라에 복수했다. 그러나 그 뒤 모함을 받게 되어, 왕은 그에게 촉루검을 주고 자결을 종용했다. 그는 오나라가 망하는 것을 볼 수 있도록 자신의 눈을 도려내 동쪽 문에 걸어 두라고 유언을 내리고 자결했다.

노균에게는 누이동생이 한 명 있었다. 일찍이 양창곡과 혼인하려다가 낭패한 뒤에, 여자로서의 덕이 없어서 사람들이 모두 그녀를 싫어했다. 그녀 나이 바야흐로 열아홉이었지만 아직도 중매를 서야 하는 처지를 탄식하고 있었다. 예부터 소인들이 일을 꾸미는 데 어찌 윤리를 알았으며 체모를 돌아보았겠는가. 당시 노균은 천자가 동홍을 총애하는 것으로 보고 형제로서의 의를 맺고 속으로 생각하기를, 만약 동홍과 혼인하게 되면 앞날에 부귀는 말할 것도 없거니와 자신도 이것을 기회로 좋은 방법이 생길 것이라고 여겼다. 그는 다음 날 동홍을 조용히 불러서 말했다.

"내가 그대의 용모와 재주를 보니 장차 크고 귀하게 될 듯하다. 다만 조정에서는 지체가 미천하다는 점을 의심하고 있어서 벼슬길에 장애가 있다. 노부에게 누이동생이 한 명 있는데 재주와 덕이 다른 사람에게 뒤지지 않는다. 청컨대 그대는 수레 백 대를 몰아서 노부와 처형 매제의 관계를 맺도록 하세. 그러면 자네의 천한 이름은 씻겨질 것이야. 노부는 나이가 많고 지위가 높아서 선배의 항렬에 있으니, 그대 앞날을 위하여 무언가 주선할 방법이 있을 것이다."

동홍이 자리를 옆으로 피하며 사례하면서 감히 어찌지 못하는 뜻을 비치자, 노균이 웃으면서 말했다.

"문벌로 사람을 논하는 것은 근래의 풍습이다. 사람이 특출나다면 천한 사람이라도 혁혁한 문벌일 것이고, 사람이 용렬하다면 명문거족名門巨族 출신이라 하더라도 가문의 명성을 보존하지 못할 것이다. 내 어찌 문벌에 구애될 것이겠는가."

그는 즉시 날을 잡아 혼례를 행했다. 천자가 그 소식을 듣고 비단 백 필을 하사하며, 동홍을 자신전학사紫宸殿學士에 임명했다. 이는 특별히 격려하여 발탁한 것이다. 조정의 관료들이 천자의 뜻을 받들어 노균의 집인 노부에 모여 잔치에 참석했지만, 오직 양창곡, 윤형문, 소유경, 황여옥, 뇌천풍, 마달, 동초 등 10여 명은 참석하지 않았다. 이 때문에 조정의 논의가 분분해졌다. 청렴하고 강직한 사람들은 노균의 비루함과 아첨을 배척하고 양창곡에게 붙었으니 이들을 청당淸黨이라고 불렀다. 반면 권력을 탐하고 세력을 즐기며 득실을 근심하는 자들은 양창곡의 공명정대함과 위엄을 꺼려서 노균과 동홍에게 붙었으니 이들을 탁당濁黨이라고 불렀다. 이때 청당과 탁당 두 당파가 조정에 벌여 서자, 천자도 청당이 옳고 탁당이 그르다는 것을 알기는 했다. 그러나 음식에 비유하자면 콩과 물의 담담함을 사람들이 모두 알지만 평범하게 취급하고, 정도에서 벗어난 맛과 음식의 감미로움은 사람들이 모두 취하며 비단에 수놓은 신선함을 모두 좋아하는 것과 같았다. 천자도 청당의 말은 겉으로 예로써 대우하면서 그들의 말을 들어주고 계책을 쓰기도 하지만, 탁당은 진실한 마음으로 사랑하면서 은근히 보호해 주었다.

몇 달 만에 동홍에게 하사한 저택이 준공되었다. 그는 노소

저를 맞아 집안을 이룬 뒤 날마다 대궐에 들어가 황상의 총애가 날로 두터워졌고, 동홍 역시 나아가고 물러나는 행동거지를 더욱 조심스럽게 하여, 입안의 혀처럼 천자의 뜻에 맞추었다. 어떤 때는 평상시 복장으로 대궐을 수시로 출입하면서 밤을 새우기도 하니, 궁중이 모두 한문제^{漢文帝}의 등통^{鄧通}*이라고 칭송했다.

이때 천자는 가까운 신하들을 이끌고 밤 연회를 베풀었다. 동홍은 바로 옆에서 모시면서 수많은 궁녀들이 아름답게 화장하고 화려하게 장식하여 좌우에 벌여 있어도 한 번도 그들에게 눈길을 주지 않았다. 궁인들이 '동홍 학사는 남자 중의 여자'라고 말할 정도였다. 이 때문에 천자는 더욱 기특하게 생각하여 수많은 돈을 상으로 하사하기도 했다. 동홍은 그 재물을 문객들에게 흩뿌려 나누어 주면서 조정 주변의 소식을 탐지하도록 했고, 그렇게 얻은 것들을 천자에게 아뢰었다. 천자는 매우 기뻐하면서 동홍의 말을 믿었으며, 어떤 때는 조정에서 사람을 등용하는 일까지 상의할 정도였다. 그렇게 되자 동홍의 문 앞에는 수레와 말이 구름처럼 모여들어, 재상이나

---

* 한나라 문제(文帝)에게 등용되어 총애를 받았다. 관상을 보는 사람이 등통을 굶어 죽을 상이라고 하나, 문제는 그를 부자로 만들어 주려고 구리산을 하사했다. 등통은 그것으로 돈을 주조하여 천하에 큰 갑부가 되었다. 문제가 죽고 나자 고향으로 돌아가려는데, 등통이 밖에서 주조한 돈을 훔쳐간다고 고발되었다. 이 때문에 모든 재산을 빼앗기고 결국 가난하게 살다 굶어 죽었다고 한다.

귀한 사람이라 하더라도 한번 만나보기를 원했다.

하루는 천자가 동홍에게 물었다.

"요즘 조정의 인기를 논한다면 누가 가장 높은가?"

동홍이 머리를 조아리고 대답했다.

"신하를 아는 것은 임금만 한 사람이 없다고 합니다. 폐하의 밝으심으로 어찌 모르실 리 있겠습니까?"

천자가 웃으며 말했다.

"네 말을 듣고 싶구나. 다만 네 소견만 말해 보라."

동홍이 대답했다.

"임금이 신하를 등용하는 도리는 장인이 재목을 쓰는 것과 같습니다. 큰 나무는 동량으로 쓸 만하고, 작은 나무는 서까래로 쓸 수 있습니다. 재질에 따라 각각 쓰는 것입니다. 연왕 양창곡은 문무를 겸비하고 용모와 풍채가 옛사람을 압도합니다. 참지정사 노균은 글솜씨가 출중하고 재주와 국량이 다른 사람보다 뛰어나며 사람됨이 단정하고 경륜이 노련합니다. 인기로 말씀 올리자면 연왕이 제일이고 노균이 두 번째일 것입니다. 연왕 양창곡은 밖으로 나가면 장군이요 조정으로 들어오면 재상입니다. 안으로는 조정의 권력을 잡고 밖으로는 병권을 가지고 있으며, 명망과 위엄이 천하에 진동합니다. 그러나 나이 어리고 기운이 날카롭습니다. 폐하께서는 그 날카로운 기운을 억누르고 그의 권세를 적게 하시는 것이 연왕을 사랑하는 도리일 것입니다. 노균은 환란을 정벌하는 능력은 없으나 천성이 공손하고 옛일을 두루 알고 있습니다. 태평성대의 예와 음악에 황상을 보좌하는 문채文采는 옛사람보다 아래가 아닐 것입니다."

천자가 미소를 지었다. 다음 날 천자는 노균을 자신전태학사紫宸殿太士 겸 경연시강관經筵侍講官에 임명하고 매일 불러 만나 보았다. 하루는 천자가 조용히 물었다.

"근래 조정에 청당과 탁당이 있어 서로 분립한다 하는데, 이것은 무슨 이름이오?"

노균이 아뢰었다.

"당론은 예부터 있었으나 나라의 복은 아닙니다. 인심이 어긋나고 윤리기강이 문란하여, 임금에게 붙어서 그 뜻을 따르는 자를 탁당이라 부르고 임금을 핍박하는 말을 충성스러운 간언이라고 말하면서 언론이 각각 서 있는 자를 청당이라고 부르나이다."

천자가 미소를 지으며 말했다.

"청당의 영수는 누구며, 탁당의 영수는 누구요?"

노균이 아뢰었다.

"폐하께서 동홍을 편애하시어 그를 칭찬하고 발탁하셨습니다. 동홍은 본래 미천한 가문이 아닙니다. 신 또한 그 재주를 사랑하여 매제 처형의 관계를 맺었습니다. 조정의 격렬한 언론은 신이 세력을 따른다고 지목하면서, 신을 탁당의 영수라고 여깁니다. 그러나 신이 어찌 변명할 수 있습니까? 연왕 양창곡은 언론이 조정을 누르고 위엄과 권위가 천하에 진동하여 스스로 하나의 문호를 이루었습니다. 비록 임금이라 하더라도 그 뜻을 굴복시킬 바 없습니다. 그러므로 연왕을 청당의 영수라고 부릅니다."

천자가 묵묵히 듣고 있다가 무언가 편치 못한 기색을 지었다. 아! 소인의 참언이 간교하구나. 태평시절이 오래되면 나쁜 운세가 절로 오는 것은 옛날부터 있던 이치다. 이 어찌 국가의 복이겠는가. 큰 것이 가고 작은 것이 오는 바로 그 시점이었으니, 다음 회를 보시라.

제26회

예악을 발하면서 노균은 나라를 그르치고,

충분을 일으켜 양창곡은 상소를 올리다

說禮樂盧均誤國 激忠憤燕王上疏

천자는 노균의 말을 듣고 불쾌해졌다. 다음 날 조회가 끝나자 천자는 조용히 양창곡을 불러서 물었다.

"짐이 듣자니 근래 조정에 청당과 탁당이 있다고 하오. 이게 무슨 말이오?"

양창곡이 아뢰었다.

"「홍범」에 이르기를, 제왕의 도는 광대하여 치우치지도 않고 당을 만들지도 않는다[王道蕩蕩, 無偏無黨] 했습니다. 당론은 임금이 논의할 수 없는 것입니다. 신이 비록 불충하나 어찌 붕당을 만들어 권력을 다툴 수 있겠습니까? 이는 사사로운 논의가 서로 만들어지면서 지칭함에 불과한 것입니다. 폐하께서는 다만 선善에 힘쓰는 사람을 등용하시고 불충한 자를 배척하여, 다시는 옳고 그름을 나누는 것에 마음을 두지 마소서."

천자가 기쁜 모습으로 웃으며 양창곡의 손을 잡고 말했다.

"짐은 이미 경의 충성스러운 마음을 알고 있소. 경이 당론을 가지고 있다고 어찌 의심하겠소? 그러나 우연히 어떤 격렬한 논의를 들었는데, 짐이 총애하는 신하를 지칭하여 한쪽은 탁당이라 부르니, 이 어찌 아름다운 말이겠소?"

양창곡이 엎드려 아뢰었다.

"그 말이 폐하께 이른 것은 나라의 복이 아닙니다. 이는 폐하를 격동시켜 당론을 돕고자 하는 일입니다. 엎드려 바라건대 폐하께서는 그런 말을 한 사람을 멀리 배척하소서."

천자가 머쓱한 표정으로 다시 말했다.

"짐이 경의 마음을 알고 경은 짐의 마음을 알 것이오. 이제부터는 군신 간에 서로 틈이 없도록 합시다."

양창곡이 머리를 조아리고 집으로 돌아갔다. 그러나 여전히 근심스러운 빛을 띠었다. 난성후 강남홍이 조용히 물었다.

"상공께서 연일 고민하시니, 조정 안에 무슨 일이 있는 건지요?"

양창곡이 탄식하며 말했다.

"어제 황상께서 조정의 당론을 물어보시고는, 군신 간에 서로 틈을 만들지 말라고 명하시더군요. 다시 아뢰지는 않았지만, 이는 필시 나를 모함하는 참언이 성행한다는 것이오. 내 지위가 높고 권력이 무거운 것을 꺼리기 때문이겠지요. 이 어찌 신하된 처지에 들어야 할 이야기겠소? 내가 만약 천자의 뜻에 따르면서 충언을 다하지 않는다면 이는 임금을 저버리는 짓이오. 또 만약 직언으로 극렬하게 간언하여 마음을 숨기지 않는다면 이는 도리어 나를 모함하는 자들을 도와주는 꼴이어서 예측할 수 없는 사태가 일어날 것이오. 오늘 내 처지가 골짜기에 빠져서 오도 가도 못하는 진퇴유곡의 신세요. 또한 동홍의 약삭빠름과 노균의 간악함은 조정의 근본을 어지럽히고도 남을 것이오. 나는 대신의 반열에 있어 언관言官과는 달라요. 이런 은밀한 일을 급작스럽게 가벼이 말하기 어려우니, 자연히 마음속이 어지럽구려."

강남홍이 말했다.

"조정의 큰일을 아녀자가 거론할 바는 아닙니다만, 현재 상공께서는 지위와 명망이 모두 높으니. 바로 이때가 공경하고 겸손하게 스스로 물러날 시점입니다. 바라건대 언론과 풍채를 완전히 감추시지요."

양창곡 역시 고개를 끄덕였다.

한편, 천자는 총명하고 지혜로워서 정사를 돌보는 한편 여가에 한가한 시간을 가졌다. 매번 경연*이 끝난 뒤면 여러 시강관侍講官과 함께 동홍의 거문고 연주를 들었다. 노균 역시 옆에서 모시고 서 있었는데, 천자의 얼굴이 크게 기뻐하면서 노균에게 말했다.

---

* 천자가 학문을 닦기 위해 학식과 덕망이 높은 시강관을 불러 경서(經書)와 왕도(王道) 등에 관한 강론을 듣던 일을 말한다.

"옛날 성군들은 정사를 돌보고 남는 시간에 무엇으로 여가를 보냈소?"

노균이 대답했다.

"정사가 굉장히 넓고 번거로워서 마음으로 응접하니, 심성을 수양하는 공부로 시간을 보냈습니다."

"무엇을 심성이라 하오?"

"사해의 넓음과 만백성의 많음으로 그 괴로움과 즐거움이 임금에게 달려 있습니다. 임금이 귀와 눈으로 그들을 살피고 손과 발로 그들을 꺼내 주는 일은 요순 임금의 성스러움과 탕왕 무왕의 어짊으로도 행할 수 없을 것입니다. 그러므로 옛말에 제후는 허둥대고 천자는 아름다우면서 위엄 있다고 했습니다. 또한 귀먹지 않고 바보스럽지 않으면 가장이 될 수 없다고 했습니다. 한 집안의 가장도 세세한 일을 살피는 것이 불가능한데, 하물며 천자는 아득한 몸으로 만백성에게 임하여 마음으로 조화를 운행하십니다. 대저 마음이란 항상 살아 움직여서 한곳에 정체되어 쌓이는 기운이 없어야 온갖 일에 응할 수 있고 수많은 정사를 총체적으로 살필 수 있습니다. 그러므로 옛날 성군들은 먼저 그 마음을 바로 하여 본성을 살아 움직이게 했습니다."

"덕도 없는 짐이 천자의 자리에 올라 비록 비단옷과 좋은 음식 가운데에 살면서 이런 음악을 듣지만, 매번 어린아이 같은 만백성들의 굶주림과 추위를 생각하면 마음이 너무 송구하여 즐거움을 모르겠소. 어찌하면 좋겠소?"

"옛날과 지금이 다르고 풍속이 수시로 변합니다. 흙으로 만든 3층 계단과 띠풀도 깎지 않은 전각 같은 고대의 궁궐이 변하여 높고 넓은 집과 아홉 겹으로 싸인 궁궐로도 부족하지 않은가 의심하는 형편입니다. 나무를 얽어서 둥지를 만들고 나무 열매를 먹으며 즐겁고 화락하게 지내던 백성들을, 예악禮樂 형정刑政과 의관衣冠 문물文物로 변화시켜 다스리지만 오히려 교화하기 어렵다고 합니다. 무릇 천하를 다스리는 도는 많은 것에 있지 않습니다. 신이 듣건대 힘을 쓰는 사람은 공적이 작고, 마음을 쓰는 사람은 공적이 크다고 합니다. 덕으로 다스리는 것은 쉽고 법으로 다스리는 것은 어렵다고 합니다. 엎드려 바라건대 폐하께서는 덕을 닦아 천지의 조화로운 기운을 부르시고, 마음을 넓히시어 정체되는 곳이 없도록 하소서."

"그렇다면 마음을 넓히고 조화로운 기운을 부르는 도는 무엇이오?"

"옛날 성왕들께서는 예를 제정하고 음악을 만드시어 천하를 다스렸습니다. 예는 땅을 본받고 음악은 하늘을 본받아서 만백성을 교화하니, 감응이 매우 빨라 그림자가 형상을 따르는 듯하고 메아리가 소리에 응하는 듯한 것입니다. 한당漢唐시대 이후로 예와 음악이 무너져 교화를 이루지 못하자 단지 형정으로 다스림의 도를 논하게 되었습니다. 이는 요순 임금의 도로 임금을 보좌하지 못하고 도리어 오패五霸의 패도정치로 임금을 속이는 것입니다. 연왕 양창곡이 처음 과거에 올랐을 때도 패도정치의 기술을 거론했기 때문에 노신이 논박한 바 있거니와, 이는 모두 후세 신하들이 임금을 함부로 업신여기어 요순시대와 같은 태평성대를 기약하지 않고 오직 제나라 환공과 진나라 문공의 사업을 바라는 것일 뿐입니다. 폐하께서 즉위하신 이래 지혜와 덕이 널리 알려지시고 신성하신 문무로 다행히 오늘날 변방에 일이 없고 백성들이 안락하게 지냅니다. 늙은이는 배불리 먹고 배를 두드리며 「격양가」를 부르며, 젊은이는 손발로 춤추면서 「강구요」康衢謠*로 화답합니다. 폐하께서는 홀로 깊은 궁궐에 처하시어 유한한 정신으로 무한히 사용하시는데, 좌우의 모든 신하들은 다만 그 어려움을 말할 뿐입니다. 법령과 절차에 구애되어 심성을 넓히지 못하니 조화로운 기운을 어찌 부를 수 있겠습니까? 신은 이때를 틈타 예를 일으키고 음악을 만들어 위로는 천지를 본받고 아래로는 사람의 마음에 감응하여 태평성대의 치적을 찬송한다면, 자연스럽게 조화로운 기운을 불러오고 상서로운 복록이 날로 더욱 창성해지며 나라의 운세는 기약하지 않아도 저절로 면면이 이어질 것이며 요순 시절 태평성대의 정치를 다시 볼 수 있을 것이라 생각합니다."

아! 소인이 임금에게 유세할 때는 반드시 말을 달콤하게 하

* 태평성세를 칭송하는 동요이다. 「격양가」와 마찬가지로 요임금 때 불려졌다.

고 천자의 얼굴빛을 살피면서 그 뜻을 받들게 마련이다. 이때 천자의 나이가 한창이어서 음악을 좋아하는 버릇이 있었다. 노균은 이미 그 기미를 알아챘기 때문에 태평시대를 칭송하면서 예악을 말한 것이니 어찌 천자가 기쁘게 받아들이지 않겠는가. 천자가 웃으며 말했다.

"짐이 덕이 없어 어찌 청졸간에 예악을 말하겠소? 그러나 경의 말을 들으니 깨닫는 바가 있소. 짐이 근래 몸에 기운이 없어서 혼곤한데, 수많은 정무를 마주하면 정신이 자연히 나태해지고, 경연 자리에서 공부하게 되면 생각이 자연히 지리해져서 총명한 마음을 수습할 수 없었소. 시험 삼아 음악으로 매번 생각을 펼쳐 볼까 하오. 누가 짐을 위하여 음악을 담당하는 관리가 될 수 있겠소?"

노균이 대답했다.

"동홍은 음률의 재주가 비상하여 음악을 가르치는 이원의 직분을 족히 맡을 만합니다. 반드시 다른 사람을 구할 필요는 없다고 생각합니다."

천자가 크게 기뻐하며 다음 날 동홍을 자신전학사 겸 협률도위協律都尉에 임명하고, 날마다 후원에서 음악으로 회포를 풀었다. 그러나 이것은 대궐 안에서 이루어지는 일이어서, 어느 한 사람 아는 이가 없었다.

하루는 노균이 동홍에게 조용히 말했다.

"천자께서 그대를 음악을 관장하는 관리로 삼으려 하시니,

마땅히 직분에 힘쓸 일일세. 근래 이원에 들을 만한 음악이 없네. 그대는 악기를 다시 정비하고 널리 악공을 구하여 천자의 뜻을 저버리지 말아야 할 것이야."

동홍이 말했다.

"성상께서 이렇게 내부에서 시키시면 조정에서는 아는 사람이 없을 것입니다. 이처럼 일이 커진다면 반드시 간언하는 사람이 있을 것입니다. 이것은 황상의 본뜻이 아닐까 걱정됩니다."

노균이 정색하며 말했다.

"제왕의 정치는 반드시 광명정대해야 하네. 어찌 다른 사람의 말 때문에 머리도 두려워하고 꼬리도 두려워하여 도리어 겁을 내는가. 예악을 다시 정비하는 것 역시 성군의 정치니, 누가 감히 간언하겠는가. 그대는 다만 직분을 다하는 것만 생각하여 천자의 은혜에 보답하게."

동홍이 알겠노라 대답하고 즉시 민간에 명령을 내려 널리 악사를 구했다. 1등 악사를 천거하면 1등 관작을 내렸고, 2등 악사를 천거하면 2등 관작을 내렸다. 그 소문이 자연히 자자하게 퍼져서, 관직을 구하는 것에 욕심을 내는 사람들은 비록 자기 아들이나 사위, 동생이나 조카라 하더라도 총명한 재주와 지혜가 있으면 반드시 음악을 가르쳐서 은근히 천거했다. 천자는 음악을 담당 관청이 좁은 것을 근심하여 수백 칸의 정자를 궁궐 후원에 신축하고 봉의정鳳儀亭이라고 이름 붙였다.

노균과 동홍 두 간신이 천자를 모시고 밤마다 봉의정에서 음악을 익히면서 천자의 마음을 즐겁게 하는 자료로 삼았다.

어사대부 소유경이 이 사실을 듣고는 상소를 올려 극력 간언했다. 그러나 천자가 듣지 않자 소유경은 이에 두세 명의 간관과 함께 재삼 표문을 올렸다. 그 말이 너무 격렬하여 천자는 크게 노했고, 즉시 이들의 관직을 바꾸도록 명한 뒤 한응문韓應文을 어사대부에 임명했다. 한응문은 탁당에 속하는 인물로, 노균이 허물없이 지내는 사람이었다. 그는 즉시 상소를 올려서 소유경을 탄핵했다. 이때부터 탁당이 시기를 타고 한꺼번에 일어나 소리를 같이 내고 힘을 합쳐서 소유경을 공박했다. 연왕 양창곡이 윤형문에게 말했다.

"조정의 일이 이처럼 놀라우니, 신하된 몸으로 어찌 범연히 보고만 있겠습니까? 장인어른께서 만약 직간하지 않으신다면, 이 사위가 간언하고자 합니다."

윤형문이 탄식하며 말했다.

"노부가 어찌 그것을 모르겠는가. 그러나 황상의 총명함과 지혜로움으로 소유경 어사의 충언이 천자의 뜻을 감격시켜 거의 돌릴 뻔했는데 이르지 못했네. 사위의 말이 이러하니 내가 마땅히 상소를 올려 극력 간언을 해보겠네."

그날 윤형문이 즉시 상소를 올렸는데, 내용은 다음과 같다.

신이 들으니, 옛날의 성왕들은 제도를 만들어서 제정한 뒤에 비로소 음악을 만들기 시작했다고 합니다. 요임금의 대장大章과 순임금의 소소簫韶가 바로 이것입니다. 폐하께서 즉위하신 지 몇 년 동안 교화가 만방에 미치지 못하고 형정이 백성들에게 퍼지지 못했거늘, 종고鐘鼓 소리와 사죽絲竹 소리로 음악을 즐기며 세월을 보내고 계십니다. 폐하는 신성하고 지혜로워 음악과 같은 작은 것에 미혹되지 않으신다는 점을 신이 명백히 알고 있습니다. 그러나 천하 백성들이 새로운 천자가 즉위하신 뒤로는 백성을 구제하는 선정을 베풀지 않으시고 다만 마음을 흔드는 음악만 일삼으신다고 하여 모두 머리를 흔들고 눈살을 찌푸리며 이야기하고 있으니, 정치를 처음 돌보시는 시점에서 백성들의 실망스러운 탄식이 적지 않습니다. 신은 관직이 대신의 반열에 있어 이미 폐하를 보좌하고 이끄는 직분을 다할 수 없은즉 마땅히 왕법으로 다스리시고 즉시 종고관약鐘鼓管籥의 음악을 끊으소서. 그리하여 천하의 견문이 있는 자들로 하여금 성인께서 하시는 바가 평범한 수많은 것들보다 뛰어나다는 것을 알게 해주소서.

이때 천자는 봉의정에서 음악을 듣고 있다가 이 상소문을 보고 불쾌해하며 말했다.

"짐이 잠깐 마음을 풀어 보는 것에 불과하거늘, 대신의 논박이 이렇게 심할 수 있단 말이냐?"

노균이 옆에 있다가 아뢰었다.

"옛날 제왕齊王이 음악을 좋아했는데, 맹자가 이렇게 말했습니다. 왕께서 음악을 너무도 좋아하시니 제나라는 거의 다스려진 것입니다. 또 이렇게 말했습니다. 오늘의 음악은 옛날의 음악과 같습니다. 맹자는 나이와 덕이 모두 높고 빈사(賓師)의 지위까지 겸했지만, 임금에게 아뢴 것이 이처럼 충직하고 완곡했습니다. 그런데 윤형문은 원로대신으로 한 나라의 큰 권력을 손에 잡고 있으면서 폐하의 춘추가 높지 않다고 경시하여, 임금에게 아뢰는 말 속에 경외하는 마음이 하나도 없습니다. 이 어찌 대신에게서 바라는 바이겠습니까? 어사대부 소유경은 윤형문의 처조카입니다. 그가 해직된 것에 원망을 품고 올린 상소가 이처럼 분노로 격렬하니, 이는 전적으로 청당을 도우려는 중요한 의도가 있습니다."

천자가 분노하여 이렇게 비답을 내렸다.

짐이 잠시 마음을 푸는 것 때문에 경의 심려를 너무 지나치게 했도다. 이는 짐이 나이가 어리고 덕이 없어서 백성들에게 모범을 보이지 못하는 짓이 아닌 게 없도다.

윤형문은 이렇게 편하지 못한 비답을 받고 금오부(金吾府)에서 명을 기다리고 있었다. 노균은 한응문 등 간관을 선동하여 탄핵이 한꺼번에 일어나게 하니, 탄핵문의 내용은 대략 다음과 같다.

폐하께서 온갖 정무를 보시는 여가에 예악을 숭상하시니, 비록 천하의 백성들이 그것을 듣는다 해도 진실로 재앙을 품은 자가 아니라면 필시 다른 말이 없을 것입니다. 하물며 깊은 궁중에서 잠시 마음을 풀어 보는 것이 밖으로 들릴 리 없습니다. 좌승상 윤형문은 장황하게 나열하여 마치 종묘사직의 흥망이 조석에 있는 것처럼 천하에 들리지 않는 것을 걱정하는 듯했으니, 신 등은 그 의도를 알지 못하겠습니다. 그것이 충성과 사랑에서 나온 것이라면 어찌 조용히 완곡하게 간언하여 화평한 말투를 다하지 않고, 감히 위협과 공포의 말투로 임금의 뜻을 제압하려는 것입니까? 이는 다름이 아니라 그 계책이 오랑캐들의 당론에서 나온 것이어서 조정의 체면이 없습니다. 엎드려 바라건대 폐하께서는 유승상 윤형문을 실정에 맞게 죄를 주시어 당파를 옹호하는 풍토를 징계하시고 임금을 무시하는 버릇을 고치도록 하소서.

천자가 상소를 보고 나서 다음과 같이 비답을 내렸다.

경 등의 간언이 너무 지나치니, 이는 대신의 본뜻이 아니로다.

노균이 연달아 간관 한응문, 우세충于世忠을 부추겨 원로대신 윤형문과 어사대부 소유경을 논박하는 상소가 끊이지 않았다. 이때 탁당이 대각에 포진하여 기세가 등등했다. 천자도 끝내 비답을 내리지 않았다. 그러자 노균이 조용히 아뢰었다.

"대간은 조정의 이목입니다. 공적인 논의가 이처럼 분분하니, 잠시 윤형문의 관직을 삭탈하시고 소유경을 멀리 유배 보내시어 공적인 논의를 위무하시는 것이 어떠하겠습니까?"

천자가 한동안 고민하다가 그렇게 하도록 윤허했다. 조정의 관료들이 낙담하고 기운이 꺾여서 감히 다시 실정을 진술하고 간언하는 상소를 하는 사람이 없었다. 이때 연왕 양창곡은 가벼운 병이 있어서 며칠 동안 조회에 참석하지 못했다. 이날 모든 관리들이 일제히 대루원待漏院에 모여서 합문閤門이 열리기를 기다리고 있었다. 참지정사 노균이 늦게 도착하여 대루원 안에 자리를 잡고 앉았다. 모든 관리들이 일어나 문안을 했지만 노균은 세력을 믿고 거만한 태도로 전혀 응답하지 않았다. 황의병이 앞으로 나아가 말했다.

"참지정사와 같은 노대신으로서 오늘 조정이 대체 무슨 꼴이오? 제가 천자의 은혜를 두터이 입어 관직이 대신의 반열에 처했으니, 마땅히 힘을 다하여 나라와 기쁨과 슬픔을 나라와 함께해야 할 터인데 붕당이나 일으켜 이런 풍파를 만들어서는 안 될 것이외다. 제가 비록 능력은 없지만 마땅히 청당을 누를 것이니, 참정께서는 탁당을 제어하시어 서로 공격하는 빌미를 없애도록 합시다."

그러나 노균은 싸늘하게 웃으면서 말했다.

"조정에 황상의 신하 아닌 자 없소이다. 같고 다른 명목이 어디 있단 말이오? 저는 탁당이 무엇인지 모르는데 어찌 제

어한단 말이오? 다만 임금의 나쁜 점을 드러내고 자신의 좋은 점을 중요하게 여기는 자는 난신적자亂臣賊子라, 먼저 이런 무리들을 제거한 후에야 당론이 자연스럽게 소멸될 것이외다."

그러고는 한응문과 우세충을 보며 정색하고 소리 질렀다.

"공 등은 대간의 자리에 있으면서 반역하는 신하들을 성토해야 할 터인데, 오늘 기색을 관망하는 모습을 보니 마치 쥐구멍 속의 쥐새끼처럼 행동하고 있소. 이 어찌 도리라 하겠소?"

주변 사람들이 노균의 기색을 보고 감히 말을 하는 사람이 없었다.

예부시랑 황여옥이 분노와 한탄을 이기지 못하고 반열에서 나와 직간을 하려 하자 황의병이 깜짝 놀라 말했다.

"노균의 행동을 좀 보아라. 만약 그의 분노를 건드린다면 네 아비의 뼈는 고향에 묻히기 어려울 것이다. 망령되이 말해서는 안 된다."

황여옥이 어쩌지 못하고 기운을 참고 집으로 돌아갔다. 가는 길에 양창곡을 문병하면서 노균의 사건을 자세히 일러 주었다. 그러자 양창곡이 일어나며 말했다.

"노균은 간악한 무리입니다. 어찌 그 모습을 본 뒤에야 알 수 있는 것이겠소? 황상의 해와 달 같은 밝음이 잠시 뜬구름에 어두워진 것이오. 내가 상소를 올려 간언해야겠소."

그는 사람들에게 관복을 가져오도록 했다. 황여옥이 만류하면서 말했다.

"연왕의 병환이 아직 회복되지 않으셨으니 잠시 대궐에 들어가지 마시고 집에서 표문을 올리시는 게 좋겠습니다."

양창곡이 탄식하며 말했다.

"오늘 일이 비록 작은 듯하나 나라의 흥망이 바로 여기에 달려 있소. 신하된 자가 어찌 집에서 상소를 올린단 말이오?"

양창곡은 즉시 관복을 입고 부모 앞에 꿇어앉아 고했다.

"소자가 불효하여 옥련봉 아래에서 몇 뙈기 거친 밭을 몸소 갈아 콩과 물을 공양하지 못하고, 소년의 나이에 과거에 올라 나라에 몸을 맡기게 되었습니다. 이 때문에 강남 땅에 귀양을 갔다가 나중에는 남쪽 지방을 평정하느라 하루도 부모님 슬하에서 아들로서 재롱을 부려 보지 못했습니다. 오늘 또 황상의 잘못된 행동을 보고 간언하지 않을 수 없습니다. 만약 한 번 간언했다가 듣지 않으신다면 두 번, 세 번 간언할 것입니다. 그러다 변방이나 바다 끝으로 귀양을 가거나 도낏날에 목이 달아나는 일이 벌어져도 피하지 않을 작정입니다. 이는 모두 소자가 불효한 죄입니다."

양현이 말했다.

"대신의 지위가 어찌 언관과 다르겠느냐?"

양창곡이 말했다.

"오늘 벌어진 조정의 해괴한 일에도 간언하는 관리가 한 사람도 없었다 하니, 만약 대신의 처지에 한 번 간언하여 천자의 뜻을 돌리지 못한다면 관직을 그만두고 떠나는 것이 당연한 일입니다. 그러나 소자의 경우는 천자의 은혜를 특별히 받을 터라 한 번 간언하고 그만둘 수 없습니다."

양현이 탄식하며 말했다.

"늘그막에 너를 낳아 애지중지 길렀다. 너는 일곱 살에 태학에 들어갔고, 열 살에는 임금을 섬기는 도리를 배웠다. 내 소망은 오직 성군을 만나 입신양명하기를 원했던 것이지 우리 부부 몸이나 편하게 먹고살자고 한 것이 아니었다. 이제 네가 마음먹은 것이 옛사람에 부끄럽지 않다면, 진실로 이보다 더 큰 효도가 없을 것이다. 늙은 아비는 유감이 없구나."

양창곡의 어머니는 눈물을 글썽이면서 말했다.

"네가 남방 원정에서 돌아와 사방에 일이 없어, 우리 슬하에서 백년 즐거움을 누리는가 싶었다. 그런데 이제 조정에 일이 있다 하니 너무 마음 아프구나."

양창곡이 기세를 낮추고 얼굴빛을 좋게 하여 부드러운 목소리로 말했다.

"소자가 비록 불초하지만 밝은 가르침을 잘 받들어 큰 죄를 범하지 않을 것입니다. 바라건대 마음을 놓으세요."

양창곡은 즉시 일어나 침소를 나섰다. 윤부인, 강남홍, 손야차 등은 기운이 꺾여서 문밖에 서 있었다. 양창곡은 고개를 숙인 채 그들을 돌아보지 않았다. 엄정한 얼굴빛으로 곧바로 대루원으로 들어갔다. 시간은 이미 정오가 되었다. 그는 즉시 관리에게 상소를 필사하여 올리도록 하니, 내용은 다음과 같다.

우승상 신 양창곡은 삼가 목욕재계하고 신성문무황제神聖文武皇帝
폐하께 상소를 올립니다. 엎드려 생각하건대, 임금이 천하를 다스
림에 말 한마디와 행동 하나를 경솔히 할 수 없는 것은 진실로 종
묘사직의 중대함과 사해四海 창생들의 괴로움과 즐거움이 임금에
게 달려 있기 때문입니다. 이런 까닭에 옛날의 밝은 임금은 선으
로 나아가는 깃발과 임금의 문제점을 지적하는 비방의 나무를 세
워서 널리 언론을 모았으며 어진 사람을 가려 등용했습니다. 가까
운 곳에 경계의 글인 잠箴을 두고 좌우에 역사서를 두어, 평소 행
동을 삼가면서 그리고 편벽된 것을 배척했습니다. 어여쁜 여자와
진귀한 물건을 누가 좋아하지 않겠습니까마는, 성인이 포백布帛, 베
와 비단의 무늬를 말하고 대갱大羹*의 맛을 칭찬하신 것은 진실로 눈
과 귀가 좋아하는 것을 따르지 않고 마음이 즐거워하는 바를 다하
려는 뜻이었습니다. 비록 여항의 작은 백성이 천금의 재산을 감추
고 있고 몇몇 자손을 두었더라도 오히려 평생 동안 근신하여 자기
가 하고 싶은 것을 다하지 못하는 것이 당연합니다. 하물며 만승
천자는 부를 말하자면 천하를 모두 소유했고 자식으로 말하자면
만백성이 모두 자식입니다. 충언은 귀에 거슬리고 아첨하는 말은
뜻에 합치됩니다. 그러나 통쾌한 말은 위태롭고 독약은 병에 이로
운 법이니, 어찌 한때의 즐거움을 취하느라 천추 역사에 오점이
남는 것을 돌아보지 않으십니까.

* 제사에 쓰던 고깃국으로, 삶은 고기에 소금이나 양념을 전혀 하지 않았다.

황제 폐하께서는 신성하면서도 문무를 겸비하시어, 즉위 초에 지혜와 덕이 높고 높으시니 태평성대의 정치를 조정과 재야에서 모두 우러러 바랐던 것입니다. 한 번 움직이고 한 번 고요한 모든 것에 백성들이 귀를 기울였고, 말 한마디 침묵 한 번에 천하가 목을 빼고 바라보면서, '우리 천자께서 새로 제왕의 자리에 오르셨으니 장차 혜택이 있으리라' 하고 생각했던 것입니다. 그것은 마치 목마른 자가 물을 생각하고 갓난아이가 어머니를 생각하듯 절실했습니다. 이는 사람의 정으로서는 당연한 것입니다. 이제 폐하께서는 비록 그들의 소망에 충분히 부합하시지 않을지언정 어찌 낙담하고 실망하게 하여 그들의 작은 소망을 저버리려 하십니까?

폐하께서 음악을 좋아하시니, 신이 음악에 대하여 말씀을 올리겠습니다. 「악기」樂記에 이르기를, '큰 음악은 천지와 조화로움을 같이 한다' 했고, 또 이르기를, '소리 없는 음악이 날마다 사방에서 들린다'고 했습니다. 임금이 덕을 닦고 정사에 힘쓰시며 널리 교화를 펴서 백성이 안락하고 천하가 태평하게 되면 늙은이는 「격양가」로 화답하고 젊은이는 「강구요」를 불러서 여항의 온화한 기운이 천지를 가득 채울 것입니다. 이것은 모두 다른 사람과 음악의 풍류를 함께 즐기는 것이니, 금석사죽포토혁목金石絲竹匏土革木*은 그 소리에 응하기만 할 뿐입니다. 이러한 것을 '성왕의 음악'이

---

* 금속 악기, 돌로 만든 악기, 현악기, 관악기, 생황, 훈(塤), 가죽으로 만든 북과 같은 악기, 나무 악기 등 여덟 가지 악기를 말한다. 팔음(八音)이라고도 한다.

라고 말합니다. 그러나 후세의 임금들은 자신의 덕을 닦지 않고도 정사에도 게을러 여항 백성들이 눈살을 찌푸리지 않는 일이 없을 지경이며, 궁중에서는 질탕한 음악이 하루도 소란하지 않는 날이 없었습니다. 당나라 명황明皇의 이원의 음악, 진나라 후주後主의 「옥수곡」玉樹曲 등은 마음을 즐겁게 하고 귀를 기쁘게 하지만, 그 즐거움과 신선함을 끝내 유지하지 못하고 전쟁이 연이어 일어나 그에 따라 나라가 망했습니다. 신이 안타까워하는 바는 진후주와 당명황 두 임금이 바야흐로 그 음악을 듣자 좌우의 신하들이 반드시 성스러운 덕을 도와서 보좌했을 터인데, 그 즐거움을 맞이하여 어떤 사람은 '천하가 아무 일이 없다'고 했고 어떤 사람은 '한때 마음을 푸는 것이니 큰 덕에 해로움이 없다'고 했으며 또 어떤 사람은 '옛날 성군도 음악을 좋아했다'고 했다는 것입니다. 어리석은 자들은 손발을 움직여 춤을 추면서 영원히 즐겁기를 기약했고, 간사한 자들은 입으로는 옳다 하지만 마음으로는 잘못이라고 여기면서 임금의 뜻에 영합하다가 마외馬嵬에서 양귀비를 죽이는 비극적인 사건**과 경양景陽의 재앙***을 당하자 임금이 자처한 것이라며 그들은 몸을 숨기고 처자식을 보호할 일만 생각했습니다. 아! 당명황과 진후주가 지난 일을 후회하면서 직언을 떠올렸지만 이

** 당나라 명황이 안록산의 난을 피해 도주하던 중 호위하던 병사들의 강요로 양귀비를 죽게 한 일을 말한다.
*** 진나라 후주가 수나라의 침입을 받아 자신의 왕궁인 경양의 우물에 숨었다가 잡혀 치욕을 당한 일을 말한다.

미 돌이킬 수 없었습니다. 그러므로 선으로 나아가는 깃발과 문제점을 적는 나무는 미리 덕을 듣고자 하는 것이고, 가까운 곳의 잠箴과 좌우의 역사서는 후회가 없도록 만들어 주는 것입니다. 신이 엎드려 생각하니, 폐하의 지혜로 어찌 이 같은 지경에 이르겠습니까? 그러나 요순 임금 때에도 고요와 직, 설 등 신하들의 충언과 좋은 계책이 멈추지 않았고, 탕왕과 무왕이 성스러워도 이윤(伊尹), 부열(傳說), 주공(周公), 소공(召公) 등과 같은 어진 신하들의 도움과 밝은 경계가 그치지 않아, 항상 나라의 존망이 조석에 있는 것처럼 여겼습니다. 이는 문제점을 미연에 방지하고 아직 드러나지 않은 폐단을 제어하는 것이며, 오랜 세월이 지나도 망하지 않은 까닭이기도 합니다.

신이 듣자니 폐하께서는 지금 후원에 토목공사를 벌이고 민간에서 가무가 뛰어난 자를 선발하여 들이시고는 수많은 정무를 돌보지 않고 한때 마음을 푼다는 것을 빙자하여 날마다 음악만 일삼으신다 합니다. 도대체 누가 폐하를 위하여 이 같은 계책을 올렸는지 알지 못하겠습니다. 선한 사람이 음란한 소리와 어지러운 색을 미워하고 그것을 멀리하는 것은 마음이 방탕에 빠질까해서입니다. 무릇 마음이 외물에 유혹당하는 것은, 비유컨대 서서히 젖어들어 가는 사물과 같습니다. 폐하께서 오늘 마음을 푸신다면 다음 날은 전례가 될 것입니다. 내일 전례가 되면 모레는 그것을 전례로 삼아 날마다 이것만을 일삼을 것입니다. 이로 미루어 보건대, 오늘의 음악이 내일 무료해지면 새로운 음악을 생각지 않을 수 없고, 내일 새로운 음악을 생각하신다면 또 그 다음 날은 음란한 소리와 어지러운 색이 차례로 다가올 것입니다. 신은 이원의 갈고羯鼓와 「후정옥수곡」後庭玉樹曲*이 장차 얼마 되지 않아서 폐하께 이르리라고 생각합니다. 생각이 이에 이르매 저도 모르게 모골이 송연해지고 간담이 서늘해지면서, 차라리 구중궁궐 천자의 섬돌에 머리를 부수어 아무것도 모르고 죽고자 합니다. 폐하께서 만약 한때 마음을 푸시는 것이라면 잘못을 고치는 것에 인색하지 않으셔야 하는데, 도리를 지키기 어려운 것이 무엇이기에 언관에게 죄를 주고 대신을 쫓아내 조정 관료들의 입을 막아 버리고 기운을 꺾어 버리시는 것입니까? 친구 사이라도 곧은 말과 선을 경계하여 꾸짖는 말을 모두 어렵게 생각했습니다. 오늘 폐하의 신하들은 생사고락이 폐하께 달려 있고 재앙과 복과 영광과 욕됨 또한 폐하께 달려 있습니다. 어찌 폐하께서 듣고 싶어 하시지 않는 말을 해서 폐하를 거스르고 스스로 엄한 책임을 자초하겠습니까? 이는 다름이 아니라, 나라가 편안하면 몸이 편안하고 나라가 위태로우면 몸이 위태롭기 때문입니다. 그러므로 각각 자신의 소견을 다 말씀드린 것입니다. 폐하의 일월 같은 밝음으로 어찌 이 점을 살피지 않으셨겠습니까만, 다만 눈앞의 즐거움만 보시고 앞으로 다가올 이익과 손해는 생각지 않으시어 이같이 잘못 판단하신 것입

---

* 갈고는 장구와 비슷한 모양의 아악기로 양장고라고도 하며, 「후정옥수곡」은 진나라 후주가 후정에서 즐기던 옥수곡을 말한다.

니다. 미친 사람의 말도 성인은 가려 취하는데, 폐하께서는 조정의 언로를 막으시니, 장차 어떻게 천하 후세에 사죄하시렵니까?

신은 본래 여남의 곤궁한 선비로 폐하의 망극한 은혜를 입어 관직이 대신의 반열에 이르고, 부귀는 평민에 비할 수 없을 만큼 지극한 지경에 이르렀습니다. 천한 개와 말도 오히려 주인을 사랑하는 법이고, 어리석은 돼지와 물고기도 능히 신의를 압니다. 신이 비록 불초하기 그지없으나 견마어돈犬馬魚豚의 마음을 가진 것은 아닙니다. 폐하의 봉록을 먹고 폐하의 옷을 입으며 특별히 은혜와 사랑을 입고 있습니다. 오늘날 폐하의 덕을 잃으신 행동과 나라가 망할 조짐을 보고도 먼 변방에 유배를 당하고 도끼에 사형을 당할까 봐 두려워하여 수수방관하게 된다면 도리어 견마어돈에게 부끄러운 일일 것입니다. 엎드려 바라건대 폐하께서는 계책을 올린 자를 유사有司에게 맡기시어 머리를 베고, 한 번의 징계를 통해서 백 개의 일을 경계하는 계기로 삼으소서. 그리고 이원의 악공과 후원의 새로 지은 정자를 없애소서.

천자가 상소를 모두 읽고 어떤 비답을 내릴 것인가. 다음 회를 보시라.

제27회

봉의정에서 천자는 음악을 듣고,
황교점에서 강남홍은 중독되다

鳳儀亭天子聽樂 荒郊店鸞城中毒

천자가 봉의정에서 음악을 듣다가 연왕 양창곡의 상소문을 보고 얼굴이 불쾌해지면서 옆에 있던 노균에게 말했다.

"짐이 비록 박덕하다 해도 어찌 당명황이나 진후주가 나라를 망하게 한 잘못을 하겠소?"

노균이 고개를 들면서 대답했다.

"그것이 이른바 당론입니다. 소유경의 망령되고 경솔함, 윤형문의 위협, 양창곡의 핍박하는 듯한 말투 등이 마치 창자가 서로 이어진 듯, 한 사람이 소리쳐 부르면 또 한 사람이 화답하는 것입니다. 폐하께서 비록 그런 잘못을 하셨다 해도 저들이 어찌 이렇듯 감히 크게 펼쳐 놓는단 말입니까? 그 위협하는 듯한 기세는 장차 임금을 핍박하여 구덩이 속으로 밀어붙일 듯합니다. 신이 늙은 나이로 외람되이 분수에 넘치게 천자의 총애를 받아 탁당이라고 지목당하는 것을 감수했는데, 오늘 이 같은 말은 아마도 공정하지 않은 듯합니다. 양창곡은 나이가 어린 대신으로 병권을 손에 쥐고 있습니다. 조정 밖으로 나가면 장수요 안으로 들어오면 재상이라, 방자함이 거리낌 없습니다. 또한 윤형문은 그의 장인이요, 소유경은 옛날 그의 부하로 일을 했습니다. 이제 그들의 관직이 삭탈되려 하자 당파를 보호할 마음으로 임금에게 공갈로 위협하는 것이니, 만약 이 같은 버릇을 징계하지 않는다면 필히 조정에 임금과 신하의 구분이 없어질 것입니다."

천자가 대답하지 않고 한림학사에게 명하여 다시 양창곡의 상소를 가져오도록 했다. 천자의 얼굴은 매우 엄숙하고 매서웠으며, 목소리는 장렬했다. 그는 책상을 치면서 소리를 쳤다.

"제놈은 고요와 기, 이윤과 주공으로 자처하면서 짐을 당명황과 진후주에게 비유했다. 이 어찌 신하의 말이겠는가."

그러고는 다시 큰소리로 말했다.

"이원의 제자들은 앞으로 나와서 음악을 연주하라! 짐이 밤새도록 즐기리라."

동홍이 단판을 안고 앞으로 나왔다. 그러자 노균이 천자에게 간언했다.

"폐하께서는 어찌하여 죄 없는 동홍을 죽이려 하십니까? 오늘 조정은 폐하의 조정이 아닙니다. 양창곡의 권력이 온 나라를 기울일 수 있어서 임금을 아래로 보거늘, 그가 간언한 음악을 동홍에게 연주하도록 하신다면 이는 양창곡의 뜻을 거스르는 일입니다. 폐하께서 어찌 한나라 도적 조조가 동승董承을 죽인 일을 생각하지 않으십니까? 신이 또한 듣자니, 폐하께서 지난번 동홍에게 연왕 양창곡을 보고 오라 하셨습니다. 그러자 연왕이 크게 노하여 '네가 장차 머리를 보존하지 못하리라'고 했다 합니다. 이는 다름이 아니라 근래 조정에서 등용되는 사람을 연왕이 모르는 바 없었는데, 동홍이 홀로 천자의 은혜를 입어 자기 손에서 등용되지 않자 통분하여 그를 죽이려는 마음을 가진 것입니다. 이제 또 그의 뜻을 거역하여 당돌하게 음악을 연주한다면 동홍은 남은 목숨을 보존하여 대궐 문을 나가기 어려울 것입니다."

이 말에 천자는 더욱 노하여 음악을 연주하도록 재촉하자 이원의 제자들이 일제히 질탕하게 연주했다.

한편, 양창곡은 상소를 올리고 대루원에서 천자의 명을 기다리고 있는데 비답은 쓸쓸히 내려오지 않고 음악소리만 궁궐을 뒤흔들었다. 그는 자신의 정성이 얕아서 천자의 뜻을 돌리지 못한 줄 알고 다시 표문을 올렸지만, 천자는 보지도 않고 물리치면서 하교했다.

"양창곡의 상소문을 가지고 오는 자는 목을 베리라."

대루원의 관리가 상소문을 받들고 되돌아 나와서 그 이유를 고하니, 양창곡이 개연히 일어나며 말했다.

"내가 만약 헛되이 되돌아 나온다면 황상의 밝은 덕을 누가 깨우치겠는가."

그는 대궐 문으로 들어갔다. 노균이 이미 대궐을 지키는 군사에게 후원 문을 지키게 하여 양창곡을 들어오지 못하게 조치해 놓은 상태였다. 그러나 양창곡은 그들을 돌아보지도 않고 곧바로 들어가 말했다.

"내 비록 번쾌樊噲* 같은 충심은 없지만 어찌 대궐 문을 열어젖히고 곧바로 들어가 황상의 실덕을 간언하지 못하겠느냐!"

양창곡은 바로 봉의정 아래로 갔다. 주변의 시위 군사들과 하인들이 도리어 기쁜 빛을 띠며 몸을 피하여 길을 비켜 주었다. 양창곡이 후원 전각의 섬돌에 오르자 어사대부 한응문이 길을 막으며 말했다.

"황상의 명으로 승상은 들어오시지 못합니다."

양창곡이 정색하며 말했다.

"그대는 폐하의 신하가 아니란 말이오?"

한쌍 봉황 같은 눈매에 광채가 번쩍이며 기색이 너무도 준절하니, 한응문은 기상이 움츠러들면서 물러났다. 양창곡은 뜰 앞에 엎드려서 아뢰었다.

"폐하의 허물이 어찌 이 지경에 이르셨습니까? 신이 몇 년 전 일개 수재 신분으로 외람되이 천은을 입어 자신전에서 알현했는데, 천안天顔, 천자의 얼굴이 온화하시고 옥음玉音이 정중하

---

* 한고로 유방 휘하의 장수이다. 홍문연(鴻門宴)에서 암살 위기에 처한 유방을 구한 후, 유방이 왕위에 오르자 장군이 되었다.

셨습니다. 신에게 하교하시기를, '짐이 이제 막 천자의 자리에 올라 다스리는 도를 알지 못한다. 너는 짐의 주춧돌이요 대들보다. 나의 부족한 점을 보완하여 달라' 하시던 정성스러운 명을 어제 받은 듯합니다. 그런데 오늘 봉의정에서 임금과 신하의 뜻이 이렇게 떨어져 알현하기도 힘들게 하십니까?"

말을 마친 양창곡은 붉은 관복에 눈물을 방울방울 떨구었다. 주변에서 이 상황을 지켜보는 사람들 역시 그의 충성심에 탄복하며 모두 눈물을 머금었다. 천자가 진노하여 말했다.

"경이 비록 직과 설, 주공, 소공과 같은 충성심이 있다 하더라도 어찌 나를 진후주나 당명황 같은 나라를 망친 임금에게 비유한단 말인가."

양창곡이 다시 아뢰었다.

"폐하께서 어찌 한때의 분노로 신하를 억누르려 하십니까? 또한 순임금 같은 성인도 고요에게 경계하시기를, '내가 단주丹朱**처럼 되지 않도록 해달라'고 하셨습니다. 한고조 같은 영웅도 송창이 얼굴을 맞대고 천자의 문제점을 아뢰며 걸桀과 주紂 같은 폭군에 비유했습니다. 신이 비록 고요나 송창과 같은 충직함은 없지만 폐하께서 어찌 순임금과 한고조처럼 간언을 따르는 덕은 보여 주지 않으시고, 당명황과 진후주에 비유한 것만 마음에 두고 계십니까? 신이 비록 불충하여 폐하를

___

** 요임금의 아들이지만, 성정이 매우 좋지 못해서 왕위를 순임금에게 넘겼다.

당명황과 진후주에 비유했더라도 폐하께서 요순우탕堯舜禹湯과 같은 성군의 덕을 지니셨다면 듣는 사람들은 모두 요순우탕 같은 분으로 생각할 것입니다. 신이 아첨하는 말로 폐하를 요순우탕에 비유한다 할지라도 폐하께서 당명황 진후주와 같은 잘못이 있으시다면 듣는 사람들은 모두 당명황과 진후주라 생각할 것입니다. 원컨대 폐하께서는 오직 덕을 닦는 것만 중심으로 삼으시고, 신하들의 칭찬에 기뻐하지 마소서."

천자가 이야기를 듣고는 좌불안석하더니, 이내 서안書案을 밀치고 어탑으로 옮겨 앉아 말했다.

"요즘 조정에 임금과 신하의 구분이 없어진 데다 제각기 당파를 만들어 짐을 탁당이라 여기며 이처럼 배척한단 말인가."

양창곡이 머리를 조아리며 말했다.

"폐하께서 매번 민망한 하교로 신하를 누르고자 하시지만, 천하에 신하된 몸으로 어찌 임금과 당을 나누어 권력을 다투는 일이 있겠습니까? 이는 필시 간신들의 모함을 들으신 탓입니다. 원컨대 방상씨方相氏, 역귀를 쫓아내는 귀신의 참마검斬魔劍을 빌려서 간신의 머리를 베어 천하의 윤리를 밝히소서."

천자가 손으로 어탑을 치면서 크게 노하여 말했다.

"간신은 누구인가?"

양창곡이 일어났다가 다시 엎드려 아뢰었다.

"신이 불초하나 관직이 대신의 뒤를 따르니, 폐하께서는 예로써 대우해야 할 마당에 어찌 이렇게 억지로 핍박하십니까?

참지정사 노균은 폐하의 간신입니다. 두 분 폐하께서 발탁해 주신 은혜를 입어 백발이 되도록 높은 자리에 있습니다. 그런데 무슨 바라는 것이 있기에 아부하는 말로 예악을 빙자하면서 임금을 농락하며, 당론을 마구 떠들어대면서 감히 폐하를 은연 중에 탁당의 영수로 여기도록 하여 조정을 그물 하나 속에 다 잡으려 하는 것입니까? 폐하께서 만약 저 노균의 머리를 베지 않으신다면 천하의 선비들이 폐하의 조정에 서는 것을 부끄러워할 것입니다."

말을 마치자 양창곡은 기세도 당당하게 노균을 흘겨보았다. 노균은 전각 위에서 천자를 모시고 있다가 이런 광경을 당하니, 소인의 간담이 콩알만 해졌다. 어찌 두렵지 않겠는가. 등에 땀이 배어나왔다. 노균은 전각 위에서 내려와 죄를 지었노라며 머리를 조아렸다. 그러자 천자가 크게 노하여 말했다.

"경이 이와 같이 협박하다니 장차 무엇을 하려는 게요?"

우레 같은 천자의 목소리가 봉의정을 진동하니, 시위侍衛하던 신하들이 두려워 서로 돌아보며 양창곡이 장차 큰 재앙을 당하리라 생각했다. 그러나 양창곡의 말투는 온화하여 봉황정을 화기애애하게 하는 듯했다. 그는 다시 일어나 아뢰었다.

"신이 어찌 임금을 핍박하겠습니까? 이것은 이른바 '부모가 잘못을 저지르면 통곡하면서 따른다'는 격입니다. 신이 듣자니, 아비가 자식과 다투면 그 몸은 불의에 떨어지고 선비가 벗과 다투면 아름다운 이름에 흠이 생긴다고 했습니다. 필부도 이와 같거늘, 하물며 폐하께서는 만승천자로서 신하와 한 번도 다투지 않고도 봉의정 위에 외롭게 앉아 계십니다. 신은 차마 물러나지 못하겠습니다. 신도 또한 하늘로부터 본성을 부여받은 사람입니다. 어찌 사는 것을 좋아하고 죽는 것을 싫어하지 않겠습니까? 그러나 만약 천자의 뜻을 돌리지 못하고 스스로 개인적인 마음을 돌아보아 아무 소득도 없이 대궐 문을 나선다면 필시 문을 지키는 병졸은, '불충하도다, 연왕이여. 머리끝부터 발끝까지 성은이 아닌 것이 없거늘, 그 몸을 아껴서 임금의 잘못을 보고도 다른 나라 사람 등에 병이 난 것처럼 보는구나' 하고 비웃을 것입니다. 또한 길을 가던 사람들도 모두 저를 가리키면서, '우리 성스러운 천자께서 작은 허물이 있는데도 조정의 수많은 관리들 중에 어느 한 사람 직언하여 깨우쳐 드리는 이가 없구나. 만약 큰일이 생기면 우리 임금이 과연 누구를 믿을까' 하고 말할 것입니다. 집으로 돌아가면 부모님께서 임금을 불충으로 섬기는 이 몸을 꾸짖으며 가문의 명성이 떨어질까 탄식하실 것입니다. 조정에 나오면 군자들은 그것을 부끄러이 여겨 자기 이익이나 따졌다고 침을 뱉고 욕을 할 것입니다. 신은 장차 천지 사이에 용납될 곳 없는 죄인이 되는 것입니다. 폐하께서 어찌 하루아침에 신을 막다른 곳으로 몰아 돌아갈 곳 없는 사람을 만드시는 것입니까. 만약 일월 같은 밝으심을 돌리시어 봉의정을 허물고 이원을 혁파하여 다시 정사에 힘써 태평성대를 도모하시고 간신을 쫓아내신다면, 천하 만민들이 모두 기뻐하면서 '어지시도다, 우리 임금이여. 일월이 뜬구름을 헤치고 나오자 광채가 더욱 밝구나. 어질도다, 연왕이여. 천자의 총애를 입고 성군을 버리지 않았도다' 하고 말할 것입니다. 이는 폐하께서 잠깐 사이에 마음을 돌리시면 성스러운 덕이 사해에 진동하고 신과 같이 불충한 자도 은혜를 입어 어진 재상이 될 수 있을 것입니다. 신이 이것을 바라지 않고 무엇을 바라겠습니까?"

양창곡의 눈물이 말을 할 때마다 뚝뚝 떨어졌다. 천자는 분노하여 대답도 하지 않고 봉의정 후문으로 걸어서 환궁하니, 모시던 신하들이 허둥지둥 그 뒤를 따라나갔다.

양창곡이 어쩔 수 없이 일어나 대루원으로 나오자, 천자는 친필로 다음과 같은 명령서를 전달했다.

"짐은 나라를 망치는 임금이다. 짐의 잘못이 더욱 증가한 뒤에라야 연왕 양창곡의 충성이 더욱 드러날 것이다. 우승상 양창곡을 운남으로 유배를 보내라."

그러자 옆에 있던 신하들이 아뢰었다.

"대신을 유배 보내는 법에 따르면 관직을 삭탈한 뒤에 쫓아내도록 되어 있습니다."

천자가 진노하여 말했다.

"나라를 망치는 임금이 어찌 나라의 법을 알겠느냐? 오늘 유배지로 출발하되, 어사대부 한응문에게 호송토록 하라."

그때 돌연 자신전 아래로 누군가 나오더니 크게 외쳤다.

"연왕 양창곡은 충신입니다. 폐하께서 어찌 충신을 용납하지 못하십니까?"

사람들이 바라보니 바로 상장군 뇌천풍이었다. 천자가 크게 노하여 말했다.

"하찮은 무부가 어찌 감히 무례하게 구느냐? 즉시 대궐 문 밖으로 쫓아내라."

전전어사가 뇌천풍을 끌어내려 하자 그는 자신전 기둥을 부여잡고 크게 소리를 질렀다.

"연왕은 나라의 동량입니다. 폐하께서 천하를 다스리시고자 하시면서 도리어 동량 같은 신하를 쫓아내시니, 어찌 망극하지 않겠습니까?"

천자는 진노하여 직접 앞에 있던 쇠로 만든 철여의鐵如意를 들어 뇌천풍을 때리면서 말했다.

"노장의 머리를 빨리 베어서 바치도록 하라."

쇠로 만든 철여의가 뇌천풍의 이마에 떨어져 피가 얼굴에 낭자했다. 그러나 그는 여전히 크게 소리를 질렀다.

"신이 비록 뼈가 가루가 되고 몸이 부서진다 해도 폐하를 위하여 연왕을 구하다 죽겠습니다. 연왕의 충군애국忠君愛國은 천지신명도 밝게 비추는 것입니다. 젊은 나이로 체질도 약하니, 만약 운남과 같은 험한 곳으로 쫓겨난다면 생명을 보존하기 어려울 것입니다. 원컨대 가까운 땅으로 유배지를 바꾸어 주소서. 폐하께서 한때의 분노로 어진 신하를 죽이시면 머지 않아 반드시 후회할 것입니다."

더욱 노한 천자가 신하들에게 빨리 뇌천풍을 끌어내 머리를 베라고 했다. 천자의 진노를 본 전전어사가 여러 사람들과 끌어내자 결국 기둥이 부러졌다. 뇌천풍이 대성통곡했다.

"신이 화살과 돌이 난무하는 전쟁터에서도 보존했던 이 머리를 연왕을 위하여 바치는 것은 여한이 없습니다. 폐하께서 연왕을 사면해 주시고 신을 참수하신다면 지하의 외로운 귀신이 될지라도 진실로 달게 받아들이겠습니다."

이때 전전어사가 문밖으로 뇌천풍을 내쫓는데, 그제야 천자의 화가 좀 진정되었다. 이에 뇌천풍을 용서하며 양창곡의 출발을 재촉했다. 날은 이미 황혼녘이었다. 양창곡은 무거운 처벌을 받고 잠시 집에 들러 부모에게 이별 인사를 했다. 그 참담한 기색과 당황스러운 거동을 어찌 모두 말하랴. 양창곡은 억지로 온화한 낯빛을 만들어 부모 앞에 꿇어앉아 고했다.

"일월 같은 성상의 밝음으로 오래지 않아 반드시 후회하실 것입니다. 청컨대 잠시 교외로 집안 사람들을 데리고 나가셔서 한가롭게 휴양하고 계십시오."

양현이 말했다.

"그게 바로 내 뜻이지만 딱 맞는 곳이 없구나."

양창곡이 대답했다.

"윤부 장인어른께서 마침 교외에 별장이 있으신데, 산수가 상당히 아름답고 집이 좁지 않으니 한번 상의해 보시지요."

양현이 고개를 끄덕였다. 양창곡은 물러나와 윤부인과 작별하고, 난성후 강남홍을 찾아갔다. 그녀는 이미 얼굴을 씻고 화장을 마친 뒤 푸른 옷을 입고 오뚝하니 나와 있었다. 양창곡이 그 뜻을 알고 말했다.

"지금은 그대 역시 관직에 매인 몸인데, 어찌 이렇게 유배 가는 사람을 따라나서려고 하시오?"

강남홍이 개연히 탄식하며 말했다.

"운남은 험한 땅입니다. 또한 간사한 사람들이 독을 품으면 앞일을 예측하지 못합니다. 제가 들으니 삼종지도三從之道는 무겁고 이 몸은 가볍다 했습니다. 어찌 차마 편안히 앉아서 상공께서 홀로 위험한 곳으로 들어가시는 것을 보고만 있겠습니까? 지금 비록 엄중한 처벌로 이렇게 행차하시지만, 반드시 하인을 한 명 데리고 가셔야겠지요. 원컨대 천첩의 구구한 마음을 허락하여 주십시오. 만약 이 일로 조정에 죄를 얻는다면 저 또한 부끄럽지 않습니다."

양창곡은 만류할 수 없다는 것을 알고 출발을 재촉했다. 어린 종 한 명과 하인 다섯 명을 데리고 작은 수레 한 대를 몰아 출발했다. 어사 한응문은 일찍이 강남홍과는 얼굴을 맞댄 적이 없는 사이라서, 자주 쳐다보면서도 도리어 하인치고는 비범한 용모라고 의아할 뿐이었다.

이때 노균은 양창곡에 대한 유감이 뼈에 사무쳐 있었다. 이미 그를 만리 밖으로 쫓아내서 눈앞의 근심은 덜었지만, 이 사람이 만약 세상에 살아 있다면 어찌 자신이 베개를 높이 하고 편안히 잠을 자겠는가 하는 마음이 들었다. 그는 심복 하인 한 명을 한응문 일행 속에 끼워 넣고 이러이러하게 하도록 지시해 두었다. 그리고 다시 집에서 부리는 사람 대여섯 명과 자객 한 명을 보내 중도에 상황을 봐서 처리하도록 하니, 그 흉악하고 비밀스러운 계책은 정말 가늠하기 어려웠다.

한편, 좌익장군 동초와 우익장군 마달은 양창곡이 멀리 유배 가는 것을 보고 개연히 탄식했다.

"우리 두 사람 모두 연왕의 두터운 은혜를 입어서 함께 부귀를 누리고 있는데, 이제 환란을 당했다고 그분을 저버린다면 의리가 아니다. 연왕께서 만리 먼 곳으로 가시면서 심복 한 명도 없이 가시니, 우리가 마땅히 장군 직위를 그만두고 그분을 따라가서 생사를 함께하자."

이들은 한꺼번에 병을 핑계로 사직했다. 노균은 평소에 두 사람의 풍채와 인물됨을 사모하여, 자기 밑에 두고 가까이하고 싶어 하던 터였다. 그는 즉시 두 사람을 불러서 좋은 말로 위로하며 말했다.

"장군들께서 연왕 쪽 사람이라는 것은 이미 알고 있소이다. 만약 연왕을 의지하고 우러러보던 정성으로 노부를 따르신다면 관직이 어찌 좌우익장군에 그치겠소이까?"

이에 마달이 대답했다.

"소장은 군인입니다. 일찍이 책을 읽은 적은 없지만 신의는 잘 알고 있습니다. 어찌 세력을 잃은 옛 주인을 등지고 구차하게 세력을 얻은 새 주인을 따르겠습니까?"

이야기를 마친 마달의 기색이 편치 않았다. 노균은 속으로 못마땅하여 조용히 대답하지 않았다. 그러자 동초가 말했다.

"소장은 원래 소주 사람입니다. 고향에 돌아가지 못한 지가 여러 해입니다. 잠시 벼슬을 그만두고 부모님 묘소를 돌아보면서 오래된 묘와 주변의 백양나무 아래서 자식들을 낳고 정을 풀어 볼까 합니다. 그 뒤에 다시 공公의 밑으로 오게 되면 오늘의 후대를 잊지 않겠습니다."

노균은 미소를 지으며, 두 사람이 자신을 따를 뜻이 없다는 것을 알고 관직을 거두었다. 동초와 마달 두 사람은 너무도 쾌활하여 즉시 말을 타고 남쪽을 향하여 양창곡의 뒤를 따라 고삐를 나란히 하고 갔다. 동초가 마달을 힐책했다.

"일을 도모하는 사람은 마땅히 수치심도 참아 내야 하는 법일세. 그런데 되레 어설픈 주먹질은 또 뭔가? 간특한 노균이 한번 화내면 우리는 타향에 귀양살이하는 신세가 된단 말일세. 어떻게 연왕을 따라가 어려움에서 서로 구할 수 있겠나?"

마달이 웃으며 말했다.

"대장부가 불쾌한 말을 들으면 죽더라도 피하면 안 될 일일세. 어찌 달콤한 말로 간사한 놈을 달랜단 말인가?"

두 사람이 박장대소하면서 길을 갔다. 동초가 다시 말했다.

"연왕을 따라 일행에 합류하면 분명히 좋아하지 않으실 게야. 그러니 멀리서 따라가면서 뜻밖의 변고가 생기지나 않는지 살피는 게 좋겠네."

이들은 사냥하는 소년들처럼 꿩과 토끼를 사냥하거나, 말을 달리면서 숲과 들판을 지나 앞서거니 뒤서거니 길을 갔다.

한편, 한응문은 노균의 유혹을 달게 듣고 며칠 동안 행색을 전체적으로 살폈으나 5, 6일 뒤에는 자연히 마음이 해이해졌다. 양창곡 일행이 머물던 주점의 사람들이 놀라며 물었다.

"이 상공께서는 지난해 도원수로 출전하실 때 행군의 기율紀律이 엄정하여 지나시는 길에 민폐를 끼치지 않으셨기에 지금까지도 덕을 칭송하고 있으며, 이는 고금에 참 드문 일입니다. 그런데 지금 무슨 죄로 이런 행차를 하게 되셨습니까?"

그들은 다투어 술과 음식을 올리며 전별식을 했다. 양창곡이 하나하나 물리치자, 다시 한응문에게 올렸다. 어떤 사람은 울면서 이렇게 말했다.

"저희는 길옆에서 살아가는 인생입니다. 예부터 전해 오는 말에 '한번 군대가 지나가면 길에 가시덤불이 가득하다'고 합니다. 그런데 양원수께서 행군하실 때에는 주점 사람들이 말 울음 소리만 들었지 술 한 잔 허비하지 않았습니다. 길가 사람들이 모두들 '조정이 이런 분을 등용했으니 백성들이 편안히 생업에 종사하겠구나' 하고 말했었지요. 그런데 지금 무슨 죄로 이런 행차를 하시는 것입니까?"

한응문은 말이 막히고 귀가 멍멍해지며 속으로 생각했다.

'연왕은 나이 어린 대신으로 문무를 모두 겸비했다고 듣긴 했지만, 어찌 이 정도로 명망과 덕화가 있단 말인가?'

그는 자연스럽게 감복하여, 객점에 들어갈 때마다 자주 양창곡의 처소로 가서 담소를 나누었다. 양창곡은 흔쾌히 접대하여, 마음속 이야기도 하고 글도 토론했다. 그의 번화한 기상은 봄바람이 자리를 가득 채우는 듯했고, 풍부한 학문은 넓은 바다처럼 끝이 없었다. 한응문은 말마다 자신의 잘못을 깨달았고 일마다 스스로 복종하여, 이렇게 탄식했다.

"내가 반생을 헛되이 보냈구나. 그동안 군자다운 분을 보지 못했는데, 오늘에서야 비로소 보았다."

그는 양창곡의 행장을 더욱 보호했다.

한편, 강남홍은 매서운 협객의 풍모와 충의로운 마음으로 자신의 행색이 구차함을 돌아보지 않고 하인으로 분장하여 남편의 뒤를 따른 후, 낮이면 몸소 양창곡의 생활과 음식을 받들었고 밤이면 직접 잠자리와 의복을 담당했다. 양창곡의 물 한 모금 발걸음 하나에도 그림자처럼 따라다녀 한시라도 떨어지지 않았다.

이때 양창곡은 집을 떠난 지 한 달이 지났다. 가을 바람이 소슬하게 일고 하늘 끝 기러기는 슬피 울었으며, 말머리에 누런 잎들이 분분히 날렸다. 적공狄公이 구름을 바라보던 생각*과

---

* 당나라 명신(明臣)인 적인걸(狄仁傑)이 구름을 보며 부모를 그린 일을 말한다.

두보가 북두칠성에 의지하던 정성으로 아침부터 저녁에 이르기까지 감동하여 슬퍼하는 마음을 진정시킬 수 없었다.

양창곡 일행은 날이 저물어 한 객점에 들어갔다. 황성과 4천여 리나 떨어진 황교점荒郊店이라는 곳이었다. 서남쪽은 교지 방면이고 동남쪽은 운남과 경계를 맞대고 있었다. 양창곡이 짐을 풀고 밤을 지내게 되었으나 가물거리는 등불에 뒤척이며 잠을 이루지 못했다. 강남홍이 앞으로 다가가 물었다.

"상공께서 잠을 이루지 못하시니, 몸이 불편하신가요?"

"그렇지 않소. 황상과 부모님과 이별한 후 이 몸은 외로운 나그네가 되었고, 계절도 어느덧 바뀌니 마음이 자연스럽게 평탄치 않구려."

강남홍이 행장 안에서 술을 한 병 꺼내 좋은 말로 나그네 시름을 위로하니, 양창곡이 몇 잔 마시며 말했다.

"이즈막에 황성의 물고기와 게가 안주로 먹을 만하지."

그러자 강남홍이 말했다.

"첩이 조금 전에 보니, 객점 밖에 물고기를 파는 사람이 있었습니다. 찾아보겠습니다."

그녀는 점원에게 나가서 살펴보게 했는데, 과연 생선을 몇 마리 사왔다. 강남홍이 크게 기뻐하면서 주방으로 들어가 국을 끓였다. 손수 땔나무를 꺾어서 불을 때고 황급하게 솥을 씻었다. 양창곡이 그 모습을 보고 속으로 탄식했다.

"나는 불효하고 불충하여 귀양 가는 몸이 되었지만, 저 사람은 죄도 없이 고생이 너무 심하구나."

그는 하인들에게 일을 맡기고 방으로 들어오도록 했다. 강남홍이 말했다.

"오늘은 이미 밤이 깊고 인적이 고요하니 다른 염려는 없을 듯합니다."

그녀는 하인들에게 불을 때도록 하고 잠시 방 안으로 들어와서 양창곡을 모시고 담소를 나누었다. 얼마 후 주방에 들어가 국을 받들고 돌아와 뜨거운 기운이 식기를 기다렸다. 양창곡이 젓가락을 들어 맛을 보고자 했지만 술에 취하여 강남홍이 말리면서 말했다.

"밭갈이는 종에게 묻고 베짜기는 여종에게 묻는 법입니다. 끓인 국이 싱거운지 짠지 맛보는 것은 여자의 일입니다. 첩이 마땅히 먼저 맛보겠습니다."

강남홍이 그릇을 끌어당겨 한번 맛을 보더니, 갑자기 땅에 그릇을 던지고는 소리를 질렀다.

"상공께서는 이 국을 드시지 마세요."

그러더니 몸이 푸른 기운에 덮여 입으로 선혈을 토해 내더니 혼절했다. 어찌된 영문인지 모르겠구나. 다음 회를 보시라.

제28회

초료퇴에서 양창곡은 화재를 당하고,
운남점에서 강남홍은 자객을 사로잡다
草料堆燕王遭劫火 雲南店鸞城擒刺客

양창곡은 강남홍이 갑자기 불의의 변을 당하자 황급히 행낭
안에서 해독단을 찾아 삼키도록 하고는 동정을 살폈다. 한응
문이 소식을 듣고 놀라서 허둥지둥 달려와서 물었다.

"집의 하인이 중독되었다는데, 무슨 일입니까?"

양창곡이 말했다.

"나도 이해하기 어려운 일입니다만, 이는 필시 저를 해치려
는 것인데 하인이 대신 횡액을 당한 것입니다."

"합하께서는 덕망이 우레 같은데 이런 곳에 어찌 해치려는
사람이 있겠습니까? 이는 필시 오랑캐 녀석들의 소행일 것입
니다."

한응문은 이렇게 말한 뒤 자신이 데려온 하인을 하나하나
불러왔다. 그런데 그중 한 명의 행방이 묘연했다. 한응문이 크
게 노하여 사람들에게 양창곡의 하인들과 힘을 합쳐서 잡아

오도록 호령했다. 그러고는 양창곡에게 말했다.

"하관이 지금부터는 합하 휘하의 사람이 되겠습니다. 어찌 속마음을 숨기겠습니까? 하관이 출발할 때 노균 참정이 자기 하인 한 명을 보내면서 제게 데려가라고 부탁을 했습니다. 당시 부득이 허락하면서도 까닭을 몰랐는데, 오늘 일은 너무도 수상합니다. 하인이 아무 이유 없이 어찌 도망갈 리 있겠습니까? 쫓아가서 빨리 잡아 오는 것이 좋겠습니다."

한편, 동초와 마달은 양창곡 일행을 멀찌감치서 따라가고 있었다. 산천풍물을 구경하기도 하고 산에서 짐승을 사냥하기도 하던 중, 하루는 사슴 한 마리가 앞길을 가로질러 달아나는 것을 보았다. 두 사람이 창을 비껴 잡고 말을 달려 쫓아갔다. 사슴이 고개를 넘자 두 사람도 말을 달려 고개를 넘었다. 골짜기는 깊고 숲은 울창하여, 십여 리 아득한 산골짜기에 사슴은 어디로 달아났는지 알 수 없었다.

그런데 한 노옹이 바위 위에 앉아 한가롭게 졸고 있었다. 두 사람이 크게 외쳤다.

"노인장께서는 달아나는 사슴을 보지 못하셨소이까?"

노옹이 돌아보더니 미소만 지을 뿐 대답하지 않았다. 마달이 크게 노하여 창을 휘두르며 앞으로 나가서 꾸짖었다.

"아니, 늙은이가 귀를 싸맸나. 물어도 대답 않는 건 뭐요?"

그러자 노옹이 웃으며 말했다.

"그대들은 사슴 쫓는 것을 잠깐 그만두고 급히 가서 사람 목숨을 구하게나."

그제야 두 사람은 노옹이 범상한 사람이 아니라는 것을 깨닫고 일제히 창을 던지고 예를 표하면서 가르침을 청했다.

"조금 전 말씀하신 것은 누구를 지칭하시는 것입니까?"

노옹이 단약 한 알을 꺼내 주면서 말했다.

"그대들은 이 약을 가지고 저 고개를 넘어서 남쪽으로 몇리를 가게나. 그러면 자연히 죽음에 처한 사람을 만나서 목숨을 구하게 될 걸세."

노옹이 말을 마치고는 어디론가 홀연 사라져 보이지 않았다. 두 사람은 서로 쳐다보면서 놀랄 뿐이었다. 얼마 뒤 그들은 단약을 가지고 노옹이 알려 준 대로 산을 넘어 남쪽으로 갔다. 밤은 이미 깊은 시간, 큰길을 따라 몇 리를 가니 웬 사내가 허겁지겁 달려오고 있었다. 그는 두 사람을 보더니 놀라서 얼굴을 가리고 길을 우회하여 달아났다. 두 사람은 서로 돌아보면서 말했다.

"저자의 기색이 수상하니, 우리가 따라가서 잡아 거처를 물어보세."

동초와 마달이 말을 채찍질하여 따라가 그 사내를 사로잡고 보니 하인의 차림새였다.

"너는 누구기에 밤이 깊었는데 홀로 길을 가느냐? 또 우리를 보고 놀라 달아나는 까닭은 무엇 때문이냐?"

그 사내가 당황하여 말했다.

"소인은 본래 황성에서 온 하인입니다. 황급한 일 때문에 남쪽으로 가다가 지금 돌아가는 길인데 갑자기 아무도 없는 무인지경에서 두 분 장군님을 만나니 자연히 겁이 나서 달아난 것입니다."

"그렇다면 너는 어느 집 하인이냐? 무슨 일로 남쪽으로 가는 것이냐?"

그 사내는 순간 멈칫하면서 무슨 말을 해야 할지 몰라 했다. 두 사람은 생각했다.

'우리가 연왕을 위하여 간사한 사람들을 검문해야 한다. 이 사내의 거동이 너무도 의아하니 허술하게 놓아줘서는 안 되겠구나.'

이런 생각이 들자 그들은 말에서 내려 반 시간 정도를 심문하다가, 일부러 말다툼을 벌였다. 그 사내는 마음이 더욱 급해져서 말했다.

"소인은 달아나는 길이 바쁩니다. 두 분 대인께서는 길가는 행인을 이유 없이 지체하게 하지 마소서."

그는 손을 뿌리치며 달아나려 했다. 마달이 빙그레 웃으면서 더욱 세게 잡고 말했다.

"우리는 사냥하는 소년들이다. 근래 이 산중에 여우 귀신이 밤이면 산을 내려와 사람을 침범한다는 소문을 들었다. 네놈은 하인으로 변한 여우인 게 분명하니, 꽁꽁 묶어 객점으로 끌고 가서 사냥개에게 네 진짜 모습을 확인해 보겠다."

그들은 말고삐를 잘라서 사내를 묶었다. 그때 홀연 불빛이 하늘까지 솟구치더니 예닐곱 명의 하인이 길을 뒤덮으면서 달려왔다. 그러자 사내는 애걸했다.

"엎드려 바라건대 장군께서는 제 남은 목숨을 살려 주소서. 소인은 저기 오는 사람들과 원수지간입니다. 잡히면 저는 죽습니다. 빨리 놓아주소서."

그의 입에서 애걸하는 소리가 끊이지 않았다. 그러나 말이 끝나기도 전에 대여섯 명의 하인이 그들 앞에 당도했다. 동초와 마달은 불빛 속에서 그들을 보고 깜짝 놀라 말했다.

"너희들은 연왕을 모시고 운남으로 간 하인들이 아니냐?"

하인들도 깜짝 놀라 말했다.

"두 분 장군님께서 어찌 여기에 계시는 것입니까?"

그러고는 황교점에서 낭패를 당한 사건을 이야기해 주었다. 동초와 마달은 크게 놀라서 그들이 묶어 놓은 사내를 가리키며 모습을 보여 주었다. 모든 하인들이 불을 들어 비춰 보더니 크게 소리쳤다.

"그 간악한 놈이 바로 이 녀석입니다. 절대 소홀히 하면 안 됩니다."

하인들은 사내를 더욱 단단히 묶어서 두 장군과 함께 황교점으로 갔다. 양창곡 집안 하인들이 몰래 두 장군의 귀에 대고 말했다.

"난성후 홍혼탈께서 집안 하인으로 변장하고 따라오셨다

가 객점에서 중독되어 회생하실 가망이 없습니다."

두 장군은 아연실색하여 서로 돌아보며 말했다.

"아까 그 노옹은 과연 신이한 분일세. 우리가 이미 단약을 가지고 있으니 빨리 가서 구하도록 하세."

그들은 말에 채찍질을 해서 황교점에 이르렀다. 이때 양창곡은 뜻과 기상이 서로 맞아 평생 총애하던 강남홍이 지금 만리 객지에서 자기를 대신하여 비명횡사하게 되자, 대장부의 철석 같은 마음으로도 가슴이 꽉 막히고 참혹한 마음을 금하지 못하여 하늘을 우러러보며 탄식했다.

"괴이하구나, 조물주가 사람을 시기함이여! 내가 우연히 홍랑을 만나서 끝없는 풍파와 무궁한 어려움을 겪고도 끊어진 인연을 교묘하게 다시 이었다. 그러다 여러 해 동안 전쟁터에서 고생을 함께하고, 마음속으로 부귀를 같이 누리리라 생각하면서 검은 머리가 파뿌리 되도록 살기를 기대했었다. 어찌 중년이 되기도 전에 이렇게 참혹한 일을 당해서 제 명에 죽지 못한 원혼이 되리라고 생각이나 했단 말인가!"

양창곡은 이불을 펴고 그녀의 몸을 주물렀다. 그러나 옥 같은 얼굴과 꽃 같은 모습은 이미 차가운 재와 같았고, 빼어난 기상과 총명한 자질은 한꺼번에 사라져서 온기가 끊어진 지 오래였다. 그는 다시 탄식했다.

"끝이로구나! 안타깝도다! 내가 너를 여기 버리고 어찌 간단 말이냐? 청산에 옥을 묻고 푸른 물에 구슬을 버리는 것은 예부터 아까운 일이다. 하늘이 내 손과 발을 자르고 내 지기를 빼앗아 가니, 모르는 사람들은 내 아련한 애정의 뿌리가 운우지락의 풍정만을 생각한다 하겠지만, 아는 사람들은 분명히 백아의 산수금이 남아 있어도 세상에는 종자기가 없다고 말하리라."

두 줄기 눈물이 옷깃을 적시고 있을 때였다. 갑자기 다급한 소리가 들리더니 두 소년 장군이 문을 두드리고 황망히 들어왔다. 그들을 쳐다보니 바로 동초와 마달이었다. 그들은 앞으로 와서 문안을 올렸다. 양창곡이 놀라서 물었다.

"장군들이 어찌 이곳에 온 것이오?"

두 사람은 주변에 사람이 없는 것을 살핀 뒤 대답했다.

"소장들이 견마의 정성을 본받고자 한 것입니다. 감히 여쭙건대, 홍원수의 병환은 어떠하십니까?"

양창곡은 봉안鳳眼에 눈물이 그렁그렁하여 말했다.

"그대들 또한 몇 년 동안 전쟁터에서 고생을 함께했던 벗들이라, 어찌 슬프지 않겠는가. 하룻밤 서리에 홀연 떨어지는 꽃은 이미 말할 것도 없지만, 그대들은 다만 장례를 잘 도와주어 옛날의 정리를 저버리지 말아 주오."

그때 동초가 소맷자락 속에서 즉시 단약을 꺼내 바치면서 노인이 약을 건넨 내력을 아뢰었다. 양창곡이 반신반의하면서 즉시 물에 개어 강남홍의 입에 흘려 넣어 주었다. 반 시간이 채 지나지 않아 강남홍은 입으로 붉은 물을 토해 내면서 길게 숨을 내쉬며 돌아누웠다. 양창곡이 기뻐하면서 두 장수에게 말했다.

"난성후가 오늘 되살아난 것은 두 장군 덕이오. 그렇지만 나는 지금 죄인 신분이고 장군들은 옛날에 나와 함께 일을 하던 처지라, 만약 동행한다면 도리어 참소하는 사람들의 구설수에 오르게 되오. 이는 장군들에게 화가 될 뿐만 아니라 귀양가는 사람이 신중해야 하는 도리에 어긋나게 되는 것이오."

두 장군이 절을 하며 대답했다.

"소장들이 어찌 합하의 훌륭하신 뜻을 모르겠습니까? 이제 홍원수께서 다행히 살아나셨으니, 소장 등은 마땅히 이 자리를 이별하고 남쪽 지방의 산천을 두루 돌아다니면서 평안치 못했던 마음을 없애 볼까 합니다."

양창곡이 고민하다가 웃으며 말했다.

"내 장군들의 뜻을 알겠소만, 생사는 하늘이 정한 운수요. 염려하지 마시고 즉시 돌아가도록 하시오."

동초와 마달은 명령을 받들고 떠나갔다. 얼마 뒤 여러 하인들이 한 사내를 잡아서 도착했다. 양창곡이 정색하고 사내에게 물었다.

"너는 나와 아무 원한도 없는데, 독을 풀어서 해치려는 이유가 무엇 때문이냐?"

사내가 처음에는 변명을 하더니, 끝내 실토했다.

"소인은 노균 참정님의 심복 하인입니다. 주인님의 명을 받아 독약을 가지고 한응문 어사님의 행차를 따라와서 상공을 모해하려고 백방으로 주선했습니다. 그러나 상공 옆을 지키던 하인이 항시도 떨어지지 않고 음식을 직접 만들었기 때문에 감히 손을 쓰지 못했습니다. 그런데 때마침 방에 들어가 불을 때던 하인이 피곤하여 잠든 까닭에 감히 독약을 시험했던 것이니, 만 번 죽을 죄를 지었습니다."

양창곡이 미소를 지으며 그 사내를 한응문에게 즉시 보내 처리하도록 했다. 한응문은 사내를 해당 현의 관아로 압송하여 감옥에 가두고 조정의 명을 기다리도록 했다.

강남홍은 단약을 복용한 뒤 정신이 점점 맑아지고 신기가 예전 같아졌다. 양창곡은 그녀에게 동초와 마달이 우연히 노인을 만나 단약을 받은 일을 이야기해 주었다. 강남홍은 기쁨과 슬픔을 함께 보이며 탄식했다.

"그분은 필시 제 사부님이신 백운도사님일 것입니다."

그녀는 서쪽 하늘을 향해 두 번 절하여 사례하면서 슬픈 마음으로 눈물을 머금었다.

다음 날 양창곡은 다시 출발하여 앞으로 나아갔다. 열흘이 지나서 계림桂林의 경계에 이르니, 이곳은 황성과 6천 리나 떨어진 곳이었다. 산천은 씻어 낸 듯 깨끗한데 인가는 드물어서 백여 리를 가도 객점이 없었다. 겨우 한 객점을 찾아가 묵게 되었는데, 객점의 이름은 초료점草料店이었다. 사방에는 온통 땔감이 산처럼 쌓여 있었다. 객점 주인을 불러 이유를 묻자 이렇게 대답했다.

"이곳은 땔감과 풀이 아주 드뭅니다. 게다가 남쪽 오랑캐와 경계를 이룬 곳이라 갑자기 전쟁이라도 일어나면 객점 사람들과 마을 사람들이 수많은 군사들의 식량과 꼴을 걱정해야 합니다. 그래서 매년 가을과 겨울이 바뀔 때쯤이면 미리 준비해 두기 때문에 곳곳이 이렇습니다."

그날 밤 강남홍이 양창곡에게 조용히 아뢰었다.

"간악한 사람이 이곳에 불이라도 지르는 변고가 생길지 모르니 방심하면 안됩니다."

그녀는 하인 일행을 단단히 경계시키면서, 행장과 수레를 절대 풀지 말고 단속한 상태로 대기하도록 했다. 강남홍은 직접 객점 앞뒤를 두루 돌아다니면서 지형을 살폈다. 객점 뒤에 토산土山이 있는데, 그리 높지는 않았지만 풀 한 없는 민둥산이었다. 강남홍은 마음속으로 크게 기뻐하면서 다시 객실로 돌아와서 양창곡을 모시고 의관을 풀어놓지도 않은 채 앉아 있었다.

4, 5경쯤 되었을 때였다. 객점 일꾼들은 각각 돌아가 잠이 들어 온갖 소리들이 모두 고요해졌다. 강남홍이 양창곡에게 말했다.

"지금이 정말 위태로운 때니, 잠시 객점 뒤 토산으로 올라가 화를 피하시지요."

양창곡이 웃으면서 말했다.

"그대가 너무 겁을 내는 것은 아니오?"

"허실虛實을 헤아리기는 어렵지만, 미리 염려하지 않을 수 없는 일입니다."

강남홍은 몇몇 하인들에게 몰래 짐을 옮기도록 하고 토산으로 올라갔다. 그녀가 양창곡을 모시고 토산에 오른 것을 객점 사람들은 아직 모르는 상태였다.

얼마 후, 객점 동쪽 땔감과 풀을 쌓아 놓은 곳에서 불길이 일어나더니 삽시간에 사방으로 불빛이 하늘에 닿을 듯하여 유성처럼 빨리 번졌다. 객점 사람들이 그제야 크게 놀라서 불길을 잡아 보려 했지만 어찌할 도리가 없었다. 한응문 역시 탄식하며 마음을 진정시키지 못했다. 그는 의관을 미처 정제하지도 못하고 화염을 무릅쓰고 엎어지고 자빠지며 산에 올랐다. 때마침 동남풍이 크게 불면서 불길은 매섭고 바람은 사나웠다. 객점 전체가 머리카락 한 오라기 타 버리듯 불에 탔다.

양창곡 일행은 이미 산 위로 올라가 화를 면했지만, 한응문의 수레와 말과 몇몇 하인들은 구출할 수 없었다. 한응문은 그제야 비로소 양창곡이 있는 곳을 알고 찾아가서 물었다.

"합하께서는 어떻게 이 일을 미리 아셨습니까?"

양창곡이 웃으며 말했다.

"제가 어찌 미리 예측했겠습니까? 다만 생사는 하늘에 달렸지 사람의 힘으로 억지로 할 수 있는 것은 아닙니다."

말이 채 끝나기도 전에 함성소리가 산 아래쪽에서 일어나더니, 10여 명의 사내들이 짧은 병장기를 들고 크게 소리를 질렀다.

"우리는 녹림객들이다. 우리와 맞서기 두렵다면 행장 안의 재물을 빨리 꺼내 놓아라!"

그들은 소리를 지르면서 산에 올랐다. 강남홍이 쌍검을 급히 휘두르며 그들을 잡으려 하는데, 마침 두 소년이 창을 꼬나잡고 말을 마구 달리면서 불빛을 헤치며 들어가 꾸짖었다.

"간사한 놈들은 감히 당돌하게 굴지 말고 목을 늘이고 창을 받으라. 너희들은 이미 군사들의 땔감과 사료용 풀더미에 불을 놓아 하늘에 닿을 듯한 큰죄를 저질렀는데, 이제 아무 이유도 없이 나그네들을 죽이려 하느냐?"

그들은 사내 몇 명을 찔러 거꾸러뜨렸다. 여러 사내들이 한꺼번에 달아나자 소년들은 좌충우돌하면서 한바탕 살육전을 펼치며 크게 외쳤다.

"우리는 사냥하는 소년들이다. 때마침 도적놈들이 불을 지르는 것을 보고 구하러 왔다가 돌아가노라."

그들은 남쪽으로 말을 달려 떠났는데, 바로 동초와 마달이었다. 당시 그들은 다시 양창곡을 따라오다가 멀리서 풀 사료더미에 불이 일어나는 것을 보고 급히 구하러 돌아온 것이다. 양창곡과 강남홍은 비록 예견하고 있었지만, 한응문은 놀랍고 기뻐하다가 한참 뒤에야 비로소 정신을 진정하고 자기 하인들을 점검하며 행장을 수습했다. 두 하인과 말, 수레는 이미 재가 되었다. 사람들은 모두 탄식하고 놀라면서도 객점으로 돌아가고 싶어 했지만, 화염이 여전히 잦아들지 않은 데다 객점 사람들 중에 죽은 사람이 많았다. 한응문은 크게 노하여 말했다.

"네놈은 웬 강도이기에 태평성대에 아무 이유도 없이 불을 질러 나그네들을 위협하느냐?"

잡혀온 사내는 고개를 떨구고 대답하지 않았다. 한응문은 더욱 화를 내면서 사람들에게 고문하도록 했다. 그러자 비로소 사내가 자백하기 시작했다.

"소인은 노균 참정께서 보낸 사람입니다. 참정께서 세 무리를 파견하여 연왕을 죽이려 했습니다. 제1대는 한응문 어사님의 하인으로 따라왔고, 제2대는 소인 등 10여 명입니다. 형세를 보다가 불을 지르되 만약 성사시키지 못하면 녹림객으로 변장하여 연왕을 살해하도록 했습니다. 그렇게 하면 상으로 천금을 준다 했습니다. 저희들은 재물이 탐나서 죽을죄를 범했으니, 원컨대 얼른 죽여 주십시오."

한응문이 묵묵히 한동안 있다가 다시 물었다.

"일이 그리 되었다면, 제3대 간악한 놈들은 어디 갔느냐?"

"제3대는 자객입니다. 길이 다르고 상당히 비밀스럽기 때문에 파견되었다는 말만 들었을 뿐 어디 있는지는 모릅니다."

"너희들은 우리 일행을 죽이려 한 죄를 지었을 뿐 아니라 군사용 사료 더미까지 불질러 없앴으니, 살려 줄 수 없다."

그러고는 해당 현의 관아에 압송하여 가두고 조정의 명령을 기다리도록 분부했다. 부족한 말과 수레 역시 준비하도록 했다. 객점의 모든 것들이 재가 되어 버려 머물 곳이 없었다. 양창곡과 한응문은 산 위에서 밤을 보내고, 다음 날 출발하여 앞으로 나아갔다. 6, 7일 뒤 운남 지방 초입에 도착하여 객점 한 곳을 정하고 밤을 지내게 되었다. 달빛은 밝고 날씨는 소슬하니, 남쪽 지방의 8월은 중국의 6, 7월 기후와 같았다.

양창곡은 창문을 열고 달빛을 바라보며 무료하게 앉아 있었다. 대숲에 두견새는 불여귀不如歸* 울고 바위 절벽에 원숭이는 애끊는 소리로 울어댔다. 누워도 잠을 이루지 못하여 강남홍과 함께 손을 잡고 달빛 아래를 서성거렸다.

그런데 담장에서 찬바람이 홀연 일어나면서 마른 낙엽이 날렸다. 강남홍이 깜짝 놀라 부용검을 뽑아 들고 양창곡을 막아섰다. 순간 웬 사내가 번개같이 담장을 넘어와 나는 듯이 양창곡을 향해 쳐들어왔다. 강남홍이 다급하게 쌍검을 휘둘러 적을 방어하니, 사내는 다시 서릿발 같은 칼을 들어 양창곡을 놓아 두고 강남홍 쪽으로 달려들었다. 달빛 아래 칼빛이 날리는 눈발처럼 어지러웠다. 반 시간 가량을 싸우더니, 사내는 결

---

* 불여귀는 소쩍새, 두견새의 다른 말이기도 하고, 고향으로 돌아가고 싶어 피나게 우는 원한의 울음소리를 형상화한 말이기도 하다. 글자 그대로 '차라리 돌아가는 것이 낫다'는 뜻인데, 여기서는 소쩍새의 울음소리와 함께 고향으로 돌아가고 싶은 양창곡의 마음을 담은 뜻을 함께 썼기 때문에 의성어지만 그대로 번역했다.

국 땅에 거꾸러지며 탄식했다.

"내 일찍이 검술로 거리낌없이 행동하면서 천하무적이라 자부했는데, 그대 같은 검술은 처음 접하오. 이는 하늘이 나를 죽이려는 것이오."

양창곡이 노하여 꾸짖었다.

"너는 웬 놈이기에 누구를 위하여 지나는 사람을 해치려는 것이냐?"

이때 한웅문 일행과 양창곡 집안 하인들이 일제히 모여들어 등불이 휘황하게 빛났다. 사내는 불빛 사이로 양창곡의 모습을 언뜻 보더니 물었다.

"상공께서는 혹시 6, 7년 전 과거를 보러 가실 때 소주를 지나지 않으셨습니까?"

"네가 그것을 어찌 아느냐?"

사내는 탄식했다.

"소인은 눈이 있어도 영웅군자를 알아보지 못하고 다시 죽을죄를 범했습니다. 상공께서는 혹시 소주 길에서 만난 적이 있는 녹림객을 기억하시는지요?"

양창곡이 비로소 알아차리고 놀라서 말했다.

"너는 10년 전 그 도적으로 아직도 옛 버릇을 고치지 못하고 자객 일을 하고 있구나. 비록 구면이지만 이 죄는 용서할 수 없다."

그러자 사내는 한숨을 쉬면서 길게 탄식했다.

"상공의 넓으신 아량으로 용서를 받는다 해도 지금 칼에 중상을 입어 다시 온전한 사람이 되기는 불가능합니다. 다만 노균 참정의 천금을 탐내 군자를 거의 죽일 뻔했다는 점이 한스러울 뿐입니다. 살아서는 눈 없는 도적놈이요 죽어서는 의리 없는 자객이 되었으니, 누구를 원망하겠습니까?"

그는 말을 마치자 칼을 들어 목을 찔러 자결했다. 양창곡은 도리어 측은한 마음이 들어, 주인에게 은자 몇 냥을 꺼내 주면서 그의 시신을 묻어 주도록 부탁했다. 그리고 한응문에게 옛날 소주에서 도적을 만났던 일을 이야기해 주니, 한응문과 주변 사람들이 모두 탄복했다.

4, 5일이 지나서 운남 귀양지에 도착했다. 지역을 다스리는 지부가 나와서 양창곡을 뵙고 관부에 묵을 곳을 정해 주려 했다. 양창곡은 사양하며 말했다.

"소생은 죄인입니다. 어찌 관부에 거처할 수 있겠습니까?"

그는 성 밖으로 나가 몇 칸짜리 만가를 얻어 거처로 삼았다. 며칠 뒤 한응문이 돌아간다며 슬픈 모습을 이기지 못하고 말했다.

"제가 훗날 상공의 문하에 배알하여 오늘 못 다했던 문장과 도덕을 다시 배우겠습니다. 오늘은 돌아가서 천자께 아뢰고 즉시 표문을 올려서 제가 겪고 본 것을 대략 진술한 뒤 노균이 나라를 그르친 죄를 엄중히 탄핵하도록 하겠습니다."

양창곡이 깜짝 놀라 말했다.

"절대 안 됩니다. 한어사와 내가 몇 개월 동안 동행했으니, 그 말은 공정하지 않소이다. 도리어 소인들에게 구실만 제공할 뿐입니다."

한응문이 알겠노라 대답하고 눈물을 흘리며 아뢰었다.

"합하께서는 나라를 위하여 귀중한 몸을 보중하시길 바랍니다. 황상의 일월 같은 밝음과 하해 같은 도량으로 머지않아 후회하실 것입니다."

양창곡 역시 슬픈 모습으로 말했다.

"제 불충함 때문에 한어사에게 수고를 끼친 것이 이와 같습니다. 먼 길에 몸조심하십시오. 다행히 죽지 않는다면 다시 만날 날이 있을 것입니다."

한응문이 차마 단번에 일어나지 못하고 여러 하인들과 일일이 얼굴을 맞대 작별한 뒤 황성으로 향했다. 양창곡 역시 본가에 하인 한 명을 보내 무사히 유배지에 도착했다는 기별을 보냈다.

한편, 노균은 양창곡을 쫓아낸 뒤 권위가 날로 커져서 문객과 집안 사람들이 조정을 틀어쥐고, 사돈과 친척이 벼슬길을 드날리고 있었다. 밖으로는 교묘하게 꾸며서 조정을 억제하고 안으로는 아부하면서 임금을 속이고 있었지만, 갈수록 그는 믿어서 조정의 크고 작은 일이 모두 그의 손아귀로 들어갔다. 노균은 만족하여 의기양양하면서 조금도 거리낌 없었지만, 오직 양창곡의 충직함을 두려워하여 운남 소식을 고대하고 있었다. 하루는 제2대에 속한 사람들이 도주하여 돌아와, 모든 일이 낭패가 되었음을 알렸다. 노균이 크게 노하여 그들을 엄중히 다스리고 다시 생각했다.

'내가 위로는 천자의 총애를 잃지 않고 오로지 조정의 권력을 잡고 있으니, 연왕이 비록 고요와 기, 직, 설과 용봉龍逢 비간比干의 충성심을 가지고 있다 하더라도 끝내는 남쪽 지방에서 타향의 귀신이 되는 신세를 면치 못할 것이다.'

그는 즉시 꾀 하나를 생각하고는 협률랑協律郎 동홍을 오라고 청했다. 노균은 무슨 꾀를 낼 것인가, 다음 회를 보시라.

제29회

망선대에서 노균은 도사를 맞이하고,
태청궁에서 천자는 서왕모를 만나다
望仙臺盧均迎道士 太淸宮天子會王母

예로부터 소인이 나라를 그르치는 원인을 캐 보면 득실에 대
한 근심 때문에 임금을 미혹하고 그것이 점점 급해져 결국 망
국에 이르게 된다. 이미 나라가 잘못되었는데 어찌 자신만 오
래도록 부귀를 누릴 수 있겠는가.

이때 노균은 동홍을 불러 놓고 주변 사람들을 물리친 뒤,
동홍의 손을 잡고 길게 탄식했다.

"노부가 학사와 함께 조용히 얼굴을 마주할 날이 많지 않을
것이니, 어찌 한심하지 않겠는가."

동홍이 놀라서 물었다.

"무슨 말씀이십니까?"

노균이 다시 탄식했다.

"노부가 연왕 양창곡과 양립할 수 없는 형세임을 학사도 아
는 바일 터, 지금 황상이 연왕을 다시 등용하고자 하니, 노부

가 어찌 앉아서 가족이 몰살당하는 재앙을 지켜보겠는가. 차라리 사직하고 고향으로 돌아가 선영 아래에 뼈를 묻겠네."

동홍이 위로했다.

"제가 근래 밤낮으로 폐하를 모시어 부자지간처럼 총애를 받고 있습니다. 어찌 천자의 뜻을 모르겠습니까? 합하를 향한 대우가 융숭하시고 오히려 연왕을 다시 소환하려는 뜻은 없습니다. 어르신께서는 염려하지 마십시오."

노균이 웃으며 말했다.

"학사는 나이가 어려서 아직 세상 경험이 부족하네. 어찌 그런 기미를 알아차리겠는가. 속담에도 '늙은 말이 길을 안다'고 했네. 내가 조정에서 벼슬을 한 지 40여 년 동안 한없는 벼슬길 풍파를 겪고 길흉화복의 득실을 눈으로 보면서 백발이 성성해졌네. 어찌 앞날의 고락을 생각지 못하겠는가. 대저 임금이 신하를 총애하는 것은, 비유하자면 남자가 첩을 총애하는 것과 같다네. 옛것을 싫어하고 새것을 좋아하는 법이야. 그대 또한 미천한 신분으로 음악을 가지고 임금을 섬기니, 붉은 얼굴의 아름다운 여인이 노래와 춤과 자색으로 남자에게 총애를 받는 것과 무엇이 다르겠는가? 성상이 비록 인애로 그대를 발탁하여 몇 개월 만에 관작이 이처럼 혁혁하다 해도, 조정의 시기와 군자들의 배척이 바야흐로 때를 기다리고 있네. 만약 하루아침에 새 사람이 쇠미해지고 붉은 얼굴의 빛이 바래며 노래와 춤이 지루해진다면 시기하는 참언과 배척하는 말이 어찌 그대에게 용서를 베풀어 주겠는가. 노부는 그대와 매제 처남 관계를 맺어 아픔과 즐거움을 한몸처럼 함께 누렸네. 그대가 편안하면 나도 편안하고 그대가 위태로우면 나도 위태로운 법, 어찌 그대를 위하여 깊이 염려하지 않겠는가."

동홍이 일어나 두 번 절하고 말했다.

"어르신께서 저를 사랑하는 것이 이 정도에 이르시니, 제가 마땅히 죽은 뒤에라도 은혜를 갚겠습니다. 지금부터 천만 번 조심하여 조정에 죄를 얻지 않는다면 성상의 일월 같은 밝음으로 어찌 그런 지경에 이르겠습니까?"

노균이 웃으며 말했다.

"그대의 말이 충직하긴 하지만 도리어 시대의 형세를 알지 못하는 말일세. 맹호가 함정에서 탈출해 나오면 더욱 사람을 해치는 법이지. 연왕 양창곡은 인간 중의 맹호라. 오늘 멀리 귀양을 간 것은 사실 그대와 노부가 만든 것이오 그대가 비록 천만 번 조심하고 삼가여 조정에 죄를 얻지 않는다 해도, 이미 연왕에게 얻은 죄는 어떻게 하려는가?"

동홍이 묵묵히 고개를 떨구고 한참 있다가 대답했다.

"제가 불민하여 살길을 모르겠습니다. 어르신께서는 명백히 가르쳐 주십시오. 끓는 물이나 타오르는 불 속으로 뛰어들라 하셔도 명을 따르겠습니다."

노균이 크게 기뻐하여 그날 밤 동홍과 후원 어둑한 방에 함께 들어가서 비밀스럽게 수작을 벌였다. 아! 소인들의 마음

씁씁이여. 너럭바위보다 편안한 천 년 종묘사직을 하루아침에 뒤집어서 위기일발로 만드니, 어찌 임금이 살필 일이 아닌가. 이때 천자는 매번 노균과 동홍과 더불어 밤이면 봉의정에서 음악을 듣고 있었다. 마침 황상의 탄신일을 맞아 황태후가 방생지에 방생을 하고 감옥의 죄수들을 풀어 주면서 천자에게 말했다.

"연왕 양창곡이 대면하여 조정에서 간쟁할 때 비록 말이 과격한 점은 있지만 본심을 논한다면 붉은 충성심에서 나온 것이요. 그를 외딴곳에 유배를 보내 죄를 충분히 받게 했으니, 이제 사면하여 불러오는 것이 좋겠소."

천자가 웃으며 말했다.

"소자가 어찌 양창곡의 붉은 충성심을 모르겠습니까? 그러나 밖에 나가서는 장수요 조정에 들어와서는 재상으로, 나이 어린 대신의 명망과 권위가 너무 무겁기 때문에 그 날카로운 기세를 꺾어 놓으려고 한 것입니다. 그런데 아직 그가 유배지에 도착했다는 보고도 없고, 몇 달 사이에 이렇게 사면해 주는 것 또한 안 될 일입니다만, 태후의 말씀은 속히 수용하도록 하겠습니다."

태후가 불쾌한 빛으로 말했다.

"폐하께서 마음을 다해 양창곡을 생각한다고 말씀하시지만, 이 어찌 성스러운 덕에 흠결이 아니겠습니까?"

천자는 아침부터 저녁까지 군신들의 하례를 받고 편복便服

차림으로 앉아 있었다. 조금 뒤 밝은 달이 동쪽 하늘에 떠올랐다. 반짝이는 별과 은하수가 맑고도 소슬하여, 한겨울 날씨가 흡사 가을날과 같았다. 이에 노균과 동홍을 불러 봉의정에 잔치자리를 마련하고, 종친과 가까운 신하들과 비빈妃嬪, 궁첩宮妾들에게 잔치에 참여하도록 했다. 이원의 제자들에게 먼저 음악을 연주하게 하고, 궁녀 서너 명에게 우의예상곡을 춤추게 했다. 봉황 같은 생황과 용 같은 피리는 구름 끝 하늘에 울리고 푸른 소매와 붉은 적삼은 달빛 아래 너울거렸다. 술이 몇 순배 돌자 용안에 아름다운 빛을 띠더니, 천자께서 친히 보슬寶瑟을 끌어당겨 몇 곡 연주했다. 주변 신하들이 일제히 만세를 부르자 천자는 흔연히 웃으며 동홍을 돌아보고는 어전에 있던 생황을 하사하면서 말했다.

"경이 이것으로 왕자진王子晉*의 옛 곡조를 불어 인간 세상의 더러움을 씻도록 하라."

동홍이 엎드려서 생황을 받들고 소리도 쟁쟁하게 한 곡 연주했다. 천자가 미소를 지으며 말했다.

"이 소리가 아련하면서도 슬프게 원망하는 듯하고, 끊어질 듯 이어지며 처절하구나. 옛 시에 이르기를, '오랑캐 피리는

---

* 주(周)나라 영왕(靈王)의 태자 왕자교(王子喬)를 말한다. 강직하게 간언을 하다가 평민으로 강등되기도 했다. 생황을 잘 불었으며, 나중에 신선이 되어 하늘로 올라갔다고 한다.

어찌 버드나무를 원망하랴' 했으니 이는 「양류곡」楊柳曲이다.*
다만 그 음조가 범상하여 세상의 것에 가까우니, 다시 다른 곡
을 불도록 하라."

동홍이 즉시 율려를 변화시켜 다시 한 곡을 불었다. 천자가
찬탄하며 말했다.

"이 소리는 맑고 조화로우면서도 아련히 퍼져 나가며, 담박
하면서도 호탕하여 계속 이어지는구나. 옛 시에 이르기를, '성
가득 밝은 달 아래 양주로 내려간다'[滿城明月下楊州]고 했으니, 이
는 「양주곡」楊州曲이다. 이 곡은 쓸쓸하여 조화롭고 탁트인 맛
이 없으니, 다른 곡을 불도록 하라."

동홍이 이에 율려를 조절하여 소리를 낮고 바르게 하여 다
시 한 곡을 연주했다. 천자가 한참 듣더니 기쁜 표정으로 웃으
며 손으로 서안을 치면서 말했다.

"풍류로운 음악이 어찌 이에 이르렀는가. 짐이 마음과 정신
이 짙게 취하여 몸을 어디에 두어야 할지 모르겠구나. 이 어찌
「옥수후정화」玉樹後庭花가 아니겠는가."

이 말에 동홍은 미소를 지으며 소리를 중성中聲으로 변화시
켜 또 한 곡을 불었다. 천자는 기쁜 마음으로 옆의 신하들을

---

* 이 부분은 왕지환(王之渙)의 「양주사」(凉州詞) 구절을 인용했다. "황하 따라 멀
리 흰 구름 사이로 올라가면, 한 조각 외로운 성이 만 길 높은 산에 있구나. 오랑
캐 피리는 어찌 버드나무를 원망할 것인가, 봄빛이 아직 옥문관을 넘지 못했는
데"[黃河遠上白雲間, 一片孤城萬仞山, 羌笛何須怨楊柳, 春光不度玉門關].

돌아보며 말했다.

"유쾌하고도 유쾌하구나, 이 곡이여! 양귀비 손을 잡고 침향정沈香亭에 올라 화노華奴의 비파와 염노閻奴의 맑은 노래로 방탕하고도 호방하게 하니, 이는 이삼랑李三郎, 당명황의 풍류가 지나쳐서 이원의 갈고로 온갖 꽃을 재촉하던 「갈고최화곡」羯鼓催花曲이로구나. 후세 사람들이 비록 이삼랑에게 죄를 돌려 그 방탕함을 책망했지만, 천하의 부유함과 만승천자의 존귀함으로 어찌 한평생 구속되어 마음이 하고 싶어 하는 것과 눈과 귀의 즐거움을 마음대로 할 수 없겠는가. 짐이 오늘 비빈과 궁첩을 데리고 봉의정에 올라와 동홍 협률랑의 연주를 들으니 어찌 이삼랑의 방탕함에 양보하겠는가. 나이 어린 천자의 풍류 때문에 벌어지는 허물을 경들은 용서하라."

천자는 말을 마치고 궁녀들에게 술을 올리라 명했다. 서너 잔을 마신 뒤 얼굴에 취한 홍조가 구중궁궐의 복숭아빛을 띠었다. 뭇 신하들과 비빈, 궁첩 등이 차례로 술잔을 받들어 올리며 만세를 부르니 동홍이 다시 생황을 들어 율려를 변화시켜 또 한 곡을 불었다. 그 소리가 구슬프게 날아오르고 쓸쓸하면서도 강개하여 솔솔 봄바람이 잔치자리에서 일어나고 점점이 떨어지는 물시계 소리가 점차 새벽빛을 재촉했다. 별과 달은 참담하고 바람과 이슬은 처량해지면서 자리에 모인 모든 사람들이 자기도 모르게 안색이 바뀌는 것이었다. 천자가 급히 손을 흔들어 연주를 제지했다. 그러고는 묵묵히 달을 망연자실 바라보더니, 노균을 보고 말했다.

"경은 이 곡조를 아시는가. 해는 서쪽으로 돌아가고 물은 동쪽으로 흘러가니, 부귀와 즐겁게 노는 일은 한 조각 뜬구름과 같도다. 어찌 한무제漢武帝의 「북산조」北山調가 아니겠는가. 옛사람이 말하기를, '흥이 끝나면 슬픔이 오고, 영화가 다하면 슬픔이 일어난다'[興盡悲來, 榮極哀生]고 했지. 정말 오늘 밤의 회포를 말하는 것이구려. 아! 아침에 푸른 실 같던 이 머리카락이 저녁에 눈처럼 희어졌으니, 청춘의 붉은 얼굴이 모두 한바탕 봄꿈이로다. 천하의 부유함과 만승천자의 귀함을 장차 무엇하리오. 경은 옛 책을 널리 읽었으니 이전 시대의 흥망을 많이 아실 것이외다. 무슨 도력으로 천하를 변화시켜 저 춘대수역春臺壽城*에 즐거움은 있으되 슬픔은 없고 삶은 있되 죽음은 없어서 천지와 함께 늙어갈 수 있겠는가."

노균이 아뢰었다.

"신이 듣자니 삼황三皇은 인위적인 것이 없었어도 1만 8천 년이나 나라를 누렸다 하고, 오제五帝는 예악을 제정하여 위로는 천지귀신을 감동시키고 아래로는 상서로움과 복록을 받았다고 합니다. 황제黃帝는 1백 년 동안 왕위에 있으면서 110세까지 살았고 소호씨少昊氏는 재위 90년에 140세까지 살았으며, 전욱顓頊은 재위 80년에 98세, 제곡帝嚳은 재위 70년에 150세,

---

* 몹시 흥성하고 오래 지속되는 곳으로, 곧 자국(自國)을 가리키는 말이다.

요임금은 재위 98년에 118세, 순임금은 재위 50년에 110세, 주목周穆은 재위 1백 년에 170세를 살았다고 합니다. 신이 옛 자취에 어두워서 명백히 알지는 못하나 어찌 춘대수역에 즐거움은 있으되 슬픔은 없이 천지와 함께 늙는 것을 알지 못하겠습니까?"

천자가 웃으며 말했다.

"짐이 생각하기에 교산喬山에는 황제의 무덤이 있고 진시황과 한무제의 영걸함으로도 여산驪山과 무릉茂陵에 가을 풀이 쓸쓸하니, 예부터 필시 영생하는 장생술은 없을 것이다."

노균이 대답했다.

"진시황과 한무제는 오직 정벌만 일삼아 전적으로 형벌에 의지하는 정치를 했습니다. 평생 물욕을 벗어나지 못했으니 어찌 장생술을 얻었겠습니까? 황제 헌원씨는 나라를 잘 다스리고 예악을 제정한 뒤 공동산崆峒山에서 7일 동안 목욕재계하고 광성자廣成子를 만나 대낮에 하늘로 날아 올라갔다고 합니다. 교산에는 그가 쓰던 활과 칼을 허위로 묻었다고 합니다. 폐하께서 즉위하신 이래 덕으로 다스려 교화하심이 위로는 하늘의 도에 합치하시고 아래로는 인심을 얻으시어, 비와 바람이 순조롭고 백성들의 생활이 안락합니다. 마땅히 덕을 노래하며 천지에 아뢰고 태산에 봉선封禪**하여 장생할 수 있는

** 제단을 쌓고 천자가 하늘이나 산천의 신에게 제사를 올리는 일이다.

방법을 얻으신다면 정호_{鼎湖}의 비룡을 탈 수 있고 요지_{瑤池}의 팔준_{八駿}*을 몰 수 있을 것입니다. 선문자_{羨門子} 안기생_{安期生}**의 술법과 봉래_{蓬萊} 영주_{瀛洲}의 불사약을 앉아서 가져오는 것이 어찌 어렵겠습니까?”

천자가 크게 기뻐하며 즉시 노균을 자신전태학사 겸 흠천 관지례관_{欽天館知禮官}에 제수하고는, 봉선 절차와 신선술을 강론하여 들이도록 했다. 노균이 이에 예를 아는 선비들과 방술사_{方術士}를 불러들이니, 연나라와 제나라 어름에 살던 괴상하면서도 황당한 무리들이 노균의 문하로 구름처럼 모여들었다. 노균은 이에 1천여 칸 규모로 자금성 안에 큰 건물을 짓고 태청궁_{太淸宮}이라 명명했다. 천자는 자신의 친필로 쓴 현액을 하사하면서 노균을 태청궁태학사_{太淸宮太學士}에 임명했다. 그 크고 헌걸찬 규모와 장대하고 화려한 누관은 한나라의 비렴계관_{蜚廉桂觀}보다 더했다. 이들 무리 중에 한 방사가 노균에게 말했다.

“성상께서 바야흐로 삼황오제_{三皇五帝}의 옛 예법으로 선문자와 안기생이 남긴 자취를 따르고자 하시니, 이는 천고의 성대한 일입니다. 마땅히 세속 밖의 도사를 청하여 먼저 황천_{皇天}

---

* 정호의 비룡이란 전설상의 제왕인 황제(黃帝)가 정호에서 용을 타고 승천한 일을 말하며, 요지는 서왕모가 사는 선경(仙境)으로 주나라 목왕(穆王)이 팔준마(八駿馬)를 몰고 요지로 가 서왕모에게서 천도(天挑)를 얻은 일을 말한다.
** 선문자와 안기생은 진(秦)나라 때의 신선들이다.

에 제사를 올린 뒤 수복壽福을 비는 것이 좋겠습니다."

노균이 크게 기뻐하며 말했다.

"나 역시 그런 생각을 했지만 현재 도술이 높은 선비가 없네. 그대는 세속 밖에서 노닐면서 들은 것이 있을 터이니, 추천해 보라."

방사가 크게 기뻐하며 대답했다.

"넓고 큰 세상에 어찌 도술 높은 선비가 없겠습니까? 남쪽 지방에 한 도사가 있으니, 그분의 도호는 청운도사靑雲道士입니다. 도술에 정통하고 재주와 기예가 특별히 높아서 사방을 구름처럼 노닐며 다닙니다. 정성을 다하여 그가 있는 곳을 찾아 예로써 맞이하신다면 아마도 와 주실 것입니다."

"내가 천자의 뜻을 받들어 나라를 위하여 수복과 상서로움을 비는 것인데, 어찌 태만히 할 수 있겠느냐."

이에 그는 7일 동안 목욕재계를 하고 예물을 갖추어 몇 명의 방사를 보냈다. 방사들이 다시 아뢰었다.

"청운도사께서는 너무 신통하시어 온 천하를 굽어보십니다. 합하께서는 오직 정성스러운 마음으로 목욕재계를 하시고 기다려 주십시오."

노균이 기뻐하면서 허락했다.

한편, 청운이 백운도사를 모시고 총황령叢黃嶺 백운동에 있을 때 강남홍은 하산하고 백운도사는 서천으로 돌아가려 했다. 백운도사는 청운에게 말했다.

"네 공부가 아직 이루어지지 않아 노부와 함께 서천세계로 갈 수 없구나. 이곳에 잠시 머물면서 도를 닦도록 하라."

또 이렇게 말했다.

"네 천성이 좁고 재주가 상당히 작아 진실로 근심스럽다. 잡스러운 술법을 믿고 인간 세상에 절대 발을 내밀지 말라."

청운은 두 번 절하여 명을 받고 사부와 이별한 뒤 백운동에 살고 있었다. 하루는 갑자기 이런 생각을 했다.

'내 평생 산문山門 밖을 나가지 않으니 평생 배운 도술을 쓸 곳이 없다. 잠시 사방으로 노닐면서 견문을 넓혀야지.'

그는 마침내 멀리 서역국西域國을 유람하고 동쪽으로는 약목 若木을 기어올라 상산桑山을 구경하고 멀리 해가 뜨는 부상扶桑 을 바라보며 위로는 현상문玄象門을 따르고 해가 지는 반목盤木 을 굽어보았다. 그러고는 한숨을 내쉬며 길게 탄식했다.

"천지가 광대하다지만 손바닥에 불과하거늘, 어찌 평생 구 속되어 겁을 낼 게 있는가."

그는 북방의 여러 나라들을 두루 편력하면서 청운도사라 자칭했다. 그는 화복에 관해 길흉을 점치거나 도술을 시험하 여 자기 재주를 과시하니, 북방 여러 나라에 명성이 진동했다. 청운이 웃으며 말했다.

"북쪽 오랑캐들은 함께 이야기할 자가 없구나."

그는 다시 중원을 바라보며 웃었다.

"천지 문명의 기운을 가장 잘 받은 곳이니 필시 재주 있는 선비가 저기서 배출될 것이다."

그는 몰래 거지로 변장하고 황성으로 들어와서 풍속을 관찰하면서 비범한 사람을 만나고자 했다.

이때 노균이 때마침 요직에 있으면서 양창곡을 내쫓으니 소인이 조정에 가득했다. 청운도사가 웃으면서 속으로 생각했다.

'내 일찍이 들으니 천하의 9주 중에서 중원이 으뜸이라 했다. 그런데 이렇게 요란한데도 지혜 있는 자가 적으니, 내가 술법을 드러내어 한번 심심한 것을 깨 봐야겠다.'

그는 다시 방사로 변신하여 여러 방사들과 뒤섞여 태청궁으로 들어갔다. 이때 노균은 목욕재계를 하고 방사들과 청운을 맞이하는 일을 상의하고 있었다. 청운은 웃으면서 성 밖으로 나와 서성이며 방사들이 찾아와 초대하기를 기다렸다. 며칠 뒤 과연 방사 몇 명이 수레와 말과 예물을 갖추고 남쪽을 향했다. 청운은 며칠 동안 몰래 그들의 뒤를 따라갔다. 하루는 몇몇 방사가 상의했다.

"우리가 일찍이 청운이라는 이름은 들었어도 한 번도 얼굴을 본 적 없으니 어떻게 해야 그의 거처를 찾을 수 있겠소?"

그러자 한 방사가 말했다.

"예전에 들으니 청운도사는 잡술만 좋아하고 높은 도술은 전혀 없다고 하더이다. 그러니 어찌 꼭 청운을 말할 게 있겠소? 길가 도관을 뒤져서 아무 도사나 만나면 그 사람을 청운도사라고 하여 데려갑시다."

다른 사람이 손뼉을 치면서 크게 웃었다.

"그 계책이 참 묘하구려! 이렇게 된 마당에 예물은 우리가 나눠 가집시다."

그러고는 의기양양하여 길을 갔다. 청운이 미소를 지으며 다시 거지로 변하여 몰래 그들의 뒤를 따라가면서 입으로 진언을 외었다. 방사들 수레와 말을 빨리 몰아서 반나절이나 앞으로 나아갔지만 한 걸음도 전진하지 못하고 그대로 한곳에 서 있었다. 이에 깜짝 놀라 뒤를 돌아보니, 웬 거지가 한쪽 발을 절뚝거리면서 쫓아오고 있다가 웃으며 말했다.

"그대들은 아직도 수레를 모는 법을 잘 모르는구려. 내 당신들을 위해 몰아드리지."

그가 채찍질을 하여 앞으로 나아갔다. 방사들은 뒤를 따라갔지만 점점 뒤처지면서 따라 잡을 수 없었다. 말에 채찍질을 해서 함께 가려고 했지만 그 거지는 뒤도 돌아보지 않고 비웃으면서 천천히 걸어갔다. 그러나 이미 몇 리를 앞서 가더니 점점 어디로 갔는지 알 길이 없었다. 방사들이 크게 놀라서 가슴을 치면서 크게 울부짖었다.

"걸인은 잠시 수레를 멈추라. 우리는 천자의 명을 받들어 청운도사를 맞이하러 가는 길이다. 어찌 바쁘지 않겠는가."

말이 끝나자 등 뒤에서 웃음소리가 들렸다.

"그대들의 수레가 여기 있으니 가지고 가라."

방사들이 놀라서 돌아보니, 거지가 뒤에서 수레를 몰고 왔다. 방사들이 그제야 그가 범상한 사람이 아니라는 것을 알고 땅에 엎드려 아뢰었다.

"선생은 필시 속인이 아니십니다. 존호는 무엇입니까?"

거지는 빙그레 웃으면서 홀연 한바탕 맑은 바람으로 변하더니 공중에 앉아서 웃으며 말했다.

"너희는 부질없이 남쪽으로 가지 말고 다시 돌아가 기다리라. 모월 모일 모시에 청운도사가 태청궁으로 가리라."

말이 끝나자 홀연 그가 보이지 않았다. 방사들은 더욱 크게 놀라서, 그 거지가 청운임을 비로소 깨달았다. 암사들은 태청궁으로 돌아와서 노균에게 자신들이 길에서 청운도사를 만난 일을 자세히 이야기해 주었다. 노균은 크게 기뻐하면서 태청궁 북쪽에 높은 대를 쌓고 망선대望仙臺라고 이름 붙였다.

청운이 말한 그날이 되자 향과 꽃과 차와 탕을 준비하고 천자가 친히 태청궁에 임어해 도사를 기다렸다. 그날 밤 3경, 하늘빛은 명랑하고 별과 달은 하얗게 빛나는데 한 줄기 푸른 구름이 남쪽에서 망선대로 이어졌다. 여러 방사들이 아뢰었다.

"이는 도사가 강림하시려고 푸른 하늘에 무지개 다리를 놓는 것입니다."

잠시 후 한바탕 맑은 바람에 향연기가 불어오더니 과연 한 도사가 채색 구름을 타고 공중에서 망선대로 내려왔다. 미목은 청수하고 얼굴은 희어서, 빼어난 기상과 밝은 자질이 과연 인간 세상의 인물이 아니었다. 도사는 도관과 도의를 입고 손에는 긴 먼지떨이를 들었다. 빈주지례賓主之禮로 천자에게 알현하니, 천자가 공손히 대답했다.

"짐은 티끌 가득한 인간 세상에 거처하고 선생은 세속 밖에서 마음껏 노니시니, 어찌 이렇게 만나리라고 생각이나 했겠습니까?"

도사가 웃으며 말했다.

"빈도는 뜬구름 같은 신세라, 폐하께서 성심껏 예로써 불러주신 것에 감격하여 왔습니다. 폐하께서는 천자로서의 부유함과 만승의 존귀함이 있으신데, 청정하고 담박한 도를 구하여 무엇하시려는 것입니까?"

천자가 한숨을 쉬면서 말했다.

"풀잎의 이슬 같은 인생과 뜬구름 같은 부귀를 어찌 이야기할 수 있겠습니까? 원컨대 선생의 신이한 술법을 빌려서 신선들이 노니는 십주十洲와 삼산三山*의 영약을 구하고 천상 옥경의 맑은 도의 빛을 찾아서 헌원씨와 주목周穆의 고사를 본받고자 합니다."

청운이 눈을 들어 천자의 얼굴을 이리저리 보더니 웃으며 말했다.

"폐하는 진실로 인간의 병범한 골격이 아니십니다. 상계上界

---

* 십주와 삼산은 모두 신선들이 사는 곳이다.

의 큰 신선이신데 잠시 인간 세상으로 귀양을 내려오셨습니다. 만일 지극한 도를 듣고자 하시면 마땅히 날을 택하여 설법을 하고 선관 몇 사람을 청하여 더욱 오래 사실 수 있는 방법을 전해드리겠습니다."

천자가 크게 기뻐하며 태청궁에서 청운도사를 공양한 뒤 즉시 궁으로 돌아갔다. 청운이 노균에게 말했다.

"성스러운 천자께서 만세를 누릴 계책을 구하여 주목왕과 서왕모의 고사를 본받고자 하십니다. 상계의 신선은 이 속세로 내려오려 하지 않습니다. 태청궁의 건물이 상당히 좁아서 접대할 수 없으니, 날아갈 듯 아름답고 화려한 건물 수백 채를 더 지어서 티끌 한 점이라도 날아들어 오지 못하게 해야 합니다. 그래야 진짜 신선이 내려올 것입니다."

노균은 그 말이 훌륭하다고 여겨서 다시 누각을 지었다. 백옥 난간과 유리 기와에, 수정 주렴은 산호 고리에 걸었고, 교차되는 창문과 복도는 붉고 푸른빛으로 영롱하고, 기화요초를 비단에 새겨서 한겨울일지라도 봄바람에 백화가 만발한 3월과 완연히 비슷했다. 청운은 이에 날을 택하여 도량을 설치했다. 천자가 태청궁에 임어하자 청운은 여러 방사들과 천자에게 새로운 이름을 올려 '태청궁교주도군황제'太淸宮敎主道君皇帝라 칭했다. 궁중에서 3일 동안 초재醮齋가 끝나자 천자는 친히 도량을 찾아왔다. 천자는 머리에 통천관通天冠을 쓰고 몸에는 강사포絳紗袍를 입었으며 손에는 옥으로 만든 옥홀玉笏을 들

고 동쪽을 향하여 첫 번째 자리에 앉았다. 청운도사는 도관에
하의荷衣 차림으로 손에는 먼지떨이를 들고 동쪽을 향하여 두
번째 자리에 앉았다. 모든 방사들은 우의羽衣를 입었고, 노균과
동홍은 여러 관리들과 옆에서 모시고 있었다. 이날 황혼녘에
도사가 몸을 일으켜 북쪽을 향하여 하늘에 축원했다. 도사는
여러 방사들과 한참 동안 엎드려 있더니 다시 자리로 돌아와
천자에게 아뢰었다.

"오늘 밤 옥황상제께서 영소보전에서 잔치를 여시어 신선
들이 모두 잔치자리에 가셨습니다. 다만 요지의 서왕모와 적
송자, 안기생만이 4경 3점에 이곳으로 내려오셨다가 5점에 다
시 돌아가신다 합니다. 박산로博山爐에 강진향降眞香을 피우며
기다리소서."

천자가 노균을 돌아보며 누각의 팔방과 상하에 큰 향로를
배치하고 향을 피우도록 했다. 몽롱한 향연기가 태청궁에 서
리어 마치 구름과 안개가 하늘에 가득한 듯했다. 얼마 뒤 북두
칠성이 동쪽으로 돌고 똑똑 떨어지던 물시계가 4경을 알리자,
홀연 파랑새 한 쌍이 서쪽에서 훨훨 날아들어 와서 태청궁 난
간에 앉았다. 청운도사가 아뢰었다.

"서왕모께서 내려오셨습니다."

말이 끝나기도 전에 신선 음악소리가 공중에 은은히 들리
더니, 선녀 한 쌍이 푸른 난새를 타고 칠보로 장식한 운빈雲鬢.
귀밑머리에 예상을 입고 푸른 구름 사이에서 쟁그랑쟁그랑 패옥

성을 울렸다. 잠깐 사이에 누각 아래에 이르자, 천자가 몸을 일으켜 맞이하려 하니 선녀가 낭랑하게 웃으며 말했다.

"첩 등은 왕모낭랑王母娘娘, 서왕모의 시녀 쌍성雙星과 비경飛瓊으로, 먼저 왔습니다. 대명국 천자께서는 옥체를 자중하소서. 낭랑께서 뒤에 오실 것입니다."

천자가 멀리 바라보니 상서로운 기운이 영롱한데 아름다운 구름이 뭉게뭉게 일며 한 선녀가 봉관鳳冠과 월패月佩 차림으로 오운거五雲車를 타고, 전후좌우로 보선寶扇, 보배로운 부채과 운번을 쌍쌍이 옹위한 가운데 십여 명의 시녀가 난새와 봉황을 타고 허공을 덮으면서 도착했다. 광채는 휘황찬란하고 기이한 향기가 코에 닿았다. 청운도사가 여러 방사들을 이끌고 바삐 내려가 맞이하며, 그들을 인도하여 누각에 올랐다. 천자가 길게 읍을 하고 서쪽을 향하여 두 번째 자리에 앉으니, 10여 명의 시녀가 차례로 모시고 섰다. 천자가 눈을 들어 서왕모를 보니, 엄연한 태도와 아름다운 용모가 꽃 같고 달 같았다. 푸른 머리카락은 봄구름이 막 짙어진 듯했고 별처럼 반짝이는 눈동자는 가을 물이 잠시 고여 있는 듯 너무도 아름다웠다. 천자가 기쁘게 물었다.

"낭랑께서 일찍이 주목왕을 만나 백운요로 화답하신 지 이미 1천여 년이 지났지만, 월태화용月態花容은 여전하십니다. 옥경 요대의 즐거움을 비로소 알겠습니다."

서왕모가 낭랑하게 웃으며 말했다.

"저희 집 반도蟠桃* 아래 팔준마가 뜯던 풀이 아직 자라지도 않았는데 인간 세상의 세월이 이미 1천여 년이나 지났다고 하시니, 어찌 한심하지 않겠습니까?"

천자는 그 말을 듣고 더욱 놀랐다. 그때 사슴을 탄 소년과 약 광주리를 든 노인이 홀연 누각에 올라왔다. 서왕모가 미소를 지으며 천자에게 말했다.

"저 소년은 저희 이웃집 아이인 안기생이고, 저 노인은 태산 아래에서 약을 캐던 적송자입니다. 오늘 밤 청하셨기에 이렇게 왔습니다."

천자가 공경하게 예를 마친 뒤 세 번째 자리에 앉게 했다. 서왕모가 안기생과 적송자를 돌아보며 말했다.

"그대들이 이미 대명국 천자의 훌륭하신 뜻에 감동하여 왔으니, 장차 무엇으로 보잘것없는 마음을 표하려 하시는가?"

안기생이 미소를 지으며 소매 안에서 붉은 과일을 꺼내 천자에게 바치며 말했다.

"이것은 화조火棗입니다. 한 번 맛을 보면 평생 배가 고프지 않고 오백 년을 누릴 수 있습니다. 인간 세상에서는 희귀한 과일이지요."

적송자도 웃으면서 말했다.

"노부는 산속에 사는 늙은이로, 소나무를 베어 잠이나 자고

---

* 3천 년마다 한 번씩 열린다는 선경의 복숭아다.

소나무를 먹어 배부르게 하여도 평생 병 없이 건강했습니다. 제 나이 이제 1만 5천 살입니다. 남은 솔잎이 아직 약 광주리에 들어 있습니다."

노인은 천지에게 청송靑松 잎을 바쳤다. 서왕모가 웃으면서 말했다.

"제가 손수 심은 반도 10여 그루가 후원에 있었습니다만, 근래 경망스러운 동방삭東方朔** 녀석이 한 개 훔쳐 가고 다섯 개가 남았기에 가져왔습니다. 진짜 반도는 아니지만 세상 사람들이 한 번 맛보면 5천 년은 살 수 있을 것입니다."

서왕모는 쌍성에게 반도를 가져오도록 했다. 쌍성이 유리쟁반에 반도 다섯 개를 담아서 바치니, 천자가 직접 받아 앞에 놓고 몸을 굽혀 물었다.

"예부터 신선술을 믿는 사람이 많았는데 과연 장생불사한 사람이 몇 사람이나 됩니까?"

서왕모가 웃으며 말했다.

"신선은 등급에는 세 등급이 있습니다. 상선은 구하지 않아도 그렇게 될 수 있고, 중선은 선분仙分이 있으면 그렇게 될 수 있고, 하선은 이따금씩 배워서 그렇게 됩니다."

천자가 다시 물었다.

** 전한(前漢) 무제(武帝)에게서 벼슬을 지냈으며, 해학으로 이름을 떨쳤다. 서왕모의 복숭아를 훔쳐 먹고 삼천갑자를 살았다고 하는 전설이 전해진다.

"한무제와 진시황은 평생 신선 되고자 했지만 어째서 이루지 못했습니까?"

서왕모가 안기생에게 말했다.

"진시황과 한무제는 뭐하는 사람이오?"

안기생이 대답했다.

"진시황은 여정呂政이고 한무제는 유철劉徹입니다."

서왕모가 미소를 지으며 말했다.

"그 사람들은 평범한 골격입니다. 어찌 신선의 도를 말할 수 있겠습니까? 연제燕齊 지역의 괴이한 선비들을 모아서 금동선인金銅仙人의 승로반承露盤*을 만들어 신선이 되기를 바라다가, 변수汴水의 가을바람에 지나간 일을 후회하니** 유철은 오히려 영웅이라 할 수 있을 것입니다. 그러나 죄 없는 동녀童女 5백 명을 바닷속에 표류시키다 빠뜨리고 여산에 무덤을 만들어 백성들의 힘을 허비하고 스스로 만 년을 살 계책을 생각하니,***

---

* 한나라 무제가 세운 금동으로 만든 신선상이다. 높이가 20장(丈), 둘레가 일곱 아름이나 되는 거대한 동상으로, 한나라 무제가 감로(甘露)를 받기 위하여 건장궁(建章宮)에 만들어 둔 구리 쟁반인 승로반을 높이 들고 있는 모습이다.

** 한무제의 「추풍사」(秋風辭)를 말한다. 한무제의 이름은 유철인데, 그는 옥쟁반에 이슬을 받아먹으면 신선이 될 수 있다고 생각하여 건장궁에 신명대(神明臺)를 세우고 그 위에 금동선인을 만들어 놓았다. 「추풍사」는 늙음을 한탄하는 내용이므로 신선이 되어 영생불사하려는 꿈에서 벗어났으니 오히려 영웅이라는 뜻이다.

*** 진시황은 동해 한가운데 있는 신선의 섬 삼신산에서 불사약을 구해 오라며 동남동녀(童男童女) 3천 명을 파견했으나, 한 사람도 돌아오지 못했다. 또한 여산에 자신의 무덤을 호화롭게 지어서 영원히 살아갈 지하 궁전을 만들었다.

만고에 어리석은 자는 바로 진시황 여정입니다."

천자가 의아해하면서 말했다.

"짐이 일찍이 들으니, 서왕모께서 한무제를 따라 승화전承華殿에 강림하시어 반도 7개를 바쳤다고 합니다. 정말 그런 일이 있었습니까?"

서왕모가 크게 웃으며 말했다.

"이는 모두 방사들이 속인 것입니다. 만약 진실로 반도를 얻었다면 어찌 무릉의 가을바람이 있겠습니까?"

천자가 웃으며 말했다.

"그렇다면 짐과 같은 사람도 신선술을 얻을 수 있습니까?"

서왕모가 몸을 숙이면서 대답했다.

"폐하는 속세의 인물이 아닙니다. 상계의 선관이었는데 인간 세상에 귀양을 온 것입니다. 훗날 반드시 옥경 청도淸道의 신선이 되실 것입니다."

천자가 흔쾌히 웃고는, 주변 신하들에게 차를 올리게 했다. 그러나 모든 신선들이 한 번도 입에 대지 않았다. 이에 시녀들에게 음악을 연주하도록 했다. 여러 선녀들이 운문雲門의 가야금, 자운紫雲의 통소, 왕자진의 생황을 연주하며 예상곡을 노래하면서 우의무를 추었다. 푸른 소매는 이어져 너울거리고 바람에 흩날렸다. 음악소리가 질탕하여 푸른 하늘에 아련히 이어졌다. 천자는 홀쩍 날개가 돋는 듯하여 즐거움을 이기지 못했다. 잠시 후 상서로운 기운이 마구 피어나면서 5경 3점을 알렸다. 서왕모가 적송자와 안기생을 돌아보며 말했다.

"내일 이른 아침에는 옥황상제께서 친히 옥하전玉霞殿을 여시어 많은 신선들의 조회를 받으시는 날이오. 여기서 오래 머무르지 못하겠소."

서왕모가 돌아가자고 재촉했다. 천자가 재삼 만류했지만 끝내 들어주지 않았다. 서왕모가 표연히 누각에서 내려오자 청풍이 일어나면서 채색 구름이 거두어지더니 어디론가 간 곳없었다. 다만 공중에서 신선의 음악소리와 만세를 부르는 소리만 들려왔다. 천자는 허공을 향하여 사례하면서 망연자실 바라보았다.

이로부터 천자는 신선술을 더욱 믿고 정사를 돌보지 않았다. 천자는 매일 태청궁에 임어하여 방사들과 함께 신선술을 공부했다. 청운도사는 황사태청진인皇師太淸眞人에 임명하고 삼공육경三公六卿의 절을 앉아서 받도록 했다. 이때 조정의 기강이 해이해져서, 지식인들은 몰래 걱정하며 장탄식으로 양창곡을 생각했고, 지식이 없는 자들은 그 풍도를 바라보고 감동하여 각각 신선의 도를 얻으려 생각했다. 그러니 자연히 백성들의 마음이 요란스럽고 나라의 예산이 마구 쓰여, 관직을 팔고 세금을 높여도 날로 부족해졌다. 태청궁의 일상적인 비용을 계속 공급할 방도가 없어진 것이다. 노균은 속으로 이렇게 생각했다.

'내가 득실을 근심하고 권위를 탐하여 이 일을 만들어 내서

천자가 나를 충분히 신임하지만, 민심이 복종하지 않는다. 백성들의 시비와 원망을 어떻게 처리하면 좋을까?'

그는 한 가지 꾀를 생각해 내고 태청진인 청운을 만나서 말했다.

"천하에 이해하기 어려운 자들이 백성입니다. 지금 황상께서 고상한 도를 듣고자 하시어 예로써 선생을 맞아들였습니다. 무지한 무리들은 선생의 법술을 알지 못하고 모두 믿지 않으면서 논란을 벌입니다. '우리 황제께서 허황한 도사를 믿으신다' 하고 말입니다. 이는 나라의 근심거리요 선생의 수치입니다. 바라건대 선생께서는 신이하고 밝은 도술로 인간의 길흉화복을 판단하여, 그것을 의심하는 자들이 입을 다물고 마음속으로 진실로 복종하도록 해주십시오."

그러자 청운이 말했다.

"그건 어렵지 않습니다. 빈도는 당연히 천문지리와 의약복서醫藥卜筮로 환히 보여 주고 명확히 판명해 천하 백성들로 하여금 흉을 피하고 길하게 하며 재앙을 복으로 바꾸겠습니다."

노균이 크게 기뻐하면서 자금성 안팎에 일제히 방을 붙였다. 그 방문의 내용이 무엇인가, 다음 회를 보시라.

제30회

천자는 태산에 올라 봉선하고,

벽성선은 행궁에 들어가 거문고를 연주하다

登泰山天子封禪 入行宮仙娘彈琴

노군은 자금성 안팎 곳곳에 다음과 같은 방문을 붙였다.

하늘이 나라를 도우사 천하 창생들을 위하여 태청진인을 인간 세
계에 강림하게 하셨도다. 백성들 가운데 수명장수와 복을 구하고
재앙을 피하며 길흉화복을 판단하고자 하는 사람이 있다면 태청
궁으로 와서 진인에게 정성을 다하여 공양하라.

성 안팎의 수많은 사람들이 방문을 보고도 의아한 마음을
품어 찾아오는 사람이 없었다. 노군이 먼저 제 처첩을 보내 복
록을 구하도록 했다. 그러자 조정의 모든 관료들이 그를 따라
처첩들을 태청궁으로 보내 예물을 후하게 하여 복과 소원을
기원하니 들리는 소문이 해괴했다.

이때 소유경은 멀리 남해에 유배되었고 원로대신 윤형문은

관직이 삭탈되어 온 집안 식구들을 데리고 시골 장원으로 돌아갔다. 조정에 있는 사람들 가운데 노균 측 사람이 아닌 자가 없었다. 상장군 뇌천풍은 마음이 울울하고 즐겁지 못하여 사직하고 물러나려 했지만 천자가 허락하지 않아 부득이 관직 생활을 열심히 하고 있었다. 그는 돌아가는 광경을 보고 하늘을 우러러 탄식했다.

"아득한 창천이여, 명나라를 돕지 않는구나. 충신은 쫓겨나고 간신만 조정에 가득하다. 내 나이 일흔에 나라의 은혜를 두터이 입고 어찌 앉아서 나라가 망하는 꼴을 보겠는가."

그는 즉시 도끼를 들고 대궐로 가서 땅에 엎드려 통곡했다.

"우리 태조께서 나라를 만드시고 수백 년을 누려 왔는데, 오늘 간신들의 손에 멸망하게 되었습니다. 폐하께서는 전혀 깨닫지 못하시니 신은 원컨대 이 도끼로 요망한 도사와 간신들의 머리를 베어 천하에 사죄하겠습니다."

천자가 크게 노하여 말했다.

"조그마한 무관이 이토록 무례하다니 마땅히 군율로 처벌하리라."

이때 노균이 자신전 위에서 천자를 모시고 있다가 노하여 꾸짖었다.

"늙은 장수는 연왕 양창곡을 위해 이러는 것인가, 나라를 위해 이러는 것인가? 어찌 감히 이렇게 방자하고 무례하단 말이냐?"

뇌천풍이 노하여 서릿발 같은 흰 머리카락은 위로 솟구치고 노한 눈은 찢어질 듯하여 말했다.

"노균아! 네가 폐하의 은총을 탐하여 어진 사람을 모해하고 요망한 술법과 흉악한 계책으로 조정을 어지럽히는구나. 종묘사직이 너로 인해 위태로워져 나라가 망한다면 그때 어디로 가려는가?"

노균의 얼굴빛이 흙색이 되어 엎드려 아뢰었다.

"뇌천풍은 양창곡의 심복입니다. 양창곡만 알 뿐 임금을 모르고 이렇게 무례하게 구니, 용서할 수 없습니다. 청컨대 관직을 삭탈하고 멀리 유배를 보내소서."

천자가 허락하고 즉시 뇌천풍의 관직을 없애 북쪽 돈황敦煌 지역 군대에 편입시키도록 했다. 뇌천풍이 눈물을 뿌리면서 천자에게 하직인사를 하며 말했다.

"노신이 불충하여 간사한 신하를 빨리 죽이지 못하고 오히려 간신의 손아귀에 임금을 남기어 안위를 모른 채 먼길을 가게 되었으니, 훗날 저승에서 무슨 면목으로 돌아가신 황제를 뵙겠습니까?"

천자가 더욱 노하여 빨리 출발하도록 했다. 뇌천풍이 물러날 때 슬픈 빛으로 남쪽을 향하여 탄식했다.

"소장은 늙었습니다. 간신의 머리를 베고 연왕께서 조정으로 돌아오시는 것을 보지 못하고 장차 북방의 외로운 혼이 될 터인즉, 어찌 남은 한이 없겠습니까?"

그는 말 한 마리에 몸을 싣고 돈황을 향하여 떠났다.

노균은 뇌천풍을 쫓아낸 뒤 더더욱 기염을 토하면서 조정을 뒤흔들었다. 다만 민심이 복종하지 않을까 염려하여 태청진인 청운에게 말했다.

"요즘 어리석은 백성들이 선생을 비방하여 시비가 분분합니다. 청컨대 선생께서는 신통하고 광대한 도술을 드러내시어 비방하는 자들을 묶어 주십시오."

청운이 웃으며 말했다.

"어렵지 않은 일이외다."

그는 즉시 진언을 외면서 풀잎을 따 허공에 어지러이 던졌다. 그것들은 하나하나 모두 귀졸이 되어 성 안팎으로 집집마다 날아다니면서 조정을 비방하는 자들을 잡아들였다. 사람들은 두려워서 입을 다물고 다시는 말하지 않았다. 노균이 크게 기뻐하면서 문객과 집안 사람들에게 기이한 물건과 이상한 단서丹書를 구해 오도록 했다. 그러자 자사와 수령들이 모두 그 의도를 알아채고 상서로운 일들을 다투어 말하니, 봉황이 날아와 춤을 추고 기린이 나타나 노닐며 황하가 맑아지는 징후들이 날마다 한 묶음씩 보고되었다. 노균이 만조백관을 거느리고 표문을 올려 말했다.

"황천皇天이 상서로움을 내리고 성스러운 덕을 표창하고 있습니다. 폐하께서는 마땅히 명산에 봉선封禪을 하시어 옥을 묻고, 천지신명에게 제사를 올리시고, 명당에 재계齋戒하시며 바닷가를 돌아보시어 신선을 맞이하고, 수명장수와 복을 구하여 옥황상제의 은혜에 보답하소서."

천자가 크게 기뻐하면서 길일을 택하여 태산에 봉선하기로 했다. 종실과 대신들과 문무백관은 도읍에 머물면서 나라를 살피도록 하고, 천자는 노균과 동홍, 내시 10여 명, 문무백관 1백여 명, 군사 2천 명, 우림군羽林軍 1만 기를 거느리고, 태청진인 청운 및 여러 방사들과 출발했다. 수레와 행렬이 1백여 리에 이어졌고, 이르는 고을마다 군마를 징발하여 천자를 맞이했다.

때는 마침 춘삼월이었다. 백성들은 쟁기를 던져 버리고 삼태기와 삽을 들었으며 밭일을 그만두고 길을 수리했다. 닭과 개를 잡아 군사들을 먹였으며 우마를 빼앗아 천자 일행의 수레를 운반했다. 민심은 자연히 소란스러워졌고, 원망이 사방에서 일어났다.

노魯나라 지역을 지나며 천자는 태뢰太牢, 소와 돼지, 양을 갖춘 제수로 친히 공자묘에 제사를 올렸으며, 궐리闕里, 공자가 살던 곳를 지나면서는 음악소리를 듣고 감탄했다. 천자는 노균을 돌아보며 말했다.

"짐은 성인이 백세百世의 스승이라고 들었소. 만약 정령精靈이 있다면 짐의 이 행차를 보고 뭐라 하시겠소?"

노균이 대답했다.

"봉선은 선왕들께서 하신 것으로 황제黃帝와 요순 역시 행하신 바입니다. 성인도 오히려 희생양을 올려 고삭告朔하는 일*을 사랑하셨거늘, 오늘 직접 봉선하시는 일을 어찌 즐겁게 여기지 않겠습니까?"

그 말에 천자는 미소를 지었다. 태산에 올라 제단을 쌓고 하늘에 제사를 올렸다. 그리고 옥에 글을 새겨 덕을 칭송하고 제단 아래 묻었다. 수레를 돌려 중봉中峰에 이르렀을 때, 여러 신하들이 돌아보니 제단 위로 흰 구름이 피어오르고 공중에서는 만세 소리가 완연히 들렸다.

이에 천자는 명당에 임어하여 왼쪽 청양青陽, 동쪽에 있는 천자의 거처을 열었다. 노균이 여러 신하들을 이끌고 술잔을 올리고는 두 번 절하여 수명장수를 기원했다. 천자가 그날 밤 명당에서 묵을 때였다. 한밤중에 갑자기 한 줄기 상서로운 기운이 명당의 정실正室 뒤에서 피어올라 하늘 끝에 닿았다. 태청진인 청운이 아뢰었다.

"이는 명기明氣입니다. 그 아래에서 반드시 천서天書를 얻을 것입니다. 땅을 파보십시오."

노균이 사람들을 시켜서 땅을 몇 길 파내려 가니 과연 돌로 만든 함이 하나 있었다. 함 위에는 글자가 새겨져 있었는데,

---

* 옛날 천자는 늦겨울이 되면 이듬해 달력을 반포하면서 제후들에게 나누어 주었다. 제후들은 이 달력을 가지고 돌아가서 자신의 종묘에 두고, 매달 초하루[朔]에 양을 제물로 바치면서 종묘에 고한 뒤 해당 달의 책력(冊曆)을 나라 안에 널리 펴는 일을 했다고 한다.

용과 봉황 무늬와 전서篆書, 고대의 한자 서체가 구불구불 드러나 있었

지만 해석할 수 없었다. 석함을 열어 보니 책이 한 권 들어 있

었다. 이 또한 문자가 기괴하여 세속의 눈으로는 해독할 수 없

었다. 태청진인 청운이 아뢰었다.

"이것은 옛날 과두문자蝌蚪文字**입니다. 박식한 선비는 해독

할 수 있을 것입니다."

노균이 단서를 받들고 한참 바라보다가 아뢰었다.

"신이 비록 이것을 다 알 수는 없으나 가운데 '성수무강'聖壽

無疆, 천자의 수명이 끝이 없다 네 글자는 완연합니다."

다음 날 천자는 동해를 돌아보며 일출을 보았다. 그리고 천

자는 방사들에게 말했다.

"바다 한가운데 삼신산三神山이 있다고 들었다. 옛날부터 간

혹 통행한 자가 있었는가?"

태청진인이 대답했다.

"여기서 수만여 리를 지나서 섬라暹羅, 자랍刺臘, 부상扶桑 세

나라를 건너면 큰 바다 가운데에 큰 섬이 있습니다. 첫 번째가

봉래산蓬萊山, 두 번째가 방장산方丈山, 세 번째가 영주산瀛洲山입

니다. 이것을 삼신산이라고 부릅니다. 진한 이래로 통행한 자

는 없었지만 폐하께서 진실로 유람하고자 하신다면 빈도가

** 중국 고대에 필묵(筆墨)이 아직 쓰이지 않았을 때 죽간에 옻을 묻혀 글을 썼다. 대
나무는 딱딱하고 옻은 끈적끈적하여 글자의 획이 머리는 굵고 끝은 가늘게 되어
마치 과두(올챙이) 모양으로 보였기 때문에 이름 붙여졌다.

마땅히 폐하께 길을 인도하겠습니다."

날이 저물기를 기다려 태청진인은 천자를 모시고 바닷가에
이르렀다. 때는 마침 그믐밤이었다. 바닷가 하늘은 어둑하고
뭇별들은 반짝이면서 빛을 수면에 드리우고 있었다. 태청진
인이 웃으며 말했다.

"빈도가 마땅히 먼저 밝은 달을 불러 바다 뒤를 비추고 푸
른 하늘에 무지개 다리를 만들어 폐하께 삼신산을 보여드리
겠습니다."

그는 소매를 떨치면서 진언을 외웠다. 그러자 과연 밝은 달
이 구름 사이로 솟아나 바닷가 하늘 만리를 비추었다. 그가 다
시 진언을 외우자 한 줄기 무지개가 허공에 일어나 오색이 영
롱했다.

"무지개 다리가 만들어졌습니다. 이제 다리를 밟고 오르십
시오."

천자가 두려운 모습으로 주저하자 태청진인 청운이 웃으면
서 다시 소매를 떨치며 진언을 외웠다. 그러자 붉은 구름이 갑
자기 일어나 천자와 태청진인을 받들었다. 두 사람은 무지개
다리 위로 올라가 반공半空에 솟구쳤다. 태청진인이 손가락으
로 동쪽을 가리키면서 말했다.

"폐하, 저쪽이 보이십니까?"

천자가 이에 정신을 수습하여 자세히 보니, 구름과 안개가
은은한 망망대해 한가운데 청산 세 개가 세발솥처럼 벌여 있

었다. 누각은 영롱하고 상서로운 기운이 서려 있으며, 기이한 풀과 꽃이 만발하여 향기를 풍겼다. 난새와 학과 봉황이 쌍쌍이 오가며 선녀와 선관이 우의와 예상을 입고 이리저리 왕래하는 모습이 바로 앞에서 벌어지는 듯했다. 천자가 태청진인에게 말했다.

"불교에서 말하는 천상 극락세계가 저곳이오?"

"저곳은 하계의 선경입니다. 만약 옥경 청도의 상선이 있는 곳을 보신다면 어찌 저곳에 비교하겠습니까?"

천자가 망연자실하여 한동안 있다가 말했다.

"짐은 저곳에 가서 노닐고 싶구려. 적송자와 안기생을 다시 만날 수 있겠소?"

"지금 보시기에 지척에 있는 듯하지만, 이곳과의 거리가 8만여 리나 됩니다. 게다가 바람과 풍랑이 험악해 날아다니는 새라도 통과할 수 없습니다. 만약 도를 닦아서 정근情根이 청정하고 인간으로서의 몸이 바뀌는 환골탈태를 이룬다면 자연히 저곳을 유람하실 날이 있을 것입니다."

태청진인은 말을 마치자 손을 들어 서북쪽을 가리키며 말했다.

"폐하께서는 저쪽을 보시지요."

천자가 눈을 들어 멀리 바라보니, 망망한 바다에 손바닥만 한 작은 섬이 있었다. 연기와 먼지가 가득하여 어둑어둑했다. 천자가 웃으며 물었다.

"저곳은 어디요?"

태청진인이 대답했다.

"저곳이 바로 중국입니다. 폐하께서 도읍하신 곳입니다."

천자가 고개를 숙여 돌아보고는 얼굴을 붉혔다. 태청진인이 다시 소매를 떨치니 순식간에 천자는 진인과 함께 무지개 다리를 이미 내려와 있었다. 이후로 천자는 더욱 신선술을 믿고 바닷가에 머무르면서 신선을 다시 보고 싶어 했다.

아! 천자는 일월과 같은 밝은 눈과 천지와 같은 커다란 도량으로 어찌 일개 요망한 도사에게 미혹되겠는가마는, 이 또한 국운이 관계되는 바이다. 한 번 어지러우면 한 번 잘 다스려지는 천지의 기틀을 어찌하겠는가.

이때, 천자는 바닷가에 행궁行宮을 짓고 장차 신선들을 만나기 위해, 주목왕과 진시황이 천하를 두루 돌아다니면서 다리를 만들었던 뜻을 가졌다. 하루는 천자가 피곤하여 행궁에서 잠이 들었다. 꿈속에서 상계에 올라가 옥황상제를 모시고 균천광악을 듣다가 우연히 실족하여 공중에 떨어졌다. 마침 한 소년이 천자를 받들어 구했는데, 돌아보니 소년은 희고 붉은 분으로 화장을 해 여자와 같은 기상을 지녔다. 손에 악기를 든 것으로 보아 완연히 악공인 듯했다. 꿈에서 깨어나 무언가 상서롭지 못하다 생각되어, 노균에게 꿈 내용을 말했다. 노균이 대답했다.

"옛날 진목공秦穆公이 꿈에서 균천광악을 듣고 나라를 중흥

시켰다 하니, 이 어찌 길몽이 아니겠습니까? 폐하께서 동홍을 얻어 예악을 정비하시고 성스러운 덕을 보완하셨으니, 꿈속에서 보신 소년은 필시 동홍일 것입니다."

천자도 꿈속의 소년이 동홍이라고 여겨서 그의 관작을 더 높여 봉의정태학사군천협률도위鳳儀亭太學士鈞天協律都尉를 제수하고, 이원제자를 균천제자鈞天弟子로 바꾸었다. 그리고 민간에서 음악을 아는 소년을 선발하여 그들을 좌우에서 시종하게 하여 꿈의 징조에 응하기로 했다. 이에 동홍이 천자의 명을 받들어 균천제자들을 널리 모집했는데, 그는 급하게 숫자를 채우려고 원근遠近 각지에 심복들을 파견하여, 자격 조건에 합당한 사람이 있으면 그가 누구든지 잡아 오도록 했다. 이에 여항의 나이 어리고 아름다운 사람들은 감히 길가에 모습을 보이려 하지 않았다.

한편, 벽성선은 점화관에 거처했다. 벽병선의 처량한 모습이 마치 하루가 삼 년 같았으며 날마다 북쪽을 바라보면서 양창곡이 찾아오기만을 기다렸다. 그런데 뜻밖에 양창곡이 하늘 끝에서 귀양살이를 하는 처지가 되어 소식이 묘연해졌다. 그녀는 자신의 신세를 돌아보니 갈수록 괴이해져 식음을 전폐하고 밤낮으로 울며 지내다가, 홀연 탄식했다.

"상공께서 갑자기 소인의 참언을 만나 수레를 돌이킬 기약이 없어졌다. 나도 오랫동안 도관에 거처하니, 신세가 괴이할 뿐만 아니라 어떤 문제가 생길지도 모른다. 차라리 종적을 감추고 남쪽 지방을 두루 돌아다니며 산천을 유람하고 운남 귀양지 부근에서 도관을 찾아, 때를 기다리는 것이 좋겠구나."

그녀는 남자 옷으로 바꿔 입고 청노새 한 마리를 골라 여러 도사들과 작별하고 남쪽을 향해 길을 나섰다. 주인과 하인이 서생과 서동으로 분장해 출발한 뒤 며칠 만에 충주忠州에 도착했다. 황성과는 거리가 9백 리이고 산동성과는 10여 리였다.

하루는 객점에 들었는데, 소년 몇 명이 이옥이 바라보다가 말했다.

"그대는 어디로 가는 거요?"

"산수를 유람하는 중이오. 정해진 곳은 없소."

소년들이 서로 돌아보며 미소를 짓고 다시 물었다.

"그대 모습을 보니 풍류남아의 기상이 있군요. 혹시 음률을 배웠소? 우리도 산수를 유람하는 나그네라, 마침 소매 안에 통소가 있는데 오늘 밤 나그네 회포를 풀고 싶소."

벽성선이 그들의 말을 듣고 생각했다.

'저들이 내 모습을 보고 여자가 아닌가 의심하여 이렇게 따지는 것일 테니 본색을 드러낼 수 없는 일이다.'

그러고는 이렇게 대답했다.

"나는 일개 서생이라, 어찌 음률을 알겠소? 그러나 여러분이 회포를 풀고자 하신다면 시골 아이들의 피리 소리를 흉내 내 보겠소."

소년이 먼저 한 곡 연주한 뒤에 즉시 통소를 건네주었다.

벽성선은 사양하지 않고 몇 곡 불어서 거기에 화답을 하고는 다시 돌려주며 말했다.

"내 본디 익숙한 솜씨는 아니오만, 감히 여러분들의 후의에 응대하지 않을 수 없던 것이니 부디 비웃지 말아 주시오."

소년들은 기쁜 빛을 이기지 못하고 나갔다. 잠시 후 문밖에서 요란한 소리가 들리더니 대여섯 명의 사내들이 작은 수레를 가지고 왔다. 소년이 큰 소리로 외쳤다.

"우리는 황명을 받아 그대와 같은 사람을 널리 구하려고 각 고을을 두루 돌아다니는 중이오. 놀라지 마시오."

그들은 벽성선 일행을 잡아 수레 안에 넣고 비바람 치듯 몰아서 어디론가 향했다. 벽성선은 창졸간에 변을 당하여 까닭을 알지도 못한 채 수레 안에서 몸종 소청을 보고 말했다.

"우리 노주가 결국 이런 횡액을 당하는구나. 평지풍파를 이렇게 가늠하기 어렵단 말이냐?"

소청이 울면서 말했다.

"일이 이 지경에 이르렀으니, 낭자는 마음을 느긋하게 먹고 사태를 살피십시오."

벽성선은 죽기를 각오하고 수레 안에 단정히 앉아 있었다. 그렇게 하루 종일 가더니 한곳에 이르러 수레를 멈추고 두 사람에게 내리라고 했다. 벽성선과 소청이 노주 두 사람이 태연히 내려서 주변을 돌아보았다. 건물은 크고 화려했으며, 수많은 소년들이 한곳에 모여 앉아 서로 얼굴을 돌아보고 있었다.

벽성선 역시 그들과 함께 앉았는데, 한 관리가 오더니 저녁을 권하며 위로했다.

"그대들은 걱정하지 말라. 이곳은 산동성이고, 우리는 참정 노균 어르신의 가인家人들이다. 천자께서 지금 바닷가 행궁에 머무시면서 균천제자들을 모집하시는 중이다. 오늘은 동홍 협률과 노균 참정께서 그대들의 재주를 시험하실 것이다. 그대들이 배운 바를 다 발휘하여 천자를 가까이에서 모시게 된다면 어찌 영광이 아니겠느냐?"

벽성선이 그 말을 듣고 속으로 생각했다.

'이는 필시 노균과 동홍 두 간신이 벌인 짓일 것이다. 노균은 상공의 원수라 만약 내 신분을 드러낸다면 욕됨을 면할 수 없으리라. 시험장에 나아가 재예를 숨기고 음률을 모른다 하면 자연히 놓아주겠지.'

그녀는 계획을 정한 뒤 지시를 기다렸다. 과연 관리가 수십 대의 수레를 몰아오더니, 여러 소년을 데려갔다. 벽성선이 수레 안에서 내다보니 층층이 쌓인 성벽이 바닷가에 은은히 비치고 있었다. 물어보지 않아도 행궁이라는 것을 알 수 있었다.

이때 동홍은 노균을 만나 이렇게 말했다.

"제가 지금 황제의 명을 받들어 사방에서 음률을 아는 소년 십수 명을 데려왔습니다. 오늘 밤 천자 앞에서 그들의 재주를 시험하겠습니다."

노균이 한참 고민하면서 생각하더니 손을 저으며 말했다.

"안 된다, 안 된다. 세상에서 가늠하기 어려운 것이 사람의 마음이다. 그대의 권력으로 순진한 소년들을 모아 천자에게 바치려 하다니 이것이 우리의 복이겠느냐? 우리 두 사람의 심복이 아니라면 절대 천자 가까이에서 모시게 하면 안 된다."

동홍이 사례하면서 말했다.

"어르신의 가르침이 매우 합당합니다. 제가 미칠 바가 못 됩니다."

노균이 말했다.

"그렇지만 균천제자를 모집하는 것이 그대의 임무다. 사처私處에서 이들의 재주를 시험하되, 우리의 심복을 만든 연후에 천자를 모시도록 하자."

이들은 즉시 소년들을 자신들의 처소로 데려갔다. 벽성선역시 여러 사람들을 따라서 노균의 처소로 들어갔다. 새로 지은 수십 칸 건물은 너무도 깨끗했다. 처마 끝마다 달린 둥근 등불이 별처럼 벌여 있었고, 산호로 만든 갈고리에 수정으로 만든 주렴이 겹겹이 걸려 있었다. 정말 신선의 누각다웠다. 좌석 위를 보니 어떤 재상이 자주색 비단과 옥대 차림에 푸르스름한 얼굴빛으로 살기를 가득 띠고 동쪽을 향하여 앉아 있었다. 바로 노균이었다. 한 소년은 붉은 도포에 관옥같이 아름다운 모습으로 서쪽을 향해 앉아 있었다. 동홍이었다. 사방에 악기를 나열해 놓고 여러 소년들을 차례로 앉게 했다. 노균이 미소를 지으며 말했다.

"그대들은 오늘 처음 만났지만 모두 황상의 자식들이오. 이제 성상께서 상서로운 징조를 얻으시고 예악을 제정하시어 태산에 봉선하시니, 이는 천고에 성대한 일이오. 지금 이원 교방의 속악을 개편하여 균천제자의 새로운 음악을 완성하려 하니, 그대들은 배운 바를 숨기지 말고 성스러운 천자의 덕을 찬양토록 하시오."

이때 벽성선이 대답했다.

"소생은 일개 서생이라, 음률에 어두우니 천자 폐하의 뜻을 받들지 못할까 두렵습니다."

노균이 미소를 지으며 말했다.

"소년은 염려하지 말라. 이 또한 임금을 섬기는 도리이니, 악공을 부끄럽게 여기지 말라."

말을 마치자 노균은 소년들에게 각각 악기를 주고 각자 장기에 따라 재주를 시험했다. 이때 천자가 행궁에 있다가 신하 서너 명을 데리고 달빛 아래에서 배회했다. 그런데 바람결에 홀연히 들리는 은은한 음악소리를 듣고 사람들에게 무슨 소리냐고 물었더니, 이렇게 대답했다.

"참정 노균과 협률도위 동홍이 균천제자를 새로 모집하고 한창 연습을 시키고 있나이다."

천자가 흔쾌히 웃으면서 말했다.

"짐이 몰래 가서 구경하고 싶구나. 미리 좌중에 약속하여 누설치 말도록 하라."

이때 모든 소년들이 차례로 음악을 연주하여 악기 소리가 질탕하게 울리고 있었다. 그런데 갑자기 한 귀인이 휘장 안에서 대여섯 명의 내시를 데리고 들어왔다. 벽성선이 쳐다보니, 기상이 출중하고 풍채가 준수하며 우뚝한 콧날에 용과 봉황 같은 모습이었다. 광채가 휘황찬란하여 그가 보통 귀인이 아니라고 생각되었다. 귀인이 웃으면서 노균에게 말했다.

"주인이 좋은 손님들을 모시고 오늘 밤 음악을 듣는다는 소식을 들었소. 불청객이 음악을 감상하러 왔으니, 혹여 흥취를 깬 것은 아니겠지요?"

귀인의 옥 같은 목소리가 율려에 딱 맞아서, 벽성선은 속으로 천자가 친히 오신 것이 분명하다고 생각했지만 옷차림이나 주변 시위들만으로는 증거로 삼을 수 없었다. 귀인이 웃으며 말했다.

"동학사는 주인이니, 먼저 한 곡 듣고 싶구려."

동홍이 즉시 일어나 비파를 당겨 몇 곡 연주했다. 벽성선이 귀를 기울여 자세히 들어보니 수법이 거칠고 음률이 어지러웠다. 또한 그 소리가 너무도 불길하여 장막 위에 제비집을 지은 듯 불안하고 솥 안에서 물고기가 뛰어오르는 듯했다. 그녀는 내심 의아하게 여겼는데 귀인이 다시 웃으며 말했다.

"그대의 비파 연주는 너무도 지루하여 새로운 느낌을 일으키지 못하는구려. 이삼랑의 갈고를 빨리 가져 오시오. 내 마땅히 가슴속 티끌을 한번 씻어 보리라."

귀인은 옥 같은 손을 들어 한 번 갈고를 쳤다. 솜씨는 비록 서툴고 음조는 거칠었지만 광대한 도량은 천지가 끝이 없는 듯하고 호탕한 기상은 비바람이 모든 것을 뒤집는 듯했다. 그것은 마치 창해의 신룡이 예측할 수 없는 변화를 일으켜 구만리 하늘 위로 승천하려 하되 구름을 얻지 못한 듯했다. 벽성선은 그제야 깜짝 놀라 천자가 은밀히 행차한 것을 알아챘다. 그러나 감히 알아차린 기색을 드러내지 못하고 다만 마음속으로 생각했다.

'내 비록 사람 보는 눈은 없지만 음악소리와 목소리를 들어보니 기상과 수복을 환히 알 수 있겠다. 황상의 광대한 덕과 도량, 신성한 문무의 자태가 분명하다. 소인배들이 천자의 총명을 가렸으되 한 조각 뜬구름을 씻어 낼 길이 없구나. 나는 아녀자지만 여전히 충의를 품고 있다. 이제 기회를 틈타서 음률로 한번 간언을 해봐야겠다.'

천자는 갈고 연주를 그치고 소년들의 재주를 시험했다. 벽성선은 차례가 되자 사양하지 않고 대나무 피리를 끌어당겨 학이 우는 듯 한 곡을 연주했다. 천자가 미소를 지으며 동홍을 보고 말했다.

"보통 솜씨가 아니로다. 봉황이 아침 햇살에 울자 맑은 소리가 구름 끝 하늘에 닿는 듯하다. 듣는 사람으로 하여금 꿈에 취한 것을 깨어나게 하니 인간 세상 수많은 새들의 평범한 소리를 높이 벗어났구나. 이 어찌 「봉명곡」鳳鳴曲이 아니겠는가."

벽성선은 바야흐로 천자가 총명하여 간언을 드릴 수 있다는 사실을 알게 되었다. 그녀는 즉시 피리 연주를 그만두고 요금瑤琴을 집어 들었다. 옥 같은 손으로 거문고 줄을 고르고 한 곡 연주했다. 천자가 흔쾌히 웃으면서 말했다.

"맑고도 여유롭구나, 이 곡조여. 흐르는 물이 아득하고 떨어진 꽃이 일렁이며 움직여 아득한 가슴속과 망망한 생각이 세상의 옳고 그름을 잊게 만드는구나. 이것이 바로「낙화유수곡」落花流水曲이로다. 단아한 수법과 담박한 음조는 근래 듣지 못하던 솜씨로다."

벽성선이 다시 율려를 변화시켜 한 곡 연주했다. 그 소리가 강개하면서도 격렬하여 슬프고 처량했다. 천자가 무릎을 치면서 감탄했다.

"유심하구나, 이 곡조여. 흰 눈이 분분히 천지에 가득하니 양춘 세계를 어느 때 다시 만날까. 이는 영문객郢門客의「백설조」白雪調로구나. 오랜 옛날의 곡조에 화답할 수 있는 사람이 매우 드무니, 어찌 시대를 만나지 못한 탄식이 없겠는가."

벽성선이 다시 율려를 변화시켜 정성正聲을 낮추고 신성新聲을 높여서 한 곡 연주했다. 천자는 기쁘기도 하고 슬프기도 하여 손으로 서안을 치며 말했다.

"아! 이 곡조여. 변수汴水가 버드나무는 푸르고 푸르며, 궁중의 아름다운 버드나무는 이미 시들었나니, 풍류에 빠진 천자의 한때 놀이판이 일장춘몽이로구나. 이것은 수양제의「제류

곡」大堤柳曲이 아닌가. 화려하면서도 애원하는 듯하고 청신하면서도 깔끔하여 이유 없이 사람의 슬픈 마음을 돕는구나."

벽성선이 이에 거문고를 놓고 비파를 당겨서 25현을 고르더니, 소현을 누르고 대현을 울려서 다시 한 곡 연주했다. 천자가 갑자기 얼굴빛을 고치더니 말했다.

"이 곡은 어찌 이리도 장엄하고 비창한가. '큰 바람이 일어나니 구름 휘날리고, 사해에 위엄이 더해지니 고향으로 돌아가노라'[大風起兮雲飛揚, 威加四海兮歸故鄕] 했으니, 이것은 한고조의 「대풍가」大風歌로구나. 영웅 천자가 벼슬 없는 포의布衣의 신분으로 나라를 일으켜서 천고에 뜻을 얻었거늘, 그대 연주 속에 어찌 처량한 뜻이 들어 있는가."

벽성선이 대답했다.

"한태조漢太祖 고황제高皇帝는 본래 패상沛上 땅의 정장亭長으로, 삼척검을 잡고 8년 동안 바람과 먼지 속에서 위험을 무릅쓰고 천하를 얻으셨습니다. 그 고생과 수고로움이 과연 어떠했겠습니까? 후세 자손들이 혹시 그 뜻을 모르고 종묘사직을 저버릴까 두려웠던 것입니다. 용맹한 선비를 얻을 것을 생각하고 천하를 걱정하시어 이 곡을 만드셨으니, 어찌 처량한 뜻이 없겠습니까?"

천자는 묵묵히 대답하지 않았다. 벽성선이 또 비파줄을 떨치면서 대현과 소현을 거두고 중성中聲을 울려서 한 곡 연주했다. 그 소리는 서늘하면서도 간곡하여 마치 승로반承露盤에 이

슬이 떨어지는 듯하고 무릉茂陵 가을바람에 성긴 빗방울이 쓸쓸히 떨어지는 듯했다. 천자가 눈을 들어 자주 벽성선을 보면서 물었다.

"이 곡은 무슨 곡인가?"

벽성선이 대답했다.

"당나라 이장길李長吉*이 지은 「금동선인사한가」金銅仙人辭漢歌**입니다. 한무제의 웅대한 재주와 지략으로 즉위 초에 어질고 충직한 선비를 등용하고자 했지만, 공손홍公孫弘 장탕張湯 같은 무리들이 천자께 아부하여 상서로운 징조를 거론하여 봉선을 칭송했습니다. 한무제가 승화전에서 파랑새의 전갈을 받아 서왕모를 만났다는 괴이한 이야기를 듣고 구성緱城의 붉은 신발 같은 허황한 이야기를 믿어 끝내 나라를 좀먹고 백성을 병들게 했습니다. 후세 사람이 이 곡조를 지어 무제께서 덕을 잃은 것을 애석하게 여겼습니다."

천자는 묵묵히 말이 없었다. 벽성선이 즉시 철발鐵撥***을 들

---

* 당나라 시인 이하(李賀)이다. 심장을 토해 내야만 시 짓기를 그만둘 것이라는 말이 있을 정도로 시를 미친 듯이 지었다. 그가 죽었을 때 옥황상제가 백옥루를 만들고 그 상량문을 짓게 하기 위해 데려갔다는 말이 있었을 정도로 환상적이고 아름다운 시문을 썼다.

** '금동선인이 한나라를 떠나며 부르는 노래'라는 뜻의 이 작품은 이하의 대표적인 작품이다. 삼국시대 위(魏)나라 명제(明帝)가 한나라 효무제(孝武帝) 때의 금동선인을 궁전 앞에 세워 놓으려고 하자, 신하들이 금동선인의 승로반을 뜯어내어 수레에 실을 때 눈물을 흘렸다고 한다. 이를 소재로 하여 지은 작품이다.

*** 거문고 따위를 연주할 때 사용하는 쇠로 만든 술대를 말한다.

어 치성徵聲과 각성角聲으로 바람이 불듯 또 한 곡 연주했다. 그 소리가 처음에는 방탕하더니 마지막은 온화하여 흰 구름이 뭉게뭉게 하늘 끝에서 피어나는 듯했으며, 소슬한 찬바람이 대숲에서 우는 듯했다. 천자가 측은하게 얼굴빛을 바꾸며 말했다.

"이것은 무슨 곡조인가?"

벽성선이 대답했다.

"이것은 주목왕의 「황죽가」黃竹歌입니다. 옛날 주나라 목왕이 여덟 마리의 준마를 타고 요지에서 서왕모를 만나 즐거운 나머지 돌아오는 것을 잊었습니다. 옆에서 모시던 신하들이 고국을 생각하고 목왕을 원망하여 이 노래를 지었습니다. 때마침 서자徐子의 반란이 일어나 나라가 거의 위태로운 지경이었습니다. 그러나 또 한 곡이 있으니, 원컨대 모두 연주하고 싶습니다."

그녀는 다시 줄을 고르고 한 곡을 연주했다. 초장은 호탕하여 철기가 마구 달려가는 듯했고, 중장은 광대하여 큰 바다가 쏟아지는 듯 변화가 끝이 없고 한군데 뒤섞여 속을 가늠할 길이 없는 듯하니, 모든 사람들이 깜짝 놀랐다. 벽성선이 홀연 철발을 바로 잡고 옥 같은 손을 맹렬히 휘둘러 25현을 한꺼번에 잘라 버렸다. 사람들이 크게 놀라 얼굴빛이 하얘졌고 천자도 깜짝 놀라 얼굴빛을 바꾸었다. 천자가 벽성선을 한참 바라보더니 물었다.

"이 곡은 무엇이냐?"

벽성선이 대답했다.

"이 곡은 「충천곡」衝天曲이라 합니다. 옛날 초장왕楚莊王이 즉위한 지 3년 만에 정사를 듣지 않고 날마다 음악을 일삼았습니다. 대부大夫 소종蘇種이 간언했습니다. '숲속 언덕에 새 한 마리가 있는데, 3년 동안 울지 않고 3년 동안 날지도 않았습니다. 이 새가 무엇인지 아십니까?' 그러자 장왕이 이렇게 말했답니다. '3년 동안 울지 않았으니 한 번 울면 사람들을 놀라게 할 것이고, 3년 동안 날지 않았으니 한 번 날아오르면 하늘에 닿을 것이다.' 장왕은 그렇게 말한 뒤 왼손으로 대부 소종의 손을 잡고 오른손으로는 악기의 줄을 끊어 버렸답니다. 그러고는 덕으로 정치를 하니 초나라가 잘 다스려져서, 오패五覇*의 우두머리가 되었다고 합니다."

천자가 묵묵히 말을 하지 않았다. 노균은 벽성선이 간언하는 것을 알고 마음속으로 불쾌하게 여겼다. 그는 이 상황을 자르려고 즉시 자리에 나아가 말했다.

"내 이미 그대의 음률을 들었으니, 이제는 높은 논의를 듣고자 하노라. 그대는 음악이 어느 시대에 나온 것이라 생각하느냐?"

* 춘추시대 대표적인 다섯 제후를 말한다. 제환공(齊桓公), 진문공(晉文公), 진목공(秦穆公), 송양공(宋襄公), 초장왕 등이 그들이다.

벽성선이 웃으며 말했다.

"제가 고루하고 들은 것이 적어서 무슨 지식이 있겠습니까? 그러나 일찍이 여러 스승님께 들으니, 음악은 천지와 함께 생겨났다고 했습니다."

노균이 웃으면서 말했다.

"그렇다면 생겨난 음악의 이름은 무엇인가?"

벽성선 역시 웃으며 말했다.

"공께서는 단지 이름 있는 음악만 아실 뿐 이름 없는 음악은 모르십니다. 소리 있는 음악만을 아실 뿐 소리 없는 음악은 모르십니다. 효제충신孝悌忠信은 소리 없는 음악이요 희노애락은 이름 없는 음악입니다. 무릇 사람에게 희노애락의 지나친 절주가 없다면 기상이 화평하고, 효제충신의 돈독한 행실을 닦는다면 마음이 쾌락할 것입니다. 마음이 쾌락하고 기상이 화평하면 외딴곳에 조용히 앉아 있는다 해도 소리 없는 위대한 음악이 귀에 자유롭게 들릴 것입니다. 어찌 이름으로 음악을 논하겠습니까?"

노균이 싸늘하게 웃으며 말했다.

"그대의 말이 매우 현실과 멀구나. 천지의 운수와 사람의 총명도 옛날과 지금의 차이가 있는 법이다. 어찌 음악이 옛날과 지금이 같을 수 있겠는가."

벽성선이 웃으며 말했다.

"옛날과 지금의 인간사는 비록 다르지만, 천지가 어찌 옛날과 지금의 차이가 있겠습니까. 총명에는 옛날과 지금의 차이가 있을지언정 음악에 어찌 옛날과 지금의 차이가 있겠습니까? 돌[石]소리는 맑으며 쇳[金]소리는 쟁쟁거리고 대나무[竹] 소리는 정묘하면서도 한결같습니다. 실[絲]소리는 아련하여, 그것을 불면 응하고 두드리면 소리가 나는 것은 고금이 한가지입니다. 또 듣자니, 함지咸池와 운문은 황제黃帝의 음악이고, 대장 소소는 요순의 음악이라 합니다. 은나라의 대호大護와 주나라의 상무象武는 이른바 고대 음악[古樂]이고, 상간桑間 복상濮上은 정나라와 위나라의 음란한 음악이며, 정모旌旄 검극劍戟은 남만의 음탕한 음악이라 합니다. 한나라의 당하堂下와 당나라의 이원은 이른바 지금의 음악[今樂]이라 합니다. 만약 요순이 지금 세상에 다시 살아나시어 덕의 교화가 행해지고 올바른 음악을 제정하신다면 한나라의 당하를 대장으로 변화시킬 수 있을 것이고, 당나라의 이원을 소소로 바꿀 수 있을 것입니다. 어찌 홀로 태평성대에 황제의 힘을 노래하고 포판蒲坂의 들에서 백발로 춤을 추겠습니까?"

이에 노균은 말이 막혀 다시 시대의 문제를 논의하여 시험 삼아 삼가야 할 바를 건드리게 함으로써 벽성선을 제압하려고 얼굴빛을 고치며 말했다.

"옛날 성인이 음악을 만들어 사람을 가르친 것은 성대한 덕을 본받아 천지께 아뢰고 후세에 전하고자 했기 때문이다. 이제 성스러운 천자께서 위에 계시어 요순의 덕과 문무의 교화가 만방에 미치며, 상서로운 징조가 날마다 보고되고 백성들은 태평스러운 곳을 밟고 있다. 이는 당우삼대唐虞三代에 부끄럽지 않다. 노부는 이제 황상의 뜻을 받들어 대명국의 새로운 음악을 만들어 성대한 덕을 칭송하고 교화를 보임으로써 요임금의 대장과 순임금의 소소를 본받고자 한다. 그대는 어떻게 생각하는가?"

벽성선은 어떻게 대답할 것인가. 다음 회를 보시라.

제31회

오랑캐 기병들은 광녕성을 오래도록 몰아치고,

오랑캐 병사들은 산화암을 크게 소란스럽게 하다

虜騎長驅廣寧城 胡兵大鬧散花庵

벽성선은 신성한 문무의 덕 있는 모습을 우러러 뵙고 사악한 노균과 동홍이 천자의 총명함을 가리는 것이 원통하여 한 조각 충성스러운 마음이 뭉게뭉게 일어났다. 거문고를 몇 곡 연주한 것이 비록 간언을 한 것이지만 분하고 울적한 마음을 금할 길 없었다. 그런데 노균의 말을 듣더니 이에 눈썹을 쓸어내리고 옷깃을 여미면서 말했다.

"훌륭하십니다, 공께서 나라를 위하여 충성을 다하심이여! 신선술을 말씀하시어 성스러운 임금의 지우知遇를 받으려 하시니, 이는 공의 지혜가 남보다 뛰어나기 때문입니다. 어진 신하를 쫓아내 당론을 수립하시고 언관을 묶어 위세와 권력을 마음대로 휘두르시니, 이는 공의 수단이 출중하기 때문입니다. 봉선을 청하여 행하고 나라의 예산을 모두 써 버리고 민심을 소란케 해 원망과 비방을 야기시키시면서도 조금도 흔들림이 없으시니, 이는 공의 담력과 지략이 확고하기 때문입니다. 천하 사람들 중 어질지 못한 불인에 빠지더라도 스스로 알지 못하는 자가 많지만 지금 공께서는 알면서도 일부러 범하시니, 이는 공의 총명함이 다른 사람보다 절륜하기 때문입니다. 이제 또 음악을 고쳐 균천제자를 모집하면서 높고 큰 문중의 처첩을 빼앗거나 길을 가는 나그네를 겁박하여 소문이 낭자하고 행동이 해괴하니 백성들은 길가에서 원망하고 군자들은 방 안에서 탄식하면서, '성스러운 천자의 총명함으로 어찌 이 지경에 이르셨는가' 하고 말합니다. 위로는 황태후의 근심이 되고 종묘사직을 위태롭게 하면서도 공의 부귀는 의연히 증가하여 감히 잘못을 바로잡으려는 사람이 없으니, 이 또한 기묘한 경륜입니다. 어찌 소생에게 묻는 것입니까? 그렇지만 소생이 듣자니, 뿌리 없는 나무는 말라 버리고 근원 없는 물은 고갈된다 합니다. 나라는 백성의 근원이요 임금은 신하들의 근본입니다. 공이 다만 목전의 부귀만 알 뿐 임금이 있고 나라가 있는 것을 모르십니다. 근원 없는 물과 뿌리 없는 나무가 며칠이나 지탱하겠습니까?"

말을 마치자 복숭아꽃 같은 두 뺨에 늠름한 기상이 서리고 봄구름 같은 머리에 비분강개한 빛이 어렸다. 노균은 기가 막혀서 감히 한마디도 못하고 고개를 숙인 채 앉아 있었다. 천자가 놀라서 벽성선의 정체를 알기 위해 물었다.

"임금과 신하가 한 자리에 있으면서 어찌 끝까지 행동을 숨기겠는가. 짐은 대명국의 천자다. 나는 네가 어떤 사람인지 모르겠구나."

벽성선이 황망히 섬돌 아래로 내려가 엎드려 아뢰었다.

"신첩이 천자의 위엄을 몰라보고 당돌하게 이 지경까지 이르렀으니, 너무도 죄송하여 죽을 곳을 알지 못하겠습니다."

천자가 깜짝 놀라 물었다.

"네가 남자가 아니라 여자라면, 뉘 집 여인인가?"

벽성선이 대답했다.

"신첩은 여남의 죄인 양창곡의 천첩 벽성선입니다."

천자가 머쓱한 모습으로 한동안 있다가 물었다.

"너는 지난번 집안 풍파로 쫓겨난 벽성선이 아니냐?"

벽성선이 황공해하면서 대답했다.

"그러합니다."

천자는 즉시 일어나 대청을 내려가면서 벽성선을 보고 말했다.

"너는 짐을 따라오너라."

벽성선이 소청과 함께 천자를 모시고 행궁에 이르렀다. 때는 이미 5경이 되었다. 천자는 내시에게 촛불을 밝히도록 하고는 탑전으로 벽성선을 불러 고개를 들어 자신을 보도록 했다. 천자는 그녀의 모습을 자세히 살피더니 깜짝 놀라 말했다.

"어찌 기이한 일이 아닌가. 하늘이 너로 하여금 짐을 돕도록 했도다. 짐이 이미 꿈속에서 네 모습을 보았나니, 지난번

아름답게 치장을 하고 악기를 끼고 짐을 도운 자가 바로 네가
아니더냐?"

천자는 행궁에서 꿈을 꾸었던 일을 이야기하면서 두세 번
그녀를 보았다. 천자는 그녀를 더욱 사랑하여 물었다.

"너는 글을 아느냐?"

벽성선이 대답했다.

"조금 압니다."

천자가 벽성선에게 종이와 붓을 하사하고 조서를 쓰게 하
면서 친히 내용을 불러 주었다. 조서의 내용은 다음과 같다.

짐이 어두워서 충성스러운 말을 멀리하고 허황함을 믿으면서도
진시황과 한무제의 잘못을 깨닫지 못했도다. 연왕 양창곡의 소실
벽성선이 매서운 협객의 풍모와 충의로운 마음으로 만리 바닷가
에서 삼척 거문고를 안고 섬섬옥수로 아름다운 거문고 줄을 떨치
니, 냉랭한 일곱 줄에 찬바람이 홀연 일어나 뜬구름을 쓸어 버리
고 해와 달이 다시 옛 빛을 회복했도다. 이는 옛 기록에도 없는 바
요 듣지도 못하던 바이다. 짐이 근래 꿈을 꾸었는데, 이 몸이 공중
에 떨어져 너무도 위태로웠다. 그런데 한 소년이 나를 도와서 구
했다. 지금 벽성선의 모습을 보니 꿈에서 본 사람과 털끝 하나 다
르지 않으니, 어찌 상제께서 내려 주신 사람이 아니겠는가. 짐이
지난 일을 돌이켜보니 나도 모르게 모골이 송연하도다. 위태로움
이 천상에서 떨어지는 것 정도가 아니다. 만약 벽성선의 간언이

아니었다면 어찌 오늘이 있었겠는가. 연왕의 소실 벽성선이 비록 천한 기생 출신이지만 특별히 그 충성심을 표창하여 어사대부御史大夫로 제수하고 연왕은 좌승상左丞相으로 제수하여 불러오도록 하며, 윤형문과 소유경 등 여러 사람들은 한꺼번에 사면하여 돌아오도록 하라. 내일 궁으로 돌아갈 절차를 마련하여 들이라.

벽성선이 조서를 다 쓰자 천자는 주변 신하들에게 벽성선의 필법을 칭찬했다.

"짐이 너에게 조서를 쓰게 한 것은 바로 천하에 곧은 간언을 하던 충성심을 반포하고자 해서였다."

천자는 다시 친필로 붉은 종이에 '여어사 벽성선'女御史 碧城仙이라는 여섯 글자를 써서 벽성선에게 하사했다. 그녀가 머리를 조아리며 아뢰었다.

"신첩은 본래 귀양지에서 남편을 따르고자 했던 것이지 나라를 위해 충성하고자 한 것은 아니었습니다. 엎드려 바라건대 폐하께서는 분수에 넘치는 직첩을 거두시고, 특별히 집에 돌아가게 허락해 주신다면 천은이 더욱 망극할 것입니다."

천자가 웃으며 말했다.

"내일 마땅히 어가御駕를 돌릴 것이니, 너는 뒤쪽 수레를 따라 집으로 돌아가 연왕이 돌아오기를 기다리도록 하라."

벽성선이 다시 아뢰었다.

"신첩이 남장을 하고 문을 나서 산수자연을 두루 돌아다닌 것도 부끄러운 일이거늘, 어떻게 폐하의 천승만기千乘萬騎 행차를 따라 괴이한 행동을 계속할 수 있겠습니까? 신첩에게 청노새 한 마리와 몸종 한 명이 있으니 녹수청산에 종적을 감추고 조금씩 걸어 집으로 돌아가는 것이 진실로 제 소원입니다."

천자가 그 마음을 더욱 기특하게 여겨서 흔쾌히 허락하고 전별금을 후하게 주면서 빨리 황성으로 돌아오라고 했다. 벽성선이 황제의 명을 받고 이별한 뒤 소청과 함께 나귀를 몰아 훌쩍 길을 떠났다.

이때 천자는 지난 일을 후회하여 화살같이 돌아가고 싶은 마음에 행차를 재촉했다. 노균과 동홍은 간악한 죄상이 탄로난 뒤라 더 이상 꾀할 계책이 없었다. 궁지에 몰린 짐승과 도적놈은 항상 오히려 나쁜 마음으로 사람을 해쳐 왔다. 노균과 동홍 역시 이런 상황에 이르자 흉역한 마음을 먹고 모반을 꾀했지만 기회를 얻지 못했다. 그런데 뜻밖에 산동태수山東太守의 급박한 표문이 이르렀다. 표문의 내용은 다음과 같다.

북쪽의 선우單于가 오랑캐 병사 10만 명을 이끌고 안문雁門부터 태원太原을 거쳐 이미 곤주 지역을 침범했으니, 그 세력이 지극히 강성하여 비바람처럼 빠릅니다. 오래지 않아 산동을 침범하리니, 청컨대 속히 대군을 징발하소서.

천자가 산동태수의 표문을 보고 크게 놀라 주변 신하를 돌아보며 탄식했다.

"이는 필시 북쪽의 흉노들이 황도皇都가 비어 있는 것을 알고 이처럼 빨리 쳐들어오는 것이다. 짐이 돌아갈 길은 너무 멀고 황성의 소식 또한 묘연하니, 여기서 고립되어 누구와 의논하겠는가."

그러자 옆에서 신하들이 아뢰었다.

"일이 너무 위급하니 노균을 불러 의논하소서."

이때 노균은 천자가 자신을 편치 않게 여기는 마음을 알고 병을 핑계로 집에 누워 있었다. 그는 이 소식을 듣고 크게 기뻐하면서 벌떡 일어나 앉아 생각했다.

'이는 하늘이 노부를 도와 다시 살아날 기회를 빌려주신 것이로다. 오랑캐 병사들의 형세가 급하니 스스로 출전하여 공을 세운다면 이는 죄를 메울 뿐 아니라 내 위업이 천하에 다시 드러날 것이다. 만약 불행한 결과를 얻더라도 오랑캐들처럼 머리를 풀어헤치고 옷깃을 왼쪽으로 여미며 선우를 따라 북쪽으로 돌아가서 호왕胡王으로 부귀를 편안히 누려야겠다.'

계책을 정하자 그는 즉시 행궁으로 가서 땅에 엎드려 죄를 청했다.

"신이 불충하여 폐하께 하여금 이런 변고를 당하게 했으니, 도끼로 죽임을 당하는 것을 피하기 어렵습니다. 그러나 오늘의 형세를 보니 너무도 급한지라, 주변에 훌륭한 장수 한 명 없고 오랑캐 병사들은 폐하께서 돌아갈 길을 막고 있으니 진실로 묘책이 없습니다. 신은 절월을 빌려 즉시 시위우림군侍衛羽林軍을 징발하고 이 지역 병사들을 징발하여 태청진인과 함께 앞으로 나아가 선우의 머리를 베어 제 불충의 죄를 씻기를 원합니다."

천자가 한동안 고민했지만 별다른 계책이 없었다. 이에 노균의 손을 잡고 탄식했다.

"기왕의 일들은 짐이 밝지 못한 탓에 일어난 것이오. 어찌 경의 잘못 뿐이겠소? 후회는 임금이나 신하나 마찬가지요. 어찌 서로 마음에 두겠소? 지나치게 자책하지 말고 다시 충의로운 마음으로 짐을 도와주기 바라오."

노균이 천자의 손을 잡고 눈물로 흰 수염을 덮으면서 엎드려 아뢰었다.

"성교가 이와 같으시니 신이 어찌 감히 견마지로를 다하지 않겠습니까?"

천자가 위로하고 깨우친 뒤 즉시 정로대도독征虜大都督에 노균을 임명하고 우림군 7천여 기와 청주靑州의 군사 5천 기를 이끌고 가도록 했다. 노균이 태청진인 청운과 의논했다.

"국운이 불행하여 오랑캐 병사들이 산동을 침범했소. 소생이 비록 황명을 받들기는 했지만 방어할 계책을 모르겠소. 원컨대 선생께서는 밝게 가르쳐 주소서."

태청진인이 웃으며 말했다.

"빈도는 뜬구름 같은 신세요 속세 밖의 한가한 사람입니다.

옥경 청도로 가는 길을 묻고 신선이 사는 십주+州와 삼신산에서 믿음을 얻는 것은 가능하지만, 나라의 흥망과 전쟁터의 화살과 돌은 제가 아는 바가 아닙니다."

노균이 눈물을 흘리면서 꿇어 앉아 말했다.

"선생의 말씀이 이에 이르시니, 제 목숨이 다하는 순간인 듯합니다. 오늘 청컨대 선생을 맞이한 것도 저요, 천자에게 봉선을 권유한 것도 저입니다. 저는 일찍이 맺은 사람이 푸는 법이라고 들었습니다. 선생께서는 제 체면을 보아서 다시 생각해 주시기를 바랍니다."

태청진인 청운이 웃으며 말했다.

"참정께서는 무고한 사람에게 수고를 끼치는 것이 너무 심하구려. 일이 이렇게 되었으니 빈도가 마땅히 팔 하나의 힘이나마 도와드려야겠지요."

노균이 크게 기뻐하면서 즉시 태청진인과 함께 천자에게 절을 올려 하직한 뒤 군대를 이끌고 산동성으로 갔다.

한편, 흉노족의 모돈冒頓은 북쪽 오랑캐 중에서 가장 강성한 종족이었다. 한고조가 백등白登에서 7일간 곤궁에 빠졌으며, 한무제의 웅대한 재주와 지략으로도 평성平城의 치욕을 설욕하지 못했으니, 그 강성함을 알 만했다. 당송 이래로 점점 번성하여, 명나라 말기에 이르러서는 야율선우耶律單于의 힘이 뛰어나서 쇠밧줄을 끊을 정도였으며 성질도 흉폭하여 제 아버지의 왕위를 찬탈하고 병사를 길러서 매번 중국땅을 엿보았다. 야율선우는 간신이 조정을 어지럽히면서 어진 신하들을 먼 지방으로 쫓아냈다는 소식을 듣고 크게 기뻐하며 말했다.

"하늘이 중원 땅을 나에게 주시는구나. 이제 양창곡이 조정에 없으니 내가 무엇을 두려워하랴?"

그는 즉시 군대를 일으켜 중국을 침범하려 했다. 게다가 노균이 천자에게 동쪽을 돌면서 봉선할 것을 권하자 민심이 흩어지고 원망과 비방이 사방에서 일어나니, 선우는 창을 들고 일어나 말했다.

"지금이야말로 바로 중국을 빼앗을 때로다."

그는 즉시 병사를 두 부대로 나누어 진격했다. 호장胡將 척발랄拓跋剌은 2만 기를 이끌고 음산陰山 한양漢陽에서부터 몽고퇴蒙古堆를 거쳐 요동遼東 광녕廣寧을 지나 갈석碣石을 넘어 곧바로 황성으로 향했다. 선우는 친히 3만 대군을 이끌고 몽고 병사와 합하여 마읍馬邑 삭방朔方에서 곧바로 산동성을 취하여 천자가 돌아가는 길을 막고 자웅을 겨루고자 했다.

호장 척발랄은 대군을 이끌고 이미 광녕 요동을 지나 갈석을 넘어 곧바로 황성을 향하여 호호탕탕하게 거센 물결이 휘몰아치듯 쳐들어오니 방어할 사람이 아무도 없었다. 태자와 대신들이 성문을 닫고 군사와 말을 징발하려 했지만 오영五營의 군졸들은 이미 모두 도망하고, 문무백관들은 처자식을 보호하여 피난하는 자들이 길을 메우고 있었으며 길에 곡소리가 진동했다. 황태후가 엄히 명령을 내려 태자와 대신들을 책망했지만 무슨 방도가 있겠는가.

오랑캐 병사들이 야음을 틈타 나무 줄기를 입에 물고 황성의 북문을 깨뜨렸다. 황태후가 비빈과 궁인들을 이끌고 가마도 갖추지 못한 채 남문으로 나와 몽진蒙塵*을 했다. 환관과 궁의 하인들 중에서 따르는 자가 수십 명에 불과했다. 몇 리를가다가 돌아보니 황성 안에 불빛이 하늘에 닿는 듯했고, 오랑캐 병사들은 이미 성 안팎에 가득하여 백성들을 노략질했다.어떤 오랑캐 장수 한 명이 한 무리의 병사들을 이끌고 길을막은 채 사람들을 죽였다. 하인들이 힘을 다해 싸웠지만 어찌그들을 당할 수 있겠는가. 황태후 등이 말을 채찍질하여 난민가운데 뒤섞여 겨우 길 하나를 찾아 화를 면했다. 그리고 돌아보니 궁궐의 하인 몇 명과 궁녀 대여섯 명만이 뒤를 따라왔다.궁인 가씨가 황태후에게 아뢰었다.

"오랑캐 병사들이 이렇게 가득하니 평탄한 길을 버리고 산길로 가다가 날이 밝기를 기다려 몸을 안돈할 곳을 찾아 보시지요."

황태후가 그 말을 따르기로 하고, 길을 버리고 산으로 올랐다. 이때 새벽달이 희미했지만 다행스럽게도 산길을 분간할수 있었다. 피난하던 백성들이 산 위에도 가득했다. 그들은 당

---

* 임금이나 왕족이 피난을 하는 것을 말한다. 평상시에는 길을 깨끗이 청소하지만
  피난길이 너무 급박하여 먼지를 뒤집어 쓴 채 도망한다는 의미로 이렇게 쓴다.

황한 기색이 역력해 근심과 어지러운 곡소리로 천지를 진동시켰다. 수십 리를 겨우 갔을 뿐인데, 황태후와 황후는 말 안장의 피로를 이기지 못해 몸이 몹시 불편했다. 이에 고삐를 잡고 천천히 가다가 주변을 돌아보며 말했다.

"이곳은 어디인가? 물 한 모금 마실 수 있겠는가?"

가궁인이 그 말씀을 듣고 눈물을 흘리면서 말에서 내려 샘물을 찾았지만 바가지가 하나도 없었다. 할 수 없이 나뭇잎을 따서 오무려 물을 담아 올리니 황태후가 겨우 해갈하고 나서 탄식했다.

"이 몸이 늙어서 죽지 못하고 이같이 뜻밖의 고초를 겪는구나. 오히려 갑자기 죽어 아무것도 모르는 것이 낫겠다. 이제 갈 곳도 없으니 어디로 간단 말이냐? 만약 오랑캐 병사라도 만나게 된다면 어찌하리오."

가궁인이 대답했다.

"신첩이 비록 산속 거리를 자세히 기억하지 못하지만, 이곳 산세를 살펴보니 성스러운 도관이나 절이 있을 듯합니다. 엎드려 바라건대 마마께서는 옥체를 보중하시어 한때의 액운을 괘념치 마소서."

가궁인이 말을 마치기도 전에 홀연 풍경 소리가 들려왔다. 가궁인은 말을 달려 먼저 가 보고는 다시 돌아와 황태후에게 아뢰었다.

"이는 필시 암자일 것입니다."

길을 찾아 골짜기 입구에 이르자 가궁인이 깜짝 놀라면서 기쁜 표정으로 말했다.

"이곳은 황상을 위하여 사시사철 기도를 올리던 산화암입니다."

황태후 또한 기뻐하며 암자 문에 가까이 가 보았다. 암자 문은 굳게 닫히고 서너 명의 비구니 스님만 남아 있었다. 어찌된 까닭인지 물어보니, 스님들이 말했다.

"비구니 스님들이 오랑캐가 쳐들어왔다는 소식을 듣고, 암자가 큰 길에서 멀리 떨어져 있지 않으니 몸에 적의 칼이 닿을까 두려워하여 모두 달아났습니다. 저희들은 늙고 병들어서 죽기를 각오하고 암자를 지키면서 남아 있습니다."

스님들은 가궁인을 보고 기뻐하면서 맞이했다. 또한 황태후와 황후가 이곳에 왔다는 것을 알고 자리를 바로하여 앉은 뒤에 공경히 차를 내왔다. 황태후가 그제야 정신을 진정하고 말했다.

"세상 일은 가늠하기 어렵구나. 이 늙은 몸이 산화암에 오리라고 어찌 생각이나 했겠느냐? 일찍이 황상을 위하여 해마다 이 암자에서 기도를 드렸는데, 이제 황상께서는 천리 밖에 계시고 이 같은 환란을 당하니 안위와 길흉을 어찌 헤아리겠는가. 노신이 마땅히 부처님 전에 축원하여 황상의 만수무강을 기도하리라."

황태후는 즉시 향 한 줄기로 부처님께 예를 올리고 마음속으로 축원하며 눈물을 머금었다. 가궁인이 황태후를 위로하려고 옆에서 모시고 암자를 구경했다. 행랑채를 돌아서니 인적 없이 고요한데, 어디선가 신음 소리가 들렸다. 문을 열고 살펴보니 웬 소년이 동자 한 명과 함께 방 안에 누워 있었다. 가궁인은 그 소년을 보고 깜짝 놀랐다. 그는 과연 누구일까? 다음 회를 보시라.

제32회

벽성선은 기이한 계책을 써서 오랑캐 병사를 속이고,

양현은 대의를 떨쳐서 의병을 일으키다

用奇計仙娘誑胡 奮大義太爺起兵

벽성선은 천자를 이별하고 소청과 함께 다시 나귀를 몰아 앞
으로 나아갔다. 그녀는 이렇게 생각했다.

'천자께서 죄를 용서하시고 상공을 부르셨으니, 상공께서
는 영광스럽게 돌아오시리라. 나는 이제 남쪽으로 가서 무엇
하겠는가. 마땅히 이곳을 거쳐 곧바로 황성으로 가야겠다.'

그녀는 북쪽으로 길을 잡고 산동 경계에 이르렀다. 그런데
백성들이 길을 가득 메우고 달아나는 중이었다. 그들은 모두
선우의 대군이 장차 이곳에 올 것이라고 말했다. 벽성선은 크
게 놀라 밤낮으로 길을 갔다. 황성에서 백여 리 떨어진 곳에
이르러 점화관에 몸을 맡기려 했다. 그러나 도관은 이미 텅 비
어 도사 한 명도 없이 간곳을 알 수 없었다. 그녀는 다시 산화
암을 찾아갔다. 그러나 암자도 소란하여 예전에 친하게 지내
던 비구니 스님 한 명도 없었다. 객실 하나를 빌려 밤을 새우

는데, 바람 이슬 속에서 길을 오가다 보니 병이 나서 밤새도록 고통을 겪었다. 홀연 문밖에서 요란스러운 소리가 들리기에 피난민이라고 생각하여 닫힌 문을 더욱 굳게 닫고 누웠다. 뜻밖에 가궁인이 문을 열자 아련히 미처 깨닫지 못하다가 다시 보니 바로 옛날에 알던 사람이었다. 벽병선은 놀라고 기뻐서 가궁인의 손을 잡았다. 그녀가 입을 떼기도 전에 가궁인이 벽성선의 귀에 대고 몰래 황태후와 황후 전하가 이곳에 계시다고 말해 주었다. 벽성선은 황망히 일어나 대청으로 내려가 땅에 엎드렸다. 태후가 물었다.

"너는 웬 소년인가?"

가궁인이 대답했다.

"신첩과 같은 성씨의 친척 가씨입니다."

그러고는 이어서 아뢰었다.

"예전 암자에서 만났다가 몇 년 동안 격조했는데, 오늘 다시 만나니 참 드문 일입니다."

황태후가 기이하게 여겨서 말했다.

"남자치고는 너무 예쁘다고 의아해했는데, 여자였구나. 게다가 가궁인과 같은 집안이라 하니, 오늘 막다른 길에서 상봉한 것이 더욱 다정하다."

황태후는 벽성선에게 대청으로 오르게 하고 차와 과일을 하사하면서 가궁인에게 말했다.

"정말 뛰어난 가인이로구나. 저 부드러운 자태로 어인 까닭에 이런 환란을 당하여 남자 옷으로 바꿔 입고 산속을 떠돌아 다니는고?"

벽성선이 대답했다.

"신첩이 본래 배운 게 없는 데다 원래 산수를 좋아하여 사방으로 돌아다니는 것이니, 어찌 홀로 환란을 피하려는 것이 겠습니까?"

황태후가 한참 동안 바라보다가 그녀의 손을 어루만지면서 더욱 독실하게 아꼈다. 다음 날, 산화암에서 쉬는데 피난을 나온 황도 백성들이 산화암 부근의 산과 들에 가득했다. 궁궐의 하인들이 몽둥이를 들고 한꺼번에 쫓아내며 말했다.

"너희들이 이렇게 모여들면 오히려 오랑캐 병사들을 불러들이는 것이다. 빨리 다른 곳으로 가라."

그러자 사람들이 울면서 말했다.

"황태후와 황후 마마께서 이곳에 와 계시니 반드시 오랑캐 병사들을 물리칠 계책이 있을 것입니다. 우리가 이곳을 버리고 어디로 가겠습니까?"

황태후가 측은히 여겨 쫓아내지 말도록 했다. 사람들이 산 위에서 밤을 지내다 보니 자연히 곳곳에 불을 피우게 되어 연기와 불빛이 하늘에 가득했다. 오랑캐 병사들이 멀리서 불빛을 보고 산화암으로 왔다. 이날 밤 3경, 암자를 포위한 그들의 함성이 땅을 울리니, 황태후와 황후, 비빈, 궁인 등이 서로 부둥켜 안고 통곡하면서 어쩔 줄을 몰랐다. 오랑캐 장수 하나가 소리를 질렀다.

"명나라 태후가 여기에 있으니, 우리가 마땅히 맞이하여 데려가서 우리 장군에게 감상하시도록 해야겠다."

그들은 암자를 철통같이 포위했다. 황태후가 가궁인에게 말했다.

"속담에 이르기를, 살아서 욕을 당하느니 통쾌하게 죽는 것이 낫다고 했다. 내 비록 못난 사람이지만 당당한 만승천자의 모친이다. 어찌 북녘 오랑캐에게 목숨을 구하겠는가. 차라리 이곳에서 죽으리라. 너희들은 모름지기 황후를 잘 보호하고 황상께서 머무는 곳을 찾아 나의 유언을 전하라."

황태후는 다음과 같이 유언을 써서 전해 주었다.

삶과 죽음은 천명에 달렸고 나라의 운명은 하늘에 달렸습니다. 이는 사람의 힘으로 할 수 있는 바가 아닙니다. 모자 사이의 정은 귀하거나 천하거나 다 같습니다. 천안을 다시 보지 못하고 어두컴컴한 저승으로 돌아가는 혼이 되어 황상에게 끝없는 애통함을 안겨 주게 되니 지하에서도 눈을 감지 못하겠소이다. 바라건대 폐하는 지나치게 슬퍼하지 마시고 옥체를 보중하여 빨리 노균의 머리를 베시고 급히 연왕을 풀어 주어 오랑캐 병사들을 전멸시키고 평성의 치욕을 씻도록 하소서.

황태후가 말을 마치고 스스로 목을 찔러 자결하려 했다. 황후와 비빈들이 황태후를 붙들고 통곡하니, 가궁인이 울면서 아뢰었다.

"지극히 인자하신 황태후 마마께서 어찌 이런 행동을 하십니까? 한때의 치욕을 참지 못하여 훌쩍 죽어 아무것도 모르게 되고자 하시지만, 천리 밖 황상의 처지가 어떠한지 전혀 모르는 것을 생각하지 않으십니까? 태조 고황제께서 덕과 인을 쌓으셨으니, 수백 년 종묘사직이 삽시간에 폐허가 되지는 않을 것입니다. 훗날 오랑캐 병사들을 토벌하고 천자께서 돌아오셔서 이런 변고를 들으신다면 그 효성스런 마음이 장차 어떻게 되겠습니까?"

태후가 눈물을 흘리면서 탄식했다.

"노신이 어찌 그것을 생각하지 않겠는가마는, 정세가 이처럼 위급하고 휘하에 병졸이 한 명도 없으니 어떻게 살길을 구하겠는가."

말을 마치기도 전에 갑자기 좌중에서 한 소년이 일어나 황태후에게 아뢰었다.

"사태가 급합니다. 신첩이 비록 한나라의 기신紀信* 같은 충절은 없으나 오랑캐 병사들을 속여 보겠습니다. 태후께서는 신첩의 옷을 바꿔 입으시고 화를 피하소서. 신첩이 마땅히 폐

---

* 한나라의 장군으로, 항우가 형양성에서 한고조 유방을 포위했을 때 한고조의 옷을 입고 대신 항복하여 항우를 속였다가 피살되었다. 그 덕분에 한고조는 무사히 달아날 수 있었다.

하의 몸을 대신하여 오랑캐들을 대적하겠습니다."

그녀는 자신이 입던 옷을 벗어 바쳤다. 사람들이 보니 바로 객실에 누워 있던 소년 가씨였다. 태후가 웃으면서 말했다.

"낭자의 충성은 지극하지만, 이 늙은 몸은 세월이 얼마 안 남은 사람이오. 어찌 구차하게 이런 일을 하겠는가?"

소년이 개연히 말했다.

"마마의 뜻이 그와 같다지만, 어찌하여 황상의 정황을 생각지 않으십니까? 한 가닥 살길마저 구차하다고 한때의 불행을 처리하신다면 이는 여항의 천한 사람들과 같은 좁은 소견입니다. 옛날 한나라 태조 고황제는 백등에서 7일 동안 치욕을 당하셨지만 오히려 참고 권도權道를 이용하여 재앙을 면했습니다. 어찌하여 한때의 액운 때문에 천추만세토록 황상으로 하여금 불효했다는 불명예를 안기려 하십니까?"

벽성선은 말을 자신의 마치고 옷을 태후에게 입혀 주며 다시 아뢰었다.

"일이 점점 급박해지니, 태후께서는 주저하지 마십시오."

그녀는 소청의 옷을 황후에게 올리며 재촉했다. 가궁인과 모든 비빈들이 태후와 황후를 받들어 옷을 바꾸어 입었다. 벽성선과 소청은 태후와 황후의 옷으로 갈아 입었다. 벽성선이 가궁인에게 말했다.

"그대들은 빨리 두 분을 모시고 암자 뒤쪽으로 피신하시어 정말 몸을 보중하십시오. 만약 죽지 않는다면 다시 만날 것입니다."

　가궁인과 주변 시녀들은 눈물을 뿌리면서 이별했다. 그리
고 태후와 황후를 모시고 암자 뒤쪽을 거쳐 산을 넘어 몰래
달아났다. 벽성선과 소청은 예전처럼 암자의 문을 닫고 앉아
있었다. 얼마 안 되어 오랑캐 병사들이 문을 부수고 들이닥쳤
다. 벽성선은 일부러 수건으로 얼굴을 가리고 크게 꾸짖었다.

　"내 비록 곤경에 빠졌지만 너희들이 어찌 감히 이와 같이
무례하단 말이냐."

　오랑캐 장수가 말했다.

　"우리는 태후를 해치려는 것이 아니니, 빨리 갑시다."

　그들은 작은 수레를 몰아 벽성선과 소청을 협박하여 오랑
캐 진영으로 향했다. 이때 오랑캐 장군 척발랄은 황성을 함락
하고 태후와 궁궐 사람들을 수색했지만 이미 어디론가 사라
져 사방으로 찾고 있었다. 그런데 오랑캐 병사가 작은 수레에
벽성선과 소청을 사로잡아 왔다. 척발랄은 크게 기뻐하면서
인질로 군중에 두라고 했다. 벽성선이 소청에게 말했다.

　"우리 두 사람이 구사일생으로 아직 죽을 곳을 얻지 못했는
데 오늘 나라를 위하여 충성스러운 혼백이 되니 여한은 없다.
천한 몸으로 태후와 황후마마를 대신하여 오래 진상을 드러
내지 않는다면 적잖게 치욕을 받을 것이다. 마땅히 적장에게
욕을 퍼부어서 생사를 결정해야겠다."

　그녀는 즉시 수레의 휘장을 말아올리고 낭랑한 목소리로

꾸짖었다.

"무도하여 개 같은 오랑캐가 하늘 높은 줄을 모르는구나. 황태후께서는 당당한 만승천자의 모친이다. 어찌 너의 진영 안에 계시겠는가. 나는 태후궁의 시녀 가씨다. 네가 감히 죽이려거든 빨리 죽여라."

오랑캐 장수가 그 말을 듣고 비로소 속은 것을 알았다. 크게 노하여 벽성선을 해치려는데, 척발랄이 말리며 말했다.

"내 듣자니 중화는 예의의 나라라고 하더니, 과연 빈말이 아니로구나. 이는 의리를 아는 여자다."

척발랄은 이들을 군중에 두고 군사들에게 극진히 공경하도록 했다.

한편, 황태후 일행은 벽성선의 기발한 계책으로 다행히 화를 면했지만 벽성선의 생사를 몰라서 차마 잊지 못하고 가궁인을 비롯해 모든 사람들이 눈물을 흘렸다. 그런데 갑자기 함성이 한바탕 일어나더니 한 무리의 오랑캐 병사들이 길을 막고 사람들을 마구 죽였다. 바람과 먼지는 하늘에 가득하고 창과 칼은 햇빛에 번뜩였다. 그들은 달아나는 백성들을 쫓아가며 죽이니, 남녀노소 할 것 없이 엎어지고 자빠지며 통곡하는 모습이 태양도 빛을 잃을 정도였다. 황태후가 하늘을 우러러보며 탄식했다.

"천지신명이 돕지 않으시는구나. 늙은 이 몸은 죽어도 아깝지 않으나 황후와 비빈들은 젊은 나이라, 장차 어찌하리오."

그러고는 가궁인을 돌아보며 말했다.

"이제 기력이 없어서 말 위에 몸을 붙이고 앉아 있을 수 없구나. 너희들은 모름지기 황후를 잘 보호할 뿐, 이 늙은이는 염려치 말라."

황태후가 말에서 떨어지자 사람들은 통곡하며 서로 붙들고 어쩔 줄을 몰랐다. 그 순간 갑자기 오랑캐 진영이 소란해지며 한 소년 장군이 손에 쌍창을 들고 무인지경처럼 들어와 좌충우돌 공격했다. 그는 과연 누구일까?

한편, 양창곡의 부친 양현은 양창곡이 운남으로 유배를 간 뒤부터 원로대신이자 사돈인 윤형문의 시골 별장을 빌려서 살고 있었다. 뜻밖에 북쪽 오랑캐들이 궁궐을 침범하자 눈물을 흘리면서 윤형문과 상의했다.

"지금 황상께서 동쪽 지역을 돌아보시는 중이고 적의 형세는 이처럼 위급하니, 우리가 어찌 관직에 있지 않다 하여 황태후와 황후마마의 위급함을 앉아서 보기만 하겠소이까? 고을의 장정들을 징발하여 죽음을 각오하고 천자의 은혜를 만분의 일이나마 갚고 싶소이다."

윤형문 역시 벌떡 일어나며 말했다.

"양형! 노부도 마침 그 일을 생각하고 있었소. 어찌 시각을 지체하겠소?"

말을 마치기도 전에 황성에서 사람이 와서 말했다.

"지난 밤 3경에 오랑캐 병사들이 도성을 함락했는데, 태후와 황후마마 두 분은 말 한 필에 올라 성을 빠져나가 몽진을 하셔서 어디로 가셨는지 모른다 합니다."

윤형문은 발을 구르고 가슴을 치면서 북쪽을 향하여 통곡하면서 근심과 분노를 이기지 못했다. 양현이 슬픈 모습으로 위로하며 말했다.

"국운이 불행하여 이 지경에 이르렀으니, 오늘 황상의 신하된 자들은 마땅히 힘을 다하여 황태후와 황후마마의 소재를 찾아 죽음으로써 보호하는 것이 옳은 일이외다. 합하께서는 정신을 다잡아서 속히 고을 군사들을 징발하여 일으키소서."

그들 두 고을의 하인과 군사들을 모집하니 5, 6백 명이 모였다. 양현이 일지련과 손야차를 불러서 의병을 일으킨 뜻을 전하고 함께 가고자 했다. 두 사람은 개연히 명령을 따랐다. 그들은 즉시 옛날 전장에서 쓰던 전포와 말, 활, 화살 등으로 무장하고 황성을 향하여 진격했다. 그러나 황태후와 황후의 소재지를 물어볼 곳이 없었다. 다만 동남쪽을 향하여 가면서 주둔하던 오랑캐 병사들을 죽일 뿐이었다. 그런데 멀리 바라보니 한 무리의 오랑캐 병사들이 행인을 포위하고 마구 죽이고 있었다. 여자 대여섯 명은 궁녀 복색으로 그 속에 뒤섞여 당황하여 울고 있었다. 일지련이 손야차에게 말했다.

"어찌 황태후와 황후마마의 행차가 아니겠는가."

그녀는 쌍창을 휘두르면서 돌격하여 들어갔다. 한 오랑캐 장수가 몇 합을 맞아 싸웠지만 감당할 수 없었다. 문득 말을 빼서 달아나거늘, 일지련이 창을 들고 쫓아갔다. 그런데 갑자기 멀리서 크게 외치는 소리가 들렸다.

"소년 장군은 누구인가? 태후와 황후마마께서 이곳에 계시니, 궁지에 몰린 도적놈을 쫓지 말고 두 분을 호위하라."

일지련이 바야흐로 말을 돌려 양현의 병사들을 맞아 일제히 태후를 배알하면서 죄를 청했다. 황태후가 물었다.

"경은 누구시오?"

윤형문이 이뢰었다.

"신은 전임 각로 윤형문이며, 이 사람은 연왕 양창곡의 부친 양현입니다. 신 등이 불충하여 두 분께서 몽진하시니, 죽어 마땅합니다."

황태후가 말했다.

"늙은 이 몸이 덕이 없고 국운이 불행하여 경 등을 이렇게 보게 되었으니, 어찌 부끄럽지 않겠소? 이는 모두 경 등이 조정에 계시지 않고 간신이 권력을 썼기 때문이오. 천리 밖 바닷가에 황상의 안부를 물어볼 곳이 없으니, 세상에 이처럼 망극한 일이 있겠소이까?"

그러고는 다시 물었다.

"조금 전의 소년 장군은 누구요?"

"남쪽 오랑캐 축융왕의 딸 일지련입니다. 옛날 양창곡이 남쪽 지방을 정벌하러 나갔을 때 사로잡았는데, 그 재주를 아껴서 데려왔습니다."

황태후가 깜짝 놀라 즉시 말 앞으로 불러서 그녀의 손을 잡고 주변 사람들에게 말했다.

"진실로 경국지색이요 나라의 간성지재로구나."

황태후는 일지련의 나이를 물어보고, 눈을 들어 쌍창을 보면서 애석해 마지않았다.

"이 늙은 몸이 불행하게도 나라를 버리고 몸을 맡길 곳이 없었는데, 하늘이 너를 내게 내려 주셨구나. 이제부터는 오랑캐 백만대군이 앞에 닥치더라도 두려울 게 없다."

윤형문이 아뢰었다.

"오랑캐 병사들이 동북쪽에 가득 퍼졌으니, 남쪽 진남성鎭南城으로 가서 수비하는 것이 좋겠습니다."

황태후가 그 말을 따라서 진남으로 향하여 갔다. 이 성은 황성 남쪽 몇 리 밖에 있는데, 성가퀴*가 견고하여 스스로 지킬 만했다. 손야차를 선봉으로 삼고, 황태후와 황비 두 사람은 일지련과 말을 나란히 하여 중군이 되었으며, 윤형문과 양현을 후군으로 삼아 반듯하게 앞으로 나아갔다. 황태후는 자주 일지련을 찾으면서 잠시도 옆에서 떨어지지 않고 친하게 담소도 나누면서 가니, 아무 일도 없는 일행 같았다.

다음 날 진남성에 들어가 무기를 수습하고 인근 모든 고을의 병사들을 모으니 6, 7천 명쯤 되었다. 황태후가 이에 윤형

---

* 성 위에 낮게 쌓은 담을 말한다.

문을 삼군도제독三軍都提督으로 삼고 양현을 제독提督으로 삼았으며, 일지련을 표기장군驃騎將軍 겸 장신궁중랑장長信宮中郎將으로 삼고 손야차를 선봉장군으로 삼았다. 일지련은 손야차와 함께 매일 군사들을 훈련시켜 오랑캐 병사들을 방어했다.

한편, 천자는 노균을 보내고 나서 혼자 행궁에 누웠지만 마음은 즐겁지 않았다. 그는 내시와 함께 누각에 올라 바다를 굽어보았다. 하늘에 닿은 파도가 산더미처럼 일어나서 그 끝이 보이지 않았다. 고래 같은 파도와 악어 같은 물결이 바다를 뒤엎고 땅을 뒤흔들면서 가득한 물의 기운이 허공에서 내려와 안개를 만들었다. 잠시 후 붉은 해가 서쪽 하늘에 비스듬히 걸리고 석양이 수면에 비추니, 홀연 층층누각이 물속에서 일어나 오색이 영롱하고 상서로운 기운이 황홀했다. 기괴한 형상이 수많은 모습으로 변했다. 순간 서풍이 건듯 불자 풍랑이 잠시 걷히니 그것들은 어디론가 사라지고 아득하고 넓은 파도가 동쪽을 향해 흘러갈 뿐이었다. 천자가 망연자실 바라보다가 물었다.

"이게 무슨 일이냐?"

옆에서 대답했다.

"이것은 해상의 신기루입니다."

천자가 묵묵히 한참 있다가 탄식했다.

"인생 백 년 동안 수없이 많은 일들을 하지만, 그것들은 저 신기루와 마찬가지로구나. 어찌 허무맹랑하지 않겠는가. 짐이 소년의 마음으로 방사들의 요망한 말을 믿고 이 지경에 이르렀으니, 바람을 잡고 그림자를 잡는 짓과 어찌 다르겠는가. 만약 연왕 양창곡이 조정에 있었다면 짐이 이 지경에 이르렀을까."

천자는 동쪽 하늘을 바라보며 원망스럽게 한탄했다. 그때 홀연 두 소년이 말을 달려 행궁을 향해 들어왔으니, 누구인지 모르겠구나. 다음 회를 보시라.

제33회

노균은 항복 문서를 바쳐 나라를 배반하고,

홍노는 철기를 몰아 천자의 처소를 범하다

投抗書盧均叛國 驅鐵騎匈奴犯蹕

양창곡은 귀양지에 도착한 뒤로 만리 밖 하늘 끝에 고향은 아득하고 세월이 훌쩍 지나 계절이 바뀌는 것을 보고 북쪽 하늘을 날마다 바라보면서 임금과 부모님을 그리워하느라 애끊는 심정이 되어 허리띠가 저절로 느슨해지는 것을 깨닫지 못했다. 앞서 황성으로 갔던 하인이 돌아와서 집안의 편지와 황성 소식을 전하는 바람에 비로소 천자가 바닷가에서 신선을 구한다는 것을 알고 아연실색하여 책상을 치며 탄식했다.

"노균의 간사함을 이미 깊이 우려했지만, 폐하의 밝음으로 어찌 이 지경에 이르리라고 생각이나 했겠는가."

그는 하늘을 우러러 한숨을 쉬고 탄식하며 분노와 한스러움을 이기지 못했다. 음식을 전폐하고 북쪽을 향해 통곡할 뿐이었다. 난성후 강남홍이 위로하며 말했다.

"예부터 신선을 구하고 봉선을 한 임금들도 많았고, 소인들이 조정의 권력을 잡고 풍파를 일으킨 일이 오늘만이 아닙니다. 상공께서는 어찌하여 이토록 깊이 염려하십니까?"

양창곡이 탄식했다.

"이는 낭자가 모르는 바요. 옛날 봉선을 한 임금은 반드시 나라가 부유하고 병사가 강하여 안으로는 기강을 세우고 밖으로는 멀리 정벌을 했소. 그 때문에 국고를 모두 써 버려도 위급한 난리가 오히려 적었던 것이오. 낭자는 오늘날의 조정을 한번 보시오. 기강은 무너지고 위엄과 권력이 임금에게 없소. 민심은 흔들려 나라를 원망하고 있소. 그런데도 황당한 말 때문에 폐하는 멀리 천리 밖을 돌아보고 다니시니, 민심의 소란스러움을 어찌 돌아보실 것이며, 도성이 비어 있는 틈을 타서 적군이라도 불러들이는 변란이 생길까 두렵소이다. 만약 적군이 쳐들어오면 천자가 조정에 계시더라도 등을 돌린 소인배들은 반드시 나라를 돌아보지 않을 텐데, 하물며 천자께서 밖에 계심에랴! 오늘날의 사태가 너무도 위태로워서 종묘사직의 흥망이 위기일발이오. 내가 일곱 살에 학교에 들어갔고 열 살에 부모님의 가르침을 받아 열여섯에 성주를 만났는데, 요순 임금의 덕과 탕왕 무왕의 재주를 지니신 분이었소. 우리는 바람과 구름, 물과 물고기 같은 관계로 정말 잘 맞았어요. 그래서 내가 품고 있던 경륜을 이루려던 차에, 소인에게 가로막혀 하늘 끝 만리 밖에 임금과 신하가 서로 떨어져 환란이 닥쳐 위급한 처지에도 도와드릴 길이 없소. 어찌 마음 아프지 않겠소?"

그때 갑자기 두 소년이 들이닥쳤다. 쳐다보니 바로 동초와 마달이었다. 양창곡이 말했다.

"지난번 초료점에서 이별한 뒤에 장군들은 고향으로 돌아 갔다고 생각했는데, 지금 어디서 오는 길인가?"

두 사람이 말했다.

"소장 등은 합하를 따라 이곳 만리 밖까지 왔습니다. 어찌 감히 먼저 돌아가겠습니까? 그 사이에 동방의 산천을 유람하 고 토끼와 꿩을 사냥하면서 상공께서 돌아오기만을 기다렸습 니다. 그런데 요즘 바람결에 들으니 천자께서 태산에서 봉선 하시고 신선을 구하신다 합니다. 예부터 천자가 봉선을 하면 천하에 크게 사면을 하셨으니, 저희들이 바라는 바 이때를 맞 아 반드시 상공께서 집으로 돌아가실 기미가 있으리라 생각 되어 자세히 알아보려고 온 것입니다."

양창곡이 말했다.

"내가 이곳에서 죽어 집으로 돌아가지 못한다 해도 나라에 이러한 일이 있다는 것을 듣고 싶지 않다. 우리 성상의 일월 같은 밝음이 잠시 뜬구름에 가려져 나라의 흥망이 조석에 달 렸다. 어찌 내가 죄인이라는 이름 때문에 묵묵히 한마디 충심 어린 말도 아뢰지 못하겠는가. 이제 마땅히 죄를 무릅쓰고 망 녕된 행동을 돌아보지 않고 표문을 올리고자 하노라. 장군 등 은 천자께서 계시는 곳으로 가 이 표문을 올릴 수 있겠는가?"

두 장수가 그렇게 하겠다고 하자, 양창곡은 즉시 표문을 지어 친히 봉하여 두 장수에게 부탁했다.

"이것은 나라의 큰 일이다. 장군들은 매우 조심하라."

두 장군이 이별하고 표문을 품은 채 말에 채찍질하여 북쪽으로 달려갔다. 요동 바닷가에서 천자가 머무는 곳을 물어보니 천자는 여전히 바닷가에서 노균을 대원수로 삼아 오랑캐 병사들을 방어한다는 것이었다. 두 장수는 즉시 채찍질하여 행궁을 바라보고 갔다. 이때가 바로 황상이 신기루를 보던 때였다. 천자가 물었다.

"지금 온 사람들은 누구인가? 행색이 총총하여 평범하게 지나는 사람의 행색이 아니구나. 빨리 불러오라."

어전을 지키던 병사 몇 명이 명을 받고 크게 외쳤다.

"그대들은 즉시 말에서 내려 성명을 아뢰라."

두 장수는 이미 생각한 바가 있어서 황망히 말에서 내려 말했다.

"병사들은 예전 좌익장군과 우익장군을 몰라보는가?"

병사들이 한편으로는 기뻐하고 한편으로는 천자의 명을 전하며 말했다.

"장군은 어디서 오시는 것입니까?"

두 장군이 대략 자신들이 오게 된 경위를 말하고 즉시 천자께 아뢰도록 부탁했다. 병사들은 눈물을 흩뿌리며 말했다.

"천자께서 잠시 소인들의 참언을 들으시고 나라를 이렇게 위급한 지경에 이르게 했으나, 연왕 어르신의 상소가 있다는 것을 들으니 이제 우리 대명국이 국운을 이어갈 것입니다."

그들은 다투어 먼저 아뢰니, 천자는 기쁘기도 하고 놀랍기도 하여 즉시 그들을 이끌어 만나 보았다. 두 장수가 품속에서 양창곡의 상소를 꺼내서 올리니 천자가 살펴보았다.

운남의 죄인 신 양창곡은 황제 폐하께 상소를 올립니다. 신이 불충하기 그지없어 지나치고 망녕된 말로 외람되이 천자의 존엄함을 건드려 감히 위엄을 거슬렀으니, 그 죄상을 논할진대 만 번 죽어도 가볍다 하겠습니다. 성은이 넓고 커서 다른 것을 살피지 않으시고 우직함을 용서하시어 목숨을 보존케 하여 오늘에 이르게 되었습니다. 신은 그것을 어떻게 보답해야 할지 모르겠습니다.

신이 일찍이 듣자니, 군신과 부자 관계는 오륜의 으뜸이라 했습니다. 낳아서 길러주신 은혜와 낳아서 만들어주신 은택은 다를 바 없으니, 자식이 비록 부모의 엄한 꾸지람을 입어서 눈앞에서 다시 볼 수 없게 되었다 해도 부모가 위급한 화를 당하면 어찌 천명을 어기고 노함을 두려워하여 구하지 않겠습니까? 신이 지은 죄에 또 죄를 더한다 하여 제 마음을 다하지 않는다면 이는 부모의 엄한 꾸지람에 화가 나서 위급함을 구하지 않는 격입니다. 어찌 하늘을 이고 땅을 딛고 선 떳떳한 본성의 사람이 할 일이겠습니까?

신은 성은을 입어 한 가닥 남은 목숨이 끊어지지 않았습니다. 천하에 귀가 있는 사람이라면 모두 조정의 일을 알고 있으니, 모골이 송연해지고 간담이 서늘해지는 것은 바로 오늘 폐하께서 동쪽 지역을 돌아보시는 일입니다. 황당하고 거짓된 신선술과 내실 없는 봉선은 신이 논의할 틈이 없습니다. 그러나 한무제가 분수㉮氺의 가을바람에 후회한 것처럼 성스러운 천자의 일월 같은 밝음으로 어찌 일찍 돌이켜 깨우치지 못했겠습니까. 다만 눈앞에 시급한 걱정과 두려운 일은 오직 주나라 왕실이 텅 빈 틈을 타서 서자가 반란을 일으킨 것과 같은 일이 벌어질까 하는 점입니다.

대저 국가가 지탱하는 것은 기강과 인심입니다. 근래 들어 법이 오랫동안 생활을 피폐하게 하고 기강은 해이해져서 세상살이가 어려워지고 인심이 각박해졌습니다. 폐하께서 비록 정성을 들여서 잘 다스리려 하여 관료들을 단속하시고 만백성을 어루만지시지만, 여전히 불만을 가진 자들이 눈을 밝히고 귀를 기울여 기회를 보고 있습니다. 하물며 허황한 일로 인하여 국고를 탕진하고 백성들의 원망을 야기하여 오랑캐들이 엿보려는 마음을 가지게 되는 때임에랴! 민간의 보잘것없는 백성일지라도 집안의 재산을 지키는 자가 방탕하게 놀러다니면서 집을 버리고 돌아보지 않는다면 처첩들은 원망하고 종들은 나태해질 것입니다. 집안은 근심으로 어지러워지고 주인 없는 집에는 때때로 담을 넘는 도둑을 면치 못하는 법입니다. 하물며 폐하께서는 사해의 부유함과 만승의 존귀함으로 행동 하나하나가 얼마나 중대하겠습니까? 지난번 하루아침에 방사 몇 사람의 허황된 말을 믿으시고 천리 바깥 바닷가에서 즐기시며 돌아오실 줄 모르시오니, 무심히 바라보는 사람이라도 도성과 대궐이 텅비었다 할 터인데 하물며 도적의 마음으로 바라보는 사람이야 더 말할 것도 없을 것입니다.

삼대 이래로 중원의 큰 근심은 오직 남만과 북적이었습니다. 지금 도성은 남경南京과 달라서 북쪽에 가까우니, 비록 한 줄기 만리장성이 있다 하지만 요동 광녕 땅에서 검각劍閣의 옛길이 있으니, 신은 이것이 걱정됩니다. 가령 신의 말이 실상에서 조금 지나친 점이 있다면 이는 국가의 행운이지만, 만약 그렇지 않다면 그 근심은 조석지간에 있습니다. 엎드려 바라건대 폐하께서는 요지로 타고 가신 여덟 준마를 돌리시어 종묘사직의 위태로움이 없도록 해주소서. 임금과 신하 사이가 남북으로 나뉘어 마음이 서로 떨어져 안위와 흥망을 마치 진나라와 월나라처럼 멀리 보고 있습니다. 신은 오늘 제가 지은 죄에 또 다른 죄를 더하게 되더라도 지극히 원통함과 당돌함을 이기지 못하겠습니다.

천자가 표문을 다 보더니 옥 같은 손으로 어탑을 치면서 말했다.

"짐이 밝지 못하여 이 같은 어진 신하를 쫓아냈으니, 어찌 나라의 큰 위업을 지킬 수 있겠는가."

그는 두 장수를 불러서 말했다.

"너희들은 어떻게 만리 밖 운남까지 연왕을 따라갔느냐?"

두 장수가 대답했다.

"저희들은 머리끝과 발끝 까지 털끝 하나라도 폐하와 연왕의 성취가 아님이 없습니다. 생사가 걸린 환란에 즐거움과 괴로움을 함께하고자 해서였습니다."

천자가 한숨을 쉬면서 탄식하고는 하교했다.

"연왕의 충성과 경륜은 천지신명이 비춰 주는 바이다. 짐이 비록 지난 일을 후회하지만 이미 돌이킬 수 없다. 현재 적군이 지척에 있고, 노균의 승패를 예측하기 어렵다. 너희들에게 각각 예전의 직위를 수여하노니, 이곳에서 지키도록 하라."

그리고 즉시 사신에게 밤낮으로 달려 운남에서 연왕 양창곡을 불러오도록 했다. 천자는 다시 두 장수에게 물었다.

"홍혼탈은 어디에 있느냐?"

두 장수가 엎드려 아뢰었다.

"홍혼탈은 지금 하인으로 변장하고 남편을 따라 운남 귀양지에 가 있습니다."

천자가 더욱 놀라며 말했다.

"모두 짐의 잘못이다. 나는 홍혼탈이 황성에 있다고 생각했는데 만리 밖에 있다 하니, 도성이 더욱 텅 비었겠구나."

그는 친필로 연왕 양창곡에게 조서를 썼다.

경의 상소를 보니 짐이 얼굴 두꺼운 것을 깨닫지 못하겠구나. 밝디밝은 태양이 경의 붉은 충성심을 비추는도다. 지난 일을 후회하지만 어찌 돌이킬 수 있겠는가. 아! 오랑캐 병사들이 황성을 침범했는데도, 아득한 바닷가에서 돌아갈 길이 막혔으니 비로소 경의 선견지명을 깨닫는다. 홍혼탈과 빨리 돌아와 속히 짐을 구하라.

천자가 조서를 다 쓴 뒤 우림군 중에서 말을 잘 타는 병사를 불러서 조서를 주고 밤낮을 가리지 말고 빨리 가도록 했다. 병사가 명령을 받고 혼자 말을 타고 한밤중에 남쪽을 향하여 길을 떠났다.

한편, 노균은 대군을 이끌고 산동성을 향하여 호탕하게 행군했다. 그런데 갑자기 한바탕 광풍이 몰아쳐 황기黃旗를 불어 꺾어 버렸다. 노균이 속으로 불쾌하게 여기면서 태청진인 청운에게 길흉을 물었다. 태청진인은 한참 동안 생각하다가 대답했다.

"황기는 중앙을 상징하는 깃발이며, 중앙의 방위方位는 바로 마음이오. 참정께서 무언가 불안하여 흔들리는 마음이 있으시군요."

노균이 또 말했다.

"깃대가 부러진 것은 길흉 중 어떤 쪽입니까?"

태청진인이 웃으며 말했다.

"부러지면 두 개가 되지요. 참정께서는 혹시 두 마음을 품고 있는 건 아닌가요?"

노균이 그 말을 듣고 얼굴이 흙빛이 되면서 감히 다시 묻지 못했다. 노균은 산동성에 이르러 성 아래에 진을 쳤다. 이때 야율선우는 이미 성 안에 들어간 뒤였다. 그는 명나라 대군이

오는 것을 보고 친히 병사들을 지휘하여 10여 합이나 큰 전투를 벌였다. 그러나 노균이 어찌 대적하겠는가. 태청진인이 위급함을 보고 진영 위에 나와 주문을 외면서 도법을 펼치니 갑자기 큰 바람이 모래와 돌을 휘몰아 오고 귀졸들이 오랑캐 진영을 향하여 사방에서 포위했다. 선우가 크게 놀라 군대를 거두어 성으로 들어가 급히 척발랄을 불렀다. 척발랄은 몇몇 오랑캐 장수와 함께 황성을 굳게 지키는 한편 정예 기병 5천 기를 선발하여 산동성에 이르렀다. 그는 선우가 전투에서 패한 연유를 듣더니 깜짝 놀라 말했다.

"소장이 황성을 함락한 뒤에 공경대신公卿大臣의 식구들을 사로잡아 군중에 두었습니다. 이제 이해관계로 노균의 처첩을 유인한다면, 노균은 수시로 마음을 바꾸는 소인이라 반드시 항복할 것입니다."

선우가 크게 기뻐하면서 사로잡은 공경대신의 처첩들을 황성에서 옮겨오라고 했다.

이때 진왕 화진은 본국에 거처하면서 오랫동안 조회를 하러 들어오지 않았다. 그는 오랑캐 병사들이 황성을 침범했다는 소식을 듣고 울분을 이기지 못하여 공주를 보고 탄식했다.

"간신 노균이 나라를 그르쳐서 천자는 천리 밖에 머무르시고 흉노들은 도성을 침범하여 들어왔소. 게다가 황태후와 황비 두 분은 피난해 계신 곳을 모른다 하오. 신하된 도리로 어찌 앉아서 이 상황을 보고만 있겠소? 이제 우리나라 병사들을 이끌고 가서 황태후와 황비 두 분을 보호해야겠소."

공주가 발을 구르며 통곡했다.

"어머님께서 이런 곤욕을 당하시니, 아득한 창천이여, 이 무슨 일이란 말인가. 첩이 비록 여자의 몸이지만 어머니와 자식 간의 정은 남녀가 한가지입니다. 마땅히 대왕을 따라서 생사를 함께하겠습니다."

진왕이 위로하며 말했다.

"공주는 마음을 넓게 가지시오. 내 마땅히 힘을 다하여 훗날 돌아와서 공주에게 공적을 자랑하겠소."

그는 즉시 철기 7천 기를 징발하여 밤낮으로 달려갔다. 가는 도중에 진왕은 한 무리의 오랑캐 병사들이 수많은 수레를 몰고 가는 것을 보았다. 진왕은 그들이 중국 여자들을 붙잡아 가는 것으로 알고 철기로 길을 막고 구하려 했다. 그런데 멀리서 보니 그중 몇 명이 아름답게 화장하고 장막에 기대 앉아 오랑캐 장수와 어지럽게 놀고 있었다. 진왕이 놀라 탄식했다.

"개 돼지 같은 무리들이군. 내 어찌 저들을 구해 주랴."

그는 몇 대의 수레만 빼앗아 돌아가니 오랑캐 병사들은 남은 여자들을 재빨리 몰아서 가 버렸다. 진왕이 진중으로 돌아오면서, 구해 낸 여자들에게 사는 곳을 물었다. 그중 두 여자는 복색이 일반 여염집 여자들과는 상당히 달랐다. 어찌된 일인지 물어보니 그 여자가 대답했다.

"첩은 황태후와 황후마마의 시녀 가씨입니다. 저 여자애는 첩의 몸종입니다."

이들은 원래 벽성선과 소청이었다. 그녀들은 끝내 본색을 드러내려 하지 않았다. 진왕이 크게 놀라 먼저 물었다.

"두 어르신은 어디 계시오? 그리고 조금 전에 오랑캐 진영에서 농담하며 웃고 장난하던 여자들은 누구요?"

소청이 말했다.

"그들은 참정 노균의 식구들입니다."

진왕이 그 말을 듣고 분노해 머리카락이 하늘로 솟구치는 것을 더욱 이기지 못했다. 진왕이 벽성선에게 물었다.

"내가 병사들을 이끌고 밤낮으로 행군하는 중이니 낭자들은 따라올 수 없을 것이오. 잠시 진국으로 가서 공주를 모시고 머물며 난이 평정되기를 기다렸다가 황성으로 돌아오시오."

벽성선 또한 막다른 길에서 딱히 머물 곳도 없던 터라, 그 말을 따라서 진국으로 갔다. 진왕은 철기 몇 명으로 하여금 호송하게 하고, 자신은 즉시 황성을 향하여 진군했다.

한편, 오랑캐 병사들은 중도에서 진왕의 병사들을 만나 수레를 빼앗긴 일을 선우에게 보고했다. 선우는 오히려 노균의 식구들을 데려온 것만으로도 다행으로 여기면서 즉시 그들을 성 위에 세우고 큰 소리로 외쳤다.

"노균 도독은 빨리 항복하라. 도독의 가족들이 이곳에 있다. 항복하면 살려줄 것이요, 항복하지 않으면 죽일 것이다."

노균이 쳐다보니 과연 자신의 처첩들이 나와 서서 무수히 통곡하고 있었다. 노균은 차마 그 모습을 보지도 못하고 기색이 꺾여서 즉시 징을 울려 군사들을 물러나게 하고 진영을 돌려서 생각했다.

'옛날 오기는 자신의 아내를 죽여서 장군이 되었다. 내가 처첩들을 돌아보지 않고 적들을 격파하여 큰 공을 세운다면 연왕 양창곡의 권력을 빼앗고 부귀는 극에 달할 것이다. 그러면 천하의 수많은 미인들 중 내 처첩 아닌 자가 없을 것이다. 내 어찌 공명을 버리고 가족들을 구할까 보냐.'

그러다가 다시 홀연 탄식했다.

'내 비록 큰 공을 세운다 해도 황상의 밝은 눈으로 지난 일을 후회라도 한다면 내가 세운 공으로도 죄를 용서받지 못할 것이다. 그러면 괜히 죄없는 가족들만 죽일 뿐이다.'

그는 생각이 급해져서 일어났다 앉았다 좌불안석이었다. 그러다가 정신이 혼몽해져서 침상에 기대어 잠깐 잠이 들었다. 꿈인지 생시인지 비몽사몽간에 머리에는 통천관을 쓰고 몸에는 비단 도포를 입은 한 신선이 한 손으로는 하늘을 떠받들고 다른 손으로는 칠성검七星劍을 들고 맹렬히 자신을 공격했다. 깜짝 놀라 일어나니 한바탕 꿈이었다. 땀이 나서 등이 축축했고 촛불 그림자는 희미하게 일렁거렸다. 그 순간 휘장 앞에 기침 소리가 나더니, 군문도위軍門都尉가 와서 보고했다.

"오랑캐 진영에서 보낸 편지 한 통이 화살에 매달려 왔기에 감히 주워서 가져왔습니다."

노균이 의아하게 여기면서 촛불 아래에서 펼쳐보니, 편지에는 이렇게 적혀 있었다.

대선우大單于 휘하의 장수 척발랄은 명나라 도독 앞으로 편지를 부치노라. 내가 들으니 지모가 있는 사람은 이해득실에 밝고 경륜이 있는 사람은 재앙과 복을 바꿀 줄 안다고 하오. 이제 도독이 비록 십만대군을 감싸 안고 흰 깃발과 누런 도끼로 호탕하게 왔지만, 도독의 밝은 눈으로 어찌 상황을 생각지 못하겠소? 어진 신하를 참소하여 조정을 어지럽힌 자가 누구며, 임금을 농락하고 신선을 구하여 봉선한 자는 누구며, 억지로 천자로 하여금 동쪽 지역을 돌아보도록 하여 황성을 텅 비게 만든 자는 누구며, 민심을 소란하게 하여 스스로 전쟁을 닥치게 한 자는 누구겠소? 만약 조정에 어진 신하가 있고 천자가 황성에 있으면서 민심을 술렁리지 않게 했다면 내 비록 억만 명 강한 병사들이 있다 해도 하루아침에 어찌 이 정도까지 이르렀겠소?

이로 보건대 오늘의 전쟁은 바로 도독이 불러온 것이외다. 스스로 전쟁을 일으키고 도리어 스스로 방어하고자 하시니, 군자는 코웃음을 치고 백성들은 원망을 하오. 가령 도독의 지략이 뛰어나서 능히 큰 공을 이룬다 해도 그 공적은 그대의 죄를 덮기에 부족하오. 만약 불행하게도 한 번 패배하기라도 한다면 이는 반드시 집안을 몰살시키는 재앙을 피하지 못할 것이오. 이 점은 도독을 위해 한심하게 생각하는 바이오. 또한 듣자니, 중국에서 입이 있는 자는 한결같이 '천자가 연왕을 등용한 뒤에 나라가 망하지 않을 것'이라고 말하고 있소. 뭇사람들의 마음을 하늘도 따르는 법이오. 명나라 천자가 어찌 이 점을 모르겠소? 내 비록 북쪽 변방에 살면서 중국의 정황을 자세히 듣지는 못했지만, 연왕의 등용은 도독의 복이 아니올시다. 이제 도독이 어느 곳으로 후퇴하든 살아날 길이 없거늘, 오히려 그 생각과 경륜을 돌릴 수 없으니 개탄하는 바이오. 옛날 한나라의 이소경李少卿은 농서隴西의 명문거족이요, 한나라 조정에서 대대로 벼슬한 신하였소. 그러나 북방에 투항하여 좌현왕左賢王을 보좌하여 부귀를 안락하게 누렸소. 대장부가 어찌 구구한 작은 절개에 주저하여 멸족의 근심을 앉아서 기다리고 있소이까? 하물며 그대의 명망과 재주와 문벌과 문학으로한번 선우를 따른다면 관직이 어찌 참지정사에 그치겠소? 다행히힘을 합쳐 중원을 얻는다면 땅을 나누어 제후가 될 것이오, 불행히 낭패하여 북쪽 지역으로 돌아간다면 좌현왕의 부귀가 절로 있으니, 처자식들과 단란하게 모여서 평생을 안락하게 지내게 될 것이오. 몸과 머리가 다른 곳에 처하여 멸족의 환란을 만나는 것과어찌 같은 수준에서 이야기할 수 있겠소? 이것은 이른바 이해관계를 살펴서 재앙을 복으로 만드는 것이오. 내가 또 들으니, 큰일을 경영하는 사람이 머뭇거리면서 결정하지 않는다면 반드시 후회할 것이요 주저하면서 관망한다면 시기를 놓치기 쉽다고 하오. 시기여, 시기여, 다시 오지 않으리라.

노균은 편지를 읽고 나서 고개를 숙이고 반 시간 가량 고민했다. 그는 다시 글을 펴서 읽고 망연자실하여 촛불을 바라보며 서안에 기대어 앉아 눈을 감고 잠이 든 듯했다. 갑자기 손으로 서안을 치더니 벌떡 일어나 앉아 말했다.

"조금 전 꿈의 징조가 불길하니, 죽어서 욕을 당하는 것이 어찌 살아서 영광을 누리는 것과 비교되겠는가."

그는 붓을 뽑아 답장을 쓰려다가 다시 생각했다.

'내 이제 항복하려 하지만 태청진인이 반드시 동의하지 않을 것이다. 어떻게 하면 좋을까?'

한동안 고민하던 그는 갑자기 또 무릎을 치면서 웃었다.

"세상 만사가 어찌 내 경험에서 벗어나겠는가."

노균은 즉시 태청진인에게 말했다.

"선생은 근래 파다하게 퍼진 동요를 들어보셨습니까?"

태청진인이 말했다.

"동요라니, 무슨 말이오?"

노균이 그 동요를 말했다.

제비가 높이 날자 푸른 구름 없어지니　　　　　　燕飛高靑雲消

하늘은 새벽이 되려 하네,　　　　　　　　　　天將曉天將曉

하늘은 새벽이 되려 하네

태청진인이 동요를 듣고 웃으면서 말했다.

"이건 무슨 뜻이오?"

노균이 탄식했다.

"제비가 높이 난다는 것은 연왕 양창곡을 말하는 것이고, 푸른 구름이 없어진다는 것은 선생을 말하는 것이며, 하늘은 새벽이 되려 한다는 것은 하늘이 장차 밝아지려 한다는 것입니다. 명나라가 다시 중흥한다는 뜻이라더군요."

태청진인이 웃으며 말했다.

"빈도는 본래 뜬구름 같은 신세라, 훌쩍 왔다가 훌쩍 가버리지요. 어찌 국가의 흥망에 간섭하여 세상 사람들의 구설수에 오르내리겠소?"

노균이 탄식하며 말했다.

"이는 모두 소생의 죄입니다. 이유 없이 선생을 청하여 고명하신 도술을 보고 청당 사람들이 울적한 마음에 이런 동요를 만들어 낸 것입니다. 연왕 양창곡이 조정으로 돌아온다면 선생은 자연히 쫓겨나고 명나라가 부흥하리라는 의도입니다. 만약 그렇게 된다면 선생이야 녹수청산에 아무런 장애가 없으시겠지요. 아! 이 노균의 신세는 장차 어디서 죽을지 모르겠습니다."

태청진인이 미소를 지으며 말했다.

"이 청운의 오고 감은 푸른 구름에 걸려 있는 것이니 어찌 연왕에게 쫓겨나겠소?"

노균이 다시 얼굴을 고치고 꿇어앉아 사죄하며 말했다.

"소생이 진실로 감히 선생을 속이지 못하겠습니다. 연왕은 진실로 비범한 인물입니다. 위로는 천문을 통달하고 아래로는 지리를 통달했으며, 육도삼략과 비바람을 불러오는 재주를 모두 구비했습니다. 만약 선생과 겨루게 된다면 어느 쪽이 승리하게 될지 모를 정도입니다."

태청진인이 불끈 눈썹을 치켜 올리면서 말했다.

"내가 10년 동안 산속에서 도를 닦아 공을 이루고 천하를 두루 돌아다녔소. 높은 재주를 가진 사람을 한 번 만나서 우열을 겨루어 보고 싶었는데, 연왕의 재주가 과연 그렇다면 빈도는 마땅히 한번 겨루어 봐야겠소이다."

그때 노균이 품속에서 항복을 권유하는 척발랄의 편지를 꺼내 그에게 보여주며 말했다.

"소생이 중국에서 자랐으니 어찌 부모의 나라를 배반하고 흉노에게 무릎을 꿇겠습니까? 그러나 예부터 중국은 그 규모가 아주 좁고 당론과 시비를 위주로 인재를 등용했습니다. 오늘날 소생의 처지는 진퇴양난입니다. 옛사람이 이르되, '충성과 신의를 말하고 독실함과 공경을 행하면 비록 오랑캐 나라에서라도 살아갈 수 있다'[言忠信 行篤敬 雖蠻貊之邦 可居]고 했습니다. 대장부는 마땅히 천지를 집으로 삼고 사해를 형제로 삼아서, 도학으로 현달하고 재예를 드러내 드날려야 합니다. 어찌 구구하게 하나의 하늘만을 굳게 지켜서 다른 사람의 명령을 받으면서 죽어도 몸을 묻을 곳도 없는 처지로 살아가겠습니까?

오늘 소생의 마음은 정해졌습니다. 바라건대 선생은 소생을 따라 북쪽으로 노닐면서 재주와 기예를 모두 발휘하여 연왕의 예기를 한번 꺾는다면 선생의 도술이 천하에 독보적인 존재가 될 뿐 아니라 소생의 분노도 씻을 수 있을 것입니다."

태청진인 청운은 본래 재주는 뛰어난데 덕은 없는 사람이었다. 노균의 말에 흔쾌히 응낙하니, 그는 크게 기뻐하며 즉시 척발랄에게 답서를 써서 항복할 뜻을 알렸다. 척발랄은 크게 기뻐하면서 마침내 선우와 의논했다.

"노균의 관작이 높지만 생각은 얕고 짧으니, 빈객의 예로 대우하시고 좌현왕에 봉하여 마음을 위로해 주시지요."

선우가 허락하고 다시 척발랄에게 편지를 보내 몰래 약속을 정했다. 다음 날 3경에 노균은 성 밖에 군사를 머물게 하고 태청진인 청운과 함께 심복 장수 몇 명을 데리고 몰래 성 아래로 가서 문을 두드렸다. 척발랄은 이미 문을 열어 놓고 있다가 맞아들이면서, 좌우에 병사들을 매복시켜 뜻밖의 사태에 대비했다. 그런데 노균 일행이 단출하게 오는 것을 보고 웃으면서 손을 잡고 말했다.

"노참정의 고명함을 제가 태산북두처럼 우러렀는데, 오늘을 보니 경륜과 지모가 뛰어나다는 것을 알겠습니다."

노균이 머쓱하여 대답했다.

"이 늙은이는 명예와 절의에 죄를 얻은 사람입니다. 이제 장군의 말씀이 이러하시니 어찌 부끄러워 얼굴이 붉어지지 않겠습니까?"

척발랄이 좋은 말로 위로하면서 손을 잡고 선우를 뵈러 갔다. 선우가 웃으면서 말했다.

"참정께서는 귀인입니다. 과인이 어찌 항복한 장수의 예로 뵙겠습니까? 마땅히 빈주의 예로 맞이하여 훗날 뜻을 얻게 된다면 땅을 갈라서 부귀를 함께 누리겠습니다."

노균이 감사하면서 말했다.

"저는 궁지에 몰린 신세입니다. 고국에서 받아들여지지 못하고 대왕의 휘하에 투항하니 어찌 부끄럽지 않겠습니까?"

선우가 그를 위로하고 즉시 좌현왕에 봉했다. 그 가족들을 불러서 차례를 정하여 안돈시키고 노균의 처는 좌현왕알씨_左賢王閼氏에 봉했다. 노균이 마음속으로 기뻐하면서 이에 태청진인을 가리키며 말했다.

"이 선생은 청운도사입니다. 구름처럼 노니는 몸으로, 저를 따라와서 대왕의 병사들을 보고자 합니다."

선우가 크게 기뻐하면서 말했다.

"천하를 두루 돌아다니면서 도술이 고명하기로 소문이 난 청운도사가 아니십니까?"

노균이 말했다.

"그렇습니다."

선우가 공경하게 예를 마친 뒤 말했다.

"선생께서 일찍이 북쪽 지방을 유람하시면서 성대한 명성이 우레처럼 귀에 쏟아져 들어왔습니다. 과인이 한번 뵙고 인사를 드리려 했는데, 오늘 이렇게 와 주시리라고 어찌 생각이나 했겠습니까? 이는 과인의 복입니다."

청운이 웃으면서 말했다.

"빈도는 본래 정처가 없는 사람입니다. 푸른 하늘 뜬구름이 바람을 따라 일어나서, 무심히 갔다가 무심히 오며 동서남북 어느 곳이나 구애되는 곳이 없습니다. 오늘 잠시 대왕의 용병술을 보려고 왔습니다."

선우와 척발랄은 원래 청운의 명성을 들었던 터라, 기쁨을 이기지 못하여 너무도 공경하게 군사軍師의 예로 대우했다. 이에 청운 또한 의기양양한 모습이었다.

이때 좌현왕 노균이 선우에게 아뢰었다.

"명나라 병사들이 아직도 성 밖에 있습니다. 만약 스스로 흩어진다면 이는 적국을 도와주는 꼴입니다. 용맹한 장수로 하여금 정예군 한 부대를 데려가 북소리 한 번에 적국의 장수를 잡아 파묻어 버린다면, 그들은 장수 없는 병졸들이 되는 셈이라 반드시 구덩이 속의 병사가 됨을 면치 못할 것입니다. 그 뒤를 이어서 철기를 몰아 명나라 천자의 행궁을 습격한다면 큰 공을 이룰 수 있을 것입니다."

척발랄이 간언했다.

"우리는 바야흐로 중국을 다스리고자 하는 처지입니다. 그런데 먼저 괴이한 방법으로 죄없는 백성들을 묻어 죽인다면 어찌 위엄과 신의에 금이 가지 않겠습니까?"

노균이 웃으며 말했다.

"장군의 말씀은 삼대와 같은 태평성대에 용병하는 방법입니다. 옛날과 지금의 상황은 다릅니다. 병사들은 속이는 것을 싫어하지 않습니다. 명나라 천자는 혼자 행궁에 있고, 대군들은 모두 나를 따라 이곳으로 왔습니다. 기회를 잃을 수는 없습니다."

선우가 노균의 말을 믿고 즉시 정예병을 징발하여 군문을 활짝 열고 한꺼번에 돌격했다. 명나라 진영의 모든 장수들은 이미 도독을 잃은 터라 자연히 소란스러워져 무엇을 해야 할지 모르고 있었다. 그런데 갑자기 오랑캐 병사들이 정예 기병을 몰아서 불시에 쳐들어오니, 명나라 병사들은 크게 어지러워 병장기를 버린 채 제각기 목숨을 부지해 보려고 도망치느라 서로 밟히고 밟아 죽은 사람이 산처럼 쌓였다. 선우가 이에 대군을 몰아서 동쪽으로 행궁을 습격하려 하니, 이는 모두 노균의 간계였다. 아! 하늘이 이 사람을 나게 함에 오장육부는 다른 사람들과 다름없건만 노균은 권력을 탐하고 세력을 즐기며 양창곡을 시기하다가 끝내는 반역으로 부모의 나라와 신하로 섬기던 임금에 대한 은혜와 의리를 헌신짝처럼 던져 버렸으니, 소인의 마음은 평범한 사람과 다른 모양이었다. 만약 임금이 그 오장육부마음를 비춰볼 수만 있다면 평소 소행을 마땅히 알아차렸을 것이다. 무릇 말과 행동은 마음에서 나오는 것이다. 노균이 천자에게 신선을 구하고 봉선을 하도록 권유할 때 그 말이 매우 달콤하더니 오늘 너무 쓰게 변했지만 천자는 깨닫지 못하고 있다. 이 어찌 후세 임금들이 마땅히 경계로 삼아야 할 일이 아니겠는가.

한편, 천자는 노균의 농간으로 황성의 진짜 소식을 듣지 못하다가, 노균이 출전한 뒤에야 황성에서 사신이 와 접하게 되었다. 황성은 이미 함락되었고 황태후와 황후는 진남성으로 피난했다는 소식을 듣고 천자는 발을 구르며 북쪽을 향해 통곡하면서 말했다.

"수백 년 종묘사직이 마침내 짐의 손에서 망할 줄 어찌 알았겠는가."

천자는 다시 사신에게 진남성의 안위를 자세히 묻고는 탄식했다.

"원로대신 윤형문의 충성은 짐이 이미 알고 있거니와 양현과 일지련은 아무런 벼슬도 없이 의병을 일으켜서 황태후와 황후를 지켜주다니, 이들은 짐의 은인이로다. 연왕 양창곡 부자의 충성을 장차 어떻게 보답할 것인가."

그때 갑자기 패잔병들이 산동성에서 도망쳐 돌아와 노균이 배반한 사실을 비로소 아뢰었다. 천자는 얼굴에 기운이 꺾여 한참 동안 말이 없었다. 얼마 뒤 동홍을 찾으니 어디로 달아났는지 알 수 없었다. 천자 주변에 있던 노균의 무리 역시 모두들 도망하여 한 사람도 보이지 않았다. 천자는 하늘을 우러러

보며 탄식했다.

"짐이 밝지 못하여 주변의 신하가 재앙을 일으키는 것을 알지 못하니, 나라가 어찌 망하지 않겠는가."

그는 동초와 마달 두 장수를 돌아보며 눈물을 머금었다. 두 장수 역시 강개하고 울분에 찬 마음을 이기지 못하고 머리카락이 위로 솟구쳤다. 그들이 꿇어앉아 아뢰었다.

"신 등이 비록 불충하기 짝이 없으나 마땅히 견마지로를 다하겠습니다. 엎드려 바라건대 폐하께서는 급히 동해 지역의 병사들을 징발하소서."

천자가 그 말을 따랐다. 그런데 병졸들을 모으기도 전에 갑자기 북쪽에서 함성이 크게 일더니 날리는 먼지가 바닷가 하늘을 뒤덮었다. 오랑캐 병사들이 비바람처럼 몰려 오는 것이었다. 천자는 장차 어디로 피신할 것인가. 다음 회를 보시라.

제34회

명나라 천자는 탈출하여 서주로 들어가고,

동초 장군은 의리를 펼쳐서 선우와 싸우다

明天子脫身入徐州 董將軍伸義鬪單于

천자는 오랑캐 병사들이 행궁을 침범해 오는 것을 보고 하늘을 우러러 탄식했다.

"짐에게 주목왕의 팔준마가 있다 한들 하늘이 황도로 돌아갈 길을 빌려주지 않으시고 용맹한 적군들이 이처럼 퍼져 있으니 어찌하리오."

동초가 마달에게 말했다.

"사태가 급박하오. 장군이 천자를 받들고 가면 나는 이곳에 남아 오랑캐들을 대적하겠소."

동초가 즉시 시위군사들을 점검해 보니 2천여 기쯤 남아 있었다. 그는 자신이 1천 기를 이끌고 선우를 대적하고, 마달에게 1천 기를 주어 천자의 수레를 호위하도록 했다. 동초는 손수 말을 끌고 천자에게 급히 말에 오르도록 요청하며 말했다.

"상황이 다급하여 예의를 갖추지 못합니다. 폐하께서는 마달을 따라 남쪽으로 가소서. 천지의 귀신들이 반드시 도와서 수백 년 종묘사직을 조만간 회복하도록 할 것이니, 옥체를 보중하소서. 신 등이 불충하여 폐하로 하여금 이런 망측한 변고를 당하게 했으니, 무슨 면목으로 오랑캐를 마주할지 모르겠습니다. 마땅히 힘을 다하여 저놈들을 토벌하고 멸하여 선우가 이 길을 지나지 못하도록 하겠습니다."

동초는 다시 마달에게 말했다.

"우리가 이미 폐하의 끝없는 은혜를 입었으니, 오늘이 바로 그것에 보답할 때일세. 장군은 조심하시오. 만약 오랑캐 병사들이 이곳을 지나서 폐하의 수레를 핍박한다면 내가 죽은 줄 아시게나."

천자는 어쩔 수 없이 말에 올라 마달과 1천 기 병사들을 이끌고 남쪽으로 출발했다. 동초는 눈물을 뿌리며 절하여 이별하고 다시 행궁으로 들어가 휘하의 1천 기 병사들을 불러 약속했다.

"너희들 역시 천자의 은혜를 입어서 국록을 먹는 신하다. 이러한 뜻밖의 변고를 당하여 어찌 충성과 분노와 적개심이 없겠는가. 나는 너희들과 천자의 망극한 은혜를 보답하다가, 만약 힘이 다하면 죽음으로써 나라에 보답할 것이다. 너희들 중에서 만약 죽는 것이 두려운 자가 있다면 빨리 물러가라. 나는 마땅히 이 한 몸으로 오랑캐들을 대적하리라."

모든 사람들이 눈물을 흘리면서 말했다.

"소인들이 비록 어리석지만 사람으로서의 마음이 있습니다. 어찌 장군의 충성과 의리에 감동받지 않겠습니까? 끓는 물과 타오르는 불로 뛰어들라 하셔도 진실로 사양치 않겠습니다."

그들 중에서 우림군의 병사 한 명이 아프다면서 물러가겠다고 말했다. 그는 바로 노균 집안의 하인이었는데, 특별히 천자의 은혜를 입어 우림군이 된 사람이었다. 동초는 즉시 칼을 뽑아 머리를 베어 버리고 군사들을 호령했다.

이때 선우의 대군이 행궁 수백 보 밖에 이르렀지만 여전히 명나라의 허실을 판단하지 못하여 감히 진입하지 못하고 주저하고 있었다. 동초가 이에 천자의 모습으로 예전처럼 행궁 앞에 나열하고 1천 기로 주변을 지키도록 했다. 북을 쳐서 군령을 전하니 그 위의가 엄숙하고 기상이 단아하여 조금도 흔들리는 빛이 없었다. 선우는 매우 의심스러워하면서 말했다.

"과인이 듣자니 중국 사람들이 기괴한 술법을 많이 부린다고 했다. 이는 필시 정예군을 매복시키고 몰래 우리 병사들을 유혹하는 작전일 것이다."

그는 반나절을 관망하면서 끝내 감히 쳐들어오지 못했다. 원래 이 시간에 노균과 척발랄은 이미 중국의 허실을 알고 있었지만 산동성에 떨어져서 선우를 따라오지 않은 상태였다. 얼마 뒤 날이 저물자 동초는 행궁에 있던 무기와 화구를 꺼내 깃발과 창칼을 앞뒤에 나열한 뒤 그 위쪽에 등불을 높이 달아

밤마다 환하게 불을 밝혔다. 밤빛을 몽롱하고 불빛은 빛나는데 깃발과 창칼은 별처럼 나열되어 바둑판처럼 펼쳐졌다. 그 상황을 멀리서 바라보는 자는 눈이 어질어질하여 숫자를 헤아리기 어려웠다.

동초는 이에 1천 기 병사를 내서 10개 부대로 만들고, 각각 짧은 병기와 등불을 들게 하여 행궁을 빙 둘러 열 개 방향에서 매복하도록 했다. 만약 행궁 뒤쪽 높은 언덕에서 함성 소리가 크게 들리면 일제히 뛰어나와 대포를 쏘면서 함성을 지르도록 지시했다. 원래 행궁 북쪽에 작은 언덕이 있었다. 이때 동초가 군사들을 나누어 정한 뒤에 일부러 궁전에 깃발을 마구 펼쳐놓은 다음 창을 뽑아들고 말에 올라 몰래 높은 언덕으로 올라가서 오랑캐 진영의 동정을 살폈다. 밤이 깊자 선우는 여러 장수들과 상의했다.

"명나라 천자가 어찌 이리도 대담할까? 깃발과 예에 맞는 무기가 아름답고 엄숙하면서도 위의가 있어서 그 허실을 끝내 헤아릴 수 없구나. 내가 십만 명의 철기 부대를 데리고 어찌 이리도 겁을 내는 것일까?"

선우가 바야흐로 함성을 지르며 행궁으로 달려 들어갔다. 그러나 한 사람의 병사도 없고 고요한 궁궐 안에 깃발만 과장스럽게 꽂아둔 채 촛불만 깜빡거릴 뿐이었다. 선우는 그제야 계략에 속은 것을 알고 놀라서 병사들을 후퇴시켰다. 그 순간 갑자기 북쪽 언덕에서 큰 소리가 들렸다.

"야율선우는 빨리 나와서 항복하라."

사방에서 함성과 대포 소리가 천지를 울리고 산악을 뒤흔드는 듯했다. 동서남북에서 일시에 상응하니 그 수가 얼마인지 알 수 없었다. 오랑캐 병사들은 크게 어지러워지면서 대오를 잃고 마구 달아났다. 동초는 복병을 몰아 몇 리를 쫓아가면서 오랑캐들을 죽였다. 선우는 헐떡이는 숨이 진정되지 않은 상태에서 주변을 돌아보며 말했다.

"명나라 황제는 어디로 갔는가? 우리를 쫓아오던 장수는 누구인가? 지금 함성 소리와 대포 소리를 들었는데, 명나라 천자 휘하의 병사가 아직도 많구나, 노균 참정은 천자가 혼자 행궁에 있다고 했다. 이게 어찌된 연고인가?"

그는 장수 한 명을 산동성에 보내 좌현왕 노균을 불러와서 명나라 진영의 동정을 자세히 듣고자 했다.

이때 동초는 선우의 대군을 격퇴시키고 1천 기의 병사를 수습하여 돌아와 웃으며 말했다.

"우리 병사는 적고 오랑캐 병사는 많다. 그러니 멀리까지 쫓아가는 것은 병법이 아니다."

그는 행궁으로 돌아가서 다시 약속을 정하여 말했다.

"오랑캐 병사들이 아직도 중국을 두려워하여 우리의 허실을 모르고 있다. 그 때문에 지금 한 번은 속였지만, 다시 쳐들어온다면 방어할 계책이 없다. 또한 선우의 대군이 만약 이곳을 지나간다면 천자의 안위를 전혀 헤아릴 수 없게 된다. 우리

손으로 적병을 놓쳐서 임금을 욕되게 해서는 안 될 일이다. 내이제 목숨을 걸고 방어하리라. 너희들은 나와 생사를 함께할 수 있겠느냐?"

모든 병사들이 일시에 고개를 끄덕이며 응낙했다. 동초는 즉시 북쪽 해안과 동서 양쪽 버드나무 사이에 일부러 깃발을 많이 꽂고 각각 1백 명의 군사를 매복시켰다. 그들에게 나무를 끌고 다니면서 먼지를 일으켜 마치 군대가 있는 듯 보이게 했다. 7백 기는 행궁 앞에 진을 치고 대기하도록 했다. 동초는 채찍을 휘두르면서 혼자 말을 타고 선우의 진영 앞에 이르러 싸움을 걸었다. 오랑캐 장수 하나가 즉시 응하여 나왔다. 여러 합을 싸우고 나서 동초는 일부러 패배한 척 하면서 달아났다. 오랑캐 장수가 쫓아가려 하자 선우가 징을 울려 그를 거두어 들이면서 말했다.

"이는 필시 우리 병사를 유인하려는 수작이다."

그가 끝내 멀리까지 쫓아오지 않자 동초 역시 싸울 마음이 없어졌다. 다만 창을 휘두르고 말을 달리면서 꾸짖기도 하고 욕설을 퍼붓기도 하며 싸우기도 하고 달아나기도 했다. 선우는 더욱 의심하여 쫓아오지 않았다.

다음 날 노균이 산동성에서 도착했다. 선우가 그 사이 벌어진 승패를 세세하게 말해 주면서 방책을 물었다. 노균이 웃으며 말했다.

"이는 대왕께서 속은 것입니다. 명나라 천자는 대군이 쳐들어온 것을 알고 행궁을 벗어나 화를 피하고, 장수 하나를 뒤에 남겨두어 거짓 술책으로 대왕을 속인 것입니다. 이제 대왕께서 대군을 몰아 습격하신다면 반드시 완전한 승리를 얻을 것입니다. 만약 낭패한다면 제가 군령을 달게 받겠습니다."

선우는 반신반의했다. 그날 밤 그는 모든 군사들에게 나뭇가지를 입에 물어 소리를 내지 않게 한 뒤 다시 행궁을 습격했다. 그러다가 선우는 갑자기 진을 멈추고 전진하지 않았다. 북쪽 언덕과 그 좌우를 가리키면서 말했다.

"좌현왕은 저쪽을 보시오. 명나라 병사들이 매복한 게 아니겠소?"

노균이 웃으며 말했다.

"저것은 가짜 병사들입니다. 깃발은 움직이지 않는데 아무 이유 없이 먼지가 일어나고 있으니, 이는 필시 우리를 속이려는 계책입니다. 빨리 습격하여 기회를 놓치지 마십시오."

선우가 그 말을 따라서 대군에게 행궁을 포위하도록 했다. 동초는 상황이 위급해지는 것을 보고 병사들을 한곳에 모아 방진을 쳐서 오랑캐 군사들의 동정을 기다렸다. 오랑캐들이 사방에서 마구 쳐들어오며 명나라 병사를 죽이자, 동초는 창을 뽑아들고 말에 올라 군사들에게 명령했다.

"너희들은 죽음을 두려워하지 말라. 생사는 하늘에 달려 있으니, 마땅히 나라를 위하여 충의로운 혼이 되자!"

그는 동쪽을 쳐서 오랑캐 장수 한 사람을 베었고 서쪽을 방어하면서 여러 오랑캐 장수들의 머리를 베었다. 창 끝에 찬바람이 휘몰아치고 말발굽에 벼락이 번쩍이며 그가 향하는 곳에 대적할 자가 없었다. 선우가 깜짝 놀라 말했다.

"이는 명나라의 막강한 군대요, 짝할 자 없는 명장이로다."

그는 노균에게 물었다.

"저 장수는 누구요?"

노균이 바라보다가 크게 놀랐다.

'동초와 마달 두 장수는 일찍이 연왕을 따라 운남 귀양지로 갔다더니 언제 돌아왔을까? 만약 연왕이 함께 온 것이라면 어찌 깊은 근심거리가 아니겠는가!'

이런 생각을 하면서도 선우에게는 이렇게 말했다.

"저 장수는 전전장군 동초입니다. 필부의 용맹에 불과하니 겁낼 것이 없습니다."

선우가 그 말을 듣고 군중을 호령하여 더욱 급박하게 진격했다. 명나라 1천기 병사들 중 절반이 이미 꺾인 상태였고, 동초 역시 흐르는 화살에 맞아 창을 쓰는 법이 어지러워진 듯했다. 노균이 선우와 함께 진영에 나와서 멀리 바라보다가 큰 소리로 외쳤다.

"동장군은 그 사이 별고 없으신가? 국운이 불행하니 이는 사람의 힘으로 어찌할 수 없는 일이오. 자고로 망하지 않는 나라는 없었으니, 장군 혼자 이처럼 고생을 하시지만 무익한 짓이 아니겠소? 이제 항복하신다면 부귀공명이 어찌 좌장군에

만 그치겠소이까?"

동초가 그 말을 듣고 눈을 들어 바라보니 바로 노균이었다. 마음속에 무명업화無名業火가 십만 길이나 솟아나면서 칼을 들어 그를 가리키며 크게 꾸짖었다.

"반역자 노균아! 네가 머리 희끗한 늙은 나이에 관직이 참지정사에 이르렀는데, 무엇이 부족하여 부모의 나라를 배신하고 흉노에게 무릎 꿇었단 말이냐? 이제 너를 개에 비유할진대, 개도 오히려 주인을 아는 법이니 너는 개만도 못한 놈이다. 천지신명이 훤히 위에 계시거늘 적병을 도와 신하로서 섬기던 임금을 위협하는가. 너희와 같은 하늘을 머리에 이고 살아갈 마음이 없다. 차라리 나라를 위해 통쾌하게 죽을지언정 마음을 바꾸고 더러운 말을 하는 반역자를 보지는 않겠노라."

노균은 얼굴이 붉어지면서 고개를 돌려 오랑캐 병사들에게 호령하여 더욱 급박하게 죽이도록 했다. 동초는 분기탱천하여 이빨을 갈면서 창을 휘두르니 날카로운 기운이 다시 생겨났다. 그는 좌충우돌하면서 오랑캐 장수 세 사람과 병사 50여 명을 삽시간에 죽였다. 선우가 크게 놀라 말했다.

"이 정수는 용력이 뛰어날 뿐만 아니라 나라를 위해 생사를 돌아보지 않는구나. 만약 급하게 공격한다면 우리 측 장졸들의 반드시 많을 것이다."

선우는 즉시 싸움을 멈추고 동초를 겹겹이 포위하도록 했다. 동초 역시 남은 병사 5백여 명으로 한곳에 방진을 치고 잠시 휴식을 취했다.

　다음 날 선우는 오랑캐 장수들과 상의했다.

　"내가 명나라 장수의 기색을 보니 죽음으로써 전력을 다해 싸우고 있다. 쉽게 사로잡을 수 없으니, 여러 장수들은 힘을 합쳐 명나라 중심부를 포위하고 힘으로 파묻도록 하라."

　오랑캐 장수가 명을 듣고 크게 외쳤다.

　"명나라 장수는 들으라. 너희들의 남은 목숨이 이제 오늘뿐이다. 살고 싶으면 말에서 내려 항복하고, 죽고 싶으면 목을 길게 빼고 칼을 받으라."

　동초가 이에 5백 명의 군사들에게 말했다.

　"나는 그대들과 죽어서 충혼忠魂이 될 것이다. 너희들은 두 마음을 품지 말라."

　동초는 말을 마치자마자 창을 꼬나들고 말에 올라 크게 소리를 지르면서 오랑캐 장수 10여 명을 대적했다. 오랑캐 진영에서는 북소리가 끊이지 않았으며, 창과 칼이 서릿발처럼 오갔다. 동초는 여러 군데 창을 맞아 몸에서 흐르는 피가 말안장까지 흘러내렸다. 그러나 오히려 여러 오랑캐 장수를 죽이면서 기세가 줄어들지 않았다. 그런데 갑자기 오랑캐 진영 서남쪽이 요란해지더니 장수 한 명이 칼을 휘두르면서 화살처럼 돌진해 들어오며 크게 꾸짖었다.

　"오랑캐 병사들은 명나라의 명장을 몰아치지 말라!"

　이 사람은 과연 누구일까? 다음 회를 보시라.

제35회

양창곡은 격문을 돌려 남방의 병사를 모으고,

선우는 군사를 후퇴하여 진인을 격동시키다

燕王馳檄聚南兵 單于退軍激眞人

천자는 마달과 함께 1천 기를 데리고 남쪽으로 행군했다. 그가 마달을 보고 눈물을 머금으며 말했다.

"동초 장군은 필시 죽었을 것이오. 1천 기로 어찌 흉노군 10만 대군을 감당할 수 있겠는가."

천자는 자주 고삐를 잡고 북쪽을 향하여 얼굴에 측은한 빛을 보였다. 그런데 멀리서 먼지가 하늘에 가득하더니 한 무리의 군사들이 앞에 이르렀다. 천자가 놀라서 물었다.

"저들은 어떤 병사들인가?"

마달이 아뢰었다.

"복장을 보니 오랑캐는 아니고, 우리 구원병인 듯합니다."

마달이 말을 마치기도 전에 장수 한 명이 말에서 내려 땅에 엎드리더니 죄를 청했다. 천자가 말을 멈추고 물었다.

"장군은 누구요?"

"신은 남해의 죄인 소유경입니다. 지금 나라가 위급하다는 소식을 듣고 죄를 무릅쓰고 남해 지역의 병사들을 일으켜 폐하를 호위하려 달려왔습니다. 신이 비록 천자의 은혜를 입어 죄를 용서받았으나 감히 제 스스로 병사를 일으킨 것은 당돌하기 그지없는 짓입니다. 원컨대 폐하께서는 먼저 신의 죄를 다스려서 기강을 세우소서."

천자가 주변 사람들에게 명하여 일으키도록 하고 말 앞으로 와서 그의 손을 잡고 탄식했다.

"짐이 오늘 당한 변란은 바로 경의 직언을 듣지 않았던 탓이오. 경이 밝지 못한 임금을 버리지 않고 의로움을 내세워 내게 와서 구원하니, 하늘의 태양이 비추는 듯하오. 짐이 어찌 부끄럽지 않겠소?"

천자는 즉시 말 앞에서 소유경을 병부상서 겸 익성분의정로장군翊聖奮義征虜將軍에 임명했다. 소유경이 황공해하면서 머리를 조아리고 죄를 청하기를 그만두지 않았다. 천자가 윤허하지 않자 그는 부득이 은혜에 감사를 올리고 명을 받았다. 천자가 물었다.

"남해의 병사는 몇 명인가?"

"창졸간에 징발했기 때문에 5천 기에 불과합니다."

천자가 탄식하며 말했다.

"난을 당하여 나를 구원하는 사람은 있으되, 내가 그 사람을 구하지 못한다면 이는 의리가 아니다. 짐이 이미 소유경 상서를 얻어 위험한 곳에서 벗어났으니, 마달은 남해병 2천 기를 데리고 가서 동초 장군을 구하라."

마달이 명을 받고 즉시 2천 기로 행궁 쪽을 향하여 갔다. 바람결에 커다란 함성이 들렸다. 말을 채찍질하여 앞으로 나아가 오랑캐 진영의 서남쪽 모퉁이를 공격했다. 남해 병사 2천기가 일시에 함성을 지르며 세력을 서로 보태 오랑캐들을 마구 죽였다. 이때 동초는 세력이 곤궁하고 힘이 다하여 중심부가 곤란에 빠진 상태였다. 때마침 마달이 오는 것을 보고 정신을 차리고, 두 장수가 힘을 다하여 한바탕 큰 전투를 치렀다. 오랑캐 진영이 어찌 이들을 당하겠는가. 동초와 마달 두 장수가 마침내 포위망을 뚫고 탈출했다. 마달이 동초에게 말했다.

"우리가 빨리 가서 황상의 수레를 따르는 것이 좋겠소."

그들은 즉시 말을 채찍질하여 동쪽으로 갔다. 이때 천자는 소유경과 함께 서주성西州城 위로 올라가 있었다. 성가퀴가 견고하지 않았지만 병기와 군량은 충분했다. 부근의 병사를 다시 징발하여 그들에게 성을 수리하도록 했다. 동초와 마달 두 장수 또한 도착했다. 천자가 동초를 불러 손을 잡고 위로했다.

"짐이 오늘 아무 탈 없이 이곳에 도착한 것은 모두 장군의 공이로다."

천자는 동초의 군포에 핏자국이 낭자한 것을 보더니 깜짝 놀라며 물었다. 동초가 황공하여 대답했다.

"신이 용맹이 없어 적진에 포위되었다가 몸에 여러 차례 창으로 찔렸습니다. 이는 장수가 화살과 돌이 날리는 전쟁터에서 흔히 겪는 일입니다. 괘념치 마소서."

천자가 얼굴을 슬픈 빛으로 바꾸면서 상처를 치료하는 약을 하사하고 직접 발라주었다. 그러고는 동초를 표기장군으로 승진시켰다. 이때 병사는 8천 명이었으며, 소유경, 동초, 마달 등이 좌우에서 호위하니 천자는 외롭고 위험하다는 근심을 조금도 하지 않았다. 그러나 진남성의 소식을 몰라 날마다 북쪽 하늘을 쳐다보며 초조해했다. 그러던 중 홀연 주변의 신하가 보고했다.

"진왕이 철기 3천 기를 보내 폐하의 수레를 보호하게 했습니다. 그가 올린 표문 또한 여기 도착했습니다."

원래 진왕은 그날 철기를 몰아 황성 수십 리 밖까지 갔는데, 황태후와 황후 두 사람이 진남성에 있다는 말을 듣고 군대를 돌려 진남성에 도착했다. 태후가 기뻐하며 진왕의 손을 잡고 탄식했다.

"늙은 몸이 뜻밖에 이승에서 다시 경의 얼굴을 마주하는구나. 오늘 같은 일을 만나다니 이 어찌 천행이 아니겠는가. 다만 황상이 천리 밖 바닷가에서 충성스럽고 훌륭하게 보필하는 신하 없이 외롭게 계시니, 이를 어찌리오."

진왕이 아뢰었다.

"신이 지금 철기 3천 기를 보내고자 합니다."

그렇게 진왕은 3천 기의 철기와 표문 한 장을 보낸 것이다.

천자가 크게 기뻐하며 표문을 펼쳐 보니, 내용은 다음과 같다.

진왕 신 화진은 아뢰나이다. 북쪽 오랑캐가 창궐하여 도성을 잃었으니, 이는 모두 신 등이 불충한 죄입니다. 신은 제후에 봉해져서 먼 곳에 있고 변고는 창졸간에 일어나서 멍하니 어쩔 줄 모르겠습니다. 그런데 황태후께서 남쪽으로 가셨다는 소식을 들으니, 이 같은 망극한 변고는 천고에 없는 일입니다. 신이 외람되이 폐하의 처남 항렬에 처하여 군신간의 의리뿐만이 아니거늘, 이처럼 멀리 거주하여 소문이 늦은 탓에 일찍 환란을 소멸시킬 수 없었습니다. 죽을죄를 지었습니다. 신이 이제 철기 3천 기를 이끌고 진남성으로 가 황태후 마마를 호위하고, 다른 3천 기는 폐하를 지키는 시위로 보충하고자 하여 밤낮을 가리지 않고 달려 보내나이다. 신이 조회하러 들어갈 수는 없으나, 진실로 황감하고 송구스러운 마음으로 머리를 조아립니다. 신이 들으니, 연왕 양창곡은 문무를 겸비한 재주꾼이요 나라의 기둥이 되는 신하라 합니다. 신은 오랫동안 입조하지 못했고 연왕은 외방에 위치하여 비록 서로 얼굴을 마주한 적은 없으나, 오늘날 말을 하는 사람들은 모두 '연왕을 등용하면 선우의 머리를 대궐 아래에 매다는 것쯤은 주머니 속의 물건을 꺼내는 것과 같다'고 합니다. 엎드려 바라건대 폐하께서는 그의 죄를 용서하시고 속히 소환하여 군중의 일을 맡기소서.

천자가 표문을 보고 크게 기뻐하며 신하들에게 말했다.

"진왕은 문무를 겸비했으며, 황태후 마마의 총애하는 사위다. 이제 그분이 옆에서 호위하니 외롭고 위험한 마음을 위로할 수 있으리라."

천자는 3천 기의 철기병에게 특별히 시위하도록 했다.

한편, 야율선우는 동초와 마달 두 장수가 포위망을 뚫고 달아나는 것을 보고 크게 노하여 말했다.

"십만대군으로 일개 장수 하나를 잡지 못하다니, 중원을 어떻게 도모하겠느냐?"

그는 즉시 대군을 몰아 그들을 쫓아갔다. 좌현왕 노균이 간언했다.

"큰일을 경영하는 사람은 작은 이익을 생각지 않는 법입니다. 지금 즉시 산동성으로 가서 척발랄과 태청진인을 오게 하여 명나라 황제를 습격하십시오."

선우가 말했다.

"산동성은 중요한 지역이다. 어찌 지키지 않겠는가."

노균이 웃으며 말했다.

"황성이 이미 함락되었고, 산동성 이북으로는 한 사람의 장수도 없습니다. 용맹한 장수 몇 사람과 군사 수천 명으로 산동성을 지킨다면 걱정할 것이 없습니다."

선우가 이 말을 따라서 장수 세 사람을 보내 산동성을 굳게 지키도록 했다. 그리고 척발랄과 태청진인을 부르니, 두 사람이 명을 받아 왔다. 선우는 명나라 병사들을 습격할 계책을 자세히 말을 하고 남쪽으로 행군했다.

이때 천자는 동초와 마달 두 장수와 함께 서주성을 두루 다니면서 지형을 살폈다. 성가퀴는 너무 낮고 성문은 허술하여 수비하기 적절하지 않았다. 동쪽에 높은 산이 있고 산 위에 작은 성이 있는데, 그 모습이 제비집과 같아 연소성燕巢城이라고 불렀다. 연소성은 지세가 험준하고 성가퀴는 견고했지만 군량을 비축해 둔 것이 없고 둘레가 좁아서 대군을 수용하기 어려웠다. 임금과 신하가 서로 마주하여 그 점을 걱정했다. 밤이 깊었는데, 홀연 한바탕 북풍이 불어왔다. 바람결에 함성이 크게 일어났다. 소유경이 크게 놀라서 동초, 마달 두 장수와 함께 성에 올라 바라보았다. 밤빛은 어둑한데 숫자가 얼마나 되는지 모를 만큼 무수한 오랑캐 병사들이 들판을 뒤덮으면서 쳐들어왔다. 그들은 비로소 선우의 대군이 습격한 것을 알고 즉시 성문을 닫고 중요한 곳을 수비했다. 오랑캐 병사들은 일제히 함성을 지르면서 성을 포위하고 급히 공격했다. 소유경은 직접 성 위에 올라가 병사들을 독려하면서 힘을 다해 방어했다. 그러나 오랑캐들의 형세는 급한 물결과 같았다. 대포 소리가 울리는 곳에 바위 같은 철환이 성가퀴를 요란하게 쳐서 여러 칸 무너졌다. 소유경이 두 장수에게 말했다.

"형세가 이처럼 위급하니 먼저 연소성으로 천자의 행차를 옮기시도록 권유한 뒤 다시 생각합시다."

천자는 소유경과 함께 수천 기를 이끌고 동문을 열어 겨우 성 밖으로 탈출했다. 오랑캐들은 이미 성을 함락시키고 돌격해 들어왔다. 동초와 마달 두 장수는 모든 군사들을 이끌고 천자의 행차를 호위하여 연소성으로 올라가 문을 닫고 견고히 지켰다. 오랑캐 병사들은 군대를 나누어 이미 연소성을 철통같이 포위했다.

한편, 연왕 양창곡은 동초와 마달 두 장수를 임금이 거처하는 행궁으로 보내 놓고 회답을 고대하고 있었다. 나라를 걱정하는 마음이 더욱 깊어져서 매일 밤 잠을 이루지 못했다. 하루는 밤에 강남홍과 함께 달빛을 타고 섬돌 아래로 내려가 배회하다가 천문을 살폈다. 황제를 상징하는 별이 검은 구름에 감싸여 광채가 밝지 않았다. 그는 놀라면서 근심스러워 마음을 다해 그 이유를 연구했다. 때마침 북쪽에서 온 사람이 오랑캐 병사들이 황성을 함락시킨 사실을 자세히 이야기했다. 양창곡은 머리를 세우고 발을 구르면서 북쪽을 향하여 통곡하다가 혼절하여 한참 뒤에 깨어났다. 강남홍이 어쩔 줄을 모르면서 좋은 말로 위로했지만 양창곡은 식음을 전폐하고 뜰 아래에서 짚으로 엮은 자리를 깔고 앉아 북쪽을 향해 통곡을 그치지 않았다. 강남홍이 앞으로 가서 간언했다.

"상공께서는 마땅히 나라를 위하여 귀체를 보중하셔야 합니다. 그런데 바람과 이슬을 무릅쓰고 식음을 전폐하시니, 만일 객지에서 병이라도 드신다면 늙으신 부모님께서 기다리시는 마음을 어떻게 위로하실 것이며, 나라의 어려움을 어떻게 나누어 지겠습니까?"

양창곡이 강개한 마음으로 오열하며 말했다.

"황성이 함락되어 임금과 부모님의 안위조차 모르고 있는
데 내 어찌 혼자 편안하게 잠을 자고 먹을 수 있겠소? 죄인으
로서 마음대로 할 수 없으니, 세상에 어찌 이런 망극한 일이
있단 말이오?"

그러는 순간 갑자기 밖에서 시끄러운 소리가 들리면서 황
제의 명을 전했다. 연왕이 황제의 조서를 받들어 읽더니 눈물
을 비오듯 쏟으면서 사신에게 소식을 자세히 물었다. 그는 개
연히 일어나 말했다.

"이 양창곡이 비록 불충하기 짝이 없으나 임금의 위급함을
듣고 어찌 느긋하게 가겠는가?"

양창곡이 강남홍을 불러서 말했다.

"내 이제 운남의 지부를 만나서 이 지역 병사들을 징발할
것이니, 그대는 하인들을 데리고 나를 따라오시오."

말을 마치자 그는 말에 올라 운남 관아로 갔다. 지부가 황
망히 나와 맞이하며 말했다.

"합하께서 무슨 일로 이렇게 왕림하셨습니까?"

양창곡이 눈물을 흘리면서 말했다.

"오랑캐들이 황성을 침범하여 종묘사직의 흥망이 조석에
달려 있는 것을 지부께서는 모르시는 거요?"

지부 역시 놀라서 말했다.

"이곳은 황성과 거리가 멀어 천자께서 동쪽 지방을 돌아보신다는 것만 알 뿐 오랑캐들이 난을 일으켰다는 것은 모릅니다. 합하께서는 어떻게 조치하시렵니까?"

"내 이제 폐하의 은혜를 입고 또한 급히 불러들이는 명령을 받았으니 잠시도 지체할 수 없소. 지부께서는 속시 이 고을의 병사와 말을 징발하시오."

그는 즉시 격문을 한 통 써서 남쪽 지방의 모든 고을에 발송했다.

연왕 양창곡은 남쪽 지방 모든 고을에 격문을 전하노라. 시대의 운수가 불행하여 오랑캐 병사들이 대궐을 침범하여 황성은 잃어버리고 천자는 피난을 하셨도다. 아! 우리 중원은 예부터 예의와 문물의 중심지다. 임금과 부모님이 위급하면 마땅히 의로운 기상과 충의로운 분노를 가져야 한다. 아! 남방의 모든 고을은 이 격문을 보고 위로는 방백 수령으로부터 아래로는 일반 백성에 이르기까지 충의로운 마음을 내지 않는다면 이는 우리나라의 신하가 아닐 것이다. 금년 금월 아무 때에 각각 지역의 병사를 징발하여 천자께서 머무시는 곳으로 모이기를 기약하되, 만약 시간을 어기는 자가 있다면 마땅히 약속을 지키지 않는 자로 처리하여 군율을 시행하리라.

양창곡이 손으로는 붓을 멈추지 않고 문장에는 점을 찍지도 않은 채 순식간에 격문을 써서 밤낮으로 여러 고을에 말을 달려 보냈다. 그는 강남홍과 말에 올라 집안의 하인들을 이끌고 사신을 대동하여 바삐 북쪽으로 갔다. 이때 남방의 모든 고을에서 양창곡의 격문을 보고 바야흐로 황망해했다. 백성들은 모두 "연왕은 충신이다. 천자가 불러서 등용하시니 어찌 오랑캐 병사들을 근심하리오. 우리도 이때를 틈타서 공훈을 세워 보리라" 하고 말했으며, 수령들은 "연왕은 명장이다. 군령이 엄숙하니 만약 명령을 어겼다가는 죽을 것이다" 하고 말했다. 위아래 모든 사람들이 들끓어 오르듯 다투어 군사와 말을 이끌고 시간을 어길까 두려워하면서 일제히 출발했다.

이때 천자가 연소성에 들어가 포위 당한 지 7일이 지났을 때였다. 소유경이 아뢰었다.

"선우의 병사들은 그 숫자가 얼마나 되는지 모르고, 성채를 경영하는 것이 견고하여 격파할 방책이 없습니다. 마땅히 성문을 닫고 굳게 지키면서 연왕이 오기를 기다리는 것이 좋겠습니다."

천자가 그 말을 따라서 출전하지 말도록 했다. 선우는 매일 성 아래에 와서 욕설을 퍼부었지만 끝내 요동하지 않으니 선우도 어쩔 수 없어 다시 좌현왕 노균에게 싸움을 걸어보도록 했다. 마달이 분노를 이기지 못하여 혼자 말에 올라 창을 뽑아 들고 성을 내려가 노균을 크게 꾸짖으면서 곧바로 잡으려 했다. 노균이 미소를 지으며 말을 돌려 달아났다. 마달이 더욱 노하여 채찍질하면서 쫓아가려 하는데, 오랑캐 진영에서 북소리가 둥둥 울리며 척발랄이 군사 한 무리를 몰아 그를 포위하려 했다. 소유경이 급히 징을 울려서 마달을 불러들이고 다시는 출전하지 못하게 했다. 그러나 성 안에 식량이 바닥이 나서 사졸들은 굶주렸으며, 말먹이도 없어서 말들이 서로의 꼬리를 물어뜯었다. 천자에게 올릴 음식도 떨어져서 천자의 얼굴도 초췌해졌다. 천자는 주변 사람들이 솔잎을 먹는 것을 보고 가져오라고 하여 몇 잎을 올리자 이렇게 말했다.

"옛날 오릉자중於陵子仲*은 벌레 먹은 오얏을 먹고는 비로소 눈에 보이는 것이 있고 귀에 들리는 것이 있다고 했다. 과연 헛된 말이 아니로구나. 짐이 아까 정신을 수습할 수 없어서 솔잎을 씹어 침을 삼킨 뒤에야 완연히 요기가 되었음을 깨달았도다."

옆에서 모시던 신하들이 황공함을 이기지 못했고, 어떤 사람은 눈물을 흘리기도 했다. 동초와 마달 두 장수는 목놓아 통곡을 했으며, 천자 역시 슬픈 빛으로 즐거워하지 않았다. 그러던 중 갑자기 옆에서 보고했다.

"군마 한 무리가 남쪽에서 오면서 오랑캐 병사들과 진을 마주하고 있습니다."

천자가 소유경, 동초, 마달 등과 함께 성에 올라가 바라보았

---

* 초나라의 현인으로, 삼공(三公)의 벼슬을 거절하고 은거했다.

다. 과연 한 무리의 군사들이 쏜살같이 달려오더니, 오랑캐 진영 남쪽에 일자로 진을 치고 두 장수가 진영 앞에 완연히 나서는 것이었다. 천자가 옆에 있는 신하들에게 물었다.

"저 사람은 어떤 장수냐?"

동초와 마달이 멀리 바라보고 아뢰었다.

"이는 필시 연왕의 구원병일 것입니다. 왼쪽에 오사모에 붉은 전포를 입고 말고삐를 쥐고 서 있는 사람은 연왕이고, 오른쪽에 전포를 입고 쌍검을 들어 병사들을 지휘하는 사람은 홍혼탈입니다."

천자는 희색이 만면하여 임금과 신하들이 살길을 얻은 것처럼 서로 축하했다.

한편, 연왕 양창곡은 운남에서 오다가 구강九江의 경계에 이르러 사신에게 말했다.

"우리가 지금 단기單騎로 앞서 왔으니 무슨 방책이 있겠소? 구강은 예부터 강한 병사들이 있는 곳이오. 내 마땅히 관아로 가서 병사들을 요청하여 가겠소."

그는 즉시 구강 관아로 가서 태수를 만나 휘하의 병사들을 내줄 것을 요청했다. 그러나 구강 태수는 본래 노균쪽 사람이었다. 그는 달가워하지 않으면서 말했다.

"황제의 명령이 없으니 어찌 병사를 움직이겠소?"

양창곡이 크게 노하여 말했다.

"그대는 국록을 먹으면서 임금이 위급하다는 소식을 듣고도 조금도 마음을 움직이지 않으니, 이 어찌 신하의 도리겠는가? 또한 천자의 사신이 여기에 있거늘 어찌 황제의 명이 없다고 하는가? 그대가 만약 병권을 나에게 넘기지 않는다면 그대 자신이 직접 병사들을 이끌고 나를 따르라."

태수가 웃으면서 말했다.

"오랑캐 백만대군이 갑자기 이르러 중원을 이미 반이나 잃었습니다. 구강의 병사는 고사하고 십강十江의 병사가 있다 한들 어쩌겠소이까?"

양창곡이 크게 노하여 말했다.

"내 일찍이 황제의 명을 받들어 예전에 임명받았던 정남도독征南都督으로서의 관직이 아직도 있다. 어찌 병사들을 쓰지 못하겠는가."

그는 즉시 사신이 허리에 차고 있던 보검을 빼서 그 자리에서 태수의 머리를 베고 주변의 관리들을 호령하여 병부兵符를 빼앗아 급히 군사와 말을 징발했다. 당일 호령하여 불러 모아 3천 기를 얻었다. 무기고를 열어 무기를 얻은 뒤 양창곡이 직접 인솔하여 밤낮을 가리지 않고 행군했다. 서주성 10리 밖에 이르자 남방의 여러 고을로부터 징집한 병사들이 7, 8천기나 되었다. 그는 비로소 각 부서를 정하고 길을 떠났다. 양창곡은 천자가 연소성에서 포위당했다는 소식을 전해듣고 깜짝 놀라 말했다.

"연소성은 지형이 높고 군량이 없어서 오래 머문다면 낭패

일 것이다. 먼저 선우의 대군을 격퇴시키고 다시 계획을 세우
리라."

그는 오랑캐 진영 남쪽에 진을 치고 남방의 군사 4천 명을
네 개 부대로 나누어 약속했다.

"너희들은 오랑캐 진영 사면에 매복하고 있으라. 오늘 밤
3경에 우리 진영에서 대포 소리가 들리거든 제1대 1천 기는
함성을 지르며 오랑캐 진영의 서쪽 첫 번째 모서리를 쳐들어
가되, 다만 일부러 기세를 크게 하여 그놈들을 어지럽히기만
하고 즉시 물러나라. 두 번째 대포 소리가 나면 제2대 2천 기
는 함성을 지르며 오랑캐 진영 동쪽 두 번째 모서리를 쳐들
어가되, 마찬가지로 일부러 기세를 크게 하여 저놈들을 어지
럽히기만 하고 즉시 후퇴하라. 세 번째 대포 소리가 나거든
제3대 1천 기는 오랑캐 진영 서쪽 세 번째 모서리를 쳐들어가
고, 네 번째 대포 소리가 나거든 제4대 1천 기는 오랑캐 진영
동쪽 세 번째 모서리를 쳐들어가되, 모두 일부러 기세를 크게
하여 적진을 소란하게 할 뿐 절대 적진으로 들어가지 말라."

이렇게 비밀 약속을 마친 뒤 양창곡은 강남홍과 4천여 기의
병사를 이끌고 장사진을 포진하여 적진의 가운데 부분을 쳐
들어 가려고 했다. 창을 든 병사들은 고요히 움직이지 않았으
며, 깃발은 눕혀 놓고 북소리를 멈추었다. 이때 선우는 오랫동
안 연소성을 포위하면서 여러 장수들과 상의했다.

"저 외딴 성에 반드시 군량이 떨어졌을 것이다. 열흘 동안

포위를 풀지 않는다면 명나라 황제가 어찌 수레바퀴 자국에 고인 물이 말라버린 신세로 한 줌 물을 구하기 위하여 항복 깃발을 들지 않겠는가."

그런데 뜻밖에 명나라의 구원병이 남쪽에서 나타나 진을 펼치는 것이었다. 그런데 그들의 기색이 느긋하여 모두 창과 칼을 눕혀놓고 전혀 싸울 의사를 보이지 않자 선우는 웃으며 말했다.

"이 또한 유명무실한 구원병이로구나. 이는 필시 승패를 관망하는 것이리라. 오늘 밤 3경에 북소리 한 번에 모두 몰살시켜 버리겠다."

군중의 물시계가 3경을 알리자마자 명나라 진영에서 대포 소리가 한 번 들리자 함성이 크게 일어나면서 한 무리의 군마가 선우의 진영을 쳐들어와서 서쪽 첫 번째 모퉁이를 공격했다. 선우가 크게 놀라서 직접 군사들을 지휘하여 구원하러 왔는데, 두 번째 포성이 울리더니 함성이 크게 일어나면서 한 무리의 군사들이 또 동쪽 두 번째 모퉁이를 공격했다. 선우가 당황하여 또 스스로 군사를 지휘할 때, 대포 소리가 연이어 나면서 또 한 무리의 군사들이 서쪽 세 번째 모퉁이를 쳤으며, 네 번째 대포 소리에 한 무리의 군사들이 동쪽 네 번째 모퉁이를 쳐들어왔다. 그들이 동쪽을 수비하면 서쪽이 어지럽고, 서쪽을 진정시키면 동쪽이 요란했다. 선우는 당황스러워서 군대의 대오를 정돈할 수 없었다. 창칼은 눈송이처럼 날리고 북소리는 벼락처럼 울렸으며 빠르기는 마치 날아가는 뱀이 골짜기를 달리는 듯했다.

이때 선우의 군사들은 중간 부분이 끊어져서 머리와 꼬리 부분의 군사들이 서로 응할 수 없었다. 좌현왕 노균이 선우에게 아뢰어 말했다.

"대왕은 잠시 군사를 물리소서. 이는 평범한 구원병이 아닙니다. 제가 불빛 속에서 잠깐 보니 명나라 진영 가운데를 지나가는 자는 필시 연왕 양창곡이었습니다."

말이 끝나기도 전에 연소성 위에서 대포 소리가 또 일어나더니, 두 명의 장수가 철기를 이끌고 성을 내려와 크게 소리를 질렀다.

"야율선우는 놀라서 달아나지 말라. 우리는 연왕 휘하의 장수 동초와 마달이다."

그들은 좌충우돌하면서 호랑이처럼 적군을 죽였다. 원래 동초와 마달은 양창곡의 군대가 오랑캐 진영으로 쳐들어가는 것을 보고 기운이 배가 되어 진왕이 보낸 철기 3천 기를 이끌고 오랑캐 진영으로 쳐들어가서 양창곡을 맞이한 것이었다. 양쪽 군사들이 힘을 합하여 오랑캐들을 마구 죽이니, 선우가 어찌 감당하겠는가. 군사를 거두어 몇 리나 후퇴했다. 시체는 산처럼 쌓였고 흘린 피가 도랑을 만들 정도였다.

이때 천자는 성 위에서 상황을 보다가 소유경에게 말했다.

"짐의 연왕은 하늘이 내려 주신 사람이다. 충의와 지략이 한나라 제갈량이라도 저보다는 못하리라. 오늘 군신 간에 꺾였던 심기가 다행히 연왕의 북소리 한 번에 힘입어 단번에 되살아나니, 목마른 용이 물을 얻은 듯하구나. 이는 바로 나라의 복이요 신명이 도와주신 덕이다. 이제 짐이 성 밖으로 나가 직접 연왕을 맞이하겠다."

천자는 즉시 성 밖으로 나갔다. 양창곡은 군대를 이끌고 이미 성 아래에 와 있었다가 황망히 말에서 내려 땅에 엎드려 죄를 청하면서 눈물을 샘솟듯 흘렸다. 천자가 좌우에 부축하여 일으키라 명한 뒤 손수 양창곡의 손을 잡았다. 천자는 곤룡포 소매로 얼굴을 가렸고 임금과 신하가 서로 울음을 터뜨렸다. 주변의 모든 신하들이 감동하여 눈물을 흘렸다. 천자가 한동안 말이 없다가, 비로소 양창곡의 손을 놓고 말했다.

"짐의 끝없는 마음을 잠깐 사이에 다 말할 수 없소. 함께 성 안으로 들어가서 한자리에 앉아 옛날의 정회를 풀어봅시다."

마침내 함께 성 안으로 들어가서 군사와 말을 정리한 뒤 양창곡을 탑전으로 불렀다. 소유경, 동초, 마달 등이 옆에서 시위했다. 천자가 다시 양창곡의 손을 잡고 말했다.

"예부터 어두운 임금이 많았지만 어찌 오늘의 짐과 같은 임금이 있었겠소? 경의 정성과 충성은 노균의 간악함과 옥석玉石이 현저히 다르고 흑백이 분명한데, 하늘이 어찌 짐의 총명함을 가리고 조물주가 나라를 희롱하여 이 지경에 이르게 했을까? 옛일을 생각해 보면 무슨 면목으로 경을 대할 것이며 무슨 말로 경을 위로하겠소?"

양창곡이 머리를 조아리며 아뢰었다.

"이는 모두 신이 불충한 죄입니다. 폐하의 일월 같은 밝음이 아니었더라면 어찌 은총을 받아서 오늘과 같은 날이 있겠습니까?"

천자가 웃으며 말했다.

"짐이 어찌 노균의 간악함을 몰랐겠소? 그러나 교묘한 말솜씨와 좋게 꾸미는 얼굴빛 때문에 내 스스로 꿈속에 취한 사람이 되어 천추만세토록 어두운 임금이라는 비판을 면치 못하게 되었소. 경의 나라를 향한 붉은 충성심을 천하 백성들과 거리의 아이들, 뛰어다니는 병졸들도 모두 아는데, 군신간에 짐이 어찌 모르겠소? 다만 병이 고질이 되면 어떤 약도 효과가 없는 법, 아! 우리 두 사람의 마음은 신명이 밝게 비춰 주는 것이외다. 경은 지난 일을 개의치 말고 앞으로 더욱 곧은 간언을 해서 짐이 미치지 못하는 점을 보완해 주오."

양창곡이 눈물을 흘리면서 대답했다.

"성교가 이와 같으시니 다시 말씀 올릴 것이 없습니다. 이는 신 등이 불충하기 짝이 없는 죄입니다. 요순 임금이 덕이 있다지만 고요, 직, 설의 도움도 있었습니다. 폐하께서 전례가 없는 환란을 이렇게 당한 것은 조정에 어진 신하가 없기 때문입니다. 엎드려 바라건대 폐하께서는 지나간 일을 후회하지 마시고 앞으로 닥칠 일에 더욱 삼가 살피신다면 오늘의 낭패는 도리어 훗날의 경계가 될 것입니다. 어찌 나라의 크나큰 복이 아니겠습니까?"

천자가 얼굴빛을 바로잡고 탄식하면서, 소유경을 돌아보며 말했다.

"짐이 오래도록 꿈속에 있었는데, 오늘 다시 연왕의 간언을 들으니 아침 빛에 봉황 울음소리를 들은 것처럼 갑자기 정신이 상쾌하게 깨치는구나."

양창곡이 다시 아뢰었다.

"지난번 신이 급한 보고를 전해 듣고 단기로 출발했다가, 구강에 이르러 군대를 징발하는 문제를 언급했습니다. 그런데 구강태수가 군마를 내놓지 않으려 했습니다. 일이 급박하여 군율로 그 머리를 베고 휘하의 병사를 빼앗아 나라의 위급함을 구하러 달려왔습니다. 이 또한 폐하의 명령을 빙자하여 경솔하게 행동한 죄입니다. 황공함을 이기지 못하겠습니다."

천자가 말했다.

"경이 예전에 남쪽 지방을 정벌하면서 받은 도독의 직위는 아직도 유효하오. 대개 한번 장수가 되면 군령을 종신토록 사용하는 것은 나라의 전통이외다. 하물며 경은 대신의 반열에 오른 신하요. 짐이 비록 불민하지만 구강태수는 임금의 위급함을 경시했으니, 먼저 머리를 베고 나중에 보고하는 것 역시 나라를 위한 정성에서 나온 것이오. 어찌 죄가 되겠소?"

천자는 주변 사람들을 돌아보며 물었다.

"구강태수는 어떤 사람인가?"

"그 사람은 노균 측 사람입니다."

천자가 탄식했다.

"옛사람이 말하기를, '효자 집안에 충신이 나온다'고 하더니, 간신의 문하에서 또 어찌 두 마음을 품지 않겠는가."

양창곡이 다시 아뢰었다.

"도성이 이미 함락되었고 황태후와 황후마마께서 진남성으로 피난하셨다 합니다. 진남성은 견고하고 군량과 말먹이가 넉넉합니다. 다른 염려는 없으나 나라의 일이 이 지경이 되도록 망극하니 이 또한 신의 죄입니다."

천자가 눈물을 머금고 말했다.

"태후께서 일찍이 경을 불러서 등용하라 하셨소. 태후께서 경을 믿는 마음이 반석이나 태산과 같소. 짐이 불효하여 그 가르침과 경계를 받들지 못했소. 이제 태후께서 외딴 성에서 이처럼 고초를 받고 계시니 바로 짐의 죄요. 다만 경의 부친과 원로대신 윤형문 각로, 일지련의 충의로움으로 힘을 다하여 보호하고 있으니, 경의 부자의 산과 바다 같은 은혜를 어떻게 보답하겠소?"

양창곡이 천자의 말을 듣고 크게 놀라서 한동안 말을 하지 못했다. 원래 양창곡의 부친 양현은 의병을 일으켜 진남성으로 갔는데, 그 사실을 양창곡은 아직 모르고 있었던 것이다. 천자가 그 기색을 보고 다시 위로했다.

"경의 부친이 비록 연로하지만 지난번 사신의 말을 들으니 기력이 건강하다고 하오. 경은 너무 염려하지 마시오."

양창곡이 머리를 조아리며 말했다.

"신의 아비가 원래 병이 많으신 데다 기질이 맑고 약하셔서 한적한 곳에서 요양을 하셔도 편치 않은 날이 많았습니다. 이제 화살과 돌과 바람 먼지 가득한 곳에서 이처럼 고생하시니, 비록 평소 가슴에 품은 충성심을 말씀하시지만 신이 위로는 불충하여 폐하를 피난하게 했고 아래로는 불효하여 늙으신 아버님을 한가로이 요양하지 못하게 했습니다. 이런 점을 생각하면 가슴이 막혀 즉시 죽어서 아무것도 모르고 싶습니다."

천자가 얼굴빛을 고치면서 말했다.

"이는 짐의 잘못이오. 장차 무슨 말로 경을 위로하겠소?"

천자는 다시 난성후 홍혼탈을 불렀다. 그녀가 탑전에 엎드리자 찬자가 위로했다.

"경의 뜨거운 협객의 풍모는 들은 지 오래되었으니, 이렇게 만리 외딴곳에서 하인의 복장으로 갈아입고 남북 풍진에 이처럼 달리니 이는 모두 어두운 임금을 만난 탓이구려. 짐이 어찌 얼굴을 들겠소?"

홍혼탈이 말했다.

"신첩은 아녀자라, 변복을 하고 운남을 간 것도 남편을 위해서였고, 바람 먼지 가득한 전쟁터를 누빈 것도 남편을 따른 것입니다. 시대의 운수가 불행하고 나라에 일이 많아 여자의 행실로 규방을 지키지 못하고 폐하 안전을 지척에서 이처럼 자주 배알하니 진실로 부끄럽고 당돌한 일입니다."

천자가 미소를 짓고 다시 양창곡에게 물었다.

"세상에 난성후 홍혼탈 한 사람도 기이한 일인데 일지련과 벽성선의 탁월한 충성이 있으니, 이는 천고만세에 희귀한 일이오."

천자는 벽성선이 음악을 통해 간언한 일과 일지련이 황태후와 황후를 모신 일을 일일이 치하했다. 양창곡은 놀라 기뻐하면서도 머리를 조아리며 아뢰었다.

"벽성선은 신의 첩실입니다. 천성이 유약하니 무슨 충렬로 칭찬을 받겠습니까? 이는 모두 폐하의 일월 같은 밝으심으로 저절로 후회하는 순간에 맞이한 것일 뿐입니다. 그러나 일지련은 홍혼탈이 데려온 사람입니다. 같은 여자끼리 지기로 교유하면서 정묘한 무예와 놀라운 사람됨이 홍혼탈과 비슷하여 우열을 정하기 어렵습니다. 이렇게 어지러운 때를 당하여 황태후와 황후 두 분의 행차를 보호하니, 이는 실로 평범한 장수가 미칠 바는 아닙니다."

천자가 재삼 칭찬하고 나서, 즉시 군사 업무를 상의했다. 양창곡을 평로대원수平虜大元帥로 삼고 홍혼탈을 부원수로 삼았다. 홍혼탈이 땅에 엎드려 아뢰었다.

"신첩이 지난번 남쪽 지방을 정벌하매 감히 폐하의 명령을 사양하지 않은 것은 제 본색을 감추어 남자로 자처했기 때문입니다. 그러나 지금은 비록 남장을 했지만 일개 아녀자인 것을 폐하께서 환히 아시는 바이고, 세상 사람들 또한 모르는 사람이 없습니다. 성스러운 조정에 어찌 어진 신하가 없겠으며, 중국에 어찌 인재가 없겠습니까? 하필이면 일개 아녀자를 장수 자리에 올려 삼군을 호령케 하시겠습니까? 이는 모든 장수들과 병사들의 수치일 뿐만 아니라 북쪽 오랑캐에게 적잖게 모욕을 당할 것입니다."

천자가 웃으며 말했다.

"짐이 급히 연왕을 부른 것은 의도가 전적으로 경에게 있소. 이러한 어려운 시기를 당하여 한번 수고하는 것을 사양치 말라."

홍혼탈이 머리를 조아리며 아뢰었다.

"신첩은 본래 천한 신분입니다. 청루의 천한 기생으로 폐하의 은혜를 입어서 흰 깃발과 황월을 좌우에 세우고 모든 장수와 삼군을 휘하에 굴복시키는 것은 영광이 극에 달한 것이며 사람이라면 누구나 원하는 것입니다. 첩이 어찌 감히 사양하겠습니까? 그러나 옛글에 이르기를, '암탉이 새벽에 울면 집안일이 꼬인다'고 했습니다. 암탉도 오히려 불길하거늘, 하물며 군중은 중요한 곳이요 원수라는 직위는 중책입니다. 이제 붉은 치마를 벗고 철갑옷을 입으며, 화장을 그만두고 깃발과 북을 잡으며, 가는 눈썹에 살기를 띠며, 교태로운 웃음으로 적군을 꾸짖는다면 그 모습이 어떻겠습니까? 신첩은 또 듣자니,

병사는 동물이라서 오로지 양기를 주로 한다 합니다. 만약 여자를 장수로 삼는다면 이는 음기로 양기를 제압하는 것입니다. 이 어찌 병가에서 꺼리는 바가 아니겠습니까? 폐하께서 신첩을 아끼시어 다시 제 재주를 시험하고자 하신다면 신첩은 남편을 따라 하급 장수가 되어 견마지로를 다하겠습니다.”

천자가 한동안 고민하다가 그녀의 말을 윤허했다. 소유경을 부원수로 삼고, 홍혼탈은 표요장군嫖姚將軍으로 삼았다.

한편, 선우는 대군을 거두어 몇 리 밖으로 진영을 후퇴한 뒤 장수들과 척발랄, 좌현왕 노균을 불러서 말했다.

“연왕 양창곡의 용병술은 과연 그 이름이 헛되이 전해지지 않았구나. 장차 어떻게 대적하면 좋을까?”

노균이 웃으며 말했다.

“태청진인이 아니면 연왕을 감당할 사람이 없을 것입니다. 그러나 만약 진인을 격동시키지 않는다면 어떻게 힘을 다하여 서로 돕겠습니까?”

선우가 이에 태청진인을 보고 꿇어앉아 아뢰었다.

“과인이 이제 백만대군을 일으켜 중원의 반을 얻었습니다. 그런데 뜻밖에도 강적을 만나 공을 이룰 길이 없으니, 원컨대 선생은 저를 위하여 계책을 세워 주소서.”

태청진인이 말했다.

“강적은 누구를 말하는 것이오?”

“과인이 북방에 있을 때 들으니, 연왕 양창곡은 당대 최고의 인물이라 했습니다. 천문과 지리, 바람과 구름을 부르는 조화의 오묘함을 통달하지 않은 것이 없고, 육도삼략과 둔갑변화의 술법을 평소에 자부하여, 스스로 천하무적이라고 한답니다. 이번에 잠시 그의 용병술을 보니 신출귀몰하여 감당할 사람이 없습니다."

태청진인이 웃으며 말했다.

"대왕이 빈도를 격동시키려고 이렇게 말씀하시는군요."

선우가 하늘을 우러러 탄식하며 말했다.

"좌현왕 노균의 말이 과연 맞군요."

"무슨 말씀이오?"

"좌현왕이 일찍이 말하되, 선생은 일개 도사에 불과한 사람이라서 하늘에 닿는 연왕의 재주를 감당할 수 없어 자연히 돌아갈 생각을 한다고 하더이다."

그 말을 듣자 태청진인은 차갑게 웃으면서 말했다.

"빈도가 10년 동안 산속에서 용병술을 연마한 지 오래되었소. 대왕은 먼저 연왕과 전투를 벌이도록 하시오. 만약 위급한 상황이 되면 빈도가 구원할 방책이 있을 것이외다."

선우가 크게 기뻐하면서 일어나 두 번 절을 했다. 그는 군사의 반을 나누어 태청진인으로 하여금 본진에 남게 하고, 자신은 정예병을 이끌고 연소성 아래에 진을 쳤다. 최후의 승부는 어떻게 될 것인가. 다음 회를 보시라.

제36회

홍혼탈은 몰래 굉천포를 묻어 놓고,

양창곡은 좌현왕의 죄를 열거하다

紅嫖姚暗埋轟天砲 楊元帥數罪左賢王

양창곡이 황제의 명을 받들어 남쪽 지역의 병사들을 모집하
니, 1만 7천 기나 모였다. 그들은 연소성 아래에 진을 쳤다. 선
우 역시 대군을 이끌고 서로 마주보며 진을 쳤다. 양창곡은 홍
혼탈과 진 위에 올라가 오랑캐 진영을 보면서 말했다.

"장군이 보기에 적군의 형세가 남쪽 오랑캐들에 비해 어떤
것 같소?"

홍혼탈이 말했다.

"북쪽 오랑캐의 날쌔고 사나운 인물됨이나 웅장한 기상은
진실로 남쪽 오랑캐가 당하지 못할 것입니다. 그러나 진법이
어지럽고 군사의 항렬이 맞지 않으니 이는 북쪽 오랑캐가 남
쪽 오랑캐를 당해 내지 못하는 부분입니다."

양창곡이 머리를 끄덕이며 말했다.

"이는 진실로 내가 생각하던 바요. 북쪽 오랑캐들이 원래

산짐승과 다름없어서, 모이고 흩어짐에 정해진 때가 없지요. 법도로써 헤아리기 어렵군요. 형세를 살펴가면서 용병술을 펼칩시다."

이에 갑옷을 입은 병사들에게 진영 앞에서 크게 소리를 지르도록 했다.

"대명국의 원수가 선우와 면담하고자 한다. 빨리 진영 앞으로 나오라."

잠시 후 선우가 창을 잡고 말에 올라 나왔다. 왼쪽에는 좌현왕 노균이 있었고 오른쪽에는 오랑캐 장수 척발랄이 있었다. 선우의 키는 8척 장신으로 위풍이 늠름했다. 오른손으로는 장창을 잡고 왼손으로는 말고삐를 잡았는데, 기상이 웅장했다. 양창곡이 크게 꾸짖었다.

"네 비록 천명을 모른다고 하나 아무런 이유 없이 중국 땅을 침범하여 백성들을 죽이니, 너는 네 죄를 아는가?"

선우가 크게 웃으며 말했다.

"과인이 북쪽 지방에 거처하면서 들으니 중국에는 보물이 매우 많다고 하더구나. 그 보물을 가지러 왔다."

"우리 황상 폐하께서 신성하고 문무를 겸비하시며, 백성들을 인자함과 사랑으로 대하신다. 만약 보물로 백성들을 도탄에서 구제할 수만 있다면 어찌 그것을 아끼시겠는가."

선우가 머리를 흔들면서 다시 웃었다.

"과인이 어찌 평범한 보물을 구하는 것이겠느냐. 명나라 천자가 옥새를 내게 준다면 과인이 즉시 군사를 돌리겠노라."

양창곡이 크게 노하여 동초와 마달 두 장수에게 철기 3천 기를 이끌고 한꺼번에 쳐들어가서 적군을 죽이도록 했다. 선우는 웃으면서 말을 돌려 달아났다. 그 순간 대포 소리가 뒤쪽에서 한 번 일어나더니 오랑캐 병사 1만여 명이 한꺼번에 사방으로 흩어지면서 온 산과 들을 가득 메웠다. 적군이 비바람처럼 빨리 달려오니 어디를 공격해야 할지 알 수 없었다. 양창곡이 상황을 보고 징을 울려 군사들을 불러들였다. 다시 대포 소리가 한 번 울리자 흩어졌던 오랑캐들이 다시 합쳐지면서 예전처럼 진을 쳤다. 선우가 진 앞에 나와 웃으며 말했다.

"양원수가 비록 지략이 있다고는 하지만 오늘은 쓸 데 없으리라. 과인이 말을 달리는 법을 보기만 하라."

그는 손에 들었던 쌍검으로 말을 한 번 채찍질하니 범같이 용맹하고 번개같이 빠르게 산골짜기를 평지보다 쉽게 밟으며 다녔다. 선우는 말 위에서 춤을 추면서 눕기도 하고 일어서기도 하며 좌우의 동작을 마음대로 했다. 오랑캐 장수 한 사람이 또 말을 달려 나오더니, 선우의 모습을 따라하면서 그 뒤를 쫓아다녔다. 선우도 역시 쫓기는 모습으로 여러 차례 돌면서 말을 몰다가, 갑자기 우뚝 몸을 솟구쳐서 오랑캐 장수를 안고 떨어지면서 그의 말을 함께 타고 달리면서 여러 차례 돌았다. 선우는 다시 몸을 솟구치더니 수십 보 밖에서 질주하는 말에 뛰어올라 오랑캐 장수를 추격했다. 그 순간 두 명의 오랑캐 장수가 한꺼번에 말을 몰아 나왔다. 네 마리의 말이 한 무리를 이루어, 한편으로는 달리면서 한편으로는 말을 서로 바꿔 타는데, 질풍처럼 빨랐다. 잠시 후 여러 오랑캐들이 일제히 말을 달려서 나오더니, 어떤 사람은 말 위에서 가로 누워 달리기도 하고 어떤 사람은 채찍질하여 빨리 달리면서 다투어 먼저 몸을 솟구쳐 올라타기도 했으며, 어떤 사람은 우뚝 섰다가 말의 다리 사이에 숨기도 하며, 어떤 사람은 옆의 말을 빼앗아 두 마리 말을 동시에 타고 달리는 등, 천태만상을 연출하며 한바탕 난리를 피웠다.

양창곡이 한참 바라보다가 홍혼탈에게 말했다.

"저것은 북쪽 지방의 장기요. 저들 중 막강한 병사가 아닌 자가 없으니, 정말 걱정이구려."

홍혼탈이 웃으며 말했다.

"소장의 생각으로는 아이들 장난에 불과합니다. 저런 기술을 어디에 쓰겠습니까? 여우를 쫓아가고 토끼를 잡는 데에는 여유만만하겠지만, 적군과 상대하여 병법으로 전투한다면 도리어 흩어지기 십상입니다. 소장에게 좋은 계책이 있으니, 저들의 계략을 역이용하면 좋겠습니다."

양창곡이 크게 기뻐하면서 계책을 묻자 홍혼탈이 몰래 말했다.

"첩이 일찍이 백운도사를 따라서 진법을 깨는 방법을 하나 배웠습니다. 굉천포轟天砲라고 부르는 것입니다. 땅을 파고

12방위에 응하여 큰 솥을 묻습니다. 그 솥 안에 화약을 가득 채우고 뚜껑을 덮은 뒤 좌우에 구멍을 뚫습니다. 중심부를 파고 그 속에 화승을 길게 늘여 놓고 10여 걸음마다 그릇에 물을 담아서 묻어 놓습니다. 불기운이 물기운을 얻으면 꺼지지 않고, 물기운 또한 불기운을 이끌 수 있지요. 다시 1백 걸음 밖에 토굴을 묻고 화승 끝부분을 중심부를 경유하여 토굴과 통하게 놓습니다. 그 토굴에는 병사들을 매복시켜 두었다가 시기를 틈타서 화승에 불을 붙입니다. 이 방법은 사용처가 비록 적지만 오늘처럼 적병들이 자기 부대를 비우게 된다면 제가 즉시 군대를 이동시켜 오랑캐의 진영에 진을 치고 이 계획을 실행시키는 것이지요. 그러나 이 계획은 화약이 풍족해야만 실행이 가능합니다."

양창곡은 즉시 무기고를 점검했다. 그곳에는 탄환 수십 석과 화약 수천 근이 저장되어 있었다. 양창곡은 크게 기뻐하면서 동초와 마달에게 각각 3천 기씩 병력을 주고 이러이러하게 하도록 분부했다. 양창곡은 홍혼탈과 함께 다시 대군을 몰아서 오랑캐 진영을 쳐들어가며 죽이니, 오랑캐들은 다시 이들을 맞아 싸우지 않고 한꺼번에 사방으로 흩어졌다. 양창곡은 즉시 오랑캐들이 진을 쳤던 곳에 진을 펼쳤다. 선우가 멀리서 바라보다가 웃었다.

"양원수가 전혀 대책이 없다는 것을 알겠구나. 우리 진영을 빼앗은 것은 장차 멀리 쫓아내서 다시는 돌아오지 못하게 하

려는 것이리라. 내 마땅히 밤을 틈타서 저 진영으로 들어가 몰
래 공격해야겠다."

그는 즉시 흩어졌던 오랑캐 병사들을 모아 즉시 본영으로
들어갔다. 양창곡은 홍혼탈과 함께 진영 곳곳에 굉천포를 묻
고 병사들과 약속하여 깃발을 눕히고 북을 치지 않으며, 함부
로 진영을 이탈하여 군사들이 나태하다는 모습을 보여 주었
다. 선우가 크게 기뻐하면서 말했다.

"우리 군사들이 매일 싸우지 않으니 명나라 병사들이 자연
히 방심하는구나. 이때를 틈타서 북소리 한 번에 저들을 몰살
시켜야겠다."

그날 밤 3경에 선우는 정예군 3천 기를 이끌고 두 갈래 길
로 나누어, 병사들에게 소리를 내지 못하도록 나뭇가지를 물
게 하고 말방울은 모두 제거한 채 명나라 진영으로 갔다. 양창
곡은 몇 차례 싸우다가 일부러 패하여 달아나는 척했다. 척발
랄이 병사들을 몰아 쫓아가려 하니, 선우가 듣지 않고 말했다.

"중국놈들의 기괴한 계책은 가늠하기 어렵다. 내 마땅히 진
영을 없애고 그 형세를 보아 도모하리라."

선우가 오랑캐 병사들을 지휘하여 예전처럼 진을 이루고
몰래 명나라 병사들의 동정을 살폈다. 이날 한밤중에 갑자기
대포 소리가 한 차례 땅에서 솟구치더니 한 덩어리 불이 진영
가운데에 흩어져 날렸다. 또 다시 이어서 무수한 대포 소리가
사방팔방 하늘이 무너지고 땅이 갈라지는 듯 쿵쿵거리며 끊

이지 않았다. 들판 가득 흩어진 불과 어지러이 떨어지는 탄환은 그것이 닿는 곳마다 사람과 말이 차례로 가을바람에 낙엽이 날리듯 거꾸러졌다. 7천 명의 오랑캐 병사들은 도주할 틈도 없었다. 살아난 자는 겨우 1천여 기뿐이었다. 선우가 황망히 진에서 나왔지만 날아오는 탄환이 말의 머리에 떨어져 말이 거꾸러졌다. 선우는 즉시 몸을 솟구쳐서 병사의 말을 빼앗아 타고 혼자 도주했다. 그런데 갑자기 한 차례 대포 소리가 일어나더니 한 무리의 군마가 돌연 길을 막았다. 어떤 장군 하나가 크게 소리를 질렀다.

"대명국 표기장군 동초가 여기서 기다렸다. 선우는 어디로 달아나려는가."

선우는 싸울 마음이 없어 길을 돌아서 달아났다. 그런데 왼쪽에서 함성이 일어나더니 한 무리의 군마가 길을 막아섰다. 장수 하나가 크게 외쳤다.

"대명국 전전장군 마달이 여기 있다. 야율선우는 달아나지 말라."

선우가 어쩔 줄 모르고 있는데, 척발랄이 수백 기의 병사들을 이끌고 와서 선우를 구출했다. 동초와 마달이 좌우에서 협공하면서 한바탕 살인극을 벌이니 시체가 산처럼 쌓였다. 선우는 겨우 자기 몸만 빼내 본영으로 돌아가서 태청진인을 만나 낭패당한 사실을 자세하게 말해 주었다. 태청진인이 웃으며 말했다.

"그것은 바로 굉천포라는 것입니다. 만약 그것을 모르고 명나라 장수의 술책에 걸렸더라면 모든 군사들이 몰살당했을 것이오. 다만 굉천포를 묻어 놓는 방식이 비밀스러워 방위를 어지럽힌다면 불을 소멸하고 공은 이루지 못할 것이오. 명나라 원수가 어떻게 그것을 풀겠습니까?"

선우가 꿇어앉아 태청진인에게 말했다.

"오늘의 패배도 선생께서 도와주시지 않은 탓입니다. 명나라 원수의 지략이 이처럼 신통하니, 선생께서 돌보아 주실 생각이 없으시다면 차라리 전군을 거두어 일찍 돌아가 어육 신세를 면하는 것이 상책이겠습니다."

태청진인이 웃으며 말했다.

"내일은 빈도가 당연히 대왕을 따라서 명나라 진영의 동정을 살펴본 연후에 힘을 다해 도와드리겠습니다. 원컨대 대왕께서는 걱정하지 마십시오."

선우가 크게 기뻐했다. 다음 날 태청진인과 함께 대군을 몰아서 연소성 아래에 진을 치고 싸움을 걸었다.

한편, 홍혼탈은 굉천포로 오랑캐들을 몰살시키고 선우의 동정을 기다리고 있었다. 새벽 물시계의 물이 다 끝나고 정신이 노곤하여 책상에 기대 잠이 들었을 때였다. 비몽사몽간에 한 노인이 갈건 야복野服 차림으로 손에는 흰 부채를 들고 길게 읍을 했다. 놀라서 보니 바로 백운도사였다. 홍혼탈이 기뻐서 두 번 절을 하고 말했다.

"사부님께서는 어디서 오시는 것입니까?"

백운도사가 묵묵히 대답하지 않고 홍혼탈의 손을 잡고서 눈물을 흘리며 경계했다.

"산속에서의 3년 옛정을 생각하여라."

그러고는 홀연 보이지 않았다. 홍혼탈이 슬퍼하며 사부를 부르다가 놀라 깨어나니, 동쪽 하늘은 이미 밝았고 심신은 처참한 느낌이 들었다. 그녀는 양창곡에게 꿈 이야기를 들려주면서 깊은 생각에 잠겨 즐거워하지 않았다.

"사부님께서 일찍이 첩의 꿈에 여러 차례 나타나셨지만, 기쁜 얼굴로 저를 대하셨습니다. 그런데 오늘은 갑자기 처량하게 눈물을 머금으시니, 이는 필시 길한 징조가 아닙니다. 오늘은 진영의 문을 굳게 닫고 선우와 접전을 벌이지 않는 것이 좋을 듯합니다."

양창곡이 웃으면서 위로했다. 얼마 뒤 여러 장수가 와서 보고했다.

"선우가 다시 와서 싸움을 걸고 있습니다."

양창곡은 진영의 문을 견고히 닫고 무곡진을 펼친 뒤 느긋하게 움직이지 않았다. 동초와 마달이 다시 와서 보고했다.

"선우가 여러 차례 병사들을 보내 도전했지만, 우리 측이 끝내 싸움에 응하지 않자 이제는 노균을 보내 싸움을 걸고 있습니다."

양창곡이 그 말을 듣고 분연히 일어나며 말했다.

"내가 먼저 역적놈의 머리를 베고, 그 다음 무도한 흉노놈을 없애겠다."

양창곡이 직접 진영 위에 올라가 바라보니, 노균이 오랑캐 군마 십여 기를 이끌고 진영 앞에 나와 말고삐를 잡고서 크게 외쳤다.

"연왕은 내 말을 들으라. 옛책에 이르기를, 날아다니는 새가 다하면 좋은 활은 갈무리되고, 교활한 토끼가 죽으면 달리던 사냥개는 삶아 먹는다고 했다. 예부터 중국은 규모가 좁은 나라라 인재를 받아들이지 못했다. 단지 소년의 기상으로 남북을 정벌하면서 여전히 천자의 은총을 탐하여, 오자서伍子胥*의 머리가 촉루검 아래에 떨어지는 것을 알지 못하니 어찌 한심하지 않은가. 노부가 비록 선견지명은 없으나 전한의 이소경을 본받아 오랑캐 땅의 부귀를 편안히 누리고자 한다. 아! 그대는 훗날 함양咸陽 저잣거리에서 누린 개를 생각하며 탄식했다는** 옛 사람의 말씀이 진실로 충고였다는 것을 알리라."

양창곡이 크게 노하여 진영 앞에 나서며 꾸짖었다.

"역적 노균아! 네 비록 흉악하고 뒤집힌 마음으로 얼굴이

---

* 오자서는 원래 초나라 사람이었지만, 충직한 간언을 하다가 부모형제가 죽은 뒤 송나라와 정나라를 거쳐 오나라의 합려를 섬기며 초나라에 복수한다. 그러나 그 뒤 모함을 받아 왕은 그에게 촉루검을 주고 자결을 종용했다.

** 진(秦)나라 정치가로 승상까지 지낸 이사(李斯)는 조고(趙高)의 참소로 함양의 저잣거리에서 처형당했다. 그는 죽기 전에 아들에게 "너와 더불어 누린 개를 데리고 상채 동문에서 토끼를 사냥하려 했으나 어려워졌구나" 하고 말했다.

매우 두껍다고는 하나, 하늘의 해가 밝게 비추니 네 죄를 네가 어찌 모른단 말이냐? 네 조상 노기는 당나라의 소인이다. 자자손손 종자가 떨어져 전해 오다가 너에게 이르렀으니, 군자가 배척하는 바요 나라가 버리는 바다. 오직 우리 황제 폐하께서 요순 같은 성스러움으로 네 몸을 수습하여 관직이 참정에 이르렀다. 마땅히 마음을 다하여 충성으로 천자의 은혜에 보답하고 명예와 절개를 열심히 닦아서 가풍을 씻어야 했다. 그런데 너는 앞서 나라를 이미 망쳤고 이제는 임금을 배반하고 흉노에게 무릎을 꿇어 이미 잘못을 저지른 가풍에 더 큰 잘못을 더하니, 너의 첫 번째 죄다.

하늘이 사람을 낳으매 짐승과 다른 점은 바로 오륜이 있기 때문이다. 군신과 부자는 오륜의 으뜸이다. 그런데 너는 간사한 말과 이리저리 바꾸는 마음과 태도로 임금을 농락하여 수천 리 바닷가에 외롭게 버려 두고 적진에 투항하여 창을 거꾸로 잡아 핍박하고 있다. 이 어찌 차마 사람이 할 짓이란 말이냐? 이것이 너의 두 번째 죄다.

네 부모의 무덤이 중국에 있거늘 너는 돌아보지 않고 오랑캐 땅에서 목숨을 부지하니, 무성한 풀과 쓸쓸한 백양나무는 나무하고 소 치는 아이들이 손가락질을 하면서 욕을 한다. '저것은 역적놈 노균의 선영이다.' 그러고는 도끼를 들고 무덤가의 나무를 찍고, 그 옆으로는 소와 양을 놓아 꼴을 먹이며 그 무덤을 밟아서 없앨 것이다. 한식寒食 청명淸明이 되면 굶주린 혼백이 슬피 울다가 자손을 생각하되 의탁할 곳이 없으니 슬프기 한량 없을 것이다. 네 어찌 오랑캐 땅에서 오래도록 부귀를 누리겠느냐? 이것이 너의 세 번째 죄다.

부귀공명은 가문을 빛나게 하고 그 자신을 영광스럽게 한다. 너는 재주를 시기하고 권력을 탐하며 옳고 그름을 억제하여 공공의 의론을 격분시켰으니, 중국에서는 소인이라는 손가락질을 피하기 어렵고 오랑캐 땅에서는 나라를 배반한 신하라는 손가락질을 피하기 어려우니 그 누가 공경하겠느냐? 이를 전혀 모르고 득의양양하고 있으니, 이것이 너의 네 번째 죄다.

예부터 소인이 죄를 지으매, 모르고 잘못을 저지른 자는 오히려 용서받을 수 있지만, 알면서도 일부러 잘못을 저지른 자는 용서 받을 수 없다. 너는 일찍이 성현의 글을 읽고 성인의 가르침을 들어서 선비의 관을 쓰고 선비의 옷을 입었다. 어떤 사람이 충신이고 어떤 사람이 간신이며, 이렇게 하면 나라가 안정되고 저렇게 하면 나라가 위태롭게 된다는 것을 환히 알고 있다. 그런데 오히려 일부러 모르는 척 나라를 그르치니, 이것이 너의 다섯 번째 죄다.

너는 스스로 폐하를 모시고자 하면서 능히 예악을 말했다. 너는 과연 동홍의 생황이 선왕의 음악이라고 알고 있는 것이냐? 때에 맞지 않는 봉선이 과연 선왕의 예에 합당하다고 알고 있느냐? 속으로는 냉소를 지으며 밖으로는 농락하니, 이것이 너의 여섯 번째 죄다.

봉의정 위에서 음악을 들을 때 간언하는 간관에게 죄를 주고 대신을 쫓아내 나라의 흥망이 조석에 달렸다. 너는 차마 임금을 격분시켜서 잘못된 행동을 하도록 도왔으니, 이것이 너의 일곱 번째 죄다.

동홍은 경박한 자에 불과하다. 너는 늙고 흉악한 마음으로 그를 유인하고 충동질하여 기이한 재화를 만들어 조정을 어지럽혔다. 이것이 너의 여덟 번째 죄다.

황성이 함락된 뒤 천자를 속이고 황태후와 황후마마의 안위를 전혀 모르게 했으니, 이것이 너의 아홉 번째 죄다.

계교가 궁해진 뒤에 반역의 마음을 품고 스스로 출전하기를 원했으니, 이것이 너의 열 번째 죄다.

목숨을 도망하여 이미 투항했다면 마땅히 종적을 감추어, 속마음은 즐겁더라도 한푼의 부끄러운 마음을 가져야 한다. 그런데 흰머리를 휘날리면서 선우의 신하가 되어 오랑캐 병사들을 이끌고 명나라 진영 앞에서 싸움을 걸어오니, 어찌 여러 장수들과 병사들에게 부끄럽지 않단 말인가. 이것이 너의 열한 번째 죄다.

개인적인 원수로 논하는 것이 비록 못난 짓이긴 하지만, 내가 처음 과거에 급제했을 때 폐하 앞에서 내 죄를 논한 것이 과연 공공의 마음이었으며, 과연 진실로 나의 잘못된 점을 보았기 때문인가? 내 재주를 시기하고 총애를 다툰 것에 불과하다. 이것이 너의 열두 번째 죄다.

　과거에 급제한 것을 축하하는 유가遊街 행렬을 하던 날, 몰래 잡스러운 마음을 품고 네 누이와 혼인시키려다가 뜻대로 되지 않자 마침내 원한을 품었다. 동홍은 천한 사람이라, 다만 벼슬 복을 탐하여 윤리를 논하지 않고 네 누이와 혼인을 시켰으니, 이것이 너의 열세 번째 죄다.

　내가 엄한 견책을 당해서 운남으로 귀양을 가는데, 만리 험악한 땅에서 살아 돌아올 기약이 없었다. 이와 같았다면 네 마음은 상쾌했을 터인데, 다시 자객을 보내 다른 수단으로 반드시 살해하려고 했으니, 이것이 너의 열네 번째 죄다.

　내 비록 불충하지만 네 말에 움직이지 않는다. 간악한 주둥이로 말을 꾸미면서 충동질하기를 기약하니, 이것이 너의 열다섯 번째 죄다.

　하늘이 위에 계시고 신명神明이 옆에 계시니, 비록 무식한 소년이 이 중 한 가지 죄라도 범하면 너무도 두려워서 죽을 곳을 알지 못하는 법이다. 너는 이제 열다섯 조항의 하늘을 가득 채울 큰 죄를 무릅쓰고 장차 어디로 돌아가려느냐? 아! 나는 여남의 수재로 자신전에서 대책문을 쓸 때 너는 이미 대신의 반열에 들었다. 당시 천자의 예우와 후배들의 흠모가 과연 어떠했느냐? 오늘 진영 앞에서 오랑캐 왕의 명령을 받으니 무슨 면목이 있단 말이냐?

　속히 선우에게 돌아가 이렇게 전하라. 벌레 같은 오랑캐가 비록 예법을 능멸했으되 북쪽 지방에도 하늘이 있고 땅이 있으며, 임금이 있고 신하가 있으며, 아비가 있고 자식이 있을 것이다. 노균과 같은 자는 난을 일으킨 신하요 역적의 무리다. 시간을 두지 말고 즉시 머리를 베어서, 북쪽 지방의 풍속에 경계를 삼도록 하라."

양창곡이 욕을 마치자 노균은 얼굴이 술에 취한 듯 붉어지고 기운이 꺾여서 크게 한마디 소리를 지르더니 말에서 떨어졌다. 오랑캐 병사가 그를 구하여 본진으로 돌아갔다. 그는 한참 동안 혼백을 잃었다가 겨우 정신을 수습하고, 하늘을 가리키면서 맹세했다.

"내 손으로 연왕을 죽이지 않으면 이 세상에 살아 있지 않으리라!"

그는 선우와 태청진인에게 말했다.

"양창곡은 무례하여 대왕과 진인을 초개草芥같이 보며, 무도한 오랑캐 추장과 요망한 도사를 한 칼에 베어 죽이겠다고 욕설을 퍼부었습니다. 대왕께서는 장차 이 치욕을 어떻게 설욕하시겠습니까?"

태청진인이 웃으며 말했다.

"좌현왕께서는 걱정하지 마십시오. 빈도가 재주는 없지만 맹세코 양창곡과 더불어 자웅을 겨루겠습니다."

태청진인은 직접 진영 위로 가서 북을 울리며 방진을 치고 중앙 방위에 검은색 깃발을 꽂아 몰래 술법을 부렸다. 이때 홍혼탈이 멀리서 바라보다가 크게 놀라서 양창곡에게 고했다.

"오랑캐 병사들이 갑자기 깃발을 변화시켰는데, 병법에 딱 맞습니다. 이는 필시 그들을 가르치는 자가 있다는 뜻입니다. 또한 진영 가운데에 검은 깃발을 꽂았으니 장차 도술을 시험하여 우리 진영을 쳐들어오려는 것입니다."

동초가 말했다.

"소장이 일찍이 들으니, 노균이 도사 하나를 불러와서 천자에게 천거했다고 합니다. 이름이 청운도사라고 하는데, 도술이 비상해서 바닷가 신선을 행궁으로 내려오게 하고, 신장귀졸을 시켜서 비방하는 백성들을 일일이 제압했다고 합니다. 오늘 필시 노균을 따라와서 선우를 돕고 있을 것입니다."

홍혼탈이 그 말을 듣고 깜짝 놀라 말했다.

"그가 어찌 도를 닦던 청운이 아니겠는가. 청운의 성품이 요망하여 사부님께서 매번 근심하셨는데, 오늘 이와 같이 장난질을 치니 그 죄가 너무도 크다. 어떻게 처리해야 할까?"

갑자기 오랑캐 진영에서 북소리가 크게 울리더니 무수히 많은 오랑캐 병사들이 푸른 옷을 입고 푸른 깃발을 들어 쌍쌍이 나왔다. 손에는 호로병을 들고 한꺼번에 공중을 향해 한 번 흔들자 천만 줄기의 푸른 기운이 병 속에서 나와 공중을 가득 메웠다. 그러더니 갑자기 광풍이 크게 불면서 천만 줄기의 푸른 기운이 창칼로 변해 하늘을 뒤덮으면서 명나라 진영을 쳤다. 홍혼탈이 한 번 웃으면서 북을 울려 진을 바꾸어 원진圓陣

을 하나 만들고 진 가운데에 붉은 깃발을 꽂았다. 손에는 쌍검을 들고 공중을 한 번 가리키자 한 줄기 서릿발 같은 기운이 칼 끝에서 일어나서 광풍과 창칼을 몰아서 진 가운데 떨어지니, 하나하나가 푸른 나뭇잎이었다. 홍혼탈이 미소를 지으면서 여러 장수들에게 푸른 나뭇잎을 주워오도록 하여 자세히 살폈다. 잎사귀 하나하나에는 모두 칼자국이 나 있었다. 그녀는 즉시 그것들을 봉하여 오랑캐 진영으로 보냈다.

이때 태청진인 청운은 도술을 행하려 하다가 이루어지지 않는 것을 보고, 놀라면서도 의아하게 여겨 말했다.

"내가 산속에서 10년 동안 사부님을 따라 도술을 배웠고, 천하를 횡행하면서도 나를 당하는 사람이 없었다. 오늘 일은 필시 무슨 곡절이 있는 모양이다."

그런데 갑자기 명나라 진영에서 오랑캐 진영 앞으로 봉해진 물건을 가져왔다. 그가 살펴보니 무수한 푸른 나뭇잎이었으며, 각각의 나뭇잎에는 칼자국이 있었다. 태청진인이 깜짝 놀라서 속으로 생각했다.

'이는 평범한 장수가 한 일이 아니다. 우리 사부님께서 명나라 진영에 내려오셔서 명나라 천자를 도와 주시는 모양이다. 내가 오늘 밤에 명나라 진영으로 가서 동정을 살핀 연후에 다시 좋은 계책을 생각해야겠다.'

그는 선우에게 고했다.

"오늘은 천존께서 재계에 들어가는 날입니다. 도가에서 용병술을 펼치는 것을 꺼리는 날이니, 내일 빈도가 다시 시행하겠습니다."

　태청진인은 밤에 명나라 진영으로 가서 무엇을 하려는 것일까? 다음 회를 보시라.

제37회
청운도사는 백운동으로 돌아가고,
야율선우는 동쪽 성으로 달아나다
靑雲道士歸故洞 耶律單于走東城

이날 밤 3경, 태청진인 청운은 한 줄기 푸른 기운으로 변하여 명나라 진영으로 갔다. 홍혼탈이 촛불을 밝히고 책상에 기대어 혼자 앉아 있었다. 홀연 한 줄기 맑은 바람이 휘장을 말아 올리면서 실 같은 푸른 기운이 촛불 아래로 들어왔다. 홍혼탈이 책상을 치면서 크게 꾸짖었다.

"청운아! 네 어찌 나를 속이느냐?"

태청진인이 깜짝 놀라 본색을 드러내 도동의 모습으로 홍혼탈 앞에 나아갔다. 그는 홍혼탈의 손을 잡고 울면서 말했다.

"사형께서 어찌하여 이곳에 계시는 것입니까? 이 청운이 사형을 이별한 지 어언 9년이 되었습니다. 밤낮 한 생각으로 사형을 잊지 못했습니다. 하늘 끝 남북에 소식이 아득했는데, 어찌하여 오늘 이곳에 계시는 것입니까?"

홍혼탈이 정색하며 말했다.

"사부님께서 서천 극락세계로 가시면서 너에게 절대 속세로 나가지 말라고 당부하신 것은 다름 아니라 네 천성이 경솔하여 잡술만을 좋아했기 때문이다. 네가 이제 잡술로 천지신명에게 죄를 짓고 사부님의 청정한 공덕에 누를 끼치니, 어찌 옛날 사형사제간의 정으로 용서하겠느냐? 내게 부용검 한 쌍이 있으니 마땅히 네 머리를 베어 사부님께 사죄하리라."

태청진인 청운이 일어나 울면서 고했다.

"사형! 청운이 어찌 악업을 지었겠습니까? 엎드려 바라건대 잠시 분노를 진정하시고 제 말씀을 들어 보십시오. 예전에 사형께서는 오랑캐 왕을 따라 하산하시고, 사부님께서는 서천 극락세계로 가시니, 적막한 백운동에서 누구에게 마음을 붙이겠습니까? 푸른 산에 꽃이 떨어지고 향로에 연기가 사라지니, 백 년 인생에 무료함을 견디기 어려웠습니다. 잠시 천하를 구경하고 싶었습니다. 동으로는 부상을 보고 서쪽으로는 약목若木을 찾아보며, 북쪽 지방을 두루 밟아보고 중원에 이르니, 모두 꿈같은 세계였으며, 뜬구름 같은 사람의 삶이 가소로웠습니다. 출중한 인물과 탁월한 재주가 우리 사형만한 사람이 없었으니, 제가 진실로 어린 소견으로 한번 도술을 드러내 사람들을 놀라 움직이게 하고 돌아가려 했습니다. 그런데 뜻밖에 이곳에서 사형을 만나니, 이 또한 인연이고 운수입니다. 하늘이 지시하지 않는 것이 없으니, 엎드려 애걸하건대 한 번만 용서해 주십시오."

홍혼탈은 본디 다정하고 인자한 여자였다. 그 말을 듣고 비로소 청운의 손을 잡고 눈물을 머금으며 말했다.

"아! 내 평생 부모형제의 정을 모르고 산속에 의탁하여 사부님을 부모님처럼 알고 청운을 형제처럼 생각했다. 바람 먼지 가득한 세상에서 만날 기약은 없었지만, 서방 극락세계에서 훗날 다시 묵은 인연을 이어서 서로 기뻐할 것이라 생각했다. 그런데 네가 어찌하여 사부님의 유훈을 생각하지 않고 이렇게 세상을 요란하게 하느냐? 내가 어젯밤 꿈에 사부님을 뵈었는데, 한마디 말씀도 없으시고 다만 슬픈 빛으로 계시더니, 산속에서의 옛정을 조금이라도 생각하라고 말씀하시더구나. 이는 너를 나에게 부탁하신 것이다. 내 어찌 너를 저버리겠느냐? 너는 마땅히 산속으로 돌아가서 열심히 도를 닦아 망녕된 생각을 끊어 버려라. 그러면 공부를 완성할 수 있을 것이다."

태청진인 청운이 웃으며 말했다.

"사형께서는 누구를 따라 이곳으로 오셨습니까?"

홍혼탈이 웃으며 말했다.

"네 사형 또한 완전히 공부를 완성하지 못하고 잠시 속세의 인연을 맺었다. 내 남편을 따라왔다."

청운이 말했다.

"남편이라니, 누구를 말씀하시는 것입니까?"

홍혼탈이 미소를 지으며 말했다.

"명나라 원수 연왕이시다."

청운이 다시 웃으며 말했다.

"듣자니 연왕은 지략이 뛰어나서 천하에서 최고라 하더군요. 제가 한번 재주를 비교해 보려고 왔는데, 이제 사형께서 남편으로 모시고 계시니 경륜과 재주가 사형보다 뛰어나시겠지요. 제가 몰래 가서 잠깐 뵙고 싶습니다."

청운은 말을 마치고 나서 홍혼탈이 대답도 하기 전에 표연히 일어나 작은 파리로 변하더니 양창곡의 막사 안으로 날아갔다. 잠시 후 돌아와서 탄식했다.

"사형! 양원수님은 비범한 분이더군요. 천상의 문창성군이네요. 원수께서 바야흐로 책상에 기대 무곡병서를 보시다가 작은 파리가 날아와 책상머리에 앉는 것을 보고 곁눈으로 보셨습니다. 그분의 두 눈은 일월의 빛처럼 빛났습니다. 청운이 마음속으로 저절로 두려워져서 감히 오래 머무르지 못하고 돌아온 것입니다."

홍혼탈이 웃으면서 말했다.

"너는 외모만 보았으니, 어찌 그분을 만분의 일이라도 헤아릴 수 있겠느냐? 그 사람됨은 태산처럼 높다. 문장을 논하자면 28수 별자리가 가슴속에 벌여 있는 듯하고, 지략을 논하자면 백만대군이 배 안에서 진격과 후퇴를 한다. 어찌 네 사형이 우러러볼 수나 있는 분이겠느냐?"

청운이 한숨을 쉬면서 다시 고했다.

"청운이 이제 사형을 위하여 선우의 머리를 베어 제 죄를 면제받고 싶습니다."

홍혼탈이 웃으면서 말했다.

"그 또한 안 될 말이다. 양원수께서 황제의 명을 받들어 친히 백만대군을 이끌고 왔거늘, 어찌 이렇게 구차한 짓을 하겠느냐? 만약 이와 같이 선우를 죽이려 했다면, 네 사형의 쌍검이면 충분했을 것이다. 어찌 네 손을 빌리겠느냐? 너는 이제 자취를 감추고 속히 백운동으로 돌아가도록 해라."

청운이 말했다.

"저는 이제 가 보겠습니다. 언제 다시 뵈올 수 있을까요?"

홍혼탈이 다시 청운의 손을 잡고 슬픈 모습으로 눈물을 흘리면서 말했다.

"네가 도를 깨달으면 훗날 백옥경에서 함께 사부님을 모시고 영원히 천상의 지극한 즐거움을 누리게 될 것이다."

청운이 울면서 두세 번 돌아보다가, 홀연 어디론가 사라졌다. 홍혼탈이 혼자 촛불 아래 앉아서 한참 동안 슬퍼했다.

청운이 오랑캐 진영으로 돌아가 속으로 생각했다.

'내 이제 노균과 선우에게 작별하고 싶지만 이 또한 어려운 일이다. 차라리 알리지 않고 가 버리는 것이 낫겠다.'

그는 즉시 나뭇잎을 따서 던지고 입으로 진언을 외우니, 청운과 똑같은 가짜 도사가 만들어졌다. 용모며 거동이 털끝 하나도 차이 나지 않았다. 청운이 한 번 웃더니 몸을 솟구쳐 한 바탕 바람으로 변하여 백운동으로 가 버렸다.

홍혼탈은 양창곡을 만나 청운의 일을 자세히 말해 주었다. 양창곡이 정색하며 말했다.

"나는 백운도사를 세속 밖에서 살아가는 고상한 분이라고 생각했는데, 어찌하여 요망한 제자를 문하에 받아들였을까? 이런 사실을 일찍 알았더라면 한 칼에 머리를 베어 선우를 호령했을 게요."

홍혼탈이 말했다.

"청운의 천성이 요망하지만 술법에 정통하니 마땅히 마음을 고쳐서 상승上乘의 도를 깨닫게 해야 합니다. 이는 나라의 운세와 관계되지 않는 것이 없으니, 어찌 청운만의 죄라 하겠습니까?"

양창곡이 웃으면서 말했다.

"청운을 위하여 지나치게 변명하지 않아도 되오."

다음 날 새벽, 선우는 태청진인을 찾아갔다. 휘장은 닫혀 있고 아무런 동정이 없었다. 그가 휘장을 열어 보니 태청진인이 오똑하게 홀로 앉아서 말도 하지 않고 웃지도 않았다. 선우가 앞으로 나아가 말했다.

"선생께서는 밤새 존체 보중하셨습니까?"

그러나 태청진인은 고요히 대답하지 않았다. 선우가 다시 고했다.

"오늘 전투에 선생께서는 장차 무엇으로 저를 지도해 주시겠습니까?"

태청진인은 여전히 대답이 없었다. 선우가 의아하게 여겨 한참 동안 앉아 있다가 돌아나와서 노균에게 말했다.

"진인께서 이러이러하시더군요."

노균이 한참 생각하다가 말했다.

"이는 필시 무슨 까닭이 있을 것입니다."

그는 즉시 휘장 안으로 들어가 두 번 절하고 물었다.

"선생께서는 어디 불편하신 데라도 있으십니까?"

태청진은 묵묵히 대답하지 않았다. 노균도 한참 동안 앉아 있다가 다시 고했다.

"선생이 노균을 따라 이곳에 왕림해 주셨으니, 마음속에 불편한 점이 있으시다면 충고해 주십시오."

태청진인은 여전히 대답하지 않았다. 노균은 그 까닭을 몰라서 휘장 밖으로 나와 선우와 상의했다.

"진인께서 너무도 분노하셔서 끝내 미동조차 하지 않으시니, 우리가 같이 들어가서 사죄하는 것이 좋겠습니다."

오랑캐 장수 척발랄이 크게 노하여 말했다.

"조그만 도사놈이 어찌 감히 이토록 거만한가! 내가 한번 들어가 보리라."

그는 칼을 들고 휘장으로 들어가 말했다.

"내 들으니 도술이 있는 자는 머리를 베어도 움직이지 않는다고 합디다. 한번 시험해 보아야겠소."

말을 마치자 척발랄이 칼을 들어 태청진인의 머리를 베었다. 그러자 칼소리가 쨍그렁 나면서 태청진인은 어디론가 사라지고 잎사귀 하나가 두 개로 잘렸다. 크게 노한 선우가 좌우를 호령하여 노균을 잡아들여 장막 아래에 무릎을 꿇게 했다. 그러고는 소리 높여 꾸짖었다.

"나라를 배반한 늙은 역적놈아! 어찌하여 잎사귀로 과인을 속이느냐? 무사들을 시켜서 네놈을 끌어내어 머리를 베어버리겠다."

노균이 애걸하며 말했다.

"이는 도사가 이 노균을 속인 것이지, 노균이 대왕을 속인 것이 아닙니다."

척발랄이 간언했다.

"만약 노균을 죽인다면 이는 항복해 온 사람을 죽이는 꼴입니다. 잠시 그 죄를 용서해 주십시오."

선우가 한동안 생각하다가 말했다.

"그렇다면 과인에게 계책이 하나 있다. 좌현왕은 나를 도와 죄를 용서받을 수 있겠느냐?"

노균이 그렇게 하겠노라 응낙했다. 선우가 노균을 자기 장막 안으로 불러서 몰래 말했다.

"명나라 양원수의 지략을 보니 도저히 대적할 수 없겠소. 과인이 듣자니, 명나라 천자에게는 위로 태후가 있는데 천자의 효성이 타고났다고 하더군요. 과인은 장차 한고조 유방의 부모를 사로잡아서 높은 도마에 앉혀 놓고 한고조를 호령했던 계책을 본받고자 하오. 나의 계책이 어떻소?"

노균이 칭찬하면서 말했다.

"그 계책이 절묘하지만 명나라 태후는 지금 진남성에 있으니 어떻게 실행하시렵니까?"

선우가 웃으며 말했다.

"장수가 된 자가 속이는 기술이 없다면 쓸데없지요. 가짜 태후를 어찌 못 만들겠소?"

노균이 크게 기뻐하면서 말했다.

"대왕의 신묘한 계책과 절세지모는 평범한 사람들이 미칠 바가 아닙니다."

그는 즉시 태후의 복색과 장식물을 만들어서 노균의 처첩과 사로잡아온 여자들에게 치장을 시키고 한곳에 모아 진영 가운데 서 있게 했다. 선우는 격문을 연소성으로 쏘아 보냈다. 격문 내용은 다음과 같다.

과인이 이미 진남성을 함락하고 태후와 비빈들을 사로잡아 군영 안에 데려왔다. 명나라 천자가 항복한다면 즉시 돌려 보낼 것이로되, 그렇지 않다면 반드시 후회할 것이다.

천자가 격문을 보고 대경실색하여 양창곡을 불러 보니, 양창곡이 아뢰었다.

"이는 흉노의 거짓 계략입니다. 진남성은 견고한 성이라 이렇게 쉽게 무너뜨릴 수 없습니다. 하물며 진왕의 지략과 일지련의 용맹함, 원로대신 윤병문의 충직함으로 두 어른을 호위하며 필시 조금도 소홀함이 없을 것입니다. 이는 선우의 음모요 비밀 계책입니다. 원컨대 폐하께서는 대군을 독려하시어 선우의 머리를 베어 장대 끝에 매달아 이 치욕을 씻으소서."

천자가 눈물을 흘리면서 탄식했다.

"짐이 불효하여 모자지간에 남북으로 헤어져 적막한 진영 안에서 소식이 아득하던 중에 이런 흉보를 접하니 간담이 꺾어지는 듯하다. 경의 말은 충분히 일리가 있으니 어찌 확신하겠는가."

천자는 직접 양창곡과 주변 신하들을 데리고 성문 위에 올라 오랑캐 진영을 바라보았다. 오랑캐들이 철통같이 둘러싼 가운데 중국 여자들이 무수히 모여 앉아 있었으니, 사로잡혀 온 여자들임을 알 수 있었다. 그중 옷 모양새가 햇빛처럼 빛나서 완연히 궁중 사람 같은 이도 있었다. 천자는 안색이 상하여 주변을 돌아보며 아무 말도 없었다. 그리고 발을 구르며 양창곡의 손을 잡고 눈물을 흘리며 곤룡포 소매를 적셨다.

"짐은 이미 종묘사직에 죄를 얻었다. 어찌 천하를 모자의 정과 바꿀 수 있겠는가."

이렇게 말하면서 천자는 성 아래에서 맹약을 맺고자 했다. 양창곡이 간언했다.

"신이 비록 불충불효하나, 어찌 조금 모습이 비슷하다 하여 풍성한 효성을 손상시키겠습니까? 옛날 한고조는 태공太公의 위급함을 눈으로 보면서도 조금도 요동하지 않았습니다.* 이는 비록 본받을 만한 일은 아니지만, 오늘 일은 분명히 간사한 계략입니다. 이미 간계라는 것을 알고도 이처럼 마음을 움직이시면 도리어 선우에게 얕잡아 보이는 것입니다. 신이 마음속으로 헤아리는 바가 있어 선우의 흉악하고 거꾸로 된 마음을 환히 압니다. 원컨대 폐하께서는 염려하지 마시고, 다만 치욕을 씻을 계책만 도모하소서."

그러나 천자는 그 말을 믿지 않고 오열하며 말했다.

"한고조가 비록 빼어나고 호걸스러운 임금이었지만, 짐은 매번 『사기』史記를 읽다가 태공의 사적에 이르면 책을 덮고 차마 읽지 못했소. 부모를 모르는 자가 어찌 조상을 알 것이며, 조상을 모르는데 어찌 종묘사직을 알겠소?"

천자는 수레를 재촉하여 오랑캐 진영으로 가려 했다. 그 순간 갑자기 소년 장군 하나가 분개한 빛으로 반열에서 나와 아뢰었다.

"신이 오랑캐 진영의 옷 모양새를 보니 모두 새로 준비한 것입니다. 정녕코 두 분 마마께서 평소 입으시던 것이 아닙니다. 폐하의 지극한 효성으로 만약 양원수의 말씀을 따르지 않

---

* 한고조 유방은 항우가 자신의 부모를 인질로 삼고 죽여서 국을 끓여 버리겠다고 협박하자, 자신도 한 그릇 달라고 하면서 태연하게 대응했다고 한다.

으신다면, 신에게 약간의 시간을 주소서. 그리하면 신이 혼자 말을 타고 오랑캐 진영으로 들어가 진위를 탐지하겠습니다. 두 분 마마께서 만약 오랑캐 진영에 계신다면 목숨을 걸고 싸워서 본진으로 모셔올 것이요, 만약 선우의 거짓 계략이라면 원컨대 선우의 머리를 베어서 오늘 군신간에 망극한 치욕을 통쾌하게 씻겠습니다."

천자가 보니 바로 홍혼탈이었다. 천자는 눈물을 머금고 홍혼탈의 손을 잡으며 말했다.

"경이 지극히 충성스럽지만 일개 아녀자라, 어찌 혼자 간단 말이오?"

홍혼탈이 개연히 대답했다.

"신첩이 듣자니, 옛글에 이르기를 '임금이 욕을 당하여 신하가 죽는 것은 인륜의 떳떳한 일'이라고 했습니다. 신첩의 남편 연왕의 해도 꿰뚫는 충성심을 폐하께서도 아시는 바입니다. 폐하께서 맹약을 맺으시려고 오랑캐 진영을 향하시면, 연왕은 붉은 충성심으로 필시 살고자 하는 마음이 조금도 없을 것입니다. 첩이 위로는 모욕을 받는 임금을 보고 아래로는 생사를 결정하지 못하는 남편을 마주한 상황입니다. 상황이 이러한데 제가 어찌 위험한 곳으로 들어가는 것을 사양하겠습니까? 신첩은 본래 창기였습니다. 죽고 사는 것이야 초개 같습니다. 엎드려 바라건대 폐하께서는 수레를 멈추시고 약간의 시각을 허락해 주소서."

말을 마친 그녀의 기색은 매섭고 당당했다. 그녀는 표연히 몸을 일으켜 두 번 절하고 물러나 본진으로 돌아왔다. 양창곡 역시 가슴이 막혀서 함께 진영 안으로 돌아와 물었다.

"그대는 장차 어쩌려는 게요?"

홍혼탈이 개연히 말했다.

"첩의 천성은 상공께서 아시는 바입니다. 임금과 신하, 남편과 아내 사이에 무슨 다른 말이 있겠습니까? 상공께서는 대군을 준비하여 위급한 상황을 보면 구원해 주십시오."

양창곡은 만류할 수 없다는 것을 알고 그녀의 손을 잡으며 말했다.

"그러면 병사 수천 명을 데려가시오."

홍혼탈이 웃으며 말했다.

"가을 매가 높은 언덕에 내려오매 깃을 더하지 않는 법입니다. 상공께서는 염려하지 마십시오."

그녀는 쌍검을 들고 말에 올라 표연히 적진을 향해 떠났다. 이때 선우는 격문을 명나라에 보내고 오랑캐 병사들을 지휘하여 진을 겹겹이 치고 동정을 관망했다. 그런데 갑자기 한 소년 장군이 혼자 말을 타고 진에 이르러 말을 세우더니 크게 소리를 질렀다.

"나는 명나라의 장수다. 황제의 명을 받들어 황태후와 황비 두 분의 안부를 알고자 왔으니, 선우에게 보고해 달라."

오랑캐 병사들이 창을 들어 막으려 하자 그 장수가 웃으며 말했다.

"두 나라가 진을 마주한 상태에서 혼자 말을 타고 온 사신을 막는 것은 법도가 아니다. 즉시 길을 내라."

선우가 그 말을 듣고 직접 진 앞에 나가 바라보니, 그 장수는 머리에 성관을 쓰고 전포를 입었으며, 몸은 5척도 안 되었다. 가느다란 허리에 낭랑한 음성이 전혀 용맹스럽지 않았지만, 별처럼 반짝이는 눈동자에 정기가 우뚝하고 빼어난 미간에 살기가 엄숙하게 서려 있었다. 선우가 노균을 돌아보며 물었다.

"저 장수는 누구요?"

노균이 몰래 고했다.

"저 사람은 옛날 정남부원수를 지낸 홍혼탈입니다. 명나라 최고의 장수이자 양창곡 원수가 평생 총애하는 여인입니다. 만약 저 장수의 머리를 벤다면 명나라 천자의 수족을 빼앗고 양창곡의 날개를 빼앗은 것이나 다름없습니다. 양원수가 비록 정대하긴 하지만 홍혼탈이 없다면 밥을 먹어도 단맛을 모르고 잠을 자도 자리가 편안치 않아서 한시도 그 목숨을 보존할 수 없을 것입니다."

선우가 크게 기뻐하면서 역사力士 10여 명을 매복시킨 뒤 여러 오랑캐 장수들이 각각 창칼을 들고 전후좌우에서 겹겹이 둘러싼 상태에서 진영의 문을 열고 홍혼탈을 끌어들였다. 홍혼탈은 털끝 하나 겁을 내는 마음 없이 좌우를 돌아보지도 않고 당당하게 말을 달려 들어와 태후가 있는 곳을 물었다. 선우가 웃으면서 말했다.

"명나라 태후가 어찌 과인의 진중에 있겠는가. 과인이 잠시 명나라 천자를 놀린 것이다. 장군은 속아서 위험한 땅으로 들어온 것이다."

홍혼탈이 웃으면서 말했다.

"나 또한 선우를 농락한 것이다. 사실은 황제의 명을 받들어 선우의 머리를 베러 왔다. 내 어찌 너에게 속았겠느냐?"

선우가 크게 노하여 좌우를 돌아보며 크게 소리를 지르니, 매복해 있던 역사들이 한꺼번에 창을 들고 갑자기 나왔다. 전후좌우에 창칼이 삼[麻]처럼 빽빽하니, 웃던 홍혼탈의 입이 열릴 뿐 의연한 모습으로 움직임이 없었다. 그녀는 두 손에 쌍검을 들고 번개처럼 휘두르면서 동서東西를 방비하니, 한 줄기 푸른 기운이 칼 끝에서 일어나면서 살랑거리는 찬바람이 주변의 사람들을 덮었다. 오랑캐 장수들과 역사들이 힘을 다해 방비했지만 쇠나 바위에 부딪치는 듯 홍혼탈에게는 하나도 손상을 입히지 못하고 자신들의 무기만 부러졌다. 선우가 크게 노하여 철기를 불러 포위하고 일제히 활을 쏘게 했다. 홍혼탈이 한번 웃으며 쌍검을 뒤집자 어디로 갔는지 알 수가 없었다. 잠시 후 진영이 소란스러워지더니 황망하게 엎어지고 자빠지면서 수만 명의 홍혼탈이 나타났다. 동쪽에서 치고 서쪽에서 돌격하며 남에 번쩍 북에 번쩍 사방이 온통 홍혼탈이었다. 훌쩍 갔다가 훌쩍 오면서 쌍검이 무수히 많았다. 십만 명의 오랑캐들 눈이 어질어질하면서 사방으로 흩어졌다. 선우가 깜짝 놀라 말했다.

"이 어찌 평범한 장수겠는가. 정말 괴이하구나. 과인이 백만대군을 이끌고 중국으로 왔다가 약하기 그지없는 소년 장수 하나를 제대로 대적하지 못하고 패배하여 돌아간다면 무슨 면목으로 북방 사람들을 대하겠는가. 과인이 한번 자웅을 겨루겠다."

그는 좌우에 호령하여 말했다.

"즉시 과인의 창과 말을 가져오라."

선우는 창을 들고 말에 올랐다. 원래 야율선우는 쇠로 만든 철창을 사용했는데, 창의 무게가 1천 5백 근이나 되었다. 창 쓰는 법이 흉맹하여 한 번 던지면 백 보 밖까지 날았으며, 창 하나에 수십 명을 찌를 수 있었다. 그는 평생 자신의 용력을 믿어 작은 위험에는 조금도 움직임이 없었다. 그런데 이날 홍혼탈의 검술을 보고 분연히 진영 앞으로 나와서 소리쳤다.

"명나라 장수는 죄 없는 병졸들을 죽이지 말고 속히 나와 자웅을 겨루자."

홍혼탈이 즉시 검을 거두고 말을 멈추었다. 선우가 횃불 같은 눈을 부라리고 우레 같은 소리를 지르면서 창을 들어 홍혼탈을 향했다. 그가 창을 맹렬하게 한 번 던지니 산이 무너지고 땅이 울리는 듯 홍혼탈의 머리 위에 떨어져 땅에 3, 4척이나 꽂혔다. 그러나 홍혼탈은 어디로 갔는지 보이지 않고 쨍그랑거리는 칼소리만 공중에 흩어졌다. 선우가 더욱 크게 노하여 말을 달리고 창을 들어 뒤를 돌아보니, 홍혼탈이 웃으면서 자신의 뒤를 쫓아왔다. 그녀는 낭랑하게 소리를 질렀다.

"선우는 달아나지 말고 목을 길게 빼내 내 칼을 받으라. 하늘과 땅에 펼쳐진 그물로 첩첩이 둘러쌌으니, 어찌 벗어날 수 있겠는가."

선우가 분기탱천하여 창을 던지고 돌아섰다. 그러나 홍혼탈은 어디론가 사라지고 쨍그랑거리는 칼소리가 공중에서 들렸다. 선우가 한번 크게 소리를 지르고 다시 철창을 들어 뒤를 돌아보면 홍혼탈은 뒤에 있고, 앞을 바라보면 앞에 있었다. 왼쪽을 보나 오른쪽을 보나 모두 홍혼탈이었다. 선우가 창을 들어 어디로 던져야 할지 알지 못했다. 동쪽에 던지면 동쪽의 홍혼탈이 어디론가 사라졌고, 서쪽으로 던지면 서쪽의 홍혼탈이 사라졌다. 흰 눈이 분분하고 구름 안개가 어둑어둑할 뿐, 쨍그랑거리는 칼소리만 사방에 가득했다. 이는 홍혼탈의 칼이 진실로 기기묘묘한 것이었으니, 지난번 남쪽 오랑캐 속에서 소유경을 구한 검술이었다. 선우가 대성통곡하면서 말 앞에 창을 던지며 말했다.

"과인의 창법이 어디 빠지는 곳이 없는데, 이는 필시 요물이 과인을 희롱하는 것이리라."

말이 끝나기도 전에 공중에서 낭랑하게 외치는 소리가 들렸다.

"선우는 지금 굴복하지 않는 것인가?"

선우는 홍혼탈의 목소리라는 것을 알고 다시 철창을 들어 소리를 질렀다.

"과인이 요술에 당한 것이지 창 쓰는 법이 부족해서 당하는 것이 아니다. 어찌 항복할 수 있겠는가."

홍혼탈이 크게 웃으면서 말했다.

"무식한 오랑캐 종자가 도리어 창법을 자랑하는구나. 내가 검술로 상대해 주겠다."

그녀는 즉시 쌍검을 거두고 소리를 질렀다.

"내가 너와 3합을 싸우되 내 칼이 네 머리에 세 번 닿으면 네가 나를 당할 수 없다는 뜻이요, 네 창이 한 번이라도 내 몸에 닿는다면 이는 내가 너를 당할 수 없다는 뜻이다."

이렇게 약속을 정하고 칼과 창이 서로 접전을 벌였다. 3합을 크게 싸웠는데, 선우의 흉맹함은 철망에 잡힌 호랑이 같았고, 홍혼탈의 신묘함은 대나무 열매를 따는 봉황과 같았다. 일진일퇴를 하다가 3합이 되자 선우가 갑자기 말을 빼 달아났다. 이는 홍혼탈의 칼이 선우의 머리를 지나간 것이 이미 3, 4회나 되었기 때문이다.

홍혼탈이 말을 달려 추격하려 하자, 갑자기 함성이 크게 일면서 양창곡이 대군을 이끌고 달려오면서 소리쳤다.

"홍장군은 막다른 길에 몰린 도적을 쫓아가지 말라."

홍혼탈이 바야흐로 쌍검을 거두고 양창곡의 대군과 한바탕 적군을 죽였다. 죽은 오랑캐 병사들이 수없이 많았다. 10여 리를 추격하다가 군사를 돌려 돌아오니, 천자가 성에서 내려와 홍혼탈의 손을 잡고 위로했다.

"경의 검술을 이미 들어 알고 있지만, 선우의 십만대군을 어찌 이렇게 격파한단 말인가? 이는 모두 충성과 의리가 남보다 뛰어나서 생사를 돌아보지 않은 덕이로다. 오늘 중원이 오랑캐의 지배를 받지 않게 된 것은 경의 도움 때문이다."

홍혼탈이 아뢰었다.

"신첩이 용맹함이 없어서 선우의 머리를 폐하 휘하에 올리지 못했으니, 군령으로 처벌받는 것을 면치 못하겠습니다."

천자가 웃으면서 말했다.

"오늘의 싸움은 선우가 제 머리를 보존하기는 했지만 혼이 빠진 지 오래되었으리라. 그 공이 어찌 머리를 베는 것보다 못하겠는가."

홍혼탈이 물러나 양창곡을 보며 말했다.

"상공께서는 어찌 급하게 대군을 움직이셨습니까?"

양창곡이 웃으면서 말했다.

"연약한 체질로 오래 싸우면 피곤해질까 염려되어 내가 멀리서 바라보니, 쌍검이 선우의 머리를 여러 차례 치는 듯했소. 그런데 그대는 어찌 머리를 베어 폐하께 바치지 않은 게요?"

홍혼탈이 탄식하며 말했다.

"이는 천명이 미진한 탓입니다. 검술로 쉽게 살인하면 이롭지 못한 법입니다. 필시 그 힘을 다하다가 기회를 보아 머리를 베어야 합니다. 상공의 대군이 만약 조금만 늦게 왔다면 선우는 거의 제 칼 아래 놀란 혼백이 되었을 것입니다."

한편, 선우는 10여 리를 달아나다가 함성이 그치는 것을 보고 말에서 내려 길가에서 휴식을 취했다. 오랑캐 장수 척발랄과 노균이 차례로 와서 남은 군사를 점검해 보니 6, 7천 명에 불과했다. 선우가 탄식하며 말했다.

"과인이 담대하다고 자부했는데, 홍혼탈의 검술은 간담이 서늘하여 방비할 대책이 없구나. 즉시 산동성으로 가서 성을 굳게 지키면서 다시 생각해 보는 것이 좋겠다."

그는 7천여 기의 군사를 수습하여 북쪽으로 향했다. 이때 양창곡은 선우가 달아나는 것을 보고 천자에게 아뢰었다.

"적병이 중국에 들어와서 날카로운 기세가 한번 꺾이면 만회할 수 없습니다. 이때를 틈타 북쪽으로 추격하여 섬멸하는 것이 좋겠습니다."

천자가 그 말을 따라, 동초와 마달을 선봉장으로, 양창곡과 홍혼탈을 중군으로 삼고, 천자는 소유경을 거느려 친히 후군을 맡았다. 천자와 대군을 이끌고 출발하매, 양창곡은 산동 지역의 모든 고을에 글을 보내 병사를 일으켜 천자의 군대를 맞이하도록 했다.

한편, 선우는 군사들을 재촉하여 산동으로 향하매 지나는 곳마다 초토화시키면서 군량과 무기를 무수히 약탈하니 민심이 더욱 소란스러워졌다. 심지어 날짐승과 길짐승조차도 피해를 당하지 않는 것이 없었다. 얼마 뒤 산동성에 이르렀다. 성 위를 바라보니 중국 깃발이 가득 꽂혔는데, 어떤 귀인이 깃발 아래에 앉아 크게 꾸짖었다.

"과인이 진왕이다. 황태후의 명을 받들어 이 성을 지킨 지 오래되었다. 쥐새끼 같은 도적놈은 장차 어디로 가려느냐?"

선우가 크게 놀라 정말 당황스러워하는데, 갑자기 뒤쪽에서 함성이 크게 일어나면서 양창곡의 대군이 천자를 모시고 왔다. 선우는 노균과 척발랄을 돌아보며 말했다.

"천지신명이 과인을 돕지 않으시어 산동성을 잃어버렸다. 앞에는 진왕이 있고 뒤에는 양창곡이 있으니, 어디로 가면 좋을꼬?"

척발랄이 말했다.

"상황이 급하게 되었으니, 빨리 북방으로 달아나서 양원수의 날카로운 칼 끝을 피하는 것이 좋겠습니다."

선우가 그 말을 따라서 산동성을 버리고 북쪽을 향하여 몇 리를 갔다. 그런데 갑자기 대포 소리가 한 번 나더니 한 무리의 군사들이 가는 길을 막았다. 그리고 한 장군이 나서며 꾸짖었다.

"이곳에서 기다린 지 오래되었다. 선우는 달아나지 말라."

때는 이미 황혼녘이었다. 선우가 장수를 곰곰이 보더니, 소리를 크게 지르며 말했다.

"과인이 어찌 이곳에서 죽을 줄 알았겠는가!"

그러고는 몸이 뒤집히면서 말에서 떨어졌다. 무엇 때문에 그러는 것이며, 그 장수는 누구일까? 다음 회를 보시라.

제38회

진왕은 몰래 산동성을 빼앗고,

천자는 친히 북흉노를 정벌하다

秦王暗取山東城 天子親征北匈奴

선우는 갑자기 나타난 명나라 장수를 보고 너무 놀라 말에서
떨어졌다. 척발랄이 급히 부축하면서 말했다.

"대왕의 용맹으로 어찌하여 이렇게 놀라십니까?"

선우가 탄식하며 말했다.

"과인이 왜 이곳으로 와서 저 장수를 다시 만난단 말인가.
어떻게 대적하겠느냐? 저 사람은 홍혼탈이 아니냐?"

척발랄이 말했다.

"대왕께서는 다시 보십시오. 홍혼탈이 아닙니다."

그 장수는 원래 일지련이었다. 황태후의 명으로 진왕을 따
라와서 산동성을 회복하고 선우가 달아나는 길을 막고 있었
다. 선우는 너무 당황한 나머지 일지련의 모습이 홍혼탈과 비
슷하여 헷갈린 데다 쌍창을 쌍검으로 알았던 것이다. 선우가
다시 보더니 화를 내면서 창을 들고 여러 합 싸웠다. 그러나

어찌 일지련을 당하겠는가. 그녀가 쌍창을 들어 한 번 찌르자 선우는 부상을 입고 말을 돌려 달아났다. 척발랄도 싸울 마음이 없어 대군을 이끌고 달아났다. 일지련이 병사들을 몰아서 적군을 죽여 오랑캐 병사 1백여 기의 머리를 베었다.

이때 천자가 산동성에 이르자 진왕이 문밖에서 맞이하고 대군을 편안히 주둔시켰다. 천자는 황태후와 황후의 안부를 묻고 진왕에게 말했다.

"경이 어떻게 이 성을 지키게 되었는가?"

진왕이 말했다.

"오랑캐들이 남쪽을 향하면서 산동 이북 지역은 걱정이 없었습니다. 그래서 신이 태후마마께 아뢰어 일지련을 데리고 먼저 산동성을 공격하여 회복하고, 장차 산동의 병사들을 합쳐서 남쪽으로 향하여 폐하를 모시려 했습니다."

천자가 탄식하며 말했다.

"짐이 명철하지 못하여 경 등을 수고롭게 하는구나. 부끄럽기 그지없다."

그러고는 양창곡을 돌아보면서 진왕을 가리켜 말했다.

"이 사람은 짐의 매부 진왕이오. 경 등의 문무를 겸비한 재주와 나라를 위한 정성이 모두 같소. 또한 나이도 서로 딱 맞으니 서로 인사하도록 하시오."

양창곡이 눈을 들어 진왕을 보니 옥 같은 용모와 붉은 얼굴에 봄바람 같은 온화한 기운을 가득 띠었고 풍류로움과 변화한 기상이 있었다. 빼어난 미간과 봉황 같은 눈에는 정기가 서려 있어 총명하고 빼어나다고 할 만했다. 진왕이 먼저 몸을 굽혀 예를 표하면서 말했다.

"합하의 경륜과 문장을 과거에 올랐던 처음부터 들었습니다. 그러나 진나라가 멀리 있고 성의가 얕아서 같은 조정에 수년간 있으면서도 아직 인사조차 못올렸으니 부끄럽기 짝이 없습니다."

양창곡이 공경하게 답례하며 말했다.

"저는 남방의 시골 사람입니다. 천자의 은혜가 끝이 없어서 대신의 반열에 있으나 재주가 노둔하고 아는 것이 별로 없어서, 오늘 나라가 이 지경에 이르게 했습니다. 이곳에서 대왕을 뵈니 어찌 겸연쩍지 않겠습니까?"

그들이 서로 나이를 물었더니 동갑이었다.* 진왕은 연왕 양창곡의 풍채가 탁월한 점을 공경했고, 연왕은 진왕의 풍류로 우면서도 재주가 많은 것을 사랑하여, 처음 만났지만 예전부터 알고 있던 사이 같았다. 천자가 양창곡에게 말했다.

"일지련은 짐의 은인이오. 직접 만나 치하하고자 하니 급히 불러오시오."

일지련이 탑전에 엎드리자, 천자가 가까이 불러 말했다.

---

* 양창곡이 과거에 급제할 때 열여섯 살이고, 진왕 화진은 스무 살이었다. 그들이 동갑이라 한 것은 친분을 강조하다 일어난 저자의 실수로 보인다. 아마도 『옥련몽』에서 『옥루몽』으로 개작하는 과정에서 벌어진 일로 보인다.

"너는 조정에서 받은 관직도 없고, 혈혈단신 아녀자의 몸으로 충성과 의리로써 황태후와 황비를 보호했다. 오늘 짐으로 하여금 천하 후세에 불효자라는 이름을 면하게 해준 것은 모두 네 공이다. 무엇으로 보답할 수 있을까?"

일지련은 부끄럽고 황공해 감히 대답을 하지못했다. 진왕이 미소를 지으면서 아뢰었다.

"신이 일지련 낭자의 봄빛 같은 모습을 보니, 비록 말을 달리고 창을 잡아 만 명의 사내도 감히 당하지 못할 기상이 있다고는 하지만, 창 앞의 매화가 떨어지고 강둑에 버드나무가 시드니 어찌 마음속에 봄 근심이 없겠습니까? 폐하께서 월모 月姥, 월하노인의 끈을 주관하시어 명성 높은 좋은 가문에서 부귀를 누리도록 해주신다면 공을 보답하는 길이라 생각합니다."

천자가 크게 웃으며 눈을 들어 자주 양창곡을 돌아보았다. 천자가 다시 홍혼탈을 불러서 진왕에게 보여주며 끊임없이 칭찬했다.

"이 사람은 새로 얻은 장수네. 혼자 몸으로 오랑캐 십만대군을 격파하여 종묘사직을 편안하게 한 사람이니, 경은 인사를 하시게."

진왕이 눈을 들어 홍혼탈을 보고 아뢰었다.

"신이 들으니, 연왕께서 남쪽을 정벌하고 군사를 돌려올 때 총애하는 여자를 얻었는데 무예가 절륜하다 합니다. 이 장수가 바로 그분이 아닙니까?"

천자가 미소를 지으며 말했다.

"경은 어찌하여 당당한 대장부를 아녀자로 보시는 게요? 연왕이 총애하는 여자가 아니라 짐의 충신이오. 분을 바른 여자들 중에 어찌 이런 인물이 있겠소?"

진왕이 다시 눈을 들어 여러 차례 보다가 대답했다.

"분을 바른 반악과 여자 같은 장량張良은 옛말에도 있습니다. 이는 필시 하늘의 조화로 기재를 만들어 폐하께 내려 주신 것입니다."

천자가 미소를 지었다. 양창곡이 아뢰었다.

"오랑캐 병사들이 비록 패배하여 돌아갔지만 여전히 국경을 넘지 않았고, 황태후와 황후마마께서 밖에 계신 지 오래되었습니다. 폐하께서는 진왕을 이끌고 두 분 마마와 빨리 궁으로 돌아가시면, 신은 마땅히 대군을 이끌고 오랑캐를 평정한 뒤 군대를 철수시키겠습니다."

진왕이 아뢰었다.

"신의 나라가 오랑캐 땅과 이웃하여 가까이서 동정을 살핀즉, 몽골과 토번, 여진 등이 서로 상응하고 연합하여 천자의 교화를 모르고 항상 중원을 엿보고 있습니다. 이는 나라의 큰 걱정이니, 폐하께서는 궁으로 돌아가셔서 황성을 정리하신 후 다시 군대를 징발하여 연왕의 대군과 합치시고, 북방의 여러 나라를 친히 정벌하는 거사를 펼치시여 그 소굴을 소탕하소서."

천자가 이를 허락하고 진왕과 함께 진남성으로 향했다.

한편, 황태후는 진남성에 거처하면서 진왕과 일지련을 보내서 산동성을 탈취했지만 천자의 안부를 몰라 날마다 소식을 고대하고 있었다. 하루는 북과 뿔피리 소리가 하늘에 진동하면서 깃발이 하늘을 뒤덮더니, 천자가 진왕과 더불어 진남성 밖에 이르렀다. 원로대신 윤형문과 양창곡의 부친 양현은 성 안의 병사들을 이끌고 천자의 행차를 맞이했다. 천자는 그들 각각을 마주하여 위로하고 나서, 양현의 손을 잡고 말했다.

"경은 공명을 멀리하고 부귀를 사양하여 속세의 더러운 티끌을 벗어나 맑고 한가한 선비로 살아가는 분이오. 그런데 불행히도 어두운 임금을 만나 시서詩書를 던져 버리고 화살과 돌을 무릅쓰며, 구름과 학을 이별하고 바람 먼지 속으로 들어오셨소. 어찌 부끄럽지 않겠소? 하물며 집안이 화를 입어 바쁘게 쫓겨 다니고 연왕은 북쪽 전쟁터로 나갔으니, 경의 부자가 나라를 위해 충성을 다한 일은 청사靑史에 길이 이름을 날릴 것이오. 짐이 불민하여 진실로 경을 대할 면목이 없구려."

양현이 황공하여 아뢰었다.

"신의 재주가 부족하고 정성이 천단淺短하여 한 칼로 북쪽 오랑캐들을 베지 못하여 폐하의 끝없는 은혜를 보답하고 성 안을 편안하게 하지 못했습니다. 폐하께서 홀로 천리 밖 위험한 곳에서 큰 욕을 입도록 했으니, 죽을 곳을 모르겠습니다."

천자가 그를 위로하고 성 안으로 들어갔다. 황태후를 만나 눈물을 흘리면서 곤룡포를 적셨다. 천자는 땅에 엎드려 죄를 청하며 말했다.

"소자가 불충불효하여 어머님께서 늘그막에 편안히 천하의 봉양을 받지 못하시고 이런 고초를 겪게 만들었습니다. 소자가 무슨 면목으로 편안하고 부드러운 얼굴빛을 하며 평소 뱃속에 있을 때부터 가르쳐 주신 성스러운 덕을 위로하겠습니까?"

황태후가 황망히 침상에서 내려와 천자의 손을 잡고 목을 놓아 오열했다.

"이 몸이 늙어 죽지 못하다가 이런 지경을 당하여, 남북으로 허둥지둥하면서 다시는 천자의 얼굴을 못볼 것 같았소. 그런데 하늘과 신명이 도와주시고 종묘사직이 다복하시어 오늘 이렇게 모자가 헤어졌던 얼굴을 마주했습니다. 오늘 죽더라도 다시는 여한이 없겠습니다."

천자가 황태후를 모시고 서로 걱정하고 그리워하며 기다리던 마음을 자세히 이야기하니, 보통 집안 모자와 다름없었다.

다음 날 천자는 황태후와 황후 두 사람을 받들고 비빈과 모든 신하들을 거느리며 환궁했다. 양현은 천자와 이별하면서 말했다.

"신은 전쟁와중에 집안 소식을 모르오니, 감히 돌아가기를 청하나이다."

천자가 슬픈 마음으로 허락했다. 양현은 다시 윤형문의 별장으로 돌아갔다.

한편, 천자가 궁궐로 돌아오자 이리저리 떠돌면서 흩어졌던 백성들이 점점 구름처럼 모여들었다. 그들은 각자 옛집을 찾아 처자를 안돈시키니, 남녀노소 할 것 없이 성문을 가득 메우면서 돌아왔다. 이렇게 열흘 가량을 지냈다. 진왕이 이에 천자에게 아뢰었다.

"오랑캐들이 난을 일으키는 것은 예부터 있었지만, 지금처럼 창궐한 적은 전에 없던 일이며 듣지도 못한 일입니다. 그 수치와 치욕이 종묘사직에 이르렀으니, 폐하께서 직접 정벌하시어 북쪽 오랑캐로 하여금 감히 천자의 교화에 반역하지 못하도록 하소서. 이제 도성 안이 안정되고 민심이 예전처럼 돌아왔으니, 마땅히 대군을 징발하여 지체하지 마소서."

천자가 말했다.

"짐이 어찌 백등白登*의 치욕을 잊으리오. 그러나 남은 백성들이 이제 겨우 안정되었거늘, 차마 백성들을 다시 곤궁하고 지친 병사로 만들 수 없기에, 아직 결정하지 못하고 있소. 이제 경의 말을 들으니 직언이라 할 만하오. 이에 경으로 하여금 정로제독征虜提督으로 삼나니, 군중의 크고 작은 일들을 따로 거듭 타일러서 속히 행군하도록 하오. 짐은 장차 직접 정벌하

---

* 산서성(山西省)에 있는 산의 이름이다. 한고조가 흉노 모돈(冒頓)을 치다가 여기서 7일 동안 포위되어 곤욕을 치렀다.

러 갈 것이오."

진왕이 즉시 각 병영에 명령을 내려 구역 안의 병사들을 징발하니 10만여 기나 되었다. 천자가 날을 잡아서 종묘에 고하고 사직단에 제사를 올린 뒤 융복을 갖춰 입었다. 진왕과 함께 대군을 이끌고 행진하니, 깃발은 휘날리고 북소리와 뿔피리 소리가 요란하게 울렸다. 엄숙한 군령과 가지런한 위의는 천지를 진동했고 일월과 빛을 다투었다. 천자는 대군을 이끌고 지나는 곳마다 백성들을 위로하고 어루만지며 그들의 어려움을 자세히 살폈다. 백성들은 놀라면서도 탄복하여 말했다.

"나라가 불행하여 오랑캐들이 궁궐을 침범하매 우리는 필시 전쟁 와중에 죽을 것이라 생각했는데, 이제 천자의 위의를 뵈니 어찌 기쁘지 않겠는가."

그들은 대광주리의 밥과 호로병의 반찬으로 천자의 군대를 영접했다. 태원에 이르러 다시 산서의 병사를 징발하니, 도합 3만 기였다. 사신을 보내 연왕 양창곡에게 조서를 내리고 안문에서 기다리도록 했다. 삭현朔縣 마읍을 지나면서 보니 곳곳이 전쟁터였으며 시체가 산처럼 쌓여 있었다. 우는 여우와 우짖는 까마귀가 온 평야에 가득했다. 그 연유를 물으니 지방관이 대답했다.

"선우가 이곳에 이르러 구원병을 청하여 양창곡 원수와 3일 밤낮을 싸웠습니다. 10만여 명의 병사가 양원수의 칼 끝에 모두 죽고 겨우 수백 기만이 밤을 타고 도망쳤습니다."

진왕이 그 말을 듣고 잡초 우거진 땅을 서성이며 탄복했다.

"연왕은 진실로 경천위지經天緯地의 재주를 가졌구나!"

안문에 도착하자 양창곡이 대군을 주둔시키고 천자의 행차를 영접했다. 천자가 두 군대를 합쳐서 친히 이끌고, 양창곡을 우원수, 진왕을 좌원수, 홍혼탈을 우사마, 소유경을 좌사마, 동초와 마달을 좌장군과 우장군으로 삼고 다시 삭현 지역의 병사들을 징발하니 총 50만 기나 되었다. 수레와 말과 군수품의 행렬이 2백여 리에 달했고, 깃발과 창칼이 해와 달을 가리니, 호탕한 기세와 엄숙한 군사들의 모습이 고금에 드물었다. 돈황성을 지날 때였다. 갑자기 바람결에 곡을 하는 소리가 은은히 들렸다. 돌아가신 부모님을 생각하는 효자가 뒤늦게 나무를 안고 뒤흔들면서 우는 곡*도 아니었고, 전사한 남편의 시신을 안고 우는 기량杞梁의 아내가 하는 곡**도 아니었다. 강개하여 격분한 울음이었고 울분으로 가득찬 울음이었다. 그 소리가 너무도 크게 울려서 천자는 수레를 멈추고 돈황성의 지방관을 불러 물었다. 돈황태수가 땅에 엎드려 아뢰었다.

"앞길에 깊은 감옥이 있는데, 죄수 하나가 이렇게 통곡을 하나이다."

---

* 진(晉)나라의 효자 왕부(王裒)는 부친이 죽자 무덤가 잣나무를 부둥켜 안고 흔들면서 울었다. 이에 잣나무가 말라 죽었다고 한다.
** 제(齊)나라의 기량이 전쟁에서 전사하자, 아내가 성 아래에서 시신을 안고 서글프게 울었다. 그러자 열흘 만에 성이 무너졌다고 한다.

천자가 측은히 여겨서 직접 감옥 문앞으로 가 수레를 멈추었다. 급히 옥문을 깨뜨리고 죄수를 끌어내어 살펴보았다. 과연 죄수 한 명이 오랏줄에 묶이고 형틀에 씌워진 채 나왔는데, 서릿발 같은 흰 머리카락과 누추한 얼굴에 눈물 자국이 번들거렸다. 남루한 의복과 원한에 찬 기색은 사람의 형상이 조금도 없어 완전히 귀신 형용이었다. 그는 여전히 한 손에 도끼를 잡고 천자의 수레 앞에 엎드려 눈물을 비오듯 흘리며 통곡했다. 천자가 놀라면서도 측은히 여겨서 이름을 물었다. 죄인이 말했다.

"예전에 상장군을 지낸 뇌천풍입니다."

천자가 깜짝 놀라서 좌우를 돌아보며 말했다.

"예부터 유배를 당한 사람은 모두 이렇게 조처하는가?"

태수가 황공하여 아뢰었다.

"전前 참정 노균이 특별히 황명이라 하며 이 죄인을 이렇게 뇌옥牢獄에 가두었습니다."

천자가 깜짝 놀라 말했다.

"간신이 권력을 희롱하여 형법을 남용함이 어찌 이 정도란 말이냐?"

천자가 노하여 즉시 돈황태수의 목을 베려 하니, 양창곡이 간언했다.

"태수는 품계가 낮은 관리라 단지 조정의 명령을 따랐을 뿐입니다. 엎드려 바라건대 폐하께서는 정상을 참작해 주소서."

천자가 즉시 위엄을 누그러뜨리고 뇌천풍을 풀어 주었다. 그에게 의관을 하사한 뒤 임금 앞으로 올라오도록 하고는 탄식하여 말했다.

"노장으로 하여금 이렇게 고초를 당하게 한 것은 짐의 잘못이다. 짐이 장군을 대할 면목이 없구나. 장군의 죄명이 무겁지도 않거늘 어찌 이 지경에 이르렀단 말인가."

뇌천풍이 눈물을 거두고 아뢰었다.

"신이 나이 일흔에 이런 고초를 겪으면서 어찌 하늘의 해를 보리라고 생각이나 했겠습니까? 다만 죽어서 악귀가 되어 노균의 머리를 베고 폐하의 일월 같은 밝음을 깨닫도록 하려고 했습니다. 그러므로 이 도끼를 잠시도 손에서 놓지 않았습니다. 이제 끝없는 은혜를 입었으니, 신이 오늘 죽는다 해도 여한이 없습니다."

천자가 위로했다.

"노균은 짐을 배반하고 흉노에 투항했다. 그래서 짐이 지금 대군을 이끌고 직접 선우를 정벌하러 가는 길이다. 이제 장군을 등용하고자 하나 이처럼 초췌하니 어찌 남은 용맹이 있으리오."

그러자 뇌천풍이 눈물을 머금으며 말했다.

"신이 듣자니, 오랑캐들이 궁궐을 범했다 합니다. 제가 분노와 원한을 이기지 못하여 돌연 죽음을 무릅쓰고 한 필 말과 창 하나를 들고 황성을 향하여 생사를 함께하려 했습니다. 그러나 그물 속에 잡힌 호랑이 신세라, 어찌 몸을 벗어날 수 있었겠습니까? 다만 밤낮으로 통곡하고 식음을 전폐했을 뿐입니다. 노균이 이 고을에 특별히 지시하여 매일 죽 한 그릇으로 겨우 남은 목숨을 보존하도록 했습니다. 지금 신의 모습은 정말 굶주림 때문입니다. 만약 세 말 밥을 배불리 먹기만 한다면 만 명도 대적할 만한 저의 용맹은 하늘이 하사하신 것이라, 어찌 변했겠습니까?"

말을 마치자 그는 벽력부를 들어 한 바퀴 돌리고 좌우를 돌아보면서 말했다.

"늙은 장수의 용맹이 이 정도인데 어찌 흉노와 노균의 머리를 베지 못하겠습니까?"

천자가 웃으면서 칭찬했다. 그리고 술 한 말과 돼지 다리 하나를 하사하니, 뇌천풍은 도끼로 찍어서 삽시간에 모두 먹어 치웠다. 천자가 웃으며 말했다.

"노장은 더 마실 수 있겠느냐?"

뇌천풍이 말했다.

"신이 비록 늙은 몸이지만 말술을 마시던 번쾌와 고기 열 근을 먹어 치우던 염장군廉將軍*을 감히 사양치 않겠습니다."

천자가 미소를 지으며 좌우에게 명하여 다시 술과 고기를 가져다 주도록 했다. 또한 전마戰馬 한 필과 갑옷, 활과 화살 등

---

* 조(趙)나라의 장군 염파(廉頗)는 나이 일흔이었지만 고기 열 근을 먹었다고 한다.

을 하사하고 그를 전부선봉前部先鋒으로 삼았다. 양창곡이 아뢰었다.

"이제 신이 듣자니 선우는 하란산賀蘭山에 웅거하고 있다 합니다. 하란산은 험준하고 높은 산입니다. 동쪽으로는 몽고퇴蒙古堆에 인접해 있고, 남쪽으로는 토번과 서역과 통하여 북쪽 오랑캐 땅의 요충지라, 우리 병사들을 이곳에 오래 머무르게 할 수 없습니다. 급히 농서, 노관蘆關, 돈황, 금성金城 등의 병사를 징발하여 하란산을 포위하고 선우를 사로잡는 것이 좋겠습니다."

진왕이 또 아뢰었다.

"천자께서 친히 대군을 이끌고 이곳에 이르렀으니, 만약 선우의 머리를 베지 않는다면 사방의 수많은 오랑캐들을 어찌 호령할 수 있겠습니까? 엎드려 바라건대 폐하께서는 연왕의 말을 따르시어 급히 공격하여 기회를 놓치지 마소서."

천자가 그 말을 따라서 군사들을 불러 모으니, 모두 수백만여 기나 되었다. 하란산 아래에 이르러 양창곡이 홍혼탈과 함께 진을 쳤다. 대군을 360대로 나누어 열 두 개의 방위에 매복시키고 각각 진을 치도록 했다. 좌익과 우익이 만들어져서, 이들이 펼쳐지면 조익진이 되고 합쳐지면 어린진이 되었다. 군중에 약속을 하여 말했다.

"진영 위에서 북이 울리면 한꺼번에 좌익과 우익을 벌리면서 12방위를 이어 머리와 고리가 서로 합쳐지듯 하라. 진영에서 징이 울리면 좌익과 우익을 거두어들여서 각각 자기 방위를 지키라. 이것을 혼천진混天陣이라고 부른다."

다시 남은 군사들로 하란산 아래 중앙 방위에 무곡진을 펼치게 하고 천자를 보호했다. 멀리서 바라보면 진세가 너무도 엉성했지만 사실은 철통같이 견고했다.

한편, 선우는 하란산에 올라가 명나라 진영을 보고 웃으며 말했다.

"아득한 벌판 가운데에 군사들을 나누어 저렇게 넓게 진을 치다니, 어찌 패하지 않겠는가."

그는 몰래 몽고 병사들을 불러서, 2날 밤 3경에 하란산을 내려와 명나라 진영을 위협했다. 명나라 진영은 전혀 방비가 없었는데, 갑자기 진영 위에서 북소리가 진동하면서 12방위의 360개 부대의 병사들이 일시에 날개를 펼쳐서 조익진을 만들었다. 머리와 고리가 서로 딱 맞으니 오랑캐 병사들이 이미 진영 안으로 들어와 명나라 병사들에게 첩첩이 포위를 되었다. 선우가 포위당한 것을 깨닫지 못하고 오랑캐 병사들을 지휘하여 중앙에 있는 천자의 진을 쳐들어가려 했다. 그러나 어찌 쉬운 일이겠는가. 결국 어떻게 될 것인가. 다음 회를 보시라.

제39회

하란산에서 양창곡은 개선가를 부르고,
선우대에서 호왕이 들어와 천자를 배알하다
賀蘭山元帥奏凱 單于臺胡王入覲

선우가 토번과 몽고 병사를 합하여 밤새도록 천자의 진을 깨
려고 했다. 그러나 이 진은 천상무곡진天上武曲陣이라서 남쪽 오
랑캐 축융왕의 도술로도 격파할 수 없었는데 선우의 병사들
이 어찌 침범할 수 있겠는가. 창칼이 서릿발 같고 수레와 말이
성을 만들었으니, 도저히 손을 쓸 곳이 없었다. 잠시 후 날이
이미 밝자 선우는 비로소 자신이 포위된 것을 알고 크게 놀랐
다. 이에 몽골의 타호군打虎軍 1천 기를 선발하여 겹겹이 둘러
쳐진 포위망을 벗어나려 했다. 타호군은 몽골군 중에서 가장
막강한 병사들이었다. 그들은 맨손으로 호랑이를 잡을 수 있
었에 타호군이라 불렸다. 홍혼탈이 양창곡에게 고했다.

"몽골은 천하에 강한 병사들입니다. 먼저 그 예기를 꺾어야
겠습니다. 그래야 선우를 잡을 수 있습니다. 무곡진을 변화시
켜 팔문진으로 만드십시오."

양창곡은 그 말이 훌륭하다고 여겨 즉시 무곡진을 기정팔문진으로 변환시키고 네 개의 문을 활짝 열었다. 몽골 병사들이 어찌 진법을 알겠는가. 비어 있는 곳을 보더니 타호군이 한꺼번에 쏟아져 들어갔다. 갑자기 문이 닫히면서 한 줄기 길도 없어지고, 전후좌우로 창칼이 서릿발처럼 번쩍였다. 대포 소리가 울리더니 동문이 저절로 열렸다. 그곳을 쳐들어가니 다시 문이 닫히고 서문이 열렸다. 그쪽으로 쳐들어가니 다시 그 문도 닫히면서 북문이 또 열렸다. 한참 동안 들어왔다 나갔다 했지만 도무지 갈 곳이 없고 정신이 산란하여 구름 안개 속에 빠진 듯했다. 그들은 깜짝 놀라 말했다.

"우리가 일찍이 첩첩산중에서 맹호를 쫓아다니다가 가는 길이 아득해도 전혀 겁을 내지 않았는데, 이것은 필시 요술일 것이다."

그렇게 어쩔 줄을 모르고 있는데 갑자기 진영 위에서 외치는 소리가 들렸다.

"몽골병은 들으라! 이미 천라지망에 들어왔으니 두 날개가 있더라도 벗어나기 어려울 것이다. 명나라 천자께서는 사람의 목숨을 아끼시는지라 한 가닥 살길을 하사하시니, 속히 오랑캐 진영으로 돌아가서 선우의 머리를 베어 바치도록 하라."

말이 끝나자 남문이 열렸다. 타호군 1천 기가 한꺼번에 문을 나가 겨우 포위를 벗어날 수 있었다. 그들은 진영으로 돌아가서 선우에게 고했다.

"명나라 원수의 지략은 힘으로 싸우기 어렵습니다. 대왕은 빨리 항복하십시오."

말을 마치기도 전에 명나라 진영에서 대포 소리가 한 번 나더니 빙 둘러 있던 군사들이 점점 합쳐지면서 사방에서 협공을 해왔다. 선우가 노균과 척발랄에게 말했다.

"과인이 소홀하여 또 곤란에 빠졌소. 마땅히 평생의 힘을 다하여 목숨을 걸고 싸우겠소."

그는 창을 들고 병사들과 약속했다.

"힘을 다하여 내 뒤를 따라오라!"

선우가 바야흐로 명나라 병사들을 공격하여 죽이려 하는데, 갑자기 뒤에서 웬 늙은 장수가 벽력부를 휘두르면서 우레 같은 큰 소리로 외쳤다.

"대명국 선봉장 뇌천풍이 여기 있다. 오랑캐 선우는 어디로 가려느냐?"

매우 노한 선우가 말을 채찍질하여 뇌천풍과 여러 합 크게 싸웠다. 그런데 갑자기 오랑캐 장수 한 명이 말을 달려 앞을 지나가면서 크게 소리쳤다.

"대왕께서는 필부와 싸우지 마소서. 그 뒤에 홍혼탈이 오고 있습니다."

뇌천풍이 고개를 돌려 소리나는 쪽을 바라보니 바로 좌현왕 노균이었다. 뜻밖에 원수를 만난 뇌천풍은 분기탱천하여 한번 크게 소리를 지르고는 선우를 버려두고 노균을 추격하며 욕을 퍼부었다.

"역적놈 노균아! 내가 도끼를 갈며 네 피를 묻히려 한 지 오래되었다. 네 가슴을 갈라 소인의 오장육부를 보리라."

노균이 말했다.

"필부가 어찌 감히 이리도 무례한가."

뇌천풍이 눈을 부라리면서 도끼를 들어 한 번 찌르니, 노균이 두 토막이 났다. 아! 뱃속에 가득했던 잡념들이 단번에 도끼 아래의 외로운 혼이 되어 아득한 황천에서도 원한을 호소할 곳조차 없게 되었으니, 어찌 하늘이 무심하겠는가. 뇌천풍이 다시 말을 돌려서 선우와 싸우려는데, 명나라 진영에서 북소리가 요란하면서 홍혼탈이 대군을 몰아 적을 마구 죽이며 쳐들어왔다. 선우가 당황하여 말을 돌려 좌충우돌 싸우려고 했지만 첩첩이 포위되어 어찌 몸을 뺄 수 있겠는가. 정말 다급하여 당황스러워하던 중에 동초, 마달, 소유경 등이 대군을 세 개의 부대로 나누어 쳐들어왔다. 선우는 척발랄을 보며 탄식했다.

"일이 급하게 되었다. 과인은 내 뒤를 돌아보지 않고 혼자라도 탈출하여 훗날 복수를 도모해야겠다. 장군은 나를 허물하지 말라."

그러자 척발랄이 간언했다.

"소장이 들으니 하늘을 거역하는 자는 망하고 하늘에 순응하는 자는 흥한다고 합니다. 우리가 중국을 침범한 것은 명분

없는 싸움이었습니다. 이제 낭패하여 이에 이르렀으되 끝내 불복한다면 이는 하늘을 거스르는 일입니다. 대왕께서는 이 익 없는 계책을 생각하지 마시고 빨리 투항하여 백성들의 목숨을 구하십시오."

선우가 크게 노하여 쇠지팡이를 들어 때리려고 하니, 척발랄이 달아났다. 선우는 크게 한 번 소리를 지르며 쇠지팡이를 들고 몸을 솟구쳐 포위망을 헤치면서 진 밖으로 나왔다. 그는 곧바로 하란산으로 달아났다.

이때 척발랄은 하늘을 우러러 탄식하면서 명나라 진영에 항복했다. 천자가 그를 잡아들여 크게 꾸짖었다.

"네가 천시天時를 모르고 선우를 도와 대국에 항거하다가, 이제 무슨 계책으로 두 마음을 품고 가짜 항복을 하느냐?"

척발랄이 머리를 조아리고 울면서 말했다.

"신이 비록 어리석고 벌레 같은 오랑캐지만 한나라 채태사蔡太師의 딸 채문희蔡文姬의 후손으로서, 중국인의 혈통입니다. 한 줄기 핏줄이 면면이 끊어지지 않고 이어져 비록 오랑캐 땅에서 나고 자랐지만 어찌 중국을 저버리겠습니까? 신이 일찍이 선우에게 군대를 일으키지 말라고 간언했지만, 선우가 듣지 않고 끝내 병사를 일으켜 하늘에 가득한 큰죄를 범했습니다. 신이 이미 중국에 침입하여 의리 없는 인간이 되었고, 이제는 선우를 배반하여 불충한 신하가 되었으니, 어찌 감히 하늘과 땅 사이에 이 몸이 용납되기를 바랍니까?"

천자가 그 말을 듣고 개연히 말했다.

"네가 만약 진심으로 투항한다면 죄를 용서해 주겠다."

척발랄이 하늘을 가리키면서 맹세하고 손가락을 깨물어 피를 내 항복의 글을 써서 올렸다. 천자가 양창곡을 보고 웃으면서 말했다.

"대개 사람은 근본을 속이기 어렵소. 척발랄의 말과 기색이 너무도 유순하여 전혀 오랑캐의 풍모가 없으니, 어찌 기특하지 않으리오."

천자는 척발랄의 결박을 풀어서 휘하에 거두어들였다. 양창곡이 아뢰었다.

"선우가 혈혈단신으로 하란산에 들어갔으니, 이는 그물 속에 든 물고기요 새장 속에 든 새 신세입니다. 대군을 지휘하여 중요한 곳을 포위한다면 조만간 공을 이룰 것입니다."

천자가 허락하니, 양창곡은 두 군데 방위의 군사를 돌려서 하란산의 전후좌우 중요한 곳에 매복시켰다. 그리고 대군을 호령하여 불로 급히 공격했다. 함성 소리에 천지가 뒤집히고 대포 소리에 산천이 뒤흔들렸다. 하란산 10여 리에 날짐승과 길짐승은 그림자도 보이지 않았다.

그런데 갑자기 가운데 봉우리에서 광풍이 크게 일더니 나무가 꺾이고 집이 뽑히며 모래와 돌이 마구 날렸다. 악독한 기운과 험한 바람에 모든 장수와 병졸들이 눈을 뜰 수 없었다. 양창곡이 크게 놀라 홍혼탈을 돌아보고 말했다.

"이는 필시 귀신의 장난일 것이오. 어찌하면 좋겠소?"

홍혼탈이 말했다.

"척발랄에게 물어보시지요."

양창곡이 척발랄을 불러 물었더니 그가 대답했다.

"소장 또한 정확히 알지는 못합니다. 그러나 이 산이 하란 산인데, 산속에 흉노 하란왕賀蘭王의 묘당을 세워둔 지 오래되었습니다. 8, 9년 전부터 갑자기 수십 명의 요괴가 묘당에 자리를 잡았습니다. 그중 한 요괴는 용모가 너무도 뛰어난데, 스스로 소보살이라고 불렀습니다. 야율선우가 한번 보고는 크게 미혹하여 알씨關氏, 선우의 황후를 죽이고 소보살을 알씨로 삼아서 계략을 들었습니다. 그런데 그 요괴가 끝내 산을 내려오지 않고 묘당에 거처하면서 선우를 백방으로 유혹하니, 이는 북쪽 지방의 화근이었습니다. 선우가 중국으로 향할 때 소보살에게 함께 가기를 요청했지만, 한결같이 산을 떠나지 않았습니다. 이번 일은 필시 그 요괴의 짓일 것입니다."

양창곡이 홍혼탈에게 말했다.

"이는 홍도국紅桃國을 어지럽히던 그 요괴가 아니오? 장군이 그때 놓아준 게 안타깝소."

홍혼탈이 말했다.

"부처님의 법은 광대하여 겁진劫陣이 있습니다. 초목이나 짐승을 막론하고 불법을 듣는다면 다시는 악업을 짓지 않습니다. 소보살은 백운동 초당 앞에서 일찍이 불법을 듣고, 홍도국의 전쟁터에서 능히 겁진을 타파했는데 어찌 다시 악업을 짓겠습니까? 소장이 아직 백운도사께서 주신 보리주를 가지고 있으니, 묘당의 요물을 잡아 다시는 용서하지 않겠습니다."

그녀는 부용검을 들고 동초와 마달, 척발랄을 거느리고 하란산 중봉中峰으로 갔다. 과연 광풍이 크게 일어나면서 괴이한 기운이 사람을 덮쳤다. 홍혼탈이 부용검을 휘두르면서 공중을 향해 크게 꾸짖으니, 광풍이 더욱 거세게 불면서 모래와 돌을 날려 지척을 분간할 수 없었다. 홍혼탈이 더욱 노하여 부용검을 들고 공중을 가리키면서 두 번 휘두르고 몰래 진언을 외웠다. 그제야 광풍이 그치면서 몇 명의 요괴가 산에서 나왔다. 그들은 각각 병기를 들었는데, 그중 한 요괴는 몸에 오색 의복을 입고 아름답게 화장하고 있었다. 분명 소보살이었다.

홍혼탈이 크게 노하여 여러 합을 싸우다가 쌍검을 들어 공격하니, 소보살은 수천만의 소보살로 변했다. 홍혼탈이 크게 노하여 말했다.

"요물이 어찌 감히 이렇게 무례한가!"

그녀가 쌍검을 한번 휘두르자 삽시간에 수천만 개의 부용검으로 변하여 소보살을 치려 했다. 그런데 갑자기 공중에서 소리가 들렸다.

"홍장군은 검을 거두고, 고생하지 마소서. 제자가 사부님의 명을 받아 요물을 잡으려고 왔습니다."

동초와 마달, 홍혼탈이 공중을 쳐다보니 한 여자가 손에 호로병을 들고 아래로 내려왔다. 그녀는 홍혼탈에게 두 번 절하고 말했다.

"장군께서는 그 사이 별고 없으셨습니까?"

홍혼탈이 눈을 씻고 보니 바로 소보살이었다. 홍혼탈은 즉시 주머니 속에 있던 보리주를 꺼내 손에 들고 공중을 향해 꾸짖었다.

"요물이 어찌 감히 나를 농락하는가."

소보살이 말했다.

"장군의 총명함으로 어찌 진짜와 가짜를 구별하지 못하십니까? 제자가 요물을 잡아 장군의 진노를 풀겠습니다."

그녀는 즉시 여우로 변하여 바위 위에 앉아 한번 울부짖었다. 그러자 한바탕 광풍이 모래와 먼지를 날리면서 수십 명의 요괴가 한꺼번에 바위 아래로 모여 머리를 조아리며 죄를 청했다. 소보살이 말했다.

"인과응보로 짐승이 된 요물들은 빨리 자신의 모습을 드러내라."

수십 명의 요괴들이 일제히 공중제비를 돌더니 수십 마리의 여우로 변했다. 여우들은 다리를 끌고 꼬리를 흔들며 목숨을 살려달라고 애걸했다. 소보살이 즉시 호로병을 기울이며 크게 꾸짖었다.

"악업으로 짐승이 된 것들은 빨리 이 속으로 들어가라."

여러 요귀들이 구슬프게 울면서 모두 병 속으로 들어갔다.

소보살은 비로소 호로병을 거두고 홍혼탈 앞으로 가서 무릎을 꿇고 사죄했다.

"제자가 예전에 홍도국 전투에서 장군의 자비로운 은덕을 입어 망념을 깨뜨리고 공덕을 닦아 서천 극락세계로 돌아가 짐승의 몸을 벗고 영원한 즐거움을 누리고 있습니다. 이는 모두 장군의 덕입니다. 어찌 감히 인간 세계에 모습을 드러내어 악업을 짓겠습니까? 이들 수십 마리의 여우는 예전에 제자와 함께 지내던 무리들입니다. 제가 서천으로 갈 때 골짜기를 지키면서 절대 장난질하지 말라고 신신당부했습니다. 그런데 이들이 도리어 제 이름을 빌려 이곳에서 변괴를 일으키니, 이는 제자의 수치입니다. 제가 사부님의 명을 받아 잡아가니, 장군께서는 큰 공을 이루시고 인간의 공덕을 닦으신 뒤 서천 극락세계로 돌아오시면 마땅히 얼굴을 다시 뵙겠습니다."

말이 끝나자 소보살은 흔적없이 사라졌다. 동초와 마달은 황당한 모습으로 서 있었고, 홍혼탈은 미소를 지었다. 홍혼탈은 대군을 독려하여 하란산을 포위하고 급히 공격했다. 양창곡이 크게 노하여 말했다.

"일개 곤궁한 도적놈이 산속에 있는데, 백만대군이 그 머리를 취하지 못하다니 이는 군령이 엄중하지 않기 때문이다."

그는 진왕과 함께 모든 군사들을 통솔하여 산 아래에 이르렀다. 일제히 고함을 지르며 나무를 찍어내고 바위를 굴리며 화살을 비오듯 쏘아대고 북소리와 뿔피리 소리와 함성을 벼락처럼 질렀다. 그 엄숙한 모습과 웅장한 형상은 하란산을 뽑아낼 듯했다.

이때 선우는 계략과 힘이 다하여 악독한 기운과 흉맹한 용기 역시 쓸데없었다. 손에는 철창을 들고 크게 한번 부르짖더니 호랑이처럼 뛰어나와 소리쳤다.

"과인은 용기와 힘이 부족한 것이 아니다. 이는 하늘이 나를 돕지 않는 것이다. 원컨대 명나라 원수와 한번 싸워서 자웅을 가리도록 하자."

뇌천풍이 크게 꾸짖으며 말했다.

"원수께서 어찌 오랑캐와 싸움을 벌이시겠는가. 이 어르신의 병악한 도끼나 받으라!"

그는 곧바로 선우를 향해 달려갔다. 선우가 노하여 창을 들어 한번 던졌다. 뇌천풍은 선우의 창법을 모르고 도끼를 휘둘러 막으려고 했지만, 천 근 무게의 철창이 흐르는 화살처럼 날아 도끼 자루를 때려 부러뜨리면서 동시에 말 머리를 쳐서 땅에 거꾸러뜨렸다. 뇌천풍은 몸을 뒤집으며 말에서 떨어졌다. 선우가 몸을 솟구쳐 달려 주먹으로 싸웠다. 선우의 흉맹함은 마치 굶주린 호랑이가 고기를 두고 다투는 듯했으며, 뇌천풍의 용맹함은 사자가 코끼리를 쫓아가는 듯했다. 한 번 나아가고 한 번 물러나면서 분기탱천하여 한바탕 험악한 싸움판을 벌이매, 두 사람은 우열을 가릴 수 없었다.

양창곡은 진왕과 여러 장수들과 진영 위에서 싸움을 바라보다가 말했다.

"만약 뇌천풍이 대적하지 못하면 빨리 가서 구출하라."

홍혼탈이 일지련을 보면서 말했다.

"장군은 소년이라서 필시 눈이 밝을 터이니, 이 두 사람이 서로 싸우는 모습이 보이는가? 뇌장군은 늙어서 손에 남은 힘이 없으니 선우를 여러 차례 놓쳤다. 선우는 흉폭하여 뇌장군을 잡고 놓아주지 않으니, 내가 선우의 손을 쏘아 뇌장군을 도와드려야겠다."

진왕이 깜짝 놀라 만류하면서 말했다.

"과인이 비록 홍장군의 재주를 모르지만, 지금 저렇게 뒤엉켜 싸우느라 네 개의 손이 혼란한 상황에서 어찌 정확하게 선우의 손을 쏘아 맞추겠소? 만약 잘못 맞추기라도 한다면 어찌 낭패가 아니겠소?"

홍혼탈이 미소를 짓고 몰래 허리에 차고 있던 활과 화살을 뽑았다. 옥 같은 손이 한 번 번뜩이자 화살은 유성처럼 날아가서 선우의 손을 정확히 맞추었다. 선우가 깜짝 놀라 왼손으로 오른손의 화살을 뽑아냈다. 홍혼탈이 다시 활을 당기자, 활시위 소리가 나며 또 선우의 손을 적중시켰다. 진왕과 여러 장수들은 칭찬을 그치지 않았다. 선우는 분기탱천하여 생사를 돌보지 않았다. 뇌천풍이 이때를 틈타 도끼를 들어 선우의 머리를 쳤다. 선우가 철창을 들어 막으려 했지만 손에 부상을 입었던 터라 비명을 지르며 넘어졌다. 양창곡이 대군을 몰아 적병을 죽이고 선우의 머리를 베었다. 그리고 천자에게 돌아와 보고했다. 천자는 붉은 전포와 금빛 갑옷을 입고 대우전을 허리에 찬 채 선우대單于臺에 올라가 선우의 머리를 그 위에 매달았다. 그리고 북방 여러 나라에 조서를 반포하니, 다음과 같다.

아! 흉노, 토번, 몽고, 여진왕이여. 너희들은 천시를 모르고 대국을 능멸했지만, 짐에게는 여전히 곰이나 비휴 같은 사나운 백만대군이 있도다. 우리 병사들이 지나는 곳은 막대한 진동이 울려서 흙이 무너지고 기왓장이 깨지듯 무너지고 우레가 울고 바람이 날리는 듯하도다. 야율선우의 머리를 베어 선우대 위에 달아 놓는다. 아! 여러 왕들 중에 두 마음을 품고 천자의 군대에 항거할 수 있는 자가 있다면 군대를 끌고 나와서 자웅을 겨루자. 그렇지 않으면 서로 이끌고 와 조회하도록 하라. 조회하러 오는 자는 용서하고 호왕으로서의 존귀함을 누리게 될 것이요, 항거하는 자는 병사들을 몰고 가서 토벌하여 선우와 같은 죄로 다스리겠노라.

천자가 조서를 내리자 토번 등 세 나라가 황공하여 머리를 조아리며 죄를 청했다. 그러나 몽고왕이 홀로 병을 핑계로 오지 않았다. 진왕이 반열에서 나와 아뢰었다.

"몽고는 북방에서 가장 강한 적입니다. 이처럼 무례하니, 지금 조치하지 않는다면 사방의 오랑캐들을 어떻게 호령할 수 있겠습니까? 엎드려 바라건대 폐하께서 신에게 정예병

1만 기를 주시면, 몽고를 격파하고 북해에 이르러 오랑캐의 소굴을 소탕한 뒤에 돌아오겠습니다."

양창곡이 아뢰었다.

"진왕의 말이 당연합니다. 그러나 하늘 아래 천자의 땅 아닌 곳이 없고 모든 땅 위에 천자의 신하 아닌 사람이 없습니다. 북방의 백성들 역시 폐하의 백성인데, 계속 전쟁을 일으켜 그들을 어육으로 만든다면 어찌 천지간에 생명을 사랑하는 덕을 해치는 일이 아니겠습니까? 선왕先王께서는 덕으로 그들을 위무하시되 무력으로 토벌하지 않으셨습니다. 봄에 생명을 낳고 가을이면 죽이며, 한 번 팽팽하면 한 번은 느슨하게 하는 것, 이것이 먼 지방을 교화하는 도리입니다. 이미 엄한 위엄으로 선우의 머리를 베었으니, 마땅히 은덕으로 몽고를 감화시키어 은혜와 위엄을 함께 시행하시는 것이 좋을 듯합니다. 엎드려 바라건대 폐하께서는 다시 몽골에 조서를 내리시어 그 죄를 용서하시고 잘 타일러 깨우쳐 주소서. 만약 항거하면 군대를 내서 토벌해도 늦지 않을 것입니다."

천자가 양창곡의 말을 따라서 조서를 내려 몽고왕을 불렀다. 몽고왕이 이에 부하 수천 기를 이끌고 명나라 진영 앞에 이르러 목에 걸었던 인끈을 풀어 항복의 예로 죄를 청했다. 천자는 행사 의식을 차리고 휘장 아래에 몽고왕을 꿇어앉혔다. 양창곡이 천자의 명으로 그의 죄를 꼽았다.

너는 북쪽 지방에 거처하면서 중국의 예우가 줄어들지 않았는데도, 이유 없이 병사를 빌려주어 선우를 돕고 천하를 요란하게 했으니, 이것이 첫 번째 죄다.

천자께서 생명을 아끼는 덕으로 대군을 보내지 않으시고 은혜와 위엄으로 불렀거늘 감히 병을 핑계로 조회하러 오지 않았으니, 이것이 두 번째 죄다.

야율선우의 머리를 벤 칼이 아직도 무디지 않았거늘 네가 장차 어떻게 이 죄를 빠져나가겠느냐?

양창곡이 죄를 헤아리고 나자 몽고왕이 세 번 절하면서 머리를 조아리며 사죄했다.

"신 몽고왕은 북쪽 변방의 우두머리라 어찌 감히 대국에 항거하겠습니까? 다만 이웃나라의 우의 관계를 홀대하지 못하고 선우의 기세를 겁내어 부득이 군사를 빌려주었습니다. 어찌 제 죄를 모르겠습니까? 공손히 부월에 사형 당하는 것을 기다리고 있었습니다. 그런데 뜻밖에 조서에서 온유한 말로 불러주시니 처음에는 의심과 겁을 품고 감히 조회하러 들어오지 못했습니다. 이제 두 번이나 은혜로운 조서를 내리시어 다시 충심으로 불러주시니, 신이 비록 오랑캐지만 어찌 감동하지 않겠습니까? 만약 큰 죄를 용서하여 주시고 북방을 진정시키라 하신다면 신은 마땅히 대대로 전하여 다시는 두 마음을 품지 않겠습니다."

양창곡이 다시 천자의 명령으로 몽고왕의 죄를 용서하고, 자신의 처소로 물러가서 명령을 기다리도록 했다.

이때 천자는 친히 정벌하여 선우의 목을 베고 몽고, 토번, 여진 3개 국이 들어와 조회하니, 북방의 작은 오랑캐들이 모두 두려워하면서 밤낮을 가리지 않고 들어와 조회를 하는 자가 무수히 많았다. 그들 중 이름이 알려진 나라는 대붕국大鵬國, 적경국赤境國, 대유국大猶國, 구사국俱沙國, 섭리국攝理國, 광야국廣野國 등이었다.

10여 개 국이 각각 소와 양, 낙타 등을 가지고 와서 조회하며 배알하니, 천자는 다시 융복戎服을 갖춰 입고 선우대에 올라 군례로 여러 왕들을 만나 보았다. 구름 같은 천막은 하늘에 닿을 듯했고 깃발은 해를 가렸으며, 의례에 사용되는 기물과 문물은 천자의 어탑을 둘러쌌다. 흰 깃발과 황월은 좌우에 벌여 있었다. 콧날이 우뚝하고 용과 봉황 같은 모습으로 엄숙하게 앉아 있으니, 그가 바로 대명국의 천자였다. 옥 같은 얼굴에 취한 듯 붉은 기운이 살짝 돌고 기상은 준수하며 빼어난 미간과 봉황 같은 눈을 가졌다. 풍채는 뛰어나서 구름 사이 달이 빛을 드날리는 듯했으며 넓은 바다의 신이한 용이 구름과 비를 일으키는 듯했다. 한번 노하면 서리와 눈이 하늘에 가득하고, 한번 웃으면 봄바람이 사람을 움직였다. 손에는 깃발을 들고 산악처럼 앉아 있었다.

천자를 오른쪽에서 모시고 있는 사람은 우원수 양창곡이

다. 옥 같은 모습이 당당하고 풍채가 화려했다. 길하고 상서로운 기상으로 왼쪽에서 모시고 있는 사람은 좌원수 진왕이다.

팔자청산八字青山에 빼어난 기운을 띠었고, 복숭아꽃 같은 양 뺨에는 봄빛이 어렸으며, 눈은 새벽별 같아서 너무도 나긋나긋하면서도 맹렬한 기색을 보이면서 성관과 도포 차림으로 쌍검을 차고 자연스럽게 모시고 서 있는 사람은 난성후 홍혼 탈이다.

흰 치아와 붉은 입술로 그림 같은 눈썹을 낮게 숙이고 부끄러운 태도와 당돌한 빛으로 손에는 창을 잡고 시립한 사람은 표기장군 일지련이다.

미목이 맑고 빼어나며 풍모가 온화하여 방천극을 들고 엄숙하게 시립한 사람은 좌사마 병부상서 소유경이다.

팔척장신에 모습이나 체격이 우뚝하고 흰머리에 노익장을 과시하면서 도끼를 들고 호랑이처럼 모시고 서있는 사람은 전부선봉 뇌천풍이다.

위풍이 늠름하고 행동이 용맹하여 창칼을 잡고 좌우에서 모시고 서 있는 사람은 전전좌우장군 동초와 마달이다. 나머지 모든 장수들은 각각 활과 화살을 차고 융복을 갖춰 입은 뒤 좌우로 나누어 차례대로 모시고 서 있었다. 황금빛 투구와 갑옷은 햇빛에 빛나서 눈이 황홀했으며, 수많은 깃발은 바람 앞에 휘날려서 상서로운 기운이 영롱했다.

양창곡이 북을 치면서 손에 들고 있던 깃발을 휘둘러 진을 오방진으로 바꾸었다. 남주작에 해당하는 적기는 남방의 군사를 통솔하여 정남방에 진을 치고, 북현무에 해당하는 흑기는 북방군을 통솔하여 정북방에 진을 쳤다. 좌청룡의 청기는 산동성의 군사들을 이끌어 정동방에 진을 치고, 우백호의 백기는 산서의 병사들을 이끌어 정서방에 진을 쳤다. 중앙의 황기는 황성의 군사들을 이끌어 천자를 호위하면서 진 앞에 황룡기를 세우고 깃발 꼭대기에 선우의 목을 매달았다. 군령이 엄숙하고 위의가 정제되었다. 지척에 있는 진영의 문인데도 바다처럼 깊고 멀었다. 얼마 후 대포 소리가 한 번 들리더니 진의 문이 활짝 열리면서 10여 명의 호왕들을 차례로 불러들였다. 그들의 들어가는 모습이 어떨까? 다음 회를 보시라.

제40회

명나라 천자는 대규모 사냥으로 호왕들을 모으고,

홍혼탈은 검술로 흉악한 호랑이를 잡다

明天子大獵會胡王 紅司馬劍術捉惡虎

천자가 오방진의 문을 활짝 열어 군례로 호왕들을 만나 보고 특별히 하교했다.

"야율선우가 천명을 거역해 스스로 도끼 밑 사형장으로 나왔으니 그의 나라를 진정시킬 사람이 없다. 오랑캐 장수 척발랄은 명나라에 귀순하여 충순하고 공경하며 사람됨과 재주가 북방을 진정시킬 만하다. 이에 척발랄을 선우에 임명하노라."

척발랄이 머리를 조아리며 사양해 마지않았다. 천자가 더욱 기특하게 여겨 군례를 재촉하니, 대선우大單于 척발랄 이하 몽골왕, 토번왕, 여진왕, 대붕왕, 적경왕, 구사왕, 섭리왕, 광야왕 등 10여 개 국의 왕들이 차례로 조회를 하러 들어와 네 번 절을 하여 고두례叩頭禮를 마쳤다. 각각 좌우로 나뉘어 앉아서 군악으로 전승곡을 연주하고, 대군들이 함께 승리의 노래를 불렀다. 천지가 진동하고 산천이 서로 응하여 푸른 하늘에 비바람이 치고 환한 대낮에 우레와 번개가 치는 듯했다. 천자가 어탑으로 나와 앉으니 그 위엄이 엄숙했다. 천자는 어탑 앞에 태아검太阿劍을 놓고 얼굴에 온화하고 기쁜 표정을 지으며 여러 왕들에게 하교했다.

"짐이 천명을 받아 사해팔역四海八域 온 천하를 통치하고 억조창생億兆蒼生을 교화하고 있다. 하늘에 두 개의 태양이 없고 땅에 두 명의 왕이 없는 법이다. 경 등이 짐을 거역하는 것은 하늘을 거역하는 짓이요, 짐에게 순종하는 것을 하늘에 순종하는 것이다. 짐이 천명을 받아, 따르는 자는 상을 내릴 것이요 거역하는 자는 머리를 베리라. 경 등은 삼가도록 하라."

천자가 하교하니 호왕들은 일시에 머리를 조아리며 숙연히 명을 들으면서 감히 쳐다보지 못했다. 천자는 대군들을 배불리 먹여 위로하고 군례를 끝내면서 또 하교했다.

"짐이 오늘은 군례로 여러 왕들을 보았지만, 내일은 하란산 밑에 사냥터를 열고 크게 사냥하여 유쾌하게 놀리라."

그 말에 호왕들은 머리를 조아려 사례했다.

다음 날, 천자는 다시 융복으로 갈아입고 대완마에 올라서 하란산 아래에 이르렀다. 양창곡은 이미 수렵장을 마련해 놓고 대군들에게 진을 치게 했다. 천자는 여러 호왕들에게 단상으로 올라와 앉게 했다. 얼굴에 화기가 넘치면서 말했다.

"오늘은 경 등과 함께 하루 종일 노닐면서 회포를 풀어보고 싶나니, 경 등은 잘 알고 있으라."

여러 왕들이 황공해하며 은혜에 사례했다. 몽고왕이 일어나 아뢰었다.

"신 등이 북방 오랑캐의 나라에서 태어나고 자란 탓에 중국의 풍토와 교화를 보지 못했습니다. 예전에 들으니 연왕 양창곡과 난성후 홍혼탈은 천하의 명장이라고 했습니다. 남쪽 오랑캐들은 아직도 홍혼탈 원수의 이름을 들으면 혼백이 날아가고 간담이 떨어진다 합니다. 당돌한 말씀이오나 연왕의 진법과 홍원수의 무예를 한번 보고 싶습니다."

천자가 미소를 지으며 양창곡과 홍혼탈을 돌아보았다. 양창곡이 호왕들을 향해서 몸을 굽혀 답례하며 말했다.

"저는 아주 작은 재주밖에 없습니다. 중국에 저와 같은 사람들은 수레로 실을 정도입니다. 남방 사람들이 다만 저와 홍원수만 보고 중국의 인재는 다 보질 못했습니다. 성스러운 천자께서 위에 계시면서 인재를 등용하고 계십니다. 조정의 입장에서 말하자면 음양의 이치를 총괄하여 도를 논하고 나라를 다스림에 고요, 기, 직, 설이 아닌 사람이 없습니다. 백성을 다스리고 교화하는 것은 사람마다 모두 공황두소龔黃杜召이며, 문장은 반고班固와 사마천을 압도하고, 논변으로는 소진蘇秦과 장의張儀를 희롱할 정도이며,* 도학은 공자와 맹자를 사모하고, 사업으로는 송나라의 한기韓琦와 부필을 아래로 보며, 장수로

---

* 소진과 장의는 모두 전국시대에 활약했던 유세가들로, 언변이 뛰어났다.

서의 재주는 손자, 오자, 사마양저의 병법과 주유, 제갈공명의
지혜와 맹분, 오획의 용맹함과 위청衛青 곽거병霍去病* 정불식程
不識의 장수로서의 지략을 겸비한 사람이 무수히 많습니다. 저
는 깃발을 흔들고 북이나 치는 평범한 장수에 불과합니다. 어
찌 저를 그 안에 포함시키겠습니까?"

몽고왕이 놀라서 말했다.

"과인이 중국을 유람할 틈이 없었는데, 원컨대 원수의 진법
을 보고 싶습니다."

양창곡이 미소를 지으며 홍혼탈에게 깃발과 신호용 화살을
받아 진세를 만들었다. 홍혼탈이 즉시 진 위로 올라가서 대포
소리 한 번에 대군을 몰아 진을 펼쳤다. 북을 울리고 깃발을
휘둘러 방진 하나를 연결하고 몽고왕을 보면서 말했다.

"대왕께서는 이 진법을 아시겠습니까?"

원래 호왕들 중에서 몽고왕은 대략 진법을 아는 사람이었
기 때문에 양창곡의 명성을 듣고 그의 진법을 보고 싶어 했던
것이다. 몽고왕이 웃으면서 말했다.

"이것은 옛날 한나라의 장수 위청의 무강진武强陣이군요. 북
방의 이름 없는 병졸이라도 모르는 사람이 없습니다. 과인이
어찌 모르겠소이까?"

홍혼탈이 미소를 지으며 깃발을 휘두르고 북을 울리며 진

---

* 위청과 곽거병 모두 한나라 무제 때 흉노족을 크게 무찔러 용맹을 떨쳤다.

세를 변화시켰다. 좌우익을 벌여서 일자진을 만들고 다시 몽고왕에게 물었다.

"대왕께서는 아시겠습니까?"

몽고왕이 말했다.

"이는 병서에서 말하는 바 적진으로 쳐들어가 마구 죽이는 조익진이 아닙니까?"

홍혼탈이 미소를 지으며 다시 진세를 변화시켜 육육삼십육진六六三十六陣을 쳤다. 몽고왕이 한참 동안 보다가 탄식했다.

"과인이 일찍이 이 진법의 명칭을 들은 적은 있지만 진을 펼치는 법은 몰랐는데, 과연 신이한 진이로군요."

홍혼탈이 또 웃으면서 다시 팔팔육십사방진八八六十四方陣을 만들었다. 몽고왕이 바라보고 정신이 어질어질하다가 한참 뒤에 말했다.

"이 진법은 무엇입니까?"

"이 진은 기정팔문진입니다. 팔괘와 음양의 이치와 천지조화의 오묘함을 상응시킨 것으로, 기정문, 동정문, 음양문, 생사문이 있습니다. 대왕께서 진 내부를 보시려거든 먼저 적기문赤旗門으로 들어가서 청기문靑旗門으로 나오셔야 합니다. 만약 잘못하여 백기문白旗門으로 들어가시면 반드시 낭패를 당하실 것입니다."

몽고왕이 크게 기뻐하면서 여러 왕들에게 함께 살펴보기를 청했다. 여러 왕들이 모두 응낙하고 각각 자기 나라의 군대

4백여 기를 이끌고 진 앞에 이르렀다. 적기문으로 들어가서 진세를 두루 살펴보니, 항오行伍. 군대의 대오가 엄숙하고 깃발이 가지런하여 각각 방위에 응하여 군문을 이루고 있었다. 그 법칙을 탐구했지만 현묘한 이치를 깨치기는 어려웠다. 모두 보고 난 뒤 청기문을 찾아서 나왔다. 몽고왕이 토번왕에게 말했다.

"이 진법이 비록 가지런하고 엄숙하여 조금도 어지러운 데가 없지만 신이한 곳 또한 전혀 없소이다. 다시 흑기문黑旗門으로 들어가 보는 게 어떻겠소?"

척발랄이 말리면서 말했다.

"만약 홍혼탈사마께서 주의를 준 문으로 출입하면 필시 낭패를 당하실 것입니다. 대왕은 들어가지 마십시오."

몽고왕이 웃으면서 토번왕에게 말했다.

"중국 사람들은 원래 허황된 명예를 좋아합니다. 홍사마를 보니 재기가 얼굴에 가득하여 필시 우리를 농락하는 게 분명합니다. 무슨 낭패 당할 일이 있겠습니까?"

그러고는 척발랄이 겁이 많다면서 웃고는, 여러 왕들이 한꺼번에 흑기문으로 돌연 들어갔다. 여러 호왕들이 10여 걸음 뒤 돌아보니 진문은 아득히 자취도 없고 칼과 창이 서릿발처럼 번뜩였다. 앞쪽 길 역시 혼미하여 수레와 말과 창과 방패가 첩첩이 가로막았고, 깃발과 창칼은 햇빛을 가릴 정도였다. 쌀쌀하게 부는 바람과 소슬한 기운은 사방에 가득하여 구름과 안개 속으로 들어온 듯, 정신은 어지럽고 눈은 현란하여 어디로 가야 할지 판단이 서질 않았다. 동쪽에 문 하나가 열려 그 문으로 들어서니 문이 갑자기 닫혔다. 서쪽에 문 하나가 열려 들어서니 그 문도 역시 닫혔다. 64개 방위를 모두 돌면서 32개 문으로 들어갔지만 각 문에는 칼과 창이 서릿발 같았으며, 들어가도 길조차 없었다. 몽고왕이 크게 노하여 말했다.

"이는 홍원수가 괴이한 술법으로 과인을 속여서 죽이려는 것이다."

그는 분연히 휘하의 병사들을 돌아보며 사방으로 공격하려 했지만 탈출할 수 없었고, 도리어 모든 명나라 병사들이 일시에 병기를 들고 찌르려 했다. 몽고왕이 노하여 말했다.

"우리는 천자의 명을 받들어 진중을 살피려고 온 것이다. 어찌하여 이렇게 핍박하는가."

그러자 군문도위軍門都尉가 아뢰었다.

"군대는 다만 장군의 명령만 듣습니다. 대왕께서는 죽을 땅으로 잘못 오셨습니다. 만약 깊이 간다면 바로 백호방白虎方이니, 두 날개가 있다 해도 도저히 벗어나실 수 없을 것입니다."

호왕 중에서 대유왕과 광야왕이 서로 손을 붙잡고 큰 소리로 통곡하며 말했다.

"우리는 작은 나라에서 겨우 살아남은 왕입니다. 어찌 이렇게 죽을 줄을 알았겠소?"

이때 홍혼탈이 동홍과 마달 두 장군에게 명령했다.

"호왕들이 오랫동안 돌아오지 않으니, 필시 사문에 들어 나오지 못하는 것이 분명하다. 두 장군은 가서 구하도록 하라."

두 장군이 즉시 말을 달려서 생문으로 들어가 바라보니, 여러 왕들이 백호방에 모여서 어쩔 줄을 모르고 있었다. 두 장수가 급히 불렀다.

"왕들께서는 함부로 행동하지 마십시오. 제가 휘두르는 깃발만 보고 나오십시오."

여러 왕들이 한꺼번에 두 장수의 깃발을 보며 다투어 길을 찾아 나왔다. 그들은 다시 64방위를 지나서 32문으로 지나니, 겨우 진 밖으로 나올 수 있었다. 왕들이 서로 놀라면서 감탄했다. 그들은 양창곡과 홍혼탈에게 돌아가 사례하면서 말했다.

"과인이 북방의 작은 나라에서 태어나 자란 탓에 안목과 견문이 우물 안의 개구리와 다를 바 없었는데, 이제 원수의 진법을 보니 바야흐로 중국이 크다는 것을 알겠습니다."

양창곡이 웃으면서 말했다.

"이 정도는 평범한 진법입니다. 어찌 언급할 만한 것이겠습니까? 내 일찍이 들으니, 북방 사람들은 사냥을 좋아한다고 하더군요. 여러 왕들은 자신의 병사들을 이끌고 각자 재주를 다 발휘하여 천자의 구경거리를 만들어 봅시다."

여러 왕들이 흔쾌히 응낙하고 모두 수렵장으로 가서 사냥 도구를 준비했다. 양창곡도 진왕과 함께 단상에서 내려가 병사들을 지휘했다. 천자도 단상에서 내려가 구경했다. 양창곡은 홍혼탈, 뇌천풍, 일지련, 동초, 마달 등 장수들과 함께 우림군 3천 기를 지휘하여 오른쪽에 서고, 진왕은 자신의 철기군 3천 기를 데리고 왼쪽에 섰다. 여러 호왕들은 각각 자신의 병사들을 지휘하여 좌우로 나누어 섰다. 척발랄은 대군을 풀어 하란산 전후 10리를 포위하여 맹수를 몰았다. 깃발과 창칼이 산과 들에 가득했고 우레 같은 함성이 천지를 흔들었다. 위로는 날짐승과 아래로는 길짐승이 모두 놀라 곳곳에 가득했다.

갑자기 흰 새 한 쌍이 구름 사이로 높이 날아올랐다. 동초가 호왕들을 돌아보며 말했다.

"제가 들으니 북방 사람들의 새 쏘는 수법이 신이하여 활시위를 당기기만 하면 거기에 응해서 떨어진다고 하더군요. 원컨대 한 번 보고 싶습니다."

몽고왕이 웃으며 활을 당겨 한번 쏘았지만 흰 새는 맞지 않고 더 높이 날아올랐다. 몽고왕이 말을 돌리고 웃으며 말했다.

"과인에게 활 쏘는 재주가 없어서가 아니라, 저 새가 너무 빨리 날아가는군요."

홍혼탈이 눈을 들어 아련히 흰 구름 사이를 쳐다보다가 허리에 차고 있던 백우전白羽箭을 뽑아서 옥 같은 손을 한 번 뒤집자 흰 새 한 마리가 반공에 떨어졌다. 호황과 오랑캐 병사들이 서로 쳐다보며 놀라 말했다.

"우리가 비록 새를 쏘면서 늙었지만 저렇게 높이 날아가는 새는 감히 생각도 못했다. 홍장군의 활재주는 양유기養由基, 춘추시대 활쏘기 명인라도 당하지 못하겠구나."

홍혼탈이 다시 말을 달려 전진하면서 허공을 향해 또 한 번 활을 쏘자 흰 새와 화살은 어디로 갔는지 보이지 않았다. 몽고 왕이 웃으면서 말했다.

"장군의 활 쏘는 법이 신이하지만 이번은 실수했소이다."

홍혼탈이 미소를 지으며 말을 돌려 돌아왔다. 잠시 후 병사 한 명이 말을 달려 오더니 흰 새를 홍혼탈에게 바쳤다.

"소인은 짐승몰이 하는 병졸입니다. 갑자기 흰 새 한 마리 가 공중에서 떨어져 주워 보니 꼬리 밑에 화살을 맞았는데, 그 화살에 홍원수의 신표가 있었습니다. 감히 이렇게 바칩니다."

흰 새가 화살에 맞은 채 날아가다가 땅 위에 떨어진 것이었 다. 홍혼탈이 웃으면서 말했다.

"제 시력이 부족하고 흰 새가 너무 높이 날아 머리와 꼬리 를 구분하지 않고 쏘았기 때문에 이렇게 된 것입니다."

호왕과 주변에 있던 사람들이 크게 놀라며 기이함을 칭송 했다. 그때 홀연 바다제비 한 무리가 바람을 따라 위아래로 높 이 날아갔다. 몽고왕이 여러 호왕들과 함께 바라보며 담소를 나누다가 홍혼탈에게 말했다.

"장군의 활 쏘는 법이 이처럼 신묘하시니, 저 제비도 맞출 수 있겠습니까?"

홍혼탈이 미소를 지으며 공중을 쳐다보니, 예닐곱 마리의 바다제비가 바람을 따라 오르락내리락했다. 몰래 허리에 차 고 있던 쇠화살[鐵箭]을 뽑아 쏘려 하니, 몽고왕이 소매를 잡고 웃으면서 말했다.

"장군께서는 과인과 내기를 한번 합시다. 장군이 저 제비를 맞추면 과인의 대완마를 드리겠소. 만약 맞추지 못한다면 장군의 쌍검을 과인에게 주십시오."

홍혼탈은 한참 고민하다가 허락했다. 그녀는 허리의 철궁과 철화살을 풀어 보름달처럼 당기더니, 정신을 모으고 별 같은 눈동자를 돌리면서 옥 같은 손을 번뜩였다. 그러자 제비 한 마리가 말 앞에 떨어졌다. 홍혼탈이 연속하여 일곱 발을 질풍처럼 쏘자 바다제비 일곱 마리가 차례로 땅에 떨어졌다. 몽고왕이 멍하니 서서 한참 동안 정신을 잃고 있다가 탄복했다.

"장군은 귀신이지 범상한 사람이 아닙니다. 이 제비는 보통 제비가 아니라 바다 위 바위에 사는 제비입니다. 북해北海가에 연석燕石이 있는데, 바닷바람이 일어나려 하면 공중으로 날아오릅니다. 그 모습이 제비와 비슷하여 이름이 석연石燕입니다. 장군이 한번 집어 보십시오."

홍혼탈이 주변 사람에게 가져오게 해서 살펴보니 과연 쇠처럼 단단한 검은 돌이었는데, 돌마다 화살촉 흔적이 분명히 나 있었다. 몽고왕이 재삼 탄복하면서 말했다.

"한나라 때 이릉李陵 장군은 숲속의 바위를 큰 호랑이라고 잘못 알고 바위를 쏘아 화살촉이 꽂혔다고 합니다. 그 흔적이 지금까지도 남아 그 이야기가 북쪽 지방에 전해지고 있습니다. 천고에 비할 데 없는 궁술이지요. 홍장군의 재주는 오히려 이릉 장군보다 낫습니다. 숲속의 바위는 오히려 격파할 수 있지만 허공의 돌을 어찌 쏘아서 뚫는단 말입니까?"

그는 홍혼탈에게 자신의 말을 바치려 했다. 홍혼탈이 웃으면서 말했다.

"제가 비록 대왕의 부귀에는 미치지 못하지만 10여 필의 대완마가 있습니다. 한때 장난인데 너무 고집하지 마십시오."

몽고왕이 말에서 내려 직접 고삐를 풀어 바치면서 말했다.

"과인이 이제부터는 성심으로 장군에게 항복하겠습니다. 이 말이 귀중해서가 아니라 저의 사모하는 마음을 표하고자 하는 것입니다."

홍혼탈이 부득이 받아들였다. 이때 군사들을 풀어 하란산에서 대규모로 사냥하면서, 깊고 깊은 산골짜기를 하나하나 수색했지만 여우나 토끼가 한 마리도 보이지 않았다. 몽고왕이 양창곡에게 말했다.

"이는 필시 흉악한 짐승이 산속에 있어서 호랑이나 표범 같은 짐승들이 감히 제 모습을 보이지 않는 것입니다."

몽고왕이 말을 마치자 산봉우리 위에서 갑자기 한바탕 광풍이 일어나면서 벽력 같은 소리가 허공에서 떨어졌다. 여러 군사들이 일시에 소리를 지르면서 천지사방으로 흩어지는데 큰 호랑이 한 마리가 나타났다. 온 몸은 눈처럼 희었고 두 눈은 등불같이 번쩍였다. 붉은 입을 크게 벌리고 사냥터로 뛰어들어 오니 그 형세는 마치 바람 같고 우레 같았다. 십여 명의 오랑캐 병사들이 일제히 창을 들고 쫓아갔지만, 호랑이의 포효 한 번에 어디로 사라졌는지 보이지 않았다. 여러 호왕들이 두려운 모습으로 서로 이야기를 나누었다.

"야율선우의 철창을 삼킨 그놈이 아니오? 북방에 화근 덩어리가 하나 있는데 사람의 힘으로는 제압하기 어렵소. 하란산 동쪽에 음산陰山이라는 흉험한 산이 있소. 산속에는 흉악한 호랑이가 한 마리 있는데, 전해오는 말로는 4천 년이나 묵은 놈이라고 합니다. 야율선우가 제 용맹만을 믿고 호랑이를 잡으려고 세 번이나 사냥했습니다. 그러다 철창을 던졌는데 저놈이 천여 근이나 되는 철창을 지푸라기처럼 삼켜버렸습니다. 선우의 수하 장수와 병졸들도 무수히 해를 입었지요. 어찌할 수 없어서 북방 사람들이 상의하여 음산에 제단을 쌓고 봄과 가을에 소와 양을 죽여 제사를 올렸습니다. 만약 한 번이라도 빠뜨리면 저 흉물이 산에서 내려와 사람들을 살해하여 그 폐해가 백 배나 더 심했습니다. 이미 죽은 사람이 수천 명이오. 이로부터 북방에서는 사냥을 없앴으며, 다른 호랑이라도 경솔하게 사로잡지 않았습니다. 이제 천자께서 사냥하시는 바람에 호랑이가 대포 소리를 듣고 난리를 피우는 것입니다."

홍혼탈이 웃으면서 말했다.

"만리장성 북쪽에 자리한 수많은 나라의 용맹한 장수와 병사들이 어찌 맹수 한 마리를 잡을 수 없단 말입니까?"

몽고왕이 탄식했다.

"이 호랑이는 범상한 흉물이 아닙니다. 이른바 비호飛虎입니다. 창을 던져도 찌를 수 없고 불을 질러도 불이 침범하지 못합니다. 바람이나 우레 같아서 오가는 것을 알 수 없습니다."

천자가 이 말을 듣고 하교했다.

"북방의 백성들 또한 짐의 자식들이다. 맹수의 먹이가 되는 것을 보고도 어찌 구하지 않을 수 있겠느냐? 짐이 대군大軍을 머무르게 하여 즉시 환궁하지 못한다 해도 이 호랑이를 잡아 백성들의 화근을 없앤 뒤 돌아가리라."

양창곡이 천자의 명을 받고 여러 호장들을 마주하여 호랑이를 잡을 방도를 의논했다. 그때 갑자기 군사들이 크게 고함을 지르면서 사방으로 달아나는데, 하란산 가운데 봉우리에서 모래와 돌이 마구 날려 하늘을 뒤덮으며 날아왔다. 몽고왕이 놀라서 말했다.

"저 흉악한 놈이 난을 일으킨 것입니다."

말을 마치기도 전에 오랑캐 병사 여러 명과 말이 어디론가 사라졌다. 홍혼탈이 일지련에게 말했다.

"내 비록 창법과 검술을 자랑하는 것은 아니나, 이 짐승의 기세가 너무도 흉악해 다치는 사람이 많을 것이오. 어찌 편안히 앉아 구경만 하겠소. 나는 장군의 창법을 알고 있소. 두 사람이 마음과 힘을 합친다면 맹수 하나쯤 어찌 못 잡겠는가."

일지련이 웃으면서 말했다.

"장군께서야 스스로 믿는 구석이 있으시겠지만, 소첩은 믿는 데가 없습니다. 어찌 서로 도울 수 있겠습니까?"

홍혼탈 역시 웃으면서 양창곡에게 말했다.

"짐승이 일으키는 난리가 이처럼 포악하니, 범상한 계책으로는 잡을 수 없습니다. 군사들과 장수를 모아서 천자를 호위하시고, 사냥터에는 한 사람도 없게 해주십시오. 소장이 일지련과 약속한 바가 있습니다."

양창곡이 당황하여 말했다.

"장군은 어쩌려고 그러시오?"

홍혼탈이 웃으며 말했다.

"조그만 늙은 호랑이는 이미 소장의 수중에 들어왔습니다. 너무 염려하지 마십시오."

즉시 징을 울려서 군사들을 한곳으로 모아 사냥터를 겹겹이 둘러싸고, 양창곡과 진왕, 여러 호왕, 동초, 마달 등으로 하여금 단상으로 올라가 천자를 지키면서 절대 단상 아래로 내려오지 않게 했다. 사냥터에는 삽시간에 한 사람도 남지 않았다. 홍혼탈이 일지련에게 말했다.

"장군은 혼자 말을 타고 가서 쌍창으로 맹호를 유인하여 이 사냥터로 끌고 오시오."

홍혼탈 역시 단상에 올라가 섰다. 그때 일지련이 쌍창을 들고 말을 달려 여러 차례 돌다가 갑자기 말에 채찍질하여 곧장 하란산을 향해 갔다. 구경하는 사람들은 정신이 섬뜩하고 안색이 변했다. 잠시 후 홀연 사납고 흉악한 소리가 나더니 청천

벽력이 하란산을 온통 뒤흔들었다. 일지련이 쌍창을 휘두르면서 오는데, 말을 달리면서도 뒤로 돌아서서 쌍창으로 큰 호랑이를 농락하는 것이었다. 호랑이는 우레처럼 크게 소리를 지르면서 눈처럼 흰 털을 거꾸로 치켜세우고 우레처럼 포효하면서 앞발을 들어 산처럼 우뚝 서서 쌍창에 항거했다. 호랑이가 일지련을 희롱하고 일지련은 큰 호랑이를 희롱하여, 호랑이가 물러서면 일지련이 말을 달려 들어가고 일지련이 뒤로 물러나면 큰 호랑이가 달려들었다. 흉악한 소리와 당돌한 모습은 서로 막상막하였다. 구경하는 사람들은 모골이 송연해져서 똑바로 쳐다보지 못했다. 이들이 사냥터 안으로 들어오자, 갑자기 단상에서 크게 외치는 소리가 들렸다.

"표기장군은 빨리 물러나라!"

일지련이 창을 거두고 단상으로 올라가자, 오직 스산하게 부는 바람과 분분히 흩날리는 눈이 사냥터를 에워싸면서 사방이 캄캄한 가운데 호랑이만 동서남북으로 마구 날뛸 뿐이었다. 호랑이가 한번 달려들어 오자 하늘이 무너지고 땅이 갈라지는 듯했다. 걷어차고 뛰어오르면서 난리를 일으켰지만 끝내 사냥터를 벗어나지 못했다. 이는 맹호가 홍혼탈의 검술 속으로 들어온 탓이었다. 반 시각이 채 못되어 푸른 기운이 사냥터를 완전히 뒤덮더니 쩽그랑거리는 칼소리가 점점 급해졌다. 맹호가 갑자기 크게 한 번 포효하며 여러 길 깊이로 땅을 파다가, 사냥터에 쭈그리고 앉더니 다시는 숨을 쉬지 않았다.

단상 위아래에서 구경하던 사람들은 모두 담이 떨어지고 얼이 빠져서 정신을 수습하기 어려웠다. 그런데 갑자기 단상에서 크게 외쳤다.

"우림군은 저 호랑이를 끌고 오라!"

사람들이 그쪽을 쳐다보니 홍혼탈이 전처럼 우뚝 서 있었다. 호왕들이 당황스러워하며 다투어 홍혼탈을 잡고 물었다.

"장군은 그 사이에 어디를 다녀오셨습니까? 저 호랑이는 어째서 저렇게 죽은 것처럼 쭈그리고 앉아 있는 것입니까?"

홍혼탈이 웃으면서 말했다.

"저는 잠시 측간을 다녀왔습니다. 저 호랑이는 죽은지 이미 오래되었습니다. 끌고 와서 살펴보십시오."

호왕들이 놀라면서도 기뻐하며 오랑캐 병사들에게 끌고 오도록 했다. 병사들은 여전히 그 호랑이가 살아 있는 것으로 의심하여 감히 가까이 다가가지 못했다. 호왕이 크게 노하여 끌고 오도록 재촉하자, 병사들이 한꺼번에 달려들어 끌고 오려 했다. 그러나 태산처럼 무거워서 움직일 수 없었다. 다시 6, 70명이 힘을 합쳐서 끌어 옮겨 겨우 단상 아래로 가져왔다. 호왕들과 여러 장수들이 한꺼번에 단에서 내려가 살펴보았다. 호랑이의 흉맹함은 말로 표현할 수 없었다. 그 털은 바늘 같아서 손에 닿으면 손에 상처가 났다. 허리 옆에는 한 근 가량의 살이 매달려 있었다. 사람들은 모두들, "이것이 바로 호랑이 날개인데, 이 때문에 비호라고 한다"고 말했다. 온 몸을 살펴보니 칼자국이 낭자하여 온전한 가죽이 없었으며, 뼈마디는 모두 어긋나 있었다. 홍혼탈이 미소를 지으면서 동초와 마달을 돌아보고 말했다.

"이는 천지간의 악한 기운을 받아서 태어난 놈이오. 털과 뼈가 굳세고 강한 것은 쇠나 돌보다 더하다. 만약 내 부용검이 아니었다면 반드시 잡을 수 없었을 것이외다. 장군들은 창으로 한번 시험해 보시오."

몽고왕이 허리춤의 칼을 빼서 한 번 치자 쩽그랑 소리와 함께 칼이 부러졌지만 털은 전혀 손상되지 않았다. 호왕들이 한꺼번에 창으로 사납게 찔렀지만 모두 부러지고 호랑이에게는 창의 흔적조차 없었다. 호왕들은 손을 놓고 사례하며 말했다.

"장군의 영웅스러움은 진실로 천상의 신장과 같아서 감히 칭찬을 못하겠습니다만, 이런 악독한 놈을 잡아서 북방의 화근 덩어리를 없애 주시니 천추만세토록 이 은덕을 어떻게 갚을지 모르겠습니다."

홍혼탈이 사양하면서 말했다.

"이는 모두 황상의 은덕이요 여러 대왕들의 복입니다. 어찌 제 공이라 하겠습니까?"

날이 저문 뒤 천자는 사냥을 마치면서 군졸들을 배불리 먹여 위로하고 호왕들에게 명하여 단상으로 오르게 했다. 그들에게 각각 술과 음식을 주면서 조화로운 기운이 얼굴에 가득하여 말했다.

"경들이 중국 군대를 보니 북방 군대와 비교하여 어떻소?"

호왕이 머리를 조아리며 말했다.

"신 등이 변방에서 태어나고 자라서 중국의 위의를 보지 못했는데, 이제야 하늘 높은 것을 알게 되었습니다. 서리와 눈과 비와 이슬이 내리고, 봄이면 살리고 가을이면 죽이는 것, 이 모두가 폐하의 교화가 아닌 것이 없습니다."

천자가 기쁘게 웃으면서 말했다.

"진시황은 천고의 어리석은 임금이었다. 공연히 만리장성을 쌓아서 남북을 갈라놓았도다. 풍토가 현저히 달라지고 정의情誼가 통하지 못하여 중국과 북방이 여러 차례 전쟁이 일어나도록 하여, 자식 같은 백성들로 하여금 그 재앙을 한쪽만 받게 했도다. 이는 짐이 항상 통한스럽게 여기는 점이었다. 경 등은 각자 잘 살피고 조심하여 다시는 배반하는 일이 없도록 하고, 호왕으로서의 부귀를 대대로 영원히 누리라."

호왕 등이 일시에 머리를 조아리며 감사를 올리고는 땅에 엎드려 눈물을 흘렸다. 몽고왕이 다시 아뢰었다.

"폐하께서 친히 북방에 오시어 그 은혜와 위엄을 동시에 베푸시니 북방의 백성들이 자애로운 어머니처럼 보고 있습니다. 신 등이 생사당生祠堂을 건립하고자 하되, 어진御眞, 천자의 초상화을 받들어 모시는 것은 너무도 외람된 일입니다. 그러나 연왕과 홍사마의 영정을 그려서 봄과 가을에 향불을 올려 그 공덕을 기억하고 싶습니다."

천자가 미소를 지으며 허락했다. 호왕이 물러나와 양창곡과 홍혼탈에게 요청했다. 양창곡이 엄중하게 사양했지만 호왕들이 어찌 그 말을 듣겠는가. 즉시 북방의 화가 10여 명을 불러서 양창곡과 홍혼탈의 초상화를 그렸다. 화가들은 먼저 양창곡의 얼굴을 그렸고, 다음으로 홍혼탈의 얼굴을 그렸다. 그러나 홍혼탈의 얼굴을 세 번이나 그렸지만 초상화를 그려 낼 수 없었다. 그들은 붓을 던지고 호왕에게 아뢰었다.

"신 등이 그림 재주가 노둔하여 홍사마의 진영을 그리기 어렵습니다."

크게 노한 호왕이 화가들을 베려 하자 한 화가가 아뢰었다.

"신이 고명한 화가를 추천하고자 합니다. 이분은 천하에 독보적인 재주를 가졌습니다. 지금 1백 살이 넘었지만 사람의 얼굴과 모습을 보고 그의 수명과 복을 판단할 수 있습니다."

몽고왕이 크게 기뻐하면서 즉시 불러오도록 했다. 그 사람은 길고 하얀 눈썹에 눈이 맑아서 범상한 인물이 아님을 알 수 있었다. 그는 홍혼탈을 오래도록 바라보더니 탄식했다.

"아깝군요. 장군의 얼굴이 만약 여자였다면 부귀와 공업功業이 한 시대를 덮었을 것입니다. 불행히도 남자로 태어났으니 수명에 한계가 있을까 두렵습니다."

홍혼탈이 웃으면서 말했다.

"그대는 화가인데, 어떻게 관상술을 아시오?"

화가가 말했다.

"이 늙은이는 본디 중국 사람입니다. 한나라 한연수韓延壽*의 후예로, 북방에 잡혀 왔다가 고국으로 돌아가지 못하고 대대로 그림 그리는 것을 업으로 삼고 있습니다. 제 손으로 초상화를 그린 것이 부지기수입니다. 자연히 많은 분들을 겪다 보니, 어찌 수복과 궁달을 알아보지 못하겠습니까?"

홍혼탈이 웃으며 말했다.

"내가 여자로 태어났다면 수복과 궁달이 어느 정도며, 남자라면 어떠하겠소?"

"장군의 얼굴이 여자라면 관직은 왕후요 99세에 이르도록 오래 사실 것입니다. 슬하에 일곱 명의 자제분을 두실 것이며, 그 자제분들이 제각각 공명을 날려서 왕후장상에 이를 것입니다. 그러나 남자라면 비록 공명을 환히 날리신다 해도 마흔 살을 넘기기 어려울까 걱정됩니다."

홍혼탈이 미소를 지으며 양창곡의 초상화를 보여 주었다. 그 화가는 머뭇거리며 자리를 옆으로 비키고 말했다.

"이분은 인간의 범상한 모습이 아니라 진실로 선풍도골입니다. 그 귀함은 천하에서 두 번째일 것이요, 수명 또한 99세에 이를 것입니다."

---

* 한나라 때 문신으로 부친이 간언하다가 죽었으며, 한연수 자신도 충직한 간언으로 사람들의 귀감이 되었다. 어진 선비를 초빙하여 정치 교화를 했으므로 그가 다스리는 곳은 어디나 태평한 시절을 누렸다. 후에 소망(蕭望)에게 탄핵을 당하여 저잣거리에서 사형되었는데, 백성들이 모두 눈물을 흘리며 슬퍼했다고 한다.

사람들은 모두 칭찬했다. 그러자 동초, 마달, 뇌천풍이 차례로 질문했다. 화가가 말했다.

"이 자리에 부귀와 수복을 겸비한 사람들이 어찌 이리도 많습니까?"

일지련이 마침 밖에서 들어오자, 화가는 한참 동안 바라보더니 말했다.

"장군은 어떠한 귀인이시기에 몸이 홍장군과 비슷하십니까? 두 뺨에 복숭아 빛이 너무 지나치니 공명은 홍장군에게 미치지 못하겠습니다."

몽고왕이 홍혼탈의 초상화를 그리도록 하자, 그가 여러 화가들을 보고 웃으면서 말했다.

"그대들은 눈이 먼 화가들이로구나. 북방에서 태어나 자랐으면서 어찌 모습을 몰라보고 필묵을 허비하는가. 홍장군의 영정은 이미 북방에 있는데, 새로 그려서 무엇하겠는가?"

좌우의 사람들이 까닭을 묻자, 그는 미소를 지으며 대답했다. 과연 무슨 연유로 그런 말을 한 것일까? 다음 회를 보시라.

제41회

홍혼탈은 명비묘를 중수하고,

위부인은 추자동에서 고초를 겪다

紅娘重修明妃廟 衛氏受苦楸子同

이때 늙은 화가가 호왕에게 말했다.

"호왕성 북쪽 청초원靑草原에 오래된 묘당이 있습니다. 바로 명비묘明妃廟입니다. 그곳에 선우의 명비인 한나라 왕소군의 영정이 있습니다. 지금 홍장군의 모습은 왕소군의 영정과 털 끝만큼의 차이도 없습니다."

호왕이 말했다.

"왕소군의 영정은 미간에 살짝 찡그린 흔적이 있는데, 홍 장군의 두 눈에 우뚝한 정기와 두 뺨의 웃음을 머금은 어여쁜 태도를 어찌 당하겠는가."

주변 사람들이 반신반의하면서 즉시 왕소군의 영정을 가져와 홍혼탈 맞은편에 놓고 살펴보았다. 두 송이 연꽃이 서로 마주하여 어여쁜 봄빛과 고운 모습이 서로 조화를 자랑하면서 같은 목판으로 찍어 낸 듯했다. 동쪽을 보면 8월 남포南浦에 막

피어난 연꽃과 같았고, 서쪽을 보면 10리 서호에 반쯤 피어난 부용꽃과 같았다. 부용이 연꽃이요 연꽃이 부용이니, 모르는 사람들은 부용을 연꽃에 비교하기도 하고 연꽃을 가리켜 부용이라 평하기도 하니, 어찌 둘 사이에 우열이 있겠는가. 다만 북쪽 가지는 초췌하여 서릿바람이 소슬하고, 남쪽 가지는 번화하여 봄빛이 난만했다. 홍혼탈은 본래 강개하면서도 다정한 사람이었다. 같은 여자의 신세로 옛날과 지금이 아득히 멀지만 지척에 있는 옥 같은 얼굴은 마치 말을 나누면서 그 처지를 불쌍하게 여기는 듯 슬픈 모습으로 눈물을 머금고 호왕에게 말했다.

"제가 왕소군과 남녀의 차이가 있으나 모두 중국 사람이오. 청춘의 나이에 고향에서 천자의 황궁과 이별하고, 오랑캐로 끌려가 황혼녘 푸른 무덤은 사막인 백룡퇴白龍堆에 묻혔습니다. 하늘로부터 타고난 아름다운 자질로 지기를 만나지 못하고 천추의 원한을 비파로 화답했습니다. 대왕께서는 저 영정을 보십시오. 어찌 애석하지 않겠습니까?"

호왕이 미소를 지으며 말했다.

"과인이 보기에 왕소군의 영정은 애석할 것이 없습니다. 그러나 홍사마께서 남자가 된 것이 정말 애석합니다. 만약 여자였다면 연왕이 아무리 광명정대한 분이라 해도 반드시 황금으로 집을 지어서 깊이 깊이 숨겨 두고 한수韓壽의 향기*를 누설할까 두려워했을 것입니다. 어찌 휘하의 장수로 삼아서 다른 사람을 마주하게 했겠습니까?"

그는 말을 마치고 크게 웃었다. 양창곡 역시 빙그레 미소를
지었다. 호왕은 화가에게 왕소군의 초상을 모사하여 생사당
에 모시고 공양하도록 했다. 홍혼탈 역시 은자와 비단을 내서
명비묘를 중수하도록 했다.

다음 날 천자는 연연산燕然山에 올라 비석을 세워 공적을 기
록하고 군사를 돌렸다. 모든 호왕들은 돈황에 이르러 천자의
행차를 전송하고 양창곡과 홍혼탈을 이별하면서 눈물을 머금
으며 차마 헤어지지 못했다. 천자는 대군을 재촉하여 진왕과
양창곡 두 사람과 모든 장수들을 이끌고 군사를 철수시켰다.
모든 군사들은 개선가를 불렀다. 상군上郡에 이르러 북방의 군
사들을 돌려보냈고, 태원군에 이르러 산서의 군사들을 돌려
보냈다. 곳곳에서 백성들을 위로하고 어루만졌으며, 황성에
도착하여 남방의 군사들을 풀어 보냈다. 길가의 모든 고을에
게 조서를 내려 요역傜役과 세금을 감면하니, 비록 전쟁을 새
로 겪기는 했지만 백성들은 편안한 모습으로 천자의 성스러
운 덕을 칭송했다.

---

* 진(晉)나라 사람으로, 우연히 사공가충(司公賈充)이 여는 잔치자리에 갔다가 그
집 딸과 좋아하게 되었다. 그는 밤에 몰래 담을 넘어 가충의 딸과 만나곤 했다. 그
때 마침 서월(西越) 지방에서 기이한 향을 천자에게 바쳤는데, 천자가 그것을 가
충에게 하사했다. 그 딸이 향을 훔쳐서 한수에게 주었다. 천자가 하사한 향은 사
람에게 묻으면 한 달이 지나도록 없어지지 않았다. 가충은 한수의 몸에서 향기를
맡고 그제야 자신의 딸과 사귄다는 것을 알게 되어 그를 사위로 맞았다고 한다.

천자는 종묘사직에 적장 선우의 머리를 베어서 바치는 헌곡례를 올리면서 친히 제사를 올리고 천하의 죄수들을 크게 풀어 주었다. 공을 논하여 상을 내리면서, 연왕 양창곡과 진왕은 이미 직위가 높아 식읍 3만 호를 더해 주기만 했다. 소유경은 여음후汝陰侯에 봉했고, 동초와 마달은 각각 관동후關東侯와 관서후關西侯에 봉했으며, 손야차는 황금 1천 일을 하사했다. 일지련은 여전히 규중에 있으면서 혼인하지 않은 상태였다. 여성의 직첩은 마땅히 남편의 직위를 따르게 되었다. 표기장군은 황태후가 하사한 것이므로 예전대로 두면서 특별히 탕목읍湯木邑 1만 호와 황성의 저택, 하인 1백 명, 황금 1천 일, 비단 1천 필 등을 하사했다. 전부선봉 뇌천풍은 관내후關內侯에 봉했고, 연국태야燕國太爺 양현은 의병을 일으켜 황태후를 보호했으니 마땅히 관직을 높여 주어야 했지만 천성이 공명에 뜻을 둔 적이 없고 품직이 한 나라의 태야에 있으므로 탕목읍 5천 호만 식읍으로 하사했다. 좌승상 윤형문은 원로대신이므로 그 공을 논할 바 아니었지만, 황태후를 보호한 공이 있으니 표창하지 않을 수 없었으므로 탕목읍 1만 호를 하사했다. 천자는 자신전에 나와서 호종공신扈從功臣*들을 이끌어서 단서철권에 그들의 이름을 기록하고, 말의 피를 입에 묻혀 맹세하면서 공훈을 기록하여 자손 대대로 남게 했다.

---

* 나라의 환란으로 임금이 피난할 때 호위하여 공을 세운 공신들을 말한다.

또 조서를 내려서 태청궁을 풍운경회각風雲慶會閣으로 바꾸고 친필로 편액을 썼다. 그곳에는 천자의 초상화와 양창곡 이하 모든 신하들의 화상을 그려서 경회각에 걸어 두었다. 이를 통해서 일월 같은 충성을 천추에 길이 전하도록 했다.

이날 모든 신하를 모아서 잔치를 마련하고 법주法酒를 내왔다. 모든 신하들이 한꺼번에 술잔을 들고 만세를 세 번 불렀다. 천자가 좌우를 돌아보며 말했다.

"짐이 덕이 없어서 수백 년 종묘사직을 하루아침에 잃어버릴 뻔했는데, 경들의 충성심으로 종묘사직이 바위처럼 든든히 유지되었소. 그 훈업은 주나라 선왕이나 한나라 선제의 중흥에 비견될 만하오. 이로써 보건대 나라의 운수는 사람의 힘으로 할 수 있는 바가 아니오. 어리석은 오랑캐들이 천시를 모르고 스스로 도끼에 사형 당하는 곳으로 나왔으니, 어찌 가소롭지 않겠는가."

그러자 주변의 신하들이 연이어 만세를 부르고 표문을 올려 하례했다. 양창곡이 반열에서 나와 아뢰었다.

"옛글에 이르기를, '하늘은 믿기 어려운지라, 왕 노릇하는 것은 쉽지 않다'[天難忱斯, 不易維王]고 했습니다. 천명만을 믿으면 안 되고 오직 덕을 닦을 뿐입니다. 나라의 치란治亂은 편안한 가운데 위태로움이 있고 위태로움 속에 편안함이 있습니다. 그러므로 옛날의 성왕께서는 그 편안함을 경계하여, 정치가 이미 안정되었다고 해도 항상 위태로움을 잊지 않으셨습니

다. 엎드려 바라건대 폐하께서는 항상 지난번 연소성에서의
위태로움을 잊지 마시고 오늘 자신전 위에서 신하들을 대하
소서."

이 말에 천자는 얼굴빛을 고치고 말했다.

"경의 충성스러운 말은 짐의 약이오. 마땅히 마음에 새겨서
잊지 않으리다."

여음후 소유경이 아뢰었다.

"오늘날 조정은 나라를 건국하던 시기와 다를 바 없습니다.
간신 노균의 무리가 조정에 가득하여 여전히 당론을 주도하
고 있어서 공적인 논의가 막혀 있습니다. 노균의 무리들을 조
정 관리의 명부에서 완전히 도려내십시오."

양창곡이 아뢰었다.

"왕도는 탕탕蕩蕩하여 치우치는 것도 없고 당파를 짓는 일도
없습니다. 폐하께서는 다만 훌륭한 자를 등용하시고 능력 없
는 자를 멀리하시면 됩니다. 어찌 당론으로 어진 사람과 못난
사람을 판단하겠습니까? 무릇 사람을 등용하는 것은 마치 장
인이 목재 쓰는 것과 같습니다. 훌륭한 장인은 버리는 목재가
없습니다. 어찌 직, 설의 충성과 공자 맹자의 도학, 백이伯夷*의

* 고죽국(孤竹國)의 왕자였지만, 왕위를 버리고 아우 숙제(叔齊)와 함께 주나라 문
  왕을 찾아갔다. 그러나 문왕이 죽고 장례도 치르지 않은 상태에서 무왕이 은나라
  를 정벌한다고 하자 극구 말리다 실패했다. 이에 다시는 주나라에서 나는 것은
  먹지 않겠다 맹세하고, 수양산에서 고사리 등을 먹고 지내다 굶어 죽었다 한다.

청렴함, 미생尾生**의 신의를 겸비한 연후에야 그런 사람을 등용
하시겠습니까? 하나의 능력이 있으면 그 능력을 취하고 하나
의 재주가 있으면 그 재주를 취하여, 각각 그에 걸맞는 직분을
맡기신다면 도를 논하고 나라를 다스리며 국가의 세금과 곡
식과 군사의 직임을 그르치시지 않을 것입니다. 지난번 노균
이 조정의 권력을 잡자 생사와 화복이 그의 손바닥 안에 달렸
습니다. 약한 사람은 그 권력에 겁을 먹었고 능력이 있는 자는
몸을 보호할 계책만을 세웠으며 곤궁한 사람은 부귀를 사모
하여 자기 뜻을 굽히고 모욕을 참으면서 그의 문을 드나들었
으니, 이 또한 괴이할 것 없는 사람의 마음입니다. 어찌 당파
의 색깔에 따라 명예와 절의를 말하고 천하 사람을 논하겠습
니까? 엎드려 바라건대 폐하께서는 청당인지 탁당인지, 노균
과 친한 사이인지 소원한 사이인지 등을 묻지 마시고 다만 그
재능만 아끼시어 어진가 그렇지 않은가를 살피소서."

천자가 훌륭한 말이라며 칭찬을 하고 말했다.

"노균의 문인 가운데 연좌법에 걸릴까 두려워 도망한 자가
있다면 모두 사면하도록 하라."

천자는 다시 양창곡에게 말했다.

"경의 소실 벽성선의 소식을 근래 들은 적이 있소? 바닷가

** 미생이 다리 아래에서 여인과 만나기로 했다. 그러던 중에 비가 쏟아져서 물이
불었다. 그러나 여인과의 신의를 지키기 위해 계속 기다리다가 결국 다리의 기둥
을 안고 죽었다고 한다.

행궁에서 갑작스럽게 짐과 헤어지고 나서 표연히 사라져 종적이 어찌 되었는지 알지 못하겠구려. 짐이 아직도 그 충의를 잊지 못하고 있소."

양창곡이 말했다.

"나랏일을 처리하느라 제 개인적인 일을 돌아볼 틈이 없어 벽성선의 생사를 아직 탐문하지 못했습니다."

천자가 탄식하며 말했다.

"벽성선의 지조와 절개는 하나를 가지고도 모든 것을 알 수 있을 정도였소. 나라를 위하여 충의를 품은 사람이 어찌 음란한 행실과 간악한 계교를 꾸몄겠소? 짐이 밝지 못하여 왕세창의 근거 없는 참언을 듣고 절의가 탁월한 여자에게 산수간을 떠돌아다니게 하는 실수를 했으니 어찌 부끄럽지 않겠소? 짐이 마땅히 벽성선을 위하여 시비를 분명히 가리고 흑백을 밝혀내어 애매한 점을 드러내도록 하겠소."

천자는 즉시 왕세창을 엄하게 꾸짖고 온 나라에 명령을 내려 자객을 잡아 오도록 했다. 왕세창이 황공함을 이기지 못하고 몰래 위부인에게 통지했다.

"벽성선 사건이 뒤집혀서 장차 큰 화가 있을 것입니다."

위부인이 크게 놀라서 춘월을 불러 놓고 꾸짖었다.

"너는 지난번에 벽성선을 죽였다고 하더니, 아직도 살아서 일이 장차 뒤집히게 생겼다. 어쩌면 좋겠느냐?"

춘월이 웃으면서 말했다.

"세상만사는 모두 예측하기 어렵습니다. 죽은 사람도 간혹 다시 살아나는 길이 있는데, 살아 있는 사람을 어찌 다시 죽이지 못하겠습니까?"

그녀가 위씨의 귀에 대고 말했다.

"천자가 자객을 잡아 오도록 했다니, 이 기회야말로 정말 절묘합니다. 부인이 만약 천금의 큰돈을 다시 쓰신다면 제가 교묘한 계책을 마련할 수 있습니다. 이러이러하게 하십시오. 벽성선이 비록 생존해 있고 소진과 장의 같은 변론을 한다 해도 어찌 변명할 수 있겠습니까?"

위씨가 탄식했다.

"황상께서 벽성선을 보호하시는 것이 이처럼 깊고 무겁다. 비록 천금이 있다 한들 이토록 엄한 조칙 밑에서 탄로라도 날까 두렵구나."

춘월이 말했다.

"큰일이 누설되면 그 재앙은 먼저 제게 닥칩니다. 제가 어찌 적당히 생각하겠습니까?"

위씨가 크게 기뻐하며 즉시 천금을 주었다.

하루는 천자가 조회를 받고 있는데, 경조윤京兆尹 왕세창이 아뢰었다.

"신이 성지를 받들어 자객을 잡으려 했으나 종적을 모르고 있었습니다. 그런데 어제 자금성 동문 밖 술집에 웬 수상한 여자를 잡았는데, 행동거지가 완연히 자객이었습니다. 두세 차례 심문을 했으나 끝내 이름을 드러내지 않았습니다. 또한 벽성선의 일은 도무지 모른다고 하기에 양민을 잘못 잡은 것이 아닌가 의심했습니다. 그런데 황부의 시비 춘월이를 불러와서 대질 심문을 했더니 바로 전날 몰래 황부에 들어왔던 자객이었습니다. 바야흐로 특별히 엄한 형벌로 다시 문초하고자 합니다."

천자가 노하여 말했다.

"이는 조정의 대사는 아니지만 백성들의 풍속 교화와 관련이 있다. 또한 황씨는 짐의 외척인 신하이면서 규중의 일이니, 법관에게 조사하게 하면 안 된다. 짐이 직접 국문하겠다."

천자는 즉시 자객을 잡아들여 직접 국문했다. 그런데 곤장을 한 대도 때리지 않았는데, 자객이 스스로 실토했다.

"소녀의 성은 장張이고 이름은 오랑五娘입니다. 자객으로 장안에서 노닐고 있었는데, 연왕의 소실 벽성선이 천금으로 위씨 모녀를 죽이라고 했습니다. 그래서 제가 밤을 틈타서 황부로 들어가다가 시비 춘월에게 발각되어 도주했습니다. 소녀는 천금을 탐하여 지시에 따랐으니 다시 올릴 말씀이 없습니다. 청컨대 죄를 내려 주소서."

천자가 진노하여 다시 형벌을 시행하려 하는데, 왕세창이 아뢰었다.

"죄인이 실토한 말이 전해진 것과 딱 맞아떨어지는데, 어찌 지나치게 형벌을 시행하여 인명을 다치게 했다는 탄식을 자아내겠습니까?”

말을 마치기도 전에 갑자기 대궐 문밖에서 신문고를 치는 북소리가 진동했다. 잠시 후 수문장이 달려와 아뢰었다.

“웬 늙은 여인이 한 여자를 잡아 와서 원통한 일이 있다고 합니다.”

천자가 의아해하면서 즉시 그 사람을 불러오라고 했다. 과연 흰머리의 늙은 여인이 들어왔다. 신장은 5척이 채 못되지만 맹렬한 기상은 미간에 가득한데, 한 손에 코가 없는 여자 하나를 잡고 있었다. 그녀는 땅에 엎드려 아뢰었다.

“소녀는 자객입니다. 평생 의로운 기상을 숭상하여 다른 사람을 위하여 복수를 해주면서 협객의 세계에서 노닐었습니다. 그런데 원로대신 황의병의 부인 위씨가 그의 몸종 춘월에게 시켜 변복을 하고 여러 방도로 저를 찾았습니다. 천금을 주면서 양승상의 소실 벽성선의 머리를 베어 오라는 것이었습니다. 소녀가 위씨의 모습을 보니 좋은 사람이 아니었기에 마음속으로 의아해했습니다. 양부에 이르러 벽성선이 거처하는 건물 창밖에 종적을 숨기고 동정을 살펴보니, 풀로 만든 자리에 베옷을 입고 남루한 의상과 초췌한 용모로 누워 있었는데 한치도 간악한 태도가 없었습니다. 제가 칼을 들고 머뭇거리던 중, 갑자기 등불 아래에서 벽성선이 돌아누웠습니다. 그런데 다 해진 옷이 얼핏 걷히는데 앵혈 한 점이 완연히 드러나는 것이었습니다. 이 늙은이가 의아한 마음이 들어 다시 자세히 살펴보니 붉은 점이 분명했습니다. 청춘 시절 규수의 빙설 같은 지조를 환하게 알 수 있었습니다. 위부인과 춘월이 시기하고 험담하는 말을 잘못 듣고 불의한 일에 저를 빠뜨렸던 것입니다. 저는 마음이 서늘해져서 칼을 던져두고 벽성선의 방으로 들어가서 제가 온 이유를 말하고 나서 울분을 참지 못하여 즉시 발길을 돌려 위씨 모녀를 살해하려 했습니다. 그런데 벽성선이 강개한 말과 삼엄한 의리로 처첩 사이를 군신 관계에 비유하면서 그렇게 하면 안 된다고 저를 꾸짖었습니다. 아! 이 늙은 몸이 70년 동안 자객으로 천하를 두루 돌아다녔으나, 앵혈이 있는 음탕한 여자나 의리가 있는 간사한 사람은 보지 못했습니다. 이 늙은 몸이 벽성선의 얼굴을 보아서 위씨의 간악한 죄를 용서하고 다만 춘월에게 형벌을 내리면서 혹시라도 잘못을 뉘우치기를 바랐던 것입니다. 이제 이 늙은 몸이 일으킨 일 때문에 다시 벽성선의 죄가 덧보태졌으니, 밝은 하늘 아래 어찌 이 같은 일이 있겠습니까? 늙은 몸이 춘월을 놓칠까 걱정되어 이렇게 잡아 왔으니, 일일이 국문하시어 옥석을 가려 주소서."

그녀는 말을 마치고 장오랑을 보면서 말했다.

"너는 우격의 누이동생 우이랑虞二娘이 아니더냐. 위씨의 천금을 탐하여 엄한 명령 아래에서 폐하를 속이다니, 어찌 흉악하고 사악하지 않은가!"

주변에 있던 모든 신하들 가운데 통쾌하게 여기지 않는 사람이 없었다. 천자도 진노하여 춘월과 오랑을 엄한 형벌로 국문하니 어찌 털끝 하나라도 숨기는 것이 있겠는가. 죄인들이 죄상을 하나하나 똑바로 실토하자, 천자가 하교했다.

"노랑은 비록 자객이지만 이처럼 스스로 모습을 드러냈으니 열혈 협객으로서 뜻이 가상하구나. 그 공으로 죄를 사면하여 특별히 풀어 주겠다. 우이랑과 춘월은 형부로 보내서 엄중한 형벌로 국문하고, 이 사건에 관련된 사람들을 일일이 조사하라."

법관이 황제의 명을 받들어 춘월과 우격은 십자로 큰길에서 참형에 처하고, 춘성과 우이랑은 외딴 섬으로 유배를 보냈으며, 천자의 특별한 지시로 왕세창은 해직시켜 쫓아냈다. 천자가 양창곡을 불러들여 측은한 표정을 지으며 말했다.

"옛말에 이르기를 한 여자가 원한을 품으면 오월에도 서리가 내린다고 했소. 짐이 어두워서 전개 있는 벽병선을 산속 도관으로 떠돌게 하여 생사조차 모르게 만들었구려. 어찌 조화로운 기운을 해쳤다는 탄식이 없겠소. 또한 나라를 위하여 충성을 다하고 종묘사직에 공을 세운 사람임에랴! 짐이 그 충의에 도움을 입었는데도 공을 보답하지 못했소. 혈혈단신 여자 몸으로 전쟁을 만나 불행한 일을 면치 못했다면 어찌 슬프고 경악스럽지 않겠소?"

천자는 얼굴이 어두워지면서 계속 탄식하고 한숨을 쉬었다. 양창곡은 집으로 돌아와 부모에게 고했다.

"황씨의 죄악이 저절로 발각되어 황상께서 명백히 처리해 주셨습니다. 칠거지악을 피하기 어렵겠습니다. 즉시 쫓아내는 것이 마땅합니다."

그는 혼인 관계를 끊는 일을 황부에 통보했다. 황소저는 하늘이 무너지고 땅이 갈라지는 듯 정신이 날아갔고, 위부인은 심장과 배를 도려내는 듯 간악한 마음이 가슴에 가득하면서 얼굴을 파리해지고 심장이 쿵쾅거렸다. 그녀는 황소저를 보고 고통이 극에 달하여 도리어 웃으면서 말했다.

"우리 딸이 어찌 생과부가 된단 말인가. 네 아비가 늙고 어두워 나쁜 사위를 잘못 택하는 바람에 네 신세를 망치는구나. 누구를 원망하고 누구를 탓하겠느냐?"

황의병이 이 소식을 듣고 즉시 내당으로 들어왔다. 위부인이 황소저를 가리키면서 말했다.

"상공은 급히 혼처를 구하십시오."

황의병이 황당한 모습으로 말했다.

"부인, 이게 무슨 말이오?"

위부인이 비웃으면서 말했다.

"쫓겨난 여자가 개가하는 것은 예부터 있는 일입니다. 상공이 시작을 잘못했으니, 마지막까지 어찌 잘하려 하지 않는 것입니까?"

황의병이 대답하지 않자 위부인은 땅에 머리를 부딪치면서 발악을 했다.

"우리 딸 얼굴이 못생겼는가, 마음이 악독한가, 문벌이 부족한가? 일개 천한 기생년 손에 들어가 평생을 그르치다니, 상공의 부귀를 어디에 쓸 것이며 승상의 권세는 어디에 쓸 것입니까? 저와 딸아이를 한꺼번에 죽여서 이런 모욕을 모르게 해 주시오."

황의병은 묵묵히 대답하지 않고 외당으로 나갔다. 위부인은 분함과 악독함을 이기지 못하고 자리에 축 늘어져 한참 동안 있다가 갑자기 얼굴에 원망의 빛을 띠면서 몸을 일으키고 말했다.

"내가 태후를 만나 뵙고 원통한 속마음을 한바탕 아뢰어야겠다."

위부인은 즉시 대궐로 들어갔다.

한편, 천자는 벽성선의 일을 처리하고 즉시 연춘전으로 들어가서 황태후에게 고했다.

"위씨 모녀의 죄악이 탄로나서 소자가 이미 처리했습니다. 다만 그 주변 사람들만 죄를 내리고 주범은 죄를 묻지 않았습니다. 이렇게 하면 안 되지만, 위씨 모녀는 원로대신의 부인이며 어마마마께서 아끼는 사람이라 소자가 진실로 처리하기 어렵습니다. 엎드려 바라건대 어마마마께서 엄하게 가르치고 잘못을 징계해 주십시오."

황태후가 너무도 불쾌한 마음으로 있는데, 홀연 가궁인이 와서 아뢰었다.

"위부인이 태후마마를 뵙겠다고 밖에 와 있습니다."

황태후는 더욱 진노하여 즉시 위부인을 계단 아래 꿇어앉히고 직접 죄를 헤아리며 말했다.

"내가 너의 모친과 친동기처럼 정의가 두터웠기에 너를 내 딸이나 다름없이 돌보았다. 너 또한 나이가 많고 원로대신의 아내인데, 여자로서 덕을 닦지 않고 죄악을 함부로 저질러 대궐 안에 소문이 났다. 이게 무슨 도리냐? 대저 투기는 여자의 더러운 행실이다. 설혹 스스로 범했다면 다른 사람을 대할 면목이 없을 터인데, 하물며 자식을 도와 칠거지악을 저지른단 말이냐?"

황태후가 죄를 열거하고 나자, 위부인이 천연스럽게 대답했다.

"궁중이 깊어서 밖의 동정을 듣지 못하셔서 그렇습니다. 푸른 하늘이 위에서 비추시고 태양이 밝디밝은데 저희 모녀는 티끌 하나 없는 백옥과 같습니다. 신첩의 운명이 기박하여 일찍이 어머님을 잃고 황태후 폐하를 천지天地처럼 믿었는데, 오늘 끝없는 원한을 살펴주지 않으시고 이처럼 엄하게 꾸짖으시니, 신첩이 누구를 의지하겠습니까?"

그녀는 말을 마치고 비녀를 뽑아 머리를 찌르면서 눈물을 마구 흘렸다. 황태후가 더욱 진노하여 말했다.

"네 비록 나를 속인다 해도 어찌 천지신명을 속이겠느냐? 또 천지신명을 속인다 해도 어찌 네 마음에 스스로 부끄러움이 없겠느냐? 나는 네 마음을 모르고 잘못을 뉘우치기만을 바랐더니, 오늘 일은 너무도 한심하구나. 구천 지하에 네 모친 마씨의 신령이 있다면 반드시 내가 너를 제대로 이끌지 못했다고 책망할 것이다."

그러고는 이렇게 하교했다.

"위씨 모녀를 추자동棋子洞에 가두어 스스로 자기 죄를 깨닫도록 하라."

원래 추자동은 위부인의 모친인 마씨의 묘소가 있는 곳이었다. 황태후는 눈물을 머금고 가궁인에게 위부인을 몰아내도록 했다. 위부인은 분노와 독함을 이기지 못하고 목놓아 대성통곡을 하며 집으로 돌아갔다. 가궁인이 태후의 엄한 명을 받들어 추자동으로 행차하기를 몹시 재촉하니, 위부인은 어쩔 수 없이 황소저와 몸종 도화를 데리고 추자동으로 향했다. 그곳은 황성에서 50여 리쯤 떨어진 곳이었다.

이때 황여옥은 자기 어머니 위부인을 모시고 뒤를 따랐으며, 황의병은 황공하고 불안하여 집으로 돌아가려 하매 위부인과 황소저의 손을 잡고 탄식했다.

"이는 노부의 죄다. 부인과 딸아이는 천만 보중하여 때를 기다리도록 하라."

그러자 위부인이 냉소하며 말했다.

"때를 기다려 무슨 이익이 있겠소? 첩은 한 나라의 원로대신의 아내요 현재 상서의 어미인데, 일개 천한 기생의 모욕을 달게 받고 원통하고 억울한 죄인이 되었소. 한 번 지옥에 들어가면 반드시 아귀가 될 것이오."

수레를 재촉하여 추자동에 이르자 마씨의 묘 앞에서 한바탕 통곡을 하고, 자신들이 머물 처소로 갔다. 청산은 첩첩하고 솔바람은 쓸쓸히 불었다. 산 한쪽 귀퉁이에 의지하여 한 칸 흙집이 세워져 있었다. 사면은 흙벽이었는데 구멍을 뚫어 창문으로 삼았고 가시덩굴로 울타리를 만들어 해를 보기 힘들 정도였다. 두 명의 궁노는 황태후의 엄한 명령을 받아서 문을 지키면서 외부 사람을 엄격하게 통제했다.

황소저는 이 광경을 보고 두 눈에 슬픈 눈물을 줄줄 흘렸다. 그녀는 모친과 몸종 도화와 함께 방 안에 앉았다. 풀로 만든 자리에서는 찬기운이 스며들어 앉을 만한 곳이 없었다. 노비와 주인 세 사람이 손을 잡고 소리 높여 통곡을 했다. 그러다가 위부인이 오히려 도화에게 호령하여 침구를 풀어서 비단 자리에 수놓은 이불을 첩첩이 깔도록 했다. 위부인은 편안히 앉아서 웃으며 말했다.

"내가 도덕적으로 비난받을 만한 큰 죄를 범한 것도 아니고 대역무도한 죄를 지은 일도 없다. 비단옷에 좋은 음식을 먹던 몸이 하루아침에 이 같은 고초를 어찌 감수하겠는가."

그러나 황소저는 대답하지 않고 눈물로 앞쪽 옷깃을 적시며 몰래 비단 침구를 걷고 풀로 만든 자리에 앉았다. 그 모습을 본 위부인이 꾸짖으며 말했다.

"네가 이렇게 궁박하게 구니까 기상이 평생토록 생과부 신세를 면하지 못하는 것이다."

한편, 벽성선은 진왕의 구원에 힘입어 아무 탈 없이 진나라에 도착했다. 진나라 공주가 그녀의 사람됨과 자색을 보고 어찌 사랑하지 않겠는가. 공주는 기쁜 마음으로 물었다.

"낭자는 황태후의 시녀라 하더군요. 내가 오랫동안 조정에 들어가지 못해서 얼굴을 기억하지 못하지만, 어떻게 하다가 적병에게 사로잡히게 되었어요?"

벽성선이 이때를 당하여 어찌 자기 신세를 속이겠는가. 한참 동안 고민하던 끝에 실상을 고백했다.

"첩은 사실 궁녀가 아니라 연왕 양창곡 승상의 소실 벽성선입니다. 제 운명이 기박하고 괴이하여 집안에 있지 못하고 이렇게 산속에 머물다가 산화암에 이르게 된 것입니다. 황태후와 황후 두 분께서 산화암으로 피난을 오셨다가 적병들이 암자를 포위하는 바람에 형세가 너무도 가늠하기 어려워졌습니다. 그래서 첩이 대신 황태후 마마의 옷을 입고 잠시 오랑캐 병사들을 속였으나, 그 때문에 적진에 사로잡혀서 거의 살아 돌아오지 못할 뻔했습니다. 그러나 하늘이 저를 아끼고 돌보아 주셔서 진왕 전하의 은덕을 입어 다시 해를 보게 되었습니다. 이리저리 떠돌던 처지에 비록 다른 사람은 속인다 해도 어찌 공주님을 속이겠습니까?"

공주가 그 말을 듣고 더욱 기특하게 여겨서 벽성선의 손을 잡고 눈물을 글썽이며 말했다.

"그렇다면 낭자는 내 은인이오."

그러면서 황태후와 황후 두 사람의 안부를 물으면서, 벽성선과 몸종 소청을 특별히 아끼고 돌보아 주는 것이었다. 벽성선은 공주의 현숙한 덕과 너그러운 풍모에 더욱 탄복하여 그들 사이의 정이 날로 친숙해졌다. 공주가 조용히 물었다.

"낭자의 기상에 항상 수심이 있는데, 무슨 까닭인가요? 이같은 자질로 무엇 때문에 집안에 있지 못하고 산중에 머물게 된 것이지요?"

벽성선이 머쓱한 표정으로 고개를 숙일 뿐 속마음을 말하지 않았다.

하루는 공주가 벽성선과 쌍륙을 놀면서 점수를 다투고 있었다. 공주가 웃으면서 벽성선의 손을 잡았는데, 비단 적삼이 얼핏 걷히면서 앵혈 한 점이 드러났다. 공주는 마음속으로 놀라고 탄복하여 그 까닭을 알고 싶어 했다. 그래서 소청에게 조용히 캐물었다. 소청은 감히 속일 수 없어서 어려움을 겪던 이야기를 대략 말해 주었다. 공주는 그제야 벽성선의 처지를 알게 되어 안타깝게 여기면서 위부인 모녀가 한 짓을 통한스럽게 여겼다.

이때 천자는 북방을 토벌하고 궁궐로 돌아오니, 공주가 황태후에게 조회를 하러 들어가려고 벽성선과 함께 짝하여 황성에 도착했다. 벽성선이 아뢰었다.

"첩이 공주님의 총애를 입어서 고국으로 살아 돌아왔으니, 다시 집으로 돌아가고자 합니다."

공주가 웃으면서 말했다.

"낭자가 몇 년 동안 산속에 살면서 본래 집을 거의 잊어버리고 방황하더니, 오늘 무슨 일이 있기에 이렇게 다급한 것이오? 태후께서 만약 낭자가 살아 돌아온 것을 아신다면 반드시 불러서 만나보실 것이니, 낭자는 나를 따라 궁중으로 들어가 태후와 황상을 먼저 뵙고 집으로 돌아가는 것이 좋겠소."

벽성선이 어쩔 수 없어 공주를 모시고 궁중으로 들어갔다. 황태후는 공주와 회포를 다 풀기도 전에 벽성선의 손을 잡고 눈물을 글썽이며 말했다.

"벽성선아, 하늘이 어찌 무심하겠느냐. 이 늙은이가 적진으로 너를 보내고 혼자 살아나서 천하의 봉양을 편안히 누리고 있구나. 기신紀信과 같은 충성이 큰 화를 면치 못했을까 두려워했다. 오늘 이렇게 살아서 얼굴을 마주하니, 어찌 천지신명이 도운 것이 아니겠느냐."

황후와 비빈들, 가궁인 등이 한꺼번에 손을 잡고 기뻐했다. 천자는 공주가 조회를 올리러 들어왔다는 소식을 듣고 진왕의 소매를 잡고 내전으로 들어왔다가, 벽성선을 보고 놀라서 물었다.

"저기 서 있는 사람은 연왕의 소실 벽성선이 아니냐?"

공주가 웃으면서 대답했다.

"폐하께서는 재상의 규방에 있는 가인을 어찌 아십니까?"

천자가 탄식하며 말했다.

"벽성선은 짐의 대들보와 같은 신하다. 짐이 우리 누이보다 먼저 벽성선을 알았는데, 이렇게 누이를 따라올 줄 어찌 알았겠는가."

공주는 진왕이 도중에 그녀를 만나 구해 주고 진나라로 보낸 일을 일일이 아뢰었다. 천자는 기이하게 여기며 말했다.

"경은 어찌하여 일찍 말하지 않았는가."

진왕이 웃으면서 말했다.

"신은 태후마마의 시녀로만 알았지 연왕의 소실이라는 것은 몰랐습니다."

천자는 얼굴에 슬픈 빛을 띠면서 공주에게 말했다.

"벽성선은 우리 남매의 크나큰 은인이다. 어떻게 그 은덕을 보답하겠는가."

그러고는 바닷가 행궁의 꿈속에서 옥황상제를 모시던 일이며, 벽성선의 모습이 꿈속에 만났던 소년과 흡사했던 일, 음악으로 간언하여 노균을 크게 꾸짖었던 일 등을 이야기했다. 황태후가 탄복하며 말했다.

"혈혈단신 약한 일개 여자가 동분서주하면서 우리 모자를 이처럼 구해 주었구나. 이는 천고의 역사서에서도 볼 수 없는 일이다."

벽성선이 황태후에게 아뢰었다.

"신첩이 공주님의 사랑을 입어서 집안으로 돌아가지 못하고 당돌하게 궁중에서 배알하니, 제가 살아 돌아왔다는 소식을 빨리 남편에게 통보하고 싶습니다. 여기서 물러가기를 청합니다."

진왕이 미소를 지으며 황태후에게 아뢰었다.

"신이 평생토록 지기가 없었는데, 근래 연왕과 함께 전쟁터의 고초를 겪으며 지기로 교유하고 있습니다. 그러나 자연히 나랏일이 너무 많아서 한 번도 조용히 술잔을 나누며 회포를 풀어 본 적이 없었습니다. 변방의 침략을 쓸어버리고 나라에 일도 없습니다. 이제 신이 연왕의 총애하는 여인을 찾아 갑작스럽게 돌아간다면 자못 재미가 없습니다. 잠시 연왕을 속여 폐하께서 웃으실 일을 만들어 볼까 합니다."

황태후가 크게 기뻐하면서 말했다.

"우리 어진 사위가 무엇으로 속이려는가?"

진왕이 웃으면서 말했다.

"폐하께서는 벽성선을 연양에게 보내지 마시고, 오늘 연왕을 불러 주소서."

황태후가 허락하자 진왕이 다시 공주를 보며 말했다.

"공주는 술과 음식을 준비하고 잠시 벽성선을 머물게 하여 동정을 천천히 살펴보시오."

공주도 웃으면서 그렇게 하겠노라 했다. 그날 밤, 황태후는 양창곡을 편전으로 불렀다. 양창곡은 대궐에 이르러 먼저 천자를 뵈었다. 천자는 미소를 지으며 말했다.

"어마마마께서 경을 사위처럼 사랑하고 계시오. 경과 진왕을 불러 보시고자 하니, 경은 진왕과 함께 어마마마의 자식으로서의 즐거움을 돕도록 하시오."

양창곡이 머리를 조아렸다. 잠시 후 황태후는 양창곡을 불러서 연춘전에 이르렀다. 무엇 때문에 그렇게 하는 것일까? 다음 회를 보시라.

제42회

황소저는 꿈속에서 상청궁을 노닐고,

위부인은 회생하여 악독한 마음을 바꾸다

黃小姐夢遊上淸宮 衛夫人回甦換惡腸

양창곡이 연춘전에 이르니 진왕은 이미 황태후를 모시고 주렴 밖에 앉아 있었다. 황태후가 궁녀에게 명하여 양창곡의 자리를 가까이 하사하고 하교했다.

"이 늙은이가 경을 사랑하는 것이 다른 신하와 다르기 때문에 매양 이렇게 불러 보긴 하오만, 체모에 구애될까 마음이 매우 불안하구려. 그러나 뜻은 더욱 간절했는데, 오늘 밤 진왕을 마주하니 경을 생각하는 마음이 더욱 간절하여 이처럼 특별히 불렀으니, 경은 이 늙은이의 번잡함을 용서해 주시오. 경이 남방에 귀양을 가고 북방으로 전쟁을 치르러 가서 응당 노고가 많았을 것이오. 비록 소년의 혈기방장한 나이지만 기거하는 동안 다친 곳은 없으신가?"

양창곡이 머리를 조아리며 말했다.

"천은이 망극하여 도와주시는 덕이 갈수록 바다와 같아서 제 몸은 병이 난 곳이 없습니다."

진왕이 웃으면서 양창곡에게 말했다.

"양형은 오늘 밤 이처럼 태후마마께서 불러 보시는 의도를 아시겠소? 양형의 소실 벽성선 낭자가 두 분 마마를 위하여 기신의 충성을 본받았으니, 혈혈단신 여자의 몸으로 살아 돌아오지 못할 것은 당연한 일이오. 이제 태후께서 벽병선의 소식이 전혀 없는 것을 생각다 못하시어, 모든 일이 마마 때문에 양형의 총애하는 여인을 잃었다고 탄식하셨소. 벽병선을 대신하여 궁녀 중에서 가장 아름다운 사람을 양형 옆에서 모시며 살 사람으로 간택하여 미안한 마음을 풀어 보시려는 것이외다. 양형의 생각은 어떠하오?"

양창곡이 웃으며 말했다.

"천은이 망극하나 그 뜻을 받들지는 못하겠습니다. 그 이유는 두 가지입니다. 비록 여인이라고는 하나 나라를 위해 충성을 다한 것을 제가 어찌 털끝 하나라도 안타까워 탄식하는 마음을 가지겠습니까? 하물며 다른 처첩이 있어서 지금도 과분합니다. 이것이 제가 태후마마의 뜻을 받들지 못하는 첫 번째 이유입니다. 잠시 전쟁을 겪으면서 쫓겨 달아난 백성들 중에 아직 집으로 돌아오지 못한 사람이 많습니다. 어찌 벽성선의 생사를 지금 알겠습니까? 만약 다행히 살아 돌아온다면 그이가 비록 질투하는 마음을 가지지는 않겠지만, 제게 사람을 저버렸다는 부끄러움이 어찌 없겠습니까? 이것이 뜻을 받들지 못하는 두 번째 이유입니다."

진왕이 크게 웃으면서 말했다.

"양형은 지나치십니다. 벽성선을 위해 수절하려는 것입니까? 이 화진이 이미 중매를 서서 궁녀 한 사람을 선발했습니다. 만약 이를 중지한다면 어찌 오뉴월 서리를 내리는 원망을 감당하시겠습니까?"

"화형은 진실로 솜씨 없는 중매꾼이구려. 원치 않는 혼인을 중매 서시다니, 어찌 헛되이 입을 쓰신단 말씀이오?"

진왕이 다시 황태후에게 말했다.

"연왕이 비록 밖으로는 사양하지만 그 뜻을 살펴보니 신이 못생긴 여자를 중매 설까 두려워 이처럼 주저하는 듯합니다. 청컨대 그 얼굴을 보여 주십시오."

그는 옆에 있던 궁녀에게 미인을 불러오도록 했다. 그 미인은 바로 진나라 공주가 화장을 시킨 벽성선이었다. 시녀에게 벽성선을 부축하여 주렴 밖으로 내보냈다. 벽성선은 태후 앞으로 가서 부끄러움을 머금은 자태로 시립했다. 태후가 그녀의 손을 잡고 양창곡을 보면서 웃었다.

"이 늙은 몸이 혼사를 주관하고 진왕이 중매를 서는데, 어찌 경에게 아름답지 못한 사람을 천거하겠는가? 내가 딸처럼 아끼는 사람이기에 경에게 자랑하는 것이니, 아마 부끄러워할 것이 없으리라."

양창곡이 눈을 들어 잠시 살펴보니 비록 남북 전쟁터에서 종적이 묘연했지만 오매불망 잊지 못하던 벽성선이었다. 양창곡은 속으로 신기해했지만 기색을 드러내지 않고 태연히 웃으면서 말했다.

"내 생각에 화형이 월하노인의 붉은 끈으로 아름다운 여인을 중매했으니, 지금 살펴보니 성도成都의 깨진 거울 때문에 옛 거울을 찾아 자랑하시면서 무엇으로 제게 자랑스러워하시는 거요?"

진왕이 크게 웃으면서 좌우를 돌아보고 말했다.

"좋은 날에 아름다운 약속이 순조롭게 이루어졌으니, 이런 자리에 어찌 한 잔 술이 없겠느냐?"

그가 술상을 재촉하자 진나라 공주가 궁녀들에게 명하여 술상을 올리도록 했다. 진왕이 큰 잔에 가득 술을 부어 태후에게 아뢰었다.

"연왕이 잠깐 사이에 말이 달라졌습니다. 조금 전에는 마마의 엄한 명령을 거역하면서 애써 사양하는 빛이더니, 지금은 저 미인을 잃어버릴까 걱정하는 기색입니다. 벌을 내리지 않을 수 없습니다."

그가 술잔을 들어 권하자 양창곡이 받아 마시고, 또 한 잔을 가득 부어 손에 들고 태후에게 고했다.

"천은이 망극하여 미인을 하사하여 주셨는데, 진왕이 무례하여 자기 공이라고 자랑했습니다. 벌을 내리지 않을 수 없습니다."

양창곡이 술잔을 들어 진왕에게 권했다. 어언간 술잔과 술상이 낭자해지면서 진왕과 연왕 모두 취했다. 잠시 후 좌우에 엎어지고 넘어지는데, 천자가 와서 기쁜 마음으로 태후를 모시고 앉았다. 황태후가 두 사람이 술잔을 나누게 된 일을 일일이 고하고 탄복했다.

"예부터 충신열사가 많았지만 여자 중에 벽성선 같은 사람이 어찌 있었는가. 한창 오랑캐에게 포위되어 담대한 대장부라 하더라도 간담이 서늘해지고 손발이 황망하여 제각기 자기 목숨을 건지려고 했을 터인데, 하물며 나약한 여자임에랴! 그런데 벽성선은 개연히 죽음을 각오하고 오랑캐 십만대군을 초개처럼 보면서 태연히 사지로 들어가니, 이는 억지로 해서 될 일이 아니었다. 옛날 한나라의 기신이 한왕漢王, 유방을 대신하여 충절이 혁혁했으나, 이는 당당한 대장부요 임금의 녹을 먹는 사람이라 자신에게 책임이 있었기 때문이다. 그렇지만 오늘 벽성선은 아무런 직책도 없는 여자의 몸일세. 만약 하늘로부터 충의로운 마음을 타고나지 않았다면 어찌 창졸간에 그런 계책을 낼 수 있었겠는가. 효자의 가문에서 충신을 구한다고 하더니, 벽성선의 충성심이 탁월할 뿐만 아니라 평소 연왕이 집안을 바로잡고 감화를 시킨 힘에서 나온 것이리라."

천자는 얼굴빛을 바로 하면서 진왕에게 말했다.

"벽성선의 기질이 저렇게 맑고 약한데 거문고를 가지고 늙은 도적놈을 꾸짖으매 아름다운 봄빛 눈썹에 서리 바람이 소슬하게 불었다. 보는 사람들로 하여금 충성과 분노가 뭉게뭉게 저절로 피어나게 했다. 봉의정 앞에서 연왕의 충성으로도 마음을 바로잡을 수 없던 어두운 임금이었는데, 거문고 몇 곡으로 온화하게 간언하자 놀랍게도 깨닫게 만들었으니 이는 진실로 고금에 없던 일이다."

두 왕이 머리를 조아렸다. 진왕과 연왕은 날이 저물어 물러나려고 했다. 황태후는 궁녀에게 두 왕을 부축하여 계단을 내려가게 했다. 벽성선을 양부로 돌려보내자 황태후와 황후, 비빈 등이 모두 슬퍼하며 배웅하면서 가까운 시일 안에 대궐로 들어오라고 했다. 그 애련해 하는 마음이 멀리 이별이라도 하는 듯했다.

양창곡이 벽성선을 데리고 집에 도착하자, 위아래 할 것 없이 모두 깜짝 놀랐다. 양창곡의 어머니 허부인은 벽성선의 손을 잡고 죽은 사람이 다시 살아온 것처럼 기뻐했다. 하인들은 예전 강주의 일을 말하면서 하늘의 이치가 밝디밝다는 것에 탄복했다.

어느새 세월은 훌쩍 흘러 황소저가 추자동에 들어간 지 한 달이 지났다. 그녀는 식음을 전폐하고 밤낮 통곡하며 지내니, 달과 꽃 같은 모습은 날이 갈수록 초췌해졌고 해진 옷과 풀로 짠 자리에 눈물 자국이 마르지 않았다. 위부인이 꾸짖었다.

"너는 시댁에서 쫓겨난 것이 슬퍼서 그러는 것이냐, 태평성대에 죄인이 된 것을 탄식하는 것이냐? 아니면 남은 목숨을 스스로 끊어서 천한 기생의 소원을 이루어 주려고 그러는 것이냐? 차라리 빨리 죽어서 이 늙은 어미가 청상과부의 꼴을 보지 않게 해다오."

황소저는 한마디도 대답하지 않고 더욱 통곡을 그치지 않았다.

가을바람이 선뜻 불더니 쓸쓸한 어느 날이었다. 적막한 산속에서 곳곳에 두견새가 울고 싸늘한 섬돌 앞에는 날아다니는 반딧불이가 점점이 빛을 내면서, 처량한 근심과 슬픈 심회를 훨씬 덧보태고 있었다. 위부인과 도화는 막 잠이 들었다. 황소저는 혼자 외로이 베개에 기대어 앉아 가물거리는 등불을 바라보며 뒤척뒤척 잠을 이루지 못했다. 그녀는 지나간 일을 생각하며 자기 신세를 탄식하던 중이었다.

갑자기 비몽사몽간에 혼백이 아득하고 정신이 가물거리면서 한곳에 이르렀다. 누각 하나가 반공에 솟았는데, 뜨락은 깊고 담장은 장대하여 인간 세계의 궁궐과는 달랐다. 무수한 선녀가 청란靑鸞이나 봉황을 타고 쌍쌍이 오갔다. 황소저는 앞으로 가서 선녀를 보고 물었다.

"여기는 어디며, 이 누각은 누구의 집인가요?"

선녀가 대답했다.

"이곳은 천상 옥경이고 이 누각은 상청궁上淸宮입니다. 궁 안에는 상청부인上淸夫人이 계십니다."

황소저가 다시 물었다.

"상청부인은 어떤 분입니까?"

선녀가 웃으며 대답했다.

"그대는 어떤 여자기에 상청부인을 모르시오? 부인은 주나라 태사입니다. 옥황상제의 명을 받아 상청궁에 거처하시면서 천상의 선녀들을 가르치고 계십니다."

황소저가 그 말을 듣고 속으로 생각했다.

'내가 일찍이 들으니 태사는 맑은 덕이 있어서 천추에 부인들의 모범이라고 한다. 어떤 사람인지 한번 만나봐야겠다.'

그녀가 문앞에 이르러 알현하기를 청하니, 한 선녀가 앞을 인도하여 궁중으로 들었다. 열두 난간에 주렴이 높이 걷혔고, 3천 궁녀가 달 모양의 패옥을 짤랑거리면서 전각 위에 시립했는데 기이한 향기가 코에 스쳤다. 어떤 부인이 보였다. 행동이 그윽하고 여유가 있으며 용모가 단정했다. 부인은 검소한 의복을 입고 부드러운 태도로 백옥 의자에 높이 앉아 있었다. 궁녀들은 봉선鳳扇과 운번으로 엄숙하게 옆에서 모시고 있었다. 황소저가 전각 위로 올라가니, 상청부인이 물었다.

"그대는 웬 사람인가?"

황소저가 뻣뻣이 고개를 들고 대답했다.

"첩은 인간 세계 대명국 연왕의 두 번째 부인 황씨입니다."

상청부인이 황망하게 의자에서 내려오며 말했다.

"인간과 천상이 어찌 다르겠습니까? 부인께서 연왕부인이라면 역시 귀인입니다. 어떻게 여기에 이르게 되었습니까?"

상청부인은 시녀에게 칠보석七寶席을 차리게 하고 앉기를 청했다. 황소저는 사양하지 않고 자리에 앉으면서 말했다.

　"첩이 부인의 현숙한 덕을 들었는데, 가르침을 받으려고 왔습니다."

　상청부인이 웃으면서 말했다.

　"제가 무슨 현숙한 덕이 있겠습니까? 부인은 예의의 나라에 높고 훌륭한 가문 출신으로, 제후의 부인의 존귀함을 겸하셨으니 반드시 규중의 범절과 여인의 법도를 많이 들으셨을 것입니다. 어찌 이렇게 겸양하십니까?"

　황소저가 말했다.

　"첩이 듣고 싶은 말은 다른 것이 아닙니다. 부인께서 인간 세상에 살아 계실 때 여러 처첩들이 관저關雎나 규목의 시를 지어 성스러운 덕을 칭송하고 털끝 하나도 투기하는 마음이 없었다고 합니다. 만약 교묘하게 꾸미는 것이 아니라면 반드시 사람마다 칠정이 다를 텐데 어떻게 그럴 수 있었습니까?"

　상청부인이 당황하여 말했다.

　"투기가 무엇입니까?"

　황소저가 말했다.

　"여자의 일생은 남편에게 달려 있습니다. 남편이 평소에 여러 처첩을 두고 그 은총을 옮긴다면 어찌 투기하는 마음이 없겠습니까?"

　상청부인이 그 말을 듣더니 발끈하는 빛을 보이면서 몸을 일으켜 의자에 앉아 옆에 있는 사람들에게 호령하여 황소저를 끌어내 계단 아래에 꿇어앉히라고 했다. 그러고는 크게 꾸짖었다.

"웬 추악한 것이 감히 내 귀에 비루한 말을 하느냐? 인간 세계에 90년간 살면서 일찍이 투기라는 말을 들어 본 적이 없거늘, 너는 음란한 일과 부끄러운 명목으로 씻지도 않고 깨끗하지도 않은 말을 입에서 내어 내 속을 떠보려 하는구나. 이 같은 음란한 여자는 옥경 청도에 몰래 머물게 할 수 없다. 빨리 돌아가 인간 세상의 여자들에게 전하라. 무릇 여인은 부드럽고 단정하여 하나에만 전념해야 한다. 만약 이것을 어긴다면 어찌 군자의 행실이라 하겠는가. 만약 이것을 가지고 나를 칭찬한다면 어찌 감수하겠는가."

상청부인이 꾸짖기를 마치더니 시녀에게 호령하여 황소저를 쫓아내도록 했다. 황소저는 그녀는 분하기도 하고 부끄럽기도 하여 길을 찾아 나가고 있는데, 갑자기 한곳을 보니 축축한 기운이 가득한 가운데 슬프디 슬픈 곡소리가 은은히 들려왔다. 그곳으로 가서 보니 큰 웅덩이가 하나 있는데 더러운 것들로 가득하여 악취가 코를 찔렀다. 수없이 많은 여자들이 그 안에 빠져 벗어나지 못하고 있었다. 어떤 여자는 머리를 내밀고 팔을 뻗어 황소저를 보면서 울부짖었다. 황소저가 그 악취를 피하여 감히 가까이 가지 못하고 멀리서 바라보며 물었다.

"그대들은 어떤 사람들이기에 이런 고초를 겪고 있소?"

그 여자가 울면서 말했다.

"첩은 한나라 여후呂后*인데, 전생에 투기를 하여 척부인戚夫人을 죽이고 마음대로 사람들을 독살한 죄로 이런 고초를 당하는 것입니다."

또 한 여자가 울면서 말했다.

"첩은 진국秦國 왕도王導의 아내 마씨馬氏인데 전생에 투기를 하여 남편을 욕보인 죄로 이런 고초를 당하고 있습니다."

또 다른 여자가 말했다.

"첩은 가충賈充의 아내 왕씨王氏인데 여러 첩들을 투기하고 그 자식들을 독살시킨 죄로 이런 고초를 당하고 있습니다."

그 뒤를 이어서 여러 여자들이 차례로 울면서 말했다.

"첩 등은 부잣집 좋은 가문의 부귀한 여자입니다. 평소 다른 죄는 없지만 투기하는 마음으로 집안을 어지럽힌 죄 때문에 이런 고초를 당하고 있습니다."

황소저가 그 모습을 보고 모골이 송연하여 한마디도 대답하지 못하고 소매로 얼굴을 가리며 되돌아 달아났다. 그러자 여러 여자들이 소리를 질렀다.

"연왕 부인은 달아나지 마시오! 그대 또한 우리와 같은 부

* 한고조 유방의 황비이다. 그는 유방을 도와서 천하를 평정했으며, 한나라가 세워진 뒤 여러 대신들을 죽이는 데에도 큰 역할을 했다. 그러나 척부인과 그의 아들 조왕(趙王)을 미워했다. 이후 조왕을 독살했으며, 척부인의 손과 발을 자르고 눈을 뽑은 뒤 '사람 돼지'라고 부르며 돼지우리에 가두어 죽였다.

류요. 마땅히 이 같은 고초를 함께 당할 것이오."

그녀들은 더러운 것들을 움켜쥐고 던지면서 한꺼번에 쫓아왔다. 황소저가 크게 놀라 소리를 지르면서 깨어나니, 바로 한바탕 꿈이었다. 온몸에 땀이 흘러 베개와 이불을 모두 적셨다. 황소저는 부끄럽고 분한 마음을 이기지 못하여 뒤척이며 잠을 이루지 못했다. 그녀는 마음속으로 생각했다.

'나는 어떤 사람이고, 상청부인은 어떤 사람인가. 높은 가문 좋은 집에 제후의 부인은 피차일반이며, 이목구비와 오장육부 모두 같은 사람이다. 그런데 저 사람은 어찌 저렇게 존귀하여 천상 신선의 우두머리가 되었고, 나는 어찌하여 이런 고초를 겪었으며 욕을 당하는 것일까? 그 가운데 더욱 통분한 일은 수많은 여자들이 더러운 것을 뒤집어쓰고 나를 자기들과 같은 부류라고 하는 것이다. 내가 평생토록 부귀한 집안에서 보옥 같은 몸으로 어찌 저들과 같은 부류란 말인가. 내 이제 귀를 씻고 뼈를 갈아서 그 더러움을 씻어 내고 싶지만, 후회한들 어찌한단 말인가.'

그러다가 갑자기 깜짝 놀라 깨달으며 말했다.

'그 웅덩이 속의 수많은 여자들 역시 아름답게 그림을 그린 묘당에 초상화가 걸려 있는 제후의 부인들이다. 나보다 아래가 아닌데도 저런 고초를 겪는다. 이는 다름 아니라 사람의 귀천은 밖에 있는 것이 아니라 마음에 있는 것이기 때문이다. 그러므로 고대광실 좋은 집에 앉아 있더라도 마음이 악독하면 몸은 비천하고, 비단옷에 좋은 음식을 먹는 자라도 마음이 천하면 그 몸도 따라서 천하다. 상청부인의 저 같은 존귀함도 마음이요 수없이 많은 여자들의 저러한 더러움 또한 마음이다. 나는 다만 외모가 추한 것만 알았을 뿐 마음이 추악한 것을 몰랐고, 외모가 존귀한 것을 사모했을 뿐, 마음이 존귀한 것을 사모하지 않았다. 어찌 어두운 처사가 아니었더냐. 아! 규중의 여자로 죄악이 세상에 낭자하여 이 같은 적막공산에 죄인이 되었으니, 이것이 누구의 잘못인가. 만약 하늘이 이렇게 한 것이라 한다면 허다한 세계의 무수한 인생 중에 어찌 유독 나만 미워할 것이겠는가. 만약 신세가 곤궁하고 처참한 것이라면 밝디밝은 조물주가 어찌 홀로 나에게만 곤궁하고 처참한 운명을 주었겠는가. 나는 부모님의 은덕으로 부귀한 가문에 태어나 안하무인으로 살아가다가, 시집으로 들어간 뒤에는 부인으로서의 덕은 전혀 없고 교만한 마음만 품어 첩들을 모두 없애 버리고 나 혼자 남편의 은총을 누리려 했다. 이는 진실로 비루하고 천한 마음이다. 대대로 높은 벼슬을 한 집안에서 남자가 되지 못하고 여자가 되었는데, 어찌 차마 보잘것없는 좁은 성품으로 용렬한 잡념을 품고 여러 첩들과 은총을 다투었단 말인가. 내 몸을 닦고 내 도리를 지켜서 천지신명에 부끄러움이 없어야 한다. 같은 반열의 적국에게 모욕을 당하지 않는다면 군자가 비록 흠결을 찾고자 해도 어찌 찾을 수 있겠는가. 취한 듯 꿈속인 듯 어둑어둑하여 스스로 깨닫지 못했으니, 오늘 이 같은 고초를 겪는 것은 내 스스로 불러들인 것이다. 벽성선은 진실로 흠이 없는 옥이요 빙설 같은 깨끗한 지조를 가졌다. 내가 일찍이 해치려고 별당의 달빛 아래 춘성으로 하여금 그를 쫓아가게 하고, 산화암 안에서 우격으로 하여금 겁탈하도록 했다. 1년 동안 행랑에서 짚으로 만든 자리에 베옷을 입은 그녀가 당한 고초가 어떠했겠는가. 천도가 돌고 돌아 내가 그 보복을 당하는구나. 그 가운데 더더욱 모골이 송연한 것은 노랑의 일이다. 흉악한 모습으로 서릿발 같은 칼을 옆에 끼고 야밤 3경에 창틈으로 몰래 살펴볼 때 벽성선의 위태로움이 경각에 달려 있었다. 내가 장차 그 보복을 받겠구나.'

그녀가 마음속으로 두려워 겁을 먹고 있을 때였다. 갑자기 한바탕 음산한 바람이 창틈으로 들어오더니 등불을 꺼뜨리면서, 창밖에 사람 그림자가 번뜩였다. 황소저는 깜짝 놀라 크게 울부짖으며 땅에 엎어져 기운이 막혔다. 이때 이미 4, 5경이 지났다. 서산에 기울었던 달이 나무 그림자를 옮기면서 창밖에 비친 것이었다. 위부인과 도화가 황소저의 울부짖는 소리에 놀라 깨어나 그녀를 부축하면서 무슨 일이냐고 물었다. 황소저는 그제야 정신을 수습하여 어머니 위부인을 붙들고 말했다.

"어머니, 자객이 창밖에 왔어요!"

위부인이 꾸짖으며 말했다.

"우리 딸이 무슨 까닭에 이런 황당하고 어지러운 말을 하는 게냐? 자객은 무슨 자객이란 말이냐?”

황소저는 다시 대답하지 않고 마음이 아득해졌다. 얼마 뒤 다시 소리를 질렀다.

“어머니, 벽성선은 죄가 없으니 죽이지 마시고 이 자객을 가라고 하세요!”

위부인이 즉시 촛불을 밝히고 소리를 쳤다.

“애야. 꿈을 깨어 정신을 차려라. 네 어미가 여기 있다. 자객이 어찌 여기에 온단 말이냐?”

그 후로 황소저는 잠을 자다가 놀라고, 잠에서 깨면 울었다. 그녀는 점차 살이 빠지면서 침상에서 일어나지 못했다.

어느 날, 밤이 깊은 뒤였다. 황소저가 갑자기 어머니 위부인을 불러서 말했다.

“소녀의 병은 평범한 것이 아닙니다. 죽더라도 안타까워하지 마세요. 부모님이 다 살아 계신 딸아이가 시댁에 큰 죄를 얻어서 쫓겨난 여자라는 이름을 씻을 수 없네요. 어머님은 딸자식을 절대 생각하지 마시고 몸을 잘 챙기세요. 소녀가 불효하여 부모님의 맑은 덕을 손상시켰으니 죽어서도 지하에서 눈을 감지 못하겠어요.”

황소저는 말을 마치더니 다시 한번 울부짖다 기절했다. 위부인이 손을 잡고 소리를 질렀다.

“늦게 얻은 딸아이가 재주 있고 민첩해서 수복을 모두 누리고 영광을 보는가 했더니, 남편을 잘못 만나 이 지경에 이르렀구나. 차라리 내가 먼저 죽어 아무것도 모르는 게 낫겠구나."

황소저가 눈을 뜨고 어머니를 이윽이 바라보다가 눈썹을 찌푸리며 말했다.

"소녀가 이제 한 가닥 남은 목숨을 끊는다면 아득한 인간만사를 잊을 수 있겠지요. 그렇지만 두 가지 마음에 품은 것이 있어요. 하나는 연왕이 소녀를 저버리고 제가 연왕을 저버린 것입니다. 벽성선이 소녀를 해치려 한 것이 아니라 소녀가 벽성선을 해치려 한 것입니다. 이제부터는 연왕과 벽성선의 일을 입에 올려서 소녀의 혼백을 부끄럽게 만들지 말아 주세요. 두 번째는 소녀가 죽은 뒤에 황씨 문중 선산에 묻힌다면 이는 출가한 여자의 평범한 일이 아닙니다. 양씨 문중의 선산에 묻히고자 한다면 시부모님의 인자하심과 연왕의 너그러움으로 소녀의 신세를 불쌍하게 여겨서 무덤 쓰는 것을 허락하기는 하겠지만, 소녀의 영혼이 어찌 부끄럽지 않겠어요? 소녀 같은 사람은 천지간의 죄인입니다. 영혼과 백골은 갈 곳 없으니, 바라건대 어머님은 소녀가 죽은 뒤에 시신을 화장하여 이 세상에 유골을 남기지 말아 주세요."

말을 마치고 한숨을 쉬며 탄식하더니 다시 비명을 지르면서 숨이 갑자기 끊어지며 급박해졌다. 가련하여라, 황소저의 일생이여! 총명하고 눈치 빠른 그녀를 잠시 조물주의 시기를 받아서 낭자한 죄악을 들은 사람들이 모두 그녀를 죽이고 싶게 했다. 그런데 홀연 하루아침에 푸른 하늘의 구름이 사라지

듯 백옥의 흠결이 갈아서 없어지듯 몇 마디 말이 천고의 현숙한 부인을 바꾸어 생명을 위독하게 하는구나. 만약 후사가 없다면 이 어찌 하늘의 도리가 있다고 말할 수 있겠는가.

이때 위부인이 참담한 정경을 보고 가슴을 치며 통곡하다가 그녀 역시 혼절했다. 정신이 어지러워 꿈인 듯 취한 듯한 가운데 갑자기 웬 부인이 크게 꾸짖는 것이었다.

"이 못난 짐승은 얼굴을 들어 나를 보아라."

위부인이 머리를 들어 쳐다보니 바로 자신의 어머니 마씨였다. 위부인이 놀라고 기뻐하며 물었다.

"어머니! 이게 생시인가요, 꿈인가요?"

그녀는 눈물을 샘솟듯 쏟으면서 말했다.

"소녀가 어머니 슬하를 떠난 지 40여 년이 되었습니다. 얼굴이 항상 눈에 어른거렸는데 지금 어디서 오시는 건가요?"

마씨가 싸늘하게 웃으며 말했다.

"네가 어미를 알아보겠느냐?"

위부인이 흐느끼면서 말했다.

"저를 길러 주시고 돌봐 주시고 먹여 주시고 저를 품어 주셨는데, 어떻게 모녀간의 천륜을 모르겠어요?"

마씨가 크게 노하여 말했다.

"내가 전생에 무슨 큰죄를 지었기에 한 점 혈육도 없다가, 늦게서야 너를 얻어 아들처럼 길렀다. 세 살에 말을 가르치고 네 살에 바느질을 가르쳤으며, 열 살에는 남편을 거스르지 말고 시부모님께 효도할 것을 가르쳤다. 이는 다름이 아니라 훗날 출가하여 큰 잘못이 없다면 사람들이 모두 '마씨가 아들은 없지만 딸을 잘 가르쳐서 다른 가문을 창성하게 했다'는 말을 했을 것이다. 그렇게만 된다면 저승에 의지할 곳 없는 혼백이라도 영광스럽게 여겼을 것이다. 그런데 오늘 보니 부질없이 일점 혈육을 낳아서 인간 세상에 던져 두었구나. 너를 생각하면 눈을 감을 수 없고, 잊고 싶어도 잊을 수 없다. 아! 가풍과 문벌이 혁혁한 집안의 여자라도 규방의 법도와 부녀자로서의 도리에 죄를 짓는 사람이 많은데, 어찌 간특한 천성으로 네 딸을 그르치고 남의 가문을 어지럽히리라 생각이나 했겠느냐? 네가 만약 모녀간의 정이 있다면 어찌 네 어미를 욕 먹인단 말이냐? 천륜의 지중함을 안다면 어떻게 네 딸을 그르칠 수 있단 말이냐?"

위부인이 통곡하면서 변명을 하려 하자, 마씨는 더욱 크게 화를 내며 말했다.

"못난 딸아이가 천지신명을 속이더니, 이제는 제 어미를 속이려는구나."

마씨는 지팡이를 들어 수십 대를 후려쳤다. 위부인은 그 고통을 더욱 이기지 못하고 놀라 깼다. 주위를 보니 도화는 옆에서 울고 있었고, 황소저 역시 소생해 있었다. 위부인이 정신을 수습하여 몸을 문지르니 지팡이 자국이 분명했다. 게다가 아픔을 이기지 못하여 한편으로는 분하고 한편으로는 부끄러웠다. 그녀는 속으로 생각했다.

'꿈이 참 이상도 하구나. 사십 년 동안 저승에 계셨는데 무슨 혼령이 이렇게 간곡하실까. 만약 혼령이 있다면 어째서 나를 도와주시지 않는 것일까? 어째서 이런 고초를 내게 더해 주는 것일까? 이는 필시 내 마음이 약해져 꿈자리가 저절로 어지러워진 것이리라.'

잠시 후 정신이 아득해지면서 자연스럽게 눈이 감겼다. 그런데 마씨가 어떤 백의노인과 함께 오더니 위부인을 가리키면서 말했다.

"이 애는 첩의 못난 딸입니다. 천성이 악독하여 가르침으로 이끌 수 없으니, 선생께서 배를 갈라 본성을 바꿔 주십시오."

백의노인은 위부인을 깊이 바라보더니 주머니에서 단약 한 알을 꺼내 삼키라고 재촉했다. 위부인이 그것을 받아서 삼키자 가슴이 찌르는 듯 아팠으며 입에서는 오장이 한꺼번에 쏟아져 나오면서 유혈이 낭자했다. 위부인은 고통을 참지 못하고 목숨을 살려 달라고 애걸했다. 백의노인은 소매 안에서 붉은 호로병을 꺼내 감로수를 따르더니, 위부인의 오장을 깨끗이 씻어 다시 뱃속에 넣었다. 그러고는 마씨에게 말했다.

"배 안의 악독한 뿌리가 창자에만 있을 뿐 아니라 골수까지 스며들었소. 마땅히 뼈를 갈아 독기를 없애야겠소."

백의노인은 허리춤에서 작은 칼을 하나 뽑더니 위부인의 피부를 가르고 뼈마디를 깎아냈다. 날카로운 칼소리에 모골이 송연해졌다. 위부인은 어머니를 부르면서 소리를 지르면서 깨어나니, 한바탕 꿈이었다. 그러나 뱃속과 뼈마디에는 여전히 통증이 남아 있었고 정신은 어지러웠으며 생각은 멍하니 구름 안개 속에 있는 듯했다. 이때부터 위부인의 성품이 한번 변하더니, 매번 일을 당하면 두려워 겁을 냈으며, 지난 일을 돌아보면 봄날의 꿈처럼 아득하여 심약한 여자가 되어 버렸다. 대저 세상 사람이 어찌 자신의 잘못을 모르겠는가마는, 간혹 천성이 나약하여 알면서도 고치지 못하는 사람도 있고 기운이 세서 고집이 있는 자도 있으며 물욕에 가려져 일부러 고치지 않는 사람도 있고 교활하게 미봉책으로 해결하는 사람도 있다. 이와 같은 사람들은 반드시 큰 액운으로 놀라고 겁을 먹은 뒤에야 비로소 고친다. 이 어찌 후세 사람들이 삼가고 경계해야 할 바가 아니겠는가.

이때 위부인의 세밀하고 결백한 성품과 황소저의 분명하고 똑똑한 자질로 자신들의 잘못을 깨닫고 덕을 닦으니, 도리어 보통 사람들보다 뛰어났다. 그러나 황소저의 병세가 이미 골수에 들었고 위부인의 지팡이 자국이 종기로 발전하여 모녀 두 사람의 참혹한 정상을 눈으로 차마 보지 못할 지경이었다. 황태후가 이 정경을 전해 듣고 몰래 가궁인을 보내서 그 진위를 탐문하여 오도록 했다.

가궁인이 추자동에 이르러 살펴보니 쓸쓸한 산속의 황량한 흙집은 비바람을 막지 못할 정도였다. 가시덩굴 울타리에는 산새가 둥지를 틀고 있었으며 짧은 주렴에는 거미가 줄을 치고 있어서 사람이 살고 있는 곳이 아닌 듯했다. 방으로 들어가니 짚으로 만든 자리에 베이불을 덮고 위부인은 신음하고 있었으며 황소저는 정신이 혼미하여 쑥대머리에 귀신 형용으로 초췌하게 누워 있었다. 가궁인은 본래 천성이 유약한 사람이었다. 그녀는 눈물을 머금고 위씨 모녀의 손을 잡고 탄식했다.

"부인이 오늘 이런 고초를 당하시는 이유를 과연 알고 계십니까?"

위부인이 쓸쓸히 대답했다.

"이는 내가 스스로 불러들인 것입니다. 남을 함정에 빠뜨리려고 꾀하는 사람이 어찌 재앙을 받아 앙갚음을 받는 것을 면하겠소? 지난 일을 돌아보니 꿈속처럼 아득하여 풀어내기 어렵구려. 그대가 이처럼 찾아주고 이렇게 위문해 주니, 도리어 너무나도 부끄럽소."

가궁인이 얼굴빛을 고치고 위로하며 말했다.

"부인의 지혜로 한때의 실수를 이렇게 후회하고 계시니, 하늘이 반드시 감응하실 것입니다. 잠시 동안의 고초를 마음 아파 하지 마세요. 어찌 하늘의 해를 다시 볼 이치가 없겠습니까? 제가 전해 들으니 부인과 소저의 병환이 범상한 것이 아니라고 하더군요. 과연 어떤 증세며, 지금은 어떻습니까?"

위부인이 부끄러워하며 탄식했다.

"그대는 같은 집안 식구나 다름없으니 어찌 속마음을 숨기겠소?"

위부인은 자신과 딸이 겪었던 꿈속의 일을 말하고 나서 지팡이 자국을 어루만지며 눈물을 비오듯 쏟았다. 가궁인이 놀라 말했다.

"보통 상처라면 시간이 오래 지나면 낫는 법인데, 귀신의 지팡이 자국은 그 흔적을 없애기 어렵습니다. 부인께서는 약을 발라 치료 하시지요."

위부인이 눈물을 머금으며 말했다.

"몸과 머리카락과 피부는 부모님께서 받은 것입니다. 뼈가 가루처럼 부서지고 몸이 조각나도 부모님의 은혜를 갚기 어려울 것입니다. 하물며 저승에서 40년 동안 뵙지 못하던 어머니의 얼굴을 꿈속에서 뵙고 홀연 깨달았지요. 얼굴빛은 아득하고 목소리는 아련하여 간곡하게 타일러 주신 가르침과 저를 사랑해 주시는 마음이 단지 몇 군데 지팡이 자국에 남아 있는 셈입니다. 이는 어머니가 가르치신 뜻을 잊지 않도록 하심이니, 어찌 약을 발라 그 흔적을 빨리 지울 수 있겠소?"

그 말에 가궁인은 탄복해 마지 않았다. 이때 황소저는 전혀 말도 하지 않고 얼굴을 가리고 돌아누워 있었다. 위부인은 다시 가궁인에게 말했다.

"딸아이의 병이 진정 가볍지 않고, 꿈자리가 너무도 괴이하니 이상하오. 혹시 이 부근에 오래된 절이 있습니까? 그렇다면 한번 가서 치성을 드리고 기도하여 조금의 재액이라도 없애 보고 싶소."

가궁인이 웃으며 말했다.

"여기서 서북쪽으로 10여 리를 가면 암자 하나가 나옵니다. 산화암이라는 곳이지요. 암자에는 부처님 세 분과 제석을 모시고 있으며, 암자 뒤에는 시왕전이 너무도 영험하답니다. 부인께서는 스스로 헤아려 보시기 바랍니다."

위부인이 크게 기뻐하면서 가궁인을 보낸 뒤 향과 지전, 촛불, 비단 등을 준비하여 산화암으로 도화를 보내서 정성을 다해 기도를 올리게 했다.

가궁인은 궁으로 돌아가 태후를 뵙고 위씨 모녀가 잘못을 뉘우친 일을 일일이 아뢰었다. 그녀는 측은한 마음에 눈물을 글썽이며 토굴에서의 고초를 두세 번 말하며 죄를 용서하여 돌려보내기를 청했다. 황태후가 웃으며 말했다.

"위씨를 아끼고 돌아보는 마음이 어찌 내가 너보다 못하겠느냐? 지금 잘못을 뉘우쳤다고는 하지만 시댁에서 쫓겨난 황소저의 신세를 장차 어찌 하겠느냐? 일부러 이런 고초를 더욱 겪도록 하여 연왕으로 하여금 자연스럽게 스스로 깨닫게 하려는 것이다."

이 말을 듣고 가궁인이 사례했다.

양창곡은 어떻게 감동을 받을 것인가. 다음 회를 보시라.

제43회

벽성선은 산화암에서 기도를 하고,

여도사는 추자동으로 몰래 들어가다

仙淑人祈禱散花庵 女道士潛入楸子同

벽성선은 자신의 무고한 죄를 모두 씻어 내고 천자의 은총을 받아 양부로 돌아가니, 위아래 할 것 없이 모든 사람들이 탄복하고 기뻐했다. 그녀는 영화와 존귀함이 극에 달했지만 끝내 황소저의 일을 애석하게 여겨서 항상 마음 한구석이 즐겁지 않았다.

하루는 양창곡이 정사당政事堂에서 하루 종일 업무를 처리하다가 날이 저물어 집으로 돌아와 부모님께 인사를 올리고 동별당東別堂으로 갔다. 그는 관복을 벗고 술상을 들인 뒤 황혼의 달빛을 마주하여 몇 잔을 마셨다. 강남홍이 슬픈 빛으로 무료하게 별다른 흥취를 보이지 않았다. 양창곡은 무슨 일이 있느냐고 물었다. 강남홍이 대답했다.

"다름이 아니라 상공께서 처리하신 일에 자못 의아스러운 점이 있기 때문에 자연히 즐겁지 않습니다. 상공께서 벽성선을 소실의 반열에 둔 것이 벌써 몇 년이 되었습니다. 그 지조와 자색을 사랑함이 지극하시되, 끝내 팔뚝에 붉은 점이 남아 있어 부부의 정이 오히려 흡족하지 않습니다. 만약 다른 이유가 없다면 이는 제가 부끄러워할 점입니다."

양창곡이 탄식했다.

"선랑이 우리집으로 들어온 뒤로 여러 차례 환란을 겪는 바람에 처지가 괴이하여 화촉을 밝히는 인연을 맺을 틈이 없었소. 이는 나라에 일이 많아서 느긋하게 남녀간의 정을 생각하지 못했을 뿐만 아니라 선랑의 뜻과 절개를 감안해서 늦어진 것이외다. 이제 조정과 집안에 특별히 일이 없고 나 또한 한가한 틈이 생겼으니, 당신의 말을 핑계로 선랑의 10년 절개를 깨뜨려야겠소."

강남홍이 크게 기뻐하면서 연옥에게 명하여 상공의 침구를 별당에 마련하도록 했다. 그리고 즉시 양창곡을 모시고 선랑의 침소로 갔다. 양창곡은 벽성선이 맞아들여 앉더니 정색하며 얼굴빛을 바꾸고, 강남홍에게 말했다.

"옛사람이 벗 사귐을 논하면서 매번 심교心交, 마음으로 하는 사귐를 귀하게 여겼습니다. 심교란 무엇을 말하는 것입니까?"

강남홍이 웃으며 말했다.

"마음을 알아주는 것을 심교라 하지요."

벽성선이 말했다.

"그렇다면 친구가 친구로 되는 까닭은 한 조각 마음에 달린 것입니다. 어찌 손을 잡고 어깨를 나란히 하여 다정한 빛과 허물없이 친근한 마음을 보인 뒤에야 친구라 하겠습니까? 첩이 듣자니, 부부의 정리는 친구의 정리와 한가지라고 합니다. 잠자리의 풍류로운 마음으로 금슬琴瑟 종고鐘鼓와 같이 조화로운 마음을 논한다면 이 어찌 부끄러운 일이 아니겠습니까?"

강남홍이 웃으면서 말했다.

"그대의 뜻을 대략 알겠군요. 이것은 황씨의 일을 생각하여 처지가 마음에 차지 않아서 그러는 것에 불과합니다. 그러나 낭자의 뜻을 상공께서 알고 계시고, 상공의 뜻을 낭자가 알고 있습니다. 무엇이 구애가 되겠소? 내 본디 천성이 방탕하여 장부가 한번 가까이 하고 한번 멀리 하는 것에 천만 가지 생각이 일어나 자연히 평정치 못합니다. 어떻게 부처님이 보살을 대하고 보살이 부처님 대하는 것처럼 지내면서, 두 분이 서로 만난 지 몇 년 동안 유명무실한 부부로 지낸단 말이오?"

말을 마치자 강남홍이 낭랑하게 웃음을 터뜨리자, 양창곡 역시 미소를 지었다. 그는 오른손으로 강남홍의 손을 잡고 왼손으로 벽성선의 손을 잡아 누각에 올라갔다. 이때 정원에는 온갖 꽃이 만발하여 바람결에 꽃향기가 코를 스치면서 별당을 온통 휘감고 있었다. 동쪽 고개에서는 밝은 달이 빛을 토해내고 있었다. 숲속에 깃든 새는 놀라서 푸드득 날아 오르고 어지럽게 흩어지는 꽃 그림자는 섬돌 앞에 굴러다녔다.

양창곡이 표연히 난간에 기대어 있는데, 갑자기 쟁그랑거리는 옥 노리개 소리가 들렸다. 돌아 보니 윤부인이 아름다운 향기를 띠면서 오다가 꽃숲 사이에서 발걸음을 멈추고 주저하는 빛으로 서 있었다. 강남홍이 웃으면서 누각에서 내려가 맞이했다. 윤부인이 부끄러운 빛으로 말했다.

"제가 마침 무료하여 달빛을 따라 동별당 쪽으로 갔다가 문은 닫히고 적막하기에 이곳으로 오는 길이었습니다. 상공께서 와 계신 줄 어찌 알았겠습니까?"

양창곡이 웃으며 말했다.

"부인도 그런 흥취가 있었소? 내가 바야흐로 꽃과 달을 마주했는데, 자리에 손님이 가득하지 못한 것을 안타까워하던 참이었소. 부인이 뜻하지 않게 오신 손님이 되셨소이다."

세 사람은 자리를 정하고 앉았다. 맑고 빼어난 자질에 한 점 티끌도 없어 물 위에 뜬 부용꽃이 달빛을 다투는 듯하면서 사리에 통달하여 밝으며 지혜가 넘치는 사람은 윤부인이다. 천연스러운 자태와 농염한 풍정이 해당화 한 가지가 이슬을 머금고 꽃향기를 시기하며 영롱하게 빛나는 사람은 강남홍이다. 가는 허리는 동풍에 흔들리는 버드나무 가지 같고 붉은 뺨은 복숭아 꽃이 저녁비에 휘늘어져 하늘거리면서 부끄러운 빛을 띤 사람은 벽성선이다. 달빛이 밝게 빛나며 풍채를 돕고 꽃 그림자 어지러이 흩어져 아리따운 자태를 더해 주었다. 양창곡이 미소를 지으며 말했다.

"예부터 충신은 참소를 만나고 효자가 죄를 짓는 경우는 많았지만, 어찌 선랑의 처지 같은 사람이 있었겠소? 내가 처음 강주江州에서 선랑을 만나 그 빙설 같은 지조를 알고 한 점 잡념이 없는 것을 사랑하여 한 번도 화촉을 밝히는 인연을 재촉해 본 적 없소. 이는 10년 청루 생활 속에서도 지켜낸 한 점 붉은 앵혈점을 아까워했던 것이오. 그런데 어찌 오늘 앵혈 한 점 때문에 근거 없는 누명을 판단하게 될 줄 알았겠소?"

강남홍이 탄식하며 벽성선의 팔뚝을 당겨 소매를 걷고 붉은 점을 가리키며 말했다.

"기이하여라, 붉은 점이여! 본래 궁중의 풍속으로 지금까지 점이 없는 사람이 없었는데, 세상 남자들은 다만 팔뚝 위의 붉은 점만 이야기하고 마음의 붉은 점은 알지 못합니다. 선랑이 탁월한 절개를 가지고 있다 하더라도 이 붉은 점이 아니었더라면 상공의 지기지심으로도 어찌 증자 어머니가 소문만 듣고 아들을 믿지 못해 베틀북을 던지는 것과 같은 일을 면했겠습니까?"

벽성선이 부끄러워하며 소매를 내리고 팔뚝을 감추며 사례했다.

"첩이 몸을 수양하여 남에게 믿음을 얻지 못하고, 한 조각 보잘것없는 앵혈로 군자의 의심을 밝히려 하니 부끄러운 일입니다. 어찌 말할 거리가 되겠습니까?"

윤부인이 얼굴빛을 고치며 찬탄했다. 곧이어 술상이 나와서 기쁨을 한껏 즐기다가, 밤이 깊은 뒤에 윤부인과 강남홍이 각각 자기 처소로 돌아갔다. 양창곡이 촛불을 물리고 휘장을 내렸다. 그는 푸른 물의 원앙새가 날개를 잇는 듯이 양대에서의 운우지락을 즐기며 취한 듯 꿈이 몽롱하여, 새벽을 알리는 북이 둥둥 울리며 동쪽이 밝아 오는 것도 모르고 있었다. 벽성선이 먼저 일어나 옷을 차려입고 스스로 팔뚝을 걷어 보니 붉은 점은 흔적도 없이 사라졌다. 벽병선은 마음속으로 놀라면서 슬픈 마음이 들었다.

갑자기 창밖에서 인기척 소리가 들리더니, 연옥이 아름다운 시전詩箋을 한 통 올렸다. 그것을 열어 보니 절구 한 수가 적혀 있었다.

아름답게 부서지던 벽성의 달이여	婆娑碧城月
자옥한 강물에서 솟아났구나	湧於紫玉河
인간 세상에 귀양을 가니	謫降人間世
인간의 봄은 어떠하신가	人間春似何

벽성선이 미소를 지으며 즉시 화답시를 지어 보냈다.

너무도 고마운 하늘 위 난새	多謝天上鸞
까치 대신 은하수에 다리 놓았네	替鵲轉星河
봄빛이야 오직 제 스스로 아는 것,	春光祇自解
감히 어떻다 말 못 하겠군요	不敢語如何

벽성선이 시를 다 쓰고 붓을 내려놓는 소리에 양창곡이 깨어나 물었다.

"그대가 쓴 것은 무슨 글이오?"

벽성선이 부끄러워하며 시전을 감추려 했다. 양창곡이 웃으면서 빼앗아 보니 두 사람의 시가 모두 빼어난 절창이었다. 그는 벽성선을 놀리며 말했다.

"봄빛이 어떠했기에 오직 자기 자신만이 알고 말로는 할 수 없다는 게요?"

벽성선은 얼굴에 홍조를 가득 띠우며 고개를 숙이고 대답하지 못했다. 양창곡은 시 한 수를 지어 그 아래에 썼다.

어젯밤 밝디밝은 달	前宵皎皎月
온 하늘엔 반짝이는 은하수	一天耿耿河
이때 누각에 올랐던 나그네,	此時登樓客
잠들려 하나 잠 못 이룬 건 무엇 때문인가	欲眠未眠何

양창곡이 시를 다 쓰고 나서 연옥을 통해 보냈다. 잠시 후 문밖에 발자국 소리가 들리더니, 강남홍이 웃으며 들어왔다. 양창곡이 짐짓 벽을 향해 잠든 척하고 있는데, 강남홍이 소매 안에서 시전을 꺼내 벽성선에게 평을 했다.

"첩이 시 작품을 보는 안목은 없으나, 첩의 시는 인간 세상의 기상이 없어 진실로 신선의 말투가 있고, 낭자의 시는 재주

넘치는 글솜씨가 영롱하고 문장이 찬란하여 진실로 성당盛唐 시대의 풍모가 있소. 그런데 상공의 글은 첩을 놀리는 말이지만, 호방한 남자의 평범한 말솜씨입니다. 우리는 이 정도의 작품에 복종할 수 없습니다."

그녀가 낭랑하게 웃자 양창곡은 몸을 굽히고 돌아누우며 말했다.

"그대들이 스스로 시를 짓고 스스로 화답하여 한가로운 사람의 봄잠을 번거롭게 하는구려. 그러나 강남홍은 장군 출신이라 어찌 시를 논할 수 있겠는가. 내 마땅히 우열을 정하리라. 강남홍의 시는 문장이 좋기는 하지만 몰래 어깃장을 놓으려는 뜻이 있으니 여자로서의 태도를 벗어나기 어렵소. 벽성선의 시는 정묘하고 기이한 가운데 말하고자 하나 다 토로하지 않아서 특별히 아름다운 태도가 있소이다. 내 시는 도량이 광대하고 여러 처첩들을 감싸 주려는 뜻이 있으니 어찌 그대들이 알겠소?"

세 사람은 서로 돌아보며 한바탕 웃었다.

이때 양창곡은 나이가 어린 혈기방장한 때였지만, 만리 밖 바람과 먼지 속에서 남북으로 달리며 힘든 시절을 보냈으니 바람과 추위와 더위와 습기로 손상된 점이 어찌 없겠는가. 몸이 갑자기 불편해져서 자리에 누우니, 집안의 모든 사람들이 걱정했다. 하루는 어떤 노파가 향탁香卓을 짊어지고 시왕보살十王菩薩을 염송하면서 시주를 청했다. 강남홍과 벽성선 두 낭자는 마음이 어지러운 상태로 앉아 있다가 그 노파를 대청으로 올라오도록 했다.

"노파의 행색을 보니 필시 운명을 점치는 분이시군요. 저희들을 위해 점괘를 하나 뽑아 주세요."

노파가 산가지를 차리고 점괘를 뽑아 보며 말했다.

"이제 낭자들 가문에 길운이 크게 통했습니다만, 잠시 살기가 있습니다. 급히 그 살기를 없애십시오."

벽성선이 말했다.

"어떻게 없애야 되지요?"

노파가 쌀을 거두면서 말했다.

"수명을 빌고 복록을 구하는 것은 칠성성군七星星君이 으뜸이요, 비명횡사를 막고 뜻밖의 재앙을 방비하는 것은 시왕보살이 제일입니다. 시왕전에 치성을 올리십시오."

벽성선이 복채를 후하게 쳐서 보내고는, 시어머니 허부인에게 아뢰었다.

"세상에 믿기 어려운 자들이 무당과 점쟁이들이지만 상공의 병환이 이러하시니, 지극한 정성을 하늘도 감동시키는 법입니다. 첩이 예전에 머물렀던 산화암의 금부처님이 가장 영험하여 황태후께서도 황상을 위하여 해마다 기도하는 곳입니다. 암자에는 친한 사람들도 매우 많으니, 첩이 내일 가서 기도를 올리고 싶습니다."

허부인이 크게 기뻐하면서 말했다.

"내가 우리 아이를 낳을 때 관세음보살님께 치성을 올렸기 때문에 매번 불공을 생각했지만 다른 것에 생각이 미치지 못했는데, 네 정의가 기특하구나. 급히 가서 치성을 올리고 한없는 수복을 발원하도록 해라."

다음 날 벽성선이 소청과 연옥을 데리고 향불과 지전, 촛불 등을 준비하여 암자에 이르렀다. 푸른 산봉우리와 솔바람은 눈과 귀에 익었다. 지난 일을 생각하니 슬픈 마음을 이기지 못했다. 암자 앞에서 벽성선은 가마에서 내렸다. 여러 스님들이 달려나와 벽성선의 손을 잡고 기쁜 마음으로 눈물을 글썽이며 한바탕 떠들썩했다.

벽성선이 사람들마다 얼굴을 마주하여 회포를 푼 뒤 목욕재계하고 시왕전으로 갔다. 향불과 차와 탕을 차리고 축원하며 기도를 마친 뒤 탑 위를 쳐다보았다. 보개와 운번은 꽃비에 축축하고 아름다운 꽃과 연탑에는 향연기가 아직 사라지지 않은 것으로 보아 새로 지은 도량이라는 것을 알 수 있었다.

다시 관음전으로 갔다. 벽병선은 공경하게 예불을 올리고 마음속으로 은근히 축원을 한 뒤에 불전 위를 쳐다보니, 비단 조각에 축원문이 몇 줄 써 있었다. 그 글을 읽어 보니 다음과 같았다.

부처님의 제자 황씨는 육근이 무겁고 탁하며 오욕이 마구 뒤덮여 이승에서의 악업이 산처럼 첩첩합니다. 공덕을 닦아서 연화대 위에 칠보로 만든 탑을 쌓는다 해도 어찌 속죄를 다하겠습니까? 장차 속세의 인연을 끊고 부처님 전에 귀의하여 여생을 마치려 하니, 여러 부처님과 보살님들은 대자대비한 마음으로 받아 주소서.

벽성선은 그 글씨가 굉장히 눈에 익었다. 사정이 슬픈 데다가 평범한 축원이 아니었기 때문에 두세 번 곰곰이 보다가 다른 스님들에게 물었다.

"이것은 어떤 분이 기도하고 발원한 것입니까?"

그러자 여러 스님들이 한꺼번에 눈물을 글썽이며 합장하고 대답했다.

"세상에 가련한 사람이 많더군요. 여기서 남쪽으로 수십 리 밖에 추자동이라는 골짜기가 하나 있습니다. 한 달쯤 전에 황성에서 두 부인이 계집종 하나를 데리고 와서, 산 아래에 한 칸 초가집을 짓고 거처합니다. 그 정경이 참혹하고 신세가 처량하여, 짚으로 만든 자리에 베옷을 입은 모습이 꼭 죄인의 형상과 같았습니다. 노부인은 명백하면서도 사려가 있어 다정하고 이치에 통달한 분입니다. 어린 소부인少夫人은 총명하고 민첩한 가운데 얼굴이 참 예뻤습니다만, 병이 골수에 들어 죽음을 기다리고 있습니다. 어찌된 까닭인지는 모르겠습니다만, 불공을 올리고 축원을 하느라고 말씀하는 중에 속마음을 들어 보면 노부인은 평생토록 악업을 쌓아서 이 지경이 되었으니 부처님 전에 치성을 올려서 속죄하기를 바란다고 하시더군요. 소부인은 한마디도 하지 않고 오직 몇 줄 글을 써 주면서, '부처님 전에 이렇게 발원해 달라'고 하며 눈물만 그렁그렁하셨습니다. 우리 불법은 대자대비한 마음으로 중생을 구제하는 것이기 때문에, 지성으로 기도하면 반드시 발원하는 것을 이룰 수 있습니다."

벽성선이 그 말을 듣고 속으로 크게 놀라 생각했다.

'이는 바로 황소저가 아닌가. 그래서 글씨체가 익숙했구나. 스님들이 전하는 말에 조금도 의심할 바 없지만, 황소저 모녀의 간악함으로 보아 이처럼 잘못을 뉘우친다는 것은 기대하기 어려운 일이다. 만약 잘못을 뉘우쳐서 스님들이 전하는 말과 같다면, 당초의 죄악이 나 때문에 생긴 것이라서 내가 그들을 구제하지 않으면 도리가 아니다.'

그녀는 즉시 집으로 돌아가서 부처님 전에 치성을 올린 일을 시어머니께 자세히 말씀 드렸더니, 이때부터 양창곡의 병세가 조금씩 회복되었다. 벽성선은 자기 침소로 돌아가서 황소저의 일을 생각하면서 구제할 방책을 궁리했다.

한편, 황소저는 자기의 죄를 깨닫고 참회하는 마음을 이기지 못하여 침식을 전폐했으며, 어머니와 도화를 마주하더라도 한마디 말도 하지 않았다. 그 형용은 점차 더욱 초췌해져서 하루에도 몇 차례씩 혼절을 했다. 그러다가 갑자기 길게 탄식을 하면서 어머니 위부인에게 말했다.

"제가 생각하기에 소녀의 한 가닥 남은 목숨을 오래 보존하기는 힘들 것 같아요. 제 생각은 이미 말씀을 드렸으니, 제가 바라는 소원을 저버리시지 말고 슬픈 심회를 너그러이 잘 눌러서 백세를 누리세요."

황소저가 말을 마치자 갑자기 불어오는 바람에 등불이 순식간에 절로 꺼졌다. 위부인은 도리어 가슴이 막혀 통곡 한 소리 눈물 한 방울 내지 못했다. 황소저의 부친 황의병과 오빠 황여옥이 와서 보니 떨어진 꽃에 향기가 사라지고 부서진 옥은 보수하기 어려운 상황이었다. 위부인은 딸의 뜻을 저버리기 어려워 화장을 하려고 산화암으로 도화를 보내 조용히 스님을 모셨다. 스님이 그 말을 듣고 더욱 놀라며 추자동으로 향했다. 스님은 추자동으로 가는 길에 벽성선에게 들러 황소저의 흉보를 전했다. 벽성선은 놀라서 눈물을 머금고 생각했다.

'황소저는 총명하고 재주가 많은 사람이었다. 다만 투기하는 병은 있었지만, 내가 아니었더라면 어찌 오늘과 같은 일이 있었겠는가. 내 평생에 악행을 쌓은 일이 없었는데, 황소저는 나 때문에 원통한 귀신이 되었구나. 이제부터 더욱 몸을 둘 곳이 없겠구나. 하물며 마음을 돌려서 지난 일을 후회했는데도 죽음을 잘 맞이하지 못하다니, 이는 내 죄악을 드러내려고 한 것이리라. 세상에 어찌 이 같은 참담한 정경이 있겠는가.'

그녀는 예전 황소저와 쌍륙을 놀던 일과 여러 가지 서로 방문하던 일, 다정하게 수작하던 모습이 눈앞에 희미하여 눈물을 머금고 슬퍼하던 중에 측은한 마음이 먼저 일어났다. 몇 년 동안 적국敵國처럼 지내며 기괴한 일을 당하면서도 그 사이 정이 깊게 들었던 것이다. 통곡을 하려 하면 주변 사람들이 자신을 간사하다고 비웃을 것이고, 태연하게 있으려 하면 잔인하다고 놀랄 것이다. 아무 이유 없는 눈물이 자기도 모르는 사이에 옷깃을 적셨다.

그때 갑자기 강남홍이 들어왔다. 벽성선은 황소저의 일을 이야기하면서 눈물을 머금고 말했다.

"제가 황소저의 죽음을 슬퍼하는 것이 아니라, 이 벽성선이 구차하게 목숨을 건진 것을 탄식하는 것입니다. 다 같은 청춘의 젊은 나이에 풀잎 끝의 이슬 같은 인생이 서로 시기 질투하다가, 날아드는 나방이 등불에 부딪침에 인간의 희로애락이 다 한바탕 꿈인 것이지요. 그런데 한 사람은 구천지하 저승으로 깊이 원한을 품은 채 처량하게 가 버리고, 또 한 사람은 고대광실 좋은 집에서 부귀의 화락함을 즐깁니다. 사람이 나무나 돌이 아닌 바에야 어찌 아무렇지도 않게 즐거워하면서 겸연쩍은 마음이 없겠습니까? 오늘 제 처지는 앞으로 가든 뒤로 물러나든 빛이 없고 얼굴을 들어도 둘 곳이 없습니다. 차라리 장자방을 본받아 문을 닫고 인간의 곡식을 끊으며, 적송자赤松子를 따라 속세의 고민을 끊고 세상 번뇌를 없애면서 여생을 마칠까 합니다."

벽성선의 말투는 강개했고 기색은 처량했다. 강남홍이 한동안 고민하던 끝에 탄식했다.

"지금 황소저의 병을 대략 들어보니 의심스러운 데가 있네요. 일찍이 내가 백운도사를 따라 한 가지 처방을 배웠는데, 바로 태식진결太息眞訣이예요. 대개 하늘에는 칠기七氣가 있으니 바람, 구름, 비, 이슬, 서리, 눈, 안개가 그것이고, 사람에게는 칠정이 있으니 희로애락애오욕喜怒哀樂愛惡欲이 그것이지요. 하늘의 칠기가 서로 압박하면 재앙이 되어 계절이 조화롭지 못하게 되고, 사람의 칠정이 서로 격해지면 괴질이 되어 호흡이 통하지 못하게 된답니다. 자세히 알지는 못하지만 황소저의 기가 막힌 것은 아마 이런 증세에 불과할 것입니다."

벽성선이 그 말을 듣고 강남홍의 손을 잡으며 말했다.

"난성! 사람이 지기를 귀하게 여기는 까닭은 근심과 즐거움을 함께 나누기 때문이오. 오늘 내 처지는 진실로 먼저 죽느니만 못하오. 낭자는 재주를 다 발휘하여 한 사람의 목숨을 구하여 두 사람의 신세를 풀어 주세요."

강남홍이 웃으면서 말했다.

"그건 어렵지 않지만, 내 행색이 괴이하여 만약 상공께서 아신다면 미안한 마음입니다. 그렇지만 사람 목숨이 너무도 중하니 어쩌겠소?"

결국 황소저를 어떻게 구할 것인가. 다음 회를 보시라

제44회

벽성선은 장신궁에 글을 올리고,

황소저는 매설정에서 향을 피우다

仙娘獻書長信宮 小姐焚香梅雪亭

벽성선은 강남홍의 말을 듣고 그녀의 손을 잡으며 눈물을 흘렸다.

"나를 알아준 사람도 포숙이요, 나를 아껴 준 사람도 포숙이라 했습니다. 오늘 황소저가 불행하게 된다면 저는 단연코 기산箕山 영수潁水*에 자취를 감추고 누명을 벗겠어요. 낭자는 제 얼굴을 봐서라도 사람을 살리고 두 사람의 신세를 풀어 주세요."

강남홍이 흔쾌히 응낙하며 말했다.

"이것이 어찌 낭자만을 위한 일이겠어요? 상공께서 청춘의 나이에 앞길이 구만리 같은데, 황소저를 캄캄한 저승의 원귀로 만든다면 어찌 애석하지 않겠소? 다만 먼저 병세를 살펴본

---

* 요임금 때 은자(隱者)인 소부(巢夫)와 허유(許由)가 살았다는 곳이다.

뒤 생사를 판단해 봅시다. 낭자는 빨리 산화암 스님을 청해서 약속을 하되 이러이러하게 하세요."

한편, 황소저의 호흡이 끊어진 지 이미 이틀이나 지났지만 얼굴은 여전히 평상시와 같아서 편안히 잠에 빠진 것과 다름 없었다. 그래서 염습하여 장례 준비를 차마 하지 못했다. 위부 인은 황소저를 끌어안고 통곡을 그치지 않았다. 갑자기 밤이 깊은 뒤 산화암 스님이 와서 위부인에게 몰래 고했다.

"때마침 지나가던 도사님이 우리 암자에 오셨습니다. 그 도사님은 구름처럼 떠도는 분인데 도술이 신이합니다. 제 명에 죽은 사람이 아닐 경우 3일 내에 영약을 시험하면 죽음에서 다시 살아나는 경우가 있답니다. 제가 간청해서 함께 오셨으니, 부인은 한번 시험해 보세요."

위부인이 탄식하며 말했다.

"죽은 사람은 다시 살아나지 못합니다. 어찌 그런 일이 있겠습니까? 그러나 스님의 지극한 정성에 감동되어 잠깐 시험해 보렵니다."

스님은 크게 기뻐하며 말했다.

"도사는 여자분입니다. 천성이 부끄러움을 많이 타서 몸종이나 계집종이라 해도 절대 외부 사람을 꺼립니다."

위부인이 말했다.

"그건 어렵지 않습니다."

즉시 주변 사람들을 물러가게 하니, 스님은 밖으로 나가서 두 명의 여도사를 안내하여 들어왔다. 위부인이 촛불 아래에서 살펴보니, 한 도사는 눈매가 맑고 빼어나며 행동거지가 단아해 규방 아녀자 같은 모습이 있었으며 얼굴도 매우 잘생긴 사람이었다. 또 한 도사는 검푸른 눈썹과 두 뺨에 봄빛이 농염하고 두 눈은 새벽별처럼 빛나며 정신은 오똑하고 풍정은 지혜롭고 또랑또랑하여 진실로 경국지색이라 할 만했다. 그러나 이들은 모두 속세의 인물이 아니었으므로, 위부인은 놀랍고 사랑스러워하며 두 사람을 향하여 감사 인사를 올렸다.

"선생들께서 사람 목숨을 아끼셔서 누추한 곳으로 왕림하셨으니, 어떻게 감사를 올려야 할지 모르겠습니다."

도사들은 미소를 지을 뿐 대답하지 않았다. 맑고 단아한 도사가 먼저 소저 앞으로 가서 등불을 들어 자세히 살펴보더니, 갑자기 기색이 참담해 지면서 두 눈에 눈물이 그렁그렁 맺혔다. 위부인이 괴이하게 여기며 물었다.

"선생은 어떤 분이시기에 처참하게 죽어 하소연할 데도 없는 사람을 보고 이렇게 슬퍼하시는 것입니까?"

지혜로워 보이는 도사가 말했다.

"이 도사님은 천성이 어질고 유약하여 한 번도 대면한 적 없는 사람일지라도 다 같은 청춘의 나이인데 탄식하고 놀랄 만한 지경에 닥치면 이렇게 슬퍼한답니다."

지혜로워 보이는 도사는 말을 마치기도 전에 슬피 울던 도사를 한쪽으로 밀치고 자신이 그 앞에 나와 앉았다. 옥 같은 손을 들어 황소저의 손을 받들고 한참 진맥했다. 그녀는 다시 이불을 걷고 전신을 주물렀다. 다시 황소저의 안색을 깊이 살핀 뒤 주머니에서 환약 세 알을 꺼내 위부인에게 주며 말했다.

"빈도가 아는 것이 있겠습니까만, 이 같은 일을 여러 차례 겪었습니다. 다탕茶湯에 이 약을 달여서 입에 흘려주고 동정을 잘 살피십시오."

그리고 말을 마치고 일어나 떠났다. 위부인은 반신반의하면서 그중 한 알을 시험해 보았지만 특별히 동정은 보이지 않았다. 다시 두 번째 환약을 시험해 보니 명문혈命門穴 부근에 온기가 일어났다. 연이어 세 번째 환약을 쓰자 황소저가 갑자기 길게 숨을 내쉬면서 돌아눕는 것이었다. 위부인이 크게 놀라며 신기해하면서 도화를 불러 말했다.

"너는 산화암으로 가서 아까 오셨던 두 도사님이 계시거든 아가씨가 소생할 가망이 보인다고 말씀 드리고, 다시 약 처방을 여쭤보고 오너라."

도화가 웃으면서 말했다.

"마님께서 속으셨습니다. 그 도사들은 진짜 도사들이 아닙니다."

위부인이 더욱 놀라며 말했다.

"그렇다면 그분들은 뉘시냐?"

도화가 더욱 웃으며 말했다.

"제가 자리를 피하는 척 몰래 엿보았습니다. 앞에 있던 분은 벽성선 낭자이고 뒤에 있던 분은 강남홍 낭자였습니다."

위부인이 당황하여 어찌된 연고인지 알지 못했다. 이때 강남홍은 처음 황소저를 보고 돌아가서 길게 탄식했다.

"제가 비록 사람 보는 눈은 없지만 황소저는 반드시 부귀를 누리고 복이 많은 사람입니다. 한때의 재난을 피하기 어려워 잠시 고초를 겪고 있지만, 이제부터는 반드시 현숙한 부인이 될 것입니다. 이 어찌 우리 상공의 복이 아니겠어요?"

윤부인이 물었다.

"병세가 어떻던가요?"

강남홍이 말했다.

"황소저의 병은 다름이 아니라 창자가 바뀌는 환장換腸이었습니다. 사람은 천지음양의 기운을 받아 오장육부를 만듭니다. 음기가 성한 사람은 마음이 악독하고 양기가 성한 사람은 마음이 길합니다. 그래서 길한 것으로 악독한 것을 제어한다면 복록이 창성할 것이고 크게 길할 귀인이 될 것입니다. 이제 황소저는 길한 마음으로 악독한 마음을 제어하여 소멸했지만 길한 마음이 아직 돌아오지 않았습니다. 이것을 환장이라고 하지요. 기혈이 잠시 멈추긴 했지만 오장육부와 뼈와 살이 손상된 것은 없습니다. 그래서 제가 환혼단還魂丹 세 알로 선천先天의 정기를 만회한 것입니다. 다른 염려는 없을 것입니다."

윤부인이 웃으면서 말했다.

"낭자들이 도사로 분장했는데 본색을 노출시키지는 않았

나요?"

강남홍이 웃으며 말했다.

"한 도사는 심약해서 거의 비밀을 누설할 뻔했습니다."

그녀는 벽성선의 행동을 하나하나 윤부인에게 말해 주었
다. 벽성선은 부끄러운 빛을 띠면서 눈물을 머금고 말했다.

"5, 6년 동안 적으로 지낸 것 또한 인연입니다. 그런데 하루
아침에 갑자기 말소리와 모습이 적막하여 은혜와 원한이 모
두 사라지고 옥 같던 얼굴이 처량해져서 눈으로 차마 못보겠
더군요. 강남홍 낭자가 만약 이 지경을 당한다면 어찌 한 줄기
눈물을 흘리지 않을 수 있겠어요?"

강남홍이 웃으면서 말했다.

"나는 본디 우직한 사람이라 교묘하게 꾸미는 짓을 못한답
니다."

그 말에 모두 한바탕 웃었다. 이때 양현과 허부인은 황소저
와 관련된 나쁜 소식을 듣고 흐느끼면서 말했다.

"황부가 시집온 이후 시부모에게 순종하지 않은 적 없었다.
명민한 성품과 총명하고 지혜로운 자태를 이 늙은이가 아직
도 잊지 못하고 있다. 잘못을 조금 고쳐서 다시 몇 년의 옛정
을 이었더니, 세상에 어찌 이토록 참혹한 일이 있겠는가."

양창곡이 얼굴빛을 고치고 온화한 얼굴과 기쁜 목소리로
부모에게 고했다.

"생사는 천명에 달렸습니다. 세상에 이 같은 사람이 얼마나

많은지 모릅니다. 제가 황씨를 위하여 생각해 보면, 잘못을 고치지 않고 살아가는 것보다 잘못을 고치고 죽는 것이 낫습니다. 만약 황씨가 잘못을 고치고 죽는다면 비록 외로운 혼으로나마 즐거울 것입니다."

말을 마치기도 전에 웬 미인이 허리띠를 푼 채 도끼를 뽑아들고 땅에 엎드려 죄를 빌었다. 사람들이 쳐다보니 바로 벽성선이었다. 그녀는 슬픈 빛으로 눈물을 머금고 머리를 조아리며 말했다.

"첩이 청루의 천한 신분으로 품행이 영민하지 못하여, 군자의 가문에 환란이 계속 생기게 했습니다. 이는 모두 첩의 죄입니다. 어찌 황소저만 탓하겠습니까? 하물며 황씨는 덕을 닦아서 이제는 현숙한 부인이 되었습니다. 산속 토굴에서 해를 보지 않고 처량한 마음과 궁박한 신세로 지내다 보니 자연히 병이 되어 목숨이 조석에 달렸습니다. 이는 마땅히 군자께서 가련히 여겨 주셔야 합니다. 집안의 큰일을 첩이 어찌 감히 당돌하게 입을 열어 말씀 올리겠습니까만, 첩이 아니면 오늘의 일은 없었을 것입니다. 설령 황씨가 잘못을 고칠 생각을 하지 않고 이런 불행을 당했더라도 저승에서 나 때문에 돌아가셨으리라는 탄식을 하지 않을 수 없어서 첩이 진실로 몸을 둘 데가 없었을 것입니다. 하물며 지금 지난 일을 후회하면서 개과천선했거늘, 명백히 밝히지 않고 홀로 죄를 뒤집어써 저 어두운 명부의 원혼이 된다면 첩이 어찌 의기양양하여 모든 사람들의 손가락질을 면하겠습니까? 상공께서 만약 황소저의 죄를 용서해 주시지 않는다면 저는 반드시 머리카락을 풀고 산에 들어가 궁벽한 곳에서 홀로 지내겠습니다."

양현이 며느리의 뜻을 기특하게 여겨 좌우에 있는 종들에게 벽성선을 부축하여 대청에 오르게 하면서 탄복했다.

"네 말이 간절하면서도 측은하여 족히 군자의 마음을 감동시키는구나. 그렇지만 황부는 이미 가망이 없다 하니, 장차 이를 어쩌겠느냐."

벽성선이 자리를 비켜 앉으면서 대답했다.

"첩이 고하지 않은 죄를 지었습니다. 남녀를 가려야 한다는 도리 때문에 물에 빠진 형수님을 구하지 않는 것은 옛 성인도 허락하지 않은 바입니다. 죽고 사는 문제이기 때문에 임시방편의 도리를 피하지 않고 강남홍과 함께 상의해서 이러이러한 일을 했습니다. 잠시 끊어진 목숨을 돌리기는 했지만 죄가 워낙 무거워서 안으로는 마음에 손상을 입었고 밖으로는 거처가 누추하여 조섭할 방법이 없습니다. 만약 보호해 주지 않는다면 소생하기 어려울 것으로 생각됩니다."

양현이 그 말을 듣고 얼굴빛을 고치면서 길게 탄식했다.

"너희 마음 씀씀이가 이러하니 우리 집안의 복이로구나."

그러고는 양창곡을 보고 말했다.

"개과천선은 옛 성현들도 인정한 바이다. 너는 주저하지 말고 즉시 밝혀내어 그 병든 마음을 위로하여라."

양창곡이 한참 생각에 잠겼다가 대답했다.

"황씨 모녀의 간악한 천성은 하루아침에 고칠 수 있는 것이 아닙니다. 소자는 끝내 믿을 수 없습니다."

양현이 정색하며 말했다.

"네 아비가 비록 못났지만 도리가 아닌 것을 가지고 가르치지는 않는다. 나이 어린 사람은 마땅히 마음을 관대하게 가져서 사람을 포용해야 한다. 어찌 편협한 말로 온화한 기운을 손상시키느냐?"

양창곡이 부친의 말에 대답하고, 다음 날 추자동으로 가려했다. 이때 벽성선이 침실에서 생각했다.

'내가 상공의 관대한 처분을 얻기는 했지만 황태후의 엄한 지시를 누가 돌릴 수 있겠는가.'

그녀는 반시간가량 생각하다가 탄식했다.

"나는 이미 천자의 은총을 받아 딸처럼 사랑을 받는다. 오늘 내 생각을 내가 아니면 누가 아뢸 것이냐."

벽성선은 즉시 상소문을 한 장 준비하여 가궁인으로 통해 황태후에게 아뢰었다. 그 내용은 다음과 같다.

신첩 벽성선은 감히 천총天寵을 믿고 외람되이 제 마음을 태후폐하께 백 번 절하며 아뢰어 올립니다. 신첩이 들으니, 개과천선한 사람은 선왕께서도 인정하신 바라 합니다. 첩의 집안의 정실인 황씨는 총명하고 지혜로운 천성과 명민한 자질을 가졌으되 주변 사람들을 잘못 만나서 죄명에 얽매여 아홉 겹 감옥에 들어가 있습니다. 그러나 삼강오륜에 죄를 범한 것이 없습니다. 한때의 잘못은 진실로 여자의 좁은 성품 때문에 저지른 것입니다. 아득한 지난 일을 첩이 감히 말씀드릴 것은 없으니, 황씨는 이제 덕을 닦아 현숙함에 이르렀고 지난 잘못을 후회하고 있습니다. 그리하여 천지신명의 도움을 거의 얻었으나 다만 죄명이 너무도 무거운 까닭에 병과 한이 골수에 깊이 들어 산속 토굴에서 남은 목숨이 조석에 달려 위급한 상황입니다. 엎드려 생각하건대, 태후마마께서는 천지의 부모이십니다. 만약 돌아보아 생각해 주지 않으신다면 누가 돌보겠습니까? 신첩은 본래 청루의 기생으로 부모친척이 없고, 혈혈단신으로 의지할 데 없이 떠돌다가 복록이 과분하고 부귀가 밝게 비추어 군자의 문중으로 제 몸을 외람되이 의탁하게 되었습니다. 비록 평생을 편히 지내더라도 스스로 노류장화 기생 신분의 부끄러워해야 할 것이 많이 있거늘, 하물며 비바람 속 환란이 신첩으로 인하여 정실부인을 쫓아내어 저승에서도 그 원한을 머금도록 했습니다. 신첩이 의기양양하여 위태로운 처지를 모르니 비록 스스로 부끄러움이 없다 하더라도, 오늘 신첩이 구구하게 바라는 바는 황씨를 위한 것이 아니라 제 스스로 신세를 슬퍼하는 것이며, 그 뿐만 아니라 혹시라도 성스러운 조정에서 덕으로 펴는 정치에 잘못을 저질러 조화로운 기운을 손상시킬까 두려워서입니다. 신첩의 천한 몸으로 존엄함을 몰라보고 다만 총애만 믿고 사정을 자세하게 말씀드려 이처럼 번거롭게 하니, 당돌한 죄는 만

번 죽어도 아깝지 않습니다.

황태후가 상소문을 읽고 나서 공주를 돌아보며 탄식했다.

"이 어찌 가상치 않느냐. 상소를 보니 황씨 모녀가 더욱 통한스럽구나. 그들이 받은 고초가 어찌 당연한 것이겠느냐."

공주가 말했다.

"벽성선 낭자가 옛날 진나라에 있을 때 소녀와 함께 잠을 자며 거처해서 너무도 가까운 사이였습니다. 그런데 황씨를 원망하는 기색은 조금도 없고 이따금씩 즐겁지 않아 보였습니다. 그것은 집안에서 가르침을 제대로 받은 선비 집안의 아녀자라도 당하지 못할 것입니다."

이에 황태후가 재삼 칭찬하면서, 다시 가궁인에게 말했다.

"이 늙은이가 어찌 벽성선의 간청을 들어주지 않겠느냐. 너는 마땅히 이 상소문을 가지고 추자동으로 가서 위부인에게 보여주고 내 말을 전해라. '이렇게 깨끗한 가인을 모함하려고 억지로 음탕하고 악독한 아녀자로 만들었지만, 하늘이 오히려 무심하여 너희 모녀를 오늘에 이르게 했다. 토실에서 몇 달 지내면서 겪은 약간의 고초를 어찌 감히 원한이라 하겠느냐. 산과 같은 죄를 결단코 용서하지 않으려 했는데, 벽성선의 얼굴을 외면하기 어려워 이제 특별히 집으로 돌아갈 것을 허락한다. 앞으로는 모든 것을 조심하여 지난 날의 잘못을 보완하도록 하라'."

가궁인이 명을 받고 추자동으로 갔다. 이때 황소저는 두 낭자의 구원을 받아 다시 소생하게 되어 정신이 점점 회복되었다. 위부인이 탄식하며 말했다.

"네가 어떻게 소생하게 되었는지 아느냐? 평생의 원수가 오늘은 도리어 은인이 되었구나."

위부인은 강남홍과 벽성선 두 낭자가 도사로 분장하고 와서 구원해 준 일을 자세하게 이야기해 주었다. 황소저는 놀라면서도 부끄러워 한동안 말없이 있었다. 바로 그때 가궁인이 와서 벽성선의 상소문을 보여주면서 황태후의 성지를 전했다. 위씨 모녀는 더욱 오열하면서 감격의 눈물을 비오듯 쏟았다. 그들은 가궁인의 손을 잡고 탄식했다.

"우리 모녀의 살을 발라서 잘못을 메우고 터럭을 뽑아 죄를 헤아려도 다 메우기 어렵습니다. 죽어서도 그것을 잊을 수 없을 것입니다."

그러고는 벽성선과 강남홍이 와서 구원해 준 일을 이야기해 주고는 말했다.

"세상에 벽성선 낭자와 같은 사람은 천성이 어떻기에 저렇게 착한 것일까요? 우리 모녀는 천성이 어떻기에 이렇게 악독한 것일까요? 옛일을 돌아보니 구구절절 후회가 되고 곳곳마다 애석합니다. 내 배를 갈라서 창자를 보여주고 싶지만 모두이 늙은이의 죄이지 진실로 우리 딸의 본성이 아닙니다. 악독한 어미를 잘못 만나서 앞길이 구만리 같은 딸아이를 천고에 더러운 죄명을 뒤집어쓰게 했으니, 이 무슨 꼴이랍니까? 그대는 황태후께 돌아가 아뢰어 주세요. 우리 모녀는 만 번 죽어도 아까울 게 없습니다. 다행히 살려주신 은혜를 입어서 다시 하늘의 해를 보고 집으로 돌아가지만, 진실로 올릴 말씀이 없습니다. 다만 이제부터 여생을 삼가고 조심하여 다시는 근심을 끼치지 않겠습니다."

말을 마치기도 전에 문밖이 소란하더니 황의병과 황여옥이 양창곡을 안내하여 들어왔다. 위부인과 황소저는 창졸간에 어찌할 바를 몰랐다. 양창곡은 방 안으로 들어오자마자 좌우를 돌아보았다. 사방 벽은 축축한 흙이 저절로 떨어졌고, 풀로 만든 자리와 베이불에 그 기색이 참담했다. 위부인은 남루한 의복으로 처량하게 앉아 있었다. 양창곡은 군자라, 빼어난 미간과 봉황 같은 눈에 이는 측은함을 이기지 못하여 그 앞으로 나아가 문안을 여쭈었다. 위부인이 고개를 숙이고 눈물을 글썽이며 부끄러워 말을 하지 못했다. 양창곡이 슬픈 표정으로 말했다.

"이 사위가 못난 탓에 처첩들을 감화시키지 못하여 장모님께 걱정을 끼쳐 이 지경에 이르렀습니다. 부끄럽기 그지없습니다."

위부인은 그 말을 듣고 큰 화로로 얼굴을 때린 듯 붉은 기운이 얼굴에 가득하여 억지로 대답했다.

"천자의 은혜가 크시고 신명이 용서하시어 다시 여기서 승상 사위를 보게 되었네. 내가 무슨 할 말이 있겠는가."

양창곡이 웃으면서 말했다.

"아득히 지난 일은 이미 깨진 시루와 같습니다. 어찌 마음에 두겠습니까? 인생 백년에 괴로움과 즐거움이 서로 짝하는 법입니다. 이 같은 고초는 미래의 복입니다. 또 들으니, 황소저의 병세가 너무도 위급하다더군요. 지금은 어떻습니까?"

위부인이 그제야 베이불을 걷으면서 황소저를 가리키며 말했다.

"그거야 스스로 불러온 병인데, 이렇게 물어 주시니 감격한 마음을 이길 길 없네."

양창곡이 눈을 들어 황소저를 보니 꽃과 달 같은 모습은 너무도 쓸쓸하여 피골이 상접하고 숨소리가 안정되지 않은 상태로 아득히 누워 있었다. 양창곡이 가까이 가서 그녀의 손을 잡고 진맥하니, 황소저의 두 눈에 소리 없는 눈물이 샘 솟는 듯했다. 양창곡이 얼굴을 고치고 정색하며 말했다.

"이 남편이 불민하다 해도 옛책을 읽고 옛말을 들었소. 장부의 가슴은 마땅히 뚫리지 않는다 했소. 어찌 지난 일을 기억하고 새로운 미래를 도모하지 않겠소? 부인의 밝은 성품으로 이제 잘못을 뉘우쳤으니 실로 나의 복입니다. 부인은 친정에 연세 높으신 부모님께서 모두 살아 계시고 우리집에도 연세 높으신 시부모님께서 모두 살아 계시니, 마땅히 마음을 넓게 가지고 조섭하여 걱정을 끼치지 않는 것이 옳은 일이오. 어찌 이렇게 마음을 초조하게 먹어서 이 지경에 이르렀소?"

그 말에 황소저는 더욱 눈물만 흘릴 뿐 대답하지 못했다. 양창곡이 황여옥을 돌아보며 말했다.

"누이의 병세가 이러하니 여기서 조섭하기는 어렵겠소. 황태후께 뜻을 아뢰고 빨리 집으로 돌아가는 것이 좋겠소."

황여옥이 말했다.

"조금 전에 황태후께서 하교하시어 특별히 집으로 돌아가도 좋다고 허락하셨습니다. 이제 어머님과 누이동생을 데리고 집으로 돌아가려 합니다."

위부인이 그제야 겨우 말을 했다.

"이는 모두 우리 승상 사위가 내려준 은혜이며 벽성선 낭자의 덕이오. 덕으로 원한을 갚는 것은 성인도 할 수 없는 일인데, 벽성선 낭자는 원한을 은혜로 갚았네. 또 강남홍 낭자는 함께 와서 우리 딸의 생명을 구하고 다시 태후마마께 상소까지 올려서 사면하게 해주니, 우리 모녀가 장차 어떻게 보답해야 좋을지 모르겠네."

양창곡이 미소를 지으며 말했다.

"벽성선과 강남홍 두 사람의 구원은 이미 들었습니다만, 태후께 상소를 올린 것은 아직 듣지 못했습니다. 이는 모두 장모님과 아내가 마음을 돌렸기 때문입니다. 어찌 다만 벽성선만의 공이겠습니까? 평범한 사람이 선을 한 번 생각하면 길한 일이 하나 생기고, 길한 일이 생기면 도와주는 사람이 많습니다. 이것이 천지가 감응하는 이치지요."

한편, 황의병은 사면령을 받아 황성 저택을 깨끗이 청소하고 부인과 황소저를 데리고 돌아갔다. 황소저 역시 부모를 따라 집으로 돌아간 뒤에는 더욱 다른 사람을 볼 낯이 없어 외부 사람을 만나지 않았다. 그녀는 황부 후원에 방 하나를 정하여 거처하면서, 그 방 이름을 매설정梅雪亭이라 했다. 경치가 그윽하고 깊어서 외부 사람들이 오지 못했기 때문에 황소저는 몸종 몇 명만 데리고 거처했다. 그녀는 화장도 하지 않았으며, 침상머리에는 『열녀전』을 펼쳐 놓고 읽었다. 향을 피워서 세상의 속된 생각을 씻어 내며 여생을 보내고자 했던 것이다.

그녀의 앞날은 과연 어떻게 될 것인가. 다음 회를 보시라.